1871

MIDDLEMARCH

米德鎮的春天

(繁體中文首譯本 | 上冊)

George Eliot 喬治・艾略特

陳錦慧——譯

導讀

驀然回首，那人卻在燈火闌珊處

輔仁大學英文系副教授　劉雪珍

二十世紀現代主義與女性主義的先鋒維吉尼亞·吳爾芙（Virginia Woolf）稱喬治·艾略特（George Eliot）的《米德鎮的春天》（*Middlemarch*）為宏偉之作，是少數幾本為成年人寫的英文小說之一。著名的英國作家如馬丁·艾米斯（Martin Amis）、朱利安·巴恩斯（Julian Barnes）和拜厄特（A. S. Byatt）咸認為艾略特的這部著作充滿熱情，勇氣十足，是所有經典小說中最偉大的作品之一，每個年齡層讀來都具特殊意義。

在十九世紀，為確保作品受重視，本名為瑪麗·安·艾凡斯（Mary Anne Evans），以男性筆名喬治·艾略特聞名於世，《米德鎮的春天》為其第七部長篇小說，於一八六二年開始動筆，一八七四年出版。書名中的米德鎮（Middlemarch）是虛構的英國省城，具雙重含義。其中之一是Nel mezzo del cammin di nostra vita，這是義大利語：「在我們人生的旅途中」。另一意義則指發生地點的「中間」，與英語省郡有關，在英語中的march或marchland，指的是郡之間的邊界。小說背景是政局動盪不安的十九世紀英國，呈現社會、政治、農業、貴族、平民、宗教、科學的縮影。講述的是一個由愛情、政治和苦悶熱情相互交織而成的故事，就像是巴爾扎克的《人類喜劇》，喬治·艾略特這部小說就是一個小與大的世界，有微觀的局部特寫，但也展現宏觀的普遍性社會，包含著身心、個人、家庭和群體、生與死、悲劇和喜劇，英格蘭和羅馬以及歐洲。

就像藝術品一樣，小說靈感始於一個意想不到的聯結。全書以多蘿席亞．布魯克及特提厄斯．李德蓋特醫生各自的婚姻為主線。除序言和尾聲之外，共八十六章，分為八卷：分別是布魯克小姐、老與少、等待死亡、三個愛情問題、死亡之手、寡婦與妻子、兩個誘惑，和日落與日出。艾略特起始要寫一個名為「布魯克小姐」（Miss Brooke）的故事，之後構思撰寫一個小鎮上雄心勃勃的年輕醫生的故事，然後發現這兩個故事可以串連。儘管直到書的第一卷快結束時他們才見面，多蘿席亞和李德蓋特就是作品裡的男女主角，而艾略特寫作特質之一就是她的眾多角色，不論是主角還是小角色，都是故事的核心和人物世界的中心。

儘管這是一部討論婚姻與愛情的小說，它卻不是一本浪漫的小說。直言之，故事情節甚至是反浪漫的；小說不是從對愛情的憧憬與嚮往，發展到愛情的開花結果，再到有情人終成眷屬，步入婚姻的高潮，因此王子和公主最終過著幸福快樂的日子。它是從女主角和男主角對婚姻錯誤的選擇開始，並顯示他們對愚蠢行為的無情努力。兩人都是理想主義者，也都很聰明。二十來歲的多蘿席亞年輕而美麗，生性寬厚，充滿激情，熱愛知識，有著虔誠信仰，如同現代版的聖女大德蘭一般，她渴望能為社會盡一份心力，讓自己的生活變得更神聖美好。她照顧窮人，並無私地獻身於對世界有所貢獻的偉人。畢竟年輕，經歷實在有限，多蘿席亞根據人的言語和性格遽下定論。她希望自己的丈夫在各方面都比她更有見解，知識豐富，並致力於為人類幸福而奮鬥，而非像大多貴族一樣過著奢華而碌碌無為的生活。因此積極尋找生命意義的多蘿席亞遇到對藝術、娛樂等毫無興趣的學者愛德華．卡索邦牧師時，她便認為他就是最合適的人選，接受他的求婚，卻也導致了不幸的婚姻。這位年長她許多的四十七歲牧師看似一位認真研究，不知疲倦的學者，而實際上卻是目光狹隘，自命不凡，自私自利，傲慢無禮的老學究。他自己鑽研學問時總是充滿壓迫感，在某種陰暗堵塞的環境裡艱難前進。標榜自己不看當代膚淺的書籍，專門研究深刻的古代神學，並為發現古書中微不足道的謬誤而沾沾自喜，殊不知德國科學家早已解決了困擾英國老學究們很久的問題。他投注多年心血，焚膏繼晷，花了大半輩子想撰寫有關宗教史的鉅著《神話學要義》變成毫無價值。

而充滿理想的李德蓋特呢？他不願意自己的虛榮心被首都倫敦那眩目的世俗名利激起，他要遠離倫敦的爾虞我詐、嫉妒眼紅和諂媚逢迎。他投身醫界有兩個目標，一是懸壺濟世，另一個就是開創新局。於是這位治療師希望成為米德鎮的一名好醫生，在醫學上做出重大發現，並為整個世界做出科學貢獻。小時候的李德蓋特在圖書室裡被知識的熱情所打動，打開了一本關於心臟瓣膜的書，就如一道光線突然從縫隙透過來，帶給他鮮明的啟發。艾略特描述李德蓋特的科學熱情紮實而真正令人興奮。他想跟進現代組織學之父，法國解剖學家兼病理學家比夏（Marie Francois Xavier Bichat）的工作，他堅持以下理論：「有生命的軀體並不是一組可以先分別研究、再視為某種聯盟的器官。他認為人體應該是由某種基礎網絡或組織構成，將各個器官如大腦、心臟、肺臟等緊密聯結起來，就像一棟房子裡的各個房間是以木材、鐵、岩石、磚塊、鋅等建材依不同比例建造而成，每一種材料都有自己的特殊成分和比例。」（第十五章）

艾略特以細膩的筆觸紮實、透徹地探索人們的思想和感情。李德蓋特的自負帶著傲氣，不忸怩、不莽撞，對自己的主張立場堅定，心量寬大不屑爭辯。他願意為愚痴之輩奉獻心力。李德蓋特是聰明而勤奮的。他是個紳士，喜歡好好生活。然而沒人是完美的；傑出的心靈仍會沾染了些許共性的「平庸斑點」，或者因為固有的偏見，有時低落有時顯眼；或者一時受到誘惑，把寶貴的精力都耗費在錯誤的地方。艾略特闡述：「在不同戲劇裡扮演不同角色。我們的虛榮跟我們的鼻子一樣各有千秋，所有的自負也互不相同，隨著我們千差萬別的心理傾向有所區別。」（第十五章）充滿抱負及理想的李德蓋特期望在米德鎮有一番作為，然而他竟盲目地娶了鎮長之女羅絲夢。她美麗卻自私，原來就是個操縱欲強、自滿、花錢大手大腳、愚蠢的人。經歷身敗名裂及破產的危機後，他不得不屈服於現實社會，放棄他最初醫藥改革的理想，以妻子的幸福考量為優先，最終他變成了一個在海濱度假區為富人緩解痛風的醫生。

對於婚姻，書中第十五章有非常詳實的描述：「關於男人如何愛上女人、而後跟她結婚或不幸各奔東西……在有關這種熱情的故事裡，發展也不盡相同：有時是輝煌的成果，有時卻是挫折與失敗。……那許許多多為事業忙碌奔走的中年男人，每天做著例行公事，就像他們每天打領結。其中也有不少人曾經滿懷理想抱負，想要改變世界，最後隨波逐流庸庸碌碌，消失在茫茫人海中。這樣的故事甚至不曾在他們自己的腦海裡敘述，因為或許他們不計私利、吃苦耐勞的精神，已經隨同其他年少的熱情，在不知不覺中冷卻。直到某天他們年少時的自我像幽靈般行走在它過去的住家，把新家具變得驚悚陰森。世上沒有任何事物，比這種日積月累的改變更不易察覺！」婚姻的基礎本就是建立在互信、互諒、互愛的架構上。缺少任一項，婚姻就變成要命的枷鎖。

多蘿席亞嫁給年邁的牧師，踏上了前往羅馬的蜜月之旅，在那裡，她被浩瀚而巍峨的古代和現代藝術的存在所淹沒，也有一部分被震懾到——這對於一個在「手持遮屏繪畫式」藝術中長大的人來說，是一種震撼，一種啟蒙。但是卡索邦總是伴隨著塵土飛揚的無窗走廊和一支蠟燭的畫面，消失在圖書館的書堆裡。艾略特對蜜月恐怖的描述——通過維多利亞時代禮節的束縛來加強——既是深刻的悲劇，也是深刻的滑稽劇。多蘿席亞本以為會被感情的洪流帶走，結果卻變成了淚流滿面。卡索邦已經不安地反映出，他的「感情之流」已經變成了「極淺的小溪」。多蘿席亞甚至不知道自己沒有經歷的是什麼。她淪為「感覺的受害者」。艾略特的偉大之處在於她想像力的廣度——她將讀者帶入眾多不同人物的內心，展示人物內心的生活輪廓和真實聲音，評論家稱其為「自由間接話語」。深入卡索邦的感受，讀者就了解他內心充滿猜疑與忌妒：「一個人如果沒有強健的體格，就必須有熱情的靈魂。卡索邦從來沒有強健的體格；他的靈魂相當敏銳，卻欠缺熱情。他的靈魂太軟弱無力，沒辦法在激動中忘卻自我，敞開心胸盡情歡樂。它在沼澤地裡破殼而出，持續在那裡拍擊雙翼，專注在自己的翅膀，卻從來不曾飛行。他的經歷叫人憐憫，卻害怕別人的憐憫，更擔心被人看穿自己的悲憐。那種驕傲、狹隘的敏銳，沒有多餘的實質內容可以轉化為同情心。正如風中的細線，在自我的執著（或者頂多是自我顧慮）之中顫慄。」（第二十九章）即使參與生命這個偉大的奇觀，卡索邦卻始終擺脫不了一個渺小、飢渴、顫抖的自我。

後來多蘿席亞遇到了卡索邦年輕的藝術家表外甥威爾．雷迪斯羅，他一針見血指出《神話學要義》已經過時，德國人在歷史研究領域已經拔得頭籌，開闢出通暢的道路。因此多蘿席亞也成為對卡索邦自尊心的威脅。威爾給人的印象有如陽光般耀眼，那是發自內心的光芒；反觀卡索邦卻是黯淡無光。在卡索邦逝世後，多蘿席亞又再度受困於其夫的遺囑之下：如果她嫁給威爾，就必須放棄財產繼承權。不實的指控令人痛心，但故事的最後多蘿席亞和威爾彼此表明心意，克服社會地位的差距，共結連理。比較多蘿席亞前後兩段婚姻，多蘿席亞將卡索邦過度地理想化就是個錯誤，但這也是人的通病，我們總會將一些綺麗的幻想加在愛人身上。然而當幻想破滅的那一剎那，現實卻也變得非常殘酷。卡索邦的自我中心和威爾凡事以多蘿席亞為考量的心態，成了鮮明的對比。驕傲的卡索邦甚至在欠缺溝通的過程中，胡亂猜測多蘿席亞和威爾的關係，而寫下了如「死神之手」般的遺囑，欲阻斷多蘿席亞的幸福，由此可知卡索邦是多麼自私之人。相較於威爾，多蘿席亞與威爾的感情是相當內斂且深刻的，最後多蘿席亞放棄卡索邦的遺產，嫁給威爾，日後威爾成為國會推動改革的議員，經歷艱辛的他們最終過著幸福美滿的生活。

所有的人物都被小說中最複雜、最精彩的一個隱喻聯結在一起。「網」的隱喻，或者像比夏所研究的那些人體組織，既是一個力場，又是一個像蛛網一樣的陷阱，也是人類之間無形的連接模式，彼此的目光相遇，命運相連。我們在牧師的妻子卡瓦拉德太太身上見到了這一點，她認為米德鎮本身就是一張八卦的蛛網，這與李德蓋特所處社會的共同意識註定了他的命運。米德爾鎮，事實上，打算吞沒李德蓋特，輕而易舉地將他同化。而早些時候，艾略特已經把卡瓦拉德太太的媒人形象描繪成顯微鏡下觀察到的小水滴——「在低倍率鏡片底下，你可能會看到某個生物彷彿在狼吞虎嚥，其他小生物則像無數活生生的磁性錢幣、主動投進去。在高倍率鏡片下，你就會發現，某些極細微的髮絲製造的渦流席捲那些小生物，而吞噬者只是照平時的習慣被動等候」（第六章）。

米德鎮就跟任何城鎮一樣，沒有人能脫離群體遺世獨立。「任何人只要密切觀察人類命運如何悄悄交會，就會看見一個生命即將緩慢地影響另一個生命。」（第十一章）人們雖是各自獨立，但也相互影響，成為生命共同體。城鎮和鄉村教區逐漸形成新的人際網絡。隨著鐵路的建造，或選舉拉攏鎮民的進行，這些人際網絡的運作，都發生在米德鎮。

有一個精湛的描述，例如蘿絲夢「網住」李德蓋特的方式與交織薄紗網的目光（第三十六章）。這與蘿絲夢以自我為中心的目光將所有事實的劃痕排列成以她為中心的同心圓圖案之美妙幻象有關，就像蠟燭將鏡子上的隨機劃痕排列成圍繞其光線的圖案一樣（第二十七章）。多蘿席亞的目光被困在羅馬：她凝視著雕像，大理石的眼睛「彷彿藏著某個異域世界的單調光線」（第二十章），而聖彼得大教堂為了聖誕節懸掛的紅色帷幔，纏繞著她的目光，「像視網膜上的病變」一樣到處蔓延，無所不在：「這些遠大理想的恢弘殘跡不管屬於感官或心靈，都跟當代各種健忘與墮落的跡象夾纏不清。這些東西一開始像電擊般震懾她，而後挾帶陣陣疼痛向她湧來：那是阻隔情感流動的混亂思緒特有的疼痛。各種形體不管蒼白或燦亮，都俘虜她年輕的感官。即使她不去想它們，也牢牢銘刻在她的記憶裡，準備多年以後隨著各種怪異聯想重新浮現。」（第二十章）

艾略特將生物學、社會、自我和他人通過這個有力的隱喻聯繫在一起，其意義不斷擴散。有人說，好的小說在某種意義上是對自己的隱喻。這一組隱喻的細線和互為表裡的毛髮——它們都在修飾著其他的隱喻——顯示了小說世界的豐富樣態，也顯示了人物的縝密思想。

序

任何人只要有心一窺人類歷史，想知道神祕複雜的人類如何應對時間變化多端的實驗，必定或多或少探究過聖女大德蘭[1]的一生。當他們懷想某天早晨，還是小女孩的大德蘭牽著更年幼的弟弟，為求殉道走向摩爾人的地域[2]，怎能不露出溫柔笑容？兩個孩子踩著搖晃的步伐，從地勢崎嶇的亞維拉出發。大大的眼睛圓睜著，像兩頭小鹿，滿臉徬徨無助。兩顆心滿溢國族情懷，已經熱血沸騰。最後，他們的叔父出現，兩人只好面對現實回歸家庭，放棄他們的雄心壯志。那段童稚的殉道之旅，是恰如其分的開端。大德蘭充滿熱情與理想的天性，原本就該擁有史詩般的輝煌人生。在她心目中，卷帙浩繁的浪漫傳奇和聰慧女子的豔冠群芳又算得了什麼？她的烈火迅速吞噬那微不足道的燃料，她憑藉內心的力量一飛沖天，追求某種無邊無際的苦行，某個永不厭倦的目標，以超越生命的狂喜化解自身的絕望。她在修會改革中寫下自己的史詩。

生活在三百年前的大德蘭肯定後繼有人。後世有許許多多的德蘭，她們沒能活出史詩般的壯闊生命，沒能持續做出影響深遠的事跡。也許只是聖潔的心靈生不逢時，造就錯誤的人生；或者只是少了莊嚴詩人的妙筆傳誦，一段慘烈的挫敗從此無人聞問，得不到同情的淚水。她們置身幽暗的時局與混亂的情勢中，全力追求高尚的思想與行為。只是，在凡夫俗子眼中，她們的奮鬥終究顯得前後矛盾，毫無章法。因為這些後世德蘭沒有嚴謹的信仰與教會做為後盾，她們熱切而堅定的靈魂因此欠缺學識的灌溉。她們的激情有時流於空洞的理想，有時只是女性的尋常渴望，以致於理想被貶為不切實際，渴望被斥為偏頗之見。

有些人認為，這些女人的一生之所以走得跌跌撞撞，是因為上帝賦予女人的天性之中，有種不合時宜的不確定性。假使某種層面上，女人的無能就像從一數到三那般明確，那麼她們在社會上的命運就能以科學的精準度加以衡量。不過，那種不確定性終究存在。她們的天性是那麼豐富多變，絕非人們想像中、跟女人的髮型與詩詞歌賦裡，最受歡迎的愛情故事一樣千篇一律。混濁池塘裡的小鴨群，偶爾會摻雜一隻徬徨的小天鵝。在身邊那群蹼足同伴之中，牠永遠找不到活生生的同類。偶爾某個地方會有個大德蘭出生，她的生命沒有任何成就，善行未能實踐，滿腔的愛心和哀傷的啜泣非但無法匯聚成千古流芳的功績，反倒在顫抖中消滅，被重重障礙驅散。

1 Saint Theresa（一五一五～一五八二），出生於西班牙亞維拉，幼時愛讀聖人傳記，嚮往聖人的榮光，想以殉道的短暫痛苦換取永生。她二十一歲時不顧父親反對進入加爾默羅會修院，正式成為修女。日後革新修會制度，並創建三十餘所男女修院，一六二二年封聖。

2 the Moors，指中世紀定居伊比利亞半島（今西班牙與葡萄牙）等地的伊斯蘭教徒。

第一卷　布魯克小姐

第一章

我身為弱女子行不了大善，
只能持之以恆勉力為之。
——鮑蒙特與弗萊徹《少女的悲劇》[1]

布魯克小姐那樣的容貌，在儉樸服飾襯托下似乎更為明豔。她的雙手和腕部線條如此優美，即使衣袖的式樣有如義大利畫家心目中的聖母那般簡約，也毫不失色。正因為她衣著樸素，她的外形、身材和舉止似乎更顯高貴。在鄉間庸脂俗粉的對比之下，她給人的印象彷彿出現在當代報端的《聖經》佳言或古典詩句。人們提到她，總說她格外聰明，而後免不了又說她妹妹西莉亞更明白事理。不過，西莉亞的衣裳跟姐姐一樣淡雅，而且只有近距離觀察，才能發現她的穿著風格跟姐姐不盡相同，多了一點刻意鋪陳的女人味。

布魯克小姐之所以裝扮樸實，原因頗為複雜，她妹妹的情況也大致相同。其中一個原因牽涉到仕女階級的傲氣。布魯克家族雖然不是真正的豪門世家，門第卻絕對稱得上「優良」。如果你往上追溯一兩個世代，他們的祖先絕不會有販夫走卒之輩，地位至少都在海軍將領或神職人員之上。甚至有位祖輩顯然是清教徒紳士，當過克倫威爾[2]的部屬，後來改信國教，順利擺脫所有政治紛爭，搖身一變，成為坐擁可觀家產的莊園主。這樣出身的年輕女子，居住在恬靜的鄉間房舍，在比客廳大不了多少的村莊教堂做禮拜，自然而然認為只有叫賣小販的女兒才追求花俏服飾。另一個原因是節儉的美德。在那種年代，如果為了家族的門面排場必須東摳西省，首先刪減的就是女眷的服飾。撇開宗教觀不談，這樣的理由就足以說明衣著的風格。不過以布魯克小姐來說，光是宗教因素就綽綽有餘了。西莉亞適度遵從姐姐的所有做法，只是融入些許常理，既能符合重要教義，又不至於過度古怪引人側目。

多蘿席亞熟讀帕斯卡的《思想錄》[3]和傑若米・泰勒[4]，不少段落倒背如流。在她看來，相較於基督信仰下的人類命運，女人的時尚不值得掛懷，為那種事費心根本精神不正常。她沒辦法一面為涉及永生問題的精神生活操心，一面熱衷想著衣物鑲邊和仿凸紋布料。她是理論派，天生喜歡追求世間的崇高概念。所謂「世間」，指的多半就是蒂普頓教區與她在那裡的行為準則。她崇尚深刻與偉大，任何事物只要具備這兩項特質，她會不由分說全心接納。她大有可能會尋求殉難，又打消念頭，最後終究決定為另一個她原本沒想到的目標犧牲奉獻。當然，適婚年齡的女子有這樣的性格，命運難免受到影響，以致於諸如習俗、美貌、虛榮，乃至單純的動物本能，這些決定因素都被排除在外。說了這麼多，身為姐姐

1《少女的悲劇》（*The Maid's Tragedy*）是英國劇作家法蘭西斯・鮑蒙特（Francis Beaumont，一五八四～一六一六）與約翰・弗萊徹（John Fletcher，一五七九～一六二五）合力創作的劇本，一六一九年發表。

2 Oliver Cromwell（一五九九～一六五八），英國內戰期間擊敗保皇派，殺害當時的國王理查一世，廢除君主制。後來出兵征服愛爾蘭與蘇格蘭，自封「大不列顛護國公」。

3 Blaise Pascal（一六二三～一六六二）是十七世紀法國哲學家。《思想錄》（*Pensees*）是他的思考紀錄。他覺得人生是一場悲劇，人如果要追求永生，只能依賴宗教。

4 Jeremy Taylor（一六一三～一六六七），英國聖公會主教，著有《論預言的自由》（*A Discourse of the Liberty of Prophesying*）等書。

的她其實芳齡未滿二十。兩姐妹的教育是在十二歲左右失去雙親後開始，學習內容偏頗龐雜。先是由某個英國家庭教養，後來又搬到洛桑另一個瑞士家庭。她們的單身漢伯父擔任監護人，希望用這種方式彌補她們身為孤兒的不利處境。

她們來到蒂普頓農莊投靠伯父布魯克先生還不到一年。這位伯父年近六十，個性隨和，沒什麼主見，也沒有明顯的政治傾向。他年輕時四處遊歷，地方上的人都覺得他因此養成了散漫習氣。布魯克對任何事的看法就跟天氣一樣難以預測，可以確定的是，他做任何事都是出於善意，而且錢花得愈少愈好。一個人再怎麼沒主見，都有某種程度的固執。儘管他對自己的事漫不經心，卻非常在意他的鼻菸盒，不但盯緊看牢，還整天疑神疑鬼，生怕遭竊。

舊世代遺傳下來的清教徒精神，在布魯克身上已經蕩然無存。但他姪女多蘿席亞不管優點或缺點，都有著強烈的清教徒特質，以致於她偶爾會對伯父的言談或處理農莊事物的「無所謂」態度不耐煩，因而更加渴望早日成年，能夠自由支配錢財，以便濟世救人。她是遺產繼承人，父母留給她和妹妹各自每年七百英鎊的收入，將來她結婚生子，兒子還能繼承布魯克的產業。這筆產業估計每年有三千鎊收入，以當時的鄉間家庭來說，算是一筆不小的財富。畢竟當時人們還在談論皮爾[5]在天主教問題上的新作為，對未來即將發現的金礦與如此高貴地提升紳士生活品質的美好金權政治一無所知。

多蘿席亞既有美貌，又有機會繼承可觀遺產，怎麼可能不結婚？她要結婚一點都不難，問題出在她個性偏激，堅持以某些觀念規範生活。有鑑於此，謹慎的男人不敢輕易向她示愛，她自己最後也可能會拒絕所有求婚。這樣一個家世好又有錢的年輕女子，會突然跪在生病的雇工床邊地板上急切地禱告，彷彿以為自己活在使徒時代[6]。還古古怪怪地學天主教徒守齋[7]，熬夜苦讀古老的神學書籍。這樣的妻子可能會在某個宜人的早晨把你叫醒說，她打算怎麼運用她的金錢。而她的計畫多半不符合政治經濟學原則，還會害你養不起專供騎乘的馬匹。想到要跟這樣的女子共度一生，男人難免要三思而行。女人當然可以有些自己的奇思怪想，不過，為了保障社會與家庭健全，那些念頭最好都不要付諸實行。理智的人都懂得隨俗從眾，以便哪天有個精神病患脫逃，大家一眼就能辨別出來，遠遠走避。

對於這對新搬來的姐妹，鄉間鄰里多半偏愛西莉亞，連那些雇工佃農也不例外。因為西莉亞是那麼和藹可親，單純無邪。相較之下，多蘿席亞那雙大眼睛就有點像她的信仰，顯得太不尋常，叫人咋舌。可憐的多蘿席亞！跟她比起來，外表單純無邪的西莉亞既聰明又熟諳人情世故。人心比外表更難捉摸，外在的五官就像紋章或鐘面，終究只是表相。

基於那些驚人傳言，人們對多蘿席亞懷有偏見。然而，近距離接觸後，卻又發現她具有某種魅力，悄悄地化解對她的壞印象。大多數男士覺得她騎馬時特別迷人。她喜愛清新的空氣和鄉間的明媚風光。當她因為心情愉悅兩眼發亮，雙頰紅潤，看起來一點也不像狂熱信徒。儘管有良心上的疑慮，她還是縱容自己享受騎馬的樂趣。她覺得騎馬是一種異教徒式感官享受，經常希望總有一天能捨棄。

她為人坦率熱情，一點也不自戀。有趣的是，她認為妹妹西莉亞各方面都比她更迷人，如果哪個男士上門來不是為了拜訪伯父，她就認定那人一定愛上西莉亞。比方說詹姆斯・查特姆爵士，她經常站在西莉亞的角度評估他，琢磨著西莉亞該不該接受他。她絕不會認為自己才是詹姆斯愛慕的對象，甚至

---

5 Robert Peel（一七八八～一八五〇），英國政治家，曾任英國首相。一八二九年擔任內政大臣期間推動通過《天主教解放法案》（*Roman Catholic Relief Act*），彈性調整宣誓方式，允許天主教徒進入議會。

6 大約在西元一世紀，指從耶穌受洗到最後一名使徒死亡的期間。

7 天主教徒需守大小齋。聖灰禮儀日（四旬節首日）與耶穌受難日守大齋，只能飽食一餐，另兩餐少量進食。小齋為四旬節期間與每個星期五，禁食肉類。

覺得這種念頭未免荒唐。多蘿席亞一心一意只想探究人生的真理，對婚姻的看法非常不成熟。她覺得如果她早點出生，一定會答應嫁給賢能的胡克[8]，避免他踏入那樁不幸婚姻。或者嫁給雙目失明後的約翰．米爾頓[9]。或任何有古怪癖性的偉大男子，因為包容那些男人就是最虔誠的表現。至於詹姆斯這個英俊友善的準男爵，即使她表達的意見模稜兩可，他的回應都是「對極了」，她怎麼可能看上他？在真正幸福的婚姻裡，丈夫應該像個父親，只要你想學，他連希伯來文都能教你。

多蘿席亞種種與眾不同的性格，害得布魯克在鄰里間受到更多責難。人們怪他沒有聘請中年婦女來指導和陪伴他的兩個姪女，只是他自己實在太害怕適合這份職務的那些高傲女士，因此多蘿席亞一反對，他立刻聽從。他這個做法英勇地違抗了社會輿論，也就是說，違抗教區牧師的妻子卡瓦拉德太太和羅姆郡東北角那幾位跟他往來的紳士的建言。多蘿席亞於是負責幫伯父打理家務，她相當喜歡這份全新職權，也不排斥隨之而來的敬重。

詹姆斯預定今天和另一位男士一同來農莊用餐。兩姐妹都沒見過那位男士，不過多蘿席亞倒是懷著崇敬期待那人的到來。那人是在郡裡以博學聞名的愛德華．卡索邦牧師。據說他正在撰寫一本有關宗教史的巨著，已經投注多年心血。他擁有不少資產，為他的虔誠信仰增添光采。他也有自己的獨到見解，只等他的著作出版，就能清楚明白呈現在世人面前。他的名字給人特殊印象[10]，不過只有對學術史有深厚素養的人，才能充分領略。

當天上午，多蘿席亞從她在村莊興辦的兒童學校回家，一如往常坐在她們兩姐妹臥房之間的小客廳，打定主意要完成幾間屋子的圖樣（她喜歡做這些）。一旁的西莉亞盯著她半晌，好像有話要說，幾經猶豫終於開口：「多蘿席亞，親愛的，如果妳不介意的話，我是說如果妳現在不忙，我們今天要不要看看媽媽的首飾，順便分一分？伯父把首飾拿給妳，到今天正好整整六個月，而妳還沒打開看一眼。」

西莉亞的表情隱含一股若有若無的不滿，她不敢表現太明顯，因為她向來敬畏姐姐，也不願意顯得沒教養。這兩個因素互相牽連，如果隨意碰觸，可能會激發某種神祕電流。幸好，多蘿席亞抬頭看她的時候，眼裡滿是笑意。

「西莉亞，妳真是一本精準的小月曆！不過妳說六個月是陽曆或陰曆？」

「今天已經是九月最後一天，伯父拿首飾給妳那天是四月一日。他說先前他一直都忘了。妳把首飾鎖進那個櫃子，大概沒再想起這件事。」

「親愛的，我們不該戴那些首飾。」多蘿席亞的語氣無比和善，半撫慰半解釋。她手拿鉛筆，在紙張邊緣畫著額外的圖樣。

西莉亞漲紅了臉，表情非常嚴肅。「親愛的，我們就這麼滿不在乎地把首飾扔在一旁，對過世的媽媽不太尊敬。何況，」她頓了一下，用屈辱中帶點哽咽的口吻補充說，「項鍊已經是很普遍的飾品。波安松夫人在世時也戴飾品，她某些方面比妳更嚴謹。一般的基督徒也是。還有，那些上天堂的女士，很多人生前肯定也戴首飾。」西莉亞有心辯解的時候，對自己的意志力頗有自信。

「妳想戴那些東西？」多蘿席亞提高音量。她彷彿發現了什麼，顯得非常震驚，那種誇張神情正是

8 指文藝復興時期英國神學家理查．胡克（Richard Hooker，一五五四～一六〇〇），頗受後世敬重，最知名的著作是《論教會政體的法則》（*Of the Lawes of Ecclesiastical Politie*）。他的妻子是好友約翰．邱奇曼（John Churchman）的女兒，據說脾氣暴躁。

9 John Milton（一六〇八～一六七四），英國詩人，四十多歲時雙目失明，傳世的知名作品《失樂園》（*Paradise Lost*）、《復樂園》（*Paradise Regained*）與《鬥士參孫》（*Samson Agonistes*）都是以口述方式寫成。

10 應是指與法國文藝復興時期學者伊薩克．卡索邦（Isaac Casaubon，一五五九～一六一四）同姓氏。伊薩克．卡索邦致力出版與研究，校訂出版許多古典作品。

跟那位戴首飾的波安松夫人學來的。「那好吧，我們把首飾拿出來。妳為什麼不早點跟我說？可是鑰匙，鑰匙！」她雙手按住腦袋兩側，似乎對自己的記性非常失望。

「在這裡。」西莉亞答。她老早就考慮到多蘿席亞的反應，也想好如何應對。「麻煩妳打開那個櫃子的大抽屜，拿出首飾盒子。」

不一會兒，小首飾盒已經打開擺在她們面前，裡面的珠寶首飾亮晶晶鋪在桌上。東西不多，不過其中有幾件確實非常好看。最搶眼的顯然是一條鑲工精緻的紫水晶金項鍊，以及一個鑲有五顆碎鑽的珍珠十字架。多蘿席亞立刻拿起項鍊幫妹妹戴上，項鍊幾乎貼合西莉亞的脖子，跟手鐲一樣緊密。不過西莉亞的頭形和頸項很有亨莉埃塔-瑪麗亞[11]的風格，跟這條項鍊完美搭配，她自己在面對著的窗間鏡裡也瞧見了。

「好了，西莉亞！妳穿那件印度細紗時可以戴這個，不過珍珠十字架就得配妳那些深色衣服。」

西莉亞心中歡喜，卻忍住不表現出來。「多多，妳自己留著十字架。」

「不，不，親愛的。」說著，多蘿席亞不以為意地舉手表示反對。

「不行，妳一定要留著，十字架很適合妳，正好配妳的黑色衣裳。」西莉亞非常堅持。「哪天妳可能會戴。」

「絕不可能，絕不可能。我永遠不會把十字架當飾品。」多蘿席亞輕輕打個哆嗦。

「那麼如果我戴了，妳一定會看輕我。」西莉亞有點不自在。

「不，親愛的，不會。」多蘿席亞摸摸妹妹的臉頰。「靈魂各有千秋，適合某個人的，未必適合另一個人。」

「這是媽媽的東西，也許妳想留做紀念。」

「不必了，我已經有媽媽留的其他東西，像是那個檀香木盒子，我非常喜歡。還有很多。這樣吧，親愛的，這些都給妳。不要再多說了，把妳的東西拿走吧。」

西莉亞有點受傷。這種清教徒式的寬大隱含強烈的優越感，對於沒有宗教狂熱的妹妹的脆弱心靈，可說比清教徒的迫害更叫人難堪。

「妳是姐姐，如果妳不戴首飾，我怎麼能戴？」

「不，西莉亞，要我配合妳戴首飾，這要求太超過。如果我戴上那樣的項鍊，一定會覺得自己好像墊起腳尖轉圈，整個世界會跟著我轉，我恐怕連路都不會走了。」

西莉亞已經解開項鍊取下來。「這個妳戴著可能會太緊，妳比較適合長一點、垂在胸前的。」她總算覺得心安一點。這條項鍊一點也不合適多蘿席亞的風格，所以她樂意收下。她又打開戒指盒，裡面有個典雅的翡翠鑽戒。當時太陽正好從雲層後方出來，一道明亮的光線灑在桌面上。

「這些寶石真美！」多蘿席亞說。她內心湧起一股全新感受，跟那道光線一樣突然。「可真奇怪，顏色竟然跟香氣一樣，能夠深深穿透人。大概是因為這樣，聖約翰的《啟示錄》才會用寶石做為靈性的象徵。它們看起來就像天堂的一部分，我覺得那顆翡翠比其他寶石都美。」

「這裡還有個手鐲正好跟它搭配。」西莉亞說。「我們剛才沒看見。」

「真的很美。」說著，多蘿席亞把戒指和手鐲套進她修長柔美的手指和腕部，對著窗子舉到眼睛的高度。她喜歡寶石的色澤，為了合理化這份喜愛，於是欣喜地將它與某種信仰上的神祕結合。

「多蘿席亞，妳一定會喜歡戒指和手鐲。」西莉亞討好地說，心裡卻不由得納悶，覺得姐姐好像暴

---

11 Henrietta-Maria（一六〇九～一六六九），英國國王查理一世（Charles I，一六〇〇～一六四九）的王后。

露了弱點，也覺得翡翠比紫水晶更襯自己的膚色。「如果別的妳都不想要，至少一定要留著這兩件。不過妳看，這些瑪瑙又美又淡雅。」

「好，我就拿戒指和手鐲！」多蘿席亞說。接著她把手放在桌上，換另一種語氣說道，「只是，挖出這些寶石、精雕細琢一番再拿出來賣的，都是可憐人啊！」說完又停頓下來。

西莉亞覺得姐姐可能會決定什麼也不拿，畢竟這麼做才算言行一致。

「好，親愛的，我就拿這個戒指和手鐲。」多蘿席亞終於下定決心。「其他的都給妳，連首飾盒一起給妳。」

多蘿席亞拿起鉛筆，目光卻還是盯著戴在手上的飾品。她打算經常帶在身邊，方便她欣賞那純淨的色彩。

「妳會在別人面前戴嗎？」西莉亞看著姐姐，好奇她打算怎麼做。

多蘿席亞匆匆瞥妹妹一眼。雖然她在心裡把她愛的人想得千好萬好，偶爾卻也會投給他們一個尖刻銳利的洞悉眼神。即使她個性和善到了極點，也不可能沒有一點脾氣。

「也許吧，」她說，口氣有點高傲。「我也不知道我會沉淪到什麼地步。」

西莉亞臉色泛紅，心情有點鬱悶，她看得出來自己冒犯姐姐了。她把姐姐給的首飾放進盒子裡收走，不敢再多說一句讚美的話。多蘿席亞也不開心，她繼續畫圖，暗暗尋思自己剛才的心情、說出的話，以及最後發的那點小脾氣，出發點夠不夠純淨。

西莉亞倒是覺得自己一點錯都沒有：她問那個問題很自然，理由也正當。她再一次告訴自己，多蘿席亞說一套做一套：她應該拿走她應得的所有首飾，或者，在她說過那些話以後，就該一件也不拿。

「我敢肯定……至少我相信，」西莉亞心想。「戴項鍊不會妨礙我禱告。我們已經到了參加社交活動的年紀，我不需要被多蘿席亞的觀念束縛。多蘿席亞雖然應該言行一致，卻未必做得到。」

就這樣，西莉亞默默地低頭做針線，直到聽見姐姐喊她。

「咪咪，過來看看我的設計圖。可惜樓梯和壁爐不協調，不然我就是偉大的建築師。」

西莉亞俯身看圖紙時，多蘿席亞親密地把臉頰靠在妹妹手臂上。西莉亞明白這個動作的涵義：多蘿席亞知道自己錯了。西莉亞因此原諒她。打從兩姐妹懂事有記憶以來，西莉亞對姐姐的態度始終是既不服又敬畏；身為妹妹的她只能認份，不過她心底還是有自己的評斷。

第二章

「你沒看見有個騎士朝我們而來，騎著深色斑點的灰色駿馬，戴著金色頭盔？」
桑丘答：「我只看見一個跟我一樣騎著灰色驢子的男人，頭上戴著某種閃亮物品。」
唐吉訶德說：「那就是曼布利諾頭盔[12]呀。」

——塞萬提斯[13]

「韓弗利．戴維爵士[14]嗎？」布魯克邊喝湯邊說，臉上掛著輕鬆的笑容。他這麼問，是因為剛才詹姆斯提到他正在讀戴維的《農業化學》。「嗯，韓弗利．戴維爵士。很多年前我在卡特萊特[15]家跟他吃過飯，當時華滋華斯[16]也在，就是詩人華滋華斯。有件事真有趣，我跟華滋華斯同時在劍橋讀書，在學校卻沒打過照面，二十年後才在卡特萊特家餐桌遇見他。天下事真是無奇不有。不過當時戴維也在，他也寫詩。或者我不妨說華滋華斯是詩人一號，戴維是詩人二號。這話一點不假。」

多蘿席亞今天覺得特別不自在。晚餐開始時，由於人不多，飯廳又安靜，擔任治安法官的伯父這些膚淺言論簡直無所遁形。她想不通卡索邦那樣的人怎麼聽得進這些瑣事。她覺得他的言行舉止非常莊重，髮色鐵灰、眼窩深陷，儼然是一幅洛克[17]的肖像畫。他身材瘦削、臉色蒼白，看起來倒像個學生，跟詹姆斯這種留著紅鬍子的健壯英國人有天壤之別。

「我之所以讀《農業化學》，」優秀的詹姆斯準男爵說。「是因為我打算親自管理農場，希望能為我的佃農建立一套良好的耕作模式。布魯克小姐，妳同意我的做法嗎？」

「詹姆斯，你大錯特錯。」布魯克插嘴。「在你的土地上使用電力之類有的沒的，或把牛棚弄成客廳，沒用的。我也深入研究過科學，後來發現那行不通，因為牽扯的範圍太廣，最後你什麼都丟不開。別，別，只要確保你的佃農不會賣掉麥桿有的沒的，還有，給他們鋪排水管。你那異想天開的耕作法行不通的，等於花大錢買哨子，倒不如養一群獵犬。」

「我倒覺得，」多蘿席亞說。「寧可花錢研究耕作方法，看看該怎麼讓供養人類的土地發揮最大效能，總比養一群成天只能在土地上奔跑的狗兒或馬匹來得好。為了大多數人的利益做實驗，就算花光錢也不是一種罪。」她的口氣相當激動，不像她這個年齡的女性該有的表現。不過她支持詹姆斯的作法，她向來認同他做的事。她經常在想，等哪天他成了她妹夫，她就可以鼓吹他做很多有益的事。

多蘿席亞說話的時候，卡索邦驀然轉頭看她，好像用全新的眼光在觀察她。

「年輕小姐不懂政治經濟學。」布魯克笑著對卡索邦說。「我還記得以前在學校讀亞當・史密斯[18]的

---

12 Mambrino，傳說中的摩爾王，常出現在傳奇小說中，據說他有一頂戴上後刀槍不入的純金頭盔。

13 Cervantes（一五四七～一六一六），西班牙文學家。這段文字是出自他的傳世作品《唐吉訶德》（*Don Quixote*）第二十一章。

14 Sir Humphry Day（一七七八～一八二九），英國科學家，是史上發現最多化學元素的人，有「無機化學之父」之稱。他研究將電流應用在農業上。

15 John Cartwright（一七四〇～一八二四），英國海軍軍官，積極推動議會改革。

16 William Wordsworth（一七七〇～一八五〇），英國浪漫主義詩人，是湖畔詩人代表人物，曾獲桂冠詩人頭銜。

17 John Locke（一六三二～一七〇四），英國最重要的哲學家之一，經驗主義的代表人物。

18 Adam Smith（一七二三～一七九〇），蘇格蘭經濟學家，自由經濟學派的創始人，代表作是《國富論》（*The Wealth of Nations*）。

書，真是一本了不起的著作。當時我全盤接受那些新觀念，比如人性完美論。可是有人說歷史會循環，這話很有道理。我自己也探究過，真相是人類的理論可能會把你帶得太遠，甚至會越過圍籬。我也曾經靠理論走過一大段路，後來發現行不通。我停下來，及時打住，適可而止。我向來喜歡說一點理論：我們都得有思想，否則就會回到黑暗時代。說到書，還有騷塞的《半島戰爭史》[19]。我最近常利用早上的時間讀這本書，你知道騷塞吧？」

「不知道。」卡索邦答，他跟不上布魯克的跳躍式思路，只想到那本書。「目前我沒有時間讀這種書。我最近埋首古文字，用眼過度，真想請個人每天晚上來念書給我聽，可是我對聲音很挑剔，受不了嗓音有瑕疵的人。某種角度來說這是一種不幸，我太仰賴精神糧食，太常跟死人打交道。我的心靈有點像古人的鬼魂，在這個世界遊蕩，努力把這個世界想像成過去的模樣，儘管那個世界早已經成了廢墟，令人費解。不過我發現我必須好好保護我的視力。」

卡索邦從來不曾一口氣說這麼多話。他遣詞用字毫不含糊，一副應邀公開發表演說似的。再者，他語調平穩言簡意賅，偶爾適時地擺頭晃腦，跟布魯克東拉西扯的散漫言語兩相對照，更顯得可圈可點。

多蘿席亞心想，卡索邦是最令她好奇的人，連曾經召開研討會討論瓦勒度教派[20]歷史的瓦勒度教會牧師李列特也比不上。卡索邦要重建過去的世界，而且顯然是基於追求真理的最崇高目標。如果能參與、協助這樣的使命，哪怕只是當個燈座，該有多好呀！想到這裡，她精神無比振奮，被伯父取笑不懂政治經濟學的怒氣因此煙消雲散。政治經濟學這門她沒接觸過的學問剛才成了熄燈器，掩蓋她的所有光芒。

「可是妳喜歡騎馬，布魯克小姐。」詹姆斯趁機搭腔。「我倒覺得妳會想體驗一下狩獵的樂趣。希望妳允許我派人帶一匹栗色馬兒過來，讓妳試試，那匹馬是專為女士訓練的。我經常在星期六看見妳騎著一匹老馬在山區奔馳，那老馬不適合妳。只要妳指定時間，我的馬夫可以每天帶科里登過來給妳。」

「謝謝你，你真好心。我打算放棄騎馬，以後再也不騎了。」多蘿席亞說。她跟卡索邦聊得正起勁，詹姆斯卻硬生生打岔，纏著她說話，她心中有點氣惱，才會做出這麼突兀的決定。

「別這樣，這也太嚴苛了。」詹姆斯責備的語氣裡有明顯的關切。他轉頭對右手邊的西莉亞說，「妳姐姐總是克制自己的享樂，對吧？」

「應該是吧。」西莉亞答。她擔心會說出惹姐姐不悅的話，羞赧的臉蛋跟脖子上的項鍊一樣美麗。「她喜歡放棄享樂。」

「西莉亞，如果真是這樣，那麼我的放棄其實是自我放縱，不是自我克制。不過一個人決定棄絕某些享受，也許是基於充分理由。」多蘿席亞說。

這段期間布魯克也在說話，不過卡索邦顯然在觀察多蘿席亞。她也知道。

「對極了！」詹姆斯說。「妳是為了某些更崇高、更寬厚的動機放棄享樂。」

「不，其實不是。我不是在說我自己。」多蘿席亞紅著臉答。她跟西莉亞不同，她很少臉紅，只有非常開心或非常生氣的時候才會臉紅。這時候她在氣惱行徑乖張的詹姆斯：他為什麼不把注意力放在西莉亞身上，讓她專心聽卡索邦說話？真希望博學的卡索邦能說點什麼，而不是任由伯父滔滔不絕說個

19 Robert Southey（一七七四～一八四三），英國浪漫派詩人，也是歷史與傳記作家。《半島戰爭史》（*History of the Peninsular War*）是他在一八二三年出版的著作。

20 由法國人彼得・瓦勒度（Peter Waldo，一一四〇～一二一七）創立的教派。瓦勒度原本是富商，信仰基督後散盡家財托缽傳道，他的教派被稱為「里昂的窮人」。

沒停。剛才伯父在告訴他，宗教改革要嘛有點意思，要嘛沒有意義，而他自己是徹頭徹尾的新教徒，但天主教已經是既定事實。至於拒絕捐出一畝土地給天主教會這種事，所有人都需要信仰的約束，嚴格來說，信仰其實出自對來世的恐懼。

「我曾經花不少時間研究神學，」布魯克說，像在說明剛才那番深刻見解從何而來。「每個教派我都懂一點，我認識全盛時期的衛博福[21]。你知道衛博福嗎？」

卡索邦答，「不知道。」

「嗯，衛博福也許不夠格當思想家。有人要求我進國會，如果我真進去了，就會跟衛博福一樣保持中立，全力推動公益事業。」

卡索邦點點頭表示，公益事業的範圍廣闊。

「沒錯，」布魯克臉上掛著從容的笑意。「不過我手邊資料不少，很久以前我就開始收集資料，只是需要整理。任何時候我想到什麼問題，就寫信問某個人來得到答覆。我有充分的資料當後盾。不過先來說說，你怎麼整理你的資料？」

「一部分先分類標記。」卡索邦被問得莫名其妙，好不容易答上來。

「啊，分類標記行不通。我試過分類標記，最後每個類別裡的東西都是一團亂，我從來分不清哪份文件屬於哪一類。」

「伯父，真希望你讓我幫忙整理文件，」多蘿席亞說。「每一份我都會依字母分類，每個字母底下再做一份目錄表。」

卡索邦露出嚴肅的笑容表示贊同，又對布魯克說，「你身邊就有個得力的祕書。」

「不行，不行。」布魯克邊說邊搖頭。「我不能讓年輕小姐攪和我的文件。年輕小姐太不可靠。」

多蘿席亞有點受傷，她覺得卡索邦會認為她伯父這麼說一定有特別理由。事實上，伯父剛才那句話就像昆蟲的殘翅一樣無足輕重，跟其他瑣碎資訊一起儲存在他腦子裡，碰巧被一陣風捲起，落到她頭上。

兩姐妹單獨在客廳時，西莉亞說：「卡索邦長得真難看！」

「西莉亞！他是我見過長相最出眾的人，特別像肖像畫裡的洛克，有著相同的深陷眼窩。」

「洛克也有那兩顆長毛的白痣嗎？」

「應該是！某種人看見他的時候就會有。」說著，多蘿席亞刻意離妹妹遠點。

「卡索邦氣色很不好。」

「那更好。看來妳喜歡膚色像乳豬的男人。」

「多多！」西莉亞大叫一聲，震驚地盯著姐姐。「我從來沒聽妳用過這樣的比喻。」

「那是沒碰上可用的適當時機，這個比喻很好，非常貼切。」

西莉亞看出來多蘿席亞明顯在發脾氣。

「多蘿席亞，我不懂妳在氣什麼。」

「西莉亞，妳實在很氣人，在妳眼中，人類只是衣冠楚楚的動物，妳永遠看不到臉孔背後的靈魂。」

「卡索邦有偉大的靈魂嗎？」西莉亞也是有點淘氣的。

「嗯，我相信他有。」多蘿席亞答得異常堅定。「他表現出來的一切，都符合他寫的那本聖經宇宙論的散頁小品。」

---

21 William Wilberforce（一七五九～一八三三），英國下議院議員，主張廢奴並推動刑法改革。

「他話很少。」西莉亞說。

「他找不到說話的對象。」

西莉亞心想，「多蘿席亞看不上詹姆斯，看來她不可能接受他的求婚。」她覺得很可惜，她還不至於看不出來準男爵的目標是誰。其實她也想過，姐姐的另一半如果對事情的看法跟她不一樣，婚後的日子只怕不會開心。另外，她內心深處潛藏著一個念頭：姐姐信仰太虔誠，很難得到幸福婚姻。見解與顧慮就像散落的針，讓人坐立難安，連吃飯都戰戰兢兢。

多蘿席亞泡茶的時候，詹姆斯走過來坐在她身邊，絲毫沒有被她答話的語氣冒犯。怎麼會？他覺得多蘿席亞可能喜歡他。人總是以先入為主的看法（不管自己信或不信）解讀一切，覺得別人的態度實在明確至極。在他眼中，她魅力十足，不過他當然分析過自己這份感情。他性格優柔寡斷，倒是有難得的自知之明，知道自己的才華就算盡情施展，也很難在郡裡激起一丁點火花。因此他希望未來的另一半可以幫他拿主意，不管什麼事，他都可以問她「我們該怎麼做」，她能幫他理出頭緒，而且本身也具備擔此重任的財力。至於外界批評多蘿席亞信仰太過狂熱，他其實不是很清楚具體內容，只覺得那些傳言在婚後應該會消失。簡單來說，他覺得自己愛對了人，也準備忍受妻子的操控。畢竟他身為男人，只要他喜歡，隨時可以拿回主控權。詹姆斯不認為他會想要終結這個美麗女孩的操控，他真心喜歡她的聰明才智。有何不可？男人的心靈不管有多少內涵，始終占有男性的優勢，就好比最矮的白樺木始終凌駕最高大的棕櫚樹。男人就算無知，也比女人明智。這番道理多半不是詹姆斯自己推敲出來的，不過仁慈的上帝總會以所謂的傳統，為最軟爛的性格上點膠或添點黏性。

「布魯克小姐，希望妳不會真的放棄騎馬。」不屈不撓的詹姆斯說。「我向妳保證，騎馬是最健康的運動。」

「我知道。」多蘿席亞冷冷回應。「如果西莉亞願意騎馬，對她一定有好處。」

「可是妳騎術這麼好。」

「很抱歉，我很少練習，一不小心就會摔下馬。」

「那就更該多多練習。女士們都該練好騎術，才能陪丈夫騎馬。」

「詹姆斯爵士，我們的想法真是南轅北轍。我已經下定決心不要當個出色的女騎士，所以我不可能是你心目中那種完美女性。」多蘿席亞直視前方，口氣冷淡又無禮。那姿態活像個帥氣的小男孩，跟詹姆斯的熱切和藹形成有趣對比。

「我想知道妳為什麼做出這麼殘忍的決定，不可能是因為妳認為騎馬不對。」

「很有可能正是因為我覺得我騎馬不對。」

「哦，為什麼？」詹姆斯溫柔的語調帶點規勸。

卡索邦端著茶杯走過來，靜靜聽著。

「我們不該對行為動機過度好奇。」卡索邦以慣常的慎重口吻打岔。「布魯克小姐很清楚，動機一說出口，就變得軟弱無力，因為那股香氣已經融入比較混濁的空氣中。最好別讓發芽的穀粒接觸光線。」

多蘿席亞開心得漲紅臉頰，感激地抬頭看卡索邦。這個男人能理解更崇高的內在生命，跟這種人相處，才可能有一點精神交流。不只如此，這樣的人能以最廣博的學識照亮你的信念，他的學識幾乎可以證明你相信的都正確。

多蘿席亞的想法未免誇大。話說回來，多虧像這樣的自由推論，婚姻才得以跨越文明社會的種種障礙，否則任何時期的人類生命都很難延續。有誰會把婚前交往的圈套揑成藥丸似的小東西？

「那是當然，」隨和的詹姆斯說。「布魯克小姐如果不願意說明，誰也不能強迫她。我相信她有正當理由。」

多蘿席亞專注地仰望卡索邦。詹姆斯一點也不吃醋，他壓根想像不到，他打算求婚的對象會喜歡一個年近五十的乾癟書呆子。當然，除非是基於宗教信仰，比如對還算傑出的神職人員的崇敬。

多蘿席亞跟卡索邦聊起瓦勒度教派，詹姆斯於是轉頭跟西莉亞談她姐姐。他說他在城裡有棟房子，不知道多蘿席亞是否喜歡倫敦。姐姐不在身旁，西莉亞的談吐流暢許多。詹姆斯心想，這第二位布魯克小姐容貌秀麗，性格也討喜，只是不像某些人所說那樣，比她姐姐聰慧明智。他覺得自己看上的那位布魯克小姐各方面都比較優秀。男人自然而然都想要擁有最好的，如果他沒有這種野心，就是個虛偽的單身漢。

第三章

女神，告訴我，當拉斐爾
這慈祥的大天使……
……夏娃
專注傾聽了那些事，
滿懷欽佩，陷入沉思，
因為一切是如此深奧難解。
——《失樂園》第七卷[22]

假使卡索邦真的覺得多蘿席亞適合當他的妻子，她接受他求婚的理由已經埋植在她腦海裡。到了隔天晚上，那些理由更是萌芽開花了。當天早上西莉亞不想跟卡索邦臉上的痣和蒼白氣色相處，逃到牧師公館去找助理牧師和那些穿著破鞋卻歡天喜地的孩子們玩耍，多蘿席亞跟卡索邦因此有機會長談。

22《*Paradise Lost*》，英國詩人約翰・米爾頓（John Milton）的作品。這段話描述大天使拉斐爾向亞當與夏娃說明，撒旦對天國的叛變。

到這時，多蘿席亞已經深入窺探了卡索邦心靈那深不可測的蘊藏，在那幽暗朦朧的廣闊迷宮中看見她自己預想的一切特質。她跟他說了很多自己的事，也從他口中了解他那本偉大著作的規模，感受到他那迷宮般淵博學識的魅力。他就像米爾頓筆下「慈祥的大天使」那樣諄諄教誨，也以大天使般的神態告訴她，他寫書的目的，是為了闡明世上所有神話體系或支離破碎的神話片段，都只是古老傳統的變體。過去也有人做過這樣的嘗試，只是卡索邦打算比別人做更徹底的研究、更公平的對照和更有力的鋪排。他一旦掌握了真正的立論，建立穩固的依據，這個廣闊的神話世界就會慢慢浮現。不只如此，眾多資訊相互印證下，更是清楚明瞭。只是，匯整這麼龐大的真相是繁重又緩慢的工作。他已經累積了數量可觀的筆記，最重要的工作是將這些持續增加的大量研究成果加以濃縮，讓它們變成能放進小書架的幾冊書籍，就像希波克拉底[23]那些早期的經典之作。卡索邦向多蘿席亞說明這些時，口氣彷彿在跟同學說話，因為他只有這一種表達方式。沒錯，他引用希臘或拉丁語詞的時候，會一絲不苟地以英語解釋，不過任何情況下他都會這麼做。有學問的鄉間牧師通常習慣把周遭的朋友看成「不太懂拉丁文的貴族、騎士或其他高貴可敬的男士[24]」。

多蘿席亞被這部構思中作品的博大精深徹底俘虜。女子學校那些淺陋書籍根本望塵莫及，這人等於博蘇埃[25]再世，他的著作將完整知識與虔誠信仰合而為一。也可以說是當代奧古斯丁[26]，結合了學者與聖徒的榮光。

比起他的博學，他的聖潔似乎並不遜色。多蘿席亞忍不住敞開心胸，說出過去無法跟在蒂普頓見到的任何人談論的某些話題。特別是，她覺得比起教會的儀式和規約，心靈上的信仰更為重要，也就是遠古時代最精華的基督教典籍所描述、自我與完美神性的交流。她發現卡索邦一聽就懂，還說那個觀點只要以明智的順從適度修正，他完全贊同。他還能舉出幾個她沒聽過的歷史例證詳加說明。

「他的想法跟我一樣。」多蘿席亞告訴自己。「或者該說他想的是一整個世界，而我的想法在那裡只是一面可悲的廉價鏡子。還有他的情感，他所有的經歷，相較於我這方小池塘，那是多麼遼闊的湖泊呀！」

多蘿席亞跟同年齡的年輕女孩一樣，根據人的言語和性格遽下定論。外在跡象只是可測量的小事物，詮釋的角度卻無窮無盡。對於溫柔熱切的女孩，每個跡象都能喚起驚奇、希望與信念，像天空般無遠弗屆。只需要一丁點以知識形態呈現的散逸物質，就能添上色彩。她們未必總是受騙上當，因為就連辛巴達偶爾也會聽到實話交上好運，錯誤的分析有時會讓可憐人得到正確的結論。出發時遠離真相，沿途繞彎轉圈、曲折前進，我們偶爾也會抵達該去的地方。由於多蘿席亞是如此盲目輕信，那麼卡索邦究竟值不值得她信任就不得而知了。

卡索邦比原訂計畫多停留一段時間，只因為布魯克客氣地挽留幾句，唯一的理由是邀他看看他那些有關農工暴動破壞莊園的文件。卡索邦被帶進書房觀看那堆小山似的文件。布魯克隨手拿起這份和那份大聲誦念，讀得含糊又倉促，這段沒念完又換另一段，中間穿插一句「對，可是這裡！」最後把文件全部推向一旁，翻開他年輕時的遊歐日記。

---

23 Hippocratic，古希臘的醫生，約生於西元前四六〇年左右，後世尊稱為「醫學之父」。

24 這段文字摘自十四世紀英國旅行家約翰．曼德維爾（John Mandeville，一三〇〇～一三七一）的《曼德維爾爵士旅行記》（*The Voyage And Travels of Sir John Mandeville*）序言。作者在序言中表示，為了讓自己的同胞讀懂這本書，他將書本從拉丁文譯為法文，再從法文譯為英文。

25 Jacques-Bénigne Bossuet（一六二七～一七四〇）法國神學家，致力促成天主教與新教的和解。

26 指 Augustine of Hippo（三四五～四三〇），羅馬時期天主教神學家，死後被天主教封為聖人。著有《懺悔錄》（*Confessions*）。

「看看這個……這裡面都是希臘，拉姆努斯[27]的遺跡。你是希臘學者，我不知道你有沒有詳細研究過地形學。我花了大把時間弄懂這些。赫利孔山[28]，這裡，沒錯！『隔天早上我們出發前往帕納索斯山[29]，雙峰帕納索斯。』這本寫的全是希臘。」布魯克做出總結。他把日記本往前推出去，拇指橫向撫過紙頁邊緣。

做為一名聽眾，卡索邦的神態莊嚴中帶點哀傷，在對的時機欠身點頭，盡可能避免閱讀文件上的內容，沒有漠視或不耐煩。他深知布魯克凌亂的談話風格源自鄉間的生活習慣，也沒忘記此刻帶領他經歷這場毫無章法的心靈饗宴的人既是寬厚的東道主，也是大地主，更是負責卷宗保管的治安法官。他這麼有耐心，會不會也因為布魯克是多蘿席亞的伯父？

可以確定的是，他似乎愈來愈喜歡找多蘿席亞說話，或者像西莉亞的觀察，刻意製造機會讓她回應。他看著她的時候，臉上通常掛著微笑，那神采彷彿一抹冬日的微弱陽光。隔天上午，他跟多蘿席亞沿著礫石台地愉快地散步，他向她表示自己感受到獨居的缺點，需要有個兩情相悅的伴侶，希望對方的青春氣息可以減輕或轉換熟年階段的辛苦操勞。他這番話說得審慎明確，彷彿他是個外交使節，說出的每個字都會帶來重大後果。確實如此，不管是公私話題，卡索邦從來不認為需要重複或修改自己說過的字句。假使他十月二日字斟句酌表達了某種意願，他以自己的記憶力為標準，認為日後只要提起那個日期就夠了。他的記憶像一本書，只要「同上」兩個字就夠了，不需要舊話重提。有別於一般沿用已久的筆記本，裡面都是被遺忘的字跡。不過這回卡索邦的自信不至於落空，因為多蘿席亞以年輕人涉世未深的急切聽見了，也記住了。對於年輕的心，每個新鮮的體驗都是值得紀念的重大事件。

在那個和風習習的晴朗秋日午後三點，卡索邦乘著馬車返回短短八公里外的洛威克教區。多蘿席亞戴上帽子圍了披巾，沿著灌木林快步往前走。她橫越庭園，打算在周邊的林子裡隨意走走，身邊只有蒙克相伴。蒙克是大型聖伯納犬，兩姐妹外出散步時，由牠負責守護。她腦海浮現一幅願景，那是少女情懷對未來的幻想，她患得患失地期待著。她要帶著那幅未來景象漫無目標往前走，不想被打擾。她在清冷的空氣裡輕快走著，雙頰變得紅潤，草帽略略掀向腦後。

在我們當代人眼中，這頂草帽看起來饒富趣味，像極了古代的籃子。為了完整描述她的特點，我們還得說說她的頭髮。她把一頭棕髮直接編成辮子盤繞腦後，露出她的頭型。這在當時是相當大膽的做法，畢竟大家都認為有必要以高高堆疊的髮捲和蝴蝶結遮掩先天的不足：這種造型除了斐濟人[30]，其他任何偉大民族都自嘆不如。這也算是多蘿席亞的苦修。不過，她那雙晶亮的大眼睛裡沒有一絲苦修的神態。她直視正前方，全副心思沉浸在激動的情緒裡。午後的風光莊嚴壯麗，遠方幾排歐椴樹的陰影相互銜接，一道道長條狀的陽光穿插其間，她都視而不見。

所有人（也就是說，那個改革前[31]年代的所有人）不管年老年少，如果認為她晶亮的雙眼和緋紅的臉龐是少女情竇初開的普遍現象，一定會對她深感興趣。克洛依對史垂芬[32]的幻想已經在詩歌裡定型，所有你情我願的可歌可泣愛情正該如此。皮蘋小姐愛慕小伙子龐京，遙想兩人如膠似漆不離不棄，這樣

---

27 Rhamnus，希臘阿提卡地區古城。

28 Helicon，希臘中部山脈，是希臘神話中文藝女神的居住地，傳說繆思女神的座騎在此踏出靈感之泉。

29 Parnassus，希臘神話中阿波羅的住所，建有阿波羅神廟。

30 英國探險家庫克（James Cook，一七二八～一七七九）曾經描述斐濟人，說他們與其他波里尼西亞群島居民的主要差別，就是一頭天然捲髮。

31 指一八三二年《國會改革法案》（*Reform Act*）。

32 史垂芬（Strephon）與克洛伊（Chloe）是田園詩歌裡常用的少男少女名稱。

的簡單情節儘管以各種形式反覆搬演，古往今來的人們始終百看不厭。只要龐京有一副好身材，即使穿著短版燕尾服依然玉樹臨風。這時如果某個嬌美女孩對他一見傾心，一眼認定他品行高潔、才華卓越，最重要的是情比金堅，那麼所有人都覺得女孩的反應不但自然，而且是女性特質的完美展現。然而，如果有個女孩對婚姻的看法完全來自對生命終點的崇高熱情，這份熱情主要靠自己的火焰引燃，而且絲毫不在乎嫁衣是否華麗、瓷盤是否精美，更不嚮往嫁作人婦的榮耀與婚姻生活的甜蜜，世上恐怕沒有人能認同與理解，蒂普頓地區的人更加不會。

這時的多蘿席亞覺得卡索邦可能有意娶她為妻，想到他竟有這份心，她油然生起一股虔誠謝意，感激莫名。他真個好人，不只這樣，這簡直就像有個天使突然出現在她的人生旅途上，對她伸出手來！長久以來，她心頭一直籠罩著某種不確定感，就像厚重的夏日濃霧，阻擋她度過有意義的人生。她能怎麼做？她該怎麼做？她，不到雙十年華的女子，有鮮明的良知與強大的心理需求，不以小女生的教育為滿足。她覺得那種教育零星細碎、眼界短淺，只適合散漫的小老鼠。如果她多一點愚蠢與自負，也許會覺得一個有點資產的年輕女信徒，應該以村莊公益為人生理想，贊助收入微薄的神職人員，詳讀《聖經女性人物》[33]，探討《舊約》裡的撒拉[34]與《新約》裡的多加[35]的個人經歷，在閨房裡繡花時也不忘淨化自己的靈魂。她知道自己有朝一日會出嫁，夫婿對信仰難以言說的層面，即使不像她那麼投入，卻不至於無可救藥，也願意接受她的適時規勸。可憐的多蘿席亞注定得不到這樣的滿足感。她強烈的宗教信仰和這份信仰對她的人生的主導，都只是她講究理論、過度知性的熱誠天性的一部分。她這樣的天性只能在狹隘的女子教育裡掙扎，受困在迷宮的小徑般的社交生活裡：小徑兩旁都是高牆，哪裡都去不了。看在旁人眼中，她的行為當然顯得誇大又矛盾。如果她覺得某樣東西似乎無與倫比，她會希望以最完整的學識加以驗證，不願意虛假地認同某些光說不練的規則。她把滿腔青春熱情都灌注在這種靈魂的飢渴中，她期待的婚姻應該要能解救她脫離少女的無知，讓她心甘情願地臣服於某個能帶她踏上最崇高道路的嚮導。

「那時我什麼都能學得到。」她一面對自己說，一面在林間的跑馬道上急行。「我有責任學習，這樣我才更有能力幫助他完成他的偉大創作。我們的生命不會平凡，我們日常生活中的事物都會是最偉大的。那就像嫁給帕斯卡。我會學著跟偉大人物一樣，以同樣的眼光看見真理。等我年紀再大一點，就會知道該做些什麼，會知道該怎麼在此時此地的英格蘭活出偉大的生命。現階段我不太確定該怎麼行善，目前所做的一切彷彿在為言語不通的種族服務。唯一的例外是建造優質村屋，這點無庸置疑。噢，真希望我能改善洛威克地區人們的住宅條件，我要利用空閒時間多畫點設計圖。」

多蘿席亞突然制止自己，她責怪自己妄自揣測不確定的事。不過她不需要花心思轉移念頭，因為有個人騎著馬從彎道那邊過來。看見那匹受到悉心照料的栗色馬和兩條漂亮的賽特犬，她毫不懷疑來人就是詹姆斯。他認出多蘿席亞後立刻跳下馬，把馬交給馬夫朝她走來。他臂彎裡抱著白色的東西，那兩條賽特犬激動地朝那東西狂吠。

「布魯克小姐，在這裡遇見妳，真是太開心了。」說著，他舉起帽子，露出亮澤的金色捲髮。「我期待中的喜悅提早來到。」

33《*Female Scripture Characters: Exemplifying Female Virtues*》，作者為英國女作家法蘭西絲・金恩（Frances Elizabeth King，一七五七～一八二一），是相當受歡迎的教科書。

34 Sara，見《聖經・創世記》第十六至十七章。原名撒萊，亞伯蘭之妻，後來上帝要亞伯蘭改名亞伯拉罕，撒萊改名撒拉。撒拉九十歲生下以撒，以撒即為希伯來人的祖先。

35 Dorcas，見《聖經・使徒行傳》第九章第三六至三七節，為人樂善好施。

多蘿席亞思緒被打亂，頗為惱火。她承認這位和善的準男爵確實是西莉亞的好對象，可是也沒必要這麼討好未來大姨子。一個人如果總是自認他很了解妳，總是認同妳對他的反駁，那麼即使這人是未來的妹婿，也會給人壓迫感。不過此刻她還沒想到他跟她說話是弄錯對象，因為她已經為另一番思路耗盡腦力。這時候他的確太冒失，厚實的雙手也很礙眼。她高傲地回應他的問候，臉頰因為升高的火氣漲得紅通通。

詹姆斯認為她臉上的紅暈是因為見到他太開心，他沒見過多蘿席亞這麼美的模樣。

「我帶了個小東西來向妳請願，」他說。「或者該說，我帶牠過來，看看牠能不能在提出請願以前得到妳的認可。」他呈上懷裡那團白色的小東西，是馬爾濟斯幼犬，大自然最無邪的玩物。

「這些小東西被人養大只是當寵物，我覺得很難過。」多蘿席亞心裡不痛快，臨時冒出這個想法（有些想法確實如此）。

「哦，為什麼？」詹姆斯問。他們一齊往前走。

「我覺得人類的寵愛不會帶給牠們快樂。牠們太依賴人，太柔弱。反而靠自己覓食的黃鼠狼或老鼠比較有意思。我喜歡想像周遭的動物擁有跟我們類似的靈魂，有些過著自己的生活，有些陪伴我們，就像蒙克一樣。那些小東西像寄生蟲。」

「我很高興知道妳不喜歡牠們。」好脾氣的詹姆斯說。「我自己不會養這樣的寵物，不過女士們通常喜歡這種馬爾濟斯犬。約翰，把這小狗抱走。」

那隻被拒絕的黑眼黑鼻小狗就這麼被打發了，只因多蘿席亞覺得牠當初就不該出生。不過她覺得有必要解釋一番。

「你不要以為西莉亞跟我一樣，她應該會喜歡這些小動物。她曾經養過一隻小㹴犬，她非常喜歡。

我卻不開心，因為我有點近視，很怕踩到牠。」

「布魯克小姐，妳對任何事都有自己的看法，而且妳的看法總是很正確。」這麼愚蠢的讚美真讓人無言。

「妳知道嗎？我很羨慕妳這點。」詹姆斯一面說，一面配合多蘿席亞的速度快步走。

「我不太明白你的意思。」

「妳凡事都有自己的看法，而我只能對人有看法。我知道自己喜歡或不喜歡某些人，對於人以外的事物，我通常很難做決定，正反兩面的意見往往都很合理。」

「或者只是聽起來合理，也許我們不太能辨別合理與不合理。」多蘿席亞覺得自己態度有點差。

「對極了。」詹姆斯說。「可是妳好像有能力辨別。」

「恰恰相反，我經常沒辦法做決定，不過那是因為知識不足。正確的結論始終都在，只是我看不到。」

「恐怕很少人一眼就能看見。對了，昨天洛古德告訴我，妳對村屋的設計有一流的看法。他覺得以一個年輕女士來說，非常了不起。套用他的說法，妳是真正的『天才』。他說妳建議布魯克先生蓋一批新村屋，但他覺得妳伯父不太可能同意。妳知道嗎？我就想這麼做，我是說蓋在我自己的莊園上。如果妳願意讓我看看妳畫的圖，我很樂意執行。當然，這是血本無歸的投資，所以大家才反對。雇工付的租金根本不敷成本，不過這件事值得做。」

「值得做！沒錯，確實如此。」多蘿席亞亢奮地說，已經忘了剛才的惱怒。「我們這些讓佃農住豬舍似的房子的人，都該被人用細繩做的鞭子抽打，趕出我們的漂亮房子。他們住的如果是真正的房子，也許能過得比我們幸福。畢竟我們希望這些人盡責忠誠。」

「我能看看妳的設計圖嗎?」

「行,當然可以。我敢說缺點很多,不過我仔細看過勞頓[36]的書裡所有農村住房的設計,從中選出看起來最好的部分。如果這些房子能變成這地方的模範,就太好了!與其想辦法不讓拉撒路[37]出現在家門口,我們更應該努力把那些豬舍似的村屋逐出莊園。」

多蘿席亞現在心情好極了。她的未來妹婿詹姆斯在莊園上建造模範村屋,之後也許洛威克也會建造另一批,其他地方起而效尤,愈蓋愈多。那就等於奧伯林[38]的精神也貫徹到附近教區,美化窮人的生活!

詹姆斯看到所有設計圖,拿走其中一份回去跟洛古德討論。他離開的時候心滿意足,覺得多蘿席亞對他的好感大幅提升。那隻馬爾濟斯沒有送給西莉亞,事後多蘿席亞想到這件事有點驚訝,她認為他忘了。不過她怪自己,因為她害詹姆斯分心。但她也覺得如釋重負,畢竟不必擔心踩到小狗。

詹姆斯看設計圖時,西莉亞也在一旁,她意識到他的錯覺。「他以為姐姐在乎他,其實她只在乎她那些設計圖。不過,如果姐姐覺得他願意讓她做主,讓她實現她所有的想法,也許不會拒絕他。那時詹姆斯的日子一定很鬱悶!我受不了太有想法的人。」

西莉亞縱容自己心裡的這份嫌惡,但她不敢直接在姐姐面前說出來,否則姐姐一定會責備她無故看所有美德不順眼。不過只要時機恰當,她會拐彎抹角讓姐姐知道她的不以為然,提醒姐姐旁人只是看熱鬧,對她的意見不感興趣,讓姐姐亢奮的情緒冷卻下來。西莉亞不是急躁的人,即使是該說的話也不會急於一時,時候到了才會不慍不火跟平時一樣平靜從容地說出來。如果有人高談闊論,大放厥詞,她只會靜靜盯著對方的臉龐和表情。她永遠想不通有教養的人為什麼會願意唱歌,嘴巴還得配合這種發聲活動可笑地開開闔闔。

短短幾天後的某個上午，卡索邦又來了，而且接受邀請，隔週來吃晚餐，留宿一夜。多蘿席亞又跟他深談三次，也因此確認她對他的第一印象公正客觀。他果然是她想像中的模樣：他所說的一切都像礦場挖出來的樣品，也像博物館大門上的銘文，可以開啟古老的寶藏。她愈來愈相信他擁有龐大的精神財富，對他的好感也漸漸提升。如今她明顯看得出來，他三番兩次來拜訪，都是為了她。這位淵博的男士竟然垂青她這樣的年輕女孩，費心勞神跟她說話，不會愚蠢地恭維，而是肯定她的理解力，偶爾好意糾正。多麼可喜的同伴啊！卡索邦好像根本不知道世上有瑣事的存在，也從來不會拾人牙慧轉述某些大人物的閒話。畢竟那些閒話受歡迎的程度就像不新鮮的結婚蛋糕，送上來時還帶著食櫥的雜味。他只談自己感興趣的事，否則就保持沉默，懷著淡淡的感慨，謙恭有禮地點頭回應。在多蘿席亞看來，這是值得敬重的誠實，也是虔誠的自制，不會虛有其表地裝模作樣消耗靈魂。她有多崇拜他的才智與學識，就有多尊敬他在信仰上的高潔。他認同她表達的虔敬感受，通常引述名言佳句加以肯定。他還大方地告訴她，他年輕時也經歷過靈性上的衝突。一言以蔽之，多蘿席亞覺得自己可望得到理解、共鳴與指導。在她喜歡的話題之中，有一個（只有一個）她覺得有點失望。卡索邦對建造村屋不感興趣，把話題轉移到古代埃及人住的那種極其窄小的房舍，彷彿不贊成把標準訂得太高。

---

36 John Loudon（一七八三～一八四三），蘇格蘭植物學家兼園藝設計家。

37 Lazarus，見《聖經．路加福音》第十六章。拉撒路是乞丐，全身皮膚潰爛，經常被帶到富翁家門口，撿富翁餐桌掉下來的食物充飢。

38 Jean Frederic Oberlin（一七四〇～一八二六），法國牧師，幫助農民購買現代農機，改善農村生活。

卡索邦離開以後，多蘿席亞有點煩亂地思考他對這件事的漠不關心。她想到一些反駁的論點，比如不同的氣候條件會改變人類的住屋需求，以及古代的異教君主原本就暴虐無道。卡索邦下次來的時候，她該不該向他提出這些論點？不過，她深思之後，覺得自己要求他重視這件事，未免跋扈。畢竟他不會反對她閒暇時忙這些事，就像其他女性把時間花在衣裳和刺繡上，也不會禁止她……多蘿席亞發現自己竟然這樣胡思亂想，覺得相當羞愧。不過卡索邦邀請布魯克先生去洛威克做客兩天，她可以合理猜測卡索邦當真喜歡跟她伯父（不管有沒有那些文件）相處嗎？

另外，因為這個小小失望，她對詹姆斯願意著手改善佃農房舍的做法更覺欣喜。他比卡索邦更常過來拜訪，他積極的表現消除了多蘿席亞對他的反感。他已經將洛古德的評估化為實際的執行力，而且對她言聽計從，讓她心情大好。她建議先建兩棟村屋，讓兩戶人家搬進去。這麼一來，他們原本住的小屋子就可以拆除，原地再建造新的房舍。

詹姆斯說：「對極了。」

她覺得他的回應非常順耳。這些沒有主見的男人只要有女性善加引導，肯定也能成為社會上有用的人，前提是，他們幸運找到優秀的大姨子！他們兩個的關係其實還可以有另一種選擇，只是她一直沒往那個方向思考。究竟有沒有一點故意，很難說得清楚。她目前的生活充滿希望與行動：一面想著她那些設計圖，一面從圖書室找出許多高深書籍，囫圇吞棗大量閱讀，只希望跟卡索邦談話時可以多一點見識。在此同時，她頻頻自問，自己會不會把這些小事看得太重要，以最無知又愚蠢的自滿看待它們。

第四章

紳士甲：我們的作為是我們為自己鑄造的腳鐐。
紳士乙：噯，說得是。不過鐵是世界提供給我們的。

「不管妳想做什麼，詹姆斯爵士好像都決心配合。」西莉亞和姐姐去勘查建村屋的預定地後，乘著馬車回家。

「他是個好人，比任何人想像中都來得明理。」多蘿席亞不以為意地說。

「妳是說他看起來不聰明。」

「不，不。」多蘿席亞回過神來，伸手按一下妹妹的手。「我是說，不是所有議題他都同樣能言善道。」

「除了討人厭的人之外，所有的人都是這樣。」西莉亞以她一貫的輕快語氣說。「跟那種人生活在一起一定很恐怖。妳想想，吃早餐的時候是那樣，隨時隨地都是。」

多蘿席亞哈哈笑。「咪咪，妳真是妙極了！」她捏一下西莉亞的下巴，覺得妹妹真是迷人又可愛，將來適合到天國當永恆的二品天使。如果這麼比喻不違反教義的話，她會覺得妹妹就像小松鼠，是不需要救贖的靈魂。「人當然不需要隨時隨地能言善道。只是，一個人努力表達的時候，才會展現出心靈的深度。」

「妳是說詹姆斯爵士的表達能力不夠。」

「我說的是一般狀況，妳為什麼一直扯到詹姆斯爵士身上？我怎麼想與他無關。」

「多多，妳真的這麼認為？」

「當然，他只是把我當成未來的大姨子。」多蘿席亞從沒提過這件事。兩姐妹向來不好意思討論這種話題，只能等到關鍵時刻才好開口。

西莉亞漲紅了臉，馬上接著說：「多多，拜託別再說這種話了。前些天坦翠普幫我梳頭的時候告訴我，詹姆斯爵士的僕人聽卡瓦拉德太太的女僕說，詹姆斯爵士打算娶布魯克家的姐姐。」

「西莉亞，妳怎麼可以放任坦翠普跟妳嚼這種舌根？」多蘿席亞氣憤地質問。更令她生氣的是，她記憶深處某些細節開始甦醒，確認這個她不愛聽的論點。「一定是妳先問了她什麼問題，太丟臉了。」

「我不覺得坦翠普跟我說這些有什麼不好，知道外面的人說些什麼不是壞事。妳一直以為自己想得對，結果出了多大的差錯。我相當確定詹姆斯爵士打算向妳求婚，而且他相信妳會答應，尤其最近妳因為設計圖的事對他非常滿意。伯父也知道，所有人都看得出來詹姆斯爵士對妳一往情深。」

多蘿席亞心裡的反感太強烈，太難承受，淚水湧現她眼眶，撲簌簌往下掉。她那些珍貴的設計圖變得苦澀，她嫌惡地想著詹姆斯竟然以為她把他當情人。她也替西莉亞生氣。

「他怎麼會有這種念頭？」多蘿席亞急躁的地脫口而出。「除了建造村屋，我跟他對任何事看法都不一樣。以前我對他的態度連客氣都談不上。」

「可是後來妳對他非常滿意，所以他開始相信妳喜歡他。」

「喜歡他！西莉亞！妳怎麼可以說出這麼可憎的話？」多蘿席亞激動地說。

「天哪，多蘿席亞，喜歡一個願意妳當他妻子的男人有什麼不對？」

「妳說詹姆斯爵士覺得我喜歡他，這種話令我作嘔。再者，對於那個即將成為我丈夫的人，『喜歡』不是正確的用詞。」

「我只是替詹姆斯爵士難過，所以覺得應該跟妳說，因為妳總是一意孤行，從來不留意周遭的狀況，總是踏錯腳步。妳總是看著別人看不見的東西，永遠不滿意，卻看不見顯而易見的事物。多多，妳就是這樣的人。」西莉亞不知道哪來的勇氣，面對這個她偶爾相當敬畏的姐姐，這次好像不肯罷休。誰知道貓咪摩爾[39]對於思想更開闊的物種會做出什麼樣的適切批判？

「這太難受了。」多蘿席亞覺得自己受到懲罰。「我不能再管村屋的事。我必須對他失禮，必須告訴他，我不要管那些事。我很難過。」她又淚如泉湧。

「先別急，好好考慮一下。他去看他姐姐，這兩天不在家，那裡只有洛古德在。」西莉亞終究不忍心，又用親切的口氣一字一句地說，「可憐的姐姐，這實在很難，畫設計圖是妳最大的愛好。」

「『愛好』！妳以為我對人類同胞的住宅的關心那麼膚淺嗎？我也許做錯了。一個人如果身邊都是思想狹隘的人，怎麼可能做任何事都符合高貴的基督精神？」

兩人不再說話。多蘿席亞受了太大刺激，心情無法平靜。她表現得彷彿絕不承認自己有錯，反倒怪罪周遭的人心量狹小盲目無知。西莉亞也不再是永恆的二品天使，而是她內心的一根刺，一個質疑宗教信仰的傻丫頭，比《天路歷程》[40]裡各種挫折障礙更糟。畫設計圖的「愛好」！人的作為一旦被貶低成這

39 Murr the Cat，德國浪漫主義作家霍夫曼（Ernst Theodor Amadeus Hoffmann，一七七六～一八二二）的作品《公貓摩爾的人生觀》（*Lebens-Ansichten des Katers Murr*）裡的主角。

樣的乾枯廢物，生命還有什麼價值？人還能有什麼信心？她走下馬車的時候，面無血色眼眶泛紅，顯得無比哀怨。布魯克先生在客廳看見這一幕，原本會大吃一驚，不過一旁的西莉亞一如往常地美麗從容，所以他馬上判定多蘿席亞的淚水源於她過度虔誠的信仰。他去鎮上處理某個罪犯的赦免請願案，她們出門這段期間，他就回來了。

「親愛的，」她們上前吻他時，他慈祥地說。「我不在家這段時間，沒發生什麼不愉快的事吧？」

「沒有，伯父。」西莉亞答。「我們去弗列許看那些村屋。我們以為你會趕回來吃午飯。」

「我在洛威克吃午飯。妳們不知道我去了那裡嗎？多蘿席亞，我幫妳帶了一些散頁小品回來，放在圖書室的桌上。」

多蘿席亞頓時覺得一道電流竄過全身，讓她一陣顫慄，原本的絕望變成了期待。那是討論早期教會的散頁小品。西莉亞、坦翠普和詹姆斯帶來的沮喪一掃而空，她直接走進圖書室。西莉亞上樓去了。布魯克收到口信耽擱片刻才走進圖書室，多蘿席亞已經坐下來專注讀著其中一份散頁小品。紙頁空白處有卡索邦的手寫筆記，多蘿席亞迫不及待地讀著，像沉悶地走了一大段路後又熱又渴，急切地嗅聞鮮花香氣。

她已經遠離蒂普頓、弗列許和她自己踏錯腳步的可悲傾向，朝新耶路撒冷前進。

布魯克坐進自己的扶手椅，雙腳伸向爐火。爐子裡的木柴已經燒成一堆火紅的骰子，落在鐵架之間。他輕搓雙手，非常溫和地看著多蘿席亞，神情淡然悠閒，好像沒什麼特別的事要說。多蘿席亞發現伯父坐在旁邊，立刻闔上那些小品站起來，似乎打算離開。通常她會問伯父這回為罪犯請願的結果，不過今天她心情太激動，現在有點心不在焉。

「我剛從洛威克回來，」布魯克說，他的口氣不像要阻止她離開，只是照平常的習慣重複他說過的話：他把這種人類語言的基本原則發揮得淋漓盡致。「我在那裡吃午飯，參觀了卡索邦的書房。回來的路上風真大。親愛的，要不要坐下來？妳好像有點冷。」

多蘿席亞倒是樂意留下。伯父那種凡事淡定的態度只要不是恰好惹惱她，其實頗有安撫效果。她取下披巾和帽子，坐在伯父對面，享受溫暖的火焰，只是舉起美麗的雙手遮擋火光。她的指頭不纖細，手也不小，算是屬於強有力的女性，像母親的手。她舉起手像在撫慰想要得知、想要思考的強烈渴望。這份渴望不久前才因為蒂普頓和弗列許這些不友善的事惹她哭紅了眼。

現在她想到那個被定罪的犯人了，「伯父，那個偷羊的人後來怎麼了？」

「什麼？可憐的邦屈嗎？嗯，我們好像救不了他，他應該會被判絞刑。」

多蘿席亞皺起眉頭，露出譴責與憐憫的表情。

「絞刑，沒錯。」說著，布魯克默默點了點頭。「可憐的羅米利[41]，如果他還活著，一定會幫我們。我認識羅米利，卡索邦不認識。他整天埋在書堆裡，沒錯，卡索邦就是這樣。」

「一個人如果在做偉大研究，要寫偉大作品，當然必須放棄大部分的世界。他怎麼可能有時間到處認識人？」

「確實如此。可是人會意志消沉。我一直以來都保持單身，不過我是那種永遠不會消沉的個性，我喜歡到處走走看看，從來不會悶悶不樂。但我看得出來卡索邦會鬱悶，沒錯，他需要找個伴。嗯，要有

40《*Pilgrim's Progress*》，英格蘭布道家約翰·班揚（John Bunyan，一六二八～一六八八）創作的基督教寓言詩，譯為二百多種文字，是史上最廣為人知的宗教寓言文學。

41 Samuel Romilly（一七五七～一八一八），英國政治家，致力推動刑法改革。

人陪。」

「能當他的伴侶是很大的榮幸。」多蘿席亞神采煥發地說。

「妳喜歡他？」布魯克問。他沒有驚訝，沒有顯露任何情緒。「嗯，我認識卡索邦十年了，從他來到洛威克就認識了。不過我從來不了解他，不知道他有些什麼想法，沒錯。不過他很有本事，如果皮爾繼續執政，他也許有機會當主教。親愛的，他對妳的評價很高。」

多蘿席亞說不出話來。

「事實上，他確實非常欣賞妳。他口才非常好，卡索邦就是這樣。因為妳還沒成年，所以他來問我。簡單來說，我答應他找妳談談，不過我告訴他，我覺得機會渺茫，我必須這麼說。我告訴他，我姪女非常年輕，諸如此類的，我覺得沒必要說得太詳細。總而言之，他請我允許他向妳求婚。沒錯，就是求婚。」布魯克邊說邊點頭示意。「親愛的，我覺得最好跟妳說一聲。」

布魯克的神態看不出一丁點憂慮，不過他真的想知道姪女心裡有什麼想法，如果她有需要，也許他能及時給她一點忠告。身為一個心裡裝滿各式各樣觀點的治安法官，他唯一有的感受，就是純粹的善意。多蘿席亞沒有馬上開口，所以他重複說道，「親愛的，我覺得最好跟妳說一聲。」

「伯父，謝謝你。」多蘿席亞用清晰堅定的口吻說。「我非常感謝卡索邦先生。如果他向我求婚，我會接受。我見過的男人之中，他是我最欽佩和敬重的。」

布魯克停頓片刻，之後用低沉嗓音慢條斯理地說，「哦？……嗯！某些方面來說他也算好對象。話說回來，詹姆斯也是好對象，而且我們兩家的土地連在一起。親愛的，我絕不會左右妳的意願。某種程度上，人應該有權決定自己的婚姻。沒錯，某種程度上，我向來都是這麼說的。我希望妳嫁得好。順道一提，我有理由相信詹姆斯也想娶妳。」

「我不可能嫁給詹姆斯爵士。」多蘿席亞說。「如果他想娶我，那他就大錯特錯了。」

「確實如此。誰曉得呢，我還以為女人比較喜歡詹姆斯那樣的男人。」

「伯父，請別再提他跟我的事。」多蘿席亞覺得前不久的怒氣又蠢蠢欲動。

布魯克一頭霧水，覺得女人心果然難以捉摸，即使他活到這把年紀，還是沒辦法以科學的精準度預測她們的行為。詹姆斯那樣的傢伙竟然被嫌棄成這樣。

「嗯，可是卡索邦……這事不急，我是說妳不急。沒錯，他的健康一年不如一年。他超過四十五歲了，可能比妳整整大了二十七歲。當然，如果妳喜歡的是學識或名望那類的事，人不能什麼都要。他收入也不錯，除了教會俸祿以外，他還有一筆可觀的自有資產。他收入不錯，不過他確實不年輕了，還有，親愛的，我不能瞞妳，我覺得他的健康狀況不太好。我所知道的缺點就這些了。」

「我不想嫁給跟我年齡相近的人。」多蘿席亞嚴肅又堅決地說。「我希望我丈夫的判斷力和各方面的知識都勝過我。」

布魯克再次以低沉的語調說，「是嗎？我以為妳比大多數女孩更有自己的主見，我以為妳喜歡自己的看法。沒錯，妳自己的。」

「我沒辦法想像自己沒有一點看法要怎麼活下去，不過我的看法都有很好的理由。有智慧的男人能夠幫我判斷哪些看法最有依據，也會協助我在生活中實踐。」

「也是。妳說得很對，對極了，事先考慮這些也好。不過凡事都有例外，沒錯。」布魯克接著說。「他現在一片好心，希望盡力為姪女做點什麼。「生命沒有固定的模式，沒辦法用尺規或線條切割。我自己沒結過婚，這對妳和妳未來的家人比較好。事實上，我還沒遇見過讓我愛得願意套上絞索的人。那確實是絞索。脾氣，人都有脾氣。當丈夫的總是喜歡發號施令。」

「伯父，我知道生活會有考驗。婚姻是一種更高的責任，我從來不認為結婚只是為了個人的舒適。」可憐的多蘿席亞說。

「嗯，妳不愛出風頭，不想嫁入豪門，不愛舞會、晚宴那類的事。以生活方式來說，我看得出來卡索邦比詹姆斯更適合妳。親愛的，妳想選誰就選誰。我一開始就說了，我不會阻止妳嫁給卡索邦，因為誰也不知道未來會怎樣。妳的品味跟其他年輕女孩不一樣，一個可能升任主教的牧師兼學者，可能比詹姆斯更適合妳。詹姆斯是個好人，心地善良的好人，但他對事情沒有太多看法，我在他那個年紀的時候已經很有想法了。不過，我覺得卡索邦讀太多書了，眼睛不太好。」

「伯父，這樣我會更開心，因為我就更有機會協助他。」多蘿席亞熱心地說。

「看來妳已經打定主意。嗯，親愛的，事實上，我口袋裡有一封給妳的信。」布魯克把信交給多蘿席亞。多蘿席亞起身準備離開時，他又說，「親愛的，不必急著做決定，好好想一想。」

多蘿席亞離開後，布魯克回想了一下，覺得自己那番話說得鏗鏘有力，清楚明白地為她剖析婚姻的風險。這是他的責任。至於扮演智者教導年輕人這種事，他覺得對一個喜歡卡索邦勝於詹姆斯的年輕女子來說，世上沒有哪個伯父可以自以為是地斷言，哪一種婚姻比較幸福。儘管那個伯父年輕時到處遊歷，吸收新觀念，也跟不少名人吃過飯，雖然那些人已經不在人世。簡言之，布魯克先生永遠弄不懂女人，她們太複雜，就像不規則物體，不會有固定軌跡。

第五章

用功的學生通常會有痛風、黏膜炎、關節炎、惡病質、消化遲緩、視力不良、結石、急性腹痛，以及胃病、便祕、眩暈、脹氣、癆病等，伴隨久坐而來的病症。他們多半瘦削、乾枯、氣色不好……都是因為太努力，廢寢忘食地讀書。如果你不相信，看看偉大的托斯塔特斯[42]和聖托瑪．阿奎那[43]的作品，告訴我這些人是不是太用功。

——伯頓《憂鬱症的解剖》第一卷[44]

以下是卡索邦的信。

---

42 Tostatus（一四五五年卒），西班牙著名神學家，曾任亞維拉主教。

43 Thomas Aquainas（一二二六～一二七四），中世紀知名義大利神學家兼哲學家，著有《神學大全》（*Summa Theologica*）。

44 羅伯特．伯頓（Robert Burton，一五七七～一六四〇），英國學者，《憂鬱症的解剖》（*Anatomy of Melancholy*）是他最知名的著作，內容以科學與哲學為主，以諷刺手法探討人類各種行為。

親愛的布魯克小姐，

承蒙妳的監護人許可，我寫這封信向妳陳述此刻我心中唯一在乎的議題。近期我意識到自己的生命出現一種需求，就在這個時候，我認識了妳，我十分確定這不只是時間上的巧合。因為我認識妳短短一小時內，就發現妳是最符合這個需求的人，可能也是唯一的一個。我不得不說，這種需求涉及的情感如此強烈，即使全神貫注投入某種特殊無法輕言放棄的工作，也不能持續隱藏。每一個進一步觀察妳的機會，都更加深我的印象，讓我確認妳果然是最適合我的人，也因此更肯定地增強我適才提及的情感。

透過我們的對談，我相信妳已經充分明白我生命與目標的重點。我很清楚這個重點不適合更為平凡的心靈，但我在妳身上看到崇高的思想與虔誠的力量。過去我認為這種特質不可能在朝氣蓬勃的年輕人身上找到，也很難與女性的諸多美德並存。那些女性美德如果與前面所提的心靈特質結合，勢必受人矚目，綻放獨特光采，妳就是最明顯的例子。這些純粹又迷人的特質的組合極為罕見，既能輔助更莊嚴的任務，又能為閒暇時光增色。我承認我原本不抱希望，不相信我能遇見這樣的良伴。如果沒有認識妳，我應該就會這樣走完餘生，不會試圖以婚姻來緩解我的孤獨。容許我再次強調，我和妳的相識，絕不只是與預期需求的膚淺巧合。這是天意，是完成終生計畫必要的一步。

親愛的布魯克小姐，這就是我內心的真正感受。憑藉妳善意的寬容，我在此冒昧請問，妳對我的感覺，與我樂觀的預感相距有多遠？如果有幸成為妳的丈夫，守護妳在人間的福祉，那會是上天賜給我最珍貴的禮物。相對的，我至少可以保證給妳一份至死不渝的愛和忠實的奉獻。不管我未來的生命多麼短暫，我可以保證，如果妳有意追溯，我過去的生命扉頁上絕對找不出任何令妳痛苦或羞愧的紀錄。我無比焦慮地等候妳的回音，如果我能夠投入工作來轉移這份焦慮，也算是智慧之舉。可惜我辦不到，這方面的經驗，我相當欠缺，想到可能得到否定答覆，我不禁感受到，在希望的短暫光芒一閃而逝後，孤獨的生活恐怕更加難以忍受。

無論如何，永遠為妳誠摯奉獻的

愛德華．卡索邦

多蘿席亞讀信時渾身顫抖，之後雙膝跪地掩面哭泣。她沒辦法禱告，因為她的情緒洶湧澎湃，思想變得混沌，腦裡的影像游移飄忽。她只能本著童稚的依賴感，投向支撐自己意識的神聖力量。她一直維持這種姿態，直到該起身換裝吃晚餐。

她怎麼可能想到要細看這封信，用批判的眼光審視信中表達的愛情？她整顆心都瘋狂了，因為更充實的人生鋪展在眼前。她像個新信徒，即將接受更高階的啟發。過去她的精力在自己的無知與世人的狹隘專斷形成的迷霧與壓力下不安地攪動，如今那些精力終於找到發揮的空間。

她總算可以為繁重而明確的職責奉獻自己，總算可以持續生活在她崇敬心靈的光芒下。這份希望摻雜著自豪的喜悅，那是少女的驚喜，只因得到自己欽佩的男子的青睞。一直以來多蘿席亞竭盡全力追求理想人生，為此傾注所有熱情，這份少女的理想光輝落在第一個走入她眼界的對象身上。當天發生的幾件小事喚起她對自己生活現狀的不滿，原本的意向也因此增強，變成堅定的決心。

晚餐後，西莉亞彈著某種旋律的變奏曲，只是些叮叮噹噹的小曲子，屬於女子教育的藝術領域。多蘿席亞上樓回到自己房間給卡索邦回信。她有什麼理由延遲回信？她前後寫了三次，不是為了修改內容，而是因為她的筆跡異乎尋常地凌亂。萬一卡索邦覺得她寫字歪歪扭扭難以辨認，她會受不了。她向來以自己的筆跡為榮，每個字母都清清楚楚，不需要費力猜測。她打算善用這個技能，幫卡索邦省點眼力。

她寫了三遍：

親愛的卡索邦先生，

得知你愛我、覺得我有資格成為你的妻子，我十分感激。在我心目中，能跟你共度一生是最幸福的事。如果我再多說什麼，也只是用更多言語敘述相同內容，因為此時此刻我唯一想到的，就是成為你最忠實的終生伴侶。

多蘿席亞・布魯克

當天稍晚，她跟著伯父走進書房，把信交給他，好讓他隔天早上將信送出去。他有點驚訝，但他的驚訝只是表現在短暫的沉默中，他把寫字桌上的物品推來挪去，最後站起來，背對著爐火，眼鏡掛在鼻梁上，盯著多蘿席亞信上的地址。

「親愛的，妳仔細考慮過了嗎？」他終於問。

「伯父，不需要多想，我沒有理由猶豫。如果我改變心意，那一定是基於某種我原先不知情的重大因素。」

「喔！那麼妳答應他了？詹姆斯一點機會都沒有？詹姆斯冒犯過妳嗎？我是說，他惹妳生氣？妳不喜歡他哪一點？」

「任何一點都不喜歡。」多蘿席亞答得有點急躁。

布魯克的腦袋和肩膀往後仰，彷彿有人向他投擲小彈丸。

多蘿席亞立刻感到自責，說：「我是指做為丈夫。他人很和善，在建造村屋方面真的很好，是個好心人。」

「可是妳要嫁的人必須是學者，是嗎？嗯，我們家族是有這點遺傳，我自己也有，對知識的熱愛，想弄懂所有事，有點太過度，我有點走偏。只是那種特質通常不會出現在女孩子身上，或者該說它像希臘地底的河流，從男孩子身上湧出。有聰明的兒子，就有聰明的母親。我曾經花不少工夫研究這方面的事。不過，親愛的，我經常強調，關於婚姻感情這類事，某種程度上每個人都可以照自己的心意做決定，但身為妳的監護人，我不能同意妳嫁給不好的對象，不過卡索邦的條件不差，算是有身分地位。只是我擔心詹姆斯會失望，卡瓦拉德太太會怪我。」

當然，那天晚上的事，西莉亞一無所知。多蘿席亞精神不集中，而且回家後好像又哭過，西莉亞覺得姐姐還在為詹姆斯和村屋的事不高興，所以小心翼翼，不敢再招惹她。她心裡想說的話都說出來了，不想再重提那些煩人的事。她從小就是這種個性，不愛跟任何人爭吵，別人找她吵架，她只會驚奇地觀察對方有如公火雞般面紅耳赤的模樣，一等對方氣消，她馬上又可以跟他們玩花繩。至於多蘿席亞，她總是習慣在妹妹的話裡挑刺。西莉亞在心裡為自己叫屈，因為她向來只陳述事實，從不加油添醋。她從來不曾、也沒有能力無中生有。可是姐姐最大的優點在於，她的氣很快就消了。這天晚上，她們幾乎沒有跟對方交談。多蘿席亞坐在矮凳上，除了沉思，什麼事都沒辦法做。等西莉亞放下針線準備就寢（她上床的時間通常比姐姐早得多），多蘿席亞主動開口。

她的語調像音樂般高低起伏，搭配深刻而平靜的內心，就像優美悅耳的吟誦：「西莉亞，親愛的，過來給我一個吻。」她說話時張開雙臂。西莉亞蹲到跟姐姐一樣的高度，親暱地緊貼姐姐臉頰，輕輕一吻。多蘿席亞溫柔地抱住妹妹，莊嚴地吻了妹妹兩側臉頰。

「多多，別熬夜。妳今晚臉色不好，早點睡。」西莉亞的口氣相當自在，沒有一點感傷意味。

「不，親愛的，我非常、非常開心。」多蘿席亞激情地說。

「這樣好多了。」西莉亞心想，「可是多蘿席亞的心情一下子從這個極端到另一個極端，太奇怪了。」

隔天午餐時，管家把某樣東西交給布魯克。「先生，喬納斯回來了，帶回這封信。」

布魯克讀了信，對多蘿席亞點點頭，說，「親愛的，是卡索邦，他今天要來吃晚飯。他沒有耽擱時間多寫什麼，一點也沒耽擱。」

伯父告訴姐姐誰要來家裡吃晚餐，西莉亞不覺得有什麼特別的。只是，當她的視線隨著伯父的目光望過去，卻震驚地看見多蘿席亞對這個消息的奇特反應。彷彿有一道白色陽光反射過來，掠過她的臉龐，照亮她難得泛紅的臉頰。有史以來第一次，西莉亞覺得卡索邦和她姐姐之間，恐怕不只是一個喜歡賣弄學問、一個喜歡聽道理那麼簡單。在此之前，她一直認為姐姐之所以欣賞這個學識豐富的「醜」朋友，理由跟欣賞洛桑的李列特牧師一樣，因為李列特也是又醜又博學。過去多蘿席亞聽李列特老先生說話從不厭煩，一旁的西莉亞卻只覺得雙腳冰冷，老先生晃來晃去的禿頭也愈來愈嚇人。那麼姐姐把對李列特先生的那份熱情轉移到卡索邦身上，又有什麼不對？而且那些學識豐富的男人面對年輕人，好像都以學校老師自居。

可是現在西莉亞被突然冒出腦海的那個猜測嚇到了。她很少受到這樣的驚嚇，畢竟她觀察力格外敏銳，能夠察覺某些徵兆，對於自身相關的外在事件通常能預做心理準備。她倒還不至於認為姐姐和卡索邦已經是一對戀人，她只是覺得反感，無法想像姐姐竟然有可能接受這樣的事。這件事真的很令她心煩：姐姐不肯接受詹姆斯也就罷了，可是嫁給卡索邦！西莉亞一方面覺得遺憾，一方面覺得荒唐。不過，就算姐姐真的打算做出這麼誇張的事，也許還有機會勸她回頭。根據過去的經驗，姐姐的易感天性還是可以指望的。這天濕度居高不下，她們不打算出門散步，於是上樓到她們的小客廳。西莉亞發現姐姐不像平時那樣認真做想做的事，反而把手肘擱在攤開的書本上，望著窗外露濕的銀色雪松。她自顧自地動手幫助理牧師的孩子做玩具，不願意魯莽地提起任何話題。

多蘿席亞其實心裡想著，應該讓西莉亞知道，卡索邦與她們的關係，跟他上次來家裡做客時已經大不相同。這件事牽涉到日後西莉亞如何對待卡索邦，這樣瞞著她好像不公平。可是真要說出這件事，她心裡難免有點退縮。對於這份膽怯，多蘿席亞責怪自己沒用；每回她對自己的行為感到害怕，或覺得自己用了心機，她就會討厭自己。現在她尋求最高力量的協助，希望自己不害怕西莉亞那些冠冕堂皇的世俗論調的刺激。她的思緒被打斷，困難的抉擇也免除了，因為西莉亞用她平時說悄悄話或「順道一提」的輕柔嗓音說：

「除了卡索邦，還有別人要來吃晚飯嗎？」

「據我所知，沒有。」

「真希望還有別人，免得一直聽見他喝湯的聲音。」

「他喝湯有什麼特別聲音嗎？」

「多多，妳真的沒聽見他的湯匙刮出聲音？還有，他說話之前都會眨眼睛。我不知道洛克是不是也眨眼睛，如果他會，我真心替坐在他對面的人難過。」

「西莉亞，」多蘿席亞無比沉重地說。「拜託別再說這種話。」

「為什麼不行？我說的都是實話。」西莉亞答。她有堅持的理由，只是心裡開始有點害怕。

「很多事實只有最平凡的心靈才看得到。」

「那我覺得最平凡的心靈還滿管用的。很可惜卡索邦先生的母親沒有平凡的心靈，否則他的餐桌禮儀會好一點。」西莉亞拋出這根小小標槍後，膽戰心驚，已經準備逃離現場。

多蘿席亞的情緒累積到頂點，再也顧慮不了太多。「西莉亞，有件事最好告訴妳，我已經跟卡索邦訂婚了。」

西莉亞的臉色從來沒有這麼蒼白過。幸好她平時不管拿什麼東西都小心謹慎，否則她手上的紙人恐怕腿腳不保。她連忙放下脆弱的紙人，一動不動地呆坐了一陣子。等她重新開口，淚水已經在眼眶裡打轉。「多多，我祝妳幸福。」此時姐妹情凌駕其他所有感受，就連她的擔心，也是基於對姐姐的愛。

多蘿席亞還是覺得受傷，心情激動。

「事情已經定了嗎？」西莉亞的語氣隱含著驚嘆。「伯父也知道？」

「我已經接受卡索邦的求婚。求婚信是伯父帶回來的，他事先知情。」

「如果我說了什麼傷害妳的話，我向妳道歉。」西莉亞輕聲啜泣。她萬萬想不到自己的心情會糟到這個地步。這整件事感覺像一場喪禮，而卡索邦是主持儀式的牧師，再評論他會顯得不禮貌。

「沒關係，咪咪，別難過。每個人欣賞的對象都不一樣，我也常因為這種事得罪人。對於我看不順眼的人，我的評論總是太苛刻。」

多蘿席亞雖然表現得寬宏大量，心裡還是很難受：因為西莉亞剛才挑剔卡索邦的小毛病，現在又刻意掩飾心裡的錯愕。蒂普頓的街坊當然不會認同這樁婚事，多蘿席亞認識的人之中，沒有哪個人對生命和生命的最高目標抱持跟她一樣的看法。

儘管如此，這天晚上就寢前，多蘿席亞的心情已經變好了。跟卡索邦密談的那一小時裡，她覺得說起話來比過去更無拘無束。她表達了內心的喜悅，只因有機會為他奉獻、學著參與並協助他邁向他的偉大目標。她這種孩子般的過度狂熱帶給卡索邦一股前所未有的欣喜（哪個男人不會？），至於自己竟是這份狂熱的對象，卡索邦一點也不驚訝（哪個情人會？）。

「親愛的小姐，布魯克小姐，多蘿席亞！」說著，他用雙手握住她的手。「我從來沒想到竟然有這麼多幸福等著我。我怎麼也想不到，我竟能找到一個心靈與相貌同時具備這麼多優點、讓婚姻變得令人嚮往的對象。我心目中認定的優秀女性特質，妳全部都有。不只如此，妳的優點更多。女性最大的魅力在於自我犧牲的熱忱，這種魅力最適合協助我們男人成就圓滿的人生。到目前為止，我體驗過的快樂都比較嚴肅，也就是獨自埋首書堆時才有的喜悅。過去我不太有興趣採摘花朵，因為它們會在我手中枯萎。今後我會急切地採集，將它們放進妳懷裡。」

沒有什麼言語比這番話更清楚表達出真實意圖，尤其最後那句生硬的甜言蜜語，誠懇得像狗的吠叫，或多情白嘴鴉的呱呱聲。只因我們覺得獻給德麗亞[45]的十四行詩像曼陀林的單薄樂音，就認定那些詩句之中沒有熱情，這樣會不會太武斷？

多蘿席亞的信仰填補了卡索邦沒說的一切，畢竟，有哪個信徒會看見令人不安的疏漏或失當呢？不管是先知或詩人的文字，只要我們願意增補，都可以無限擴充。就連他的拙劣文法，都是神聖高潔的。

「我什麼都不懂，你會為我的無知感到驚訝。」多蘿席亞說。「我可能有很多錯誤的思想，今後我可以全都說給你聽，請教你的意見。不過，」她想到卡索邦可能會有的感受，連忙補充說，「我不會太常打擾你，你願意聽的時候我才說。你自己在研究學問的路途上已經夠忙夠累了，只要你肯讓我陪著你一起走，我就能有很大的收穫。」

「今後如果少了妳的陪伴，我怎麼有辦法在任何道路上堅持不懈？」說著，卡索邦親吻她白皙的額

---

45 指英國詩人薩繆爾．丹尼爾（Samuel Daniel，一五六二～一六一九）的詩集《給德麗亞的十四行詩》（*Sonnets to Delia*）。

頭，覺得上帝賜給他的這個福氣，完全是為他量身打造。多蘿席亞沒有一點心機，不追求眼前的利益，也沒有長遠的目的，這種魅力讓他在不知不覺中深深動容。正是這點讓多蘿席亞顯得孩子氣，也有批評者說她愚笨（儘管大家都說她聰明）。因為，就拿眼前這件事來說，她等於整個人撲倒在卡索邦腳下，親吻他過時的鞋帶，一副卡索邦是新教的主教似的。她一點都沒有提醒他，問問自己是不是配得上她，只是焦慮地問她自己，是不是配得上卡索邦。

隔天他離開以前，已經敲定六星期內舉行婚禮。有何不可？卡索邦有現成的房子，他住的不是牧師公館，而是頗有規模的大宅，周遭也有不少土地。目前住在牧師公館的是助理牧師，教區所有事務除了晨間講道之外，全都由助理牧師承擔。

第六章

夫人的舌就像青草的葉片，
會劃破你悠閒撫摸它們的手。
她刀功極巧：用心靈之刃
切開粟米顆粒，
省下微不足道的小錢。

卡索邦的馬車駛出大門時，一輛小馬車停下來讓路。駕駛小馬車的是一位女士，她的僕人坐在後座。很難說兩輛馬車上的人是不是認出彼此，因為卡索邦心不在焉地望著前方。那位女士眼力倒是不差，擦身而過時對他點點頭，說了聲「你好。」雖然女士頭上的帽子有點破，印度披肩也非常老舊，看門的女僕顯然十分敬重她，因為小馬車駛進大門那一剎那，她行了個極低的屈膝禮。

「菲契特太太，妳的雞下蛋下得勤嗎？」氣色紅潤、眼珠漆黑的女士用最清亮的嗓音問。

「夫人，倒是挺勤的，可是牠們老愛吃掉自己的蛋，真夠我操心的。」

「哎呀，野蠻的傢伙！不如趁早便宜賣了。兩隻雞賣多少錢？誰也不想花大錢買殘忍的雞。」

「夫人，半克朗[46]。不能再便宜了。」

「半克朗！現在這種時機！打個商量，星期天我想幫教區長熬點雞高湯。我把家裡能吃的雞都煮給他吃了。菲契特太太，可別忘了，妳聽講道等於收了一半價錢了。我拿兩隻翻頭鴿跟妳換吧，多漂亮的小傢伙。妳一定得來看看，妳養的鴿子絕不會翻筋斗。」

「夫人，看在妳的面子上，菲契特下工後會過去看看，他很迷新品種。」

「看我的面子！他上哪兒找這麼好的交易。一對會吃自己蛋的西班牙壞母雞，換一對教會鴿子！妳跟菲契特可別到處跟人炫耀。」

說完最後那句話，小馬車往前駛去，留下菲契特太太在原地邊笑邊慢慢搖頭，感慨地說，「是咧！是咧！」彷彿她覺得如果教區長太太說話不那麼直率，做人也不那麼吝嗇，這村莊就會太單調。確實如此，如果不能每天聊聊卡瓦拉德太太說了什麼、做了什麼，弗列許和蒂普頓的農民和雇工聊起天來恐怕會少了很多話題。這位女士據說出身難以想像的高貴，祖上有不少名不見經傳的伯爵，如今已經像無數英勇鬼魂一樣被歷史湮沒。她開口閉口喊窮，買東西殺價不眨眼，說起話來幽默風趣好相處，言談之中不忘提醒人們她是誰。這樣的女士總能超越階級和信仰，和所有人打成一片，無形中化解人們對什一捐[47]無法減免的怨氣。如果換個行為比她中規中矩、又帶點討人厭的架子的人，未必更能增進信眾對三十九條信綱[48]的理解，也沒辦法讓教區更團結。

布魯克對卡瓦拉德太太的優點卻有不同看法。當時他一個人坐在書房，聽見僕人通報她到訪，感到頭皮發麻。

「我在門口碰見咱們洛威克的西賽羅[49]。」卡瓦拉德太太一面說一面自在地坐下，把帽子披肩往後拋，露出纖瘦結實的體格。「我猜你們在商量什麼政治陰謀，不然你不會老是跟這個精力充沛的傢伙湊在一起。我要拆穿你們，別忘了，你們兩個自從表態贊同皮爾對天主教法案的立場後，都變成可疑分子。我要告訴大家，等老平克頓辭職以後，你要代表輝格黨[50]爭取米德鎮的席次，而那個卡索邦會用不正當手段幫你，比如發散頁小品收買選民，或允許酒館分送散頁小品之類的。說吧，別否認！」

「沒那種事。」布魯克笑著搓摩他的眼鏡，聽見卡瓦拉德太太這番指控，有點臉紅。「我跟卡索邦很少談政治。他不太在乎公益、懲處那類的事。他只在乎教會的問題，妳也知道我不管那種事。」

「你管得可多了，朋友。我聽說過你做的事，是誰把土地賣給米德鎮的天主教徒？我敢說你故意買下那些地。你就是活脫脫的蓋伊．福克斯[51]，今年十一月五日肯定會有人燒你的肖像。漢弗里不肯來跟你吵這些事，所以我來了。」

「很好，我知道我會因為不迫害別人而受迫害……不迫害別人，沒錯。」

「你聽聽！這就是你打算在政見發表會上耍的花腔吧。親愛的布魯克，千萬別被人騙去參選。一個人高談闊論的時候，最容易害自己出醜。誰也沒有藉口不站在正義的那一邊，這樣你才能請求上帝寬恕你那些支支吾吾的胡扯。我可得事先警告你，你會一敗塗地。你會把各黨各派的主張弄成大雜燴，最後

---

46 half crown，當時通行的錢幣，價值為二先令六便士，即八分之一英鎊。

47 Tithe，過去歐洲基督教會以《聖經．利未記》第二十七章第三十節「凡地上產出的，十分之一屬於耶和華」的經文為據，向百姓徵收什一捐，用於神職人員薪俸、教堂事務與濟貧。英國直到一九三六年才廢止。

48 *Thirty-nine Articles*，一五七一年修訂完成，釐清教派之間的教義爭議與英國國教會的觀點，為英國國教信仰依據。

49 Marcus Tullius Cicero（西元前一〇六～四三），羅馬共和國晚期雄辯家，一般認為是古羅馬最偉大的演說家及散文作家。

50 Whig，來自whiggamore（趕牲畜的鄉巴佬）。十七世紀末信奉天主教的詹姆斯二世王位繼承權引發爭執，贊成派將反對派貶為「輝格黨」。輝格派則稱政敵為托利黨（tóraidhe），愛爾蘭語意為亡命之徒。

51 Guy Faux（一五七〇～一六〇六），英國天主教徒，參與「火藥陰謀」，企圖炸毀國會並殺害當時的國王詹姆斯六世，於十一月五日被捕。

被所有人攻擊。」

「那些事我早料到了，」布魯克說，無意掩飾他多麼不喜歡卡瓦拉德太太的預言。「無黨無派的人必然會這樣。至於輝格黨，一個有思想的男人不太可能向任何黨派靠攏。他或許會認同他們，但只限於某種程度，某種程度，沒錯。這種事妳們這些女士永遠不會懂。」

「你所謂某種程度，是哪種程度？不。我倒想知道，一個人自稱無黨無派，到處流浪，從來不讓朋友知道他住哪裡，哪來的『某種程度』。坦白說，大家對你的評語會是：『沒有人知道布魯克會去哪裡，布魯克一點也靠不住。』勸你還是做個受人敬重的人。萬一將來出席國會時，所有人都提防你，而你自己不但良心不安，還因為選舉花光了錢，你喜歡那樣？」

「我不跟女士爭論政治議題。」布魯克蠻不在乎地笑道。可是他心裡有點不愉快，覺得卡瓦拉德太太今天會說這些話，可能是因為自己某些行動太魯莽，已經引來外界的攻擊。「妳們女人不擅長思考，就像拉丁語說的，『反覆無常性格多變』[52]。妳不認識維吉爾，我曾經……」布魯克及時想到，他也不認識這位古羅馬奧古斯都時期的詩人。「我要說的是，可憐的斯托塔特[53]，剛才那句話就是**他**說的。女士們總是反對中立，但男人在乎的只有真理，就是這樣。郡裡沒有哪個地方比我們這裡更偏狹。我不是在指責誰，可是總得有人保持中立。除了我，還有誰願意？」

「誰？當然是那些沒有家世、沒有立場的暴發戶。有關中立這種廢話，有身分地位的人在家裡說說就算了，不要到處宣揚。還有你！你不是打算把親生女似的姪女嫁給地方上條件最好的男人？如果你現在改變立場，把自己變成輝格黨的宣傳看板，詹姆斯一定氣壞了。」

布魯克再一次頭皮發麻，因為多蘿席亞的婚事確定以後，他馬上想到卡瓦拉德太太會怎麼奚落他。不諳內情的旁觀者當然可以輕描淡寫地說，他「跟卡瓦拉德太太吵了一架」，可是一個鄉紳跟老鄰居吵架，以後還有臉見人嗎？如果沒有好好維護「布魯克」這個姓氏，放任它像開瓶的葡萄酒一樣走味，誰還能欣賞他的好名聲？當然，一個人只能維持某種程度的超然。

「我希望跟詹姆斯永遠是好朋友，可是我很遺憾，我姪女不會嫁他。」布魯克說。他隔著窗子看見西莉亞進屋來，不禁鬆了一口氣。

「為什麼？」卡瓦拉德太太震驚地問。「不到兩星期前我們才談過這件事。」

「她選擇另一個追求者。她選的，沒錯，跟我一點關係都沒有。我比較喜歡詹姆斯，也覺得所有女孩都會選他。可是這種事誰也說不準。妳們女人很難捉摸。」

「那麼你打算讓她嫁給誰？」卡瓦拉德太太迅速把多蘿席亞的可能對象過濾一遍。

不過西莉亞進來了，她在花園裡走了一圈，臉色紅潤。布魯克跟她打招呼，藉此迴避卡瓦拉德太太的問題。他連忙站起來。「對了，我得去跟萊特說說那些馬兒的事。」他快步走了出去。

「親愛的孩子，這是怎麼回事？我是說，妳姐姐訂婚的事？」卡瓦拉德太太問。

「她要嫁給卡索邦。」西莉亞一如往常，用最簡單的方式陳述事實。她很高興可以跟教區長太太單獨聊聊。

「太驚人了。這事進行多久了？」

「我昨天才知道。在六星期內會舉行婚禮。」

「親愛的，希望妳喜歡這個姐夫。」

---

52 這句話引用自古羅馬詩人維吉爾（Virgil，西元前七〇～一九）的作品《埃涅阿斯記》（*Aeneid*）第四卷。

53 Sir John Stoddart（一七七三～一八五六），英國律師兼媒體人，經營報紙《新時代》（*The New Times*）。

「我替多蘿席亞覺得遺憾。」

「遺憾！我猜是她自己做的決定。」

「嗯。她說卡索邦有偉大的靈魂。」

「但願如此。」

「卡瓦拉德太太，我不認為嫁給一個有偉大靈魂的男人是好事。」

「親愛的，記取教訓。妳已經見識過一個，如果再有這樣的人來向妳求婚，可別答應。」

「我相信我絕不會。」

「嗯，家族裡有一個這樣的人就夠了。那麼妳姐姐沒有喜歡過詹姆斯？如果他當妳姐夫，妳覺得怎樣？」

「我會很開心，我相信他會是個好丈夫。只是，」西莉亞說話時好像有點臉紅（偶爾她停下來喘氣時就會臉紅）。「我覺得他不適合多蘿席亞。」

「不夠道貌岸然？」

「多多要求很高。每件事她都考慮很多，尤其注重別人的口才。她好像一直看不上詹姆斯爵士。」

「她一定給過他希望，這麼做不太好。」

「拜託別生多多的氣，她經常搞不清楚狀況。她滿腦子只想著村屋，有時候對詹姆斯爵士很不禮貌，可是他太和善，從來沒發現。」

「嗯。」卡瓦拉德太太披上披肩站起來，像是趕時間。「我得馬上去找詹姆斯，告訴他這個消息。這時候他應該已經帶他母親回來了，我本來就該去拜訪。妳伯父絕不會主動告訴他。親愛的，我們都很失望。年輕人選對象應該考慮到家人。我自己就是個壞榜樣，嫁了個窮牧師，讓自己變成德布雷西家族的可憐蟲，連弄點煤炭都得費盡心機，為了拌沙拉的油向上帝禱告。不過我得說句公道話，卡索邦不缺錢。至於他的家世，我猜他的血統有四分之三是噴墨汁的烏賊、四分之一是噴口水的評論家。對了，親愛的，離開以前，我還得跟你們的卡特太太談麵食的事。我打算派我的年輕廚子來跟她學習。可憐人，跟我們一樣有四個孩子，雇不起好廚子。我相信卡特太太會賣我這個面子，詹姆斯的廚子是個狠角色。」

不到一小時，卡瓦拉德太太的三寸不爛之舌就說服了卡特太太，她駕著馬車前往弗列許府。弗列許府離她自己的教區不遠，她丈夫住在弗列許，蒂普頓教區則交給助理牧師管理。

詹姆斯離開兩天剛回來，換過衣裳，正打算騎馬去蒂普頓農莊。卡瓦拉德太太的馬車駛過來的時候，他的馬就在門口，他也剛好拿著馬鞭出現。他母親查特姆夫人還沒回來，不過卡瓦拉德太太不能在馬夫面前執行她來這裡的任務，於是請詹姆斯帶她到附近的溫室看新栽種的花木。

走到僻靜地點後，她說：「我要跟你說個天大的消息，希望你不是真的愛得發狂。」

誰都奈何不了卡瓦拉德太太說話的方式。詹姆斯的臉色變了一下，隱隱覺得情況不妙。

「我認為布魯克終究還是會露出馬腳。我指控他想代表自由黨爭取米德鎮席次，他裝糊塗，卻沒有否認，照例瞎扯什麼無黨無派之類的廢話。」

「就這樣？」詹姆斯鬆了一口氣。

「啊！」卡瓦拉德太太不以為然，口氣更尖銳了。「你難道希望他用這種方式從政，把自己變成政壇的叫賣小販？」

「也許能勸他打消念頭，他不會喜歡要花一大筆錢。」

「我也是這麼跟他說，這是他的弱點。一公克的小氣裡總是藏著幾毫克的理智。小氣是維繫家族的重要特質，可以均衡瘋狂行為。而且布魯克家族一定有點精神問題，不然我們不會見到接下來要發生的事。」

「什麼事？布魯克要選米德鎮議員？」

「比那更糟。我覺得自己有責任，因為我經常告訴你，多蘿席亞是個好對象。我知道她滿腦子蠢念頭，就是衛理宗那些胡言亂語。可是女孩子很快就會忘記那些東西。不過，我總算也開了一次眼界。」

「卡瓦拉德太太，妳這話什麼意思？」詹姆斯問。他怕聽見多蘿席亞離家出走，加入莫拉維亞弟兄會[54]，或某個正常社會裡無人知曉的荒唐教派，又想到卡瓦拉德太太總是把事情說得極糟，才總算安心了點。「多蘿席亞怎麼了？拜託妳告訴我。」

「好吧。她快結婚了。」卡瓦拉德太太說完，停了半晌，盯著詹姆斯臉上深深受傷的表情。他擠出緊張的笑容企圖掩飾，馬鞭輕抽著腳上的靴子。她連忙又說，「跟卡索邦訂婚了。」

詹姆斯的馬鞭掉在地上，他彎腰撿起來。等他重新面對卡瓦拉德太太時，臉上出現前所未見的強烈嫌惡。「卡索邦？」

「真沒想到。現在你知道我為什麼來找你了。」

「老天！太糟糕了！他比木乃伊好不到哪去。」（身為年輕力壯的受挫情敵，他這麼想也是情有可原。）

「她說他有偉大靈魂。我看是個大囊袋，乾豌豆可以在裡面響叮噹。」卡瓦拉德太太說。

「那種老光棍跟人家結什麼婚？」詹姆斯說。「一隻腳都踏進墳墓了。」

「我看他是打算再把腳縮回來。」

「布魯克不該同意。他應該堅持要求等到她成年，到時候她頭腦會比較清楚。監護人是做什麼用的？」

「布魯克這人能堅持什麼！」

「卡瓦拉德先生可以找他談談。」

「漢弗里不行！他覺得每個人都好極了。不管我怎麼說，他從來不肯說卡索邦的不是。他甚至說主教的好話，我告訴他，領聖俸的神職人員不該這樣。這麼不明事理的丈夫，我能拿他怎麼辦？為了不讓大家發現，我只好親自責備所有人。好啦，開心點！你不娶多蘿席亞也好，這種女人會要求你大白天看星星。偷偷告訴你，小西莉亞比她好一倍，也許她會是比較好的對象。嫁給卡索邦和進女子修院沒什麼不同。」

「我個人認為……為了多蘿席亞著想，她的親友應該勸勸她。」

「嗯。漢弗里還不知道。等我告訴他，他一定會說，『有何不可？』卡索邦是個好男人，而且年輕，夠年輕。這些寬厚的人從來分不清醋和酒，除非大口喝下後，弄得肚子疼。不過，如果我是男人，我會比較喜歡西莉亞，尤其等多蘿席亞出嫁後。事實上，你追求這個，卻擄獲另一個。我看得出來她很欣賞你，是男人夢寐以求的那種欣賞。如果別人這麼說也就算了，我保證不誇大其辭。再見了！」

詹姆斯將卡瓦拉德太太送上小馬車，隨後跳上自己的馬。他不打算因為這個壞消息而放棄出門騎馬，只是會騎得快些，也不往蒂普頓農莊的方向去了。

那麼，卡瓦拉德太太到底為什麼會為多蘿席亞結婚的消息東奔西跑，又為什麼前一樁她自認從中撮

---

54 Moravian Brethren，源於德國的基督新教教派，英國衛理宗創始人約翰・衛斯理（John Wesley，一七〇三～一七九一）深受其影響。

合的婚事受阻後，她馬上又著手籌劃另一樁？這其中是不是需要用望遠鏡細細查看才能發現，涉及什麼巧妙計謀或鬼祟行動？完全沒有。即使用望遠鏡掃視卡瓦拉德太太駕著小馬車訪視的蒂普頓與弗列許整個區域，也看不到她跟任何人的談話有一絲可疑，或者她回家時銳利的眼神不是同樣鎮定、氣色不是一樣紅潤。事實上，她那輛便利的小馬車如果出現在古希臘七賢人時代，其中某個賢人肯定會說，即使跟著女人的小馬車到處跑，對她的了解恐怕還是很有限。就算用顯微鏡觀察小水滴，我們會發現自己做出的詮釋十分粗淺。因為在低倍率鏡片底下，你可能會看到某個生物彷彿在狼吞虎嚥，其他小生物則像無數活生生的磁性錢幣、主動投進去。在高倍率鏡片底下，你就會發現，某些極細微的髮絲製造的渦流席捲那些小生物，而吞噬者只是照平時的習慣被動等候。照這樣的比喻，如果用高倍率鏡片觀察卡瓦拉德太太的牽紅線行動，就會發現許多細微因素製造出某種念頭和話語的渦流，為她帶來她需要的食物。

她的生活有著鄉間的單調，幾乎沒什麼藏污納垢的危險，更談不上天大的祕密。天下大事跟她無關，正因如此，她對天下大事更感興趣。她的消息多半來自與名門親戚的通信：那些沒有繼承權的俊俏少爺，如何因為娶了侍女變得窮困潦倒；年輕的貘兒爵爺一如既往地愚蠢；大樹懶老爵爺痛風發作暴跳如雷；跨家族的聯姻如何為另一個家族帶來爵位，又如何擴大醜聞的範圍。這些話題的內容她記得鉅細靡遺，轉述起來妙語如珠，滔滔不絕。她非常喜歡談論這些名門世家的醜事，因為她認為人的出身有高低，就像獵物和害蟲相去千里。她絕不會因為某人變窮就跟他撇清關係。假使某個德布雷西家族成員鋃鐺入獄，她會覺得這是值得大肆宣揚的悲情故事，而且多半不會在意那人做了什麼敗行劣跡。可是她對暴發戶的感受是近乎信仰的憎恨，認為那些人多半靠哄抬價格致富。教區長公館的任何物品，只要不能以物易物換來，她都不喜歡高價購買。當初上帝創造世界時，這種暴發戶一定不包括在內，就連他們說話的語調，聽在她耳裡都是一種折磨。充斥這種怪物的小鎮，簡直比低級滑稽劇好不到哪兒去，根本不配出現在端莊優雅的世界。如果有哪位女士對卡瓦拉德太太有所不滿，就請她好好探究自己無所不包的美好觀點，那時她就會明白，每個人的世界都只裝著有幸跟自己平起平坐的人。

她有這樣的心態，活躍的個性又像能遇到空氣就自燃的磷一般，能將靠過來的所有事物，侵蝕成與自己吻合的形狀，卡瓦拉德太太怎麼會認為兩位布魯克小姐的婚事與她無關呢？尤其多年來，她太習慣用最友善的直白言語譴責布魯克先生，也自信滿滿地讓他知道，她覺得他是個蹩腳傢伙。打從兩位小姐來到蒂普頓，她就把多蘿席亞和詹姆斯配成一對。如果結果真是這樣，那麼她就是幕後功臣。沒想到人算不如天算，她心情鬱悶的程度，足以讓全天下的思想家掬一把同情淚。她是蒂普頓和弗列許的外交家，任何事情的發展一旦違反她的心意，就是不可原諒的異常。至於多蘿席亞那些古怪念頭，卡瓦拉德太太一點都沒耐心聽。如今她發現，她對多蘿席亞的看法多少被她丈夫那些優柔寡斷的好心腸給影響了。那些衛理宗的奇思怪想，那種自以為比教區長和助理牧師兩人加起來更虔誠的姿態，都來自某種她認為不可能存在、更極端、更根本的疾病。

「不過，」卡瓦拉德太太先是自己想了想，後來又跟丈夫說。「我不管她了。如果她嫁給詹姆斯，還有機會變成正常、理性的女人，他永遠不會跟她唱反調。一個女人只要沒人跟她唱反調，就沒有理由堅持她那些荒誕行為。現在我祝福她苦行快樂。」

接下來卡瓦拉德太太還得再幫詹姆斯另覓良緣。她想好了，那個對象就是西莉亞。要想順利促成這段姻緣，她覺得最好的辦法就是向詹姆斯暗示，他已經走進西莉亞心裡。以他的個性，就算摘不到在最高枝頭燦笑的莎孚的蘋果[55]，也不會喪氣，那種蘋果的魅力就像

55 Sappho's apple，莎孚（Sappho，西元前六三〇～五七〇）為古希臘女詩人，曾以枝頭上的蘋果比喻新娘。

崖上櫻草花綻放笑靨，
渴慕的手採摘無緣。56

詹姆斯不會寫十四行詩，他看上的女人對他沒興趣，他恐怕也不會太開心。他知道多蘿席亞選了卡索邦之後，對她的愛慕飽受挫折，也因此心灰意冷。詹姆斯雖然喜歡打獵，卻不會以看待松雞或狐狸的心情看待女人，也不認為未來的妻子像獵物，只提供他追逐過程的樂趣。他對原始部落的習性也並不是那麼熟悉，不至於認為需要拿起戰斧打一場架將她奪回，才能延續婚姻這個悠久傳統。相反的，他有一種可喜的虛榮，這種虛榮讓我們親近喜歡我們的人，疏遠對我們冷淡的人。他也一種可貴的感恩天性，光是知道某個女性對他有好感，就足以對她產生萬般柔情。

於是，詹姆斯朝著與蒂普頓農莊相反的方向策馬急馳半小時後，放慢速度，最後轉進一條可以帶他往回走的捷徑。他的情緒錯綜複雜，但還是決定今天仍去一趟農莊，假裝什麼都不知道。他不由得暗自慶幸自己沒有求婚被拒。基於禮貌與友好，他必須去跟多蘿席亞談談村屋的事，他很高興卡瓦拉德太太讓他做好心理準備，必要時可以從容地說出道賀的話，不會表現得太笨拙。他真的不喜歡這個結果，放棄多蘿席亞是件痛苦的事。不過他之所以決定馬上前去拜訪，並竭力隱藏自己的心情，其實另有用意，那就是面對傷痛，以毒攻毒。另外，即使他還沒察覺這個誘因，心裡卻清楚知道西莉亞會在，也決定要比過去更殷勤對待她。

我們這些凡人，不論男女，每天日出日落之間都得面對許多失望。我們會吞下淚水，唇色略微發白，用一句「噢，沒事！」回應他人的探詢。傲氣可以幫助我們。如果傲氣只是催促我們隱藏自己受的傷害，而非去傷害別人，就沒什麼不好。

第七章

喜悅與甜瓜，
需要相同的氣候。
——義大利諺語

想當然爾，這幾個星期以來，卡索邦經常待在蒂普頓農莊。婚前交往難免阻礙他的偉大作品《神話學要義》的進度，他自然而然迫切期待婚禮的到來。不過，他是經過深思熟慮才這麼做的，因為他已經下定決心，覺得人生走到這個階段，是該有個女性溫柔相伴。皓首窮經的疲倦難免帶來鬱悶，女性的奇思怪想正好掃除那層陰霾。另外，他慢慢上了年紀，也希望晚年得到女性的照料。於是他允許自己在情感的河流裡泅泳，卻驚訝地發現那是一條極其清淺的小溪。正如同在乾旱地區只能象徵性舉行浸禮，卡索邦發現，相較於縱身而入，他的小溪只能濺起幾滴水花。他因此認定，詩人過度渲染男性熱情的強度。儘管如此，他愉悅地看著多蘿席亞對他展現出忠誠柔順的情感，顯示他對婚姻的樂觀期待即將成真。曾經有那麼一兩次，他想到自己之所以沒辦法完全投入，可能是因為多蘿席亞有某些缺點。可是他

56 此詩句摘自蘇格蘭詩人布萊爾（Robert Blair，一六九九～一七四六）的長詩《墳墓》（The Grave）。

找不到那些缺點，也想像不到有哪個女人能令他更滿意，所以書本上對人類情感的描述果然是誇大其辭。

「我能不能現在就開始做點準備，以後才更有能力幫你？」兩人交往初期的某天早上，多蘿席亞對他說，「我能不能為你誦讀拉丁或希臘文章，就像米爾頓的女兒為她們的父親誦讀她們不理解的文章？」

「我擔心妳會覺得乏味。」卡索邦笑著說。「再者，如果我沒記錯，米爾頓的女兒因為被迫讀不認識的文字而反抗父親。」

「沒錯，那是因為她們太調皮，否則就會以協助這樣的父親為榮。再者，她們大可以私下學習，想辦法理解那些內容，這樣她們誦讀起來就會比較有趣。你不至於認為我調皮又蠢笨吧？」

「我認為妳不管哪方面都是非常高雅的年輕女子。如果妳能夠抄寫希臘文字，當然非常有助於我。要能夠寫，不妨先從閱讀開始。」

多蘿席亞認為這是彌足珍貴的許可。她不會要求卡索邦馬上開始教她，因為她雖然想幫他，卻更擔心惹他厭煩。不過她想學希臘和拉丁文，不全然是為了協助未來的另一半，在她心目中，這些男性知識領域似乎是一個立足點，可以讓人更正確地看見真理。她經常懷疑自己的判斷，因為她覺得自己欠缺知識。如果那些熟讀經典的男士可以一方面漠視村屋，一方面熱衷上帝的榮耀，那麼她怎麼確定那些單房村屋能不能榮耀上帝？也許她甚至需要學希伯來文，至少學會字母和一部分字根，這樣才能探究事物的核心，有憑有據地判定基督徒的社會責任。她還不至於因為擁有睿智丈夫就心滿意足地放棄學習，這可憐的孩子，她希望自己變得睿智。儘管人人都說她聰明，但多蘿席亞其實非常天真。

在外人眼中不算絕頂聰明的西莉亞，卻能一眼看穿假象底下的虛無。對大多數事物沒什麼感覺，好像反倒是唯一的保障，讓人不至於對任何特定情況感受太過強烈。

不過，卡索邦答應每天撥出一小時聽她誦讀，教導她，就像學校老師教導小男孩。或者更像情人，覺得心儀女子在基本知識方面的匱乏與困難有種動人的合宜，在這種情況下教導古典字母，恐怕沒有人不樂意。可是多蘿席亞為自己的愚蠢感到震驚，也十分沮喪。她怯生生地提出幾個有關希臘文的重音問題，得到的答覆讓她挫折地認為這裡面果然藏著某些祕密，女人的頭腦永遠無法理解。

關於這點，布魯克以他一貫的肯定口吻表達認同。那天他走進書房，多蘿席亞正在讀希臘文字。

「卡索邦，這些高深學問、古典著作、數學之類的，對女人而言太費勁。沒錯，太費勁。」

「多蘿席亞只是學著讀字母。」卡索邦沒有正面回答。「她是一番好意，想幫我省點眼力。」

「嗯，不需要理解，那就不算太糟。不過，女人的腦力比較弱，不穩定，像音樂、美術之類的東西，她們可以學習到某個程度，沒錯，不需要太嚴肅，只要能坐下來為你彈或唱一曲優美的英國民謠。我喜歡英國民謠，雖然我什麼都聽過，在維也納聽過歌劇，葛路克[57]、莫札特之類，在音樂方面，我算保守派，這跟思想觀念不一樣，音樂還是古老的好。」

「卡索邦先生不喜歡鋼琴，這點我很慶幸。」多蘿席亞說。她對居家音樂與女子美術不以為然，這點情有可原，畢竟在那民智未開的年代，音樂只是叮咚聲響，畫畫也只是塗塗刷刷。她面帶笑容，以感恩的眼神望著她的未婚夫。如果他總是要她彈愛爾蘭民謠〈夏日最後一朵玫瑰〉，她可能會配合得很辛苦。「他說洛威克只有一架大鍵琴，上面堆滿了書。」

「啊，親愛的，這方面妳比不上西莉亞。西莉亞的琴彈得可好了，而且隨時都願意彈一曲。不過，既然卡索邦不喜歡，那就無妨。卡索邦，你不能享受這方面的娛樂有點可惜，老是把弓繃緊，這可不

57 Christoph Willibald von Gluck（一七一四～一七八七），德國音樂家，改革歌劇，為現代歌劇奠定基礎。

成。」

「我從來不認為讓有節奏的噪音折磨我的耳朵是一種娛樂，」卡索邦說。「不斷重複的旋律，會讓我腦子裡的文字配合節拍跳起某種小步舞。我覺得一個人成年以後，應該都受不了這種荒謬現象。至於那些值得拿來陪襯莊嚴慶典，或根據古代觀念甚至能夠發揮教育效果的華麗音樂，我不予置評，那些跟我們沒有直接關聯。」

「嗯。不過我喜歡那一類的音樂。」多蘿席亞說。「我們從洛桑回來的途中，伯父帶我們去德國弗萊貝格的教堂聽管風琴，我感動地流下眼淚。」

「親愛的，那樣不健康。」布魯克說。「卡索邦，我把她交給你了，你得教她用更溫和的態度面對一切。多蘿席亞，妳說是嗎？」他對姪女一笑，不想傷害她。他真心覺得既然她不接受詹姆斯，趁早嫁給這麼穩重的卡索邦也好。

「真叫人想不通，」布魯克緩緩走出書房時心想，「她竟然喜歡卡索邦。無論如何，這樁婚事很不錯。不管卡瓦拉德太太怎麼說，如果我橫加阻撓，就干涉太多了。卡索邦將來肯定能升上主教。他那本探討天主教問題的散頁小品非常合時宜，至少能當個總鐸，他們至少該讓他當總鐸。」

這裡我覺得有必要做點哲學反思。我要說的是，此時此刻的布魯克，完全沒有想到日後他會針對主教收入這個議題發表激進見解。當筆下的人物沒能預見世事的進展，甚至無法預知自己的行為，哪個優秀的作者會視而不見，不把握良機提出來？比方說，納瓦拉的亨利[58]還是個新教徒幼兒時，怎麼也想不到日後會變成天主教君主；或者阿弗烈大帝[59]千辛萬苦以燃燒的蠟燭度量漫漫長夜時，怎能料到未來的紳士們會以鐘錶計算白日的閒散時光。這是一座真理的礦脈，不管人們如何辛勤開採，想必會比我們的煤礦更耐挖掘。

不過，對於布魯克，我還另有一說，這一說可能比較沒有前例可供印證，那就是，就算他預見自己日後會發表那番言論，恐怕也沒有多大區別。慶幸他的姪婿能從教會領取豐厚薪俸是一回事，自由發表意見又是另一回事，只有鄙陋的心靈才沒有能力從不同觀點看待事物。

58 Henry of Navarre（一五五三～一六一〇），即法國國王亨利四世，原為西班牙北部自治區納瓦拉的國王，為了成為法國國王改信天主教，是法國波旁王朝的創建者。

59 Alfred the Great（約八四九～九〇一），盎格魯撒克遜英格蘭時期的威塞克斯國王（Wessex），據說曾經嘗試以燃燒蠟燭計量時間。

第八章

噢，拯救她！現在我是她兄長，
而你是她父親。每個柔弱女子，
都該得到所有男子的守護。

詹姆斯第一次見到訂婚後的多蘿席亞時，心中難免彆扭，沒想到之後他還樂意繼續前往蒂普頓農莊，他自己都覺得納悶。當然，他得知消息後第一次走向她時，感覺彷彿被閃電擊中，整個交談過程中，他始終意識得到心裡那份不自在。

儘管他本性善良，不過我們還是必須承認，如果他覺得情敵比自己更傑出、更有魅力，心裡只怕會更不舒坦。他認為自己的條件一點都不比卡索邦差，他只是為多蘿席亞竟然陷入這種可悲的錯覺感到震驚，憐憫稀釋了他的屈辱，心裡也就沒那麼不痛快了。

雖然詹姆斯告訴自己，他已經徹底對多蘿席亞死心，畢竟她像苔絲狄蒙娜[60]一樣任性，拒絕一門明顯更適合、也更合乎常理的親事。可是，一想到她竟然跟卡索邦訂婚，他心情還是很難保持平靜。得知他們訂婚消息後的某一天，他第一次見到他們相處的情形，猛然意識到自己不夠重視這件事。布魯克真的做錯了，他應該阻止她的。有誰能跟他談談？就算事已至此，還是應該做點什麼，至少延後婚期。回家的路上，詹姆斯轉進教區長公館去見卡瓦拉德。

幸好卡瓦拉德在家。詹姆斯被帶進書房，裡面掛著許多釣魚用具。卡瓦拉德在隔壁的小房間使用他的車床，他把詹姆斯喊過去。郡裡沒有任何一對地主與神職人員的關係比他們更親近，從他們臉上的親切表情就可看出這個顯而易見的事實。

卡瓦拉德先生體格魁梧，厚厚的嘴唇掛著和藹的笑容，外表非常樸實，其貌不揚，卻是一派鎮定從容。和善的脾氣極具感染力，像陽光下綠油油的山丘，就連憤怒的自負心靈都能平息，令它自慚形穢。「嘿，你好嗎？」他伸出不太適合被握的手。「抱歉，你之前來時我不在。有什麼事嗎？你心情好像不太好。」

詹姆斯皺著眉頭面露愁容，答話時似乎刻意強調了一下。「就是看不慣布魯克的做法。我真心覺得該有人跟他談談。」

「哪方面？參選的事嗎？」卡瓦拉德說著，繼續整理他的捲線器。「我倒不認為他真的想選。不過只要他喜歡，又有什麼關係呢？反對輝格黨的人應該很高興他們沒有派出最強的人選。他們如果讓我們的朋友布魯克帶頭衝鋒陷陣，是推翻不了我們的憲法。」

「我說的不是那事。」詹姆斯放下帽子，然後坐下開始按摩他的腿，憤懣地查看他靴子的鞋跟。「我說的是那件婚事，他答應讓花朵般的少女嫁給卡索邦。」

「卡索邦怎麼了？只要那女孩喜歡他，我不認為他有什麼不好。」

---

60 Desdemona，莎士比亞劇本《奧賽羅》（*Othello*）裡的女主角。苔絲狄蒙娜出身貴族，卻執意嫁給摩爾人奧賽羅，後來因小人奸計，死於奧賽羅的妒火。

「她太年輕，不知道自己喜歡什麼。她的監護人應該出面干預，不該用這麼草率的態度處理這種事。卡瓦拉德，你自己也有女兒，而且有一副好心腸，我無法想像你怎麼能這樣冷眼旁觀！你認真想一想。」

「我沒跟你開玩笑，我非常認真。」他臉上掛著惱人的無聲笑容。「你跟伊琳諾一樣壞，她也要我去教訓布魯克。我提醒她，當年她要嫁給我的時候，她的親友也很不看好。」

「可是你看看卡索邦，」詹姆斯義憤填膺地說。「他大概有五十歲了，我猜他身體早就不行了，你看看他那雙腿！」

「你們這些年輕帥氣的小伙子太可惡了！總以為你們想的都對。你們不了解女人，她們對你們的愛慕，還不及你們自戀程度的一半。伊琳諾以前總是告訴她那些姐妹，她嫁給我是因為我長得醜，她覺得我的相貌與眾不同又逗趣，讓她放下所有考量。」

「你！讓女人愛上你一點也不難。可是這跟美醜無關，我不喜歡卡索邦。」這是詹姆斯對別人的品格最惡劣的評價。

「為什麼？你看他哪裡不順眼？」卡瓦拉德放下捲線器，雙手拇指插進袖孔，專心等著回答。

詹姆斯不擅長陳述理由，停頓了下來。他覺得奇怪，理由不是很明顯，為什麼非得要說出來？在他看來，某件事合不合理，只是一種感覺。最後他說：「卡瓦拉德，你覺得他是好心人嗎？」

「嗯，是啊！當然不是那種感情豐富的人，不過肯定有一副好心腸，這點你不需要懷疑。他很照顧他那些窮親戚，補貼好幾個女人的生活費，還花不少錢栽培一個年輕人。卡索邦不是滿口仁義道德、光說不練的人。他母親的姐姐嫁得不好（對方好像是個波蘭人），走錯了路，總之被逐出家族。如果不是因為那樣，卡索邦的財產恐怕不到現有的一半。我猜他親自找到他那些表親，想辦法幫助他們。不是每個人站在他的立場，都能做到這個地步。你會這麼做，但不是每個人都可以。」

「我不知道。」詹姆斯紅著臉說。「我不確定我可以。」他停了一下，然後又說，「卡索邦那樣做很對，可是一個人就算做了對的事，本身仍然可能古板乏味，女人跟他在一起不會幸福。另外，像多蘿席亞這麼年輕的小姐，她的親友應該出面干預，阻止她做傻事。你在笑，因為你認為我是為了自己的感情。我以自己的榮譽起誓，絕不是那麼回事。如果我是她兄弟或叔伯，也會有一樣的反應。」

「嗯，可是你能怎麼做？」

「我會主張她必須等到成年再決定婚事。我敢肯定，如果真是這樣，這樁婚事絕不會成。我希望你也有同樣看法，希望你找布魯克談一談。」

詹姆斯說完最後一句話就站起來，因為他看見卡瓦拉德太太從書房走進來，牽著她大約五歲的小女兒。小女孩立刻跑到爸爸身邊，卡瓦拉德抱起她，讓她舒適地坐在他腿上。

「我聽見你說的話。」卡瓦拉德太太說。「不過漢弗里不會聽你的。只要魚兒願意上鉤，其他人怎樣都無所謂。卡索邦莊園裡的溪流有鱒魚，可是他自己從來沒興趣釣魚，世上有比他更好的人嗎？」

「嗯，這就不簡單了。」卡瓦拉德照例面帶笑容。「一個人的溪流裡有鱒魚，就是很了不起的優點。」

「不過說正經的，」詹姆斯氣還沒消。「妳不認為教區長如果出面說幾句話，可能會有幫助？」

「哎呀，我告訴你，他會怎麼說……」卡瓦拉德太太挑了挑眉毛。「我已經盡力了，這件婚事我管不了。」

「首先，」卡瓦拉德一本正經地說。「你們以為我可以說服布魯克，讓他照我的話做，實在大錯特錯。布魯克是個大好人，個性卻像一團軟泥，不管裝進任何形狀的模子，都不會定形。」

「也許他能定形一段時間，足以拖延這件婚事。」詹姆斯說。

「可是親愛的詹姆斯，我為什麼要用自己的影響力做不利於卡索邦的事？除非我非常肯定這麼做是為多蘿席亞好，可惜我不是很確定。我覺得卡索邦沒什麼不好，我不介意他那些神話和鬼怪之類的，同樣的，他也不在乎我的釣具。至於他對天主教問題的立場，那倒是出人意料。不過他向來對我客客氣氣，我有什麼理由破壞他的好事。誰曉得，多蘿席亞嫁給他，也許比嫁給其他男人更幸福。」

「漢弗里！我真受夠了你。你自己心裡很清楚，你寧可一個人在樹籬下吃飯，也不願意單獨跟卡索邦相處。你們兩個根本沒話說。」

「那跟多蘿席亞嫁給他有什麼關係？她嫁給他又不是為了讓我開心。」

「他沒有一點熱血。」詹姆斯說。

「嗯，如果有人取他的一滴血用放大鏡觀察，會發現裡面都是分號和括弧。」卡瓦拉德太太說。

「他為什麼不好好寫他的書，跟人結什麼婚？」詹姆斯的口氣帶點不齒，他覺得任何英國世俗男人都會跟他有同感。

「是啊，他做夢都想著注腳，而那些注腳搞得他暈頭轉向。聽說他小時候寫了《小拇指》[61]的摘要，從此以後一直寫摘要。噁！這樣的男人，漢弗里竟然覺得女人嫁給他會幸福。」

「他正是多蘿席亞喜歡的類型。」卡瓦拉德說。「我可沒說我了解所有年輕小姐的喜好。」

「但如果她是你女兒呢？」詹姆斯問。

「那情況就不同了。她畢竟**不是**我女兒，我不覺得有必要插手。卡索邦跟我們大多數人一樣好。他是個勤勉好學的神職人員，也善盡職責。米德鎮有些好發議論的激進派說，卡索邦是博學的書呆子牧師，福列克是泥水匠牧師，而我是釣魚牧師。要我說，我不認為誰比誰高明或低下。」卡瓦拉德說完又是無聲地一笑。他向來把別人對他的諷刺當成笑話，他的心胸跟他的體格一樣，開闊又自在，從來不做太麻煩的事。

卡瓦拉德顯然不可能出面干涉多蘿席亞的婚事，想到她就要一頭栽進自己的錯誤判斷裡，詹姆斯不免有點悲傷。他還是繼續推動多蘿席亞的村屋計畫，顯示他個性隨和。毫無疑問，為了他的顏面，堅持下去也是最好的選擇。

可是傲氣只能幫助我們表現出寬厚，不能讓我們真的變寬厚；正如自負也不能讓我們變聰明。如今多蘿席亞已經充分明白詹姆斯對她有什麼心思，雖然他一開始建村屋是基於對她的愛慕，如今他還能公正無私地堅持履行地主的責任，她覺得相當開心。這份心情並沒有被她此刻待嫁女兒的喜悅沖淡。她現在心裡幾乎裝滿卡索邦，或者該說裝滿博學的卡索邦，在她心中激起的觸手可及的美夢、由衷的信任和熱情的自我奉獻，這些感受組成一支交響樂曲，在她的靈魂演奏。至於內心僅剩的空間，她都留給了詹姆斯的村屋。

於是，之後幾次詹姆斯上門拜訪時，他開始偶爾關注一下西莉亞，也覺得跟多蘿席亞的談話越來越愉快。如今她對他的態度一點都不拘束，也不煩躁。他慢慢發現，男女之間沒有需要隱藏或坦承的情意時，那種真誠的善意多麼令人欣喜。

61 Hop o'my Thumb，法國作家夏爾·佩羅（Charles Perrault，一六二八～一七〇三）創作的童話故事，收集在《鵝媽媽故事集》（*Histoires ou Contes du tempspassé*）。

第九章

紳士甲：古老神諭之中有個古老國度，
名為「渴求律法」，那裡的種種努力，
都是為了追求秩序與完美章程。
請問，這樣的國度究竟在何處？
紳士乙：咦，不就在它自古以來所在之處，也就是人們心中。

有關卡索邦對婚後財產問題的態度，布魯克相當滿意。婚事的籌備也進展順利，因此縮短了婚前的交往期。準新娘必須參觀婚後住處，看看有哪些地方需要裝修。婚前允許女人拿一點主意，婚後她才願意服從。當然，我們這些世間男女我行我素時犯下的錯誤，可能會讓我們納悶當初為什麼喜歡自作主張。

十一月某個烏雲密布的無雨早晨，多蘿席亞跟伯父和西莉亞搭馬車前往洛威克。卡索邦的家是那裡的領主莊園，從庭園某些角落可以看見附近的小教堂。教堂對面就是老舊的牧師公館。卡索邦剛開始當牧師的時候只靠薪俸維生，哥哥過世後才繼承莊園。莊園裡有一片庭園，規模不大，疏疏落落點綴著一棵棵蒼翠的老橡樹。一條林蔭大道向西北方延伸過去，兩旁種植的是歐椴樹。園子和獵場之間以溝渠分界，因此，從客廳望出去的視線不受阻擋，一片翠綠斜坡直達那兩排歐椴樹盡頭的玉米田和牧草場。在夕陽餘暉中，牧草場彷彿化為碧綠的湖泊。整棟屋子就這個方向的景色比較優美，因為即使在最晴朗的早晨，南邊和東邊的景物看起來都顯得陰鬱。那邊的土地比較狹窄，花圃疏於照料，離窗子不到十公尺的地方有一叢叢高聳的樹木，主要是蕭瑟的紫杉。屋子本身以石材搭建，色澤偏綠，是古老的英格蘭風格，不難看，只是窗子不大，外觀略顯沉悶。就是那種必須有小孩、有許多花朵、有敞開的窗扉和明亮的景物，才能營造出歡欣氛圍的屋子。在這個深秋時節，所剩不多的枯黃葉片緩緩飄落，穿過那叢陰暗的常青樹。周遭沒有陽光，一片冷寂。屋子本身彷彿也被秋日的衰敗籠罩，卡索邦出現時，他臉龐沒有一絲紅潤色澤，跟背景形成對比。

「噢，天哪！」西莉亞心想。「我敢說弗列許府比這裡鮮活多了。」她想到白色砂岩、雄偉柱廊和繁花似錦的平台。詹姆斯彷彿玫瑰花叢變身的王子，笑盈盈地出現，拿著從最嬌柔的芬芳花瓣瞬間幻化而來的手帕。詹姆斯的談吐是那麼宜人，說出口的話總是合乎常理，而且與做學問無關。西莉亞的性格有著青春少女的活潑輕盈，有些上了年紀的嚴肅男人會喜歡娶這樣的妻子，幸好卡索邦不是這樣；西莉亞不可能看上他。

相較之下，多蘿席亞覺得這棟房子和周圍的庭園完全符合她的期待：狹長圖書室裡的深色書櫃、在歲月中褪色的地毯與窗簾、走廊牆壁上奇特的古老地圖和鳥瞰圖，下方偶爾擺設一只舊花瓶。這一切絲毫沒有帶給她壓迫感，看起來甚至比伯父家裡那些石膏像和圖畫更可喜。那些石膏像和圖畫都是很久以前伯父從旅途中帶回來的，也許都代表他某個階段吸收的觀點。在可憐的多蘿席亞看來，那些嚴謹的古典裸體雕像和嘻嘻竊笑的文藝復興柯雷吉歐[62]畫像都深奧難懂，默默凝視她清教徒觀念的核心。從來沒有人向她說明那些東西跟她的生活有什麼關係。洛威克的歷代主人顯然不愛到處旅行，而卡索邦對古代學問的鑽研也不需要藉助那類物品。

多蘿席亞懷著愉快的心情參觀這棟房子。在她眼中，屋子裡的一切彷彿都無比神聖：這裡將是她成年後的家。當卡索邦指著屋裡的某些擺設，問她有沒有想更動的地方。她抬起頭，用自信滿滿的眼神看著他。她非常感謝他尊重她的意見，不過她不覺得哪裡需要修改。他一板一眼的殷勤和行禮如儀的溫柔在她眼中完美無瑕。她發揮前所未見的精準度填補所有空白，以解讀上帝作品的目光解讀他。即使聽見某些似乎不協調的音頻，她也認為那是因為自己聽不到更崇高的和諧音。那幾星期的交往過程中確實存在許多空白，都被她以深情的信任填入幸福的保證。

「親愛的多蘿席亞，希望妳幫我一個忙，告訴我，妳要哪個房間做妳的私人起居室。」卡索邦問，顯示他對女性夠包容，願意滿足她這方面的需求。

「你能想到這個真是太體貼了。」多蘿席亞答，「不過請相信我，這些事情我寧可交給別人做決定。我更喜歡一切保持現狀，也就是照你習慣的樣子，或你希望的去做任何安排，除此之外，我沒有別的奢求。」

「多多，妳要不要選樓上那間有凸窗的房間？」

卡索邦帶他們去到那房間。那扇凸窗俯瞰底下的歐椴樹大道，房間裡的家具都是褪色的藍，牆上掛著一批肖像，畫裡男男女女的頭髮都撲了粉。有一扇門上掛著繡帷，上面的圖案是藍綠色背景中的淺色雄鹿。桌腳椅腳都嫌細長，似乎輕易就會翻倒。置身這種房間，很可能會聯想到穿著緊身服飾的仕女鬼魂重返她的繡房。最後一件家具是一座小書櫃，裡面擺著皮革封面的十二開本純文學書籍。

「嗯，」布魯克說。「只要再添點新的壁掛、沙發之類的東西，這房間就會非常漂亮。現在還有點空蕩。」

「不，伯父。」多蘿席亞急忙說。「請別提議做任何更動，這世上有其他太多東西需要改變。我希望接受這些東西原來的模樣。你也喜歡它們原本的模樣，對嗎？」她轉頭問卡索邦。「也許這是你母親年輕時的房間。」

「的確是。」他說著，緩緩點頭。

「這是你母親。」多蘿席亞說，她又轉身觀看那些迷你肖像。「跟你帶給我看的那幅很像。只是，我覺得這幅畫得比較好。還有另一邊這幅，這是誰？」

「她姐姐。她們跟妳和妳妹妹一樣，沒有別的兄弟姐妹。再上面的就是我的外祖父母。」

「她姐姐很漂亮。」西莉亞說，言下之意她覺得卡索邦的母親容貌差一點。西莉亞的想像力今天得到全新啟發，她發現卡索邦的家人也都曾經年輕過，而且那些女士都戴項鍊。

「這張臉很特別，」多蘿席亞說。「灰色眼眸靠得很近，纖細的鼻梁不夠筆直，好像有某種凹陷。還有她們撲了粉的頭髮全都往後梳，整體看起來，我覺得她的容貌是獨特多於美麗。她跟你母親之間甚至沒有相似度，不像家人。」

「嗯，她們的命運也不相同。」

「你沒跟我提起過她。」多蘿席亞說。

「我姨母嫁得不好，我沒見過她。」

多蘿席亞有點好奇，不過她覺得這個時候如果問那些他沒有提過的事，會顯得沒教養，於是她轉身欣賞窗外的風光。陽光不久前穿透雲層，在兩排歐椴樹投下陰影。

62指Antonio Allegri（一四九四～一五三四），文藝復興時期畫家，出生於義大利柯雷吉歐（Correggio），以出生地為名。

「我們要不要到庭園裡走一走？」多蘿席亞問。

「妳應該也想看看教堂。」布魯克說。「那只是間古怪逗趣的小教堂，還有村莊，全都擠在一起。對了，多蘿席亞，那裡很適合妳。那些村屋像一排貧民住宅，有小花園、紫羅蘭之類的。」

「嗯，麻煩你。」多蘿席亞對卡索邦說。「我都想看一看。」他沒有具體向她描述過洛威克的村屋，只說過一句「還不錯」。

不久後，他們走在一條碎石路上，兩旁主要是青草地或樹叢。卡索邦說這是通往教堂最近的路線。他們在進入教堂院子的小門前停下來，等卡索邦去附近的牧師公館拿鑰匙。

一直走在最後面的西莉亞看見卡索邦離開，立刻跟上來，用她那種聽起來毫無惡意的輕鬆語調說：「多蘿席亞，妳知道嗎？我看見有個滿年輕的人從小路走來。」

「西莉亞，那值得大驚小怪嗎？」

「也許是年輕的園丁，對吧？」布魯克說。「我曾經建議卡索邦換個新園丁。」

「不，不是園丁。」西莉亞說。「是個拿著速寫簿的男士，一頭淺棕色捲髮。我只看見他的背影，不過看起來很年輕。」

「也許是助理牧師的兒子，」布魯克說。「啊，卡索邦來了，塔克跟他一起。妳們還不認識塔克，他會幫妳們介紹。」

中年的塔克是助理牧師，屬於那種通常有不少兒子的「次級牧師」。介紹完畢後，雙方的談話並沒有涉及塔克的家人。除了西莉亞，沒有人記得那個叫人驚奇的幽靈年輕人。西莉亞內心不願意相信那個淡棕色捲髮和修長身材跟塔克有任何關係。因為塔克看起來又老又遲鈍，正是她想像中卡索邦的助理牧師該有的模樣。他顯然是個死後會上天堂的好人（西莉亞不想違背信念），可是他的嘴角實在不討人喜歡。撇開信念不談，西莉亞有點沮喪地想到，等日後她來洛威克當伴娘的時候，這位助理牧師家裡恐怕沒有惹她疼愛的漂亮小孩。

塔克的加入增添了許多正面作用，或許卡索邦事先也想到了。因為塔克能回答多蘿席亞所有關於村莊和教區居民的問題。他向她保證，洛威克每個人都豐衣足食。比如那些只付一點租金就住在雙拼村屋裡的人，家家戶戶都養豬，屋後的菜園子也都綠意盎然。小男孩穿著畢挺的燈芯絨，女孩子出外給人當清潔女傭，或在家裡編麥桿。這裡沒有織布機，也沒有不信奉國教的人。比起靈性追求，居民更在乎累積錢財，一般說來沒有什麼大奸大惡之徒。村莊裡的雪花雞數量如此之多，布魯克於是說，「看來你們的農民在田地裡留了些大麥讓婦女去撿。這裡的窮人有機會吃上雞肉，就像那個仁慈的法國國王[63]希望他的百姓也都吃得起雞肉。法國人吃掉不少雞，瘦巴巴的雞。」

「我覺得他的願望一點都不難達成，」多蘿席亞不滿地說。「當國王的難道都這麼暴虐不仁，就連這樣的願望也算是君王美意了？」

「如果他希望他們吃上瘦小的雞，」西莉亞說。「那就不算太仁厚。也許他希望他們能吃上肥雞。」

「是啊，也許書面資料漏了『肥』這個字，或者是國王的弦外之音，也就是國王只是心裡想到，沒有說出口。」卡索邦說著，面帶笑容低頭望向西莉亞。

西莉亞連忙放慢腳步拉開距離，因為她受不了卡索邦的眨巴眼。

返回屋子的路上，多蘿席亞陷入沉默。她有點失望，因為洛威克沒什麼她能做的事，但她也為這份

63 指亨利四世（Henri IV，一五五三～一六一〇），一五八九年上任時內戰甫歇，民生凋敝，因而他經常表示希望農民盤子裡都有雞肉。

失望感到羞愧。接下來幾分鐘，她腦海閃過一個念頭，那就是她更希望自己所屬的教區分配到世上更多苦難，那樣一來她就能承擔更多實際責任。之後，她又想到自己真正的未來，覺得可以更全心全意為卡索邦的目標奉獻，可以在那裡找到新的職責。等她在婚姻中學習到更崇高的知識，那些職責會自然而然浮現。

塔克還要忙教會的事，無法留下來吃午餐，不久後就先離開了。

他們從小門走進花園時，卡索邦說：「多蘿席亞，妳好像有點感傷。我相信妳很滿意今天看到的一切。」

「我有一些感想，可能有點蠢，也不正確。」多蘿席亞以她一向的坦率說。「幾乎希望這裡的人們需要更多幫助。關於發揮自己生命價值這件事，我知道的方法太少。當然，我對『價值』的定義可能太淺薄。我必須學習更多幫助他人的方法。」

「無庸置疑，」卡索邦說。「每個身分都有相應的職責。我相信妳身為洛威克女主人，一定會善盡妳所有的職責。」

「嗯，我也相信。」多蘿席亞真誠地說。「請不要以為我感傷。」

「那就好。如果妳不累，我們走另一條路回去。」

多蘿席亞一點也不累，於是他們繞了一小段路，朝一棵挺拔的紫杉走去。在屋子的這一側，也只有這株紫杉最能代表家族悠久傳統。他們接近紫杉時，看見有個人坐在長椅上，正在速寫那棵古樹，深綠色常青樹的背景突顯出那人的身影。

布魯克跟西莉亞走在前面，他回頭問：「卡索邦，那個年輕人是誰？」

他們走到近處，卡索邦才答：「那是我的一個親戚，遠房表親。事實上……」他說著，望向多蘿席亞。「就是妳剛才看的那幅肖像裡那位女士——也就是我的茱莉亞姨母——的孫子。」

年輕人已經放下速寫簿站起來。他蓬亂的淡棕色捲髮和他的年紀，立刻說明他就是西莉亞看見的那個幻影。

「多蘿席亞，容我介紹我的表外甥，雷迪斯羅先生。威爾，這是布魯克小姐。」

威爾此刻離他們很近，以致於他舉起帽子時，多蘿席亞看見一雙靠得有點近的灰色眼眸，不平整的纖細鼻梁有一點凹陷，頭髮也是披在腦後。不過年輕人的嘴和下巴比他祖母那肖像裡的模樣更為飽滿突出，更有侵略性。威爾不覺得需要露出笑容，他好像因為初見自己的未來表親一時失神，反倒噘著嘴，彷彿有點不開心。

「看來你是個畫家。」布魯克以他一貫的不拘小節，拿起速寫簿翻翻看看。

「不是。我只是畫點速寫。這裡沒什麼好景色。」威爾臉色泛紅，似乎氣惱多於客套。

「少來，這幅畫得可真不賴。我自己也曾經這樣塗塗畫畫一陣子。看看這個，這才叫好作品，筆觸很有我們以前所謂的『生氣』。」布魯克把圖畫拿給兩個姪女看，那是一幅彩色速寫，畫的是岩石地面、樹木與池塘。

「我不懂畫。」多蘿席亞口氣並不冷淡，卻顯然不想參與這種討論。「伯父，你說的那些備受讚譽的畫作，我從來看不出它們美在哪裡。那是一種我無法理解的語言，我猜畫作和大自然之間有某種關聯，而我太無知，感受不到。」這時多蘿席亞抬頭看著卡索邦，「就像你能理解深奧的希臘文句子，我卻完全看不懂。」

卡索邦對她點頭致意。

布魯克滿不在乎地笑道：「哎呀，人跟人真的很不一樣！不過妳受的教育不完整，否則這些速寫、美術之類，都是女孩子該學的。妳喜歡畫建築圖樣，所以不懂『柔美膚色』這一類的事。」他又轉頭對威爾說，「哪天來我家坐坐，我讓你看看我以前畫的東西。」

威爾原本盯著多蘿席亞看，聽見這話才回過神來。他知道多蘿席亞是卡索邦的未婚妻，早已認定她個性不討喜。她剛才說自己太笨，看不懂畫，就算他相信她說的是真心話，卻也確認自己原先對她的觀感很正確。事實上，他覺得她那番話暗含對他的批評，也確定她嫌棄他的畫。她的道歉藏著太多心機，她在嘲笑她伯父和他。可是那嗓音像來自曾經住在風弦琴裡的靈魂。這一定是大自然的矛盾，願意嫁給卡索邦的女孩不可能有任何熱情。不過他轉過身去，對布魯克行禮，感謝他的邀請。

「我們可以一起看看我那些義大利版畫，」和善的布魯克接著說。「這種東西我多得不得了，放了很多年，住在這種鄉下地方，人會變呆變笨。卡索邦，你不會，你一直認真做學問。而我那些最好的想法都沒派上用場，浪費了。你們這些聰明的年輕人千萬別太懶散，我以前就是太懶散，否則我也許能有一番成就。」

「這是很合宜的忠告，」卡索邦說。「不過我們該進屋了，免得兩位小姐站太久。」

等他們轉身離開後，威爾重新坐下來畫畫。他畫著畫著，臉上露出笑意，笑容漸漸放大，到最後他腦袋往後仰，開懷大笑。他笑那些人對他的畫作的反應，笑他那不苟言笑的表舅和那女孩竟是一對戀人；笑布魯克說自己如果不懶散，早就功成名就。想到剛才的滑稽場面，威爾笑得滿面春風，五官顯得十分討喜。那是對詼諧事物的純粹欣賞，沒有摻雜一絲嘲弄或沾沾自喜。

「卡索邦，你表弟以後有什麼打算？」他們往前走時，布魯克問。

「他是我表外甥，不是表弟。」

「好，好，表外甥。我指的是他打算做哪一行？」

「可惜這個問題很難回答。他從拉格比中學畢業後不肯在英格蘭上大學，否則我會欣然幫他安排。他選擇去德國的海德堡求學，修了些我覺得最不合常理的課程。現在他又想去國外，沒有什麼特殊目標，只含含糊糊地說要去接觸他所謂的文化，為連他自己也不知道的未來做準備。他拒絕選擇任何行業。」

「他沒有資產，全靠你資助，對吧？」

「我經常提醒他和他的家人，我只會適度資助他拿個學位，讓他更體面地踏入社會。所以我有責任滿足他的期待。」卡索邦這樣說，好像他做這件事只是信守承諾。

多蘿席亞覺得他這是一種體貼，深感欽佩。

「他熱愛旅行，也許將來會變成布魯斯[64]或蒙戈・帕克[65]。」布魯克說。「我自己一度也有這種念頭。」

「不，他對探險沒興趣，也不想發現新大陸。如果是，那也算一種特殊目標，我可以有限度認同。只是，我不會贊成他追求大有可能英年早逝或死於凶險的職業。不過，他對地球表面做更準確的認識，一點興趣都沒有，他說他寧可不去追尋尼羅河源頭，還說地球應該保留某些未知區域，充做詩人揮灑想像力的獵場。」

64 指詹姆士・布魯斯（James Bruce，一七三〇～一七九四）。蘇格蘭旅行家兼旅遊作家，發現尼羅河支流藍尼羅河（Blue Nile）的源頭。

65 Mungo Park（一七七一～一八〇六），蘇格蘭探險家，據說是第一個探索西非最大河流尼日河（Niger River）的白人。一八〇六年，他探索尼日河時不幸遇襲而溺斃。

「嗯，這話也有點道理。」布魯克說。他果然是個沒有偏見的人。「我倒覺得那恐怕只是因為他無論做什麼都敷衍草率，不喜歡貫徹到底。基於這種個性，即使他將來真的願意遵循世俗規則選擇不管是神職或世俗的某個行業，多半也很難勝任。」

「也許他知道自己能力有限，才會有所顧忌，猶豫不決。」多蘿席亞想辦法幫威爾找理由。「因為法律和醫學都是非常嚴肅的職業，不是嗎？畢竟牽涉到人們的生命財產。」

「無庸置疑。不過我擔心威爾之所以不喜歡這些職業，主要是不願意下苦功，不肯接受必要的訓練。因為那些訓練沒有趣味，對自我放縱的人沒有直接的吸引力。我曾經向他強調亞里斯多德那番非常簡潔有力的話語，也就是要在任何目標上有所成就，就得先投入許多精力，或者學習某些輔助技能，這些都需要耐心。我也讓他看過我那些手稿，我花了幾年的苦功做準備，到現在還沒完成。不過都沒用，對於這一類的審慎勸說，他只說自己是佩格索斯[66]，任何正規的職業都是一種『挽具』。」

西莉亞笑了。她很驚訝卡索邦竟能說出這麼有趣的話。

「嗯，也許他以後會變成拜倫[67]，或查特頓[68]，或邱吉爾之類的，誰也說不準。」布魯克說。「你會讓他去義大利，或任何他想去的地方嗎？」

「會。我已經答應給他適度資助，供應他一年左右的費用，他也只要求這麼多。我就讓他接受自由的考驗。」

「你這樣做實在很仁慈，」多蘿席亞開心地抬頭看著卡索邦。「非常崇高。畢竟，人也許有某些職業傾向，只是自己沒發現，是吧？他們也許顯得遊手好閒，優柔寡斷，因為他們還在成長。我覺得我們對待別人應該多點耐性。」

「我猜是因為妳訂婚了，才覺得有耐性是好事。」西莉亞說。這時她單獨跟多蘿席亞在一起，兩人脫下帽子和披肩。

「西莉亞，妳是說我這個人沒耐性。」

「對，如果人們說或做了妳不喜歡的事。」自從多蘿席亞訂婚後，西莉亞越來越不害怕對她「暢所欲言」，她已經不像過去那麼看重聰明這種特質。

66 Pegasus，希臘神話中的雙翼天馬。

67 George Gordon Byron（一七八八～一八二四），英國浪漫派詩人，最知名的著作是他根據西班牙傳奇編寫的諷刺史詩《唐璜》（*Don Juan*）。

68 Thomas Chatterton（一七五二～一七七〇）。英國天才作家，十二歲模仿十五世紀的英語創作，以十五世紀僧侶詩人遺作的名義投稿。可惜際遇坎坷，十七歲服毒自殺。

第十章

如果他除了活熊身上的毛皮，沒有別的衣物可穿，肯定要得重感冒。

——富勒[69]

威爾沒有接受布魯克的邀請上門拜訪。短短六天後，卡索邦就說，威爾已經出發前往歐洲大陸，而且好像為了迴避問題，故意語焉不詳。事實上，威爾只肯說他要去歐洲，拒絕說出明確的目的地。他說，才華無法忍受束縛，一方面它必須能夠盡情發揮，另一方面，它可以自信地等待宇宙的訊息，召喚它去執行特定任務，而它本身只是保持開放的態度，等著接納所有神聖機會。所謂接納的態度不一而足，威爾誠懇地嘗試過其中很多種。他不特別喜歡喝酒，卻有幾次喝得爛醉的經驗，只是為了體驗那種形式的狂喜。他也曾經節食導致暈倒，而後大啖龍蝦。他曾經因為服食鴉片而生病。這些體驗都沒有幫助他創作出偉大作品，倒是服食鴉片的結果，讓他確認自己的體質跟德昆西[70]截然不同。能夠釋放才華的外在條件好像還沒發生，宇宙還沒向他招手，就連凱撒一時的得意，也只是輝煌的惡兆。

我們都知道所有的進步都是一種偽裝，弱小的胚胎裡可能隱藏某種強大的形體。事實上，整個世界充滿看似可信的相似度和漂亮的可疑雞蛋，我們稱之為可能性。威爾看夠多那些可悲案例，知道長時間抱著蛋也未必孵得出小雞。如果不是心懷感恩，他會嘲笑卡索邦。卡索邦孜孜不倦地努力，寫下成堆的筆記，以越來越薄弱的理論探討乏人問津的廢墟，這一切好像都只是強化某種寓意，讓威爾更加確定自己的未來只能仰仗宇宙的意志。他覺得這份仰仗是才華的標記，而且肯定不是庸才的標記。才華不存在於自負謙遜，而在創造或製作的力量，不是創造或製作某種一般性的東西，而是特別的東西。那麼我們先別談他的未來，就讓他前往歐洲大陸。在各種錯誤之中，預言是最不必要的。

不過，以現階段的情況來說，關於避免倉促做出評斷這件事，我覺得更適用於卡索邦，而非威爾。如果在多蘿席亞心目中，卡索邦只是碰巧點火引燃她高度易燃的青春幻夢，那麼是不是也可以說，到目前為止，那些相對缺乏激情的人對他提出的論斷也不失公允？我不贊成任何不容商榷的結論，反對任何形式的偏見，比如卡瓦拉德太太對毗鄰教區神職人員傳說中偉大靈魂的鄙夷，或詹姆斯對情敵雙腿的攻訐，或布魯克弄不清楚朋友的想法，或西莉亞對中年學者外貌的批評。如果世上真有無與倫比的偉大人物，我相信他們在自己的時代，也不免被各種小鏡子照出不討喜的容顏。就連拿著湯匙觀看自己面容的米爾頓，也不得不接受狀似南瓜的臉形。再者，即使卡索邦談到自己的時候，措辭相對冷淡，那並不代表他沒有豐富的內在與細膩的感受。某位讀得懂象形文字的不朽物理學家[71]不也寫出可憎的詩詞？太陽系理論的進展難道是歸功於優雅舉止和得體談吐？假使我們不以外表評價別人，而是更熱切地關注他如何看待自己的行為或能力；他每日的辛勞遭遇什麼樣的困難；隨著歲月消失的希望與日益加深的自我幻

69 Thomas Fuller（一六〇八～一六六〇），英國散文作家，著有《英國名人傳》（*History of the Worthies of England*）。

70 Thomas De Quincey（一七八五～一八五九），英國記者兼批評家，著有《一位英國鴉片癮君子的自白》（*The Confessions of an English opium Eater*）。

71 應指 Thomas Young（一七七三～一八二九），英國科學家，據說是第一位發表羅賽塔石碑（Rosetta Stone）譯文的人。他也是業餘詩人。

滅，是如何銘刻在他內心；對於那股來自宇宙、總有一天會變得難以負荷、致使他的心臟從此停止跳動的壓力，他又用什麼樣的精神抗衡。毫無疑問，在他自己心目中，他的命運至關緊要。

我們之所以覺得他要求在我們心中占據太多空間，一定是因為我們的心沒有給他一席之地。畢竟我們以絕對的信心建議他祈求上天的垂憐。不只如此，即使旁人從我們這裡獲得的東西少得可憐，我們仍然認為他們祈求上天最大恩賜是崇高的行為。卡索邦也是他自己的世界中心，傾向認為其他人的出現都是上天為他所做的安排，甚至以《神話學要義》作者的角度，評斷他人是否適合出現在他身邊。這種特性我們並不陌生，而且正如凡人的其他乞求行為，值得我們稍加憐憫。

想當然耳，對於他和多蘿席亞的婚事，他個人的感受，遠比到目前為止表達反對意見那些人，深刻得多。以現階段的發展來說，比起厚道的詹姆斯的失望，我對卡索邦的如願以償更有感觸。因為說實在話，隨著婚禮的日子漸漸接近，卡索邦並不覺得振奮。在他看來，人們想像中的婚姻花園，小徑兩旁嫣紅奼紫美不勝收，並不如他拿著蠟燭走慣了的地窖來得迷人。他贏得擁有高貴心靈的美麗女孩，卻沒有贏得喜悅（他認為喜悅也是可以尋得的物件）。他相當驚訝，卻沒有對自己坦承，更不可能向他人傾訴。沒錯，他熟知所有暗示相反論點的古典文學，但我們發現，熟知古典文學也是一種活動。這就足以說明，那些篇章為什麼讓人沒有餘力在生活中實踐。

可憐的卡索邦認為，他在漫長的單身生涯中焚膏繼晷，想必能以複利方式滾出可觀的幸福資本。他現在可以大筆提取這些情感，應該不會被拒絕支付。我們每個人不論個性嚴肅或隨和，思考過程中總是少不了各種比喻，而且不幸地被它們的力量牽動。如今，因為他相信自己此時此刻應當沉浸在前所未見的幸福中，反而可能因此陷入憂傷。他覺得預期中的喜悅應當來到最高點，走訪蒂普頓農莊也取代了洛威克書房慣常的單調，這時候他竟然覺得情感莫名空虛，卻找不到任何外在原因來說明。他體驗到一股疲憊，這種感覺帶給他揮之不去的寂寞悲涼，像極了他在著書立說的泥沼中艱苦跋涉、目標卻始終遙遠，因而生起的那股絕望。這種寂寞是最糟糕的那種，會害怕同情的眼光。他只希望多蘿席亞認為他喜出望外，就像旁人眼中擄獲她芳心的人該有的心情。至於他的著作，他仰賴她少不經事的信任與崇敬。他喜歡侃侃而談，引逗她繼續聆聽的熱情，藉此激勵自己。他跟她談話時，像個賣弄學問的教師，自信滿滿地宣揚自己的成就與意圖，暫時擺脫他毫無成果的苦讀過程中那些理想聽眾，也擺脫伴隨那些書中人物而來、陰森地底世界那種迷濛的壓迫感。

多蘿席亞過去學習到的世界歷史，是那些專為年輕小姐設計、無足輕重的課程。在她心目中，卡索邦談論他的偉大著作，為她打開全新視野。這種進一步認識斯多葛學派與亞歷山大學派[72]（她的理念與這些人相去不遠）的驚奇與啟發，讓她暫時放下對跨領域理論的追求。她希望透過那種理論，將自己的生活和信條與神奇的古代緊密結合，讓她的行動與遠古的知識建立一點關聯。更完整的教導指日可待，卡索邦會傾囊相授。她期待學習更高深的觀點，也期待婚姻生活，並且將自己對這兩件事的模糊概念混為一談。如果認為多蘿席亞向卡索邦學習只是為了追求更多學問，那就大錯特錯。因為雖然弗列許和蒂普頓教區的街坊都說她聰明，但在某些遣詞用字更為精確的圈子裡，聰明只代表知與行的傾向，而非人的特質，所以沒辦法用來描述她。她之所以求知若渴，動機主要來自滿滿的善心，也是這份善心主導她所有的理念與動力。她無意用知識裝扮自己，讓它鬆垮地披掛在餵養她行動的血肉之軀上。如果她要寫書，她只會跟大德蘭一樣，受命於某個掌控她良心的權威。但她嚮往某種事物，這種事物必須能讓她的

72 斯多葛學派（Stoics）由古希臘哲學家芝諾（Zeno of Citium，西元前三三五～二六三）創立。亞歷山大學派（Alexandrians）指西元前四世紀埃及亞歷山大城接觸希臘與羅馬文化後形成的學術趨勢。

生命填滿理性與熱忱兼具的行動。只是，仰賴異象引導與靈性指引的時代過去了，如今禱告只是讓人更為渴求，得不到引領。除了知識，還有什麼明燈？唯一的燃油肯定掌握在飽學之士手中，還有誰比卡索邦更有學問？

因此，這短短幾星期裡，多蘿席亞充滿感恩的歡欣期待不曾中斷，儘管她的戀人偶爾可能會感到乏味，卻沒辦法因此斷定她對他的愛鬆懈減退。

天氣還算溫和，他們的蜜月旅行因此可以延伸到羅馬。卡索邦對此滿懷期待，因為他希望能在梵蒂岡查閱某些手稿。

「妳妹妹不能跟我們一起去，我還是覺得遺憾。」某天早上他說。這是在確定西莉亞不願意同行，而多蘿席亞也不希望她相伴之後不久。「多蘿席亞，妳會覺得孤單，因為我必須善用我們在羅馬那段時間，如果有個人陪妳，我會覺得比較自在。」

「我會覺得比較自在」這句話刺激到多蘿席亞，跟卡索邦相處這段時間以來，她第一次氣得滿臉通紅。「如果你認為我不明白你的時間有多寶貴，或者認為我不願意全力配合，讓你善用你的時間，那你真的很不了解我。」

「親愛的多蘿席亞，妳真是太體貼了。」卡索邦好像一點都沒發現多蘿席亞被刺傷。「可是如果妳身邊有個女伴，我就可以為妳們安排導遊，這麼一來，我們同一段時間就可達成兩個目標。」

「我請你別再說這種話，」多蘿席亞不以為然地說。但她馬上擔心自己錯了，於是轉身面對他，按住他的手，換一種口氣說，「請別為我操心。我一個人的時候可以思考很多事。有坦翠普陪我就夠了，她可以照顧我。我不能帶西莉亞去，她會玩得不開心。」

這天晚上有個宴會，是在蒂普頓舉辦的最後一場婚前晚宴。著裝打扮的時間到了，鈴聲一響，多蘿席亞很慶幸終於有理由可以馬上離開，一副她需要比平時更多時間準備似的。她覺得羞愧，竟然為了某種她自己都無法理解的原因生氣。她雖然不是故意說謊，但也沒有說出真正讓自己傷心的原因。卡索邦的話合情合理，卻讓她感受到一絲似有若無的疏離。

「我一定是處於一種難以理解、自私又脆弱的心理狀態。」她對自己說。「我既然選擇比我崇高許多的丈夫，怎麼會不知道他不像我需要他一樣需要我？」

她順利說服自己，卡索邦一點錯都沒有，內心總算恢復平靜。她穿著銀灰色晚禮服走進客廳時，顯得嫻靜端莊雍容華貴。她的深褐色頭髮從前額撥向兩側，在腦後盤成巨大髮髻。一如她的舉止和表情，沒有任何刻意引人注目的花樣。多蘿席亞在人群中的時候，偶爾會顯得無比沉靜，彷彿畫像中的聖塔芭芭拉[73]，在自己的塔樓裡眺望外面的清新世界。一旦受到外在事物的觸動，這份沉靜反而讓她的言語與情緒更有力量，更引人注目。

這天晚上，她自然而然成為注目焦點。因為晚宴規模不小，出席的男客比她們姐妹搬進來之後的任何宴會更混雜，賓客各自三三兩兩湊在一起談話，多多少少有點不和諧。其中有米德鎮新選出的鎮長，他碰巧是個製造商。鎮長的姐夫是慈善銀行家，在鎮上頗有勢力，有人說他是衛理宗信徒，也有人說他是偽君子，就看他們平時慣用的辭彙而定。在場也不乏各領域的專業人士。事實上，卡瓦拉德太太說布魯克這是為了選舉在拉攏鎮民。她比較喜歡什一餐會上的農民，那些人坦率真誠地舉杯祝她身體健康，也不以他們祖先的家具為恥。因為在那個地區，改革還沒有激發出明顯的政治意識，階級遠比黨派的分

73 Santa Barbara，西元三世紀的基督教聖徒兼殉教者。她出生在異教家庭，偷偷信奉基督教，被父親關在高塔，最後為堅持信仰自由而亡。

別明顯得多。布魯克的晚宴之所以賓客分子複雜，顯然是因為他過去放任自己到處旅行造成的散漫，以及囫圇吞棗吸收太多思想觀念所致。

多蘿席亞一走出飯廳，就有人把握機會說起「悄悄話」。

「布魯克小姐是個端莊的女性！天啊！難得一見的端莊美人兒！」老律師史坦迪許說。他長期為地主服務，自己也晉身地主。他說「天啊」時嗓音低沉，彷彿那是某種氏族紋章，顯示這是有身分地位的人說的話。

剛才那番話好像是對著銀行家布爾斯妥德說的，可是布爾斯妥德嫌惡粗俗不敬的言語，只是欠身致意。搭腔的是齊切利，他是個中年單身漢，也是狩獵好手，膚色頗像復活節彩蛋，稀疏的頭髮精心梳理，舉手投足之間流露出對自己出色外貌的自信。

「沒錯，不過不是我中意的類型。我喜歡肯花心思討好我們的女人。女人就該戴些花俏的首飾，要有點風情。男人都喜歡挑戰，越難到手的女人越好。」

「這話有點道理。」史坦迪許不願意得罪人。

「嗯，她們向來如此。我猜這是明智的安排，是上帝的手筆。布爾斯妥德，你說是嗎？」

「我倒覺得風情不是上帝的手筆。」布爾斯妥德答。「我寧可認為那跟魔鬼有關。」

「噯，說得對。女人的心裡是該住著小魔鬼。」齊切利說。他對女人的看法好像與他的宗教觀抵觸。「而且我喜歡金髮，天鵝般的頸子，曼妙的步態。偷偷告訴你們，比起布魯克小姐和西莉亞小姐，我更欣賞鎮長千金。如果我打算結婚，這三位小姐之中我會選溫奇小姐。」

「也對，也對。」史坦迪許詼諧地說。「如今是中年男人吃香。」

齊切利饒富深意地搖搖頭：他看上的女人肯定會接受他，但他可不想輕易被套牢。

有幸被齊切利列為理想對象的溫奇小姐當然不在現場，因為布魯克向來主張中庸路線，除非在公共場合，否則他不希望他的兩個姪女接近米德鎮製造商的女兒。今天參加晚宴的女賓沒有哪個入不了查特姆夫人或卡瓦拉德太太的眼；比如上校的遺孀蘭弗魯太太，不但教養完美無缺，一身病痛也頗堪玩味，令醫生們大惑不解，顯然全世界的醫學知識都不足以解答，還得求助江湖術士。查特姆夫人倒是身強體健，她說這要歸功於她自製的苦藥酒，搭配持續的醫療照顧。她對蘭弗魯太太的病症百思不解，不明白為什麼所有的補藥好像都無濟於事。

「親愛的，那些藥都補到哪兒去了？」溫和高貴的查特姆夫人若有所思地問卡瓦拉德太太，因為蘭弗魯太太正好轉頭跟別人說話。

「都補了病症。」卡瓦拉德太太說。她出身太高尚，對藥物不可能只有一知半解。「這都得看體質，有些人容易長胖，有些人血氣太旺，也有人膽汁失調，這就是我的看法。不管他們服用什麼，都會增強那種特質。」

「親愛的，如果妳說得對，那麼她應該吃些削弱疾病的藥。我覺得妳的話很有道理。」

「當然有道理。比如有兩種馬鈴薯種在同樣的土壤裡，其中一種水分越來越多……」

「啊！我也這麼覺得，就像可憐的蘭弗魯太太，是水腫！外表還看不出來，目前只在體內。我覺得她應該吃點排濕的藥，妳說呢？或者做個乾式熱氣浴。排濕的方法有很多，都可以試試。」

「她可以試試某個人的散頁小品，」卡瓦拉德太太看見男士們走進來，壓低聲音說。「那人一點都不需要排濕。」

「親愛的，妳說誰？」可愛的查特姆夫人問。她腦子不夠靈活，不至於剝奪別人解釋的樂趣。

「就是新郎卡索邦。他訂婚後明顯乾癟多了，我猜是被熱情的火焰烤乾了。」

「我倒覺得他的體質恐怕不太好。」查特姆夫人說得更小聲了。「還有他研究那些學問，像妳說的，枯燥得很。」

「的確。跟詹姆斯相比，他簡直像個骷髏頭，專門為這個場合裹上一層皮。我敢打包票，從現在起一年內，新娘子就討厭他了。現在她把他當聖人崇拜，以後她的想法會走向另一個極端。太輕率了！」

「太驚人了！她恐怕太任性。妳對他比較了解，跟我說說，他真有那麼糟嗎？實情是什麼？」

「實情？他糟得就像不對症的藥，吃了對身體不好，而且肯定治不了病。」

「沒有什麼比這更糟的了。」查特姆夫人說。透過藥物這個鮮明比喻，她好像明白了卡索邦到底哪裡不好。「不過，詹姆斯不喜歡別人批評多蘿席亞，他說她仍然是女人的典範。」

「他的想法雖然是自我欺騙，卻很寬厚。妳相信我，他比較喜歡小西莉亞，她也欣賞他。妳也喜歡我的小西莉亞吧？」

「當然，她比天竺葵更討人喜歡，個性比較溫馴，雖然姿色沒那麼好。不過我們剛才在聊藥物。跟我說說新來的年輕治療師李德蓋特，聽說他頭腦非常好？他前庭飽滿，看起來確實挺聰明。」

「他是個紳士。我聽過他跟漢弗里聊天，口才很不錯。」

「沒錯。布魯克說他出身諾森伯蘭的李德蓋特家族，門第很高。很難想像這種出身的人會當治療師。以我來說，我喜歡醫生來自跟僕人差不多的階級，他們通常比較聰明。我可告訴妳，可憐的希克斯的診斷就很準確，從來沒出過差錯。他很粗俗，像個屠夫，可是他了解我的體質。他突然死了，是我的損失。哎呀，多蘿席亞跟李德蓋特好像聊得很投機！」

「她在跟他聊村屋和醫院的事。」卡瓦拉德太太的耳朵夠靈光，解讀能力也強。「我猜他也是慈善家，那麼布魯克一定會支持他。」

「詹姆斯！」查特姆夫人看見兒子走過來，喊了一聲。「帶李德蓋特過來，介紹給我認識，我要考考他。」

和藹可親的查特姆夫人告訴李德蓋特，她很高興認識他，因為聽說他用新療法處理發燒症狀，成效卓著。李德蓋特擁有醫生的高度素養，不管別人跟他說什麼廢話，他都是一臉肅穆。他沉著的深色眼眸給人一種善於聆聽的印象。他跟備受人們懷念的希克斯是截然不同的典型，特別是在儀表與談吐方面，好像有種漫不經心的文雅。不過查特姆夫人對他相當有信心，因為他附和她的說法，確認她的體質與眾不同。他坦承每個人的體質都與眾不同，卻也沒有否認她的體質可能比別人更特別。他不贊成用太急進的方式退燒，比如貿然拔火罐，或者連續服用波特酒泡金雞納樹皮。他說「應該是」的神態充滿敬意，伴隨著一絲贊同，於是她認為他確實很有本事。

「我對你的門生很滿意。」她離開以前對布魯克說。

「我的門生？天哪，是誰？」布魯克問。

「新來的年輕治療師李德蓋特。我覺得他對自己的行業了解夠深入。」

「喔，李德蓋特呀！他不是我的門生。他伯父是我的朋友，寫過一封信跟我提起他。不過我相信他會是首屈一指的醫生。他在巴黎學醫，認識布魯塞斯[74]，很有自己的想法，想要提升醫療水平。」

布魯克剛送走查特姆夫人，又回來跟一群米德鎮鎮民閒聊。

「李德蓋特有很多想法，關於空氣流通和飲食那類的事，都是新觀念。」

---

74 Francois Broussais（一七七二～一八三八），十九世紀法國醫生，主張炎症是所有疾病的成因，鼓吹「水蛭療法」。他自己消化不良症時，也在身上放水蛭吸血治療。

「呸！你覺得這樣夠穩當？一竿子推翻經過世世代代英國人驗證的療法？」史坦迪許說。

「我們的醫學常識不夠豐富，」布爾斯妥德說話時壓低了嗓門，聽起來有氣無力。「以我來說，我歡迎李德蓋特來到這裡，希望他夠格主持新醫院。」

「那樣是很好，」史坦迪許不喜歡布爾斯妥德。「如果你願意讓他拿你醫院的病人做實驗，為慈善犧牲幾條人命，我倒是不反對。不過我絕不會掏自己口袋的錢，讓人拿我做實驗。我喜歡經過驗證的療法。」

「嗯，史坦迪許，你吃的每一劑藥都是實驗。沒錯，是實驗。」布魯克說著，對布爾斯妥德點點頭。

「你要這麼說，我沒話講！」在不得罪重要客戶的原則下，史坦迪許對這種法律事務之外的詭辯，表達不以為然。

「任何療法只要能治病，又不會讓我像可憐的格蘭傑一樣瘦得皮包骨，我都歡迎。」鎮長溫奇說。他紅光滿面，對於有興趣研究膚色的人而言，倒是可以拿來跟布爾斯妥德蒼白的聖方濟教派膚色做個驚人對比。「有人說過，面對疾病的攻擊，沒有任何保護，是非常危險的事。我覺得這話對極了。」

當然，李德蓋特聽不到這些話，他早早就告辭離開了。如果他留下來，一定會覺得這場宴會冗長乏味，頂多就是認識幾個滿有意思的人，尤其是多蘿席亞。她還是花樣年華，卻要嫁給那個日薄西山的學者，加上她對社會公益的熱衷，整個人變成難得一見的有趣組合。

「那個好女孩本性善良，只是有點太認真。」他心想。「跟這樣的女人說話挺費勁，她們頻頻追問理由，卻又太無知，沒辦法了解任何問題的價值，最後總是憑藉她們的道德觀，根據自己的心情做判斷。」

很顯然，李德蓋特跟齊切利一樣，也不欣賞多蘿席亞這種女性。事實上，對心理相對成熟的齊切利來說，多蘿席亞根本是個錯誤，有可能撼動他對事物最終目的的信任，比如年輕女孩跟臉色發紫的老光棍能不能相處的問題。不過李德蓋特還年輕，關於什麼才是女性的最大優點，他未來的經歷也許會改變他的想法。

然而，這兩位紳士下次再見到多蘿席亞時，她已經不是布魯克小姐。那場晚宴後不久，她就變成卡索邦太太，正在前往羅馬的途中。

第十一章

它只是呈現人類的言行，
以及喜劇會選擇的人物；
它描繪每個時代的景象，
刻畫人類的愚痴，而非罪行。
——班・強森[75]

事實上，李德蓋特發現自己為某個與多蘿席亞迥然不同的女性著迷。他不至於認為自己已經墜入愛河神魂顛倒，卻這麼描述那位小姐：「她就是優雅的化身，相貌出眾，才華洋溢。女性正該如此，應該像優美樂曲般動人。」至於平庸的女人，他對她們的觀感就跟他看待生命的嚴峻面向一樣，要用哲學去面對，要接受科學的檢視。但蘿絲夢・溫奇似乎就像一支真正迷人的曲調。當男人遇見假使他打算盡快結婚會選擇的那種對象，接下來他還要單身多久通常取決於她，而不是他。李德蓋特認為自己這幾年還不適合結婚，他必須先在現成的大道之外踩踏出屬於自己的明確路徑。蘿絲夢出現在他的人生路另一端的時間，幾乎等於卡索邦訂婚到結婚的時間。

但學識豐富的卡索邦坐擁資產，累積了大量筆記，也博得超出他成就的名聲（這種名聲通常占去男人名聲的一大半）。如我們所見，他娶了個妻子來陪襯他剩餘的四分之一人生，充當一顆幾乎不會造成任何干擾的小小月亮。可是李德蓋特年輕、沒錢、雄心萬丈。他的五十年歲月還在未來，而非已經過去。他來到米德鎮有很多想做的事，這些事不能直接為他創造財富，甚至不能帶給他穩定收入。一個男人處於這種境況，不管他多麼認同妻子是人生的陪襯，結婚卻不是這麼單純的事。而李德蓋特已經下定決心，他的妻子最大的功能就是陪襯。跟多蘿席亞一席談話之後，他肯定她的美貌，卻也發現她欠缺這種功能。她看待事物不是出自合宜的女性觀點。跟這種女人相處，放鬆的程度大約等於下班後又去教小學二年級，而不是悠閒地躺在樂園裡，有鳥鳴般的甜美笑聲和天堂般的湛藍眼眸相伴。

當然，此時此刻，李德蓋特最不關心的，莫過於多蘿席亞的特殊想法，正如多蘿席亞也不在乎這位年輕治療師看上了誰。不過，任何人只要密切觀察人類命運如何悄悄交會，就會看見一個生命即將緩慢地影響另一個生命。這是一種嘲諷，就像我們用冷漠不在乎的眼神凝視新鄰居的必然結果。

命運之神穩穩掌握我們所有人，站在一旁冷笑。

舊時代的鄉間也有這種微妙的運作；有人驚天動地垮台了，也有瀟灑的紈褲子弟自甘墮落，最後淪落到跟娼妓和六個孩子窩居陋巷。卻也有一些比較不醒目的變遷，持續改變社交的界限，人們因此意識到彼此間產生全新的依存關係。有人家道中落，也有人扶搖直上；有人失去原有的地位，有人發財致富，也有凡事挑剔的紳士參選從政。有人捲進了政治潮流，有人投身神職，也許到最後驚奇地發現彼此屬於同一個圈子。在這些消長起伏之中，有些個人或家族像磐石般屹立不搖。然而，不管他們地位多麼穩固，卻也漸漸展露新的面向，隨著自身與旁觀者的雙重變化，悄悄演進。

75 Ben Jonson（一五七二～一六三七），英國劇作家。這裡的句子摘自他的作品《人各有癖》（*Everyman in His Humour*）的序詩。

城鎮和鄉村教區逐漸形成新的人際網絡，滄海桑田，就像過去的存錢筒被銀行存款取代，備受珍視的基尼金幣[76]走入歷史。至於那些鄉紳、準男爵乃至爵爺，過去遠離百姓高高在上，享受距離產生的美感，如今嚐到親近侮慢的滋味。再如遠方移居而來的人們，他們有的身懷新穎技術令人畏懼，其他人則是詭計多端叫人生氣。事實上，老英格蘭的各種遷移與融合，與我們在希羅多德[77]的史書裡讀到的相去不遠。希羅多德敘述歷史時，也選擇以一個女人的命運做開場。只是，伊娥[78]這位少女與多蘿席亞恰恰相反，明顯無法抵擋炫目商品的魅力，在這方面，她也許更像蘿絲夢。蘿絲夢對服飾有絕佳品味，外形婀娜多姿，對布料的柔軟度與色澤有種單純的盲目，幾乎來者不拒。但她的魅力不只這些，她是雷蒙太太的學校公認的模範生。這是全郡最主要傳授女子應該具備的所有才藝的一所學校，甚至包括額外技能，比如如何上下馬車等。雷蒙太太本身經常表揚蘿絲夢，總說無論在知識的學習或談吐的文雅方面，沒有哪個學生能超越她，尤其音樂方面的造詣更是出類拔萃。別人如何評論我們，是他們的自由，如果讓雷蒙太太評點茱麗葉和伊摩琴[79]，這兩位女主角恐怕會少了許多詩意。不管雷蒙太太的讚美如何偏離事實，只消看蘿絲夢一眼，大多數人就會心知肚明。

李德蓋特來到米德鎮不必太久，肯定就能見到可愛的蘿絲夢，也必然結識溫奇一家人。他以一定金額承接皮考克醫生的業務，雖然皮考克不是溫奇家的醫生（溫奇太太不喜歡他採用的退燒方式），他的很多病人卻都是溫奇家的親朋好友。畢竟，只要是米德鎮有頭有臉的人物，哪個不是溫奇家的親戚，或者至少跟他們認識？他們是鎮上古老的製造商，已經連續三代家大業大，自然而然跟那些多少有點身分地位的人聯姻。溫奇的姐姐嫁給家財萬貫的銀行家布爾斯妥德。反觀布爾斯妥德，他不是本地人，家世不明，能跟米德鎮真正的大家族結親，大家都覺得是他的明智之舉。另一方面，溫奇娶的對象就差了點，是旅館老闆的女兒。不過在錢財方面，他的妻子倒也不至於令人失望，因為她有個姐姐是老富翁費勒斯東的繼室。這位姐姐三年前過世，沒有留下一男半女，她的外甥和外甥女因此或許有機會得到鰥居的費勒斯東的疼惜。巧的是，布爾斯妥德和費勒斯東是皮考克最重要的兩個病人，他們基於不同原因同聲肯定繼任者的醫術。繼任的李德蓋特贏得認同之餘，也引發不少議論。溫奇家的醫生朗屈老早就有理由相信李德蓋特的醫術不過爾爾。另外，經常高朋滿座的溫奇家，也絕不會錯過任何有關李德蓋特的傳言。

溫奇向來與人為善，從不選邊站，也不覺得需要急著結識新朋友。蘿絲夢暗自希望父親邀請李德蓋特來家裡做客。她厭倦了生活圈裡那些熟悉的人和臉孔，那些人多半是她從小認識的男孩，舉手投足和言談辭令雖各有千秋，卻都散發著米德鎮年輕一代的粗野。過去跟她一起上學的女孩都來自上層階級，她相信她們的兄弟肯定比米德鎮這些躲都躲不開的同伴更合她心意。但她不會向父親透露她的心願，而她父親本身對這件事也不著急。即將升任鎮長的參事不急著擴大他的交友圈，而到目前為止，他家的大餐桌已經有足夠的客人。

大部分的早晨，溫奇早就帶著次子去工廠，幾個小女兒也在教室裡跟摩根小姐上了一大段晨間課程，那張餐桌還擺著沒吃完的早餐，等候家裡最懶散那個人。那人覺得賴床雖然造成別人諸多不便，準

---

76 Guinea，英國一六六三年到一八一三年發行的金幣，價值隨金價起伏，大約等於一英鎊。

77 Herodotus（西元前四八四～四二五），古希臘歷史學家。他的作品《歷史》（*The Histories*）融合神話傳說，敘述希臘與波斯的歷史與兩國戰爭的原因，是西方史學重要典籍。

78 Io，希臘神話中的河神之女，天神宙斯看上她，憤怒的天后希拉將她變成小母牛，後來她逃到埃及。希羅多德在《歷史》中將她描述為埃及人的祖先。

79 Imogen，英國劇作家莎士比亞的作品《辛白林》（*Cymbeline*）的女主角。

時起床這種事更令他討厭。先前我們看到卡索邦造訪蒂普頓農莊的那個十月份早晨，溫奇家就是處於上述狀態。雖然壁爐的火燒得有點太旺，害得那條長毛獵犬喘著大氣躲到偏遠角落，蘿絲夢不知為何刺繡得比平時更久，偶爾輕輕搖晃一下身體，把繡品放在腿上端詳，神態略顯困倦。她母親剛巡視廚房回來，一派平靜地坐在小工作桌的另一邊，直到時鐘再次提示它即將響起。她抬起頭來，編織蕾絲的豐滿手指停下來搖鈴。

「普里查，再去敲弗列德少爺的門，告訴他已經十點半了。」

溫奇太太說話時，始終保持爽朗的愉快神色。她已經四十五歲了，臉上沒有任何稜角與紋路。她把粉紅色帽帶往後推，針線活放在腿上，用讚賞的眼神看著女兒。

「媽，」蘿絲夢說。「等會弗列德下來，希望妳別讓他吃紅鯡魚。這個時間我受不了滿屋子都是那種味道。」

「親愛的，妳對哥哥弟弟太嚴格了！這是妳唯一的缺點。妳是全世界脾氣最好的孩子，對自己的兄弟卻很不耐煩。」

「媽，不是不耐煩。我從沒說過沒教養的話。」

「可是妳剝奪他們想要的東西。」

「男生真是討人厭。」

「親愛的，妳對年輕男士要寬容點。他們有一副好心腸，就該謝天謝地了。女人必須學會容忍小缺點，有一天妳會嫁人。」

「我不會嫁給弗列德那種人。」

「親愛的，別貶低自己的哥哥，缺點比他少的年輕男人沒幾個。我只是不明白，他比其他同學都聰明，但為什麼拿不到學位，妳也知道他在大學裡成績優異。親愛的，妳凡事都講究，應該會慶幸有這麼一個風度翩翩的哥哥呀。妳經常挑鮑勃的毛病，只因為他不是弗列德。」

「才不。媽，那是因為他是鮑勃。」

「嗯，親愛的，妳在米德鎮找不到任何挑不出毛病的年輕人。」

「可是，」說到這裡，蘿絲夢笑了，露出兩個酒窩。她覺得酒窩不好看，很少在外人面前顯露。「可是我不會嫁給米德鎮的年輕人。」

「甜心，看來是這樣沒錯，因為妳已經拒絕了鎮上最好的金龜婿。如果還有條件更好的人，我相信除了妳，也沒有哪個女孩配得上。」

「媽，拜託，希望妳別說『金龜婿』。」

「咦，不然還能怎麼說？」

「媽，這種話有點粗俗。」

「親愛的，也許是吧，我向來不太會說話。那麼我該怎麼說？」

「最好的對象。」

「聽起來一樣普普通通呀。如果我有時間可以思考，我就會說『最優質的年輕人』。不過妳讀過那麼多書，一定也知道。」

「媽，小蘿一定也知道什麼？」弗列德說。他剛才趁媽媽和妹妹低頭做針線，從半掩的門偷偷閃身進來，現在走向壁爐，背對爐火站著，烘暖拖鞋的鞋底。

「知道『最優質的年輕人』這句話對不對。」溫奇太太說著，搖了鈴。

「喔，這年頭有太多優質茶葉和砂糖，『優質』已經慢慢變成商店老闆的俗語。」

「所以你也不喜歡俗語了？」蘿絲夢有點嚴肅地問。

「只是不喜歡不對的那種，所有說出口的話都是俗語，標示某種階級。」

「世上有所謂標準英語，那可不是俗語。」

「很抱歉，標準英語就是寫歷史和短文那些自以為是的傢伙的俗語，而力量最強大的俗語，就是詩人的俗語。」

「弗列德，你就會強辭奪理。」

「那麼妳告訴我，用『辮子腿』稱呼牛是俗語或詩詞。」

「你喜歡的話當然可以說那是詩詞。」

「啊哈，蘿絲夢小姐，妳分不清荷馬的文字和俗語。我要發明一種新遊戲，在小紙片上寫下俗語或詩詞，讓妳分類。」

「天哪，聽年輕人聊天真是有趣極了！」溫奇太太開心地讚嘆。

「普里查，留給我的早餐就這些嗎？」弗列德一面問送來咖啡和奶油烤麵包的僕人，一面繞著餐桌查看桌上的火腿、醃牛肉和其他冷掉的食物。他的表情有種沉默的排斥，以及基於禮儀壓抑下來的嫌惡。

「先生，您要蛋嗎？」

「蛋，才不！烤一塊羊排給我。」

僕人離開後，蘿絲夢說，「拜託，弗列德。如果你早餐一定要吃熱食，就早點下樓。你明明可以六點起床去打獵，為什麼其他早晨就起不來？」

「小蘿，那是妳因為理解力不足。我可以早起去打獵，是因為我喜歡打獵。」

「如果我比所有人晚兩小時下樓，還要僕人烤羊排，你會怎麼看我？」

「我會覺得妳是個非常散漫的小姐。」弗列德一面說，一面無比從容地吃著他的烤麵包。

「我想不通男孩子為什麼總是把自己弄得討人厭，女孩子就不會。」

「不是我討人厭，是妳看我不順眼。『討厭』這個詞描述的是妳的感覺，不是我的行為。」

「我覺得它描述的是烤羊排的味道。」

「此言差矣。它描述的是妳的嗅覺沾染上挑剔的習氣，那是雷蒙太太的學生最典型的特質。妳看看媽媽，從來不會反對任何事，除了她自己做的。她就是我所謂好相處的女性。」

「你們兩個都乖，別拌嘴了。」溫奇太太以慈母的口吻說。「弗列德，跟我們說說那位新來的醫生，你姨父對他還滿意嗎？」

「我覺得還不錯。他問李德蓋特很多問題，聽他回答的時候緊皺起眉頭，一副那些回答掐疼他腳趾頭似的。他就是那樣。啊，我的羊排來了。」

「可是親愛的，你怎麼那麼晚回來？你只說要去姨父家。」

「喔，我在普林岱爾家吃飯，跟他們玩惠斯特[80]。李德蓋特也在。」

「你覺得他怎樣？我猜很有紳士風度吧。聽說他門第很高，家族在郡裡有點聲望。」

「嗯，」弗列德說。「聖約翰學院有個姓李德蓋特的學生，花錢不手軟。我發現李德蓋特跟那人是遠房表親。但有錢人也可能有窮親戚。」

「不過，生在上等人家就是不一樣。」蘿絲夢語氣堅定，顯示她對這個問題有點看法。她覺得如果

---

80 Whist，一種紙牌遊戲，橋牌的前身。

自己不是米德鎮製造商的女兒，也許會快樂一點。另外，任何會讓她想起她外祖父經營客店的事，她也不喜歡。不過，記得這件事的人肯定都會覺得溫奇太太像個和顏悅色的漂亮老闆娘，再刁鑽的客人都難不倒她。

「他的名字叫特提厄斯，我覺得挺怪的，」容光煥發的溫奇太太說。「不過那一定是家族裡的名字。來，跟我們說說他是什麼樣的人。」

「嗯，個子滿高，膚色黝黑，相當聰明，口才不錯。我覺得有點自命不凡。」

「我從來都不明白你的『自命不凡』指的是什麼。」蘿絲夢說。

「指一個人想讓人知道他很有見解。」

「親愛的，醫生必須有見解。」溫奇太太說。「不然找醫生來做什麼？」

「沒錯，媽媽，不過那些是收費的。一個自命不凡的人總是免費提供他的見解。」

「我猜瑪麗．葛爾斯欣賞李德蓋特。」蘿絲夢語帶諷刺地說。

「嗯，這我不知道。」弗列德悶悶不樂地離開餐桌，拿起他帶下樓的小說坐進扶手椅。「如果妳嫉妒她，就常去斯東居走走，搶她的風采。」

「弗列德，希望你別那麼俗氣。如果你吃飽了，就搖個鈴。」

僕人收拾好餐桌後，溫奇太太又說，「不過妳哥哥說得沒錯，妳該多去看妳姨父，可惜妳沒耐心。他很以妳為榮，以前還曾經提議讓妳去他家住。說不定他會為妳和弗列德做點安排。上天明鑑，我喜歡你們在家陪我，但如果是為了孩子好，我可以忍受跟他們分離。現在我們可以合理猜測你們的費勒斯東姨父會為瑪麗做點什麼。」

「瑪麗受得了住在斯東居，因為她覺得那比當家庭教師好。」蘿絲夢邊說邊收針線活。「要我忍受姨父的咳嗽和他那些醜八怪親戚，我寧可什麼遺產都分不到。」

「親愛的，他沒多少日子了。我不是希望他早點走，可是他有氣喘和別的病，希望他在天國能過得更好。我對瑪麗沒有惡意，但也要考慮公平性。妳姨父的第一個妻子沒有嫁妝，我姐姐卻有。她的外甥不能想要分得跟我姐姐的外甥一樣多。還有，我必須說，我覺得瑪麗長相太普通，比較適合當家庭教師。」

「媽，不是所有人都贊同妳的看法。」弗列德說。他好像可以邊讀書邊聽人說話。

「親愛的，」溫奇太太巧妙地改口。「如果她拿到一點遺產就不同了。男人娶的是妻子的整個家族，葛爾斯家太窮，日子過得那麼寒酸。不過，親愛的，我不吵你讀書，我得出去買點東西。」

「弗列德又不是在研究什麼高深學問，」蘿絲夢跟媽媽一起站起來。「他只是在讀小說。」

「等會兒他就會去讀拉丁文和其他東西。」溫奇太太用安撫的口吻說。她摸摸兒子的頭。「親愛的弗列德，吸菸室裡生了爐火，是你爸爸交代的。我經常告訴他，你會乖，會再回學校去拿學位。」

弗列德把媽媽的手拉下來吻了一下，沒有回答。

「你今天不出門吧？」蘿絲夢沒有跟媽媽離開。

「嗯，有事嗎？」

「爸爸說我可以騎那匹栗色馬了。」

「妳喜歡的話明天可以跟我一起騎，只是別忘了，我要去斯東居。」

「我太想騎馬，去哪裡都無所謂。」蘿絲夢倒是真的想去斯東居。

「對了，小蘿，如果妳要彈鋼琴，我跟妳合奏幾曲。」弗列德對往外走的蘿絲夢說。

「拜託！今天早上別跟我合奏。」

「為什麼？」

「說實在的，弗列德，我希望你別再吹長笛。男人吹長笛很可笑，何況你老是走調。」

「蘿絲夢，下回再有人追求妳，我會告訴那人妳多麼隨和。」

「我為什麼要委屈自己聽你吹長笛，正如我也不會強迫你別再吹長笛？」

「那為什麼妳認為我該帶妳出去騎馬？」

蘿絲夢讓步了，因為她已經打定主意明天要走那一趟。於是弗列德心滿意足地練了將近一小時的長笛，吹了《長笛教本》裡他最喜歡的〈整個夜晚〉、〈河岸與山坡〉和其他曲子。他吹得氣喘吁吁，將滿腔抱負和壓抑不住的熱望都投注在裡面。

第十二章

他心裡的盤算，
葛維斯不會知道。
——喬叟[81]

隔天早上，蘿絲夢和弗列德騎馬前往斯東居，途中經過一片優美的內陸風光，幾乎一望無際的草地和牧場，一排排鮮綠的樹籬賣力生長，即將結出鮮紅果實供鳥類品嚐。每一片田野各有特點，呈現獨到的風貌，看在土生土長的人眼裡分外親切。比如，角落那方水塘周遭的青草清涼濕潤，樹木的垂枝像在低語。還有那棵高大的橡樹，為牧草場中央那片空地遮蔭。那道拔高的堤岸長著白蠟樹，舊灰泥場那片陡坡是牛蒡草的紅色背景。有著群聚屋頂與乾草堆的農場，看似無路可通，灰色大門和圍籬緊貼周遭濃密的樹林。還有那間離群獨立的村屋，那年代久遠的茅草看似苔蘚遍布的丘陵與低谷，高低起伏光影交錯，像極了我們上了年紀後出遠門去觀賞的風景。我們看到的景色規模比較大，卻未必更秀麗。這就是

81 Geoffrey Chaucer（一三四三～一四〇〇），英國作家兼哲學家。這裡引用的句子出自他的傳世之作《坎特伯雷故事集》（*The Canterbury Tales*）中的〈磨坊主的故事〉（The Miller's Tale）。

生長在內陸地區的人心目中最旖旎的景致。他們打從學步起就搖搖擺擺行走其間，或站在悠閒駕著馬車的父親雙腿之間，將美麗景物銘刻心田。

弗列德和蘿絲夢騎了約莫三公里路，就進入洛威克。這條馬路路況極佳，連小徑也平整通暢。正如我們先前所見，洛威克這個教區沒有泥濘的巷道和貧窮的佃農。再走個一點五公里，他們就會抵達斯東居。大約剩最後八百公尺距離時，那棟房子已經映入眼簾。

那房子原本似乎有意發展成龐大的石造大宅，卻被左側不預期冒出的農場屋舍阻擋，只好維持目前的規模，充當務農紳士一應俱全的住處。遠遠看去，這棟宅子倒也頗為雅致，因為那一簇尖塔狀的穀物與右邊那排繁茂的胡桃樹取得平衡，相映成趣。

這時他們已經看得見前門環狀車道上似乎停著一輛雙輪小馬車。

「老天，」蘿絲夢說。「希望不是姨父那些討厭的親戚在裡面。」

「可惜正是。那是渥爾太太的馬車，我猜這是碩果僅存的黃色小馬車了。每次我看見渥爾太太坐在裡面，就覺得黃色衣服也能當喪服。在我看來，那輛馬車比靈車更適合送葬。話說回來，渥爾太太經常戴著黑紗。小蘿，這是為什麼？她不可能一直有親人過世。」

「我怎麼知道。何況她根本不是福音教徒。」蘿絲夢思考著，彷彿戴黑紗跟宗教有關似的。靜默片刻後，她又說，「而且他們家不窮。」

「當然不，老天！他們跟猶太佬一樣有錢，渥爾家和費勒斯東家都是。我是說，以他們這種不喜歡花錢的人來說算有錢。儘管如此，他們還是像禿鷹似地纏著姨父，擔心任何一個銅板流向別人家。不過，我敢說姨父討厭他們那些人。」

巧得很，那位在這些遠親心目中幾乎面目可憎的渥爾太太，這天早上正好說到她不稀罕「他們的稱讚」。她的口氣倒不至於趾高氣揚，而是低沉壓抑的平淡語調，像是隔著棉花團傳出來的聲音。當時她坐在壁爐邊，根據她的認知，這裡是她親哥哥家。過去她是珍．費勒斯東，二十五歲結婚變成珍．渥爾，所以當她聽說某些沒有權利的人擅用她哥哥的名號，她自認有充分資格說出來。

「妳到底想說什麼？」費勒斯東問。他把手杖握在兩膝之間，一面調整他的假髮，一面用銳利的目光瞥她一眼。這目光彷彿一道冷空氣，反向作用害得他自己連聲咳嗽。

渥爾太太沒說話。等他咳完，瑪麗讓他喝了止咳糖漿，他又開始搓摩手杖的金色握把，忿怒地盯著爐火，她才能答話。爐火亮晃晃，卻照亮不了渥爾太太的面容。她偏紫的臉龐看似冷峻，跟她的聲音一樣平淡無趣；眼睛只是兩道細縫，說話時嘴唇幾乎一動不動。

「哥哥，醫生也治不了這種咳嗽。我也有這個毛病，因為我是你的親妹妹，不論體質或其他方面都是。可是，像我剛才說的，很可惜溫奇太太的家人品行不夠好。」

「啐！妳剛才不是這麼說的。妳說有人擅用我的名號。」

「如果大家說的是真的，那就千真萬確。你弟弟索洛蒙告訴我，整個米德鎮都在說小溫奇多麼不穩重，自從回家以來，一直都在撞球間賭博。」

「胡扯！打撞球哪算什麼賭博？那是適合紳士的好消遣，而且小溫奇也不是笨蛋。話說回來，如果妳兒子約翰也打撞球，肯定被人耍著玩。」

「哥哥，你外甥約翰從來不打撞球，也不賭博，更不可能輸掉幾百鎊。如果外面的傳說是真的，那筆錢不可能從老溫奇口袋掏出來還。聽說他這些年來一直虧錢，不過他還是照常打獵，請人吃飯，所以沒人相信。我還聽人說，布爾斯妥德把溫奇太太批評得一無是處，說她個性輕佻，把孩子都寵壞了。」

「我何必在乎布爾斯妥德說什麼？我不跟他的銀行往來。」

「布爾斯妥德太太是溫奇的親姐姐。不過大家都說溫奇都靠銀行的資金做生意。哥哥，你自己也看得到，一個四十多歲的女人身上老是有粉紅緞帶飄來飄去，不論說什麼都笑得輕狂，實在太不像話。不過寵孩子是一回事，拿錢幫他們還債又是另一回事。大家都說小溫奇借錢時總說他以後會有錢還。我可沒說他指的是什麼錢。我的話葛爾斯小姐都聽見了，我不介意她去跟別人說。我知道年輕人都喜歡湊在一起。」

「不，渥爾太太，謝謝妳。」瑪麗說。「我一點都不喜歡聽中傷人的話，更不可能轉述。」

費勒斯東又搓摩手杖握把，發出短促的笑聲。這種笑真心的程度，就跟玩紙牌的老手拿到一手壞牌時的咯咯笑一樣。他繼續盯著爐火，說：「誰敢說弗列德以後不會有錢？這麼生氣勃勃的好青年，以後有的是機會賺大錢。」

沉默片刻後，渥爾太太才接腔。她聲音聽起略顯濕潤，像是含著淚水，只是臉上並沒有淚滴。

「哥哥，不管怎樣，我和索洛蒙聽見別人假借你的名義，總是很難過。你這種病說不定哪天突然就走了，卻有人眼巴巴盯著你的財產。論起血緣，那些人就跟集市上的小丑一樣，跟費勒斯東家沾不上一點邊，而我是你親妹妹，索洛蒙是你親弟弟！如果最後結果是那樣，那麼上帝又何必創造家族這種關係？」這時渥爾太太的淚水流下來了，不過還算節制。

「珍，妳乾脆明說了吧！」費勒斯東看著妹妹。「妳是想告訴我，弗列德跟人借錢的時候，告訴對方他知道我遺囑寫了什麼，是嗎？」

「哥哥，我可沒這麼說。」渥爾太太的聲音又恢復平淡堅定。「是索洛蒙告訴我的。他昨天晚上從市場來我家，跟我談原生種小麥的事。我是個寡婦，我兒子約翰才二十三歲，個性比誰都沉穩。索洛蒙的消息來源是最準確的，而且不只一個，很多人都這麼說。」

「都是鬼扯！我一個字都不信，都是編出來的。瑪麗，到窗子邊看看，我好像聽到馬蹄聲，看看是不是醫生來了。」

「哥哥，不是我編的，也不是索洛蒙。索洛蒙雖然也有點怪癖，不管他做人怎樣，至少遺囑寫得清清楚楚，把財產平均分配給跟他親近的人。只是，有些時候我覺得某些人應該比其他人多分一點。不過索洛蒙沒把這種事當祕密守著。」

「那他就更蠢了！」費勒斯東說得上氣不接下氣，忽然一陣猛咳，瑪麗連忙走到他身邊，因此沒看見門前的礫石路是誰騎馬來了。

費勒斯東咳嗽還沒停，蘿絲夢就走進來了，她身上一身騎裝更顯優雅。她客氣地向渥爾太太行禮。

渥爾太太生硬地打招呼，「小姐，妳好。」

蘿絲夢面帶笑容默默向瑪麗點頭致意，之後站在原地，等她姨父咳完後看到她。

「嘿，小妞！」他終於說話了。「妳氣色好極了。弗列德人呢？」

「在拴馬，馬上就進來。」

「坐，坐。渥爾太太，妳該走了。」

有些街坊鄰居說彼得．費勒斯東是隻老狐狸，不過，就連那些人都不曾指控他講究虛禮。他對待同胞手足的無禮態度，他妹妹早就習以為常。事實上，她自己也覺得上帝當初創造家庭時，想必也認為至親之間不需要太在意彼此的感受。她慢慢起身，沒有一點不愉快的神情，用一貫的低沉單調嗓音說，「哥哥，希望新來的醫生能治好你的病。索洛蒙說這個醫生能力很受肯定。我希望你能好起來。只要你說一句，你妹妹和你外甥女比誰都樂意來照顧你，別忘了你的三個外甥女蕾貝卡、喬安娜和伊莉莎白。」

「好，好，我記得。我一個都沒忘記，個個都又黑又醜。她們必須有點錢，對吧？我們家族裡從來沒有漂亮女人，不過費勒斯東家族向來都富有，渥爾家也是。渥爾在世時也是個有錢人。是啊，錢就像健康的雞蛋，如果妳有多餘的錢，就放在暖和的窩裡。渥爾太太，再見。」費勒斯東說完話，把假髮兩側往下拉，像是要摀住耳朵。

渥爾太太邊走邊思索哥哥那番晦澀言語。儘管她嫉妒溫奇一家人和瑪麗，在她膚淺心靈最深處仍然存有些許信心，認定她哥哥絕不會把主要財產留給沒有血緣關係的人，否則，在他靠錳礦之類的東西賺那麼多錢、出乎眾人意料發了大財之後，上帝為什麼帶走他兩任妻子，沒有給他一男半女？再者，如果她哥哥彼得死後那個星期天，所有人都發現他的財產沒有留在家族裡，那麼為什麼會有個洛威克教堂，還讓渥爾和波德爾家族幾世代來都坐在同一區長椅，就在費勒斯東家隔壁。人類的頭腦任何時候都接受不了這麼錯亂的事，嚴格來說，如此荒誕的結果也是超乎想像。不過，很多嚴格來說超乎想像的事，往往令我們飽受驚嚇。

弗列德進來的時候，費勒斯東用閃爍的目光審視他。過去弗列德總是認為姨父這種眼神是對自己俊俏外表的肯定。

「妳們兩個小妞出去，」費勒斯東說。「我要跟弗列德談談。」

「蘿絲夢，來我房間。雖然有點冷，妳應該不介意坐一會兒。」瑪麗說。她們兩個不但從小認識，也一起上鄉裡的學校（瑪麗是工讀生），所以她們有許多共同回憶，非常喜歡關室密談。這次蘿絲夢會來斯東居，原因之一就是找瑪麗聊聊。

房門關上以前，老費勒斯東不肯開口說話。他同樣用閃爍的目光盯著弗列德，臉上也做出慣有的怪相，一下子緊抿嘴唇，一下子扯直嘴角。等他說話時，音調十分低沉，比較像告密的人等著被收買，不像被惹惱的長輩。他很少為任何事義憤填膺，即使被侵害的是他自己。他覺得別人想占他便宜再正常不過，不過他太精明，誰也別想得逞。

「那麼，先生，你用一分利跟人借錢，還說等我死了再拿我的土地貸款還錢，是嗎？那麼你覺得我頂多再活十二個月，是嗎？我還能改遺囑。」

弗列德漲紅了臉，他沒有這樣借錢，理由很充分。不過他記得曾經用有點自信（也許比他記憶中更自信）的口氣提起，他可能得到費勒斯東的土地，將來可以用來償還目前的債務。

「姨父，我不明白你說什麼，我絕對沒有用這種不確定的理由借錢。請你解釋。」

「不，先生，該解釋的是你。我只告訴你，我還能改遺囑。我頭腦還很清醒，還能在腦子裡計算複利。我的記性也跟二十年前一樣好，還記得住所有呆瓜的名字。真是的！我還不到八十歲。你必須反駁外面的傳言。」

「姨父，我已經反駁了。」弗列德有點不耐煩。他從來不知道姨父竟然分不清「反駁」和「證明為誤」有所不同。事實上沒有誰比老費勒斯東更清楚這兩個詞彙的差別，畢竟他經常納悶為什麼有這麼多傻子拿自己的主張當證據。「不過我再反駁一次，那個傳說只是可笑的謊言。」

「胡扯！你必須給我書面證明。我的消息來源絕對可靠。」

「那就告訴我那人是誰，再說出借我錢那人的姓名，這樣我就能證明謠言是假的。」

「是相當可靠的來源，米德鎮的事，他幾乎都知道。那就是你那位正直、虔誠、仁善的姑父。說吧！」說到這裡，費勒斯東暗暗抖了一下，顯示他心情愉快。

「布爾斯妥德姑父？」

「還能有誰？」

「可能是他教訓我的話傳了出去，傳來傳去滾成了這篇謊言。外面的人有沒有說他提到誰借錢給我？」

「如果真有這個人，別懷疑，布爾斯妥德一定認識。不過，假使你只是想借錢，沒借成功，布爾斯妥德也會知道。你去叫布爾斯妥德寫一份文件，證明他不相信你曾經承諾用我的土地還債。就這樣！」

對於自己這麼精明的處理手法，費勒斯東默默得意，卻不能表現出來，只在臉上擠出各式各樣的怪表情，享受皮肉上的痛快。

弗列德覺得自己陷入可恨的困境。「姨父，你一定是在開玩笑。我姑父跟所有人一樣，相信很多不真實的事，何況他對我有成見。我輕而易舉就能請他寫封信證明你說的那件事是假的，雖然這麼做可能會惹他不高興。可是我實在沒辦法要求他寫出相信或不相信某些關於我的事。」弗列德停頓了一會兒，轉而訴求姨父的虛榮心，說：「紳士不會提出這樣的要求。」

可惜他的如意算盤失靈。

「我明白你的意思。你寧可得罪我，也不得罪你姑父。但他算什麼？我從沒聽說過他在地方上有任何土地。一個投機份子！哪天他的魔鬼不再支持他，他隨時會垮台。他的信仰就是要上帝幫他發財。根本胡扯！以前我上教堂的時候，有件事我弄得很清楚，那就是：上帝看重土地。祂承諾土地、賜給土地，讓人靠穀物和牛隻發財。不過你不信這一套。比起費勒斯東和土地，你更喜歡布爾斯妥德和投機。」

「姨父，恕我無禮，」弗列德邊說邊起身背對爐火站著，手裡的馬鞭輕敲皮靴。「我不喜歡布爾斯妥德，也不喜歡投機。」他口氣有點懊惱，因為覺得無計可施。

「是啊，你不需要我，這點倒是清楚得很。」老費勒斯東說，想到弗列德可能不願意仰仗任何人，他其實不太開心。「你不想要一點土地，即使那能讓你輕鬆當個鄉紳，不至於變成苦哈哈的牧師。你也不稀罕隨手得到一百英鎊的歡喜。我無所謂，我高興的話可以在遺囑裡附加五個條款，也可以把鈔票存起來生利息。我都無所謂。」

弗列德又臉紅了。費勒斯東很少給他錢，而在此時此刻，立刻到手的現金似乎比未來可能獲得的土地更有吸引力。

「姨父，我不是不知感恩的人。我從來不會漠視你對我的好意，事實正好相反。」

「很好，那就證明給我看。你去叫布爾斯妥德寫一封信，說他不相信你在外面說大話，承諾用我的土地償還你的債務。之後，如果你真的惹上什麼麻煩，我再看能不能幫點忙。就這樣！便宜你了。來，扶我一下，我要在這房間裡走一走。」

弗列德儘管惱火，卻也宅心仁厚，有點同情這個沒人愛、沒人尊敬的老人，尤其他邁著水腫的雙腳走路時，看起來更是可憐。他讓姨父挽著他手臂，心裡想著自己將來不要變成病歪歪的老頭子。他耐心陪著姨父，先是走到窗前聽他說那些關於珍珠雞和風向標的老掉牙論點，接著走到藏書不多的書櫃前，架上最珍貴的書是深色精裝本的約瑟夫斯[82]、卡佩柏[83]、克洛卜斯塔克的《彌賽亞》[84]，以及許多卷《紳士雜誌》。

「給我念一下上面的書名，你畢竟上過大學。」

---

82 Titus Flavius Josephus（三七～一〇〇），猶太歷史學家，軍人兼政治人物。
83 Thomas Culpeper（一五七八～一六六七），英國國會議員，曾經著書探討高利貸問題。
84 Friedrich Gottlieb Klopstock（一七二四～一八〇三），德國詩人，《彌賽亞》（*Messiah*）是他最知名的作品。

弗列德念了書名。

「瑪麗為什麼還要更多書？你為什麼一直帶書給她？」

「姨父，她覺得書本很有意思。她喜歡看書。」

「有點太喜歡。」費勒斯東挑剔地說。「她陪我的時候總想讀書給我聽，被我阻止了。她可以讀報紙，我覺得一天讀一份報也就夠了。我受不了她一個人的時候總是讀書，你別再帶書給她，聽見了嗎？」

「是，姨父。我聽見了。」費勒斯東以前也提出過這種要求，弗列德卻偷偷違反，這回他也不打算聽從。

「搖鈴吧，」費勒斯東說。「叫瑪麗下樓來。」

蘿絲夢和瑪麗說話的速度比樓下的男士快得多。她們沒有坐下來，直接站在窗子旁的梳妝鏡前說話。蘿絲夢摘下帽子，調整面紗，用指尖輕輕整理頭髮。她的頭髮不是亞麻色，也不是黃色，是嬰兒般的柔軟金髮。鏡裡鏡外的她，像兩個仙子，用聖潔的藍眼眸凝視彼此。那眼眸如此深邃，足以容納最聰慧的觀者賦予最高雅涵義。萬一女主人想法有欠高雅，也能隱藏得宜。瑪麗側身站在兩個仙子之間，更顯得相形失色。有蘿絲夢在，米德鎮只有少數孩子配稱金髮。她苗條的身形在騎裝的烘托下，更是玲瓏有致。事實上，米德鎮大多數男人（除了她的同胞兄弟）都說蘿絲夢是世上最美的女孩，甚至有人說她是天使。相反的，瑪麗膚色黝黑，深色捲髮又粗又硬，個子也不高，只是個普通的凡人。即使為了彌補外貌上的不足，硬說她具備一切美德，也是名不副實。不管其貌不揚或天生麗質，都有擋不住的誘惑和缺點。姿色平平可能讓人假裝親切，就算不是假裝，也會盡情顯露隨著不滿而來的厭惡。不管怎樣，朋友是嬌滴滴的美人，自己卻被稱為醜丫頭，即使這個稱呼誠實又貼切，還是會引發額外的效應。瑪麗才二十二歲，肯定還沒練就那種比較不幸的女孩該有的理性與品德。畢竟這些理性與品德並非大量攪拌均勻，再添加一點必備的順從，就能一併服用。她的精明有種尖刻的嘲弄，這種心境時時更新，不曾徹底消失。除非有人做出令她心滿意足的事，而不是只靠耍嘴皮要她知足，那種嘲弄才會被感恩的激流沖散。進入成年期之後，她的平凡姿色經過陶冶，展現和善的面貌。那是我們的母親不管處於任何境況，在她還算合宜的帽飾底下露出的共通容顏。林布蘭[85]會樂意描繪她的肖像，也會讓她有欠精緻的五官在畫布上流露出明智的真誠。因為真誠——也就是不說假話的公正——正是瑪麗最主要的美德。她不製造假象，更不會為了自己的利益沉迷其中。她心情好的時候，甚至有足夠的幽默感嘲笑自己。

她和蘿絲夢的影像同時映照在鏡子裡，她笑著說：「小蘿，站在妳旁邊，我像塊棕色補丁！妳真是最不適合當朋友的人。」

「才不呢！瑪麗，妳懂事又能幹，不會有人挑剔妳的長相。在現實生活裡，美貌幾乎沒有一點用處。」蘿絲夢轉身面對瑪麗，視線卻溜回鏡子，觀看著自己脖子的角度。

「妳指的是**我的**美貌。」瑪麗語帶諷刺。

蘿絲夢心想，「可憐的瑪麗，把別人的好話往壞處想。」接著她說，「妳最近忙些什麼？」

「我？喔，管管家務，倒倒糖漿，裝得親切又知足，學著看所有人的缺點。」

「這種生活未免太悲慘。」

「不，」瑪麗斷然否決，腦袋稍微一揚。「我覺得我的生活比妳家的摩根小姐愉快一點。」

「沒錯，可是摩根小姐太無趣，也不年輕了。」

85 Rembrandt（一六〇六～一六六九），荷蘭畫家，十七世紀巴洛克繪畫藝術的代表，被譽為荷蘭最偉大的畫家。

「我猜她覺得自己有趣。再者，我不認為年歲增長後，生活就會變輕鬆。」

「嗯，」蘿絲夢尋思道。「那種沒有未來的人，不知道都做些什麼。當然，宗教也是一種慰藉。只是，」她露出酒窩，「瑪麗，妳跟她完全不同，也許會有人向妳求婚。」

「有人告訴妳，他打算向我求婚嗎？」

「當然沒有。我是說，有位男士很可能會愛上妳，畢竟你們幾乎天天見面。」

瑪麗的表情出現某種變化，主要是顯示她維持表情的決心。

「天天見面就會愛上對方嗎？」她滿不在乎地回答。「我倒覺得這通常是互相討厭的理由。」

「如果雙方都是有趣又好相處的人，就不會。我聽說李德蓋特就兼具這兩種特質。」

「喔，妳說的是李德蓋特！」這回瑪麗明顯不感興趣。「妳想打聽他的事。」她故意戳穿蘿絲夢的心思。

「只想知道妳有多喜歡他。」

「目前還談不上喜歡不喜歡，我的喜歡通常需要一點善意來激發。我沒那麼寬厚，很難喜歡一個跟我說話時對我視而不見的人。」

「他這麼高冷？」蘿絲夢顯得更滿意了。「妳知道他出身很好的家族吧？」

「不知道。他並沒有用這個理由說明他的行為。」

「瑪麗！妳真是個怪女孩。不過他長得怎樣？」

「男人的長相要怎麼描述？我可以列舉一些特點：濃眉、黑眼珠、鼻梁筆直、茂密的黑髮，白皙的手又大又結實，還有，我想想，對了，精美的麻紗手帕。不過妳會見到他，這個時間他差不多快到了。」

蘿絲夢臉頰微微泛紅，卻若有所思地說，「我還滿喜歡高冷的態度，我受不了喋喋不休的年輕人。」

「我可沒說李德蓋特個性高冷，不過像法國年輕小姐常說的，『各人品味不同』。還有，如果有哪個女孩能有依自己的喜好選擇特定類型的自負，我想那就是妳了，小蘿。」

「高冷不等於自負。弗列德就是自負。」

「但願這是他最大的缺點。他最好小心點，渥爾太太跟我姨父說他非常不穩重。」基於年輕女孩的衝動，瑪麗有欠考慮地脫口而出。「不穩重」這個詞帶給她一絲不安，她希望蘿絲夢可以說點什麼，消除她的疑慮。不過，她故意略過不提渥爾太太那些更嚴重的含沙射影。

「喔，弗列德糟透了。」蘿絲夢說。這種嚴苛的批評她只會在瑪麗面前說。

「妳所謂『糟透了』是什麼意思？」

「他無所事事，成天惹我爸生氣，還說他絕不願意當牧師。」

「我覺得他做得很對。」

「瑪麗，妳怎麼可以說他做得對？我以為妳的宗教觀念比較正確。」

「他不適合當牧師。」

「可是他應該要適合。」

「那麼他不是『他應該是的』那種人，我知道有些人就是這樣。」

「但是沒有人認同他們。我不想嫁牧師，但世上必須有牧師。」

「那不代表弗列德應該當牧師。」

「可是我爸花錢栽培他當牧師，還有，我只是假設，萬一他得不到遺產怎麼辦？」

「這倒是非常有可能。」瑪麗冷冷地說。

「我不明白妳為什麼替他說話。」蘿絲夢打算追根究柢。

「我沒有替他說話。」瑪麗笑著說。「我會替任何教區說話，阻止弗列德去那裡當牧師。」

「可是如果他是牧師，他會變成不一樣的人。」

「沒錯，他會變成高明的偽君子。他現在還不是。」

「瑪麗，跟妳說什麼都沒用，妳都站在弗列德那邊。」

「我為什麼不站在他那邊？」瑪麗表情變得開朗。「他就會站在我這邊，只有他肯費心思幫我的忙。」

「瑪麗，妳這話讓我很不舒服。」蘿絲夢用最嚴肅的溫和語氣說。「我絕不會告訴我媽。」

「妳不告訴她什麼？」瑪麗惱怒地問。

「拜託別生氣，瑪麗。」蘿絲夢口氣依然溫和。

「如果妳媽媽擔心弗列德向我求婚，那就告訴她，就算他開口求婚，我也不會答應。不過他不會那麼做，這點我很清楚。到目前為止他也沒提過。」

「瑪麗，妳總是那麼暴躁。」

「而妳總是那麼惱人。」

「我？我做錯什麼了？」

「不犯錯的人最令人生氣。鈴響了，我們該下去了。」

「我不想跟妳吵架。」蘿絲夢邊戴帽子邊說。

「吵架？胡說，我們又沒吵架。如果不能偶爾發發脾氣，要朋友做什麼？」

「我可以跟別人說妳剛才說的話嗎？」

「隨妳高興，怕別人知道的事，我從來不說。我們下樓吧。」

這天早上，李德蓋特比較晚到，不過弗列德和蘿絲夢待得夠久，看見了他。因為費勒斯東要蘿絲夢唱歌給他聽，而且蘿絲夢為他唱了他想聽的〈甜蜜的家〉（她討厭這首歌）之後，主動表示願意再唱他第二喜歡的〈流吧，閃亮的河〉。這位頑固的奧佛里屈[86]同意她唱這首感傷的歌曲，覺得這是年輕女孩的陪襯，何況基本上這是首好曲子，歌曲就該帶點感傷。

費勒斯東正在評論剛才的演唱，讚美蘿絲夢的歌喉像畫眉般清亮，李德蓋特就騎著馬從窗外經過。出診上了年紀的病人通常枯燥乏味，一點都不值得期待，何況這位病人認為只要醫生夠高明，「藥到病除」是理所當然的事。因此，李德蓋特不相信米德鎮有什麼迷人之處。正因為他心灰意冷，初見蘿絲夢時才會加倍驚豔，當時費勒斯東炫耀地介紹蘿絲夢是他外甥女，雖然瑪麗跟他也有類似關係，他卻從來不覺得這種事值得一提。蘿絲夢的優雅舉止，李德蓋特觀察得鉅細靡遺：她以端莊的沉默巧妙忽略老人粗俗的介紹方式，懂得掌控表情，只在對瑪麗說話時才露出一對酒窩。她跟瑪麗說話時顯得親切又專注，李德蓋特匆匆一眼把瑪麗看得比平時仔細之後，發現蘿絲夢的眼神有一份可愛的善良，瑪麗不知為何卻顯得不太高興。

「小蘿剛才為我唱了一首歌。醫生，這你應該不反對吧？」費勒斯東說。「比起你的藥，我更喜歡她的歌聲。」

「我唱得都忘了時間。」蘿絲夢說著站起來，伸手拿她的帽子。她唱歌前將帽子脫下放在一旁，以

---

86 Overreach，英國劇作家菲利普・馬辛格（Philip Massinger，一五八三～一六四〇）的作品《償還舊債的新方法》（*A New Way to Pay Old Debts*）裡的貪婪老人。

便露出被一身騎裝完美襯托的嬌美容貌和白皙頸子。「弗列德，我們該走了。」

「好極了。」弗列德基於自己的理由，心情有點鬱悶，迫不及待想離開。

「溫奇小姐會彈琴唱歌？」李德蓋特的目光追隨著她。（蘿絲夢全身上下的神經和肌肉都意識到自己被人瞧著。她是天生的演員，能完全融入每個進入她軀體的角色。她甚至扮演她自己，因為太入戲，以致於不知道那就是她自己。）

「我敢說是整個米德鎮最優秀的。」費勒斯東說。「誰也比不上她。弗列德，你說是吧？幫你妹妹說說話。」

「姨父，我沒有資格說，我的證詞沒有效力。」

「姨父，米德鎮的標準不高。」蘿絲夢踩著娉婷的步伐走過去拿放在一段距離外的馬鞭。

李德蓋特知道她要做什麼，搶先一步拿了馬鞭，轉身遞給她。她欠身致謝，抬眼看他。他當然也盯著她，兩人目光的相遇是那麼順理成章，卻又彷彿天雷勾動地火。李德蓋特的臉色似乎比平時蒼白了些，蘿絲夢卻是雙頰緋紅，內心頗覺詫異。之後她只想盡快離開，在跟姨父握手道別時，完全注意不到他說了些什麼蠢話。

然而，這個所謂「墜入情網」的結果，蘿絲夢早先預想過了，她也認為雙方都有相同感受。自從米德鎮多了這個新人物，她就已經編織了小小未來，像這樣的場面正是那個未來必要的序曲。陌生人不管是遭遇船難緊抓浮木漂流而至，或配備該有的隨從和大皮箱翩然來到，在未婚女子眼中，向來有著別具風情的魅力。在這種魅力面前，本地人再優秀都得碰壁。在蘿絲夢的浪漫戀曲裡，來自外地是不可或缺的條件。她的理想情人或未來夫婿，不能是米德鎮民，也不能跟她有類似的親屬關係。事實上，近來她的目標稍有改變：那人的家族裡最好有個準男爵。如今她和那個陌生人相遇了，現實顯然比預期更動人，蘿絲夢確信這是她生命最重要的時刻。對於自己的反應，她判定那是愛情的萌芽，她更覺得李德蓋特毫無疑問對她一見鍾情。這種事在舞會上屢見不鮮，那為什麼不能發生在早晨的陽光下？畢竟早上時人的膚色更加明豔動人。蘿絲夢年紀比瑪麗小，卻不乏被追求的經驗，可是不管是年輕力壯的小伙子或日益衰老的單身漢，她總是冷漠以對，怎麼看都不順眼。這時突然來了個完全符合她理想的李德蓋特，標準的外地人，散發名門望族特有的氣質，擁有的顯貴親族，正是中產階級的美好願景：擠進上流社會。當然，能讓有才幹的男人拜倒在自己石榴裙下，是特別得意的事。再者，一個帶給她全新感受、讓她的生活變得鮮活有趣的男人，自然優於過去她慣於用來與現實對比的「假想」。

於是回家的路上，這對兄妹都滿腹心事，沒有興趣聊天。蘿絲夢的想法向來不著邊際，一旦有了依據，她的想像就會變得具體而微，格外詳盡。騎不到兩公里路，她已經想好婚後的服飾，會認識哪些人，也選好在米德鎮的住宅，預見日後到遠方拜訪丈夫那些顯赫親戚。她能夠把那些人高貴典雅的舉止學得天衣無縫，就像當初在學校的優異表現，為自己將來可能提升的地位做好準備。她的願景不涉及錢財，更沒有暗淡悲慘。她在乎的是她心目中高雅的事物，不在乎必須付出的金錢。

反觀弗列德，他內心充滿憂慮，即使樂觀的天性都無法即時化解。如果聽從費勒斯東的愚蠢命令，引發的後果會比執行命令更令他不快。他父親已經對他不滿，如果因為他造成自己家和布爾斯妥德姑父之間的關係進一步疏離，他父親一定更氣惱。可是，他又不願意去找姑父。再者，也許自己曾經在酒酣耳熱之際說了些有關費勒斯東的財產的蠢話，被人誇大渲染傳了出去。弗列德覺得自己真是個可悲的傢伙，先是吹噓自己可以從費勒斯東那吝嗇的怪老頭拿到什麼好處，又被老頭子逼著去哀求書面證明。可是，他是真的想要那些好處！如果放棄，他就一無所有。再者，他最近欠下一筆債，讓他頭痛不已，而老費勒斯東暗示要幫他還錢。這整件事其實不足掛齒，他欠的錢不多，他期待從費勒斯東那裡得到的數額也不算太龐大。他欠的那些小錢，在他身邊那些有錢朋友的面前，他連提都不好意思提起。想到這裡，他自然而然覺得生無可戀。身為米德鎮製造商的兒子，注定得不到像樣的遺產，而梅威林和維亞安那樣的人……生命果然是一場不幸，一個朝氣蓬勃、想要擁有最美好事物的年輕人，前途卻是一片黯淡。

弗列德並沒有想到，這件事會扯上布爾斯妥德，只是費勒斯東的想像。就算知道，他的處境也不會有任何改變。他看得清楚明白，知道老頭子只是想折磨他，藉此展現自己的權力。或許也想看到他跟布爾斯妥德失和，從中得到一點滿足感。弗列德自以為把姨父的心思看得透徹，事實上他所看見的一切，有半數是他自己內心的投射。了解別人不是件容易的事，對一個心裡裝滿自己渴望的年輕人而言，更是難上加難。

弗列德最糾結的難題在於，他該告訴父親，或瞞著父親，自己私下處理。那些事可能是渥爾太太告訴姨父的，如果瑪麗向蘿絲夢轉述渥爾太太的話，到頭來他父親一定會知道，也會來質問他。

他們速度慢下來的時候，他問蘿絲夢：「小蘿，瑪麗有沒有告訴妳，渥爾太太說了我什麼？」

「有啊，她確實說了。」

「說什麼？」

「說你非常不穩重。」

「就這樣？」

「弗列德，我覺得這就夠嚴重了。」

「妳確定她沒說別的？」

「瑪麗只說這個。不過，弗列德，我真心認為你該覺得慚愧。」

「少來！別跟我說教。瑪麗是怎麼說的？」

「我沒必要告訴你。你太在意瑪麗說的話，又太無禮，不肯讓我把話說完。」

「我當然在意瑪麗說的話，她是世上最好的女孩。」

「我從來都不認為會有人愛她。」

「妳怎麼知道男人喜歡什麼樣子的人？女人不可能會知道。」

「弗列德，至少聽我一句忠告，別愛上她，因為她說就算你跟她求婚，她也不會答應。」

「這種話她應該等我求婚再說。」

「弗列德，我就知道你聽了會不高興。」

「一點也不。一定是妳刺激她，她才說出這種話。」到家以前，弗列德已經決定要避重就輕告訴父親。他父親也許會去找布爾斯妥德，幫他扛起這樁苦差事。

第二卷　老與少

第十三章

紳士甲：他是哪種人？比多數人正派？
或者金玉其表，敗絮其中？
是聖徒或無賴；朝聖者或偽君子？
紳士乙：不，告訴我，你怎麼區分你的浩瀚藏書，
那些歷朝歷代積累下來的遺緒。
是否直接以尺寸和封面分類：
比如羊皮紙、大開本或普通小牛皮。
這些五花八門的類別，
還比不上你巧妙設想出來、
歸類你沒拜讀過的作者的標籤。

溫奇先生聽完弗列德的話，決定下午一點半前往布爾斯妥德在銀行的私人辦公室找他談，因為那個時間布爾斯妥德通常沒有客人。沒想到有個客人下午一點過來，而布爾斯妥德有太多事要跟那人談，顯然半小時內討論不完。

布爾斯妥德口若懸河，話也不少，而且他不時停下來短暫沉思，占用不少時間。他看起來不太健康，但不是黑髮黃種人那種虛弱模樣。他皮膚是淡淡的金黃色，稀疏的棕髮已經花白，淡灰色眼眸，前額開闊。他說話音量不高，嗓門大的人總說他在耳語，有時似乎暗示他說話言不由衷。只是這話實在沒什麼道理，畢竟大嗓門的人雖然不怕別人聽見他的聲音，卻未必沒有祕密。除非《聖經》明白告訴我們，一個人誠不誠實，由他的肺活量決定。布爾斯妥德聽人說話時也顯得恭敬順從，眼神格外專注。跟他談話的人如果認為自己言之有物，會以為他是希望藉由這場對談提升自己。其他那些不奢望變成大人物的人，不喜歡接受這種精神明燈的探照。如果你對自己的酒窖信心不足，看見賓客舉起酒杯對著燈光審視，自然感受不到興奮與滿足。知道自己的優點，才能享有這種快樂。因此，布爾斯妥德專注的凝視，讓米德鎮的平凡百姓心裡憋悶。有些人因此說他是偽善者，其他人卻說他是福音派信徒。那些還算有點頭腦的人好奇他父親和祖父究竟是誰，因為二十五年前沒人聽說過米德鎮有「布爾斯妥德」這個姓氏。不過，在他目前的訪客李德蓋特心目中，那種明察秋毫的目光不值得在意。他只是覺得布爾斯妥德看起來不太健康，因而判定他多思多慮，忽略了物質生活該有的享受。

「李德蓋特先生，如果你能偶爾過來看看我，我會非常感謝。」短暫沉默後，布爾斯妥德說。「如果我有這份榮幸，能在醫院管理方面得到你的鼎力襄助，未來會有很多事，我們需要私下討論。新醫院的工程已經接近尾聲，先前你提到這所醫院專攻熱症治療的好處，我會好好考慮。這件事決定權在我，雖然土地和建材是梅德利寇爵爺提供的，他卻不打算為醫院的營運費心。」

「在米德鎮這樣的鄉鎮，沒有什麼比這件事更值得投注心血。」李德蓋特說。「一所完善的熱症醫院搭配原有的醫療所，一旦醫療改革法案通過，將來很有機會發展成本地的醫事學校。我們國家的醫學教育要進步，還有什麼比在各地設立這樣的學校來得重要？一個生長在鄉鎮的人只要關心公共事務，又有一點想法，就應該想辦法阻止所有高端資源一股腦流向倫敦。再者，可靠的專業能力通常能夠在鄉鎮地區找到更自由（儘管未必更豐富）的發揮空間。」

李德蓋特有個天賦，那就是嗓音通常低沉又宏亮，必要的時候卻又能夠輕聲細語。他平時的舉止帶點傲氣，那是對成功無所畏懼的預期，他對自己滿懷信心，並且有為有守，無視不起眼的阻礙和不曾經歷過的誘惑。不過，他的表情帶點真誠的友善，讓他那份驕傲的坦然因此變得不難親近。也許正由於彼此音調與舉止大不相同，布爾斯妥德對李德蓋特多了一分欣賞。但他肯定跟蘿絲夢一樣，因為李德蓋特是外地人，對他多了點好感。面對沒有過交集的人，一個人可以有很多新的開始！甚至可以開始當個更好的人。

「我樂意提供更多機會，好讓你發揮你的熱忱。」布爾斯妥德答。「我是說，如果我對你有更充分的了解，知道你能勝任，我會把新醫院的監督管理託付給你。我已經想過了，這麼重大的計畫不能被我們鎮上那兩位醫生束縛。到目前為止，我努力的成果始終有限，如今你來到米德鎮，我認為這是上天的好意，證明我的辛苦已經得到顯著的祝福。至於舊醫療所，因為你的當選，我們已經先馳得點。你以改革者的姿態出現，接下來必定引起同業某種程度的嫉妒與憎惡，希望你不會因此退縮。」

「我不會假裝自己有多勇敢，」李德蓋特笑著說。「但我必須承認我非常喜歡戰鬥。如果我不相信醫學跟其他領域一樣，都能找出更好的方法來執行，就不會喜歡這個職業。」

「親愛的先生，米德鎮的醫療水準稍嫌落後。」布爾斯妥德說。「我指的是知識與技術，不是社會地位：我們這裡的醫生大多跟鎮上有聲望的人沾親帶故。我自己身體不太好，所以比較關注仁慈的上帝賜予我們的各種緩解措施。我曾經就教於大都市的傑出人士，很遺憾，我們這種鄉鎮地區的醫療方法實在落伍。」

「嗯。以當前的醫事法和醫學教育，偶爾能碰上一個還算有能力的執業人員，就該心滿意足了。至於其他那些診斷時依據的高深問題，比如醫學證據的原理，要想在這方面有點見解，都得擁有科學背景。可惜鄉下醫生對科學的認識，恐怕不比月亮上那個不食人間煙火的男人更高明。」

布爾斯妥德前傾上身，專注地盯著對方，卻發現李德蓋特表達認同的方式超出他的理解範圍，在這種情況下，明智的人會改弦易轍，換個更能展現自身才華的話題。

「據我所知，」他說。「醫學能力向來偏重物質方面。不過李德蓋特先生，我希望在另一方面我們看法一致。那方面你可能不太重視，但如果能得到你的認同，對我相當有幫助。你知道你的病人也有靈性上的需求吧？」

「當然。不過所謂的『靈性需求』，不同的人有不同的定義。」

「確實如此。關於這個議題，錯誤的教誨就跟沒有教誨一樣致命。現在我很想弄清楚一件事，那就是有關舊醫療所牧師到院的新規定。舊醫療所坐落在菲爾布勒先生的教區，你認識菲爾布勒嗎？」

「見過。他投我一票，我得找個機會上門道謝。他好像是非常聰明又好相處的人，聽說是個博物學家。」

「親愛的先生，菲爾布勒是令人費解的人。我猜國內沒有比他更有才華的神職人員了。」布爾斯妥德停頓了一下，彷彿陷入沉思。

「我在米德鎮還沒那份榮幸見到任何才華洋溢的人。」李德蓋特直言。

「我的想法是，」布爾斯妥德的表情更嚴肅了。「醫院應該有駐院牧師，不必再麻煩菲爾布勒到院，也不需要向外尋求其他靈性方面的協助。我屬意的人選是泰克。」

「除非我認識泰克先生，否則身為醫生，我對這種事沒有意見。即使我認識他，我也希望了解選擇他的原因。」李德蓋特笑著說。他決定審慎以對。

「當然，現階段你沒辦法理解這種做法的好處。可是，」這時布爾斯妥德明顯加強語氣。「這件事可能會交給舊醫療所的醫務理事決定。我希望能跟你合作，基於這個原因，相信我可以對你提出這點要求，那就是在這件事情上，你不會被我的對手影響。」

「我不想介入神職人員的爭議。」李德蓋特說。「我只想做好自己的份內工作。」

「李德蓋特先生，我背負更多責任。對我來說，這件事是神聖的責任。至於我的對手，我有充足理由相信他們只是基於為反對而反對的世俗心態。我不會因此放棄一絲信念，也不會停止認同那些邪惡之輩憎恨的真理。我為這次建新醫院的事奉獻自我，不過李德蓋特先生，我可以大膽地向你坦承，如果我認為醫院的功能只在治療人類的疾病，就不會對醫院感興趣。我這麼做還有其他原因，即使因此受到迫害，也絕不隱瞞我的動機。」

布爾斯妥德低聲說出最後幾個字時，嗓門拉高了些，語氣也更為激動。

「在這方面，我們立場不同。」李德蓋特說。

這時門開了，有人通報溫奇來了。李德蓋特心中暗喜，自從見過蘿絲夢，他對紅光滿面交遊廣闊的溫奇更感興趣了。倒不是說他跟蘿絲夢一樣，也在心裡編織兩個人喜結連理的未來。只是，男人自然而然愉快地想著漂亮女孩，也樂意去有機會看見她的地方用餐。他離開以前，溫奇已經向他提出那個「不急於一時」的邀請，因為當天吃早餐時，蘿絲夢提到她覺得她姨父費勒斯東非常賞識這位新來的醫生。

房間裡只剩布爾斯妥德和溫奇。布爾斯妥德給自己倒了杯開水，打開三明治餐盒。

「溫奇，你不認同我的飲食觀念，對吧？」

「不。我對那種做法沒有意見。生命需要支襯。」溫奇忍不住拋出他的即席理論，接著他加重語氣，彷彿要排除一切不相關的話題。「我今天來找你，是為了我那個不肖子弗列德的一點小事。」

「溫奇，這方面你跟我的看法，恐怕跟我們的飲食觀一樣，南轅北轍。」

「希望這回不至於。」溫奇決定保持友好態度。「這其實是老費勒斯東的突發奇想。有人惡意編造謊話，跑去跟那個老傢伙嚼舌根，想破壞他對弗列德的印象。他很喜歡弗列德，可能會幫他做點不錯的安排。事實上他幾乎等於明白告訴弗列德，將來打算把他的土地留給他，所以有人眼紅了。」

「溫奇，我必須再說一次，你為弗列德做的安排，我一點都不贊同。你要他從事神職，全是出於世俗的虛榮。你有三個兒子和四個女兒，不該花大錢讓他接受昂貴的教育，結果他拿不到學位，只養成奢侈懶散的習慣。你現在就是自食其果。」

布爾斯妥德從來不吝於指出別人的錯誤，溫奇卻沒有帶來同等的耐性。一個即將就任鎮長的人，基於商業利益也準備好在一般題議上採取堅定立場，理所當然意識到自己本質上的重要性，因此也就認定誰也沒有資格質疑他的個人行為。關於他兒子的事，布爾斯妥德的指責特別令他惱火。他一點都不需要別人說他在自食其果。可是現在他有求於布爾斯妥德，雖然他向來喜歡還擊，這次也只得提醒自己按捺住火氣。

「布爾斯妥德，那件事現在多說無益。我不是你心目中的標準男人，也不會假裝自己是。在生意上，我沒有能力未卜先知，當時整個米德鎮沒有人的生意做得比我好，而弗列德是個聰明的孩子。我弟弟生前在教會工作，也順利升職，如果不是傷寒要了他的命，現在肯定已經是個總鐸。我認為我幫弗列德做的安排，合情合理。站在宗教的立場，我覺得人凡事都該留點餘地。有些事必須交給上帝，也要善待他人。多為子女做點事，這是良好的英國傳統。在我看來，給兒子安排好的機會，是做父親的責任。」

「溫奇，我只是站在好朋友的立場提醒你，你剛才說的那些話都是世俗之見，也是前後矛盾的蠢話。」

「好吧。」溫奇終究還是反擊了。「我沒有說過自己不是俗人。再者，我也沒見過不俗氣的人，你經營銀行也未必像你所說的不計名利。唯一的差別在於，某些俗人比其他人更不虛偽。」

「講這些沒有意義。」布爾斯妥德已經吃完三明治，這時他靠向椅背，伸手遮住眼睛，顯得十分疲累。「你有事找我談？」

「對，對。長話短說，有人告訴老費勒斯東，弗列德在外面跟人借錢，說將來繼承他的土地就還錢。對方說消息來源是你。你當然沒說過這種荒唐話，可是那個老傢伙逼著弗列德要拿出你的書面否認，也就是讓你簡單寫張字條，說你不相信這種鬼話，不相信他會用這種蠢方法開口向人借錢。我猜你應該不會反對。」

「很抱歉，我反對。你兒子向來魯莽又無知，我這麼說算客氣了。我一點都不確定你兒子沒有用還沒到手的財產借錢，也相信有人確實會蠢到聽信這毫無根據的空話借錢給他。這種草率的借貸就跟其他任何蠢事一樣，這世上多得是。」

「可是弗列德以他的榮譽向我保證，他從來沒有為了借錢假裝知道他姨父的遺產要留給誰。這孩子不會說謊。我知道他有缺點，我嚴格管教他，誰也不敢說我對他的行為睜隻眼閉隻眼，可是他不說謊。我認為年輕人只要不是表現太糟，世上沒有哪個宗教會阻止我們相信他善良的本性。不過也許我錯了。你不願意說你不相信那些中傷他的話，只因為你找不到好理由相信他，這麼做等於故意妨害他的前途，我覺得這恐怕不是好的信仰。」

「我不太確定是否應該幫助你兒子，讓他順利獲得費勒斯東的財產。對於那些認為財富只是他在世間的收穫的人，我不認為財富對他們是一種祝福。溫奇，我知道你不喜歡聽這種話，可是這次我有義務告訴你，我沒有興趣助長你剛才提及的那種財產處理方式。我還要大膽告訴你，那麼做不管對你兒子的永恆福祉或對上帝的榮耀都沒有好處。這份書面聲明的作用只是維持你對兒子的愚蠢偏袒，進而幫助他取得愚蠢的遺產。你怎麼會期待我寫這種東西？」

「我只能說，如果你打算阻止聖徒和福音教徒以外的人得到金錢，就得放棄某些有利可圖的合夥關係。」溫奇毫不修飾地脫口而出。「普林岱爾的店用從銅箔工廠拿來的藍綠色染料，或許是為了上帝的榮耀，但肯定不是為了米德鎮商業的榮耀。那種染料會侵蝕絲綢，我只知道這麼多。如果其他人知道大部分的利潤歸於上帝的榮耀，也許會比較開心。不過我不是很在乎那種事，我也沒那麼好欺負。」

布爾斯妥德沉默半晌才回答。「溫奇，你這樣說話，我很難過。我不期待你了解我做事的原則，在這個複雜的世界裡，光是要為理念開創一條道路已經不容易，要讓那些漫不經心、冷嘲熱諷的人看清那條道路更是困難。你一定沒忘記，你經常挑戰我這個姐夫忍耐的極限，你現在來抱怨我拒絕提供實質幫助，增進你家人的世間利益，實在說不過去。我必須提醒你，你能保住在商界的地位，靠的不是你自己的深謀遠慮或判斷力。」

「的確不是。可是你靠我的生意也沒少拿好處。」溫奇已經徹底惱火（不管早先下了多大決心，這種結果也算常見）。「當初你娶哈麗葉的時候，就該想到我們兩家人已經坐上同一條船。如果你改變心意，想要我這個家敗落，最好跟我說一聲。我從來沒有改變過，我現在是個單純的教徒，自始至終都是原來的我。我用平常心看這個世界，無論在生意上或其他事情都一樣。我自認不比別人壞，這就夠了。不過如果你要我的家敗落，就說一聲，到那時我會知道該怎麼應付。」

「你說話沒一點道理。難道少了你兒子要的這封信，你就會垮掉？」

「不管會不會，我認為你不肯寫就是小氣。你可以冠冕堂皇地拿宗教當藉口，可是這種行為給人的感覺就是卑鄙，損人不利己。你等於是在中傷弗列德。你不肯說你沒有造謠詆毀他，幾乎就等於中傷他。就是這種行為，這種專橫暴虐，走到哪裡都想扮演主教兼銀行家，就是這種行為讓人名聲掃地。」

「溫奇，如果你執意跟我吵架，我跟哈麗葉都會非常難過。」布爾斯妥德的神態比平時更急切，臉色也更蒼白。

「我不想吵架。我們保持友好關係對我有利，對你可能也是。我對你沒有不滿，在我心目中你不比別人差。一個人把自己餓個半死，在家裡規規矩矩禱告之類的（你就是這樣），這種人不管信什麼宗教，都特別虔誠。不過滿口詛咒的人也照樣能賺大錢，很多人都是這樣。你喜歡當老大，這是不可否認的事實。你在天堂也得當第一，否則心裡就不痛快。可是你是我姐夫，我們應該團結一致。我也算了解哈麗葉，如果我們吵架的原因是你怕東怕西，不肯拉弗列德一把，她一定會認為是你的錯。我也不能接受你這麼做，我覺得你太小氣。」

溫奇站起來，開始釦他的大衣。他定定望著姐夫，顯然要對方給個明確答案。

這已經不是第一次，開始時布爾斯妥德對溫奇諄諄告誡，最後卻被溫奇看穿自己不足的一面。溫奇的心像一面粗野的老實鏡，能映照出人們心中更細微的光亮與陰影。根據過去的經驗，他早該知道事情最後結果會是如此。只是，正如雨天的充沛泉水，即使弊多於利，依然源源不絕湧出。同樣的道理，義正詞嚴的告誡，也很難壓抑。

布爾斯妥德不會因為幾句難聽話就馬上屈服。他改變心意之前，總是需要想幾個理由，讓它們符合他做人做事的準則。最後他說：「溫奇，這件事我會考慮。我回去跟哈麗葉商量一下，也許會讓人送信給你。」

「好極了。拜託，盡量快點，希望明天我們見面以前，事情就解決了。」

第十四章

照著這份食譜精心調製，
那種搭配高級肉品的醬汁，
它名為遊手好閒，偏好
這種口味的，說它鮮甜。
首先，像獵犬般到處覓食，
穿插餐館美味，攪拌均勻；
摻點阿諛奉承的濃稠油脂，
添加自吹自擂的謊言泡沫，
趁熱盛出來。器皿也得講究，
必須裝進死人的鞋子端上桌。

布爾斯妥德與哈麗葉討論的結果，想必符合溫奇的期待。隔天一早，信就送到了，正是弗列德可以送去給費勒斯東的證據。

由於天冷，老先生沒有下床。瑪麗不在客廳，弗列德立刻上樓把信交給姨父。費勒斯東靠著床架舒適地坐著，跟平時一樣，為自己猜忌、挫折他人的本事志得意滿。他戴起眼鏡讀信，噘起雙唇，兩端嘴角卻往下拉。

「在這種情況下，我特此聲明，我相信——咄！這傢伙可真滑溜！跟拍賣商一樣滑溜——令郎弗列德並沒有以費勒斯東先生承諾的遺產取得任何借款——承諾？誰說我承諾過？我什麼都沒承諾，只要我喜歡，隨時可以在遺囑上附加條款——考慮到這種行為的本質，任何理性端正的年輕人都不會輕易嘗試——啊，先生，我可提醒你，他並沒有說你是理性端正的年輕人！——至於我跟這種傳言之間的關係，我鄭重確認，我從來不曾對外宣稱令郎曾以費勒斯東先生亡故後可能獲取的財物對外借款——我的老天！『財物』、『獲取』、『亡故』！他比史坦迪許還像律師！就算他自己要跟人借錢，大概也很難說得比這更好聽。嗯，」費勒斯東不屑地把信交還給弗列德，兩眼越過眼鏡上緣盯著他。「你不至於認為布爾斯妥德寫得這麼好聽，我就會相信吧？」

弗列德臉紅了。「姨父，信是你要求的。我覺得布爾斯妥德先生的否認，應該抵得過別人跟你說的那些傳言。」

「沒錯。我從來沒說過我相信這個或那個。那麼你想要什麼？」費勒斯東不客氣地問。他依然戴著眼鏡，雙手卻是縮回毯子底下。

「姨父，我沒有想要什麼。」弗列德費力地隱忍，不敢發洩怒氣。「我只是把信送來，你不介意的話，我就告辭了。」

「不急，不急。搖個鈴，我要瑪麗上來。」

回應鈴聲的是僕人。

「叫瑪麗上來！」布爾斯妥德不耐煩地說。「她為什麼亂跑？」瑪麗來的時候，他還是用同樣的口氣說話。「我沒叫妳離開，妳為什麼不好好坐在這裡？把我的背心拿來，早跟妳說過，背心要一直放在床上。」

瑪麗好像剛哭過，眼眶有點紅。這天早上，費勒斯東顯然特別暴躁，雖然弗列德可望拿到他迫切需要的贈款，他還是很想不計後果地斥責這個老暴君，讓他知道瑪麗是個好女孩，不該對她大呼小叫。瑪麗進來的時候弗列德起身致意，她卻好像根本沒注意到他。她全身上下彷彿都在顫抖，擔心有什麼東西朝她砸過來，不過她需要擔心的只是惡言惡語。她趕緊去拿掛鉤上的背心。

弗列德走過去對她說，「我來。」

「你別管！瑪麗，妳拿過來放這裡。」費勒斯東下令。等背心放在他身邊，他又說，「現在妳可以走了，我有事再叫妳。」他經常故意對某個人凶惡，藉此突顯他對另一個人的偏愛，用這種方式給自己的快樂添點滋味，瑪麗通常是現成的調味劑。他自己的親人來的時候，瑪麗受到的待遇會好一點。他慢慢從背心口袋掏出一串鑰匙，又慢慢地從床單底下拉出一個錫盒。

「你以為我打算給你一筆錢，是嗎？」他說著，視線從眼鏡上方望出來，打開盒子的動作也停下來。

「一點也不，姨父。前幾天你好意說要送我一點贈禮，否則我當然不敢奢望。」可是弗列德滿懷期望，腦海裡預見自己拿到一筆錢，金額大得足以幫他解決某個煩惱。弗列德負債的時候，總覺得極有可能出現某種及時雨，解決他的債務問題。至於什麼樣的及時雨，他倒未必猜得到。現在這種天賜的好運顯然再次降臨，擔心供給不敷需求未免可笑，荒謬的程度等於相信半個奇蹟，只因沒有力量相信一整個。

那雙爬滿靜脈的手一張又一張數了不少鈔票，又重新平放下來。弗列德坐在椅子上，不屑露出渴望的表情。他自認是個紳士，不喜歡為了錢在老頭子面前低聲下氣。最後，費勒斯東再次從眼鏡上方瞅他一眼，交給他一小疊鈔票。鈔票比較窄的那頭遞過來的時候略微散開，弗列德清楚看見總共有五張。不過，也許都是五十鎊大鈔。

他接過來，說：「姨父，太感謝你了。」他好像不打算數，準備直接捲起鈔票。

費勒斯東卻不樂意，他凝神打量弗列德。「你不覺得該花點時間數一下嗎？你拿錢的模樣像個大爺，我猜花的時候多半也像個大爺。」

「姨父，我以為別人好心送馬，就不該檢查馬的牙齒。不過我很樂意數一數。」

只是，弗列德數過之後卻不開心，因為這竟是一筆荒謬贈禮，金額不如他的預期。事物如果不能符合人的期待，天底下還有什麼道理？預期得不到滿足，他覺得荒誕，也質疑起天意。弗列德發現手上拿著五張二十鎊鈔票，整個人像從雲端墜落，即使受過這個國家的高等教育，對他好像也沒有一點幫助。儘管如此，他白皙的臉龐迅速換個表情，說：「姨父，你實在太慷慨了。」

「我也這麼覺得，」費勒斯東鎖好錫盒，放回原處，再謹慎地摘下眼鏡。最後，他彷彿被自己內心的冥想深深說服，又說一次，「我覺得是很慷慨。」

「姨父，我真的非常感謝你。」弗列德終於恢復興高采烈的神情。

「你是該如此。你想在社會上出人頭地，彼得．費勒斯東是你唯一可以信賴的人。」這時他眼裡的光芒透著某種古怪又複雜的滿足感，因為他知道這個機靈的年輕小伙子依賴他，更知道這個機靈的年輕小伙子實在有點傻，才會依賴他。

「是，確實如此。我不是含著金湯匙出生，很少人像我一樣受到這麼多限制。」弗列德為自己的善良感到驚奇，畢竟他剛才受到相當苛刻的對待。「自己騎著喘大氣的獵馬，卻眼看著那些腦子沒有自己一半聰明的人花錢不眨眼，心情真的有點鬱悶。」

「這下子你可以給自己買匹好獵馬了。我猜八十鎊就夠了，你還剩二十鎊可以還債。」費勒斯東咯咯輕笑。

「姨父，你人太好了。」弗列德清楚意識到自己說出口的話，和內心的感受之間的差距有多大。

「嗯，我比你那位好姑父布爾斯妥德大方得多。我猜你從他的投機事業拿不到多少好處。根據我聽到的消息，他用一條粗繩牢牢拴住你老爸的腿，是嗎？」

「姨父，父親沒跟我談過生意上的事。」

「嗯，算他有點腦子。不過他不說，別人也會查出來。他不可能有多少錢留給你，死的時候大概連遺囑都不會寫。他就是那種人，他們想讓他當米德鎮鎮長就隨他們去。雖然你是長子，如果沒有遺囑，他死的時候你什麼都得不到。」

弗列德覺得，雖然費勒斯東確實從來沒有一次給過他這麼多錢，卻也從來沒有像今天這麼討人厭。

「姨父，要不要我燒了布爾斯妥德這封信？」弗列德邊問邊起身，好像打算把信送進火爐。

「燒吧，我不要了，反正是不值錢的東西。」

弗列德把信帶到壁爐旁，急忙用火鉗刺穿它。他很想趕快離開這個房間，可是拿了錢就走，無論面對自己的內心或面對姨父，他都覺得有點羞愧。這時農場管事進來向主人匯報，費勒斯東讓弗列德離開，要他盡快再來，弗列德總算鬆了一大口氣。

他不只想要擺脫姨父，也想下樓找瑪麗。這時她一如往常坐在爐火旁，手裡拿著針線活，身邊的小桌子上放著一本攤開的書。她的眼眶已經沒有先前那麼紅，態度也恢復平日的沉著穩重。

「我需要上樓嗎？」弗列德進來時，她邊問邊站起來。

「不用。因為西蒙上樓了，姨父讓我離開。」

瑪麗重新坐下，繼續做針線。她今天對他的態度比平時冷淡，她不知道剛才在樓上弗列德一顆心多麼深情地為她抱屈。

「瑪麗，我能不能在這裡坐一下？或者我會惹妳心煩？」

「請坐。」瑪麗答。「你沒有約翰．渥爾那麼煩人。他昨天來了，沒問過我就坐下來。」

「可憐的傢伙！我猜他愛上妳了。」

「這我不知道。一個女孩子如果碰上哪個男人對她表示善意，她也心懷感激，就會有人說誰愛上了誰，我覺得這種事令人作嘔。我還以為至少我不會碰上這種麻煩，畢竟我沒有資格抱持那種愚蠢的虛榮，幻想每個接近我的人都暗戀我。」瑪麗原本不想夾帶情緒，到最後聲音還是忍不住氣得發抖。

「該死的約翰．渥爾！我不是故意惹妳生氣。我從來都不覺得妳有什麼理由對我感恩。我忘了，哪怕別人只是幫妳掐熄蠟燭，妳都會認為是天大的恩惠。」弗列德也有自尊，他知道瑪麗為什麼突然發火，卻決定裝糊塗。

「我沒事，只是氣這個世道人情。我不喜歡跟我說話的人把我當傻子，就算是跟上過大學的年輕人說話，我也聽得懂他們話裡的涵義。」瑪麗已經恢復平靜，愉快的語調之中隱含一股壓抑的笑意。

「今天早上妳要怎麼拿我尋開心，我都認了。」弗列德說。「剛才妳上樓的時候看起來有點悲傷。妳住在這裡被欺壓，實在倒楣透了。」

「相較之下，這裡的日子挺輕鬆的。我當過家庭教師，那種工作不適合我，因為我太喜歡做白日夢。在我看來，再怎麼辛苦，都好過拿著薪水假裝做事、卻從來不用心做。這裡的事，我做起來不輸任何人，也許比某些人更勝任，比如小蘿。雖然她正是童話故事裡那種被妖怪關起來的美人兒。」

「小蘿！」弗列德的口氣滿是同胞手足的不以為然。

「弗列德，別這樣！」瑪麗堅決表示。「你不該這樣批評她。」

「妳剛才說的話有特別涵義嗎？」

「不，我向來說的都是一般情況。」

「妳是說我無所事事，奢侈浪費。嗯，我不適合當窮人。如果我有錢，應該不會是個太糟的人。」

「所以你只有過著上帝不贊同的人生，才會盡你的職責。」瑪麗笑著說。

「我沒辦法當個盡責的牧師，就像妳沒辦法當個盡責的家庭教師。瑪麗，妳應該覺得跟我同病相憐。」

「我從來沒說過你應該當牧師。世上還有其他行業，不能下定決心選一條路，努力邁進，我覺得很可悲。」

「我可以，只要……」弗列德脫口而出，接著站起來，倚著壁爐。

「只要你確定將來不會有錢？」

「我沒這麼說。妳想跟我吵架？妳聽信別人中傷我的話，太糟了。」

「我怎麼可能跟你吵架？那就等於跟我所有的新書吵架。」瑪麗拿起桌上那本書。「不管你對別人多惡劣，對我卻很好。」

「因為比起別人，我更喜歡妳。不過我知道妳瞧不起我。」

「嗯，確實有一點。」瑪麗笑著點頭。

「妳欣賞了不起的傢伙，就是那種對什麼事都有一番睿智見解的人。」

「嗯，沒錯。」瑪麗快速做起針線，不為所動的模樣叫弗列德暗暗咬牙。

一旦話鋒對我們不利，我們難免在困窘的泥淖裡越陷越深。弗列德此刻的感受正是如此。

「女人大概不會愛上認識很久的人，我是指從小就認識的人，男人卻經常如此。讓女孩心動的，總是新認識的男人。」

「我想想，」瑪麗的嘴角調皮地上揚。「我必須根據前例來判斷。比如莎士比亞的茱麗葉，她好像符合你的描述。可是歐菲麗亞跟哈姆雷特認識很久了，還有布朗妲．托以爾，她跟默東特．摩頓[1]是青梅竹馬；不過他是個值得敬重的年輕人；明娜對克里夫蘭的愛更深，而他原本是陌生人；芙蘿拉．麥考佛本來也不認識威弗利[2]，但她沒愛上他。再如奧莉薇亞和蘇菲亞．普林姆洛斯[3]，還有柯茵[4]，她們愛上的都是過去不認識的男人。總的來說，我所知道的例子莫衷一是。」

瑪麗用有點淘氣的眼神看著弗列德。他非常喜歡她這樣的表情，雖然那雙眼睛只是像兩扇透亮的窗子，裡面的目光卻含著笑意。他是個深情的男人，儘管受過高等教育，在階級與收入方面眼界變高，對這個童年玩伴的愛卻有增無減。

「一個不被愛的男人，又何必說自己能上進，或能有什麼前途。我是說，他需要確定他的愛能得到回報。」

「說他**能**上進，這種話一點意義都沒有。也許、能夠、會，都是空洞的語助詞。」

「一個沒有被女人深愛著的男人，我不認為能有什麼成就。」

「我覺得他得先有成就，才能想那些。」

「瑪麗，妳心裡很清楚，女人不會因為男人的好就愛上他們。」

「也許不會。不過如果她愛他們，就不會覺得他們不好。」

「說我不好有點不公平。」

「我不是說你。」

「瑪麗，如果妳不肯說妳愛我，不肯答應嫁給我——我是指等我有能力結婚的時候——我什麼都做不好。」

「如果我真的愛你，就不會嫁給你。我永遠不會給你承諾。」

「瑪麗，妳太狠心。如果妳愛我，就該給我承諾。」

「恰恰相反，就算我愛你，也不能嫁給你，否則我就是狠心。」

「妳的意思是，嫁給沒有養家能力的我。那是當然，我才二十三歲。」

「你的年紀會改變，其他我就不確定了。我父親說世上不該有遊手好閒的男人，更別提跟這種人結婚。」

「那麼我該轟掉自己的腦袋？」

「不。我認為你該先通過考試，我聽菲爾布勒先生說那考試簡單得不像話。」

「那是他的說法，對他而言什麼都簡單。這跟聰明沒有關係，我比很多通過考試的人聰明十倍。」

「我的天！」瑪麗藏不住她的嘲弄。「那就說明為什麼會有克洛斯先生那樣的助理牧師。把你的聰明

---

1 布朗妲·托以爾（Brenda Troil）與默東特·摩頓（Mordaunt Merton）是蘇格蘭作家兼史學家華特·史考特（Walter Scott，一七七一～一八三二）的作品《海盜》（*The Pirate*）裡的情人。接下來的明娜（Minna）與克里夫蘭（Cleveland）也是作品裡的角色。

2 芙蘿拉·麥考佛（Flora MacIvor）與威弗利（Waverley）是華特·史考特另一部作品《威弗利》（*Waverley*）裡的角色。

3 奧莉薇亞（Olivia）與蘇菲亞（Sophia）是英國作家奧利佛·高德史密斯（Oliver Goldsmith，約一七二八～一七七四）的作品《威克菲爾德的牧師》（*The Vicar of Wakefield*）之中牧師普林姆洛斯（Primrose）的兩個女兒。

4 柯茵（Corinne）是法國作家達爾斯夫人（Germaine de Staël，一七六六～一八一七）的同名作品《柯茵》的女主角。

除以十，得到的商數就夠拿一個學位，天哪！不過那只顯示你比別人懶散十倍。」

「就算我通過了，妳也不贊成我去當牧師吧？」

「這跟我要你做什麼無關，你應該有自己的想法。啊，李德蓋特先生來了，我得去告訴我姑父。」

「瑪麗，」瑪麗起身時，弗列德拉住她的手。「如果妳不給我一點鼓勵，我只會變糟，不會變好。」

「我不會給你任何鼓勵。」瑪麗的臉色漲紅。「你家人會不高興，我家人也一樣。如果我接受一個負債累累又不肯工作的男人，我父親會認為我給自己丟臉！」

弗列德被刺傷了，他放開她的手。她走到門口，轉身說，「弗列德，你一直都對我很好，很慷慨，我不是不知感恩的人。不過別再跟我說這種話。」

「好吧，」弗列德惱怒地說，拿起他的帽子和馬鞭。他的臉一陣紅一陣白，正如許多被大學退學的懶散年輕人，他深陷情網，對象還是個姿色平平的窮人家女孩！不過弗列德總覺得費勒斯東的土地指日可待，而且不管瑪麗怎麼說，他都認為她確實在乎他，所以並沒有徹底絕望。

回到家以後，他把四張二十英鎊鈔票交給媽媽，請她幫他保管。「媽，我要拿這些錢來還債，不想花掉，千萬不要拿給我。」

「親愛的，你真乖。」溫奇太太說。她最寵愛大兒子和小女兒（六歲），但大家都覺得她的孩子之中，這兩個最不聽話。偏心的母親未必總是被蒙蔽，至少她看得出來哪個孩子心腸最好，最孝順。弗列德當然也非常愛自己的媽媽，或許也是因為對另一個人的愛，讓他特別擔心自己花掉那一百鎊。因為他欠下的一百六十鎊債務，是用瑪麗的父親簽的票據當擔保品。

第十五章

你說你拋下了黑眼美人，
藍眼珠也吸引不了你；
可是我們認識你那麼久，
今天的你好像更欣喜。

噢，我追隨最美的美人，
穿過不曾去過的樂土；
這裡的足跡和那裡的回音，
帶著我找到我的寶貝。

看哪！她轉身了，不朽的青春，
化為凡人的形軀；
像星光的恆久真理般鮮明，
就是名稱繁多的大自然！

有位偉大的史家——他堅持這麼稱呼自己——一百二十年前過世，從此有幸加入眾多偉人之列，我們這些在世的小輩據說依然走在他們的陰影下。他曾經誇下豪語表示，他作品中那多不勝數的評論與離題，正是他最難模仿的特色。尤其是他那本史書每一卷的第一章[5]，他彷彿拉了把扶手椅坐到幕前，用他的優美英語輕鬆活潑地與我們閒談。但在費爾丁的時代，一天的光陰比較長（因為時間如同金錢，是以我們的需求計量）。那時夏日午後悠閒漫長，冬季夜晚的時鐘緩慢地滴答響。我們這些遲來的史家可不能東施效顰。如果我們這麼做，我們的閒聊可能淺薄又急躁，像鸚鵡坐在折疊椅上自說自話。至少我得忙著闡述某些人的命運，看看它們如何鋪展，又如何交織。所以我必須集中我能運用的所有光線，照耀在這張特別的網子上。不能為了些許誘人的牽連，讓光線散逸在所謂的全世界。

這時候我得好好介紹剛搬來的李德蓋特，好讓任何感興趣的人都能比他來到米德鎮後最常見到的人更了解他。畢竟大家都不否認，男人無論被吹捧、受讚賞、被羨慕、遭取笑、被人當工具、被愛慕，或者至少被設定為理想對象，都可能沒有人真正認識他，眾人只看到各種跡象，建立在街坊鄰里的錯誤臆測裡。然而，大家有個普遍印象，那就是李德蓋特不盡然是個普通的鄉下醫生。在當時的米德鎮，這樣的印象意味著，大家對他有很高的期待。因為所有人的家庭醫生都格外出色，面對各種疑難雜症都具備高深莫測的專業技能。這些醫生擁有高超能力的證據，來自更高層次的直覺，也就是他們的女性病患堅定不移的信念。除非碰上其他同等強烈的直覺，否則這種證據堅不可摧。

那些認為溫奇家的家庭醫生朗屈的「補強療法」代表醫學真理的女士，都認定托勒爾的「退燒療法」是醫學末路。因為大量放血、刺激起水泡的英勇時代還沒有過去，更別提全方位理論。在那種時代疾病被冠上惡名，對治方法因此切忌優柔寡斷。彷彿疾病如果是一種叛亂，就不能拿空包彈對付，而是要立刻抽乾它的血。無論補強派或退燒派，總有人說他們「高明」。所有還在人世的英才，大抵都是如此。沒有人會想太多，以至於認為李德蓋特的知識跟得上史普拉格和敏欽兩位醫生。畢竟鎮上也只有這兩位醫生能夠在病情最危急、最微弱希望（價值一基尼金幣）的情況下，帶來一點起死回生的可能。

不過，我要再重複一次，大家的普遍印象是，李德蓋特比米德鎮任何治療師都不尋常。這是事實。他才二十七歲，這種年紀的男人原本就非比尋常。他們對前途充滿希望，決心走上正途，一心認為財神不會給他們套上馬勒，騎上他們的背部。相反的，如果財神真的找上門，也會為他們駕馭戰車，踏上征途。

李德蓋特剛從私立中學畢業就成了孤兒。他父親是個軍人，沒有留給三個孩子多少撫養費。年少的李德蓋特要求接受醫學教育時，他的監護人覺得與其基於家族尊嚴提出反對，不如讓他跟隨某個鄉下醫生當學徒來得省事。年紀輕輕就選定人生志向，而且純粹基於本身的意願，而非家學淵源，這樣的男孩並不多見。我們大多數人如果對某件事產生熱情，都會記得那份熱情萌生在某個早晨或夜晚時分。當時我們站上高凳，伸手取下一本不曾展讀的典籍；或嘴唇微張靜靜坐著，聽某個陌生人發表議論；或因為沒有書本，開始傾聽內心的聲音；類似的事情也發生在李德蓋特身上。他是個反應靈敏的孩子，只要玩樂一結束，會馬上窩進小角落隨手拿起一本書，不到五分鐘就讀得入迷。如果是拉瑟拉斯[6]或格列佛[7]

---

5 這裡的史家指的是英國作家亨利・費爾丁（Henry Fielding，一七〇七～一七五四），他自稱以史家身分撰寫《湯姆・瓊斯》（*The History of Tom Jones, a Foundling*），利用書中每一卷的第一章發抒個人見解。

6 指英國作家薩繆爾・約翰遜（Samuel Johnson，一七〇九～一七八四）的作品《阿比西尼亞王子拉瑟拉斯的故事》（*The History of Rasselas, Prince of Abissinia*）。

7 指英國作家強納森・史威夫特（Jonathan Swift，一六六七～一七四五）的作品《格列佛遊記》（*Gulliver's Travels*）。

當然是最好，不過貝利的字典或附有〈新約外傳〉的《聖經》也聊勝於無。平時如果不騎小馬、奔跑打球或聽大人說話，他一定得讀書。這就是他十歲時的真實生活，當時他已經讀完《金幣歷險記》[8]。這套書不是給嬰兒喝的牛奶，也不是用來取代牛奶的任何灰白混合液。這時他已經領悟到書本都是空談，人生則太乏味。他的學校教育並沒有改變這種想法，因為儘管他「修過」古典文學和數學，成績卻不算優異。旁人對他的評語是，李德蓋特想做什麼都沒問題，只是他肯定還不打算做什麼了不起的事。他精力充沛，生龍活虎，也有高度理解力，對於知識的熱情卻還沒燃起丁點火花。在他心目中，知識似乎是非常膚淺的東西，一點都不難掌握。根據長輩的談話內容判斷，他擁有的知識用來應付成年生活顯然綽綽有餘。在那個流行短大衣和過時服飾的年代，這或許是昂貴教育不算罕見的特例。

可是，某個陰雨的假期，他走進家裡的小圖書室，想找本或許還有點新鮮感的書籍，可惜希望落空！不過，他拿下一套布滿灰塵、書名模糊的灰色平裝書。那是他不曾翻開過的一套舊百科全書，如今翻開來看看，至少有點新奇。書本放在最上層，他站在椅子上，抽出其中一本，迫不及待打開來看。不知怎的，即使當下的情況不夠便利，但我們讀書的姿勢好像可以因地制宜。他翻開的那一頁主題是「解剖」，第一個吸引他視線的段落是討論心臟瓣膜。他對任何種類的瓣膜都不熟悉，卻知道瓣膜就是折疊門。一道光線突然從這條縫隙透過來，帶給他鮮明概念。他第一次驚異地發現，人體藏著校準多麼精密的機械原理。開明的教育當然讓他有機會閱讀學校的古典書籍裡那些有欠高雅的段落，不過關於自己的內部結構，那些書籍帶給他的感覺只是神祕與淫穢，沒有增進多少了解。因此，他想像中的大腦或許裝在兩邊鬢角底下的小袋子裡。他也不知道自己的血液如何循環，正如他不明白紙鈔如何取代黃金。可是天命的時刻來到，他從椅子上跳下來以前，世界已經有了全新面貌。過去他認為的知識，只是喋喋不休的無知。那種無知遮擋住他的視線，讓他看不見自己腦袋裡的廣大空白。他有預感，這片空白將會持續不斷得到填充。那一刻起，李德蓋特意識到一股強烈的求知欲。

關於男人如何愛上女人、而後跟她結婚或不幸各奔東西的故事，我們不怕一次次敘述。究竟是因為詩興過盛，或太愚蠢，我們才會不厭其煩描寫詹姆斯國王所謂女人的「窈窕與姣美」[9]，不厭其煩聆聽吟遊詩人彈唱的抒情古調，對於必須日思夜想、耐心地棄絕小小欲望去追求的知性「窈窕與姣美」，相較之下卻興趣缺缺？在有關這種熱情的故事裡，發展也不盡相同；有時是輝煌的成果，有時卻是挫折與失敗。很多情況下，這種災難也跟另一種熱情結合，被吟遊詩人詠嘆。那許許多多為事業忙碌奔走的中年男人，每天做著例行公事，就像他們每天打領結，其中也有不少人曾經滿懷理想抱負，想要改變世界，最後隨波逐流，庸庸碌碌，消失在茫茫人海中。這樣的故事甚至不曾在他們自己的腦海裡敘述，因為或許他們不計私利、吃苦耐勞的精神，已經隨同其他年少的熱情，在不知不覺中冷卻。直到某天，他們年少時的自我，像幽靈般行走在它過去的住家，把新家具變得驚悚陰森。世上沒有任何事物，比這種日積月累的改變更不易察覺！一開始他們不知不覺地吸收那種改變：你我附和某些錯誤觀念或提出我們的可笑論點時，或許也用我們的氣息感染他們；或者一切都從某個女人的秋波引逗出的震顫開始。

李德蓋特不打算變成那種失敗者。他更有機會成功，因為他對科學的興趣很快發展為職業上的熱情。他對謀生技能懷抱初生之犢的信念，學徒的經歷也沒有扼殺他的夢想，他深信行醫是未來最好的行業。隨著求學的足跡，他把這份熱情帶往倫敦、愛丁堡和巴黎。他認為醫學是展現科學與藝術的最完美交流，知識的追求與社會的福祉也成為最直接的盟友。李德蓋特本質上需要這樣的結合：他是情感的動

8《*Chrysal, or the Adventures of a Guinea*》，愛爾蘭作家查爾斯・約翰斯東（Charles Johnstone，一七一九～一八〇〇）的諷刺小說。

9 摘自英國國王詹姆斯一世（一五六六～一六二五）的文章〈論蘇格蘭詩歌的藝術〉（A Treatise of the Airt of Scottis Poesie）。

物，擁抱血肉之情的同胞愛，足以抵抗專業研究的疏離。他關心的不只是「病例」，也關心他的男女病人，特別是女病人。

他的職業還有另一種吸引力：它需要改革。這提供一個機會，讓人以激憤的決心抗拒金錢的誘惑和其他騙局，獲取真正卻未必需要的條件。他去巴黎求學時就打定主意，回國後要在鄉鎮執業，擔任一般治療師。為了他自己在科學知識上的追求，也為了醫療水準的普遍提升，他反對醫學與治療的不合理分割[10]。他要遠離倫敦的爾虞我詐、嫉妒眼紅和諂媚逢迎。不管要花多少時間，他都要跟詹納[11]一樣，靠個人的努力成果贏得名聲。

我們可別忘記，這是個黑暗時期，雖然那些歷史悠久的學院為了維持知識的純淨度，縮減就學人數，以學費和職務的嚴格限制，排除錯誤。可惜，一些素養極差的年輕人在城裡得到升職，更多人取得合法資格，獲准在廣大的鄉間執業。在一般大眾心目中，醫師學會嚴格把關，只有受過昂貴且稀有的醫學教育的牛津和劍橋畢業生，才能獲准執業行醫。這卻阻止不了赤腳大夫大行其道，因為既然專業醫療主要在於開給病人大量藥物，大眾於是認為，如果能用更低廉的價格拿到更多藥品，豈不是更好，因而吞下沒有學位的庸醫開出的大量藥物。目前並沒有統計數字顯示這類庸醫和騙子究竟有多少，但這些人肯定會是進步的一大阻力。

有鑑於此，李德蓋特認為，個體的改變最能直接帶動整體的進步。他決意要做這樣的個體，為這個擴展中的改革浪潮做出一己貢獻。這樣的改革，日後一定會對整體產生正面效益。在此同時，他也樂意看到病人的五臟六腑因此更為健全。但他的目標不只是找出更純正的療法，他還有更遠大的抱負，覺得自己或許能找出某個解剖學概念的證據，在醫學發現史上留名。

一個米德鎮的治療師竟敢痴人說夢，想在醫學上做出重大發現，你會不會覺得太異想天開？沒錯，在那些偉大的創始人成為超級新星、主導我們的命運以前，我們大多數人對他們所知極為有限。比方說，赫歇爾[12]「打破天空的界限」之前，不也在鄉下教堂彈風琴，指導初學者彈鋼琴？這些耀眼的星辰每個人都得行走人間，比起那些可能讓他們名垂千古的才能，他周遭的人更在乎的恐怕是他的步伐與服飾。他們每個人都有些不為人知的小故事，曾經受過誘惑的考驗，有些難堪的傷心事，產生的摩擦力減緩他們加入不朽偉人行列的速度。李德蓋特不會不知道這種摩擦力的危險，但他有足夠的信心，相信自己有決心盡可能避免。

他二十七歲了，覺得自己歷練豐富。他不願意被首都倫敦那眩目的世俗名利激起自己的虛榮心，於是選擇生活在一群不會與他爭奪醫學史地位的人們之間。他投身醫界有兩個目標，一是懸壺濟世，另一個就是開創新局。他心裡有個憧憬，希望這兩個目標可以相輔相成：平日治療時仔細觀察、審慎診斷；遇上特殊病例就運用顯微鏡輔佐，加強他的判斷，幫助他往追求新發現的路途邁進。他的職業最典型的優勢不就是這點？他會是米德鎮的好醫生，而這個身分能讓他繼續展開那個影響深遠的探索。在他職業生涯的這個特定時點，有件事倒是相當值得讚賞：他不打算效法某些慈善家，一面揭發別人的假藥，一面靠有毒的藥水發財致富；或跟人合夥經營賭場，好讓自己有足夠的閒暇，扮演社會的道德守護者。他

10 在當時的英國醫療界，診斷與治療分流，醫師（physician）地位最高，提供診斷，不實施治療。治療師（surgeon或practitioner）負責治療，不診斷也不開立治療處方。

11 指英國醫生愛德華．詹納（Edward Jenner，一七四九～一八二三），是第一個提出預防接種觀念的醫生。後世稱為「免疫學之父」。他以研究並推廣牛痘疫苗預防天花聞名。

12 Friedrich Wilhelm Herschel（一七三八～一八二二），原為德國音樂家，因故逃往英國後對天文觀測發生興趣，於一七八一年發現天王星。

決定從自身開始改革，這不但是他能力所及，也比證實解剖學上的假設來得容易。其中一項改革就是嚴格遵守最新頒定的法規：只開處方，不提供藥品，也不收取藥商給的抽成。對於一個選擇在鄉鎮地區擔任治療師的人來說，這是創新做法，醫界同業肯定會覺得這是對他們的無禮批判。不過，李德蓋特還是打算革新他的治療方法。他也算有見地，知道要想依據自己的理念誠實行醫，最安全的策略就是擺脫來自相反方向的持續誘惑。

對於觀察家或理論家而言，那或許是個比如今更可喜的時代。我們總以為發現美洲那段時間是這個世界的黃金年代，當時那個大膽的軍人[13]儘管船隻遇難，還是踏上了全新地域。到了一八二九年，病理學的未知領域，正是野心勃勃的年輕探險家的美洲新大陸。李德蓋特最大的企圖心，是擴大他的職業的科學與合理性基礎。他對疾病的特殊問題，比如發燒或炎症，越感興趣，就越迫切地感到人體結構基本知識的重要。這個世紀初，法國醫生比夏[14]就以他短暫卻輝煌的成就照亮這個領域。比夏三十一歲就英年早逝，卻像另一個亞歷山大大帝，為繼位者留下廣闊的國土。偉大的比夏率先提出一個觀念，認為從根本上來說，有生命的軀體並不是一組可以先分別研究、再視為某種聯盟的器官。他認為人體應該是由某種基礎網絡或組織構成，將各個器官如大腦、心臟、肺臟等緊密聯結起來，就像一棟房子裡的各個房間，是以木材、鐵、岩石、磚塊、鋅等建材，依不同比例建造而成；每一種材料都有自己的特殊成分和比例。由此可見，不了解材料的本質，就無法了解並評估這個結構的整體或部分，也不知道它的弱點在哪裡，又該如何修復。比夏仔細研究過不同組織，得出的結論對醫學研究的貢獻，就像在以油燈照明的昏暗街道點燃煤氣燈，披露全新的關聯，以及有關人體結構過去不知道的事實。在評估疾病的症狀和藥物的作用時，這些知識都得納入考量。可是那些依靠人類的良知與智慧獲致的結果進展緩慢，到了一八二九年即將結束的此時此刻，大多數醫療行為仍然循著舊有的道路昂首闊步或顛簸前行。比夏開拓的全新領域裡，似乎還有很多未完成的科學研究。在這位偉大先驅心目中，組織是有機生命體的終極真相，也是解剖分析的極限。可是值得探討的是，這些結構難道沒有一個共同的起源，正如你的薄綢、細紗、網紗、緞料和絲絨，原始材料不都是蠶繭？這會有另一道光線，像氫氧光一樣，能照出物體的紋理，修正過去的所有見解。

這個由比夏開創的研究路線，已經在許多歐洲思潮下震動。李德蓋特為之著迷，他渴望揭開活體結構中的緊密關聯，依循真正的規則，更正確地定義人類的觀點。這個目標還沒完成，只是做好準備工作，供那些懂得運用的人發揮。最原始的組織是什麼？李德蓋特提出這樣的問題，可惜提問的方式並不符合等候著的答案。然而，許多追尋者正是像這樣欠缺正確的字眼。他要善用一點一滴不被干擾的空閒時間拾起研究的脈絡，勤勉不懈地運用重新受到積極重視的解剖刀和顯微鏡，找出各式各樣的線索。這是李德蓋特對自己未來的規劃：為米德鎮做一點好事；為整個世界做出重大貢獻。

這時的他肯定心情愉快，二十七歲盛年，沒有任何戒除不了的惡習，懷抱無私的決心，深信自己的行動能帶來福祉。他腦海裡的想法讓生命變得有趣，那種趣味不是來自對馬匹的狂熱或其他昂貴消遣，假使他過著聲色犬馬的生活，他買下執業權後剩餘的八百鎊肯定揮霍不了多久。他正在起跑點上，一件艱鉅任務的成功機率複雜難測，牽涉到外在情勢可能帶來的阻撓或進展，以及當事人內心的微妙均衡。一個男人在這種情況下奮勇向前，或許能先馳得點，也可能隨波逐流。對於喜好賭博這種娛樂、又善於審時度勢的人，這個階段的男人會是合適的押注對象。即使對李德蓋特的性格知之甚詳，還是可能輸了

13 指哥倫布（Christopher Columbus，一四五一～一五〇六）義大利探險家，一般認為他發現美洲新大陸。

14 Marie Francois Xavier Bichat（一七七一～一八〇二），法國解剖學家兼病理學家，被譽為「現代組織學之父」。

賭注。因為性格也是一種過程，會持續變化。不管身為米德鎮醫生或不朽的發現者，他的人格都還在塑造中，他的優點或缺點都還能夠縮小或擴大。

我希望他的缺點不至於影響你對他的興趣。我們看重的朋友之中，不也會有一兩個有點過度自信又眼高於頂的人？他們的傑出心靈沾染了些許平庸斑點，或者因為固有的偏見，有時低落有時顯眼；或者一時受到誘惑，把寶貴的精力都耗費在錯誤的地方。這些或許都可能對李德蓋特不利，但話說回來，那些都是文雅牧師的委婉用語，這類牧師寧可講道時談論亞當，也不願說出任何信眾不愛聽的話。這些一概而論的巧妙辭令指涉的特定缺點，都有明顯的面貌、言談、口音和各種怪相，在不同戲劇裡扮演不同角色。我們的虛榮跟我們的鼻子一樣各有千秋，所有的自負也互不相同，隨著我們千差萬別的心理傾向有所區別。李德蓋特的自負帶著傲氣，不忸怩、不莽撞，對自己的主張立場堅定，卻心量寬大不屑爭辯。他願意為愚痴之輩奉獻心力，因為他為他們感到遺憾，也深信他們對他沒有影響力。他在巴黎的時候曾經考慮加入聖西門[15]教派，就是為了說服他們放棄信仰。他的所有缺點有著相同的特質，都是屬於那種說起話來渾厚有力、衣冠楚楚，舉手投足之間散發與眾不同氣質的男人。

那麼哪來的平庸斑點呢？有個醉心這種儒雅灑脫的年輕女子如此提問。一個男人這麼風度翩翩，懷抱功成名就的雄心壯志，對社會責任的看法又是這麼仁善，這麼不同凡響，怎麼可能找得到一丁點平庸呢？就算是天縱英才，如果你突然跟他聊起不適合的話題，輕易就能讓他顯露出愚笨的一面。許多真心想要帶領社會邁向顛峰的人，也會沉迷社會的聲色之娛，除了奧芬巴赫[16]的音樂或滑稽歌舞劇裡的逗趣雙關語，對什麼都不感興趣。李德蓋特的斑點在於他的偏見。他的偏見雖然出於高貴的意圖與同情心，其中有半數卻跟世上的凡夫俗子相去不遠。他充滿求知欲的傑出心靈並沒有滲透到其他方面，比如他對家具或女人的感受與評判，以及他自己不說卻也希望別人知道，他比其他鄉下治療師更優秀的心態。現階段他還不打算考慮家具的問題，可是每回想到時，他總是擔心不管是生物學或改革計畫，都沒辦法讓他擺脫那種無法擁有最上等家具的平庸感受。

至於女人，他曾經因為愚蠢的衝動一頭栽進情網裡。他原本希望那是今生最後一次，因為只要不急著走入婚姻，就稱不上衝動。想要了解李德蓋特的人，最好知道他那次的愚蠢衝動是怎麼回事，因為那是真實案例，說明李德蓋特的感情容易劇烈起伏，以及他令人欽佩的俠義心腸。敘述那段故事只需要三言兩語。事情發生在巴黎求學期間，也就是在那個他最專注於直流電實驗的時期。某天他的實驗沒有得到理想結果，到了晚上，他身心俱疲，於是讓承受過無預警神祕電擊煎熬的青蛙和兔子休息，去到聖馬丁門劇院度過剩餘的夜晚。當時劇院正在上演一齣音樂劇，他已經看過七遍了，吸引他的不是作者蕩氣迴腸的作品，而是那個在劇中誤認情人是詭計多端的公爵並將他刺死的女演員。

李德蓋特愛上這個女演員，那是男人對一個遙不可及的女人的愛慕。她是普羅旺斯人，漆黑的眼珠、希臘人的輪廓、豐滿高貴的身材。少女時就有著成熟女子的美豔，嗓音輕柔低沉。她剛到巴黎不久，品行頗受讚譽。她丈夫在同一齣戲裡扮演她那個不幸的情人。她的演技「跟不上她的品行」，不過觀眾還算滿意。當時李德蓋特唯一的消遣，就是去劇院看這個女人。那種感覺就像躺在遍地紫羅蘭的河岸邊，呼吸著清香的南風，不去想一段時間後就得回去繼續的直流電實驗。可是這天晚上，舊戲碼發生了新悲劇！就在女主角刺殺情人、她的情人優雅倒地的那一刻，女演員千真萬確刺中她丈夫，她丈夫因

15 Saint Simonians，指追隨法國哲學家聖西門（Henri de Saint Simon，一七六〇～一八二五）的信徒。聖西門為法國社會主義的倡導者。

16 Jacques Offenbach（一八一九～一八八〇）法籍德裔作曲家，代表作為《霍夫曼的故事》（*Les Contes d'Hoffmann*）。

此一命嗚呼。驚悚的尖叫聲穿透劇院，普羅旺斯女伶昏倒在地。劇中這一幕原本就有尖叫與暈倒，不過這回連暈倒也是真的。李德蓋特大步跳上舞台，連他都不知道自己是怎麼辦到的。他趕過去英雄救美，輕輕將她抱在懷裡，發現女主角的頭部挫傷。就這樣，他跟她結識。

這起死亡事件傳遍巴黎：是謀殺嗎？那位女演員某些最熱情的仰慕者傾向相信她蓄意殺人，因此更加喜歡她（這就是當時的風氣）。不過李德蓋特不屬於那一類，他強烈主張她的無辜，早先他只是在一定距離外客觀地欣賞她的美貌，這份情感如今轉化成真誠的奉獻，體貼地關心她的命運。謀殺這種指控未免太荒唐，警方查不到行凶動機，因為據說這對年輕夫妻感情如膠似漆，何況過去也不是沒發生過這種意外絆跤，造成的嚴重後果。調查以羅娥夫人的獲釋終結。

到這時，李德蓋特已經拜訪過她很多次。他發現她越來越迷人。她沉默寡言，因此更有魅力；她鬱鬱寡歡，而且好像心懷感激；她就像夜晚的燈光，只要在場就夠了。李德蓋特瘋狂地想得到她的愛，擔心別的男人捷足先登贏得她的芳心，向她提出求婚。她如果重新在聖馬丁門登台表演，一定會因為那場致命意外聲名大噪，但她沒有這麼做，反而一聲不響離開巴黎，拋下一小群追求者。或許沒有誰比李德蓋特更積極尋找她的下落。他的科學研究停滯不前，因為他想像可憐的羅娥遭到徘徊不去的哀傷打擊，四處遊蕩，沒有可靠的人能帶給她安慰。然而，躲藏的女伶不像其他隱藏的事實那般難尋，不久後李德蓋特就得到消息，羅娥去了里昂。他終於找到她，她在亞維儂以同樣的藝名登台表演，大受歡迎。台上的她扮演抱著孩子的棄婦，看上去比過去更加高貴。演出結束後，他去找她，見到文靜如昔的她，他覺得她美得像清澈的水底。他請求隔天拜訪她，打算到時候向她傾訴衷曲，要她嫁給他。他知道這就像瘋子的臨時起意，平時他就算是一時興起，也不至於做出這種事情。無所謂！他已經打定主意，他心裡顯然有兩個自己，他們必須學會適應彼此，忍受對方的毛病。

真奇怪，我們之中某些人的視線可以迅速輪替，能夠看透我們的迷戀。即使我們在高地激情吶喊，還能看見堅定不移的我們停在開闊的平原，等候自己。

對羅娥的追求如果不夠恭敬溫柔，就會徹底違背他對她的感情。

「你大老遠從巴黎來找我？」隔天，她雙手交抱地坐在他面前，用野生動物般的驚詫眼神若有所思地望著他。「英國男人都這樣嗎？」

「我來是因為我見不到妳就活不下去，因為妳孤單寂寞。我愛妳，我要妳答應做我的妻子。我可以等，但我要妳承諾會嫁給我，不嫁別人。」

羅娥默默盯著他，一雙大眼睛露出憂鬱的光芒。他覺得勝券在握，心中狂喜，走過去跪在她面前。

「有件事我要告訴你，」她用輕柔低沉的嗓音說，雙臂依然交抱。「當時我確實滑倒了。」

「我知道，我知道。」李德蓋特不以為意地說。「那是要命的意外，是一樁恐怖的災禍，讓我們的關係變得更緊密。」

羅娥又停頓了一下，才慢慢開口，「**我是故意的。**」

李德蓋特儘管堅毅，臉色還是變白了，他渾身顫抖，經過一段時間後他才起身，跟她拉開距離後站定。

「那麼一定有隱情，」他終於說話，口氣有點激動。「他打妳，所以妳恨他。」

「不！他對我太溫柔，惹我心煩。他要定居巴黎，不肯留在我的家鄉，我不喜歡。」

「我的天！」李德蓋特無比驚恐地倒抽一口氣。「妳預謀殺他？」

「我沒有預謀，是在演戲時臨時起意。**我是故意的。**」

李德蓋特悶不吭聲地站著，兩眼直視她，下意識地戴上帽子。他看到這個讓自己獻出青春戀情的女人躋身在一群愚蠢罪犯之間。

「你是個好青年，」她說。「可惜我不要丈夫，再也不會結婚了。」

三天後，李德蓋特在巴黎的住處重新開始直流電實驗，他認為自己再也不會被愛情蒙蔽。他內心有滿滿的善意，也相信人類的生活或許可以得到改善，所以沒有因為失戀的打擊變得鐵石心腸。不過，不經一事不長一智，現在他更相信自己的判斷力，會以嚴格的科學眼光看待女性：除非事先證明可信，否則不抱任何期待。

這裡我們輕描淡寫地敘述李德蓋特的過去，都是米德鎮人不知道的往事。那些可敬的鎮民確實也如同一般人，不急於對那些沒有發生在他們眼前的事追根究柢。不只是鎮上的妙齡少女，就連鬢髮斑白的男人也是一樣，通常忙著猜想新來的人對自己有什麼用處，至於生命如何塑造出這個可供他們利用的人，他們不需要知道得太清楚。事實上，米德鎮打算吞沒李德蓋特，輕而易舉將他同化。

第十六章

女人值得仰慕的一切，
我都在美麗的妳身上看見。
因為女人所擁有的，
只是美貌與善良。
——查爾斯・塞德理爵士[17]

該不該指派泰克擔任醫院的受薪駐院牧師，這件事變成米德鎮的熱門話題。李德蓋特從人們的討論中充分意識到，布爾斯妥德在鎮上有多少權力。這位銀行家明顯是個意見領袖，不過鎮上也有人反對他。即使他的支持者之中，有一部分人毫不掩飾他們的支持是一種妥協，甚至坦率地表達自己的見解，認為考量到大局，尤其是商業上的損失，不得不為虎添翼。

布爾斯妥德之所以握有權力，不只因為他是鄉鎮銀行家，知道鎮上大多數商人的財務祕密，也掌握

---

17 Sir Charles Sedley（一六三九～一七〇一），英國劇作家。這裡的句子摘自他的詩《席麗亞，我沒有比較正直》（*Not, Celia, that I juster am*）。

他們信用的泉源。他的權力還得到慈善力量的鞏固。那種力量及時又嚴厲：及時承擔義務，嚴厲觀察後續收益。他積極勤奮，隨時待命，在鎮上的慈善工作方面居於主導地位。而他私人的善行也是無微不至、雨露均霑。他會不辭辛勞地安排鞋匠泰格的兒子當學徒，也監督泰格乖乖上教堂；他會替洗衣婦史特萊普太太出面，制止斯塔布為曬衣場的問題對她壓榨勒索，還親自調查外界對史特萊普太太的誹謗。他對外提供許多小額私人借貸，事前事後都會仔細詢問了解借貸原因與目的。他就這樣掌控了街坊鄰居的希望與恐懼，以及感激之情。權力只要進入這個微妙領域，就會自行繁殖，不成比例地向外擴展，遠遠超過它外在資產的價值。

布爾斯妥德有個理念，那就是盡可能擴大權力，方便用來榮耀上帝。為了調適自己的動機，他經歷過許多心靈衝突與內在爭辯，讓自己確認上帝的榮耀要求的是什麼。可是，正如我們先前所見，他的動機未必能夠被人理解。米德鎮有許多魯鈍心靈，他們心裡那桿秤只能衡量一整團的東西。於是他們強烈懷疑，既然布爾斯妥德不能依照他們的方式享受人生，飲食方面那麼節制，什麼事都要操心，那麼他一定有著吸血鬼般的操控欲。

某天李德蓋特在溫奇家吃晚餐，眾人聊起駐院牧師議題。李德蓋特發現，雖然溫奇和布爾斯妥德是姻親，發表見解時卻好像沒什麼顧忌。溫奇之所以反對這個提議，完全是因為他不喜歡泰克講道只談教條。他偏好菲爾布勒，因為他的講道沒有那種缺失。不過，溫奇倒是贊成駐院牧師領有薪俸，只要拿到那份薪俸的是菲爾布勒。他覺得菲爾布勒是前無古人、後無來者的好人，也是世上最好的牧師，更是最好相處的朋友。

「那麼你支持哪一邊？」驗屍官齊切利問。他是溫奇打獵時的好夥伴。

「喔，我非常慶幸自己現在不是理事。我會投票贊成，把這件事交給理事和醫療理事共同決定。醫生，我要把一部分責任交給你們。」說著，他的視線先投向鎮上的資深醫師史普拉格，再看向坐在對面的李德蓋特。「你們這些醫生必須討論一下要開那種瀉鹽。李德蓋特先生，我說的對吧？」

「那兩位牧師，我都不了解。」李德蓋特答。「不過一般來說，職務指派這種事，通常很難擺脫個人好惡，最適合某個職位的人，未必是品格最好或最隨和的人。要推動改革，有時候唯一的辦法就是給那些所有人都喜歡的好人一筆年金，將他們排除在外。」

有別於最有「影響力」的敏欽，史普拉格是公認有最有「地位」的醫生。李德蓋特說話的時候，他那張大臉沒有顯露一點神色，目光盯著他的葡萄酒杯。這個年輕人身上只要是確切無疑的表現，比如愛炫耀新觀念，喜歡挑戰前輩中人已經確認並且遺忘的觀點，他都覺得非常礙眼。畢竟他三十年前以腦膜炎論文奠定自己的地位，如今還保有至少一本標有「作者專屬」的皮革精裝本。我本人對史普拉格的心情感同身受，一個人的自滿是一種不曾遭到指責的財產，被人輕視必然很不服氣。

然而，李德蓋特的意見沒有引起在場其他人的共鳴。溫奇說，如果照**他**的意思，絕不會把不受歡迎的人安插在任何崗位。

「去他的改革！」齊切利說。「世上沒有比這更大的騙局。只要是改革，都是為了安插新人。李德蓋特先生，希望你不是『刺血針[18]』那一派的人，想從法律專業人員手中搶走驗屍官的職位。你說的話聽起來就是偏向那一邊。」

「沒有誰比我更反對威克利。」史普拉格插話。「他是個壞心眼的傢伙！為了沽名釣譽，不惜踐踏那

18 指英國外科醫生湯瑪斯・威克利（Thomas Wakley，一七九五～一八六二）於一八二三年創辦的《刺血針》（*Lancet*）雜誌，極力推動醫務改革。

份職業的尊嚴。大家都知道那份尊嚴都靠倫敦學院維持。某些人為了知名度，就算被罵得狗血淋頭也在所不惜。不過威克利有些看法也沒錯。」他補充說。「我可以舉出一兩個他的正確論點。」

「嗯，」齊切利說。「任何人都有權為自己的職業辯護。不過，關於剛才那個爭議，我倒想知道，驗屍官如果沒有受過法律訓練，要怎麼研判證據？」

「在我看來，」李德蓋特說。「在那些需要其他知識的領域，法律訓練只會讓人更無能。人們談到證據的口氣，彷彿證據真的可以被蒙眼正義女神[19]放在天秤上衡量。沒有人能判斷什麼才是某個特定主題的有力證據，除非他對那個主題夠熟悉。關於驗屍這件事，律師沒有比老女人更專精。他怎麼能知道毒藥有什麼作用？這等於在說讀過詩詞就能看懂地裡的馬鈴薯。」

「你應該知道，驗屍官的職責只是聽取醫生提供的證據，而不是執行**驗屍**。」齊切利的語調帶點不屑。

「提供證據的醫生通常也跟驗屍官本人一樣無知。」李德蓋特說。「法醫學的問題不該碰運氣，仰賴遇上學識豐富醫生的機會。驗屍官也不該光憑無知醫生的證詞，就相信馬錢子會侵蝕胃壁。」

李德蓋特真的忘了齊切利是國家驗屍官，最後天真的提出這個問題，「史普拉格先生，我的話你贊同嗎？」

「某種程度上，在人口密集的地區和都會區或許是的。」史普拉格答。「不過就算我們鎮上能有最好的醫生接替驗屍工作，我希望我朋友齊切利還能在地方上服務很長時間。我相信溫奇先生會同意我的看法。」

「當然，只要驗屍官會打獵，我無所謂。」溫奇笑嘻嘻地說。「在我看來，還是當律師最穩當。沒有人無所不知，大多數事情都是『上帝的懲罰』。至於下毒這種事，需要弄懂的還是法律。我們去陪女士們了吧？」

李德蓋特私下認為，齊切利或許就是那個對胃壁沒有偏見的驗屍官，不過他無意針對齊切利。這是在米德鎮上流社會交際應酬的困難點之一，主張受薪人員應當具備知識很容易得罪人。弗列德曾說李德蓋特自命不凡，現在齊切利倒覺得他「神氣活現」，尤其當他們來到客廳，李德蓋特好像刻意討好蘿絲夢。他趁溫奇太太坐在茶桌旁幫客人準備茶點時，輕鬆自在地跟她竊竊私語。溫奇太太從來不讓女兒做家事。她的臉龐紅潤和氣，兩條輕盈的粉紅帽帶從頸子往外飄，對丈夫子女笑容滿面，肯定是溫奇家最迷人的特色之一，讓人更容易愛上她女兒。

溫奇太太不做作、不惹人嫌的俗氣，進一步襯托出蘿絲夢的高雅。這份高雅超出李德蓋特的預期。當然，一雙小腳和完美的垂肩為優雅儀態加分，再搭配笑盈盈的精緻唇形與眼瞼，合宜的談吐似乎變得無懈可擊。何況，蘿絲夢夠聰明，知道該說些什麼話，懂得掌握幽默以外的各種語氣。幸好她從來沒說過笑話，這或許正是她聰明的決定性標記。

她和李德蓋特馬上聊了起來。他為那天在斯東居沒能聆賞她的演唱表達遺憾。他在巴黎最後那段日子，唯一允許自己從事的娛樂就是去欣賞音樂表演。

「你學過音樂，對吧？」蘿絲夢問。

「沒有。我能分辨很多種鳥叫聲，也聽過很多旋律，但那些最悅耳動人的音樂，我卻一點也不懂，也沒有一點概念。這個世界多麼愚蠢，沒能好好享用這種隨手可得的樂事。」

「你會發現在米德鎮不容易聽到音樂，幾乎沒有優秀的音樂家，據我所知只有兩位男士唱得還算不

---

19 在希臘羅馬神話中，掌管司法的正義女神（Justice）一手天秤、一手寶劍，蒙眼或閉上雙眼，表示公正無私。

錯。」

「把滑稽小曲唱得曲調悠揚好像是一種流行，讓人迷上其中的旋律，就像在鼓上面敲打出來的一樣，是吧？」

「啊，你聽過鮑伊爾先生唱歌。」蘿絲夢露出難得的笑容。「不過我們這是在批評鄉親。」

李德蓋特忘了接腔，因為他心裡想著眼前的女孩多麼可愛，身上的衣裳像是以最淡雅的藍天裁製，完美無瑕的金髮碧眼與白皙膚色，彷彿某種巨型鮮花剛剛綻放，露出花朵裡的她。然而，那抹純真的娃娃模樣卻顯得如此鎮定從容又優雅。自從羅娥事件後，他對那種默默無語的大眼睛倒盡胃口，那種神聖的母牛不再吸引他，蘿絲夢正是相反類型。不過他總算回過神來。

「希望今晚有幸聽到妳的歌聲。」

「你喜歡的話，會聽到我獻醜。」蘿絲夢說。「我爸一定會要我唱歌。你在巴黎聽過一流的演唱家，我在你面前唱歌會緊張發抖。我很少聽音樂會，也只去過倫敦一次，不過我們這裡彼得教堂那位琴師的音樂造詣很高，我一直在跟他學習。」

「跟我說說，妳在倫敦去了哪些地方。」

「很少。」（更天真的女孩會說，『喔，到處走遍了！』蘿絲夢可沒那麼笨。）「只是一般的景點，鄙陋的鄉下女孩都會被帶去走走的地方。」

「妳說自己是鄙陋的鄉下女孩？」李德蓋特不由自主地投給她更欣賞的眼光。

蘿絲夢十分開心，臉上露出紅暈。但她只是保持端莊，修長頸子微微一轉，舉起手碰碰她漂亮的髮辮。這是她的習慣動作，美得像小貓咪輕挪腳掌。倒不是說蘿絲夢像隻小貓咪，她更像小精靈，從小就被抓去雷蒙太太的學校接受栽培。

「我向你保證，我的心靈很鄙陋，」她馬上回應。「在米德鎮我還算過得去，我可以放心跟這裡的老鄉親說話，不過我真的害怕你。」

「有教養的女性幾乎都懂得比我們男人多，只是她的知識屬於不同類型。我相信妳可以教我數不清的東西，就像靈巧的鳥兒可以教導一頭熊，只要牠們有共通語言。幸好，女人和男人有共通語言，所以熊還有機會被教導。」

「啊，弗列德開始亂彈了！我得趕快過去，阻止他刺激你們的神經。」

蘿絲夢走到房間另一邊。那時弗列德已經遵照他父親的指示掀開琴蓋，好讓蘿絲夢為大家表演一曲。不過他搶先單手彈奏〈櫻桃熟了！〉。通過考試的優秀男人偶爾也會做這種事，更別提被退學的弗列德。

「弗列德，拜託你明天再練習，你會害李德蓋特先生反胃。」蘿絲夢說，「他懂得鑑賞音樂。」

弗列德笑了，繼續彈完他的曲子。

蘿絲夢轉身面對李德蓋特，溫和地笑著說，「你看到了，熊未必肯受教。」

「小蘿，換妳！」弗列德從琴凳上跳起來，幫她把高度往上調，熱烈期待接下來的娛樂。「先來首暖場的好曲子。」

蘿絲夢彈奏得十分動聽，過去雷蒙學校（位在接近一座歷史悠久的郡城，城裡的教堂和城堡藏有不少古物）的老師是本郡偶爾見得到的卓越音樂家，才華不輸知名音樂國度的傑出管弦樂團指揮。蘿絲夢憑著自身的演奏天賦，掌握了老師的彈奏技巧，表現出她演繹崇高音樂的大氣磅礴，精準得像回音。第一次聽見她的演奏幾乎感到震撼，似乎有個隱匿的靈魂從蘿絲夢的指間流瀉出來。事實也是如此，畢竟靈魂可以在永恆的回音裡存活下來。所有的細膩表現，即使只來自演繹者，都具備某種屬於原創的活躍。李德蓋特聽得入迷，開始相信她不同凡響，他心想在明顯不利的環境裡發現稀有天賦終究不值得驚奇：不管他們出身如何，仰賴的都是隱而未顯的條件。他坐在那裡看著她，沒有起身去讚美她。這件事留給別人做，因為他的仰慕已經進一步加深。

她的演唱相較之下稍微遜色，卻也同樣訓練有素，悅耳得有如完美和諧的排鐘。沒錯，她是唱了〈月光下與我相會〉和〈我一直在流浪〉這些歌曲，平凡人都得接觸當代的流行，何況只有古人才能成為永遠的經典。不過蘿絲夢唱起〈黑眼蘇珊〉、海頓的短歌、〈情為何物〉與〈鞭打我吧〉[20]，也是情感豐沛，動人心弦。她只是不知道聽歌的人喜歡哪一類曲子。

她父親轉頭看著在場賓客，對他們賞識的表情十分滿意。她母親像經歷磨難前的尼奧比[21]般坐著，抱著坐在她腿上的小女兒，抓著孩子的小手輕輕隨著音樂打拍子。還有弗列德，雖然他在很多方面對蘿絲夢不以為然，這時也心悅誠服地聆賞她的表演，一心期盼自己的長笛也能有這種水準。

這是李德蓋特來到米德鎮後參加過最愉快的家庭宴會。溫奇一家人懂得享受生活，擺脫各種煩惱，相信生命是快樂的旅程。在那個時代，大多數城鎮這樣的家庭寥寥可數，因為鄉下地區僅存的少數消遣娛樂，都遭到福音教派質疑，視為有傳染力的瘟疫。溫奇家永遠都有惠斯特牌局，這時牌桌已經準備好，以致於某些客人暗自期待音樂快點結束。音樂結束前，菲爾布勒牧師到了，他相貌英俊、胸膛寬闊，只是個子不高。年近四十歲的他穿著一身破舊的牧師服，全身上下唯一的光采來自那雙聰敏的灰色眼眸。他像一抹光線帶來愉悅氛圍，用慈父般的語氣逗弄正好被摩根小姐帶出去的小露易莎。他以各種不同的言語跟所有人打招呼，短短十分鐘的交談，似乎比整個晚上說過的話還多。

他要李德蓋特信守承諾去看他：「我不能放過你，因為我要讓你看看我的甲蟲。我們這些收集癖非得讓新認識的朋友看過全部收藏才甘心。」不過他馬上轉向牌桌，搓搓雙手說，「好啦，不開玩笑。李德蓋特先生，你不玩嗎？啊，你太年輕，不夠穩重，不適合這種東西。」

李德蓋特心裡暗想，在這個肯定欠缺學術涵養的家庭，這位講道能力令布爾斯妥德頭痛的牧師顯然非常悠然自得。他實在不明白，這家人不論老少都是個性隨和，相貌出眾，提供的娛樂不需要耗費腦力，形成的氣氛竟然令那些閒來無事的人陶醉其中。

屋裡的一切顯得朝氣蓬勃，其樂融融，唯一的例外是摩根小姐。她的褐色皮膚暗淡無光，整個人了無生氣。照溫奇太太的說法，整體來說正是家庭教師的合適人選。李德蓋特不打算太常來拜訪這個家，這根本就是白白糟蹋珍貴的夜晚。他又跟蘿絲夢聊了一會，準備告辭離去。

「我覺得你一定不喜歡我們米德鎮的人。」牌局開始後，蘿絲夢對他說。「我們都很乏味，跟你過去習慣相處的人差很多。」

「我猜所有鄉鎮都差不多，」李德蓋特說。「不過我向來認為，每個人都覺得自己的家鄉比其他地方無趣。我已經打定主意接受米德鎮現有的模樣，如果這裡的人也以相同的方式接納我，我會心存感激。我確實也發現這裡有某些超出我預期的魅力。」

「你指的是騎馬到蒂普頓和洛威克那段路，所有人都喜歡那裡的風景。」蘿絲夢天真地說。

「不，我指的是某種更靠近我的東西。」

20 Black-eyed Susan 是英國巴洛克時期音樂家雷佛里奇（Richard Leveridge，一六七〇～一七五八）的作品。〈情為何物〉與〈鞭打我吧〉則分別出自莫札特（Wolfgang Amadeus Mozart，一七五六～一七九一）的作品《費加洛婚禮》（*Le Nozze di Figaro*）與《唐．喬望尼》（*Don Giovanni*）。

21 Niobe，古希臘神話中的人物，因為過於驕傲詆毀天神，結果子女全遭殺害，自己也被宙斯變成石頭，日夜流淚。

蘿絲夢起身把她的編織拿過來，說，「你喜歡跳舞嗎？我不太知道聰明的男人跳不跳舞。」

「只要妳願意與我共舞。」

「噢！」蘿絲夢不以為意地說。「我只是想問你，我們偶爾會辦舞會，如果邀請你，會不會冒犯你。」

「基於剛才的條件就不會。」

李德蓋特覺得該走了，但他走向牌桌時，忽然想看菲爾布勒打牌。菲爾布勒的牌技一流，臉上有種精明與溫順組合的驚人表情。到了十點鐘，僕人送來晚點（這是米德鎮的慣例），餐點附有潘趣酒，菲爾布勒只喝一杯白開水。他是贏家，不過看來一時之間牌局還不會結束，李德蓋特終於告辭離去。

時間還不到十一點，他決定趁著天氣涼爽散步到聖博托爾夫教堂的鐘樓。聖博托爾夫教堂就是菲爾布勒的教堂。此時，黝黑的方形龐大建築襯著星光聳立在那裡。那是米德鎮最古老的教堂，牧師的年薪卻不到四百鎊。李德蓋特聽說過這件事，不禁納悶菲爾布勒會不會在意他打牌贏來的錢。他心想，「他好像是個很和善的人，可是布爾斯妥德也許有他的理由。」如果事實證明布爾斯妥德的話有道理，很多事對李德蓋特而言就會簡單得多。「只要他信仰的教義伴隨著良善觀點，我又何必太在乎？人沒辦法選擇遇見誰，只能隨機應變。」

李德蓋特走出溫奇家以後，心裡想的第一件事就是這個，之後才想到蘿絲夢和她音樂方面的才藝。基於這點，很多女士恐怕會判定他不值得她們在意。雖然接下來的路程，他腦海裡都是她的倩影，他的心卻沒有一點激盪，絲毫沒有感覺到自己的人生出現任何新的波濤。他還不能結婚，幾年內都沒這個打算，不至於覺得自己愛上一個他碰巧欣賞的女孩。他非常傾慕蘿絲夢，不過，他認為自己不管面對任何女人，都不會再受到年輕時對羅娥那份痴狂困擾。當然，如果自己真的墜入情網，那麼蘿絲夢就是個很安全的對象。她擁有男人希望女人擁有的那種才智，精緻、典雅、溫馴，正好用來滿足生活的所有美好，何況還是珍藏在一副強力展現這個特質的身軀裡，不再需要其他證據。李德蓋特可以確定，如果他會結婚，妻子必然擁有這種女性光輝，也就是那份只能與花朵與音樂歸類在一起的顯著女人味。那種美本質上就是善良的，只為純粹又精緻的喜悅而塑造。

不過未來五年內，他不打算結婚，目前更急迫的目標是好好詳讀路易斯[22]那本關於發燒的新書。他對這本書格外感興趣，因為他在巴黎就認識路易斯，也曾經追蹤許多解剖結果，以便確認斑疹傷寒與傷寒的特定差別。他回家讀到午夜過後，以更為嚴格的眼光探討病理學的細節與關聯。對於愛情與婚姻的複雜性，他倒不認為需要費這麼多心思。對於愛情和婚姻，他覺得自己已經從文學和男人之間，藉由友好交談傳遞下來的傳統智慧，充分掌握。反觀導致發燒的因素依然隱晦不明，為他的想像力帶來愉快的耕耘機會。那不只是任意胡為，而是專業能力的運用，結合並建構對或然率的洞悉與對知識的全然服從。之後更積極與公正無私的大自然結盟，超然地設計出驗證方法，用來測試大自然的傑作。

很多人因為有能力創作出無數冷漠繪畫或粗鄙故事，被譽為擁有天馬行空的想像力。他們敘述遙遠星球上貧乏空洞的對談，或描繪魔王路西法化身為高大的醜男人，拍擊蝙蝠的雙翼，口吐陣陣磷火，來到凡間作惡；或以誇大筆法描述彷彿反映變態夢境的淫亂生活。李德蓋特覺得這一類的靈感流於粗俗與渾噩，比不上那種足以察覺任何顯微鏡都察看不到的微妙行動的想像力。這種想像力循著軌跡穿越不可避免的承先啟後漫長通道，游移在外圍的黑暗中。那軌跡由內在的光明引導，那是最後一點凝鍊的能量，就連縹緲虛無的微粒，都能沐浴在那充分照明的空間裡。他自己已經揚棄那些令無知者自以為足智

22 Pierre Charles Louis（一七八七～一八七二），法國醫生，對肺結核、傷寒與肺炎的研究有顯著貢獻。

多謀應付自如的低劣構想。他醉心於艱鉅的創新，那是研究的關鍵：暫時預想它的目標，再加以修正，慢慢建立準確的關聯。他要洞悉帶給人類苦難與歡喜、晦澀難解的微細過程；要揭露痛苦、瘋狂與罪惡禍害剛出現時藏匿的隱形大道；要找出決定人們邁向幸福或悲慘那些微妙的靜止與變遷。

他放下書本，把腿伸向爐柵裡的餘燼，雙手交握擱在腦後，處於興奮過後的愉快心情，思緒暫時偏離對特定目標的檢視，轉向與生命相關的所有感官。那種感覺就像思緒經過激烈的泅游，索性仰躺在水面，帶著剩餘的力量任意漂流。李德蓋特在苦讀中體驗到勝利的喜悅，也為那些不幸無法跟他從事相同行業的人惋惜。

「如果我年少時沒有找到志向，」他心想。「也許會踏進某個做牛做馬的行業，像馬匹似地一輩子蒙著眼罩度日。我從事的行業必須要能把最高等的智力發揮得淋漓盡致，也要能和周遭的人維持和睦關係，否則我永遠不會快樂。在這方面，沒有哪個行業比得上醫療：行醫的人可以擁有別人無法企及、探向未來的科學生活，同時還能跟教區裡的老頑固和諧相處。牧師可就沒那麼容易了，但菲爾布勒好像是個例外。」

最後那個念頭讓他再次想起溫奇一家人和當天晚上的情景。那些畫面浮現腦海，十分愉悅可喜。他拿起床頭蠟燭時，嘴角微微揚起，那是一抹伴隨著愉快回憶而來的笑意。他是個熱情的人，可是現階段他的熱情盡數投入對工作的熱愛和遠大志向，他要讓自己得到改善人類生命的不朽美名。就像其他科學界的英雄，他們同樣沒有任何背景，一開始只是在沒沒無聞的鄉間耕耘。

可憐的李德蓋特！或者我該說，可憐的蘿絲夢！他們各自活在對方一無所知的世界裡。李德蓋特絲毫沒想到自己已經成為蘿絲夢朝思暮想的對象。蘿絲夢沒有任何理由把婚期推延到未來，也沒有病理學研究可以轉移她那胡思亂想的習慣，於是她的內心反覆重現對方的表情、言談和語句，而那些東西是大多數女孩生活的絕大部分。他對她的注視或與她的交談都拿捏分寸，只是表達男子對女子不可避免的仰慕，以及對美麗女孩的必要讚賞。

確實如此，他似乎覺得自己幾乎沒有表達出對她彈奏演唱的喜愛，因為他擔心如果告訴她，他對她精湛的才藝多麼驚豔，恐怕有點無禮。可是蘿絲夢記住他的每個表情和他說的字字句句，將它們視為她預先編造的愛情故事序曲。基於可預見的後續情節與高潮，這些序曲顯得更為珍貴。在蘿絲夢的愛情故事裡，不需要花太多心思去揣摩男主角的內心世界或他在外在世界的重大任務。當然，他有正當職業，頭腦聰明，也夠英俊，但李德蓋特最吸引人的條件，是他的好家世。這點讓他在米德鎮所有追求者之中脫穎而出，也讓婚姻成為提高身分的墊腳石，讓她更靠近地球上那高不可攀的位置。那時她跟世間俗人再無瓜葛，也許最後能與夫家親戚建立關係，屆時她就可以跟郡裡那些瞧不起米德鎮民的高門大戶平起平坐。蘿絲夢的聰明才智，有一部分在於能夠敏銳地察覺最細微的階級光環。她曾經看見兩位布魯克小姐陪同她們的伯父出席郡裡的巡迴審判，跟其他貴族坐在一起，儘管她們衣著樸素，還是令她羨慕不已。

如果你覺得不可思議，為什麼光是把李德蓋特想像成世家子弟，就能為她對他的愛帶來振奮的滿足。那麼我要請你更有效地發揮你的對比能力，想一想軍服與肩章是否也有那一類的影響力。我們的愛情不是單獨鎖在小房間裡，相反的，它們披上為數不多的觀念外衣，把自己的食物帶上公共餐桌跟所有食物擺在一起，依據自己的愛好享用共有的美食。

事實上，蘿絲夢一心一意看上的不完全是李德蓋特本人，而是他跟她的關係。對於一個聽慣了讚美，認為所有年輕男人也許、可能、將會或確實愛上她的女孩，第一時間認為李德蓋特不是例外，也是情有可原。他的表情和言語遠比其他男人的更重要，因為她更在乎它們。她勤奮地回想，也勤奮地在外表、行為、情感和其他所有優雅舉止追求完美。這麼一來，李德蓋特才會是她所見過最匹配的仰慕者。

蘿絲夢雖然從來不願意做不喜歡的事，卻非常勤勞。如今她比過去更認真速寫景物、運貨車和親友的肖像，也努力練習彈琴歌唱，從早到晚維持心目中的完美仕女形象。她的內心始終觀看著自己，偶爾也得到家中無數賓客各式各樣還算可以接受的外在評語。她排出時間閱讀一流小說，甚至二流創作也不放過，也背了不少詩歌。她最喜歡的詩是《拉拉露克》[23]。

溫奇家的年長賓客異口同聲地說，「她是世上最好的女孩！娶到她的人是最幸福的傢伙！」過去追求被拒的年輕人也打算再次嘗試。鄉鎮地區的習慣就是如此，畢竟這裡競爭者本就不多。可是普林岱爾太太覺得蘿絲夢受的教育已經到了荒謬的程度，那些才藝有什麼用，等她結婚不都得束諸高閣？蘿絲夢的姑媽布爾斯妥德太太對弟弟一家人懷著姐姐的忠誠，對蘿絲夢有兩個真心的期待，一是希望她個性更成熟，二是希望她能遇到一個夠有錢的男人，能應付得起她的生活開銷。

第十七章

那飽學之士笑著說，
承諾是位美麗女子，
卻因貧窮獨身以終。

隔天晚上，李德蓋特去拜訪坎登．菲爾布勒牧師。牧師住在老舊的牧師公館，房子以石材搭建，看上去還算莊嚴，足以與對面的教堂匹配。屋子裡的家具都經過歲月的洗禮，卻是另一種等級的陳舊，也就是屬於菲爾布勒的父親和祖父那一代的。屋子裡漆成白色的椅子以鍍金與花環裝飾，還殘存些許已經裂開的紅色絲緞。牆壁上掛著上個世紀某些大法官和知名律師的雕版肖像，肖像映照在舊穿衣鏡裡。另外還有幾張椴木小桌，沙發則像是不舒適的加長版椅子。所有家具都跟深色護牆板形成對比。

李德蓋特被領進這樣一間客廳。客廳裡有三位女士起身迎接他，她們跟屋子同樣古老，有種暗淡卻真實不虛的體面。滿頭白髮的菲爾布勒太太是牧師的母親，年紀不到七十歲，穿著褶邊衣裳裹著披巾，

---

23 Lalla Rookh，愛爾蘭詩人湯瑪．摩爾（Thomas Moore，一七七九～一八五二）創作的長詩，描寫蒙兀兒公主拉拉露克的愛情故事。

把自己收拾得乾淨利落，腰桿挺直，目光銳利。她妹妹諾博小姐是個嬌小的老太太，個性顯得比較溫順，褶邊衣裳與披巾明顯更破舊，修補更多次。另一個是牧師的妹妹溫妮，長相跟牧師一樣好看，卻是瞻前顧後認命服從，就像跟長輩生活在一起的單身女子，經年累月遭到壓制。

李德蓋特沒想到會遇見這麼奇特的組合，他只知道菲爾布勒單身，以為自己會走進一個乾淨整齊的住家，屋裡主要的物件多半是書籍和收集來的動植物標本。牧師本人好像變了一個人。大多數男人第一次在自家接待在別處認識的朋友，多半會給人這種感覺。有些人彷彿原本經常扮演和藹的角色，卻不巧在另一齣戲裡演吝嗇鬼。菲爾布勒的情況倒不是這麼一回事，他好像變得更溫和，更沉默。話比較多的是他母親，他只是偶爾出於善意插個嘴，緩和母親的意見。

他母親顯然習慣告訴別人該想些什麼，除非有她指導，否則別探討某些危險話題。她的生活大小事都有諾博小姐照料，所以有閒功夫去干涉別人。嬌小的諾博小姐手臂上掛了個小籃子，有時似乎一不小心把糖塊掉進茶碟裡，就撿起來放進籃子，事後偷偷摸摸到處查看，再端起茶杯小聲地啜口茶，像隻怯生生的小動物。請別對諾博小姐留下壞印象，那只小籃子裡面裝的是她自己保存下來、便於攜帶的食物。每逢晴朗的早晨，她會去探視窮人朋友，把這些吃食送給他們的孩子。她非常重視對窮人的關懷，這種照顧帶給她立即的快樂，幾乎像是染上令人心情愉悅的惡習。或許她意識到自己有點想向擁有太多的人偷東西，送給一無所有的人，並且為這份被壓抑的渴望受到良心的譴責。一個人必須貧窮，才會懂得付出的快樂！

菲爾布勒太太生氣勃勃地招呼客人，禮貌周到，一絲不苟。她一見面就告訴李德蓋特，她家裡的人通常不需要醫生的服務，因為她的孩子從小穿法蘭絨，也不暴飲暴食。她認為人們之所以需要看醫生，多半是因為飲食不節制。李德蓋特為那些父母本身就過度飲食的孩子叫屈，菲爾布勒太太卻說這種觀念太危險，因為大自然不會這麼不公平，否則任何死刑犯都可以輕輕鬆鬆地說，該上絞刑架的是他的祖先，不是他自己。如果因為沒有好父母就去作惡，那麼該被吊死的是自己。這種沒有答案的問題，不需要費心去探究。

「我母親很像喬治三世，」菲爾布勒說。「她反對沒有根據的理論。」

「坎登，我只是反對錯誤的事。我認為只要掌握幾個清楚明白的真理，其他的一切就遵循它們的規矩來執行。李德蓋特先生，我年輕的時候從來不會有人質疑對與錯的問題。我們熟背教義問答，這就夠了。我們謹記我們的信條，克盡我們的職責，所有受敬重的神職人員都有相同的觀點。可是現在，就算你說的話跟祈禱書一字不差，也可能被反駁。」

「那些喜歡保有獨特見解的人倒是會很樂意。」李德蓋特說。

「但我母親總是讓步。」牧師調皮地說。

「不，坎登，你不可以害李德蓋特先生誤解**我**。我對自己的父母絕不會這麼不尊敬，也不會忘記他們教我的東西。所有人都看得出來，改變想法有什麼後果：你能變一次，就有可能變二十次。」

「人會改變，可能是基於好理由，之後也許不會再有理由改變。」李德蓋特覺得這位意志堅定的老太太很有意思。

「恕我不能同意。一個出爾反爾的人永遠不怕找不到理由。我父親從來沒有改變過，他講道的內容都是簡單的道德觀念，不需要理由。他是個好人，少見的好人。如果你認為找理由可以讓人變成好人，我也能讀食譜給你上一桌好菜。這是我的看法，我認為大家的胃都會贊同我。」

「媽，大家的胃會贊同那桌好菜。」菲爾布勒說。

「不管是好菜或好人，道理都一樣。李德蓋特先生，我快七十歲了，可以根據經驗做判斷。我不可能追隨新的觀念，雖然這裡也跟其他地方一樣，有太多新觀念，都跟那些洗不壞用不爛、雜七雜八的東西混在一起。我年輕時可不是這樣，那時候教徒就是教徒，至於牧師，幾乎可以確定至少都是紳士。可是現在的牧師可能跟不信國教的人差不多，想要假借教條的名義排擠我兒子。不管誰要排擠他，李德蓋特先生，我敢自豪地說一句，他不比全英國任何牧師差。米德鎮就不必提了，這裡的標準比別地方低。至少我是這麼認為，因為我是土生土長的埃克塞特人。」

「當母親的人從來不偏袒。」菲爾布勒笑著說。「妳覺得泰克先生的母親會怎麼說她兒子？」

「唉，可憐人！她會怎麼說呢？」菲爾布勒太太說。她對當母親的人的判斷充滿信心，強硬的氣勢暫時受挫。「她對自己總會說真話，這點不必懷疑。」

「那麼真話是什麼呢？」李德蓋特問。「我很想知道。」

「也沒什麼不好的話。」菲爾布勒說。「做人很熱心。我覺得他學識不太豐富，也不夠明智，因為我不贊同他的看法。」

「哎呀，坎登！」溫妮說。「今天葛利芬和他太太告訴我，泰克先生告訴他們，如果他們繼續來聽你講道，以後就領不到煤炭。」

菲爾布勒太太剛才簡單用過茶和烤麵包，重新做起針線活。現在她放下手上的編織用品望著兒子，那眼神彷彿在說，「聽見沒？」

諾博小姐說，「噢，可憐的人！可憐的人！」也許她指的是講道與煤炭的雙重損失。

但牧師平靜地說：「那是因為他們不屬於我這個教區，而且我不認為我的講道對他們而言，值一車煤炭。」

「李德蓋特先生，」菲爾布勒太太必須為兒子說話。「你不了解我兒子，他總是低估自己。我告訴他，這等於低估創造他、讓他變成傑出牧師的神。」

「母親，看樣子我該帶李德蓋特進書房了。」菲爾布勒笑著說，接著轉身面對李德蓋特。「我答應讓你看看我的收藏，我們走吧。」

三位女士齊聲抗議說，應該請李德蓋特先生再喝一杯茶，怎麼可以這樣匆匆忙忙帶他走，溫妮的茶壺裡還有很多好茶。坎登為什麼這麼急著帶客人進他的小窩？那裡面什麼都沒有，只有醃製的害蟲和一抽屜又一抽屜的大蒼蠅和飛蛾，連地毯都沒有。李德蓋特先生還是別去了，不如玩點紙牌更好。簡單來說，牧師家裡的女性或許將他當成男人與神職人員之中的王者來崇拜，卻也認為他非常需要她們的指導。李德蓋特基於年輕單身漢的不諳世事，納悶菲爾布勒為什麼沒有好好教導她們。

「我母親很少看到對我的收藏感興趣的訪客。」菲爾布勒邊說邊打開書房。裡面果然像女士們所說，沒有任何營造舒適感的奢侈品，唯一的例外是一根短柄瓷菸斗和一盒菸草。

「你們當醫生的通常不抽菸。」他說。

李德蓋特笑著搖頭。

菲爾布勒又說，「我們當牧師的最好也別抽。你會聽到布爾斯妥德那些人因為那根菸斗而批評我，他們不知道如果我放棄抽菸，魔鬼會有多高興。」

「我明白，你個性容易激動，需要安撫神經的東西。我比較嚴肅，抽菸會讓我懶散，什麼都不想做，所有的心力都埋沒在那裡。」

「那麼你打算把所有的心力都投入工作。我比你年長十到十二歲，已經妥協了。我容許自己有一兩個弱點，免得它們鬧得我心煩。你看，」菲爾布勒邊說邊拉開幾個小抽屜。「我覺得我已經把這個地區的昆蟲研究得非常透澈。動物和植物，我都有興趣，不過至少昆蟲方面已經頗有成績。我們這裡的直翅類特別豐富，我不知道……啊，你拿那個玻璃瓶，你感興趣的是那個，不是我的抽屜。你不喜歡這些東西嗎？」

「我比較喜歡這個可愛的無腦怪物，我從來沒有時間研究自然史。我很年輕就喜歡人體結構，那跟我的職業比較相關。除此之外，我沒有別的興趣，人體結構有太多東西可以讓我鑽研。」

「你是個幸運的傢伙，」菲爾布勒轉身開始填菸草。「你不明白欠缺心靈菸草是什麼感覺：古老文本的拙劣校訂；關於各種蚜蟲的小文章，附帶『知名學者』的署名，刊登在《廢話雜誌》裡；或探討《摩西五書》昆蟲學的學術論文，包括那些從來不曾被人提起、以色列人穿越沙漠時卻可能碰見過的小蟲子；或者追隨所羅門的腳步，發表關於螞蟻的專題[24]，證明《聖經．箴言》符合現代的研究結果。我在屋子裡抽菸，你不介意吧？」

菲爾布勒這番話等於暗示他覺得自己入錯行，但比起這點，他直言不諱的態度更令李德蓋特吃驚。看著抽屜裡和置物架上整齊排列的標本，書櫃裡塞滿昂貴的圖解自然史書籍，他不禁再次想起牌桌上贏來的錢和它們的去處。不過他已經開始希望菲爾布勒表現出來的一切，背後都有最好的理由。菲爾布勒直率的言談並不招人反感，因為那不是由於內心不安、先發制人阻止別人的批判，而是只想盡可能避免裝模作樣。

顯然他也知道自己這樣口無遮攔未免交淺言深，因為他馬上又說：「李德蓋特，我還沒告訴你，我早就聽說過你，對你的了解也比你對我多得多。你記得你在巴黎的室友特洛利嗎？當時我經常跟他通信，他跟我說了很多你的事。你剛來的時候，我不太確定你就是那個人，後來發現果然沒錯，覺得非常高興，只是我忘了你還不認識我。」

李德蓋特心裡浮現某種微妙的感受，但他自己也弄不清那是什麼。他說，「對了，特洛利現在在做什麼?我再也沒聽過他的消息。當時他非常熱衷法國的社會體制,總說要到偏遠地區建立某種畢達哥拉斯[25]聚落。他去了嗎?」

「根本沒有。他在德國的溫泉區執業,娶了有錢的女病人。」

「那麼到目前為止我的看法始終沒錯,」李德蓋特輕蔑地一笑。「他總是說醫療這個行業無可避免是一場騙局。我告訴他,錯的是人,也就是那些屈從於謊言和愚念的人。與其在圈子外面勸說大家反抗騙局,不如走進去設立防範措施。總之,我只是轉述我當時的話,你可以確定我的判斷沒有錯。」

「只是,你的理想比畢達哥拉斯聚落更難實現。你不但要對抗自己內心那來自人類老祖宗亞當的劣根性,你周遭的社會也是由亞當的後裔組成。我比你多活十到十二年,才領悟到這種事有多麼困難。不過……」菲爾布勒停頓片刻,又說,「你又在看那個玻璃瓶,你想交換嗎?你得拿出好東西才行。」

「我有一些不錯的標本,像是泡在酒精裡的海毛蟲,再加上羅勃.布朗[26]新發表的文章〈顯微鏡下的花粉〉,如果你還沒讀過的話。」

「看來你真的很想要那個怪物,我可得坐地喊價了。不如要你逐一欣賞我抽屜裡的收藏,認同我所有的新物種如何?」菲爾布勒咬著菸斗在書房裡走來走去,最後百般欣喜地望著他的抽屜。「對於一個必須討好米德鎮人的年輕醫生,這會是很好的磨練。記住,你要學會忍受乏味的人。不過,那個怪物的交換條件就照你的意思。」

24《聖經.箴言》第六章第六至八節告誡懶惰的人看看螞蟻的行為,就可以得到智慧。據說是所羅門王所寫。
25 Pythagoras(西元前五八〇~約五〇〇年),古希臘數學家、哲學家,思想接近神祕主義。
26 Robert Brown(一七七三~一八五八),英國植物學家。

「你不覺得遷就別人的無知這種事的必要性被高估了？畢竟結果總是被自己遷就的傻瓜輕視。」李德蓋特走到菲爾布勒身邊，心不在焉地看著那些依序排列的昆蟲，每一種都以端正的字跡標示名稱。「最直接的辦法就是讓別人看到你的價值，那時不管你有沒有奉承對方，他們都得忍受你。」

「我完全相信。只是那麼一來，你就得確定自己具備那些價值，還得獨立自主，不依靠別人。這點很少人做得到。要嘛你徹底放棄職位，變成一無是處的人，要嘛你戴上挽具，配合其他同儕辛苦拖磨。不過你看看這些漂亮的直翅類昆蟲！」

李德蓋特終於仔細看了每一個抽屜。菲爾布勒儘管自嘲，卻堅持展示自己的收藏品。

「關於你提到的套上挽具，」他們坐下以後李德蓋特說。「不久前我下定決心，盡量不跟它扯上關係。正因如此，我才會選擇離開倫敦，至少要離開很多年。我在那裡求學的時候，不喜歡自己看到的一切，太多狐假虎威、仗勢欺人，詭計多端扯人後腿。在鄉下比較少人賣弄學問，同樣也比較難找到性情相近的人。正因如此，自己的自尊心也比較不受影響：不容易樹敵，可以默默做自己的事。」

「沒錯，你有好的開始。你選對行業，從事你覺得最適合自己的工作。有些人沒這麼幸運，後悔時已經太遲。不過，關於獨立自主這件事，你可別太有自信。」

「你指的是家族的牽絆？」李德蓋特心想，菲爾布勒這方面的壓力應該不小。

「不盡然。當然，家族的牽絆可能帶來很多阻礙，可是有個好妻子，不注重名利的妻子，確實能幫助男人，讓他更獨立自主。我有個教民是個好人，但如果沒有他的妻子，恐怕很難熬得過來。你聽說過葛爾斯先生嗎？他們好像不是皮考克的病人。」

「沒聽說過。不過費勒斯東家有位葛爾斯小姐，在洛威克。」

「那是他們的女兒，非常優秀的女孩。」

「她很沉默，我幾乎沒注意到她。」

「她卻注意到你了，這點可以肯定。」

「我不明白。」李德蓋特說，他沒辦法回答「那是當然」。

「她習慣觀察每個人。她的堅信禮是我主持的，她是我最喜歡的教民之一。」

菲爾布勒靜靜吸了幾口菸，李德蓋特沒興趣再聊葛爾斯一家人，最後菲爾布勒放下菸斗，伸長雙腿，明亮的雙眼帶著笑意望向李德蓋特，說：「不過我們米德鎮的人可沒有你想像中那麼溫馴，也有我們的勾心鬥角和黨同伐異，比方說，我也屬於某一派，布爾斯妥德屬於另一派。如果你把票投給我，就會得罪他。」

「布爾斯妥德哪裡不好？」李德蓋特斷然問道。

「除了剛才那點，我沒說他不好。如果你不順從他的意思投票，就會變成他的敵人。」

「我不認為我需要在意這件事。」李德蓋特有點自豪地說。「不過他對醫院好像有些不錯的想法，也花了不少錢做有益公眾的事。他可以幫我實現理想。至於他的宗教觀點，就像伏爾泰[27]說的，魔咒如果摻入一定數量的砒霜，就能殺死一大群羊。我在找能提供砒霜的人，不會介意他的魔咒。」

「很好，那麼你就不能得罪給你砒霜的人，但你怎麼做都不會得罪我。」菲爾布勒說得十分真摯。「我不會把自己的利益變成別人的義務。布爾斯妥德很多做法，我都不認同，我也不喜歡他那個圈子的人，都是狹隘無知的人，他們做的事情與其說對鄉親有益，不如說帶給大家困擾。他們那是某種世俗信仰的黨派，真心把別人當成必死的屍骸，為他們提供上天堂的養分。不過，」他笑著補充，「我可沒說

27 Voltaire（一六九四～一七七八），法國啓蒙時代思想家。

布爾斯妥德的新醫院不好，至於他想把我趕出舊醫療所，嗯，如果他覺得我搗蛋不配合，我會認為那是對我的恭維。我不是模範牧師，只是過得去的替代品。」

李德蓋特不確定菲爾布勒是不是在自我誹謗。模範牧師應該像模範醫生一樣，覺得自己的職業是世上最好的職業，所有知識都只是用來滋養他精神上的病理學與治療方法。但他只說，「布爾斯妥德為什麼要換掉你？」

「因為我不肯宣揚他的理念，另外一點是我太忙，沒有空閒時間。這兩點都很正確，不過我排得出時間，而且我不介意多那四十鎊收入。事實就是這樣。別說那些了，我只是想告訴你，就算你照給你砒霜的人的意思投票，也不會刺傷我。我不想失去你這個朋友。你就像一個環遊世界的人，來到我們這裡定居，讓我相信地球另一端的存在。來，跟我說說巴黎的情況。」

第十八章

喔，先生，地球上最遠大的願望，
與卑微的願望抽籤：英勇的胸膛，
呼吸污濁空氣，有感染疫病之虞；
或者，跨越赤道時少了萊姆汁，
可能會因為壞血病全身乏力。

那次談話之後幾星期，李德蓋特不覺得駐院牧師的問題有什麼實質重要性，他沒有提前思考要把票投給誰，也沒多想自己為什麼遲遲不做決定。原本這對他是無關緊要的事，也就是說，如果他一點都不在乎菲爾布勒，就可以基於便利考量，毫不遲疑地把票投給泰克。

可是隨著他跟菲爾布勒越來越熟悉，他越來越喜歡這位聖博托爾夫教堂的牧師。他初來乍到，接下新的職位，必須先穩固自己的業務。菲爾布勒非但不爭取他的支持，竟能為他著想，費心提醒他，別為他得罪人。天性敏感的李德蓋特，輕易就能察覺這種罕見的體貼與寬厚。

菲爾布勒的做法也與他平時的行為不謀而合：他原本就是少有的好人，有點像南方的景物，將大自然的壯麗與人類社會的污濁區隔開來。很少人能像他那樣對待母親、姨媽和妹妹，孝順又殷勤。她們對他的依賴，很多方面令他的生活更為艱難。很少人能像他這樣，生活過得捉襟見肘，不得不放棄各種小需求，還能有所堅持，不拿某些看似高尚的動機來滿足自己的私欲。在這方面，他知道自己的生活經得起最嚴格的檢視。也許正因為這樣，才給他一點勇氣，敢於反抗某些人的嚴厲批評。那些批評他的人，滿口神聖信仰，卻不願改善自己對家人的態度，一心追求崇高目標，卻又言行不一。再者，他講道的內容簡潔又精妙，就像英國國教全盛時期的講道，而且從不照本宣科。其他教區的人也會去聽他講道，由於教堂座無虛席也是牧師難以達成的目標，所以他又多了一個無憂無慮的優越本錢。另外，他的個性很討人喜歡，脾氣極好，反應靈敏，坦誠待人，跟人說話不會耍笑裡藏刀之類的花招。我們之中半數的人就是因為那些花招，帶給親友不少煩惱。

李德蓋特真心喜歡他，想結交他這個朋友。基於這份感受，他繼續擱置駐院牧師的問題，說服自己這件事非但不屬於他的職責範圍，很可能最後也不需要靠他手中這張票決定。他應布爾斯妥德要求，正在規劃新醫院的內部設施，兩人經常一起討論。布爾斯妥德總是認定李德蓋特是他的助手，卻也沒再提起泰克與菲爾布勒之間的抉擇。然而，舊醫療所的理事已經開過會，李德蓋特發現駐院牧師的問題，將由理事和醫療人員召開協調會決定，會議時間是星期五。他心裡一陣煩悶，覺得自己必須在米德鎮這件微不足道的小事上做出決定。他不由自主聽見內心有個明確的聲音，宣稱布爾斯妥德是首相，泰克那件事就是他能否入閣的關鍵。在此同時，他也聽到另一個同樣堅定的聲音，強調他非常不想放棄那個職位。根據他自己的觀察，菲爾布勒說得沒錯，布爾斯妥德不輕易放過反對他的人。

一連三天，在他刮鬍子陷入沉思時，心裡都不禁咒罵：「該死的派系鬥爭！」他覺得自己必須召開良心法庭，好好審酌這件事。當然，確實有幾個因素不利於菲爾布勒。首先他已經有太多事要忙，尤其又花那麼多時間在非教會事務上。再者，菲爾布勒明顯為了贏錢而賭博，這件事持續對李德蓋特造成震撼，衝擊他對菲爾布勒的敬重。菲爾布勒的確喜歡打牌，但他顯然也喜歡牌局帶來的某種效益。菲爾布勒甚至提出強烈論點，認為賭局有益身心。他說英國男士就是因為欠缺這方面的磨練，心智陷於遲鈍。但李德蓋特敢肯定，如果不是因為錢的關係，菲爾布勒不會賭得那麼勤。

綠龍酒店有個撞球間，在很多母親與妻子心目中，那是米德鎮首要的罪惡淵藪。菲爾布勒是一流的撞球高手，雖然他不常去綠龍酒店，卻有傳言指稱他偶爾白天出現在那裡，贏了一點錢。至於駐院牧師一職，菲爾布勒明白表示，如果不是因為那四十鎊津貼，他一點都不感興趣。

李德蓋特不是刻板的人，但他不喜歡賭博，也覺得靠賭博贏錢似乎有點卑劣。再者，他對生命懷抱理想，這種為了蠅頭小利改變行為準則的做法，徹底令他嫌惡。到目前為止，他自己的生活所需都得到充足供應，不需要他費心。他直覺認為做為紳士，半克朗這種小數目根本不需要放在心上，也從沒想過要想方設法賺取這種小錢。他向來知道自己大致說來不算富裕，卻也不覺得自己窮，所以無從想像缺錢這種事會如何影響人的行為。金錢從來不是他做事的動機，所以他沒辦法為牧師蓄意追逐微利的做法找藉口。他只覺得非常厭惡，也不曾計算過菲爾布勒的收入，和他多少不可避免的開銷之間有多少差距。很可能他也沒算過自己的收支。

如今投票的問題迫在眉睫，這份嫌惡令他比過去更強烈否決菲爾布勒。別人的人格如果始終如一，我們就比較好抉擇，特別是如果我們的朋友全都適合他們想要擔任的職責！李德蓋特相信，如果菲爾布勒本身沒有任何缺失，不管布爾斯妥德怎麼想，他一定會把票投給他，他可不想變成布爾斯妥德的家臣。另一方面，泰克全心全意投入教會工作，目前只是聖彼得教區附屬教堂的助理牧師，有時間承擔額外職務。對於泰克，誰也說不出一點不是，只除了他們受不了他，而且懷疑他口是心非。確實，站在李德蓋特的立場，布爾斯妥德的選擇完全合理。但不管李德蓋特傾向哪一邊，心裡總是有點彆扭，自己跟自己鬧彆扭令他非常惱火。他不想因為得罪布爾斯妥德，害自己的雄心壯志胎死腹中；但他也不喜歡對菲爾布勒投下反對票，剝奪他的差事和薪俸。他又想到，多了這四十鎊津貼，菲爾布勒是不是就不必卑劣地靠牌局贏錢。更重要的是，李德蓋特覺得投票給泰克，等於選擇對自己有利的一邊，他一點都不喜歡這個念頭。可是這種結果真的對他有利嗎？其他人肯定這麼認為，而且會斷言他在討好布爾斯妥德，只為了提高自己的地位，讓自己出人頭地。那又怎樣？他心裡很清楚，如果只考慮他個人的未來，他才不在乎與布爾斯妥德友好或交惡。他真正在意的是，有個發揮技能的平台，有個實踐理念的媒介。再怎麼說，他必須爭取一所優質醫院，方便自己在那裡驗證各種熱症之間的區別，測試不同療法的效果，這些都比駐院牧師的問題重要得多，不是嗎？李德蓋特第一次感受到社會關係千絲萬縷的壓力，以及它們令人挫折的複雜度。

他出發前往醫療所時，內心的交戰也接近尾聲。他唯一的希望就是，會議的討論呈現全新局面，天秤大幅偏向某一邊，不需要投票表決。我想他也有點希望借助當下情勢帶來的能量，激發出豐沛的熱情，讓他更容易下定決心，畢竟冷靜的辯論只會讓抉擇更加困難。不管怎樣，他並沒有明確告訴自己要支持哪一方。在此同時，他內心也厭惡那股不得不屈服的壓力。他一心一意保持獨立，也立定了志向，卻在起步時被這種瑣碎又令他倒盡胃口的抉擇困住。對於過去的他，這幾乎像是可笑的邏輯謬誤。以前在學生宿舍時，他絲毫沒想到出社會後要面對這種事。

李德蓋特出門比較晚，那時史普拉格醫生和另外兩位治療師以及多名理事都已經到場，身兼財務長與會議主席的布爾斯妥德和其他人都還沒到。從大家的談話中，不難聽出目前情勢陷入膠著，泰克並不如一般所料贏得多數支持。奇怪的是，兩位醫師竟然意見一致，或者應該說，他們想法各異，行動卻一致。正如所有人的推測，年高德邵的史普拉格擁護的是菲爾布勒。大家都懷疑他根本不信神，只是，鎮民們卻忍受他這個缺點，彷彿他過去曾經擔任內閣大臣。事實上，他的職業地位確實可能受到信任。自古以來，人們都在聰明和邪惡之間畫上等號，這種想法至今仍然深植人心，就連那些格外重視服飾與情操的女病人也不例外。也許正是因為史普拉格這個負面特質，鄉親才會說他是個頑固的冷面笑匠。這些條件與素質正好對藥物的判斷有幫助。不管怎麼說，如果哪個來到米德鎮的醫生有明確的信仰，勤於禱告，或者積極又虔誠，那麼大家對他的專業能力恐怕不太有信心。

基於這點，敏欽算是相當幸運（職業上來說）。他在信仰上沒有特別傾向，跟各種教派保持距離，不管是國教或非國教，都以醫生的立場給予認可，不堅持任何特定教義。如果布爾斯妥德基於他的一貫作風，堅持路德教派的因信稱義路線，認為教會必須依此茁壯或凋零，那麼敏欽會斬釘截鐵地表示，人不只是機器，也不是原子的偶然組合。如果溫普太太一口咬定她的胃痛要交給上帝裁決，敏欽會建議敞開心靈的窗戶，反對加諸任何限制。如果一位論教派[28]釀酒商嘲笑《亞他拿修信經》[29]，敏欽就會引述波普的詩《關於人》[30]。他不贊同史普拉格那種引用稗官野史的談話風格，偏好舉世公認的名言佳句，凡事追求精緻。大家都知道他跟某位主教有親戚關係，偶爾會到「主教宅邸」度假。

敏欽體格柔弱，膚色白皙，身材圓胖，外表看起來像個溫和的神職人員。反觀史普拉格卻異常高大，長褲總是皺縮在膝蓋部位。在一個必須繫緊褲管才算儀表端莊的年代，他的靴子似乎露出太大一截。你聽見他進進出出，上上下下，一副他是來查看屋頂的。總而言之，他夠分量，大家覺得他可以跟

28 Unitarian，基督教思想，相信上帝是唯一的神，反對聖父、聖子、聖靈三位一體論。

29《*Athanasian Creed*》，據說由基督教聖人亞他拿修（Athanasius，三五三年逝）所寫，主張三位一體論。

30 波普（Alexander Pope，一六八八～一七四四）英國知名詩人，《關於人》（*Essay on Man*）是他所寫的一首詩。

疾病搏鬥，將它扔出去。反觀敏欽或許比較擅長揪出潛伏的疾病，不讓它惡化。在醫療本領上，他們享有程度相當的神祕聲譽，也基於行規隱藏對彼此的藐視。

他們兩人自認是米德鎮的醫療權威，隨時可以聯手對抗任何革新派與非專業的干預。基於這個原因，他們兩個內心深處同樣憎惡布爾斯妥德。只不過，敏欽從來不曾公然與布爾斯妥德作對，就算跟他意見相左，也一定會詳細向布爾斯妥德太太說明，因為布爾斯妥德太太覺得只有敏欽了解她的體質。一個外行人竟然干涉醫界的專業行為，還強行推動他的改革。雖然這對兩位專業醫師的羞辱，不如對那些專門治療乞丐的治療師兼藥劑師那麼嚴重，卻也同樣令他們火冒三丈。另外，敏欽也對布爾斯妥德非常不滿，因為布爾斯妥德顯然決心庇護李德蓋特。

在鎮上執業已久的朗屈和托勒爾兩位治療師，此時遠離人群，聊得十分投契，一致認為李德蓋特傲慢無禮，正好當布爾斯妥德的走狗。不過早先他們曾經異口同聲對圈外朋友稱讚年輕的李德蓋特，說他因為皮考克退休的機會來到米德鎮，沒有任何人推薦。他有的只是自己的一身本事和紮實的學習經歷，而這顯然是因為他沒有浪費時間去追求其他領域的知識。顯而易見，李德蓋特只開處方不給藥，顯然是為了給同業扣帽子，同時也模糊他所屬的治療師與專業醫師之間的界限。專業醫師基於職業上的利益，必須維持各種醫生的等級，尤其要牽制某個傢伙。那人沒有接受過英國兩所大學的醫學教育，也沒有享受過不需要上解剖課做臨床研究的樂趣，只是自讚毀他地聲稱曾經在愛丁堡和巴黎習醫。沒錯，在那兩個城市或許觀察機會比較多，卻未必學得到真本事。

就這樣，這次布爾斯妥德和李德蓋特被視為同路人，李德蓋特和泰克也是。在駐院牧師議題上，由於這些人的名字可以互相取代，也難怪不同想法的人會做出同樣的決斷。

史普拉格一進門就口無遮攔地對在場的人說，「我支持菲爾布勒。至於支付薪水這件事，我完全贊成。可是為什麼要搶走菲爾布勒的差事？他薪俸本來就不多，既要養活自己、照顧家人，還要濟助生活陷困的教民。多給他四十鎊不是壞事。菲爾布勒是個好人，不擺牧師的架子，能善盡自己的職責。」

「呵，呵！醫生，」說話的是有點聲望的退休五金商波德爾。他的驚嘆既像哈哈笑，又像國會裡的抗議聲。「你有權表達意見，可是我們要考慮的不是某人的收入，而是可憐病人的靈魂。」波德爾的聲音和表情有著真誠的感傷。「泰克是真正的福音牧師。如果我投反對票給他，就等於違背良心，確實如此。」

「我相信泰克的對手並沒有要求任何人違背良心支持他。」海克巴特說。他是個富裕的皮革匠，能說善道，晶亮的眼鏡和豎直的頭髮盛氣凌人地對著無辜的波德爾。「可是在我看來，我們這些理事有必要考慮一下，要不要把單方面的提議當成全體的事務來討論。如果不是某些派系的提議，理事會的各位先進敢說，要撤換一直以來承擔駐院牧師責任的菲爾布勒嗎？那些派系向來把本鎮所有機構，視為推動他們自己理念的工具。我無意譴責任何人的動機，就讓他們自己去面對更高的力量。不過我必須說，這裡面有人在暗中運作，不符合真正的中立精神。某些人之所以巴結諂媚卑躬屈膝，背後的原因通常涉及道德或金錢上的疑義。我本身只是一般信徒，卻也仔細觀察過教會的紛爭……」

「呸，去它的紛爭！」法蘭克．霍利衝口而出。他是律師兼鎮書記，很少出席理事會，這時匆匆探頭進來，手裡還拿著馬鞭。「那些事跟我們沒關係。那份差事不管多少一直以來都是菲爾布勒在做，而且沒有薪俸。現在既然要支付津貼，就應該給他。這時候把菲爾布勒換掉，真他媽該死。」

「紳士說話最好避免人身攻擊，」普林岱爾說。「我贊成任命泰克牧師。如果不是剛才海克巴特先生賜教，我還真不知道這叫巴結諂媚，卑躬屈膝。」

「我沒有人身攻擊，如果各位容許我重複，或對我說的話做個結論，我剛才說的是……」

「啊，敏欽來了。」霍利的話聲一落，所有人立刻轉頭，無人理會的海克巴特只好暗自感慨，在米德鎮再好的口才都派不上用場。霍利接著說，「過來，醫生，你一定是站在對的那一邊，對吧？」

「但願如此，」敏欽邊說邊跟眾人點頭或握手。「我不會感情用事。」

「如果這件事涉及感情，那也是同情那個被撤換的人。」霍利說。

「我必須承認我對另一方也有感情，我對雙方同樣尊重。」敏欽邊說邊搓雙手。

「我覺得泰克是值得學習的典範，這點沒有人勝過他。我也相信這次他被推舉出來，並沒有涉及任何可受公評的動機，但願我能把票投給他。但我不得不認為，菲爾布勒更能勝任這個職務，他為人厚道，是個優秀牧師，來到米德鎮比較久。」

波德爾呆呆看著，面露哀傷沉默不語。普林岱爾不自在地調整領結。

「希望你不會以為所有牧師都該效法菲爾布勒。」拉爾徹說。他是鎮上主要的運輸業者，這時剛好走進來。「我對他沒有惡意。不過我覺得這次任命的事，我們應該對公眾負責，更別提更高的主宰。我個人認為菲爾布勒身為牧師過於散漫。我不想在這裡提出某些不利於他的細節，不過他能撥給醫院的時間不多。」

「太少他媽的總比太多好。」霍利的粗口在地方上是出了名的。「生病的人哪受得了成天禱告講道。衛理宗那種信仰對心靈有害，對五臟六腑也沒好處，是吧？」說著，他迅速轉頭看看在場四位醫生。

他的問題沒有得到回應，因為這時走進來三個人，大家忙著跟他們打招呼，態度還算親切友好。

那三個人是聖彼得教堂的教區長愛爾德．塞西格、布爾斯妥德和我們的老朋友蒂普頓的布魯克。這次輪到布魯克擔任理事，他也同意，最近才加入。在此之前，他從來沒有出席過會議，這回是被布爾斯妥德拉來的。目前只剩李德蓋特還沒到場。

這時所有人陸續就座，布爾斯妥德主持會議，他一如往常蒼白自抑。塞西格是溫和派的福音教徒，他希望他朋友泰克獲選，因為泰克有能力，有熱情，主持一間附屬教堂，救贖靈魂的任務不算太繁重，因此有充裕的時間接下這份新差事。從事駐院牧師這種工作，最好積極又熱情，因為特別有機會做心靈上的引導。支付薪俸雖然是好事，卻也需要審慎監督，以免做這份工作的人只想增加收入。塞西格的態度是那麼平靜有禮，反對的人只能生悶氣。

布魯克表示，他相信所有人都出於一番好意，還說自己很少介入醫療所的事務，但他高度支持米德鎮任何公益，也樂意跟在場的所有人討論一切公共議題。「任何公共議題，沒錯。」布魯克深以為然地點點頭。「我擔任治安法官，又要收集書面證據，已經忙得不可開交，不過只要是為了公共事務，我義不容辭。長話短說，幾位朋友告訴我，帶薪駐院牧師是件好事。帶薪，沒錯。我很高興能來這裡投泰克牧師一票。據我所知，泰克完美無缺，信仰虔誠，口才一流。在這種情況下，我不會浪費自己這一票。在這種情況下，沒錯。」

「布魯克，在我看來，關於這件事你只聽到單方面的說法。」霍利是托利黨員，天不怕地不怕，他現在懷疑有人幕後操縱這次投票。「你好像不知道有個地方上最值得敬重的人，一直義務做著駐院牧師的工作，卻有人提議讓泰克取代他。」

「霍利先生，很抱歉，」布爾斯妥德說。「布魯克已經知道菲爾布勒先生的人格與職務。」

「從他的敵人那邊聽說的。」霍利毫不客氣反擊。

「我相信這裡面沒有涉及私人恩怨。」塞西格說。

「我卻敢發誓一定有。」霍利回嘴。

「各位，」布爾斯妥德用壓抑的語調說。「這個問題的重點用幾句話就能說明，如果在場有人懷疑要投票的人事先沒有充分掌握情況，我現在可以重新說明兩位人選的資格。」

「我看不出來這麼做有什麼用處。」霍利說。「我想大家都知道自己要投給誰，想要伸張正義的人不會等到最後一刻才來了解問題的正反面。我時間不多，提議立刻投票表決。」

經過短暫的唇槍舌戰，眾人開始在紙張上寫下「泰克」或「菲爾布勒」，再把紙張放進玻璃酒杯裡，這時布爾斯妥德看見李德蓋特走進來。

「看來目前雙方票數一樣。」布爾斯妥德的語氣清晰又銳利，接著他抬頭望向李德蓋特。「還有一票還沒投。李德蓋特先生，就是你的，能不能麻煩你寫出來？」

「結果已經揭曉，」朗屈邊說邊站起來。「大家都知道李德蓋特會投給誰。」

「先生，你好像話中有話。」李德蓋特一臉不以為然，鉛筆停在空中。

「我只是說你的決定會跟布爾斯妥德一樣。你覺得這句話冒犯你了嗎？」

「可能會冒犯別人，但我不會因為這樣就不跟他做同樣決定。」李德蓋特立刻在紙上寫下「泰克」。

於是華特．泰克牧師成為醫療所的駐院牧師，李德蓋特繼續跟布爾斯妥德合作。他真的不確定泰克是不是比較合適的人選，可是他心裡清楚，如果不是受到某些間接影響，他應該會把票投給菲爾布勒。駐院牧師的事成了他記憶中的痛點，讓他感受到自己招架不住米德鎮的這類小事。在這種情況下面對這樣的選擇，一個人怎麼可能做出滿意的決定？這就像帽子，他只能從當代現有的幾種款式裡挑選，勉為其難接受比較而來的結果。

可是菲爾布勒對他的態度，仍然像過去一樣友善。古代收稅人與罪人的性格，事實上未必與當代法利賽人[31]不相符，因為我們大多數人看不出自己行為的缺失，正如我們看不出自己的論點如何謬誤，或自己的笑話又是多麼枯燥。菲爾布勒肯定沒有沾染一絲一毫法利賽人的習氣，而且正由於他承認自己跟其他人沒什麼差別，讓他跟其他人明顯區分開來：他能夠原諒別人對他的蔑視，就算他們做出對他不利的事，他也能客觀公正地評斷他們。

「這個世界對**我**來說太強悍，」某天他對李德蓋特說。「話說回來，我本來也不是強大的人，永遠不可能名揚四海。海格力斯的選擇[32]是一篇精彩寓言，但在普羅狄克斯的描述下，海格力斯好像輕而易舉做出選擇，彷彿一開始的決心就夠了。另一篇故事說他娶妻成家，最後卻穿上了涅索斯[33]的毒衣。看來正確的決定也許會讓男人踏上正途，前提是其他所有人的決心都對他有幫助。」

菲爾布勒說的話未必總是鼓舞人心，他沒有變成法利賽人，潛力卻也不可避免地遭到低估。至於這種低估，通常是我們根據自己的失敗倉促做出的推論。李德蓋特覺得菲爾布勒的意志力薄弱得叫人同情。

31 Pharisee，指自詡正義，輕視他人的人。《聖經．路加福音》，第十八章第十一節記載，法利賽人感謝上帝，因為他不像其他人一樣不義。收稅人與罪人泛指一般人。

32〈海格力斯的選擇〉(*The Choice of Hercules*) 是古希臘哲學家普羅狄克斯 (Prodicus of Ceos，西元前四六五～三九五) 創作的故事，描述古希臘神話英雄海格力斯年輕時面對「娛樂」與「責任」二擇一的考驗，選擇了「責任」。

33 Nessus，古希臘神話中的半人馬，因調戲海格力斯的妻子，被海格力斯以毒箭射死。涅索斯為了復仇，臨死之前將自己的血染在衣服上，騙海格力斯的妻子讓丈夫穿上，殺死海格力斯。

第十九章

看見另一個手掌托住臉頰，
發出一聲嘆息。
——《煉獄》第七卷[34]

喬治四世[35]還在幽深的溫莎城堡君臨天下，威靈頓公爵擔任首相，溫奇則是米德鎮這個古老城鎮的鎮長。本名多蘿席亞．布魯克的卡索邦太太出發前往羅馬度蜜月。在那個年代，整個世界對善與惡的認知比目前落後四十年。旅行的人腦袋或口袋裡，通常沒有備齊基督教藝術的全部資訊，就連當時最頂尖的英國評論家[36]也被畫家的想像力誤導，將升天後的聖母繁花似錦的墳塋誤認為裝飾用的花瓶。浪漫主義以愛與知識填補了某些晦暗的空白，它的酵母卻還沒穿越各個時代、滲入所有人的食物。它是一股活力充沛的顯著熱情，持續發酵中，體現在羅馬某些德國長髮藝術家[37]身上。那些在他們周遭工作或閒蕩的其他國家年輕人，偶爾也捲入發展中的浪潮。

某個風和日麗的早晨，有個年輕人剛轉身背對梵蒂岡博物館的〈美景宮殘軀〉[38]，站在緊鄰的環形門廳向外眺望壯麗的山巒。他頭髮不長，卻是茂密又捲曲，除此之外，一身裝束看上去倒像英國人。他看得如痴如醉，沒有注意到一名神采煥發的德國人走過來，一手搭在他肩上，用濃厚的德國腔說道，

「快過來！不然她要換姿勢了。」

被喊的人立即反應，兩人於是輕快地經過梅列阿格[39]，往阿莉亞多妮[40]休憩的展覽廳而去。阿莉亞多妮當時稱為克麗歐派翠，她性感的大理石軀體美豔動人，飄逸的長裙包裹她全身，像花瓣般舒適柔軟。他們及時趕到，看見另一個站立的身影輕倚阿莉亞多妮附近的台座。那是個活生生的妙齡女孩，身材不輸阿莉亞多妮，穿著貴格教徒似的灰色衣裙，長長的披風繫在頸部，兩側往後撥，露出雙臂。一隻沒戴手套的纖纖玉手托著臉頰，白色海狸帽略略往後推，變成一圈光暈，烘托出她的臉龐和深褐色的簡單髮辮。她沒有看雕像，或許連想都沒想。一雙大眼睛出神地盯著照在地板上的一道光線。不過她意識到兩個陌生人突然停下腳步，彷彿要觀賞克麗歐派翠。她沒有看他們，立刻轉身走開，趕上沿著走道緩步前行的女僕和導遊。

34 摘自義大利中世紀詩人但丁（Dante Alighieri，一二六五～一三二一）創作的史詩《神曲》（*Divine Comedy*）的〈煉獄篇〉。

35 George IV（一七六二～一八三〇），英國國王。本書時代背景設定在一八二九年，當時英國國王正是喬治四世。後文的威靈頓公爵是指第一代威靈頓公爵亞瑟・威爾斯利（Arthur Wellesley，一七六九～一八五二），時任英國首相。

36 應指當時英國評論家哈茲利特（William Hazlitt，一七七八～一八三〇），他在自己的法國、義大利遊記中錯誤解釋拉斐爾（Raphael）的作品〈聖母加冕〉（Coronation of the Virgin）中的基督教圖像。

37 指十九世紀聚集在羅馬的德國浪漫主義畫家，稱為拿撒勒畫派（Nazarenes）。

38 Belvedere Torso，梵蒂岡博物館典藏的大理石雕像，是殘缺的男性軀體，據稱是西元前一世紀的作品。

39 指希臘雕刻家普拉克希特列斯（Praxiteles，約西元前四〇〇～三三〇）的作品〈梅列阿格與野豬〉（Meleager and Boar）。梅列阿格是古希臘神話中的人物。

40 指〈沉睡的阿莉亞多妮〉（Sleeping Ariadne）雕像，原件是西元前二世紀的希臘化時期（Hellenistic period）作品，梵蒂岡博物館典藏的是羅馬時代的複製品。阿莉亞多妮是古希臘神話中克里特國王之女。

「那是不是很恰當的對照？」那個德國人盯著朋友的臉，尋找驚豔的表情。他沒有等待回應，連珠炮似地說下去。「那邊躺著一位古典美人，雖然沒有生命，卻也活靈活現，似乎為自己的完美深深陶醉。而站在這邊的是活生生美的化身，對數百年的基督教歷史有所認知。但她應該穿上修女服，我覺得她看起來幾乎就是你們所謂的貴格教徒。我會把她畫成修女。不過她結婚了，我看見她美麗的左手戴著結婚戒指，否則我會以為那個臉色蠟黃的牧師是她父親。早先我看見他們分開，剛才我發現她擺出那個經典姿勢。對了！說不定他是有錢人，會願意讓她畫張肖像。啊！光站在這兒看沒有用，她走了！我們跟著她回去！」

「不要。」他的朋友輕輕皺眉。

「威爾，你真古怪，好像非常驚訝。你認識她？」

「我只知道她是我遠房表親的妻子。」威爾若有所思地漫步走過長廊。

他的德國朋友跟在他身旁，急切地望著他。「什麼！那個牧師？他看起來比較像你伯父，這種親戚比較有用處。」

「他不是我伯父。我說了，他是我遠房表親。」威爾有點不耐煩。

「好吧，好吧！別生氣。我只是覺得這位遠房表親太太是我見過最完美的年輕版聖母，你不會因為這樣就生我的氣吧？」

「生氣？胡說。我只見過她一次，就是我遠房表親介紹我們認識的時候，只有短短幾分鐘。之後我就離開英國了。當時他們還沒結婚，我不知道他們會來羅馬。」

「你該去拜訪他們吧？你知道他們的名字，一定找得到他們的住處。我們要不要現在就去郵局？到時候你跟他們談談畫像的事。」

「去你的，納烏曼！我不知道該怎麼做，我沒你那麼厚臉皮！」

「呸！那是因為你是業餘藝術家，畫畫當消遣。如果你是畫家，一定會覺得那位遠房表親的太太是被基督教精神喚醒的古典美人，算是基督教的安蒂岡妮[41]，是宗教熱情掌控下的感官力量。」

「是啊，而她之所以存在，就是為了讓你畫她的肖像，好讓那份神聖變成更崇高的完美，用來覆蓋你的小小畫布，否則就白白浪費了。你說我是業餘畫家也無所謂，我**不認為**整個宇宙都是為了你畫作裡那含糊的意義而存在。」

「親愛的，可是事實就是如此呀！只要宇宙是由我阿道夫．納烏曼來呈現，就錯不了。」說著，性情溫和的納烏曼伸手搭上威爾肩膀，一點也不在乎朋友莫名其妙的惱怒語氣。「你想想，整個宇宙之所以存在，是因為我存在，對不對？而我的作用就是把它畫出來。身為畫家，我已經有了絕妙構想，要把你的嬸婆或表姨婆呈現在畫布上。所以說，整個宇宙都在努力促成那幅畫，而宇宙是以我這個人做為某種特定鉤子或爪子來完成它，不是嗎？」

「那麼如果另一個爪子是以我這個形態來阻止它呢？事情恐怕就沒那麼簡單了。」

「一點也不。不管畫不畫得出來，理論上對抗的結果沒有差別。」

威爾拿這個沒脾氣的朋友一點辦法都沒有，臉上的陰霾消散，露出陽光般的燦爛笑容。

「好了，我的朋友，你願意幫我嗎？」納烏曼滿懷期待地問。

「不行。納烏曼，這實在胡鬧！英國女士不隨便給人當模特兒的，何況你總是在畫裡表達太多東西。光是你作品裡的背景就能決定肖像畫的優劣，就看鑑賞家用什麼眼光去看。還有，女士的肖像畫是

41 Antigone，希臘神話中底比斯（Thebes）國王伊底帕斯（Oedipus）在不知情的狀況下弒父娶母生下的女兒。

什麼？你的畫和雕塑終究只是粗劣的作品，不但不能激發人的想法，反倒會擾亂它們，讓它們變遲鈍。語言是更完善的媒介。」

「沒錯，對那些沒有能力畫畫的人是如此。」納烏曼說。「這點你說得完全正確。我的朋友，我並沒有建議你畫畫。」

溫和的納烏曼話中帶刺，威爾決定不露出受傷的表情。他繼續說話，彷彿什麼也沒聽見。

「語言可以將畫面鋪陳得更細膩，更適合表現朦朧美。畢竟只有內心才能真正看見，繪畫以一種不完美赤裸裸呈現在你面前。女士的畫像特別讓我有這種感覺，彷彿女人只是五顏六色的表相！你必須等待她們的動作和語調，光是她們的氣息就截然不同，時時刻刻都在變化。比如你剛才見到的那個女人，請問你怎麼畫出她的嗓音？而她的嗓音比你見到的一切更聖潔。」

「我懂，我懂，你在嫉妒。誰也不能自以為有能力畫你的女神。我的朋友，這可不行！那是你表姨婆！《姪子扮演伯父》[42]的悲劇，太驚人了！」

「納烏曼，如果你再說那位女士是我表姨婆，我們就要吵架了。」

「那麼我該怎麼稱呼她？」

「卡索邦太太。」

「好吧。假設我不顧你的反對，執意去認識她，最後發現她很希望畫一幅肖像呢？」

「是啊，假設！」威爾語帶不屑，顯然不想繼續這個話題。他發現自己為一點可笑的小事生氣，而且其中有半數是他自己想像出來的。他為什麼那麼在乎卡索邦太太的事？只是，他又覺得自己的心情因為她出現變化。戲劇裡總有些角色不停給自己製造衝突與紛擾，劇中沒有人喜歡跟他們打交道。就算是單純平靜的事物，也會跟那些人的敏感情緒發生抵觸。

第二十章

被遺棄的孩子驟然驚醒，
惶恐的視線逡巡周遭的一切，
尋找那再也看不見，
充滿憐愛的眼神。

兩個小時之後，多蘿席亞坐在西斯提納街一間漂亮公寓的起居間。我必須遺憾地補充一句，她哭得非常傷心。一個女人基於自己的傲氣和對別人的體貼，習慣性壓抑自己，在確定不會被人發現的時候，偶爾會放任自己像這樣盡情發洩。而卡索邦還在梵蒂岡，短時間內肯定不會回來。

但多蘿席亞為什麼傷心，連她自己都說不清楚。在混亂的思緒與激動的心情中，她掙扎著理出頭緒，內心卻發出一聲自責的吶喊，聲稱自己此時此刻的悲涼感受，都是因為心靈貧乏所致。她嫁了自己選擇的男人，比大多數女孩占優勢，因為她將自己的婚姻視為全新職責的開始。打從一開始，她就認為

42《*Der Neffe als Onkel*》，德國作家席勒（Friedrich Schiller，一七五九～一八〇五）的作品。主角為了追求心愛的女人，假扮成自己的伯父。

卡索邦的心靈比她崇高許多，也知道他會花很多時間做她沒辦法全程參與的研究。再者，欠缺人生經歷的她才度過短暫的少女時期，就來到羅馬這個觸目所及都是歷史的古城。在這個地方，半個地球的過往彷彿喪葬隊伍向前移動，展現怪異的古老景象與從遠方搜刮而來的戰利品。

眼前這七拼八湊的龐大怪物，強化了她新婚生活那份不真實的陌生感。多蘿席亞來到羅馬已經五個星期，時值季節交替，秋天和冬天宛如一對手牽手的幸福老夫妻，其中一個眼看著就要在更寒冷的天氣裡孤單地活下去。只要碰上晴朗的早晨，她會搭馬車到處遊覽，初期是跟卡索邦一起，近來多半只有坦翠普和資深導遊作陪。導遊帶著她參觀一流的美術館和重要景點，看過最壯觀的遺跡和最輝煌的教堂。後來她最常去的地方是郊區的坎帕尼亞低地，在那裡她覺得自己可以獨自悠遊天地之間，遠離時間長廊裡叫人喘不過氣的化妝舞會。在那場舞會裡，連她自己的生命都彷彿變成披上謎樣戲服的假面。

有些人能夠以知識的敏銳度為歷史上的重要人物注入持續茁壯的靈魂，也能追尋出那些聯結一切對比、隱晦不明的過渡期。在他們眼中，羅馬或許仍然是信仰中心，為整個世界下定義。不過請他們再思考另一個歷史上的對比：這個屬於古老帝國與教宗的城市裡那些龐然廢墟，冷不防衝擊一個在英國與瑞士嚴謹環境成長的女孩。她只接觸過為數不多的新教歷史，欣賞的藝術主要是手持遮屏繪畫那類的。她熾熱的天性把所有掌握得到的知識都變成信條，用來規範自己的行為，敏銳的情感賦予最抽象的事物歡樂或痛苦的特質。

這女孩剛走進婚姻，熱心地接受前所未有的責任，卻發現自己一頭栽進混亂的思緒裡，想不通自己的命運。深奧難懂的羅馬儘管沉重，在某些活潑少女心目中或許輕盈得多。對她們而言，羅馬只是旅外英國人歡欣野餐的背景。可是對於深奧的意象，多蘿席亞沒有那種防衛力。廢墟與古羅馬會堂、宮殿與巨形石像，聳立在渾濁污穢的當代。在那裡，所有滿腔熱血的生命彷彿都大幅退化，陷入無關崇敬的迷信裡。古代神祇那更為暗淡卻依然熱切的生命，在牆壁與天花板上凝視、掙扎。那長長兩排白色雕像的大理石眼珠彷彿藏著某個異域世界的單調光線。這些遠大理想的恢宏殘跡不管屬於感官或心靈，都跟當代各種健忘與墮落的跡象夾纏不清。這些東西一開始像電擊般震懾她，而後挾帶陣陣疼痛向她湧來：那是阻隔情感流動的混亂思緒特有的疼痛。各種形體不管蒼白或燦亮，都俘虜她年輕的感官。即使她不去想它們，也牢牢銘刻在她的記憶裡，準備多年以後隨著各種怪異聯想重新浮現。

我們的心情往往搭配各種畫面，那些畫面一個接一個，像假寐時恍惚浮現的幻燈畫片。終其一生，多蘿席亞只要覺得寂寞空虛，就會看見開闊的聖彼得大教堂與它廣大的青銅屋頂，看見上方馬賽克拼貼的先知與福音使者的神態，以及衣飾傳達著振奮意圖。而那些配合聖誕節懸掛的紅色帷幔無所不在，像視網膜上的病變。

倒不是說多蘿席亞內心這些驚詫有多麼異乎尋常。很多懵懂無知的年輕心靈，也像這樣在衝突的環境裡跌跌撞撞。他們的長輩忙著自己的事，他們只能「自求多福」。多蘿席亞新婚才六星期就痛哭流涕，我不認為這算是悲劇。全新的真實生活取代了幻想，因而氣餒灰心，其實並不稀奇。這種稀鬆平常的事，還不至於感人肺腑。那隱藏在頻繁接觸裡的悲劇元素，暫時還沒滲透人類的粗糙情感，而我們的皮囊想必也承受不了太多。如果我們對人類的日常生活擁有靈敏的視覺與感受，應該就像聽得見青草在生長，或聽見松鼠的心跳，光是寂靜另一端的喧鬧，就足以叫我們命喪黃泉。正因如此，我們之中最聰慧的人，也是裹著厚厚的愚蠢遊走人間。

然而，多蘿席亞在哭，如果要她解釋原因，她也只能用我剛才那些籠統言語加以說明。若是逼她說得更具體些，就會像在敘述光線與陰影的始末。因為取代她幻想的那個真實不虛的全新未來，是數不清的枝微末節累積而成。而她對卡索邦和她自己的人妻身分（如今她已經嫁給他）的想法，正以時針不著痕跡的速度，緩緩遠離她少女時的夢想。這時還太早，她還沒能察覺（或承認）這種改變，更不可能重新調整她對婚姻的奉獻。這種奉獻是她精神生活不可或缺的一環，她幾乎確定遲早會找回來。持久的反抗，欠缺愛與尊敬的決心，那種失序的生活絕不可能發生在她身上。可是她目前正處於過渡期，她天性的力量增強了那種混亂。在這種情況下，新婚前幾個月通常是風波動盪的關鍵期，不管那風波是屬於小蝦戲水的清淺池塘，或深不見底的汪洋大海，到最後都會消退，重拾喜悅與寧靜。

可是，卡索邦難道不如過去那般博學？他的表達方式改變了？或者他的情操不再值得讚賞？唉，女人心海底針！他的資歷不好嗎？或者他不再能闡述理論和理論的創建者？或者他無法針對任何問題及時詳加解說？而羅馬難道不是世界上最適合發揮這些才華的地方？再者，多蘿席亞不是滿心期待為肩負重責大任的丈夫分攤一些壓力，以及伴隨重責大任而來的憂傷？何況卡索邦承受的壓力可說比過去更為明顯了。

這些都是壓倒性的問題，可是不管還有什麼東西維持不變，至少光線變了，你不可能在正午時分看得到珍珠光澤的晨曦。事實就是如此，一個人類同胞，你對他的了解只限於所謂婚前交往的短暫接觸，而那段期間只有如夢似幻的幾個星期。直到婚後朝夕相處，對方呈現出來的性格也許會比你原先的預期更好，也可能更糟，卻肯定不會如你所料。如果我們沒有類似的情況可供參考，那麼看見改變來得這麼快速，內心只怕震驚不已。餐桌上相談甚歡的人同住一個屋簷下，或者在內閣辦公室看見你最欣賞的政治人物，都可能帶來這種快速改變。在後面這兩種情況下，我們也是一開始了解得少，相信得多，最後的結果有時恰恰相反：了解得多，相信得少。

然而，這樣的對照仍然可能誤導，因為沒有人比卡索邦更不擅長矯揉造作。他就跟任何反芻動物一樣，是個心口如一的直腸子，也從來不是個弄虛作假的偽君子。多蘿席亞結婚短短幾星期，不但明顯觀察到、也感覺得一股令人窒息的憂鬱。她預期在丈夫的心靈看見寬廣的大道和開闊的清新空氣，如今卻只找到小小廳堂與哪裡也到不了的曲折小徑。這究竟是為什麼？我猜那是因為交往期間一切都被視為短暫的預備性質，那時表現出來的一丁點美德與成就，都被愉快地判定為更大潛能的保證，而這份潛能將會在悠閒的婚姻生活中陸續浮現。可是一旦跨過婚姻的門檻，期待就會集中到當前。踏上婚姻的航程後，很難不發現自己停滯不前，大海也遙不可及，而你在探索的，不過是封閉的港灣。

在婚前的交談中，卡索邦經常詳述某些解釋或頗有疑義的細節，多蘿席亞總是聽不出他的立論依據。不過這些前後不連貫的論點似乎是因為他們的談話斷斷續續，基於她對未來的信心，她發揮十足的耐性，熱情地聆聽卡索邦滔滔不絕講述他對非利士人的神大袞[43]和其他魚族神祇的全新觀點，以及這些觀點可能引來哪些質疑與爭辯。她邊聽邊想，這個主題對他顯然非常重要，日後她也必須跟他一樣，從某個高度看待它。另外，每回她提出某些內心最激動的想法，他的回答總是那麼理所當然地不屑一談。她覺得那只是因為訂婚期間的倉促感，有太多事要考慮，畢竟她自己當時也是處於同樣的心境。可是自從他們來到羅馬，她內心深處的情感波濤洶湧。生活中的全新元素帶來全新問題，她在驚恐中慢慢發現，自己的內心經常湧現憤怒與嫌惡，或者陷入寂寞與厭倦。明智的胡克[44]和其他博學之士在卡索邦這個年紀時，跟他的情況多麼相近，這點多蘿席亞無從得知，所以卡索邦也沒辦法因為這樣的對比受益。可是卡索邦對周遭那些令人大開眼界事物的評論，漸漸帶給她精神上的顫慄。他想要表現自己的優點或

43 非利士人（Philistine）是居住在現今以色列西岸一帶的古民族。大袞（Dagon）是他們的主要神祇，為人頭魚身。

44 Richard Hooker（一五五四～一六〇〇），英國神學家，也是英國聖公會創始人之一。後人在他的紀念碑上以「明智」（judicious）形容他。

許並非出於不良意圖，但也只是為了表現自己。令她嘖嘖稱奇的事物，在他眼中了無新意。他已經喪失在日常生活中激發出思想與感受的能力，生命味如嚼蠟，只剩死記硬背的知識。

每當他說，「多蘿席亞，妳對這個感興趣嗎？我們要不要多停留一會兒？如果妳想，我沒問題。」她覺得不管留下或離開，他都感到枯燥乏味。或者「多蘿席亞，妳要不要去法內西納[45]，那裡有拉斐爾[46]設計或繪製的知名壁畫，大多數人都認為值得一看。」

「可是你想看那些壁畫嗎？」多蘿席亞總是反問。

「那些壁畫得到極高評價，其中某些描述邱彼特和賽姬的神話[47]，那應該是某個文藝興盛時期的浪漫派作品，恐怕不能視為真正的神話產物。不過如果妳喜歡這類壁畫，我們不妨搭馬車走一趟，到時候我相信妳可以看到拉斐爾的重要作品。來到羅馬卻沒看到他的作品，是很可惜的事。大家都說他將最優美的形式與最崇高的表現手法結合在一起，據我所知這是鑑賞家的觀點。」

卡索邦通常以審慎又正經的口吻回答這類問題，就像牧師一板一眼宣讀禮儀規程，沒有進一步說明永恆之城羅馬如何輝煌，也沒有告訴她，如果她知道更多這方面的東西，就會覺得整個世界變得光彩奪目。一個熱情洋溢的年輕人，遇上累積多年知識、失去對事物的關注與共鳴的心靈，可說是最叫人沮喪的事。

對於其他主題，卡索邦確實堅持自己的主張，也顯露出一種通常被視為熱忱的渴望。多蘿席亞急於追隨他這些想法的及時引導，不願被迫覺得自己拖著他偏離那些立場。她慢慢放棄過去那些樂觀的信心，不再認為只要跟著他，就可以找到寬廣的大道。可憐的卡索邦，他本身已經迷失在小小密室和迴旋的樓梯之間，絞盡腦汁想理解卡比洛斯諸神[48]，或者苦思其他神話學者考慮欠周的比擬，因而遺忘自己從事這些研究的初衷。他將蠟燭擺在面前，忘記周圍沒有窗子。他在手稿中尖刻評論別人對太陽神族的論點，卻對陽光視而不見。

這些特質像骨骼般固定在卡索邦體內，無法改變。即使如此，只要卡索邦願意鼓勵多蘿席亞傾訴她那些屬於少女或成年女子的情懷，而他握住她的雙手，懷著溫柔的喜悅專注聆聽，理解她過去的大小事，也讓她知道自己生命中的點點滴滴，兩人因此得知並愛憐對方的過去，多蘿席亞或許不至於那麼快看透丈夫的性情。或者她可以用溫柔女性偏好的稚氣撫慰填補自己的情感，正如年幼時頻頻親吻她那禿頭玩偶的腦殼，以自己豐沛的愛為那木偶注入歡樂的靈魂。親吻，正是多蘿席亞的偏好。儘管她渴望了解某些遠在天邊的事物，也想善待每一個人，卻也有足夠的激情去接觸近在眼前的一切。她因此願意親吻卡索邦的衣袖，撫摸他的鞋帶，只要他對她多點接納，而不是以他慣有的得體語氣宣稱她是最深情、最女性化的女人；在此同時，他又彬彬有禮地幫她拉來一把椅子，暗示他認為她的那些表現粗魯又驚人。每天早上他盥洗完畢，一絲不苟地穿上牧師服後，也願意接受些許柔情，只要不超出那個時代流行、繫得端端正正的硬式領結和他牽掛的未出版著作的容許範圍。

彷彿基於某種可悲的矛盾，多蘿席亞的觀點和決心有如消融的冰塊，漂浮並迷失在溫暖的洪水裡，而那洪水也只是冰塊的另一種形態。她羞愧地發現自己只是感情的受害者，彷彿她除非透過感情，否則

45 Villa Farnesina，是義大利文藝復興時期知名豪宅，包括拉斐爾等藝術家都在這裡留下創作。

46 Raphael（一四八三～一五二〇），文藝復興時期義大利著名建築師兼畫家，與達文西、米開朗基羅合稱「文藝復興三傑」。

47 邱彼特（Cupid）的母親嫉妒賽姬（Psyche）的美貌，命邱彼特去讓她愛上世上最醜陋的男人，沒想到邱彼特愛上賽姬，偷偷與她結婚，展開一段曲折的愛情故事。賽姬是希臘神話中的美麗公主，是人類靈魂的化身。

48 Cabeiri，古希臘神話中的一組神祕的神祇。

什麼都不懂。她全部的力量都分散在一波波怒氣、掙扎與消沉裡，而後進一步自暴自棄，將所有的艱苦都轉化為義務。可憐的多蘿席亞！她當然不好相處，但她為難的主要是自己。這天早上，她第一次讓卡索邦感到頭痛。他們喝咖啡時，她打定主意要擺脫內心那股自以為的自私，笑盈盈地傾聽卡索邦對她說，「多蘿席亞，我們就快離開羅馬了，現在必須想想還有什麼事還沒做。本來我想提早趕回洛威克過聖誕節，可是我在這裡做研究的時間超出原本的預期。不過，我相信妳在這裡度過愉快時光。在歐洲的名勝之中，羅馬的景點一直都是最叫人嘆為觀止的，某種程度上也很能啟迪心靈。我記得很清楚，早年我第一次來到這裡的時候，覺得那是我生命中最值得紀念的旅程，當時因為拿破崙下台，歐洲大陸才對遊客開放。事實上，我認為這個城市適合用誇飾修辭法形容：『到過羅馬，死而無憾。』不過要拿來用在妳身上，就得稍加修改：『到羅馬度蜜月，從此幸福美滿。』」

卡索邦用最誠懇的心意發表這篇短演說，過程中不忘眨眨眼、點點頭，說完還面帶笑容。婚姻並沒有為他帶來銷魂的狂喜，不過他立志當個無可挑剔的丈夫，要讓年輕貌美的妻子過著她應得的幸福生活。

「我希望這趟旅行令你心滿意足，我是指你在研究方面的收穫。」多蘿席亞努力把焦點放在丈夫最在乎的事。

「嗯，」卡索邦應了一聲，他的特殊語調傳達出些許否定意味。「我探討的範圍超出我的預期，也出現不少需要加以注解的主題。雖然那些東西跟我的研究未必直接相關，卻也不能置之不理。儘管有抄寫員的協助，我的任務也相當繁重，幸好有妳相伴，我才能在工作之餘喘口氣，不至於深陷苦思的泥淖。在過去的單身生涯裡，我就經常陷入思考的羅網。」

「我很慶幸我的存在能為你帶來一點調劑。」多蘿席亞說。她清楚記得，曾經有很多個夜晚，她覺得卡索邦白天過度埋首於他的研究，到了無法自拔的地步。此時她的答覆恐怕帶著一絲怒氣。「等我們回到洛威克，希望我對你能有更多幫助，對你感興趣的事也能多點了解。」

「一定會的，親愛的。」卡索邦微微欠身。「我在這裡做的筆記需要過濾。如果妳願意，可以在我的指導下做些摘錄。」

「我也可以幫忙整理你以前那些筆記。」這個話題在多蘿席亞心中燃起熊熊烈火，她忍不住有話直說。「還有那一疊疊的資料，你總是說要寫書，現在還不能動筆嗎？還不能決定要使用哪些部分？沒辦法把那本讓你淵博的知識對這個世界發揮功效的書，寫出來嗎？我可以把你口述的內容謄寫下來，也可以抄寫或摘錄你跟我說的話。反正我沒別的用處。」多蘿席亞說完這些話，露出女人那難以理解的陰鬱神態，開始輕聲啜泣，眼眶溢滿淚水。

光是這種強烈的情緒表現就足以擾亂卡索邦的心緒。然而，基於其他原因，多蘿席亞心情激動時說出的這番話，特別令他感到受傷與氣惱。正如他無法理解她，她對他的煩惱也一無所知。她還不知道丈夫心中隱藏了多少令我們心生憐憫的矛盾與衝突。她還不曾耐心聆聽他的心搏，只感覺到她自己的心怦怦狂跳。在卡索邦聽來，多蘿席亞的話以加強語氣高聲宣讀出他內心某些被壓抑的念頭。那些念頭他原本可以斥之為胡思亂想，或過度敏感導致的幻覺。只是，一旦這些念頭準確無誤地從別人口中說出來，本人就會全力抵抗，認為受到殘酷不公的指控。我們願意承認某些難堪事，但假使他人表示全然接納，我們只會更加惱怒。那麼，當我們想盡辦法告訴自己，心中那些困惑的低語只是某種病態，是麻木的先兆，必須全力抵抗，這時身邊的人卻用冷酷清晰的言語道出我們的困惑，豈不是更怒不可遏！而這位殘忍的指控者就在面前，以妻子的樣貌呈現，不只如此，還是個年輕的新嫁娘。她非但沒有像隻心靈高尚的金絲雀，以心悅誠服的崇敬看待他的勤奮抄寫與大量文件，反倒扮演起密探，不懷好意地監看他的所有努力。在這裡，這個個性上特點，卡索邦的敏感度不輸多蘿席亞，反應也夠快，往往想像超出事實。過去他讚賞她崇拜正確對象的能力，如今他赫然驚恐地預見，那種能力或許會被自以為是取代，那種崇拜也會變成最惱人的批評。那種批評只看見無數偉大美好的結果，卻絲毫不知道獲致那些結果要付出多少代價。

自從多蘿席亞認識他以來，卡索邦第一次氣得臉色漲紅。

「吾愛，」他基於禮貌隱忍怒氣。「妳可以相信我能夠安排好進度，能夠在恰當的時間處理不同階段的工作。這種事不是無知的旁觀者憑藉輕率淺薄的猜測，就能衡量的。光靠無憑無據的見解堆砌出假象，藉此得到一時的效應，對我而言是輕而易舉的事。可是對嚴謹的探險家而言，說風涼話的人不耐煩的鄙夷，更是一大考驗。畢竟那些人不學無術，只追求最低微的成就。但願這些人都能受到告誡，懂得區分不同的評論，其中一種牽涉到他們永遠無法企及的題材，另一種則只需要狹隘膚淺的觀察就能探知全貌。」

卡索邦這番話說得慷慨激昂，信手捻來，跟他平時的表現截然不同。這些話其實不全然是即席反應，而是在內心獨白中醞釀已久，此刻就像果實在突來的高溫中裂開，圓滾滾的果粒一股腦迸出來。這時的多蘿席亞不只是他的妻子，更是象徵圍繞在不被賞識或意志消沉作家周遭的膚淺世界。

現在換多蘿席亞憤憤不平。她不正是壓抑自己內心的一切，只想投入丈夫最主要的志趣，跟他一起努力？

「我的觀點當然非常淺薄，畢竟我能力有限。」她回應道。那及時流露的憎恨完全不需要演練。「你讓我看那一排排的筆記，也經常提起它們，總說需要找時間融會貫通。可是我從沒聽你說過要發表的那本書。這些都是非常簡單的事實，我也只能根據它們做出評論。我只求能幫你做點什麼。」

多蘿席亞起身離開餐桌，卡索邦悶不吭聲拿起身旁的一封信，彷彿要再讀一次。兩人都為此時的共同處境感到震驚，萬萬想不到自己竟對另一半發怒。如果這時他們在家裡，在洛威克安頓下來，在街坊鄰里之間過著尋常日子，這種衝突就不會那麼叫人為難。可是他們正在度蜜月，而蜜月的目的就是營造兩人的小天地，讓彼此成為對方的全世界。在這種情況下，意見不合的感覺叫人困惑不解，腦筋也變得遲鈍。置身他鄉異地，精神上與外界隔絕，結果卻是日起勃谿，沒辦法心平氣和交談，連遞一杯水都不願看對方，就算最頑強的心靈，也很難對這種情況感到滿意。

對於多蘿席亞少不更事的敏感心性，這儼然是一場災難，改變她所有的期望。對於卡索邦，這是一種新的痛苦。他第一次蜜月旅行，也不曾跟另一個人建立這麼緊密的關係。他發現自己在這種關係裡的屈從，遠超過他的想像，因為這個迷人的新娘不但需要他多方面為她設想（他也不遺餘力做到了），甚至還能刺傷他最需要安慰的軟弱處，殘忍地激怒他。莫非婚後的他，不但沒有得到柔情圍籬，為他防堵生命中種種冷漠、陰暗與扯後腿，反倒讓那些東西變成有血有肉的實體？

此時此刻，他們都覺得沒辦法再開口談話，但改變原本安排好的行程拒絕出門，等於宣示自己還在生氣，多蘿席亞不願意那麼做，因為她已經開始內疚。不管她的憤怒多麼正當合理，她最想要的卻不是公平正義，而是釋出溫情。因此，當馬車來到門口，她隨著卡索邦一同前往梵蒂岡，陪著他穿過石碑林立的大道。兩人在圖書館門口分開後，她繼續無精打采地在博物館裡遊走，對周遭的一切視若無物。她沒有勇氣轉身說要搭車去別處。

納烏曼看見她的時候，正是卡索邦離去那一刻。納烏曼跟她一起走進雕塑長廊，但他得在這裡等威爾。他們兩個早先拿一座看似來自中世紀的神祕雕塑打賭，賭注是一瓶香檳，這時他們要分出勝負。他們檢視過那座雕像，結束爭辯後各自往前走。威爾放慢腳步，納烏曼則走進雕像展覽廳，再次遇見多蘿席亞，正好看見她那引人注目的出神模樣。她其實沒看見地板上那道光線，正如她也沒看周遭的雕像。她腦海浮現的是接下來在自己家裡度過的漫長歲月，也看見英格蘭田野、榆樹和樹籬大道，以及可以如何為那些背景填滿欣喜的奉獻。只是如今她已經不像過去那麼肯定。不過，多蘿席亞心裡有一道溪流，所有的思想與感受或早或晚都會向那裡匯聚，也就是全部心思都湧向更圓滿的真實，最公正的善行。她心裡顯然存有比怒氣與沮喪更美好的事物。

第二十一章

她能言善道，更增添女人味與坦率，
從不裝模作樣，
故作聰明。

——喬叟[49]

就是這樣，多蘿席亞確定周遭沒有旁人之後開始低聲啜泣。不久後她被敲門聲打斷，連忙擦乾眼淚說，「進來。」坦翠普送來一張拜帖，說有位先生在大廳等候。導遊已經告訴那人只有卡索邦太太在家，但他說自己是卡索邦先生的親戚。坦翠普問多蘿席亞，要不要見他。

「好，」多蘿席亞答得毫不遲疑。「帶他到客廳。」她對威爾的主要印象來自在洛威克見面那次，當時她得知卡索邦對他的慷慨，也記得他對未來的出路拿不定主意。任何事只要能引起她的同情，她就會精神振奮。這回她覺得威爾的來訪，正好幫助她跳脫不知足的困擾，提醒她，卡索邦有一顆善心，而她

49 Geoffrey Chaucer（一三四三～一四〇〇）。這裡引用的句子出自他作品《坎特伯雷故事集》（*The Canterbury Tales*）中〈醫生的故事〉。

如今有權擔任他行善的助手。她等了一兩分鐘，才走進隔壁的客廳。她臉上還留有哭泣的痕跡，開朗的面容因而顯得比平時更年輕、更有魅力。她以善意的笑容迎向威爾，對他伸出手，沒有摻雜一絲自負。他比她年長幾歲，在那時卻顯得比她年輕，因為他坦率的臉龐突然漲紅，說話時帶點羞澀，與平時在男性友人面前表現出的滿不在乎天差地別。多蘿席亞為了安撫他，心情反倒平靜下來。

「今天早上我在梵蒂岡博物館看見妳，才知道妳和卡索邦先生在羅馬。」他說，「我一眼就認出妳，不過，我是說……我在郵局查到卡索邦先生的地址。我想盡早來拜見你們。」

「請坐。他不在，不過聽到你的消息，他一定很高興。」多蘿席亞從容地坐在壁爐與明亮的長窗之間。她指著對面的椅子，表現出溫和女主人的安詳氣度。她臉上那小女孩的哀傷痕跡卻更顯眼。「卡索邦先生十分忙碌，你能不能留下你的地址？讓他跟你聯絡。」

「很謝謝妳。」威爾開始細看改變她面容的哭泣痕跡，先前的不自在慢慢消退。「我的地址就在拜帖上。不過如果妳不反對，明天卡索邦先生在的時間我再過來。」

「他每天去梵蒂岡圖書館讀書，不事先預約很難見到他，尤其最近，我們就快離開羅馬了，所以他特別忙，他通常早餐後就出門，晚餐時候才回來。不過我相信他會希望你跟我們一起用晚餐。」

威爾無比震驚，一時之間說不出話來。他從來就不喜歡卡索邦，如果不是因為欠他人情，一定會取笑卡索邦是博學的蝙蝠。這個乾癟的老學究，總是以冗長言語做些無謂的解說，而那些解說又跟存放在商鋪儲藏室的假古董一樣無足輕重。沒想到他先是哄得這個可愛的年輕女孩嫁給他，又在蜜月期間冷落她，埋首探索他那堆霉味撲鼻的廢物（威爾偏好誇大其辭）。這幅突如其來的畫面，帶給他某種滑稽的憎惡。他很想開懷大笑，卻也有一股不合時宜的衝動，想要嘲弄謾罵。那一瞬間他意識到自己內心的掙扎已經讓他向來生動的表情出現怪異的扭曲，但他極力隱忍，讓那表情轉化為不太失禮的愉快笑容。

多蘿席亞有點納悶，可是那抹微笑難以抵擋，她也以笑容回應。威爾的笑很可喜，除非你原本在跟他生氣，否則很難不被感染。那是發自內心的光芒，照亮透明的皮膚，也為雙眼點染光采，在每一條弧線與直線上玩耍，彷彿愛麗兒[50]對它們施了新魔咒，從此驅除憂鬱的痕跡。那抹微笑勾起的回應也不由自主地帶點歡欣，即使烏黑的睫毛依然濕潤。

這時多蘿席亞問，「你想到什麼好笑的事嗎？」

「是，」威爾馬上想出託辭。「我想到第一次見面時給妳留下的印象，那時妳把我可憐的速寫批評得一無是處。」

「我批評你的畫？」多蘿席亞更納悶了。「不可能。我向來覺得自己一點都不懂繪畫。」

「當時我覺得妳非常懂繪畫，知道什麼話最傷人。當時妳說看不出我的作品跟大自然之間的關係，至少妳話裡有那個意思。我相信妳不像我記得這麼清楚。」威爾現在可以光明正大地笑了。

「我真的不懂繪畫。」多蘿席亞頗欣賞威爾的隨和。「當時我會那麼說，只是因為常聽我伯父說所有評論家都說某一幅畫非常好，我卻從來看不出它美在哪裡。我帶著同樣的無知在羅馬到處參觀，實在找不到幾幅我真正欣賞的作品。我剛踏進某個滿是壁畫或稀有畫作的展覽室時，總是覺得肅然起敬，就像小孩子參加有著華麗禮服和壯盛隊伍的莊嚴典禮，覺得自己面對的是更崇高的生命。可是等我開始細看那些圖畫，它們一幅幅都失去生命，或者在我眼中變成某種殘暴又怪異的東西。那一定是因為我自己的愚痴。我一次看得太多，其中半數我都不懂。這種情況總是讓我覺得自己很笨。大家都說某個東西非常好，自己卻一點也感覺不到，那種感覺很痛苦。很像聽著別人談論天空，自己卻雙目失明。」

50 Ariel，莎士比亞劇作《暴風雨》（*The Tempest*）裡擁有魔法的空氣精靈。

「想要感受藝術的美，有很多東西需要學習。」威爾說。多蘿席亞話裡的直率不容置疑。「藝術是一種古老的語言，有許多人為矯飾的風格。有時候看懂那些東西得到的快樂，也只是因為看懂。我非常喜歡這裡的各種藝術。不過，我猜如果我能把我的喜悅拆解開來，就會發現它們其實是各種不同的線條組合而成。自己塗塗畫畫，了解其中的過程，多少有點幫助。」

「你打算當畫家嗎？」多蘿席亞找到另一個感興趣的話題。「你想把繪畫當職業？卡索邦先生如果知道你決定以後要做什麼，應該很高興。」

「不，才不。」威爾有點冷淡。「我幾乎下定決心不當畫家，那種生活太偏頗。我見過這裡的德國藝術家的生活，我就認識其中一個從法蘭克福來的畫家。有些人還不錯，甚至相當有才華，可是我不想跟他們一樣，完全從畫室的角度看待整個世界。」

「這點我能理解。」多蘿席亞友善地說。「來到羅馬的感覺是，比起圖畫，這個世界更需要其他東西。但如果你有繪畫天分，就把它當做指引，這樣不對嗎？也許你能畫出更好的作品，或者別出心裁。那樣的話，同一個地方就不會有那麼多千篇一律的畫作。」

這番話明顯真誠，不可能造成誤解，威爾也跟著放下防衛。「要想做出那樣的創舉，必須擁有罕見的天賦。以我的天賦，恐怕連目前已經達到的水準都跟不上，至少沒有優異到值得下那番苦功。如果做的事太單調乏味，我永遠沒辦法成功，太辛苦才能得到的成果與我無緣。」

「卡索邦先生說過，他很遺憾你沒有耐心。」多蘿席亞溫和地說。這種把整個人生當成假期的論調太令她震撼。

「嗯，我知道卡索邦先生的想法，我跟他是不一樣的人。」

他倉促的回應夾帶一絲輕蔑，惹惱了多蘿席亞。經過早上的齟齬，她對卡索邦的事變得更敏感了。

「你跟他當然不一樣，」她有點自豪地說。「我無意拿你們做比較，卡索邦先生堅持不懈全力以赴的精神並不常見。」

威爾看得出來她生氣了，他內心對卡索邦的不滿又多了新理由。多蘿席亞竟然崇拜這樣的丈夫，實在叫人難以忍受。女人的這種弱點，只有她們的丈夫會喜歡。凡人總是忍不住要消滅旁人惹眼的榮耀，還認為這樣的行為不算謀殺。

「確實不常見。」他馬上回答。「所以就這樣浪費掉未免可惜。很多英國學者都是如此，因為他們不知道外面的世界進步到什麼程度。如果卡索邦先生懂德文，可以少走很多冤枉路。」

「我不明白你的意思。」多蘿席亞顯得震驚又焦慮。

「我只是在說，」威爾隨口答。「德國人在歷史研究領域已經拔得頭籌，開闢出通暢的道路，可以悠閒地嘲笑那些拿著口袋型羅盤在樹林裡摸索而來的成果。我住在卡索邦先生家那段時間，看見他對那些東西視而不見。他好像堅決不讀德國人寫的拉丁文論著，我非常遺憾。」

威爾只是想狠狠打擊那份受到過度吹捧的辛勤，無暇去想多蘿席亞會受到什麼樣的傷害。威爾自己對德國作家了解並不深入，不過即使自身沒有多大成就，還是有能力同情其他男人的缺點。

想到丈夫一生的辛勞可能白費，可憐的多蘿席亞一陣心疼，沒有多餘心力去想威爾蒙受卡索邦那麼多恩情，說出這種話是不是不太應該。她甚至沒有開口說話，只是坐在那裡端詳自己的雙手，沉浸在悲慘的念頭裡。

不過，威爾祭出那致命一擊後十分後悔，看見多蘿席亞沉默不語，覺得自己恐怕又惹她難過了，也意識到自己好像恩將仇報。

「我特別感到遺憾，」他又開口，採取常用對策，把貶損轉為口是心非的頌揚。「因為我對卡索邦先生心懷感恩與尊敬。如果不是因為他的才華和性格如此傑出，這種事根本算不上什麼。」

多蘿席亞抬眼看過來，激動的心情令她的眼眸更加明亮。她用哀傷的語調韻味十足地說，「真希望當初住在洛桑時學會德文！那裡有很多德文老師。可惜我現在什麼忙也幫不上。」

多蘿席亞最後那句話帶給威爾新的啟示，但暫時還是神祕難解的啟示。她為什麼會答應嫁給卡索邦？當初威爾第一次見到她時，認為一定是因為她甜美的外表下有個討人厭的性格。這樣的三言兩語好像不足以解答這個問題。不管她性格如何，絕不至於討人厭。她不會冷酷無情耍小聰明，也不含沙射影挖苦別人，反而單純得可愛，情感非常豐富。她是偽裝成凡人的天使，假使有幸守候在她身旁，等著欣賞那從她內心與靈魂譜出、直率又坦誠的悠揚旋律，會是多麼無與倫比的樂事啊。他心中再度響起風弦琴樂音。

對於這樁婚姻，她想必為自己編出天真的浪漫情節。假使卡索邦是一頭惡龍，沒有通過法律程序，直接伸出魔爪將她抓到他的巢穴。那麼他不可避免地必須行俠仗義，再拜倒在她石榴裙下。可是卡索邦比惡龍更難應付，他是他的恩人，有整個社會充當後盾，而且這時正好走進客廳，舉止審慎合宜，沒有任何可議之處。多蘿席亞因為新一波的擔憂與懊喪，神情有點激動。威爾正以欣賞的眼光揣測她的心情，臉色也沒那麼平靜。

卡索邦見到威爾有點驚訝，那驚訝之中沒有一絲喜悅，但他打招呼時仍然不失一貫的禮貌。威爾則是站起來解釋自己為什麼在這裡。卡索邦看起來比平時鬱悶，或許是因為這樣，他的氣色顯得更暗淡，更蒼老。不過，這也可能是跟年輕的威爾對照之下產生的效果。威爾給人的第一印象有如陽光般耀眼，使得他多變的表情更顯生動。當然，就連他的五官都會隨時改變，下顎有時變大，有時顯小；鼻端那小小凹陷也能隨時變形。他快速轉頭的時候，髮絲彷彿能甩出光線，有些人覺得這種光芒肯定是天縱英才的象徵。反觀卡索邦卻是黯淡無光地站在原地。

多蘿席亞的視線焦急地投向丈夫時，未必沒有意識到那明顯的對比，但那種感覺摻雜了其他因素，只是讓她更強烈意識到自己為丈夫感到擔憂，也因而對他生起一股溫柔的憐憫。有史以來第一次，激起這份憐憫的是他的真實命運，而不是她自己的夢想。不過，威爾在場讓她覺得心情比較輕鬆。因為他跟她年齡接近，或許也因為他能夠接納不同見解。她太需要有個說話的對象，而且過去從來不曾遇見過這麼靈活又善於變通、好像什麼都能理解的人。

卡索邦嚴肅地表示，他原本以為威爾只打算留在德國南部，希望威爾在羅馬這段時間過得開心，也有豐碩成果。他有點累，請威爾隔天晚上再來跟他們共進晚餐，到時候再好好聊一聊。威爾能理解，接受他的邀請後立刻告辭離去。

多蘿席亞憂心忡忡看著丈夫疲倦地癱坐在沙發另一頭，一隻手支著腦袋，低頭望著地板。她臉頰微紅，雙眼明亮，走到他身旁坐下。

「早上我說話欠考慮，請原諒我。我錯了，我好像傷害了你，害你一整天過得更辛苦。」

「親愛的，妳能這樣想我很高興。」卡索邦語氣平靜，輕輕點頭，可是他看她的眼神還有一點拘謹。

「那麼你真的原諒我了？」多蘿席亞輕輕啜泣一聲。她需要表露內心的情感，不介意誇大自己的過錯。看見懺悔回頭，愛情不是會遠遠迎上前去，摟住脖子親吻嗎？

「親愛的多蘿席亞，『他人悔過還不滿意，不能見容於天地。』[51]妳不至於認為我有資格被這個嚴格的句子逐出天地之外吧。」卡索邦打起精神堅定地表態，努力擠出一絲笑容。

51 摘自莎士比亞劇作《維洛那二紳士》(*The Two Gentlemen From Verona*)第五幕第四場。

多蘿席亞沉默無語，可是剛才那聲啜泣帶出的一滴淚水這時堅持往下掉落。

「親愛的，妳太激動，我自己也感受到混亂心情衍生的不良後果。」卡索邦說。事實上，他想告訴她，他不在家時不該接待威爾，但他隱忍下來。因為他覺得她才表示懺悔，如果這時再追究另一件事，未免有點失禮。再者，他不想再多說話，免得進一步擾亂心情。另外，他心高氣傲，不願意表現出自己的嫉妒心。他的嫉妒心並沒有在其他學者身上耗盡，還留有一些可以發揮在其他方面。有一種嫉妒只需要一丁點火力，那幾乎算不上是熱情，只是侷促不安的利己主義在潮濕陰暗的消沉沮喪中培育出來的枯萎病。

「我們該換服裝了。」他邊說邊看錶。

他們都站起來，誰也沒再提起這天發生的事。可是多蘿席亞清楚記得這段經歷，清楚得就像我們生命中某些重要時刻的記憶，比如最在乎的期待落空，或者全新的動力產生。這天她開始明白，想從卡索邦身上得到感情的回應，根本是毫無根據的空想。另外，她開始有種預感，他生命中似乎存在某種陰暗面，不只是他自己，連她也會遭到同樣嚴重的損耗。

我們天生帶著心靈上的愚昧，以為整個世界只是餵養我們至高無上自我的乳房。多蘿席亞很早就體悟到這份愚昧。然而，如果她只想著如何為卡索邦奉獻自己，如何藉由他的力量與智慧變得明智又強大，她的人生就會輕鬆得多。可惜，她卻能清晰地洞察他也有個不相上下的自我中心，從那裡投射出來的光亮與暗影，必定是以不同方式落下。她這個洞察不再只是思緒，而是感受，是一個概念，能像實質物體般對感官的直覺產生作用。

第二十二章

我們談了許久，她單純又善良，
她心中沒有惡念，所做無非善行。
她拿出心中豐富的寶藏，施捨予我，
當她給我她的心，我感同身受。
不敢多想，也將我的心給了她，
於是她擁有我的生命，卻未曾察覺。
——阿爾弗萊．德．繆塞[52]

隔天晚餐時，威爾非常開朗隨和，沒有給卡索邦任何機會挑他毛病。相反的，多蘿席亞覺得威爾好像善於用更爽朗的方式打開她丈夫的話匣子，而且能專注聽他說話，態度比她見過的任何人都恭敬。那是當然，蒂普頓周遭那些人的天分畢竟有限！威爾自己也說了不少話，不過他都是見縫插針，好像只是順道一提聊些無關緊要的事，聽起來像是緊跟在宏亮鐘鳴後的輕快鈴聲。

52 Alfred de Musset（一八〇一～一八五七），法國浪漫派作家。這裡的句子摘自他的作品《幸運》（*Une Bonne Fortune*）。

威爾當然有他的缺點，但他這天的表現無懈可擊。他敘述在羅馬貧民窟的所見所聞，那是能夠自由自在到處遊歷的人才能見到的景象。他發現自己贊同卡索邦的見解，覺得密多頓[53]針對猶太教與天主教的關係提出的論點毫無根據。接著他話鋒一轉，半認真半打趣地聊起他在古今並存的羅馬體驗的樂趣。他說羅馬這座城市提供持續不斷的比較機會，讓人腦筋靈活，避免把過去的時代當成一組分隔開來的盒子，彼此之間欠缺重要關聯。威爾說，他發現卡索邦研究的廣度凌駕其上，而卡索邦本人可能不曾感受到這種意外效果。但他自己必須承認，羅馬可以說讓他對整體歷史產生全新的感受，片段的歷史激發他的想像力與聯想力。偶爾他也會把注意力轉向多蘿席亞，但不太頻繁。他會探究她說的話，彷彿就算她針對〈佛利諾的聖母〉[54]或〈勞孔群像〉[55]發表看法，也是值得列入最後定論的參考。

一個人覺得自己對世界的觀點有所貢獻，談話氣氛就顯得格外歡欣，卡索邦不免也以自己的年輕妻子為榮。她的談吐向來比大多數女性有深度，正是因為這點，他當初才會看上她。

一頓飯下來相談甚歡，卡索邦宣布，他決定休息兩天不去圖書館，之後再去做幾天研究，就該打道回府了。威爾覺得機不可失，建議卡索邦離開前去參觀一兩間畫室。他問卡索邦願不願意帶妻子一起去？因為這種機會錯過可惜。畫家的工作室別具風格，那是一種生活形態，像生長在巨大化石之間的小巧鮮綠植物，各種昆蟲圍繞四周。威爾樂意陪同他們前去，當然，他不會帶他們看些枯燥乏味的東西，只是參觀一兩個範例。

卡索邦看見多蘿席亞熱切的眼神，不得不問她是否有興趣。他現在有空，可以整天陪伴她。最後敲定威爾隔天過來，跟他們一起搭馬車出門。

威爾不願錯過托瓦爾森[56]，他是當代知名藝術家，就連卡索邦都提起過他。不過中午剛過，他就帶他們去他朋友納烏曼的畫室。他告訴他們，納烏曼是基督教藝術革新派的主要人物，這些人讓世世代代視為謎團的神聖事件裡的崇高概念得以復甦，進一步擴大。這麼一來，各個時期的偉大心靈便栩栩如生呈現在我們面前。威爾補充說，目前他正在跟納烏曼學習。

「我跟著他畫些油畫速寫，」威爾說。「我不喜歡臨摹。我必須添加點自己的東西。納烏曼目前在畫眾聖徒拉著基督教馬車前進。而我在速寫馬洛的帖木兒坐在戰車裡，被他征服的各國國王為他拉車[57]。我的宗教性不像納烏曼那麼強，偶爾我會取笑他在畫作裡放進過多涵義。不過這回我打算以更廣泛的意圖超越他。我用戰車上的帖木兒象徵世界的有形歷史的恢宏進程，鞭策著被駕馭的王朝。我覺得那是對神話的準確解讀。」說到這裡，威爾把視線投向卡索邦。他如此隨性運用象徵手法，卡索邦似乎聽得頗不自在，僅僅不置可否地欠身回應。

「速寫能表達那麼深厚的涵義，一定是了不起的傑作。」多蘿席亞說。「你剛才說的那個涵義，我恐怕還不太了解。你是用帖木兒象徵地震和火山嗎？」

「沒錯，」威爾笑著說。「也象徵種族遷徙、森林砍伐，還有發現新大陸和發明蒸汽機。任何妳想像得到的事物！」

「這樣的速寫真難理解！」多蘿席亞笑著對她丈夫說。「用上所有的知識才能看懂。」

---

53 Conyers Middleton（一六八三～一七五〇），英國神職人員，宗教觀點頗具爭議性。
54 Madonna di Foligno，拉斐爾的知名畫作，現存放在梵蒂岡博物館。
55 Laocoön，據考證為公元前一世紀的大理石雕像，描述特洛伊戰爭故事中勞孔與他的兩個兒子被海蛇吞噬的情節。
56 Bertel Thorwaldsen（一七七〇～一八四四），丹麥知名雕塑家，長期在羅馬定居創作。
57 Christopher Marlowe（一五六四～一五九三），英國劇作家，這裡描述的場景出自他的劇作《帖木兒大帝》（*Tamburlaine the Great*）第二部第四幕，帖木兒大帝駕車前往巴比倫，戰敗國的國王為他拉車。

卡索邦眨了眨眼，偷偷看了看威爾。他懷疑自己被嘲弄了，卻沒辦法判定妻子是共犯。

他們到的時候納烏曼正在勤奮地作畫，不過畫室裡沒有模特兒，他的作品擺放得井然有序，鴿子灰上衣與紅褐色天鵝絨無邊帽突顯他單純活潑的個性。一切都那麼完美，彷彿他預期這位年輕貌美的英國女士會在這個時間翩然來到。納烏曼操著自信滿滿的英語，針對他已完成和未完成畫作發表一篇小小的學術演說，說話時一下看看多蘿席亞，一下看看卡索邦，沒有差別待遇。威爾不時爆出熱情的讚揚，點出朋友作品裡特別出色的優點。多蘿席亞覺得自己好像得到全新概念，能夠看懂那些坐在寶座上的聖母（寶座不知為何附有篷蓋），以及純樸鄉村風光的背景；還有那些聖徒，有的手捧建築模型，有的腦袋上意外插著一把刀。某些過去令她感到駭人聽聞的畫面好像不再深奧難懂，甚至有了正常的涵義。不過這些顯然都屬於另一個系統的知識，引不起卡索邦的興趣。

「我想我寧可欣賞畫作的美，不想把它當成謎團來解讀。不過比起你那些意義非常廣泛的作品，這些對我來說可能更容易理解。」多蘿席亞對威爾說。

「別在納烏曼面前提起我的畫，」威爾說。「他會告訴妳那都是『劣作』，這是他用來批評別人最極端的詞！」

「是這樣嗎？」多蘿席亞真誠的目光投向納烏曼。

納烏曼露出苦笑，說：「他不是真心想畫畫。他必須走文學路線，比較『寬廣』。」

納烏曼說「廣」的時候刻意拉長尾音，像在挖苦。威爾不太高興，卻還是笑了笑。卡索邦雖然討厭納烏曼的德國腔，對他這番明智的嚴厲評斷不禁產生些許敬意。

那點敬意沒有消失，因為接下來納烏曼把威爾拉到一旁密商片刻，先是看看一幅大型畫作，再看看卡索邦，而後上前說：「先生，如果能用你的面貌來畫我那幅聖托瑪．阿奎那，對我將是非常珍貴的經驗。我的朋友威爾認為你會原諒我提出這種要求。我知道這樣太冒昧，可是我實在太少見到完全符合我需要的模特兒，簡直就是夢想成真。」

「先生，你太令我震驚了。」卡索邦臉上綻放出欣喜的光采，表情軟化許多。「我向來覺得自己長相普普通通，如果我這不起眼的面容對你描繪聖托瑪．阿奎那這位神學大師的五官有點幫助，那是我的榮幸。我是說，只要不會太久，而卡索邦太太不介意耽擱一點時間的話。」

至於多蘿席亞，再也沒有任何事比這更令她高興，唯一的例外是，有個神奇的聲音宣布卡索邦是最聰慧、最可敬的人子。真是那樣的話，她搖搖欲墜的信心就能再次穩固。

納烏曼需要的用具都在手邊，一樣也不缺。他一面作畫，一面跟大家閒談。多蘿席亞不發一語坐下來，心情無比平靜，比不久前開心了許多。身邊每個人都很友善，她心想，如果不是因為自己太無知，羅馬會是個美不勝收的城市，就連它的哀傷也會長出希望之翼。多蘿席亞個性從來不多疑，小時候她相信黃蜂懂得感恩，麻雀秉性正直，聽到別人說牠們是低等動物，她會義憤填膺地打抱不平。

納烏曼一面熟練地畫著，一面向卡索邦請教有關英國政治的問題。卡索邦滔滔不絕地回答，威爾則是坐在後面的階梯上俯瞰這一切。

這時納烏曼說，「接下來要等一下，半小時後再繼續。威爾，過來看看，我覺得到目前為止效果非常完美。」

威爾讚嘆連連，彷彿欽佩得五體投地，無法用言語形容。這時納烏曼又用可憐兮兮的遺憾語氣說：「哎，這……如果我能再多畫點……不過你們一定還有事……我不能提出這種要求，甚至不能請你們明天再來一趟。」

「我們留下來吧！」多蘿席亞說。「我們今天反正沒別的事做，只是到處逛逛，對不對？」她用哀求的表情看著卡索邦。「那個頭像如果不能畫得盡善盡美有點可惜。」

「這樣的話，先生，謹遵吩咐。」卡索邦說，客氣中帶點屈尊俯就。「我決定讓腦袋的內容清閒一點，腦袋的表面還能有這點作用也很好。」

「你真是好得無法用言語形容，我太開心了。」納烏曼跟威爾說了幾句德語，指著畫布上這裡那裡，彷彿在討論他的畫。最後他把畫放在一旁，心不在焉地環顧一周，像是想找點事給訪客做，之後又轉頭對卡索邦說：「也許這位美麗的新娘，這位優雅的女士不介意讓我利用等待的時間，為她畫張簡單的速寫。當然，不是畫在剛才那幅畫裡，而是一幅個人肖像。」

卡索邦點頭致意，他相信卡索邦太太會答應。

於是多蘿席亞馬上說，「我該坐在哪裡？」

納烏曼道歉連連地請她站著，並且容許他為她調整姿勢。她全力配合，沒有裝出一般人認為在這種情況下該有的姿態或假笑。這時納烏曼說，「我希望妳模仿聖克拉拉[58]的站姿，像這樣傾斜，手托著臉，對。請看著那張凳子，對！」

威爾現在無比糾結，一方面他很想匍匐在聖克拉拉腳下親吻她的長袍，另一方面又想一拳打倒正在調整多蘿席亞手臂的納烏曼。這一切都太厚顏無恥，也是褻瀆，他後悔帶她來這裡。

納烏曼勤快地動筆作畫。威爾心情恢復平靜，到處走動，想盡辦法陪卡索邦打發時間。可惜他的策略成效不彰，卡索邦果然還是煩了，他擔心多蘿席亞太累。

納烏曼明白他的意思，連忙說：「先生，如果你願意再來一趟，現在就可以讓女士休息。」

於是卡索邦的耐性延長了，沒想到最後卻發現，如果他能再來一趟，聖托瑪．阿奎那頭像能更完美呈現，於是雙方約好隔天再見。次日聖克拉拉也補了好幾筆。在卡索邦那幅畫裡，聖托瑪．阿奎那坐在一群教會神學家之間，正在辯論某個無法以畫面表現的抽象議題，上方一群天國觀眾倒是相當專注聆聽。卡索邦十分滿意，談妥價錢決定買下。

他們也順便談到聖克拉拉那幅畫，納烏曼聲稱他自己並不滿意。他捫心自問，恐怕不見得有能力將它畫成一幅佳作，所以聖克拉拉那幅作品的買賣是附帶前提的。

那天晚上，納烏曼取笑卡索邦的酸言酸語，以及他對多蘿席亞魅力的狂熱歌誦，我就不多說了。只要納烏曼讚美，威爾就會表達意見，只是出發點不同。當納烏曼具體描述多蘿席亞的美貌，威爾就會被他的放肆氣得七竅生煙。納烏曼選用那些最尋常的字眼，未免太低俗。再者，他憑什麼談論多蘿席亞的雙唇？她可不像其他女人，可以隨便讓人品頭論足。威爾不能說出內心的想法，只是火冒三丈。不過，當初他先是拒絕，後來又答應帶卡索邦夫婦到納烏曼的畫室，就是抵擋不了虛榮心的誘惑，想證明自己有能力提供納烏曼欣賞多蘿席亞美貌的機會，或者該說瞻仰她的聖潔，因為那些用來形容姣好外表的普通詞彙都不適合她。（多蘿席亞的外貌受到這般推崇，想必整個蒂普頓和周遭地區的鄉親，包括多蘿席亞本人，都會驚訝萬分。在世界的那個角落，多蘿席亞只是個『漂亮女孩』罷了。）

「納烏曼，給我個面子，這個話題到此為止。卡索邦太太不是那種可以當成模特兒任意評論的人。」威爾說。

納烏曼直盯著他。「好吧！那就談我的阿奎那。那張臉總算還不太差。我敢說那位大學者聽見我要畫他，一定心花怒放。再沒有誰比這些老古板學者更虛榮的了！我猜得沒錯，比起她的肖像，他更在乎

58 Santa Clara（一一九三～一二五三），出生於義大利，十八歲離開家鄉，追隨聖方濟（S. Francisco de Assis，一一八二～一二二六），一同創立聖方濟女修會。

他自己的。」

「這個面無血色的該死傢伙，成天賣弄學問的花拳繡腿。」威爾咬牙切齒地罵道。納烏曼不知道卡索邦資助威爾，但威爾自己正在想這件事，多麼希望馬上寫張支票還清他的人情。

納烏曼聳聳肩，說，「親愛的，他們不久後就要回英國了，我覺得這樣很好，他們害你脾氣變壞了。」

現在威爾一心琢磨著該怎麼單獨見到多蘿席亞。他想在她心裡留下更深刻的印象，只希望她記憶中的他，比他自己想像中好一點。她雖然坦誠表達了真摯的善意，他卻不滿足，因為他看得出來她平常待人就是如此。遠距離仰慕高不可攀的女性，在男人一生中不算罕見，但在大多數情況下，仰慕者多半渴望女神另眼相看，給出某種認可的暗示，即使不走下神壇，也能令他欣喜若狂。那正是威爾要的。可是他內心的渴盼充滿矛盾。當多蘿席亞的目光帶著人妻的焦慮、懇求地投向卡索邦，那是多麼美的一幕。如果她不是忠誠柔順的妻子，她的光環恐怕就會暗淡些。只是，到了下一刻，那個丈夫品嚐這種甜美花蜜卻彷彿食不下嚥，簡直叫人難以忍受。最令威爾苦惱的是，他真想說些狠話打擊那個男人，卻有充足理由必須忍氣吞聲。

隔天威爾沒有接到用餐邀請，所以他告訴自己必須登門拜訪，而最適合的時間顯然是中午時分，因為那時卡索邦不會在家。

多蘿席亞並不知道先前接待威爾引起丈夫不快，這回也毫不遲疑請他進來，何況威爾可能是來跟他們道別的。他走進客廳時，她正在看買給西莉亞的浮雕寶石。她問候威爾的態度十分自然，彷彿他的來訪是再正常不過的事。

她手裡拿著浮雕寶石手鐲，不假思索地說：「我真高興你來了。也許你比我了解浮雕寶石，能幫我看看這些品質好不好。我買這些東西的時候，原本希望你能來幫我挑選，可是卡索邦先生說沒有時間，他的研究明天就結束了，我們三天內就會離開。我有點擔心這些浮雕寶石不夠好，麻煩你坐下來幫我看看。」

「我也不是很懂，不過這種荷馬風格的小飾品都是優雅細緻的東西，多半不會太糟，色澤也很漂亮，剛好適合妳。」

「這是買給我妹妹的，她的膚色跟我很不一樣。你在洛威克遇見過我跟她在一起。她髮色比較淡，長得很美，至少我這麼認為。我們第一次分開這麼久。她非常討人喜歡，從來不調皮。我出門前才知道她希望我幫她買這種浮雕飾品，萬一買到次級品，我會很遺憾。」多蘿席亞笑著補充最後一句。

「妳自己好像不喜歡浮雕寶石。」威爾邊說邊坐下，跟她保持一定距離，看著她蓋上那些盒子。

「嗯，坦白說，我不覺得這些東西有什麼重要。」多蘿席亞答。

「看來妳普遍反對各種形式的藝術。這是為什麼？我以為妳夠敏感，能體驗四處可見的美好。」

「我好像對很多事都無動於衷。」多蘿席亞直率地說。「我願意讓生命變得美好，我指的是所有人的生命。只是，藝術耗費那麼多金錢，卻好像跟人們的生活沒有直接關係，也不能改善整個世界，這真令人難過，想到大多數人都被排除在外，我就沒辦法好好享受任何東西。」

「那叫做盲目的同情心。」威爾脫口而出。「除了藝術，風景、詩歌和所有精美事物，妳都可以這麼說，如果妳貫徹到底，就會因為自己的善良悲慘度日，而且因為不比其他人優秀，變成惡人。最好的虔誠就是把握機會享受一切，那樣的話，妳就等於做出最大貢獻，拯救了地球的本質，讓它變成令人愉悅的星球。享樂也會向四面八方擴散。想要照顧全世界一點用處都沒有，只要妳，不管對藝術或對其他任何東西感到喜悅，妳的目的就達到了。難道妳想把全世界的年輕人都變成一個悲劇合唱團，為世上的苦難慟哭或教化世人？我覺得妳有個錯誤觀念，認為苦難是好事，想用自己的生命犧牲奉獻。」威爾一席話說得欲罷不能，這時連忙打住。

但多蘿席亞的思路跟他不在同一條軌道上，她平淡地說：「你真的誤會我了。我並不是天性哀傷憂鬱的人，我從來不會鬱悶太久。我愛生氣，個性也不可愛，不像西莉亞。我會發一大頓脾氣，之後一切又都顯得那麼十全十美。我忍不住盲目地相信一切輝煌的事物。我很樂意欣賞這裡的藝術，可是有太多東西我看不懂背後的道理，太多東西在我看來頌揚的似乎是醜陋，而不是美。那些繪畫和雕塑或許出色，給人的感覺卻往往是低劣與殘暴，有時甚至荒謬可笑。有些藝術品，我第一眼看到時覺得高貴又神聖，好像不輸附近阿爾班山脈的景色或蘋丘山的落日。可是這更令人感到悲哀，人們苦心孤詣創造出那麼多作品，稱得上佳作的卻是鳳毛麟角般稀少。」

「當然劣作總是居多數，正是因為有它們這片沃土，才能產生稀世珍品。」

「天哪，」多蘿席亞驚呼一聲，威爾的話憑添她此時的憂慮。「看來想對這個世界有益非常困難。自從來到羅馬，我一直覺得，我們大多數人的生命如果也能掛在牆壁上展示，一定比那些畫作更難看、更拙劣。」多蘿席亞嘴唇微張，像是還有什麼話要說，卻改變心意停了下來。

「妳太年輕，這些落伍觀念在妳身上是一種時代錯亂。」威爾說得慷慨激昂，習慣性快速搖一下頭。「妳說起話來老氣橫秋，一副從來沒有年輕過似的，彷彿妳童年時像神話裡那個男孩一樣見過冥王哈迪斯[59]。妳在成長過程中接觸到一些恐怖觀點，那些觀點就像牛頭人身怪[60]，專吃美麗女子。接下來妳會回去，被關進洛威克那座石造監獄，活生生被埋葬。想到這裡，我怒不可遏！我寧可從來沒有見過妳，也不願意眼睜睜看妳度過那樣的人生。」

威爾再次擔心自己說得太過火。可是我們附加在言語上的意義取決於我們的感受，而他憤怒又遺憾的口吻充滿為多蘿席亞設想的善意。一直以來，多蘿席亞總是在付出熱情，鮮少從周遭的人身上得到關懷。

這時她體驗到一種全新的感恩心情，帶著親切的笑容說：「你這麼關心我，真是個好人。那是因為你自己不喜歡洛威克，你早就決定要過另一種人生。而洛威克是我選擇的家。」她最後一句話的語調幾乎帶點莊嚴的餘韻，威爾不知道該說些什麼，畢竟他就算跪倒在她腳邊告訴她，他願意為她付出生命，也沒有用。她顯然不需要那樣的奉獻。他們兩個沉默了半晌，多蘿席亞才又開口，好像終於決定說出先前想說的話。

「你上次提到一件事，我想再問清楚點。部分原因可能是你生動的說話風格，我發現你措辭偏向強烈，我自己如果說話不經考慮，也常誇大其辭。」

「妳想問什麼？」威爾發現她說話時有點怯生生的，這是他過去沒見過的表情。「我說話常常太誇大，所以總是惹麻煩，我敢說我可能必須收回自己的話。」

「我指的是你提到學習德語的必要性，我是指對卡索邦先生目前的研究而言。我一直在想這件事，我覺得以卡索邦先生的學問，那些德國學者掌握的資料，他一定也已經蒐集到了，你說是嗎？」多蘿席亞之所以羞怯，是因為她似有若無地意識到，這是在向第三人探詢自己的丈夫是不是博學多聞，有點不

59 Hades，希臘神話中掌管地府的神祇。這裡的小男孩應指希臘神話中掌管愛與情欲之神厄洛斯（Eros）。厄洛斯小的時候聽母親阿芙蘿岱特（Aphrodite）指示，向冥王哈迪斯射了一箭，中箭後的哈迪斯愛上第一個見到的女人普西夢妮（Persephone），將她帶往冥府。

60 Minotaurs，希臘神話中克里特王的王妃與公牛生下的怪物。克里特王聽從神諭留牠一命，建造迷宮將牠關在裡面，並要戰敗的雅典城每年進貢七名童男童女供牠食用。

自在。

「資料不完全相同。」威爾覺得話還是別說得太直白。「他不是東方語言專家，他掌握的資料恐怕都是二手資訊。」

「可是有很多研究古代的珍貴書籍，都是很久以前的學者寫的，那些人對現代這些東西沒有概念，那些書本卻還是有人使用。卡索邦先生的創作為什麼就不能像那些人的書一樣有價值？」多蘿席亞口氣裡的抗議更明顯了。她忍不住把內心的想法大聲說出來。

「那要看研究路線。」威爾的口氣也像在抗辯。「卡索邦先生選擇的主題就跟化學一樣與時俱變，不停有新發現建立新觀點。誰會想要以四大元素為基礎的體系，或駁倒帕拉塞爾蘇斯[61]的書本？到這時還緊追上個世紀學者——像布萊恩特[62]那一類的人——的腳步，糾正他們的錯誤論點，那就像躲在雜物間裡，費勁修補有關古實和麥西的跛腳理論。妳難道看不出這麼做一點用處都沒有？」

「你怎麼能說得這麼輕描淡寫？」多蘿席亞的表情介於傷心和憤怒之間。「如果真像你說的那樣，還有什麼比白白浪費這麼多精力更悲傷？如果你真的覺得像卡索邦先生這樣的人，心地這麼好，這麼有能力，又這麼博學，生命最寶貴的時期付出的心血全都白費，怎麼能不替他難過？」她開始為自己的這種推測感到震驚，也氣惱威爾引她說出這些話。

「妳問我的是事情的本身，不是內心感受。」威爾說。「如果妳因為我就事論事處罰我，我接受。我的立場不適合表達我對卡索邦先生的感受，我能說的最多只是對恩人的歌功誦德。」

「請原諒我。」多蘿席亞滿臉通紅。「你說得沒錯，我知道自己不該提起這個話題。事實上，我錯得離譜。比起只付出一丁點、連失敗都稱不上，長時間努力後的失敗更值得敬佩。」

「這話我深有同感。」威爾決定扭轉局面。「所以我已經下定決心，永遠不逃避失敗的風險。卡索邦先生的贊助對我也許沒有好處，我決心放棄它帶給我的自由。我打算近期內回到英國，靠自己的能力謀生，不再依靠任何人。」

「這樣很好，我尊重你的決心。」多蘿席亞給予善意的回應。「但我相信在這件事情上，卡索邦先生唯一考慮的是你的福祉。」

威爾心想，「她已經嫁給他，所以決定用足夠的執著和傲氣來服侍他。」接著他站起來，對多蘿席亞說：「這應該是我們最後一次見面。」

「別急著走，等卡索邦先生回來。」多蘿席亞懇切地說。「很高興在羅馬遇見你，我原本就希望多認識你。」

「我卻惹妳生氣。」威爾說。「給妳留下壞印象。」

「才不。我妹妹說我總是因為別人說了我不喜歡聽的話，就跟他們生氣，但我希望自己不至於因為這樣就覺得別人不好，最後通常是我覺得自己不好，太沒耐心。」

「但妳還是不喜歡我，以後妳想到我，心裡就會不痛快。」

「一點也不。」多蘿席亞的態度充滿善意。「我非常喜歡你。」

威爾並不滿意。他覺得如果自己被討厭，在多蘿席亞心裡的地位可能更重要一點。他沒再說話，表

---

61 Paracelsus（一四九三～一五四一），文藝復興時期的瑞士醫生兼煉金術士，本名 Theophrastus von Hohenheim，因自認比古羅馬醫學家凱爾蘇斯（Aulus Cornelius Celsus，西元前二五年～至西元五〇年）更偉大，於是改名 Paracelsus。

62 指 Jacob Bryant（一七一五～一八〇四）英國古典學者，著有《古代神話分析》（*A New System or an Analysis of Ancient Mythology*），主張所有神話都可以追溯到諾亞的兒子含（Ham）與含的兒子古實（Chus）與麥西（Mizraim）。

情顯得呆滯，甚至有點悶悶不樂。

「我很想知道你將來會做什麼。」多蘿席亞興高采烈地說。「我真心相信每個人天賦不同。如果不是因為這樣，我就會是非常狹隘的人，除了繪畫，還有太多東西我都不懂。你恐怕沒辦法相信，我在音樂和文學上的造詣有多淺薄，比你差得太多。我好奇你會選哪一條路，也許當詩人？」

「看狀況。當詩人就得擁有靈敏的鑑別力，能察覺出最細微的差異。他們的感受力也得夠及時，好讓鑑別力變成一隻靈巧的手，有條不紊地在情感的絲弦上撥弄出各色優美音調。在那樣的靈魂裡，認知立即轉成感受，感受又反射回來，成為全新的認知器官。這種條件不是誰都能擁有的。」

「可是你忽略了詩歌本身。」多蘿席亞說。「少了詩歌，詩人就不完整。我知道你所謂認知轉成感受指的是什麼，因為我好像就有那種感覺，可是我確定自己永遠寫不出詩來。」

「妳**就是**一首詩，而這就是詩人最可貴的特質，是詩人心情暢快時的意識狀態。」威爾這番話頗有新意，就像我們面對早晨、春天和其他數不清的新氣象時都有的體驗。

「聽見這話我很高興，」多蘿席亞笑著說，嗓音像悠揚婉轉的鳥鳴。她看著威爾，眼睛裡有著淘氣的感謝。「你這麼說實在太好心了！」

「但願我真的能做出妳所謂『好心』的事，哪怕是微不足道的小事，但恐怕我永遠也沒機會。」威爾熱烈地說。

「會有的，」多蘿席亞說得誠懇。「會有機會，那時我會記得你對我的好意。我第一次見到你的時候，心裡很希望能跟你當朋友，因為你是卡索邦先生的親戚。」她雙眼似乎有點濕潤的光澤。

威爾意識到自己的眼睛也遵從自然法則，泛起了水光。這一刻完美至極，她單純無邪的高貴心性展現出懾服人的力量和迷人的端莊氣質，如果說有什麼東西能夠破壞這一切，那就是「卡索邦」這個名字的出現。

「即使現在，也有一件你能做的事。」多蘿席亞心情再次浮動，於是起身走了幾步。「答應我，你不會跟任何人提起那件事，我指的是卡索邦先生寫的書。我是說，不要從那個角度談論。那個話題是我引起的，該怪我，不過請你答應我。」

這時她已經結束短暫踱步，在威爾面前站定，肅穆地望著他。

「當然，我答應。」威爾嘴裡這麼說，他的臉卻紅了。如果他從此不再中傷卡索邦，也不再受他的恩惠，那麼顯然可以更加憎恨他。歌德[63]曾說，詩人必須學會憎恨，至少威爾已經具備這個能力。他必須走了，不能再等卡索邦，不過他們出發前，會再來向他道別。多蘿席亞向他伸出手，兩人簡單說了聲「再見」。

威爾從馬車門廊走出去的時候，遇見卡索邦。

卡索邦向威爾表達最高的祝福，也客氣地婉謝他隔天再來道別的好意，因為他們要忙著準備返家事宜。

那天晚上，多蘿席亞對丈夫說：「我有一件關於威爾的事想跟你說，你聽了以後對他的觀感會改善。」那天卡索邦一回來，她就告訴他，威爾剛離開，隔天會再過來。當時卡索邦說，「我在外面碰見他了，我們彼此道別過了。」他說話的神態和口氣隱含強烈暗示。

每當我們對某個不管公事或私事的話題不再感興趣，也不想再繼續談，就會用這種方式畫下句點。

---

63 Johann Wolfgang von Goethe（一七四九～一八三二），德國作家兼政治家，成名小說為《少年維特的煩惱》（*Die Leiden des jungen Werthers*）。這裡引用的文字出自歌德一八一四年的詩〈要素〉（Elemente）。

所以多蘿席亞等到晚上才又提起。

「什麼事，吾愛？」卡索邦問。他態度最冷淡的時候總是喊多蘿席亞「吾愛」。

「他決定從此不再遊蕩，不再靠你接濟，也打算不久後回英國，找工作養活自己。你應該會覺得這是好現象。」多蘿席亞討好的眼神看著丈夫不冷不熱的臉龐。

「他有說打算從事哪方面的工作嗎？」

「沒有。不過他覺得繼續接受你的資助對他沒有好處，當然，他一定會寫信告訴你。他這麼有決心，你對他的印象沒有變好嗎？」

「等收到他的信再說。」卡索邦說。

「我告訴他，你為他做的一切都是以他的福祉為考量。我還記得第一次在洛威克見到他的時候，你說的話都是為他著想。」多蘿席亞伸手按住丈夫的手。

「我對他有責任。」卡索邦將另一隻手按在妻子手上，等於明白接受她的示好，只是眼神裡有著藏不住的忸怩。「如果不是這樣，我必須承認我對那個年輕人一點也不感興趣。像我說的，我對他有責任，除此之外，我們沒有必要討論他的未來，那不是我們能決定的。」

多蘿席亞沒有再提起威爾。

第三卷　等待死亡

第二十三章

「你有太陽神的駿馬，」他說。
「和阿波羅的一流御術！
不管你有什麼，我敢打賭，
我必定叫你低頭服輸。」

我們已經知道弗列德心裡記掛著一筆債務，以他無憂無慮的個性，這種不足掛齒的負擔通常困擾他不超過幾小時，只是這筆債務情況特殊，讓他一想到就格外心急。他的債主班布里奇是地方上的馬販子，鎮上那些沉迷於「尋歡作樂」的公子哥都愛跟他往來。每逢假期，弗列德不免需要更多娛樂，手頭上的錢經常不敷使用。班布里奇倒是熱心助人，不管弗列德平日租馬或有一回不小心騎壞一匹優質獵馬，都允許他記帳，甚至拿了一筆小錢借他，讓他償還撞球輸掉的錢。

債務的總金額是一百六十鎊。班布里奇一點也不擔心被倒債，因為他確定弗列德有靠山。不過他要求弗列德立字據。最初弗列德給的是一張自己簽名的借據。三個月後借據重新開立，這回簽名換成凱勒伯．葛爾斯。不管是哪一張借據，弗列德都有信心自己還得起錢。他對未來充滿希望，覺得會有大筆大筆的金錢供他揮霍。

你多半不認為這種信心有什麼外在的實質依據。我們都知道，這種信心是某種比較精緻又虛幻的東西，它能帶來寬慰，讓我們期待某些東西的出現。比如上天的智慧、朋友的愚蠢、神祕的好運，或我們個人在宇宙中更神祕的崇高價值，為我們帶來可喜結果，而這個結果恰恰符合我們對衣飾和一切風雅事物的高尚追求。

弗列德確信他能得到姨父的贈禮，也相信他會交上好運，可以憑藉「交易」，讓一匹價值四十鎊的馬慢慢變成隨時可以換成一百鎊現金的馬匹。「鑑賞力」通常等於一筆數額不定的現金。再怎麼說，就算發生了只有最病態的疑慮才能想像的倒楣事，弗列德始終（在當時）都有他父親的口袋可以仰賴。因此，他的美夢資產可說數量可觀，綽綽有餘。至於他父親的口袋有多深，弗列德只有模糊概念：生意原本就有賺有賠，不是嗎？某一年的虧損，另一年的盈餘就能彌補，不是嗎？溫奇一家人過著優渥闊綽的生活，倒沒有什麼特別奢華的排場，只是遵循家族的生活習慣與傳統，所以年幼的孩子們沒有節儉的概念，年紀較大的兄姐也保有孩提時的想法，覺得他們的父親只要願意，多少錢都拿得出來。溫奇先生也有些米德鎮的奢華習氣，打獵、酒窖、晚宴，花錢如流水。溫奇太太在很多家商鋪都有往來帳戶，那種想買就買、不必為付錢煩心的感覺還真痛快。不過弗列德知道，責怪孩子亂花錢是父親的天性。每回他不得已說出自己積欠的債務，總是引發一場小型風暴，父親會痛斥他揮霍無度。弗列德不喜歡屋子裡的狂風暴雨，但他太孝順，不敢對父親不敬，也順從地承受父親的雷霆震怒，相信很快就會雨過天晴。只是，母親的淚水不免令他苦惱，而且他被迫繃著臉，暫時沒辦法逗樂取笑。弗列德天生好脾氣，如果他因為挨罵眉頭深鎖，主要也是覺得這種時候不適合嘻皮笑臉。很顯然，最簡單的辦法就是換一張請朋友作保的借據。有何不可？他擁有希望提供的充分保障，有什麼理由不把負擔轉嫁到別人身上。只是，那些名字派得上用場的人通常消極悲觀，不願意相信世間的規則必然對性格開朗的年輕紳士有利。

當我們需要請人幫忙時，就會重新檢視朋友圈，肯定他們的優點，原諒他們的輕微冒犯，一個個掂量，看看哪個人會熱心地給我們方便。而我們自己接受幫助的急切，也像其他熱情一樣具有感染力。然而，總是有一些人熱心不足。這些人必須等到其他人拒絕之後，才會列入考慮。結果是，弗列德刪掉所有朋友的名字，只剩下一個。因為向那些人開口不是件愉快的事，而他暗自相信，不管一般人怎麼樣，自己至少有權力免除一切不愉快的事。若說他有朝一日會落入悲慘境地，穿洗得縮水的長褲、吃冷掉的羊肉、沒有馬匹代步只得靠雙腿走路，或者以任何方式「抬不起頭」，簡直荒唐至極，徹底違背大自然賦予他的樂觀天性。弗列德一想到還不出這點錢就被人瞧不起，實在傷透腦筋。於是，最後他選上了那個最窮卻最好心的朋友，也就是葛爾斯。

葛爾斯一家人都喜歡弗列德，正如他也喜歡他們。他和蘿絲夢年幼時，葛爾斯家境還不錯，兩家人因為費勒斯東的兩次婚姻（第一次娶葛爾斯的妹妹，第二次娶溫奇太太的姐姐）也算沾親帶故，因此有點情誼，只不過是以孩子們的關係為主。他們小時候用玩具茶杯喝茶，整天玩在一起。瑪麗是個野丫頭，六歲的弗列德覺得她是全世界最好的女孩，從雨傘切下一截黃銅做成戒指送她，說她是他的妻子。從小學到大學，他一直跟葛爾斯家保持親近，也把他們家當自己第二個家，雖然他父母早已經不跟葛爾斯家來往。即使當年葛爾斯還算富有的時候，溫奇夫婦在他和他太太面前就是一副紆尊降貴的高姿態，因為米德鎮還是有鮮明的階級觀念。雖然老牌製造商也跟公爵一樣，不能只跟同等級的人來往，卻也意識到自己擁有某種固有的社會優越感。這種優越感在實務上表現得鉅細靡遺，卻無法用任何理論描述出來。

後來葛爾斯的營造生意垮了，過去他曾經做過勘測員、估價員和仲介，一事無成的履歷因此再添一筆。他把營造公司轉讓給別人，接下來那段時間，他留在公司為新業主管理事業，一家人省吃儉用過日子，只為了還清所有債務，如今他無債一身輕。有些人覺得葛爾斯想盡辦法清償債務是個好榜樣，對他肅然起敬。可是在這個世界上，沒有像樣的家具和成套的餐盤刀叉，光靠別人的尊敬不會有人瞧得起你。溫奇太太跟葛爾斯太太相處時總覺得彆扭，經常說她是必須養活自己的女人，意思是說葛爾斯太太婚前當過老師。在這種情況下，熟知林德利・默里[1]和《曼納歐的問題》[2]，充其量就像布商懂得辨認印花棉布商標，或導遊熟知外國風土人情。經濟條件不錯的女人不需要懂那些。自從瑪麗去費勒斯東幫忙管家以後，溫奇太太對葛爾斯家的嫌棄轉變成某種更實質的東西：她擔心弗列德跟這個毫不出色的女孩私訂終身，畢竟那女孩的父母「日子過得那麼寒酸」。弗列德知道媽媽的心事，在家裡從來不提他拜訪葛爾斯太太的事。其實他最近去得更勤了，因為他對瑪麗的愛慕之心越來越強烈，所以越來越喜歡親近她的家人。

葛爾斯在鎮上有間小辦公室，弗列德就是去那裡找他幫忙。他輕而易舉就達到目的，因為過去不計其數的痛苦經驗，還不足以讓葛爾斯學會慎重處理自己的事，或提防一直以來還算可靠的朋友。再者，他對弗列德評價極高，深信「這孩子一定有出息，本性善良又重感情，絕對值得信任」。葛爾斯心裡就是這麼想的。他是那種「嚴以律己、寬以待人」的稀有人類，會為他人犯的錯誤感到羞愧，從來不願刻意提起。因此，他寧可專心思考讓木材更結實的方法或其他巧妙設計，也不會花心思去揣測別人的用

1 Lindley Murray（一七四五～一八二六），美國文法專家，他寫的英語文法教科書在美國與英國廣泛採用。

2 《*Mangnall's Questions*》，英國女教師曼納歐（Richmal Mangnall，一七六九～一八二〇）編撰的教科書，內容包括歷史與各領域問答。

心。就算他不得不責怪別人，他也得先把手邊的紙張東挪西移，或用手杖在地板上描畫各式圖形，或數一數口袋裡的零錢，才能執行任務。他寧願幫別人做事，也不願挑他們的錯處。如果由他來維護紀律，效果只怕非常有限。

弗列德陳述自己的債務狀況，說他不想麻煩他父親，還說他確定很快就有錢可以還清，不會造成任何人的不便。葛爾斯聽他說話時把眼鏡往上推，凝視這個他最喜歡的年輕人清澈的雙眸，對他的話深信不疑，將過去的誠實和對未來的信心混為一談。不過，他認為這是個提出善意規勸的好機會，決定在簽名之前先來一番頗為嚴正的告誡。於是他接過借據，挪好眼鏡，衡量簽名的位置，伸手拿筆，看了看，沾了墨水，再看一看，而後把借據往外推了一下，再次將眼鏡往上推，兩道濃眉末端的紋路加深，讓他的表情顯得格外和善（請原諒我如此詳盡描寫，如果你認識葛爾斯，就會喜歡上這些細節）。

他用輕鬆的語調說：「那匹馬的膝蓋摔斷了，真不幸，是吧？還有這些交易，碰上不安好心的馬販子，你準要吃虧。孩子，下回你得精明點。」葛爾斯把眼鏡拉下來，照慣例一絲不苟地簽下他的名字，因為他在生意上無論做什麼事，都要做到最好。他的腦袋瓜子歪向一邊，端詳那一個個比例準確的偌大字母和最後那一筆花式收尾，而後把借據交給弗列德，說聲「再見」，繼續斟酌詹姆斯新建村屋的設計圖。或許是因為太專心工作忘了借據的事，或基於某種葛爾斯更心知肚明的因素，葛爾斯太太始終不知道這件事。

那件事之後，弗列德的世界起了變化，不但改變他對未來的看法，他姨父費勒斯東贈送的那筆錢也變得非常重要，讓他的臉色一陣紅一陣白，先是期待太高，而後失望太大。他沒有通過畢業考，求學期間累積的債務因此更令他父親震怒，在家裡掀起一場前所未有的暴風雨。溫奇信誓旦旦地說，如果今後弗列德再惹出這種爛攤子，就把他趕出門，讓他自生自滅。到現在他對兒子還是沒有好臉色，因為事到如今，弗列德才說他不想當牧師，不想「繼續走那條路」，氣得他暴跳如雷。弗列德知道，如果不是因為家人和他自己都暗自相信他是姨父的繼承人，他的下場會更悽慘。老費勒斯東向來以他為榮，明顯喜愛他，讓他的行為得到更多寬容。就像年輕的貴族偷竊珠寶，我們會說他得了竊盜癖，提起這件事時還會露出充滿哲理的笑容，絕不會像處罰偷拔蘿蔔的小乞丐一樣，將他送進感化院。事實上，米德鎮大多數人嘴上沒說，心裡都相信老費勒斯東會留一大筆財產給弗列德。

在弗列德心目中，他急難時姨父的雪中送炭，或幸運時的錦上添花，永遠是構成他虛幻前途難以計量的基礎。可是那筆現金贈禮卻是可計量的，如果拿來還債，還有一定的差距，那個差距只能靠弗列德的「鑑賞力」或其他形式的好運來彌補。先前為了解決傳說中假借名義借錢的事，他父親出面替他去拿布爾斯妥德的證明，所以不能再請父親掏錢補足他實際積欠的款項。弗列德還算機靈，看得出憤怒會混淆判斷力，知道那樣一來，他否認以姨父的遺囑借錢的事，就會被認定為說謊。他跟父親坦白一件煩心事，另一件則略過不提。在這種情況下，全盤揭曉勢必造成一種印象，那就是他先前蓄意隱瞞。弗列德自誇從不騙人，連無傷大雅的小謊也不曾說過。每回提到蘿絲夢的小伎倆（只有同胞兄弟才會這樣指控美麗的女孩），他總是聳聳肩，扮個顯眼的鬼臉。他寧願吃點苦少點享樂，也不要被別人當成騙子。正是基於這種內在的強大壓力，弗列德才會明智地將八十鎊交給母親保管。可惜的是，他沒有立刻把錢交給葛爾斯。他打算再弄個六十鎊，湊足全部債款，為此，他留二十鎊在身上充當種子，希望透過鑑賞力的栽培，加上好運的灌溉，能得到超過三倍的收成。當那片田地是年輕少爺無邊無際的心靈，又有各種數字任他使用，那樣的乘法運算非常不樂觀。

弗列德不是賭徒，他沒有那種特殊疾病：迫切需要為一次機會或冒險繃緊全身上下的神經，就像酒鬼離不開酒瓶。他只是小賭怡情，那種傾向不像酒精那麼強烈，而是以含有豐富乳糜的最健康血液輸送，讓人維持歡樂的假象，根據內心的期望塑造結果，不擔心自己的遭遇，只看見同一條船上的其他人具備什麼樣的優勢。樂觀的希望喜歡任何形式的冒險，因為成功是必然的。只有盡可能押下更多賭注，才能得到更多樂趣。弗列德喜歡打獵和越野障礙賽馬，同樣也喜歡賭局，尤其是撞球。而他喜歡賭局多一點，因為他需要錢，希望能贏。可惜那價值二十鎊的種子都栽種在誘人的綠色球桌上，白白糟蹋了——應該說除了順手花掉的那些之外。約定的還款日漸漸逼近，弗列德發現他手邊只剩交給媽媽保管的那八十鎊。他那匹氣喘吁吁的老馬是很久以前姨父費勒斯東送他的禮物。溫奇向來不反對兒子養馬，基於自己的生活習慣，即使兒子不成材，他仍然覺得養馬是合理需求。因此，那匹馬是弗列德的財產。眼見還款日在即，儘管失去馬匹，人生會少掉很多樂趣，他仍然決定做出這個犧牲，他懷著英雄氣概下了這個決心。那英雄氣概是被逼出來的，因為他害怕對葛爾斯食言，也因為他愛瑪麗，重視她對他的觀感。

他要出門去參加隔天早上在杭斯里的馬市。那麼他要直接賣了馬，帶著錢搭公共馬車回家嗎？嗯，那匹馬恐怕賣不到三十鎊，何況誰知道事情會有什麼轉機，不碰碰運氣未免太蠢笨。他覺得自己非常可能碰上好機會，想得越久，越覺得好機會不可能不上門，也越覺得如果不做好萬全準備抓住它，未免不合情理。他決定跟班布里奇和「老手」賀拉克騎馬去杭斯里。他不需要特別開口向他們討教，只要細心觀察，應該就能向他們偷學幾招獲利。出發前，弗列德向媽媽拿回那八十鎊。

那天，弗列德與班布里奇和賀拉克一同騎馬離開米德鎮，目的地當然是杭斯里的馬市，看見他們的人多半覺得小溫奇一如往常又出門玩樂去了。如果不是那些罕見的沉重心事，他真的會有種逍遙快活的感覺，覺得自己正要去做愛玩的年輕小伙子該做的事。弗列德不是粗鄙的人，平時也看不上那些沒上過大學的年輕人的言談舉止，還寫過一些跟他吹奏的長笛樂音一樣充滿田園風味的淡雅詩篇。他竟會跟班布里奇與賀拉克混在一起，就顯得非常值得玩味。光是對馬匹的喜愛好像不足以說明，恐怕得再加上「名義」的神祕影響。這種影響很大程度決定人們的選擇，如果不是基於「玩樂」的名義，跟班布里奇與賀拉克兩位先生相處肯定十分單調無趣。另外，某個下著綿綿細雨的午後，他跟他們一起抵達杭斯里，在一條布滿煤灰的街道下馬，走進紅獅旅店。吃飯地方的牆壁上掛著被灰塵覆蓋的本郡地圖、一幅無名馬匹在馬廄裡的拙劣畫作、喬治四世國王陛下全身像，旁邊擺著幾個鉛痰盂。如果不是名義帶給弗列德支撐下去的力量，讓他覺得追逐這些東西還算「快活」，眼前的一切只怕難以承受。

賀拉克果然顯得深藏不露，帶給想像力充分發揮的空間。乍看之下，他的服裝就令人激動地聯想到馬匹，只要描述一下他那略微往上翹的帽緣就夠了，因為那角度恰恰好，排除向下彎的嫌疑。大自然給他的那張臉有著蒙古人的眼睛，而他的鼻子、嘴和下巴好像追隨他的帽緣適度上揚，產生一種似有若無、固定不變的質疑笑容。在各種表情之中，就屬這種最令易感的心靈備受壓抑。如果搭配足量的沉默寡言，就會顯得此人擁有無可匹敵的理解力、無窮無盡的幽默感，以及一份決定性的鑑賞力。那份幽默感已經過度乾涸無法流動，甚至可能變成固定不動的硬殼。但那種鑑賞力舉世無雙，前提是你有足夠的好運探知一二。在各行各業都看得到這樣的外貌，不過最能左右英國年輕人的，恐怕還是相馬專家。

弗列德請賀拉克幫忙看他座騎的距毛（馬蹄上的長簇毛），賀拉克坐在馬鞍上半轉身子，盯著那匹馬的動作整整三分鐘，又轉身向前，拉了拉他自己的馬勒，默不吭聲。那張側臉跟先前一樣寫滿懷疑，一分不多，一分不少。

這麼一來，賀拉克在對話中扮演的這種角色效果格外強烈，在弗列德心中激起矛盾情緒，一方面巴不得揍得他開口說話，一方面又自我克制，希望這點交情能帶給自己一點好處。說不定賀拉克會適時說出相當有價值的評論。

班布里奇的態度顯得開朗許多，而且似乎不吝惜表達他的意見。他嗓音宏亮、體格健壯，偶爾有人說他「生活放蕩」，主要指他滿口髒話、喝酒、打老婆。曾經吃過他虧的人說他為非作歹，但他自己認為馬匹交易是第一等的藝術，甚至可能會煞有介事地聲稱，它跟道德沒有任何關係。不可否認他生意做得很成功，論起喝酒，就算喝得比別人多，也比別人清醒。整體來說，他的生命力旺盛得像鮮綠的月桂樹[3]。可是他談話的題材相當有限，就像那支動聽的老歌〈香醇白蘭地〉，每隔一段時間就重複原來的旋律，把神經衰弱的人都給繞暈。不過有他在場，米德鎮很多圈子都顯得更生動有趣，所以他在綠龍酒店的酒吧和撞球室都赫赫有名。他知道不少賽馬場那些名人的事蹟，對侯爵或子爵們各種小聰明如數家珍。這顯示就算在騙子圈，好的血統也是出人頭地的保證。他驚人的記憶力主要表現在自己交易過的馬匹，事隔多年後，他還能指天誓日告訴你，某匹馬一眨眼工夫能帶著你跑多少公里。他會強調誰也沒見過那樣的馬，邊說邊鄭重賭咒，鞭策大家的想像力。簡言之，班布里奇是個聲色犬馬之輩，也是玩樂的好搭檔。

弗列德心思細膩，沒有告訴兩個同伴他去杭斯里是為了賣馬。他希望能旁敲側擊，從他們口中探出牠真正的價值。可惜他不明白，要從這種行家口中打聽到真話，幾乎是不可能的事。班布里奇不是個把好話掛在嘴邊的人。他實在太震驚，沒想到這匹倒楣的棗紅馬兒竟然喘成這副德性，簡直要用上所有適合地獄的言語，才能稍微形容牠的慘狀。

「弗列德，你買馬不找我，難怪你上當！那匹栗色馬是你騎過最好的馬，你竟拿牠換來這頭畜生。如果你騎著牠去慢跑，牠會喘得像二十個鋸木匠同時鋸木頭。我這輩子只見過一匹比牠喘得厲害的傢伙，就是糧商佩格威那匹花毛馬。七年前，他用那匹馬拉他的小馬車，後來想賣給我，我說，『謝啦，佩格威，我不做管樂器買賣。』我就是那麼說的。那個笑話傳遍全國，是真的。可是，見鬼了！比起你這個喘吁吁的傢伙，那匹馬根本是玩具喇叭。」

「咦，你剛才說他的馬比我的糟。」弗列德比平時更不耐煩。

「那我剛才沒說實話。」班布里奇斷然回答。「兩匹馬半斤八兩，沒什麼差別。」

弗列德踢了馬刺，三個人小跑一段路。等他們速度再次放慢，班布里奇說：「不過那匹花毛馬跑起來比你這匹好。」

「我對牠的步態還挺滿意。」這時弗列德需要全心全意相信自己是跟同伴出門尋歡作樂，才撐得下去。「我倒覺得牠跑起來很利落，賀拉克，你說呢？」

賀拉克直視正前方，沒有流露一絲情緒，儼然是一幅出自大師手筆的肖像畫。

弗列德放棄打探專家意見的不切實際期待。不過回想起來，他發現班布里奇的貶抑與賀拉克的沉默都代表實質上的贊同，意味著他們對被批評的馬評價其實很高。

果然，就在那天傍晚，馬市開張前夕，弗列德覺得自己看到讓馬兒高價脫手的大好時機。因為這個好時機，他不禁佩服自己頗有先見之明，帶來了那八十鎊現金。有個年輕農夫是班布里奇的舊識，他走進紅獅旅店，說起他打算賣掉一匹獵馬。他說那匹馬叫鑽石，似乎暗示那是一匹名馬。農夫說他只想要匹好用的老馬，偶爾拉拉車，畢竟他就要成家了，以後不想再打獵。那匹獵馬目前寄在朋友的馬廄，離旅店只有一小段距離，天黑前還來得及去看。去那個朋友的馬廄要經過一條後巷，在那個衛生條件欠佳的年代，只要走過那樣的骯髒巷道，不必花錢買藥就能中毒。弗列德跟他那兩個同伴不同，他沒喝白蘭地，沒有酒氣幫他抵擋惡臭，可是想到可以看見那匹能讓他賺錢的馬，那興奮的心情就足以帶著他隔天

3 典故出自《聖經・詩篇》第三十七之三十五，指出惡人勢力龐大，像翠綠的月桂樹般擴張自己。

一早再去走一趟。他非常肯定，如果他不來跟那個農夫談價錢，班布里奇一定會搶著買。

弗列德覺得，由於情況緊急，他的敏銳度隨之提升，讓他擁有審時度勢的能力。班布里奇試騎了鑽石：如果他不打算買，絕不會那麼做，那畢竟是他朋友的馬。所有看見那匹馬的人顯然都眼睛一亮，就連賀拉克也不例外。要想從這些人身上撈點好處，就得學會察言觀色，不能像個傻瓜似的凡事只看表面。那匹馬的毛色是斑駁的灰，弗列德碰巧知道梅德利寇爵爺的人正在找這樣一匹馬。班布里奇試騎過後，那天晚上趁農夫不在時說，他看過比這匹馬差的馬也賣了八十鎊。沒錯，他的說詞反覆超過二十次，可是如果你心中自有定見，自然能分辨真假。弗列德不由得認為自己鑑賞馬匹的能力也不含糊。那個農夫在弗列德那匹儘管氣喘卻十分體面的駿馬面前站了一段時間，似乎意味著他覺得這筆交易值得考慮。只要再多付他二十五鎊，他或許願意把鑽石換給弗列德。這麼一來，弗列德帶著他那匹價值至少八十鎊的獵馬離開時，口袋裡還有五十五鎊現金。等到還債時，他就能弄到一百三十五鎊，那時葛爾斯先生暫時需要補貼的差額最多只有二十五鎊。

第二天早晨他急急忙忙穿衣服時，已經清楚知道絕不能錯過這個千載難逢的機會，就算班布里奇與賀拉克都勸他打消念頭，他也不會真的相信他們是出於善意。他知道他們心裡打著別的算盤，絕不是真心為年輕人著想。關於馬的事，唯一的原則就是別輕信他人。

但我們都知道，多疑不能全面應用，否則人生就會停滯不前。我們必須相信某些事，必須做某些事。那些事不管是什麼，即使表面上看來只是對別人的盲目依賴，說到底就是我們自己的判斷力。

弗列德相信自己做了一筆有利的交易，馬市還沒開張，他已經換到那匹花斑灰馬，代價是他原來那匹馬加三十鎊，只比他打算出的價錢多五鎊。可是他有點擔心，也有點累，也許是因為謀慮過多。總之，他沒留下來逛馬市，獨自踏上二十公里的歸途。他打算慢慢地走，讓他的馬保持活力。

第二十四章

酷虐凌辱銘刻心上，
悔過賠罪無以補償。

——莎士比亞《十四行詩》

很遺憾，在杭斯里諸事順遂後的第三天，弗列德的心情陷入前所未見的低潮。倒不是說轉賣馬匹的事情不順利，而是他還沒跟梅德利寇爵爺的人談妥交易，可望為他換來八十鎊現金的鑽石竟然無預警地在馬廄發狂飛踢，差點把馬夫給踢死，最後絆到掛在馬廄板上的繩子，把腿給弄瘸。碰上這種事就像結婚後發現另一半脾氣暴躁，追悔莫及。當然，另一半的老朋友肯定早就心知肚明。基於某些原因，這回慘遭惡運打擊的弗列德不像平時那麼靈活變通。他只知道自己口袋裡剩下五十鎊，一時之間不可能再弄到更多錢，而五天內就得還清一百六十鎊債務。

他心裡很清楚，就算他以不該造成葛爾斯損失為由請求父親解危，父親也會憤怒地拒絕。父親會說葛爾斯是在助長奢侈和欺騙，有這樣的下場咎由自取。他實在太沮喪，沒有心力再想其他辦法，只能帶著僅剩的五十鎊直接去找葛爾斯，告訴他這個悲傷的事實，這樣至少還能保住那五十鎊。當時他父親在店裡，不知道這件事，等他發現了，一定會因為弗列德把那匹狂野的劣馬送進他的馬廄而大發雷霆。在面對這樁小麻煩以前，弗列德決定保留所有的勇氣去解決更大的難題。他騎著父親的老馬出門，因為他決定等他跟葛爾斯談過以後，就到斯東居向瑪麗坦承一切。事實上，如果不是有瑪麗的存在，或者如果弗列德不愛她，他的良心或許不會這麼活躍：早先讓他一直記掛這筆債務，現在又逼迫他採取迅速又直接的行動，不允許他依照過去的習性拖延不愉快的難題。即使比弗列德堅定得多的人，表現出來的正直也有大半是為了最心愛的人。有個古人曾在知心好友過世後慨嘆，「我所有行為表現的舞台垮掉了。」[4] 擁有這樣的舞台，而且觀眾要求他們表現出最好的一面，這樣的人何其幸運。當然，如果瑪麗對於何謂值得讚賞的品行沒有確定概念，弗列德當時的做法就會大不相同。

葛爾斯不在辦公室，弗列德於是轉往他家。葛爾斯家離市區有一段路，是棟樸實無華的房舍，正前方有一片果園，半木造的屋子外觀顯得雜亂，樣式也挺老舊。早年米德鎮還沒延伸到郊區時，這只是一座農場屋舍，如今周遭都是鎮上居民的私人庭園。如果我們的房子跟朋友一樣，有它的獨特面貌，我們就會更喜歡它。葛爾斯家人口不算少，因為瑪麗有四個弟弟一個妹妹，儘管最好的家具很久以前都已經賣光，他們全家人還是很喜歡自己的老屋。弗列德也喜歡這棟房子，他熟悉屋裡屋外的一切，包括閣樓裡的蘋果和木梨香氣。在今天以前，他總是帶著愉快的期待來到這裡，可是此時他的心臟不安地跳動，因為他意識到自己可能必須當著葛爾斯太太的面說出真相，而她比葛爾斯更令他畏怯。

倒不是說她像瑪麗一樣喜歡冷嘲熱諷挖苦人，葛爾斯太太從不出口傷人，至少在目前這個穩重的年紀不會。套用她自己的話，她年紀輕輕就扛起生活重擔，學會了隱忍自制。她有個少見的特質，能理性地看清無法改變的事實，並且無怨無悔地認命順服。她欣賞丈夫的優點，很久以前就明白他沒有能力保護自身的利益，也樂觀豁達地承受後果。她心量寬大，不在茶具和孩子的服飾花邊上追求虛榮，也不曾背地裡向左鄰右舍的婦人訴苦自己的先生不夠精明，如果他像別的男人一樣，老早賺了多少錢之類的。

正因如此，鄰里間的婦人有些覺得她太驕傲，有些覺得她古怪，偶爾在她們的丈夫面前提起她，總是稱呼她「你們那位高尚的葛爾斯太太」。相對的，她對她們也不無微詞：世間哪有零缺點的女性？她比米德鎮大多數婦人受過更正統的教育，對同性的行為舉止要求比較嚴格。她始終認為，女人就得全心全意服從男人。另一方面，她對男人的缺點卻又過度縱容，經常告訴別人，那些毛病都是再自然不過的事。

另外，我們不得不承認，對於她心目中的蠢事，葛爾斯太太的抗拒有點太強烈。她當過家庭教師，後來嫁作人婦，這種身分的轉變深深印在她腦海。儘管她頭上戴著簡樸的帽子，還得親手為家人做飯，縫補全家人的襪子，卻從沒忘記過她的文法和發音比鎮上大多數人都正確。她偶爾會用走動的方式指導學生，也就是讓他們拿著書本或寫字板，跟著她在廚房裡走來走去。她一面做家事一面糾正學生的錯誤，「看都不必看一眼」。一個婦人儘管把衣袖高高捲起，也能對假設語氣和熱帶地區如數家珍，她覺得讓學生看到這些，對他們有好處。總之，她希望他們知道，她受過教育，擁有各種學識，值得受人敬重，不是個沒有用的花瓶。每當她發表這些頗富教育意義的談話，總是微微蹙額，但這不妨礙她保持寬容慈愛的表情。她滔滔不絕的話語則是熱情悅耳的女低音。當然，堪為婦人典範的葛爾斯太太也有滑稽的一面，但她的古怪並不影響她的性格，正如酒囊的皮革味無損上等葡萄酒的香醇。

她把弗列德看成自己的孩子，隨時願意原諒他犯的錯誤。只是，如果瑪麗跟他私訂終身，她可能不會原諒她，因為她用對女性的嚴格標準要求自己的女兒。正因為她的格外寬容，弗列德想到自己不可避免地要令她失望，心裡更是難受。他這回上門碰到的情況比預期中更不利，因為葛爾斯一大早就出門到

4 這句話是古馬其頓國王安提柯二世（Attributed to Antigonus II of Macedon，約西元前三二〇～二三九）對斯多葛學派創始人西提姆的芝諾（Zeno of Citium，約西元前三三五～二六三）的悼詞。

附近巡視某個修繕工程。平日裡某些時段葛爾斯太太都會在廚房，這天早上她也在廚房一心多用同時做幾件事：在寬敞廚房另一頭那張擦得晶亮的松木桌上做餡餅；隔著打開的門，監看莎莉邊烤東西邊揉麵糰；順便教導她最小的兒子和女兒。兩個孩子此時隔著桌子站在她對面，面前放著書本和寫字板。廚房另一頭有個木盆和晾衣架，意味著她還抽空洗些零星衣物。

葛爾斯太太衣袖捲到手肘上方，熟練地搓揉麵糰，偶爾用一下擀麵棍，偶爾用手捏點花紋，在此同時熱情地解說文法，說明動詞與代名詞如何正確地與「群集名詞或指稱多數的名詞」保持一致；這畫面看起來十分有趣。她跟瑪麗一樣是捲髮方臉，但比瑪麗好看些，五官更加細緻，膚色白皙，健壯的中年女性體格，眼神無比堅定。她戴著雪白花邊帽時，很容易讓人聯想到我們都見過的那種可愛法國女人，手臂上掛著菜籃子上街採買。看著這樣母親，你不免期待她的女兒日後也會像她，這種美好願景的價值幾乎等同於嫁妝。同樣地，有太多母親的陰影也常出現在女兒背後，像個惡兆般說著：「她很快就會變成這樣的我。」

「我們再複習一次。」葛爾斯太太在蘋果鬆餅上捏了個花紋，原本應該看著書本的小班因此分心。小班是個精力充沛的小男孩，長了兩道濃眉。「『還得考慮單字傳達的是單一或多數概念』，小班，再跟我說說這句話的意思。」

（葛爾斯太太就像那些比較知名的教學者，遵循她最喜歡的古老途徑，即使整個社會普遍沉沒，她還是會把她的「林德利．默里」高高舉在水面上。）

「嗯，它是說，你得想想自己是什麼意思。」小班口氣不太高興。「我討厭文法，這東西有什麼用？」

「它可以讓你說話和寫文章不會出錯，別人才能懂你的意思。」葛爾斯太太答得一絲不苟。「你希望以後說話跟老喬布一樣嗎？」

「對。」小班答得堅決。「那樣比較好笑。他說，『你氣』，就跟我們說的『你去』一樣清楚。」

「可是他說『花園裡有船』，而不是『有羊[5]』。」蕾蒂優越感十足地說。「聽的人會以為他說的是跑到陸地上的船。」

「只要不笨就不會！」小班說。「船怎麼會跑到花園裡？」

「這些只是發音的問題，是文法裡最不重要的部分。」葛爾斯太太說。「小班，那些蘋果皮是餵豬用的，如果你吃了，我就得把你的餡餅給豬吃。喬布平時只需要說些簡單的事情，如果你懂的文法沒有比他多，怎麼說或寫得出更難的東西？你會用錯字或把單字放在不對的地方，別人不但弄不懂你的意思，還會覺得你這人太麻煩，不願意理你。那時候你怎麼辦？」

「我不在乎，隨他們去。」聽起來，他覺得文法帶來的這個結果倒是挺不錯的。

「小班，看來你不只煩了，也變笨了。」葛爾斯太太早已經習慣兒子這些打斷教學的謬論。她做好餡餅，走向晾衣架。「過來，把星期三我告訴你的故事說給我聽，關於辛辛納圖斯[6]那個故事。」

「我知道！他是農夫。」小班說。

「小班，他是羅馬人。**我**來說好了。」說著，蕾蒂用手肘頂了小班。

「你這笨蛋，他是羅馬的農夫，他在耕田。」

---

5 英語船（ship）與羊（sheep）發音只有母音長短音的差別。

6 Lucius Quinctius Cincinnatus（約西元前五一九～四三九），古羅馬共和時期的元老，以美德著稱，他的名字是無私奉獻與美德的同義詞。

「沒錯，可是你應該先說人民需要他，之後再說那個。」蕾蒂說。

「可是妳得先說他是什樣的人。」小班不讓步。「他有智慧，跟爸爸一樣，所以大家都需要聽他的意見。而且他很勇敢，可以打仗，爸爸也可以。媽，我說得對嗎？」

「小班，你別打岔，讓我用媽媽的方式把故事講完。」蕾蒂皺著眉頭說。「媽，拜託叫小班別說話。」

「蕾蒂，我真替妳害臊，」葛爾斯太太邊說邊把木盆裡的帽子擰乾拿出來。「剛才哥哥要說故事的時候，妳應該等著，看他能不能說出來。看看妳多麼粗魯，又推擠又皺眉，一副要用手肘打倒別人！辛辛納圖斯如果看到他女兒這樣，一定很難過。」（葛爾斯太太宣布這個嚴重判決時，她口齒清晰一派莊嚴，小蕾蒂覺得自己口才被埋沒，得不到尊重，還被羅馬人看不起，人生實在太苦了。）「說吧，小班。」

「嗯，呃，嗯，那個，很多人打仗，那些人都是蠢蛋，還有，我沒辦法照妳的方式說，不過他們需要有人來當隊長和國王之類的……」

「是獨裁官。」蕾蒂的表情有點受傷，也希望媽媽能知錯。

「好吧，獨裁官！」小班輕蔑地說。「可是那不是好話，他沒有讓他們寫在寫字板上。」

「怎麼回事，小班，你知道的應該不只這些。」葛爾斯太太裝得正經嚴肅。「你們聽，有人敲門！蕾蒂，快去開門。」

敲門的是弗列德。蕾蒂說爸爸不在家，媽媽在廚房，弗列德別無選擇。平時葛爾斯太太如果剛好在廚房忙著，他一定會去跟她打聲招呼，這回當然不能例外。他默默伸手勾住蕾蒂的脖子，帶著她走進廚房，不像平時那樣跟她親切說笑。

葛爾斯太太很驚訝弗列德在這個時間過來，不過她向來不會把驚訝表現在臉上，她只是繼續做手邊的事，平靜地說：「弗列德，是你？今天怎麼這麼早？你臉色有點蒼白，出了什麼事嗎？」

「我有事找葛爾斯先生談，」弗列德暫時不打算多說，停頓片刻後他補了一句，「也跟妳談。」他認定葛爾斯太太知道借據的事，就算到最後不是單獨跟她說，也一定得當面告訴她。

「凱勒伯馬上就回來。」葛爾斯太太猜弗列德又跟他父親起衝突了。「肯定不會太久，因為他桌上還有些公事，今天早上必須做完。我這裡還有點事要做，你不介意在這裡待一會兒吧？」

「那我們不需要再說辛辛納圖斯的故事了吧？」小班問。他已經拿走弗列德的馬鞭，正在對著貓測試馬鞭的威力。

「不用了，你把馬鞭放下先出去，你那樣抽可憐的老烏龜，實在太殘忍！弗列德，拜託別讓他拿馬鞭。」

「過來，臭小子，把馬鞭給我。」弗列德伸出手。

「今天你會讓我騎你的馬嗎？」小班表現得一副自願把馬鞭交回似的。

「今天不行，下回吧。我今天騎的不是我的馬。」

「你今天會見到瑪麗嗎？」

「嗯，應該會。」弗列德感到一陣內疚。

「叫她快點回家跟我們玩懲罰遊戲，開心一下。」

「小班，夠了，夠了！出去吧！」葛爾斯太太看出弗列德的困窘。

「葛爾斯太太，現在妳的學生只剩蕾蒂和小班嗎？」兩個孩子都出去了，他覺得應該說點什麼話來消磨時間。他還不確定究竟要留下來等葛爾斯，或趁說話的時候找個好時機向葛爾斯太太和盤托出，把錢交給她後轉身就走。

「還有一個，唯一的一個。是芬妮．海克巴特，十一點半會過來。目前學生人數銳減，我收入不太多，」葛爾斯太太笑著說。「不過，我已經存了一小筆錢給阿弗瑞德當學費，總共九十二鎊。現在他可以去跟漢默爾學點手藝，他的年紀剛剛好。」

這時候不適合提起葛爾斯即將損失不只九十二鎊的消息，於是弗列德悶不吭聲。

「年輕人上大學花的錢可不只那些。」葛爾斯太太不疑有他地說著，順手拉出帽緣的飾邊。「凱勒伯覺得阿弗瑞德以後會是出色的技師，他想幫孩子安排好的出路。他回來了！我聽見他進屋了，我們去客廳找他。」

他們走進客廳時，葛爾斯已經脫了帽子坐在書桌前。

「咦，弗列德，你來啦！」他的口氣帶點驚訝，手上的筆還沒沾墨水。「今天可真早。」他發現弗列德打招呼時少了平時的愉快表情，馬上又問，「家裡有事嗎？出了什麼問題？」

「嗯，葛爾斯先生，我來告訴你一件事，你聽了以後一定會覺得我糟糕透了。我是來告訴你和葛爾斯太太，我沒辦法信守承諾，我終究還不出那筆錢。我運氣很不好，那筆一百六十鎊的欠款，我手邊只有這五十鎊。」弗列德說話的過程中已經拿出那幾張鈔票，放在葛爾斯面前的桌上。他一口氣說出事情始末，內心充滿孩子氣的悲涼，不知道還能說些什麼。

葛爾斯太太震驚得啞口無言，視線投向她丈夫，想聽他解釋。

葛爾斯漲紅了臉，停頓片刻後說：「蘇珊，這事我沒告訴妳。我幫弗列德簽了一張借據，是一百六十鎊，他說他一定還得出來。」

蘇珊的臉色明顯變了，不過只像水面下的暗流湧動，水面始終波瀾不驚。她定定注視弗列德，說：

「我猜你已經請你父親幫忙還錢，而他拒絕了。」

「沒有。」弗列德咬咬嘴唇，似乎更難以啟齒。「因為我知道找他沒用。再者，除非對事情有幫助，否則我不願意讓他知道葛爾斯先生幫我作保。」

「這件事來得不湊巧，」葛爾斯用他一貫的遲疑語氣說，他低頭看著那些鈔票，手指緊張地撥弄那張借據。「聖誕節快到了，我目前手頭有點緊。你也知道，我就像個裁縫師，每一塊布都裁得剛剛好，一點都不能浪費。蘇珊，我們該怎麼辦？銀行裡的那些錢，我都有用途，這裡還欠一百一十鎊，真該死！」

「我幫阿弗瑞德存的九十二鎊學費只好拿出來了。」蘇珊說得慎重而堅決，不過敏銳的耳朵聽得出她說到某些字的時候聲音微微顫抖。「我相信瑪麗現在應該存了二十鎊，她會願意先借給我們。」

蘇珊沒再看弗列德一眼，壓根也沒想該說些什麼話最能有效刺傷弗列德。身為一個特立獨行的女人，此時此刻，她專注地思考該如何應付困境，一點都不認為尖刻言語或驚天怒氣能解決問題。不過有史以來第一次，她讓弗列德感受到錐心的悔恨。奇怪的是，這件事帶給他的痛苦最初幾乎都以自己為中心，比如他的行為一定顯得很可恥，而他在葛爾斯一家人心目中的地位也會一落千丈。他沒考慮到自己的背信會對葛爾斯家造成不便或可能的傷害，因為前途光明的年輕紳士通常不太考慮別人的需求。

事實上，根據我們大多數人成長過程中學到的觀念，不做壞事的最高動機，通常不是因為不想害別人吃苦受罪。可是在這個當下，弗列德忽然驚覺自己是個可鄙的混蛋，掠奪兩個女人的積蓄。

「葛爾斯太太，我一定會還錢，總有一天。」弗列德結結巴巴地說。

「是啊，總有一天。」蘇珊格外厭惡以美好的言辭包裹醜陋的事件，這會兒終於忍不住說出諷刺的話語。「可是男孩子不能等到總有一天才去當學徒，十五歲才是最好的時機。」她從來不曾像今天這樣懶得為弗列德找藉口。

「蘇珊，這件事錯的是我，」葛爾斯說。「弗列德保證他還得出錢，不過我不該簽借據。你應該已經到處奔走過，也試過所有正當的辦法，對吧？」葛爾斯慈悲的灰色眼眸盯著弗列德，他不好意思直接提起費勒斯東。

「嗯，我什麼辦法都試過了，真的。本來我應該能籌到一百三十鎊，可是我準備賣出去的馬發生了不幸意外。我姨父給我八十鎊，我用其中三十鎊加上我原來那匹馬，換來另一匹馬；我打算用八十鎊或更高的價錢賣出去，也決定以後不再有自己的馬，沒想到那匹馬性子太野，把自己弄瘸了。我寧可我和那兩匹馬都下地獄，也不想給你們惹這個麻煩。你和葛爾斯太太一直都對我很好，是我在這世上最在乎的人。不過現在說這些都沒用了，從此以後我在你們心目中永遠是個無賴。」

弗列德轉身匆匆走出客廳，他意識到自己有點像女人，腦子也一團混亂，覺得自己的難過對葛爾斯家沒多大幫助。他們看得見他跳上馬背，飛快騎出大門。

「我對弗列德很失望。」蘇珊說。「以前我從來不相信他有朝一日會把你拖進他的債務，我知道他揮霍無度，卻萬萬想不到他這麼惡劣。他認識你那麼久了，很清楚你的財務不堪一擊，卻讓你承擔他的風險。」

「蘇珊，我太傻了。」

「確實如此。」蘇珊笑著點頭。「不過我不會去菜市場敲鑼打鼓宣傳。這種事你為什麼瞞著我？這就跟你那些鈕釦一樣，你鈕釦掉了從來不告訴我，也不管袖口敞開著就出門去。如果我事先知道，也許能想出比較好的對策。」

「蘇珊，我知道妳被傷透了心。」葛爾斯萬分感慨地望著她。「妳東摳西省為阿弗瑞德存的那些錢就這麼沒了，我很難過。」

「幸虧我東摳西省存了那些錢，現在倒楣的是你，因為你只能親自教你兒子。你必須擺脫壞習慣，有些男人愛喝酒，你的習慣是免費幫人做事，以後不能經常那樣縱容自己了。還有，你還得跑一趟去找瑪麗，讓她把存的錢都拿出來。」

這時葛爾斯已經把椅子往後推，上身前傾，慢慢搖搖頭，雙手指尖十分精準地相互碰觸。

「可憐的瑪麗！」他感嘆一聲，而後又用低沉的音調說，「蘇珊，我擔心她可能喜歡弗列德。」

「沒那回事！她經常取笑他，他對她也只是兄弟姐妹的感情。」

葛爾斯沒再多說，只是把眼鏡放下來，椅子拉到書桌旁，說，「該死的借據，最好扔到漢諾威去！這些事真麻煩，打斷了我的工作！」

剛才那些話的前半段就是他罵得出來最難聽的話了，不難想像他說話時語氣帶點咆哮。想要向沒聽過的人傳達他說「工作」這兩個字時那種獨特語調，恐怕十分困難。那語調包覆一層激昂的尊崇與宗教的虔誠，像神聖化的符號包裹在鑲金邊的亞麻布料裡。

葛爾斯每回想到數不清的人勞心勞力為整個社會提供充足的衣食與住宅，那份崇高的價值與不可或缺的力量總是令他搖頭慨嘆。打從青少年時代，他就深深被這種現象打動。打造房屋或船隻時大鐵鎚的回聲、工人傳遞信息的呼喝、熔爐的呼嘯聲、引擎轟隆與劈啪聲，聽在他耳裡都是莊嚴的樂音；木材的砍伐與裝載；沿著公路前進，在遠方像星星般顫動的巨型車廂；在碼頭運作的起重機；倉庫裡堆積如山的產品；不管從事何種嚴密工作所需、精準又多樣的肌耐力。少年時目睹的這一切，深深撼動他的心靈，像不需要詩人走筆的詩歌，不需要哲學家構思的哲理，或不需要神學闡釋的信仰。他早年的志向是有效為這份崇高的勞動貢獻一己之力，也賦予這份勞動高貴的名稱，那就是「工作」。雖然他只跟某個測量員短暫學習過，大多數時候都靠自我摸索，對土地、建築和礦業的了解，卻勝過郡內大多數專業人員。

他對人類職業的分類相當粗略，而且正如知名度比他更高的人定出的類別，在這個先進時代已經不被接受。他把職業分為「工作、政治、布道、學習和娛樂」五種。他對後面四種沒什麼意見，對它們的看法就像虔敬的異教徒看待其他宗教的神祇。他對所有階級都心存敬意，只是，他自己只願意屬於任何與「工作」密切相關的階級，以致於身上經常能光榮地裝飾著各種痕跡，比如塵土與泥灰、引擎的濕氣，或樹林與田野的芬芳土壤。雖然他向來自認是正統基督教徒，如果有人跟他談起先行恩典[7]這個話題，也能發表一番議題。但我認為他信仰的神性是完善有效的計畫、精確的工作，以及忠實地履行職務。而懶散的工人就是他心目中的魔鬼。

不過葛爾斯肯定一切，在他看來世界是那麼奇妙，他隨時可以接受各種不同的體制，就像接受各式各樣的基礎，只要它們不至於明顯干預最優良的排水系統、最堅固的建築、最準確的測量和最明智的鑽探（為了開採煤礦）。事實上，他擁有虔敬的靈魂，也有強大而實用的才智，可是他沒有能力管理財務，儘管他有財務觀念，對以盈餘與虧損呈現的收支結果卻不夠敏銳。他知道這是自己的弱點，所以不管多麼熱愛，也不得不放棄所有需要發揮這方面才能的「工作」。於是他全心全意投入許多不需要經手資金的職務，成為地方上炙手可熱的人才。所有人都想雇用他，因為他效率高，收費低廉，甚至經常謝絕酬勞。那麼也就難怪葛爾斯家經濟拮据，「日子過得寒酸」。不過，他們都不在意。

第二十五章

愛情本身不是取悅，
它在乎的也不是自己；
會為他人放棄自己的安逸，
在地獄的絕望裡建造天堂。
……
愛情只想著取悅自己，
為求自己開心束縛他人；
在他人失去的安逸中得到快樂，
在天堂的惡意裡建造地獄。

——威廉·布雷克《經驗之歌》[8]

7 prevenient grace，基督教神學概念，指每個人都擁有耶穌基督的神聖恩典，無關悔改與否。

8 這首詩摘錄自英國浪漫主義文學代表威廉·布雷克（William Blake，一七五七～一八二七）的作品〈泥塊與石子〉（The Clod and the Pebble），收在布雷克的詩集《經驗之歌》（*Songs of Experience*）。

弗列德到斯東居的時間經過深思熟慮，一來他不希望瑪麗料到他會出現，二來姨父最好不在樓下，這麼一來瑪麗就可能獨自坐在樓下的護牆板客廳。他把馬留在院子，以免在屋前的礫石製造出聲響。他走進客廳時，只有轉動門把時發出一點聲響。瑪麗照舊坐在角落的位置，忍俊不住地讀著皮奧琪夫人描述約翰遜的事蹟[9]，抬起頭時臉上還帶著笑容。弗列德默不作聲朝她走來，在她面前站定，手肘擱在壁爐架上，臉色蒼白。瑪麗看著他，臉上的笑容漸漸消失。她也沒說話，只是抬起視線，不解地望著他。

「瑪麗，」他說。「我是個一無是處的惡棍。」

「你罵自己的修飾詞一次用一個也就夠了！」瑪麗想擠出一點笑容，心裡卻感到忐忑。

「從今以後妳對我的觀感永遠好不起來了！妳會認為我是個騙子，覺得我不誠實。妳會認為我不在乎妳，不在乎妳父親和妳母親，畢竟妳向來都只看到我的缺點。」

「弗列德，如果你給我好理由，我不否認你剛才說的那些都可能成真。不過請你馬上告訴我，你做了什麼，我寧可聽到殘酷的真相，也不要胡思亂想。」

「我欠了錢……一百六十鎊。我請妳父親在借據上簽名。原本以為這對他只是小事一樁，我真的確定還得出那筆錢，也想盡辦法了。可惜我太不走運，一匹馬出了嚴重問題，現在我只付得出五十鎊。我也不能向我父親開口，他一毛錢都不會給我，而姨父不久前才給我一百鎊。所以我又能怎麼辦？妳父親手頭沒有閒錢，妳母親只好拿出她存下來的九十二鎊，她說妳的存款也得拿出來。看吧，這實在……」

「天哪！可憐的媽媽，可憐的爸爸！」瑪麗淚眼婆娑，努力壓抑微微的啜泣。她不理會弗列德，兩眼直視正前方，這次事件對她家的影響慢慢浮現眼前。

弗列德也保持沉默，心情前所未有地低落。

「瑪麗，我無論如何都不想傷害妳。」他終於說。「妳永遠不會原諒我。」

「我原不原諒你又有什麼關係？」瑪麗激動地說。「我媽媽心裡會好受一點嗎？她教學生，四年來，好不容易存了那些錢，就是為了送阿弗瑞德去漢默爾先生那裡學手藝。你覺得只要我原諒你，就什麼問題都沒了？」

「瑪麗，妳想怎麼罵我都沒關係，我活該！」

「我不想罵你。」瑪麗的口氣平靜了些。「我生氣又有什麼用。」她擦乾眼淚，把書本扔向一旁，起身去拿她的針線活。

弗列德的視線跟隨她，希望能跟她四目相對，用眼神表達懺悔，祈求原諒。可惜沒用！瑪麗一直低垂著視線。「妳媽媽的存款保不住，我真的很難過。」他說。

這時她重新坐下，手指飛快地縫補。

「瑪麗，我想問妳，妳覺得我姨父肯不肯……如果妳想告訴他這件事，就告訴他……我指的是阿弗瑞德當學徒的事，如果跟他借錢，妳覺得他會不會答應？」

「弗列德，我的家人不喜歡向別人乞討，我們寧可靠自己的勞力賺錢。再者，你說費勒斯東先生剛給過你一百鎊。他很少給別人錢，至少沒給過我們。我相信我爸不會跟他要任何東西，就算我選擇求他，也沒用的。」

「瑪麗，我心情很不好。如果妳知道我心情有多不好，一定會替我難過。」

「還有其他的事更值得我難過。不過自私的人總是覺得自己的不愉快是全世界最重要的事，這種事

---

9 皮奧琪夫人是指 Hester Lynch Piozzi（一七四一～一八二〇），著有《薩繆爾．約翰遜軼事》（*Anecdotes of the Late Samuel Johnson*）。

我每天都見得到。」

「妳說我自私實在不公平，如果妳知道其他年輕男人都在做些什麼，就會覺得我比那些最糟的人好得多。」

「我只知道，沒有錢卻奢侈花大錢享樂的人，一定是自私的。他們滿腦子只想著能幫自己弄到什麼，不去想別人會失去什麼。」

「瑪麗，人都可能走霉運，原本有心要付錢到最後付不出來。世上沒有比妳父親更好的人，他卻也會碰上困難。」

「弗列德，你怎麼敢拿我父親跟你比？」瑪麗低沉的嗓音充滿憤怒。「他碰上困難從來不是因為追求自己的享樂，而是因為一心想著他為別人做的事。而且他吃了很多苦，也非常努力工作，補償所有人的損失。」

「瑪麗，那麼妳以為我不打算補償別人的損失嗎？把別人看得十惡不赦，未免不夠寬容。如果妳對某個男人有影響力，我認為妳應該用妳的影響力讓他變得更好，可是妳從來沒那麼做過。總之，我要走了，」弗列德陰鬱地說。「我不會再找妳談任何事。對於我惹出的麻煩，我非常抱歉，就這樣。」

這時瑪麗放下手裡的針線活抬起頭。女孩子的愛總是摻雜些許母性，瑪麗在艱苦的環境中成長，天生比較容易感動，也沒有我們稱之為嬌氣的冷酷小性子。聽見弗列德最後那些話，她馬上感到一陣心痛，有點像母親在想像中聽見自己調皮懶散的孩子在低泣或哭喊，擔心那孩子可能會走錯路，受到傷害。她抬起視線看見他絕望無神的目光，對他的同情超越她的怒氣和其他所有擔憂。

「天哪！弗列德，你臉色這麼蒼白！坐一會兒。先別走，我去告訴姑父你來了，他一直念叨著為什麼整整一星期沒見到你。」瑪麗說得很快，話到嘴邊就說出口，幾乎來不及思索它們的意義。她的語調有點半安撫、半哀求，邊說邊站起來，像是要去通知費勒斯東。

弗列德當然覺得撥雲見日，陽光灑了下來，他走過去站在她面前。「瑪麗，給我一句話，我會願意為妳做任何事。告訴我，妳不會認為我無可救藥，不會從此放棄我。」

「說得一副我喜歡把你想得很壞似的，」瑪麗用哀傷的語氣說，「好像看到你像這樣遊手好閒又輕浮，我一點都不難過似的。別人都在努力工作奮鬥，有那麼多事可以做，你怎麼能活得這麼可鄙。在這麼有用的世界裡，你什麼都做不成，怎麼能忍受呢？弗列德，你有那麼多優點，應該可以變成很有用的人。」

「瑪麗，只要妳說妳愛我，我會努力變成妳想要的樣子。」

「我如果愛上一個總是依靠別人、想著別人能為自己做點什麼的男人，我會覺得很丟臉。你四十歲的時候會變成什麼樣？我猜會像鮑伊爾，跟他一樣無所事事，賴在貝克太太的前廳，又胖又邋遢，滿心希望有人邀你吃晚餐，花一整個早上學唱滑稽小調。喔，不對！應該是學吹長笛。」

瑪麗問出那個關於弗列德未來的問題時，嘴角已經開始上彎形成笑容（年輕的心是多變的），她話還沒說完，臉上已經綻放逗樂的光采。瑪麗這樣取笑他，對弗列德而言就像疼痛突然消失，他悲慘地一笑，想去拉她的手，但她迅速溜向門口，說，「我去告訴姑父，你一定得見他一面。」

弗列德暗自認為自己的未來已經得到保證，絕不會應驗瑪麗嘲弄的預言。當然，他願意為瑪麗做的「任何事」除外。那些事只要她說出來，他一定會去做。他從來不敢在瑪麗面前提到他可望繼承費勒斯東遺產的事，瑪麗也當做沒那回事，彷彿認定他的未來只能靠自己。但如果有一天，他真的得到那筆遺產，她就不得不承認他身分地位的改變。他上樓去看姨父以前，鬱悶地想著這些。他只停留短暫時間，理由是他受了風寒。他離開以前瑪麗沒有再出現。騎馬回家的路上，他意識到自己不只是心情不好，身體真的也不太舒服。

天黑後不久，葛爾斯來到斯東居，瑪麗見到他一點也不驚訝，儘管他很少有時間來探望瑪麗，也不特別喜歡跟費勒斯東說話。費勒斯東跟葛爾斯相處時總是不太自在，因為這個妻舅從來不生氣，不在乎別人覺得他窮，對他一無所求，對農務和礦業比他更了解。瑪麗知道爸媽有事找她，如果爸爸沒來，隔天她就會請一兩小時假回家一趟。葛爾斯跟費勒斯東喝茶時，簡單聊聊市場行情，就起身告辭。

「瑪麗，我有話跟妳說。」葛爾斯說。

瑪麗拿著蠟燭走進另一間沒有爐火的大客廳，把火光微弱的蠟燭放在深色紅木桌上，轉身面對父親，伸出手臂抱住父親的頸子，孩子氣地親吻他。葛爾斯喜歡女兒這種親密動作，緊蹙的粗大眉毛舒展開來，像漂亮的大型犬受到撫摸時的軟化表情。瑪麗是他最疼愛的孩子，不管蘇珊怎麼說（儘管她向來說什麼都對），葛爾斯還是認為弗列德或任何男人覺得瑪麗比其他女孩更值得喜歡，是再自然不過的事。

「親愛的，我跟妳說件事。」葛爾斯用他一貫的遲疑語氣說。「不是什麼好消息，不過也許沒有到最糟的地步。」

「爸，是錢的事嗎？我大概知道了。」

「咦？怎麼會。是這樣的，我又做傻事了，幫別人簽了借據，還錢的日子到了，妳媽媽必須把她的積蓄拿出來，這是最糟糕的事。但即使這樣，錢還是不夠。我們需要一百一十鎊，妳媽媽有九十二鎊，我銀行裡已經沒有可以用的錢，她覺得妳可能存了一點。」

「嗯，沒錯。我這裡有超過二十四鎊。爸，我猜到你會來，所以把錢帶在身邊。你看，漂亮的潔白鈔票和金幣。」瑪麗從手提袋拿出折起來的鈔票，放進她父親手裡。

「可是妳怎麼……我們只需要十八鎊，來，剩下的收回去……妳怎麼知道這件事？」葛爾斯問。他對金錢的淡薄無可救藥，現在開始擔心這件事對瑪麗心情造成的影響。

「今天早上弗列德跟我說了。」

「啊！他專程過來嗎？」

「嗯，好像是。他心情很沮喪。」

「瑪麗，弗列德恐怕不是值得信任的人。」葛爾斯遲疑的語氣滿是慈愛。「也許他不是故意的，不過我覺得任何人嫁給他都不會幸福，妳媽媽也認同。」

「爸，我也認同。」瑪麗沒有抬頭，只是把父親的手背拉過來貼在自己臉頰。

「親愛的，我不是探聽妳的事，可是我擔心妳跟弗列德之間可能有點什麼，所以想提醒妳，是這樣的，瑪麗……」葛爾斯的聲音變得更溫柔，他把放在桌上的帽子推來推去，視線盯著它，最後終於抬眼望向女兒。「一個女人不管自己多麼優秀，都得接受丈夫帶給她的生活。妳媽媽因為我忍受了很多事。」

瑪麗將父親的手背拉向自己的嘴唇，對父親露出微笑。

「好吧，人都不完美。可是……」葛爾斯一時詞窮，無奈地搖搖頭。「我是在想……一個女人如果對丈夫沒有一點把握，或者她丈夫沒有基本原則，做了傷害別人的事滿不在乎，自己弄痛腳趾卻大呼小叫，她的人生會變怎樣。瑪麗，我想說的大概就是這個。年輕人往往還沒弄懂生命是怎麼回事，就喜歡上彼此，他們也許覺得只要能在一起，天天都是假期。可是親愛的，假期很快就會結束。不過，妳比大多數女孩都懂事，也不是從小養尊處優過日子，也許我根本不需要說這些。可是當爸爸的難免為女兒操心，何況妳一個人在這裡。」

「爸，別為我操心，」瑪麗嚴肅地看著父親的眼睛。「弗列德一直對我很好。他這個人善良又重感情，雖然自我放縱了點，但我認為他不是壞人。不過，一個男人如果不能獨立自主、成天遊手好閒蹉跎歲月，只等著別人供養，我不可能看得上。你跟媽媽教會我尊重自己，我不會做那樣的事。」

「這就對了，這就對了！那我就放心了。」說著，葛爾斯拿起帽子。「可是孩子，拿妳的錢我很難受。」

「爸！」瑪麗的口氣帶著最深的抗議。父親走出大門以前，她說，「除了錢，也把我滿滿的愛帶回去給家裡每個人。」

「妳爸來拿錢的吧。」老費勒斯東說。瑪麗重新回到他身邊時，他再度發揮他那討人厭的猜測能力。「我猜他賺的錢只是勉強夠用。妳年紀也大了，該為自己存點錢。」

「姑父，在我心目中，我父母是我『自己』最珍貴的一部分。」瑪麗冷冷地說。

費勒斯東不以為然地咕噥幾聲，他無法否認像這樣的平凡女孩還是有一點本事的。於是他換另一種方式回應，說出永遠一針見血的難聽話：「弗列德明天如果過來，別拉著他聊個沒完，讓他上樓見我。」

第二十六章

他打我，我對他怒罵：噢，多麼恰當的報復！
如果反過來就好了，換我打他，而他對我怒罵。
——《特洛伊羅斯與克瑞西達》10

隔天弗列德沒有去斯東居，理由不容置疑。他在杭斯里為了看鑽石來來回回走過骯髒巷弄，不只帶回一匹害他虧錢的劣馬，更不幸地染上某種病症。起初一兩天，他只覺得抑鬱和頭痛，沒想到從斯東居回來後急遽惡化，他走進飯廳就倒在沙發上，面對母親的焦急探詢，他只說，「我很不舒服，妳可能需要請朗屈來。」

朗屈來了，卻不認為有什麼大問題，說是「輕微不適」，也沒說隔天再來複診。他當然重視溫奇家這個老主顧，可是再謹慎的人也會對例行公事麻痺。煩惱太多的時候，難免像打鐘人一樣敷衍了事。朗屈個子不高、乾淨體面、臉色蠟黃，戴著整齊的假髮。他病人不少，脾氣不小，家裡有個病懨懨的妻子和七名子女。當時他還得趕六公里路到蒂普頓另一頭跟敏欽會診，眼看著就要遲到了。郊區的治療師希

10 摘自莎士比亞劇本《特洛伊羅斯與克瑞西達》（*Troilus and Cressida*）第二幕第三場。

克斯過世後，米德鎮醫生只得兼顧那一區的病人。偉大的政治人物也會出差錯，何況小小的醫生？朗屈沒有忘記派人送來白色藥包，這回裡面裝的是黑溜溜的強效藥物。

可憐的弗列德吃過藥以後，病情沒有減輕。不過，他口口聲聲拒絕相信自己會「生什麼大病」，隔天早上照常睡到自然醒，下樓準備吃早餐，卻什麼都吃不下，只能坐在爐火旁打哆嗦。僕人再度奉命去請朗屈，可惜朗屈已經出門看診。溫奇太太看見心愛的兒子臉色異常，痛苦不堪的模樣，忍不住哭了起來，直說要派人去請史普拉格醫生。

「媽，沒這個必要！我沒事，」弗列德把發燙乾燥的手伸向母親。「我很快就好了，一定是那個陰冷天氣騎馬出門染上風寒。」

「媽媽！」蘿絲夢突然喊一聲。當時她坐在窗子旁（飯廳的窗子正對那條名為洛威克門的體面街道）。「李德蓋特先生在那裡，停在路旁跟人說話。如果我是妳，就會請他進來，他治好了愛倫・布爾斯妥德，大家都說沒有他治不好的病。」

溫奇太太馬上衝過去拉開窗子，一心只想著弗列德，沒考慮到醫界的行規。李德蓋特就在鐵柵欄另一邊兩公尺外，在溫奇太太開口邀請以前，他已經聽見窗框的聲音轉身過來。不到兩分鐘人就進屋了。蘿絲夢很快走出飯廳，她停留的時間不長，剛好夠展露既擔心哥哥又要顧及禮儀的迷人表情。

李德蓋特不得不聽溫奇太太細說從頭。她基於非凡本能，堅持要將所有無關緊要的細節描述得一清二楚，特別是朗屈說過的話，以及沒說要來複診。李德蓋特立刻發現這事可能會造成他和朗屈之間的矛盾，可是病人情況危急，他顧不得那麼多。他認為弗列德得了傷寒熱，已經發展到紅疹階段，而且吃錯了藥。他要求弗列德立刻臥床休息，要有專人護理，還得採取各種治療與和預防措施。這方面李德蓋特要求切實執行。可憐的溫奇太太聽見這些暗示兒子命在旦夕的安排，驚恐萬分，用最直接的言語發洩內心所有的擔憂。她覺得：「朗屈的做法太不應該，畢竟這麼多年來家裡都請他看病，沒請跟他們關係一樣友好的皮考克。朗屈為什麼把別人家的孩子看得比她的孩子更重要，這點她無論如何也想不通。拉爾徹太太的孩子們出麻疹的時候，他看得可仔細了。當然她也希望他多用心，萬一出了什麼……」

說到這裡，可憐的溫奇太太精神已經崩潰，她慈母的嗓音和隨和的臉龐悲慘地顫抖。當時她在門廳，弗列德聽不到她的話，但蘿絲夢打開小客廳的門，焦急地走過來。李德蓋特替朗屈道歉，說前一天也許症狀還沒出現，而這種熱症一開始原本就很難判定。為了不浪費時間，他會立刻去找藥師把藥配出來，之後會寫信向朗屈說明他的處置。

「可是你必須再來，必須繼續治療弗列德。我不能把孩子交給不確定要不要來的人。感謝上帝，我對任何人都沒有惡意，朗屈曾經治好我的肋膜炎，可是萬一……當初他不如讓我死了算了。」

「那麼我來這裡跟朗屈會診，好嗎？」李德蓋特問。他真心覺得朗屈的本事可能不足以應付這種病。

「就這麼安排。李德蓋特先生，麻煩你了。」蘿絲夢走過來協助母親，扶著母親的手臂回房。

溫奇回家以後對朗屈十分不滿，一點都不在乎朗屈日後還會不會上他家來。不管朗屈高不高興，李德蓋特都要繼續為他家人診治。家裡有人得了熱症，這可不是開玩笑的事。這下子他還得派人通知大家星期四的晚宴取消。普里查也不需要去酒窖拿葡萄酒上來，對付傳染病，沒有什麼比白蘭地更有效。

「我要喝點白蘭地！」溫奇斷然補充一句，言下之意這可不是嘴上說說的事。「弗列德是個非常不走運的孩子。以後一定得要有些好運來彌補這一切，否則天底下還有誰會想要有個長子。」

「溫奇，」溫奇太太的嘴唇顫抖著。「如果你不想失去兒子，就別說這種話。」

「露西，妳一定煩惱得要命，這我看得出來。」溫奇的口氣和緩了些。「不過，我一定會讓朗屈知道我對這件事的看法。」（此時心亂如麻的溫奇在想，如果一開始朗屈對他的家人——也就是鎮長的家人——多一點關心，這次熱症也許已經控制下來了。）「關於新醫生或新牧師的爭議吵吵嚷嚷，不管誰是布爾斯妥德的人，我都沒有輕易屈服。不過我會讓朗屈知道我的想法，管他能不能接受。」

朗屈果然接受不了。向來不拘小節的李德蓋特盡可能客氣，可是一個害你陷入不利處境的人對你客氣，只是更惹人生氣，尤其如果你原本就不喜歡他。鄉鎮治療師向來是脾氣暴躁的族群，把尊嚴看得比什麼都重要，偏偏朗屈又是其中最暴躁的一個。當天晚上他沒有拒絕跟李德蓋特會診，會診過程卻是憋了一肚子氣，因為他被迫聽溫奇太太的數落。

「噢，朗屈先生，我到底做了什麼，你要這樣對我？看完病就跑了，沒再來複診！我兒子差點變成冷冰冰的屍體！」

溫奇一直以強烈的白蘭地炮火轟炸傳染病大敵，因此血脈賁張，一聽見朗屈進門，馬上跳起來跑進門廳去讓朗屈知道他的想法。「朗屈，我可告訴你，這不是開玩笑的。」近來他不得不擺起官架子訓斥鬧事的人，現在他把兩手拇指掛在袖孔，壯大自己的氣勢。「像這樣讓熱症偷偷鑽進家裡，原本有辦法阻止的，卻有人沒盡到責任……這就是我的想法。」

比起不合理的指責，被指導的感覺更不好受。或者應該說，像李德蓋特那種歲數比他小的人，暗自認為他需要他的指導。事過境遷後朗屈說，「事實上」李德蓋特總是宣揚些浮誇的外國觀念，那些東西根本經不起時間的考驗。當時他忍氣吞聲，事後卻寫信表示不再參與這個病例。溫奇家或許是好主顧，可是面對專業問題，朗屈不打算任人擺布。他自己高度相信，李德蓋特總有一天也會馬失前蹄被活逮，而他用出售藥品這件事敗壞同業名聲，實在有欠光明磊落，總有一天也會得到報應。他逢人就尖銳地批評李德蓋特那些花招，說他充其量不過是個江湖郎中，專門欺騙輕信的人，幫自己謀取虛名。正派的治療師從來不屑靠那些醫療術語哄騙病人。

在這方面，李德蓋特被刺痛的程度最讓朗屈稱心如意。被無知的人吹捧非但顏面無光，反而帶來危險，得到的名聲也沒有比氣象預報員更令人羨慕。他的工作必須在愚蠢的期待下進行，叫他難以忍受。而且他很可能在不專業的寬容下斷送前程，這點正中朗屈下懷。

總之，李德蓋特成了溫奇家的治療師，這件事也成了米德鎮街頭巷尾的熱門話題。有人說溫奇家的行為太可恥，說溫奇威脅朗屈，而溫奇太太指控朗屈毒害她兒子。其他人認為當天李德蓋特路過是天意，說他治療熱症很有一手，布爾斯妥德提拔他是正確的選擇。很多人相信李德蓋特之所以來到鎮上，全是因為布爾斯妥德的關係。塔夫特太太整天做針線，一面編織毛線，一面抽空收集閒言碎語，在腦海裡編織故事。她認為李德蓋特是布爾斯妥德的私生子，這就確認她對福音教派信徒的懷疑。某天她把這個消息告訴菲爾布勒太太。

菲爾布勒太太不負所望地告訴了她兒子，說：「布爾斯妥德那人做什麼事我都不會驚訝，可是想到李德蓋特先生，我覺得很遺憾。」

「媽，」菲爾布勒一陣爆笑之後說，「妳自己很清楚李德蓋特出身北部的大家族。他來到米德鎮以前，從沒聽說過布爾斯妥德的名字。」

「坎登，就李德蓋特先生本身而言，希望是這樣。」老太太一點都不含糊。「至於布爾斯妥德，說不定他真有私生子。」

第二十七章

且讓崇高的繆思歌誦仙界的愛戀，
我們只是凡胎，必須頌揚俗世人間。[11]

我有個朋友是傑出哲學家，他可以借助科學的穩重光芒，讓你的醜陋家具身價百倍。他曾經向我揭示這個意味深長的小現象：你的壁鏡或拋光的大片鋼板被女僕擦過之後，會留下無數方向各異的細小刮痕，但如果拿點亮的蠟燭放在它前面充做中央光源，看哪！那些刮痕會自動形成整齊的同心圓，圍繞那顆小太陽。顯而易見，那些刮痕無偏無私地朝四面八方而去，而創造那同心圓美妙幻象的只是你的蠟燭。它的光線所到之處，限制了視覺效果的呈現。這些現象是個比喻。那些刮痕代表事件，而那支蠟燭代表你我之外任何人的自我中心，比如蘿絲夢的自我中心。

蘿絲夢擁有屬於她自己的上帝，慈悲地賦予她比其他女孩更多的魅力，似乎也刻意安排弗列德的病和朗屈的失誤，為她和李德蓋特製造近距離相處的機會。如果蘿絲夢聽從父母的意願，暫時避居斯東居或其他地方，就會違背上天如此巧妙的安排，更何況李德蓋特也覺得不需要如此謹慎。於是，弗列德熱症發作的隔天早上，摩根小姐奉命帶著其他孩子前往某處農場暫住，蘿絲夢拒絕離開親愛的爸媽。

可憐的媽媽確實值得世間為人子女者憐惜體恤，愛妻情切的溫奇儘管擔心病中的兒子，卻更害怕妻子撐不住。如果不是他的嚴格要求，她根本不肯休息。她往日的神采全然黯淡，不再將自己打扮得像花蝴蝶。她現在像一隻生病的鳥兒，眼神呆滯毛羽凌亂。平時最吸引她的景象與聲響，都變得乏味無趣。病中的弗列德精神譫妄，似乎漸漸離她遠去，令她心如刀割。她對朗屈發過那頓脾氣之後，變得異常安靜，只會對著李德蓋特低聲泣訴。她會跟著他走出房間，將手搭在他手臂上，哽咽地說，「救救我兒子。」有一回她用哀求的語氣說，「李德蓋特先生，他是個孝順的孩子，從來不跟我頂嘴。」彷彿可憐的弗列德生病是一種指控。她內心深處每一縷記憶都被喚醒，那個對她說話時嗓音輕柔得多的年輕人，跟她深愛的那個寶寶合而為一。早在那個寶寶出生以前，她就懷著一種未曾體驗過的溫情疼愛著他。

「溫奇太太，情況很樂觀。」李德蓋特說。「跟我一起下樓，我們討論一下病人的飲食。」

就這樣，他帶著她下樓到客廳，讓她轉換心情。蘿絲夢會等在那裡，趁媽媽一時反應不過來，勸她吃點茶點或肉湯，這些食物都是事先為她準備的。在這些事情上，他跟蘿絲夢之間已經培養出默契。他去看病人以前幾乎都會先見到她。她會問他，她能為媽媽做點什麼。對於他給的些許提示，她總是能心領神會，靈巧地執行，實在值得讚賞。也難怪在他心目中，診治病人與跟蘿絲夢見面，已經變得同等重要。尤其等到危急階段過去、他有把握弗列德一定能康復之後，這種心情更是明顯。早先病情還不明朗，他曾經建議請史普拉格來會診。不過，由於朗屈的關係，史普拉格寧可在這次事件上保持中立，於是他會診兩次之後，就交給李德蓋特全權負責。李德蓋特也有充分理由必須全力以赴。他每天早晚都在溫奇家，後來弗列德恢復到只剩體力有點虛弱，他在溫奇家那段時間就愉快得多。那時弗列德意識清醒了，還躺在床上需要妥善的照料，因此溫奇太太覺得兒子這場大病變成她展現母愛的美好時光。

11 摘自古希臘詩人塞奧克萊托斯（Theocritus，約西元前三〇八～二四〇）的《牧歌》（*Idylls*）。

老費勒斯東透過李德蓋特捎來信息，要弗列德讓他很鬱悶，要弗列德盡快再去看他。溫奇夫婦聽見這個消息更是歡欣雀躍。老費勒斯東自己多半時候也躺在床上。弗列德恢復意識以後，溫奇太太向他轉述這個信息，他把纖弱消瘦的臉龐轉向她。他臉上濃密的金色鬍髭都已經刮去，那雙變大的眼睛渴望聽到瑪麗的近況，想知道她對他的病有什麼感覺。他沒有說話，但「以眼聆聽是愛情的珍稀智慧」[12]。母愛泛濫的溫奇太太不只猜到兒子的渴望，更願意做出任何犧牲來滿足他。

「只要兒子能復原就夠了。」她被滿溢的母愛沖昏了頭。「誰曉得呢？也許以後你會是斯東居的主人！到那時你想娶誰都沒問題。」

「媽，那也要人家肯嫁我。」病中的他變得有點孩子氣，說著竟流下眼淚。

「親愛的，吃點果凍。」溫奇太太心裡不相信有誰會拒絕她兒子。

溫奇不在家的時間，她一直守在兒子病榻旁，於是蘿絲夢有別於往常，經常一個人獨處。當然，李德蓋特從來不想跟她相處太久，不過，他們之間短短幾句不涉及私人的閒談，還是製造了那種多少帶點羞澀的親密感。他們交談的時候不得不望著對方，那種對望原本是理所當然，彼此不知怎的卻都有點彆扭。李德蓋特開始對這種彆扭感到不自在，有一天竟然視線向下，或投向任何地方，像個操控失靈的木偶。結果更麻煩了，因為隔天換蘿絲夢往下看，等兩人四目相對時，心裡更是忸怩不安。這種事連科學都幫不上忙，由於李德蓋特不想眉目傳情，所以也不能靠裝傻逗樂遮掩。正因如此，當親朋好友認為這間屋子不需要再被隔離，陸續上門來，跟蘿絲夢單獨相處的機會大幅減少，李德蓋特總算鬆了一口氣。

可是那種同時感到尷尬的親密感，那種意識到對方感受到了些什麼的感覺，一旦存在，作用就很難消除。聊天氣或其他有教養的話題，似乎只是毫無意義的做法。除非確認彼此心存好感，否則行為舉止很難表現得輕鬆自在。當然，所謂的好感不需要情深意濃或認真嚴肅。蘿絲夢和李德蓋特就是這樣優雅地進展到輕鬆自在的階段，彼此的交談也再次變得活潑歡快。訪客一如往常來來去去，客廳再次揚起樂音，溫奇擔任鎮長期間那種大宴小酌的熱鬧場面再度出現。只要情況允許，李德蓋特就會坐在蘿絲夢身旁，留下來聽她唱歌彈琴；在此同時，他打定主意不拜倒在她石榴裙下。現階段他沒有成家的可能，這個念頭就足以確保他不會變成愛情的俘虜，像這樣淺嚐即止的滋味還算宜人，不涉及鄭重其事的追求。不管怎麼說，調情未必需要弄得遍體鱗傷。至於蘿絲夢，她第一次感受到生命的甜美。她深信有個值得俘虜的對象對她心生愛慕，她看不出自己或對方究竟只是在調情，或墜入情網。她好像順著一陣清風揚帆前行，航向她想去的地方。她滿心想著洛威克門某棟房子總有一天會空出來，變成她的新房。她已經決定了，等她結婚後，就要巧妙地擺脫她父親家裡所有不受歡迎的訪客，也開始幻想她最心愛的那棟房子的客廳裡擺設各種不同風格的家具。

蘿絲夢想得最多的，當然是李德蓋特本人。在她心目中，他近乎完美：如果他更懂音樂，聽她表演時如痴如醉的神情不至於那麼像頭激動的大象；或者如果他更懂得欣賞她在服飾上的高尚品味，那麼她簡直說不出他有什麼缺點。他跟小普林岱爾和凱厄斯．拉爾徹多麼不同啊！那些年輕男人一句法語都不懂，說起話來空洞無物，頂多聊兩句印染和運輸，當然，那些事他們也羞於啟齒。他們是米德鎮的紳士，手裡揮著銀柄馬鞭，脖子圍著綢緞高領，意氣風發，舉手投足卻是侷促不安，畏畏縮縮地滑稽可笑。就連弗列德都比他們好些，畢竟他上過大學，說話字正腔圓，舉止風度翩翩。反觀李德蓋特，他言之有物叫人信服，有種自認高人一等的謙和客套，彷彿天生懂得穿著打扮，不需要在衣著上費思量。每回他走進客廳，帶著明顯的笑意來到她身邊，蘿絲夢就非常自豪，心花怒放地覺得自己成了眾人欽羨的

12 摘自莎士比亞十四行詩第二十三首。

對象。如果李德蓋特知道自己為那嬌羞的芳心帶來多大榮耀，或許也會大喜過望，就像那些對體液病理學和纖維組織一無所知的男人一樣。在他看來，即使不知道男人具備什麼樣的知識，依然能崇拜他的傑出才能，是女性心靈最難能可貴的表現。

但蘿絲夢不是那種會無意中透露自己心思的蠢女孩，她謹守分寸和禮儀，不會一時衝動失態出醜。她雖然腦子飛快地想著新房的家具和往來的賓客，但即使面對自己的母親，你以為她會在言談之中洩露這些心事嗎？恰恰相反，如果她聽說其他年輕女孩被人發現懷著那些有欠端莊的遐思，她甚至會表露出最可愛的驚詫與責難。事實上，她也許會說自己不相信會有這種事。因為蘿絲夢從來沒有說過任何不得體的話，她落落大方，會彈琴唱歌、跳舞、畫畫，能寫優雅的便箋，抄錄喜愛的詩句，金髮碧眼膚色白皙，在那個時代正是男人心目中難以抗拒的完美女性。請對她公平點，別把她想成壞女人：她沒有蛇蠍心腸，沒有卑劣心計，也不貪愛錢財。事實上，在她心目中，金錢只是某種必需品，永遠會有人供應。她沒有設計欺瞞的習慣，如果她說的話偏離事實，嗯，那麼她不是故意說謊，那只是她的隨機應變，目的在博取歡心。大自然賦予雷蒙太太這位高足許多才藝，親朋好友一致公認（弗列德除外），她美麗、聰慧又親切，實在是世間少見。

李德蓋特覺得跟她相處的感覺越來越愉快，少了拘束感，視線的交流多了點歡暢。兩人的交談似乎都別具意義，在旁觀者看來卻是有點單調乏味。不過，他們之間也沒什麼需要避開他人的對談或私語。事實上他們在打情罵俏，而李德蓋特百分之百確定他們沒有比這更進一步的關係。如果說男人談了戀愛會暈頭轉向，那麼他只是逢場作戲，一定能保持頭腦清醒。說實在話，米德鎮的男人除了菲爾布勒以外，都乏味透頂，李德蓋特又不喜歡商業政治或牌局，那麼他能做點什麼舒壓解悶？他經常受邀去布爾斯妥德家，可是布爾斯妥德的女兒年紀還小，都還在上學。布爾斯妥德太太天真地在虔誠與世俗之間尋找平衡，一方面看淡人生，一方面偏愛雕花玻璃，一眼就看出破舊衣裳和上等錦緞之間的區別，不足以抵消她丈夫那一成不變的嚴肅給人的壓迫。溫奇家儘管缺點多多，相較之下氣氛卻輕鬆得多。再者，這個家養育出嬌豔得宛如含苞紅玫瑰的蘿絲夢，而且具備各種才藝來滿足紳士的高雅娛樂。

李德蓋特贏得了蘿絲夢的好感，卻也因此得罪某些醫界以外的人。某天晚上他走進溫奇家客廳的時間比平常晚得多，當時已經有其他幾位賓客在場。上了年紀的人都被牌桌引走了，奈德・普林岱爾（在米德鎮他雖然不算頂聰明，卻也是黃金單身漢）跟蘿絲夢兩人正在閒聊。他帶來最新一期《留念》[13]，這是以波紋綢裝禎的精美刊物，記錄當代進展的軌跡。奈德覺得自己極其幸運，能夠搶先跟她一起翻閱，討論那些銅版印刷畫像裡的女士先生們的臉龐與笑容，指著書中的滑稽詩詞而讚不絕口，而那些言情故事則是趣味無窮。蘿絲夢和顏悅色，奈德躊躇滿志，覺得自己用一流藝術與文學向小姐獻殷勤，有教養的女士最喜歡的不就是這些東西？基於某些表面看不出的深奧理由，他對自己的相貌也十分滿意。膚淺的人會覺得他的下巴消失得太急，看上去彷彿漸漸往回縮。這個特點確實讓他的臉形很難與綢緞高領搭配，畢竟在那個時代，下巴對高領還是頗有用處。

「我覺得可敬的史太太有點像妳。」奈德將書本翻開在那幅銷魂的畫像上，含情脈脈地望著它。

「她的背有點寬，她的坐姿好像刻意強調這點。」蘿絲夢沒有任何諷刺意味，只是心裡嘀咕著奈德的手看起來紅通通，也納悶李德蓋特怎麼還沒來。她手上同時持續編著蕾絲花邊。

「我可沒說她長得跟妳一樣漂亮。」奈德壯起膽子將視線從畫像移到畫像的對比人物上。

「看來你很懂得哄女孩子開心。」蘿絲夢非常肯定自己必須再次拒絕這位年輕男士。

13《Keepsake》，十九世紀文學年刊，多有傷春悲秋的感懷之作。

這時李德蓋特到了，他走到蘿絲夢所在的角落以前，那本書已經闔上了。等他在蘿絲夢另一邊坐定，奈德的下顎已經往下掉，像氣壓計滑向比較陰鬱的那一端。令蘿絲夢開心的不只是李德蓋特的出現，還包括他出現帶來的效應：她喜歡有人為她爭風吃醋。

「你今天來得真晚！」她跟他握手時說，「剛才媽媽說你今天不會過來了。弗列德怎麼樣了？」

「老樣子，正在恢復，只是速度慢點。我希望他換個環境，比如搬到斯東居，可是妳母親好像不太同意。」

「可憐的哥哥！」蘿絲夢嬌媚地感嘆，又轉頭對另一個追求者說，「你如果見到弗列德，會發現他整個人都變了。他生病這段期間，我們都把李德蓋特先生當成我們的守護天使。」

奈德神經質地笑了笑，這時李德蓋特把那本《留念》拉到自己面前翻開來，輕蔑地笑了一聲，揚起下巴，彷彿為人類的愚蠢感到驚奇。

「你為什麼笑得這麼不以為然？」蘿絲夢一派溫和地保持中立。

「我不知道這裡面哪個比較可笑，是銅版畫像或文字。」李德蓋特一面用最堅定的口吻回答，一面快速翻頁，好像片刻間就把整本書看完。蘿絲夢覺得他那雙白皙的手優點展露無遺。「你看看這個剛從教堂出來的新郎，有誰看過這種『唯美浪漫情調』——套句伊莉莎白時代的用語？這種笑容是不是比裁縫師的笑更不自然？但我敢打包票，這裡面的故事會讓他變成全英國最高尚的紳士。」

「你要求太高，我都怕了你。」蘿絲夢適度內斂，沒有得意忘形。可憐的奈德剛才還對這幅畫像大加讚賞，這下子心情受到刺激。「不管怎麼說，很多名人都在《留念》裡發表作品。」他的口氣既生氣又怯懦。「我第一次聽見有人說它可笑。」

「這下子我可要反過來指責你沒文化，」蘿絲夢笑著對李德蓋特說。「我猜你沒聽說過布萊辛頓夫人和蕾緹緹亞・蘭頓[14]。」蘿絲夢相當欣賞這兩位作家，卻沒有馬上表露對她們的欽佩。她聽得出李德蓋特話裡的暗示，知道他覺得那些東西格調不夠高。

「還有華特・史考特爵士，李德蓋特先生應該知道他是誰。」奈德因為眼下的樂觀處境感到振奮。

「我不讀文學作品。」說著，李德蓋特闔上書本推開它。「我小時候讀太多書，應該夠用一輩子。以前我背得出史考特的詩。」

「我想知道你什麼時候開始不讀文學。」蘿絲夢表示，「那樣的話，也許可以確定我知道哪些你不知道的東西。」

「李德蓋特先生會說那些東西都不值得知道。」奈德故意譏諷。

「恰恰相反，」李德蓋特不但毫不在意，甚至帶著惱人的自信對蘿絲夢笑。「只要是蘿絲夢小姐可以告訴我的，都值得知道。」

奈德走到牌桌旁觀戰，暗自覺得自己真是太倒楣，才會碰上李德蓋特這麼自負又討厭的人。

「你也太不客氣了！」蘿絲夢嘴上這麼說，內心暗自歡喜。「你知不知道自己得罪人了？」

「什麼！那是奈德先生的書？真抱歉，我剛才沒想到。」

「你剛到鎮上的時候說你是一頭熊，需要鳥兒的教導，現在我開始相信了。」

「嗯，有隻小鳥可以教我她願意教的東西，我不是心甘情願聆聽她的教誨嗎？」

在蘿絲夢看來，她跟李德蓋特根本就已經訂婚了。她很久以前就想過，他們早晚會訂下婚約。我們

14 布萊辛頓夫人（Countess of Blessington，一七八九～一八四九）是作家，也是《留念》的主編。蕾緹緹亞・蘭頓（Laetitia Elizabeth Landon，一八〇二～一八三八）為小說家，也在《留念》與其他期刊發表創作。

都知道，只要手邊有足夠的材料，想法就會變得越來越具體。沒錯，李德蓋特的想法跟她背道而馳，那就是他還不打算結婚，但這只是一種否定，是其他的決心投下的陰影，那些決心本身頗有退縮的可能。情勢幾乎可以確定對蘿絲夢有利，她的想法會自動成形，會透過那雙藍色大眼睛密切留意。而李德蓋特的想法被動盲目，漠不關心，像一隻水母，在不知不覺中消失。

那天晚上，他回到家後，全神貫注地觀察小玻璃瓶裡浸泡的東西，再一如往常詳盡地寫下當天的日誌。他腦子裡揮之不去的不是蘿絲夢的優點，而是某種理想的構造，以及他仍然無法理解的基本組織。不只如此，他也稍微感受到自己和其他醫生之間的鬥爭。如今布爾斯妥德即將宣布新醫院的管理辦法，這種暫時被壓制卻漸趨惡化的鬥爭很可能會趨於白熱化。另外，儘管有些皮考克醫生的病人不能接受他，但也有其他人肯定他的能力，這是令人振奮的現象。

短短幾天後，他在去洛威克的路上被蘿絲夢攔下。他跳下馬，陪她走了一段路，幫她隔開一群路過的牲畜。那時有個家僕打扮的人騎在馬上呼喚他，請他去某個上等人家出診。那戶人家過去不是皮考克的客戶，這回已經第二次找上他。那個人是詹姆斯的僕人，請他出診的地點是洛威克莊園。

第二十八章

紳士甲：要想覓得良緣恩愛白頭，任何時候都是良辰吉時。
紳士乙：啊，說得對。
日曆上沒有凶日，因為愛讓兩人同心，即使死亡
像滔天巨浪席捲而至，也是甜蜜。
兩人緊緊相擁不離不棄，
預見生生世世長相依。

一月中旬，卡索邦夫婦結束蜜月，返回洛威克莊園。他們在門口下車時，天空正飄著柳絮般的飛雪。隔天早上，多蘿席亞從她的更衣室走進我們見過的那間藍綠色起居間，看見那條長長的歐椴樹大道，兩旁的樹幹從雪白的大地升起，潔白的樹枝伸向陰暗死沉的天空。在清一色的白色大地和整齊劃一的低垂烏雲之間，遠處的平原彷彿壓縮了。就連房間裡的家具尺寸，似乎也比她上次見到時縮小了些。繡帷上的雄鹿在牠那陰森的藍綠色背景裡，看起來更像幽魂。書櫃裡的純文學書籍，看上去也像固定不動的假書。橡木枯枝在木塊上燒出熊熊火焰，像重燃的生機與光明，與周遭環境格格不入，正如拿著幾個紅色皮革盒子走進房間的多蘿席亞本人。那盒子裡裝的是給西莉亞的浮雕寶石。

她剛梳洗打扮過，散發著屬於健康年輕人特有的神采。盤繞的秀髮與淡褐色眼珠有著寶石般的亮澤，溫暖的紅唇嬌嫩欲滴，清新粉白的頸子圍著毛皮領子。那毛皮是另一種層次的白，似乎順著她的脖子盤繞而下，銜接她身上的藍灰色大衣，襯托出她的溫柔氣質。那種柔和摻雜著一抹純真，比戶外那晶瑩潔白的冰雪多了一份嬌美。她把裝有浮雕寶石的盒子放在凸窗旁的桌上，雙手無意識地放在盒子上，往外一看，立刻被周遭沉靜皚白的冰封世界吸引。

一早就起床的卡索邦說他心悸，此刻正在圖書室聽他的助理牧師塔克匯報。待會兒西莉亞就會過來，她兼具伴娘與妹妹兩種身分，接下來幾個星期會有新婚期間的拜訪與回拜。這是一段過渡期，理應延續新嫁娘的嬌羞與幸福，保持無謂的忙碌，像是一場夢境，而夢裡的人已經開始懷疑。婚前幻想過的種種人妻重責大任，如今似乎隨著家具和外面那被白色寒霜包圍的景物一起萎縮了。過去她期待與夫婿齊心協力共同攀登的明朗高點，如今即使在想像中都難以尋覓。想在另一個更優越的心靈中尋得靈魂的安穩寄託，如今卻變成惴惴不安的掙扎，為不祥預感心驚。她什麼時候才能積極奉獻，鞏固丈夫的生命，從而提升自己？她過去的所思所想，也許永遠無法實現，但或許，或許換一種方式。在她生命中這段經過嚴謹宣誓的婚姻裡，職責或許會以某種全新的啟示出現，賦予妻子的愛全新意義。

在此同時，外面飄著雪，天邊低掛陰暗的霧靄，仕女的世界那窒悶難當的壓迫感：一切都有人代勞，沒有任何事需要她的協助。那種讓存在富含各種深遠意義的感覺，必須痛苦地留做內心的願景，而不是來自外界那些需要她投注心力的事務。當初她完成課業的學習、也不需要在討厭的鋼琴上練習那些無聊的曲調之後，在那段短暫時間裡，「我該做點什麼？」、「親愛的，妳想做什麼就做什麼。」這兩句話成了她的生活寫照。婚姻原本該引導她承擔起有價值的必要職責，卻沒有讓她擺脫名媛淑女那叫人喘不過氣的閒適，甚至沒有以全心全意的柔情帶來的深沉喜悅填滿她的閒暇時光。她神采奕奕的青春活力受困在精神的牢獄裡，戶外那蒼白清冷、變窄了的景物，室內縮小了的家具、乏人問津的書籍，還有那漸漸消失在日光中、黯淡虛幻世界裡幽靈似的雄鹿，彷彿都與她合而為一。

起初多蘿席亞望向窗外時，心裡只有那叫人沮喪的壓迫感，緊接著一段尖刻的往事浮現腦海，她於是轉身在房間裡踱步。將近三個月以前，她第一次走進這個房間，還懷抱各種想法與希望，如今全都變成回憶。她審視著它們，就像我們審視短暫出現又離我們而去的事物。所有的存在似乎都比她欠缺活力，而她的宗教信仰只是孤獨的吶喊，是想要跳脫惡夢的掙扎。而那場惡夢裡的每一件物體，都在枯萎縮減，離她而去。記憶中房間裡的所有物品，都失去夢幻色彩，像少了燈光的幻燈片般了無生氣。

最後她游移的目光落在一組迷你肖像畫上，總算看到了匯聚著新穎氣息與意義的東西。那是卡索邦的姨母茱莉亞的畫像，也就是威爾的祖母，那個婚姻不幸的女人。多蘿席亞可以想像肖像裡的人此時此刻有了生命，纖弱女子的臉龐帶著些許任性，一種難以詮釋的特質。只有她的親人覺得她婚姻不幸嗎？或者她自己也發現走錯了路，只能在夜晚慈悲的靜謐中品嚐淚水的苦中帶鹹？從她第一次看見那幅肖像到現在，多蘿席亞的經歷可說是翻天覆地！

她覺得自己和肖像之間有一種新的情誼，彷彿畫像裡的人願意聽她傾訴，能看穿她此刻凝視它的心情。那是個明白婚姻某些難處的女人。不只如此，那臉龐好像更紅潤了，嘴唇和下巴好像也變大了，頭髮和雙眼好像閃閃發亮。那面容帶著陽剛氣息，那專注的眼眸在對她微笑，像在告訴她，即使她眼瞼最細微的動作，似乎都饒富興味，必定會引人注意與揣測。這鮮明的畫面像一道亮光，令多蘿席亞感到愉悅。她意識到自己在笑，轉身離開畫像坐下來，再抬起頭，彷彿重新對站在面前的身影說話。不過，當她繼續思索，那笑容消失了。最後她自言自語：「噢，這種想法太殘酷！多麼悲傷！多麼恐怖！」

她迅速起身走出房間，沿著走廊快步走著，她無法抗拒內心的衝動，想去見她的丈夫，問問她能為他做些什麼。也許塔克已經走了，卡索邦獨自在圖書室。她覺得只要丈夫因為她的出現感到歡喜，她整個上午的鬱悶就會消失殆盡。她走到深色橡木樓梯口時，看見西莉亞正在上樓。她伯父就在樓下，正跟卡索邦打招呼，彼此道賀。

「多多！」西莉亞用她低沉短促的語調喊了一聲，過來親吻姐姐。

多蘿席亞抱住妹妹，沒有多說什麼。我猜她們都偷偷落了幾滴淚，接著多蘿席亞跑下樓去迎接伯父。

「親愛的，我不需要問妳好不好。」布魯克親吻多蘿席亞的額頭後說。「看來妳在羅馬玩得很開心，幸福的愛情、壁畫和古物，那一類的事。嗯，很高興妳回來了，現在妳對藝術已經完全了解了，對吧？不過卡索邦臉色有點蒼色，我告訴他了，有點蒼白。假期還努力做研究，未免太過頭了。以前我也曾經太用功……」說到這裡，布魯克依然握著多蘿席亞的手，但已經轉身面對卡索邦。「研究地形學、廢墟、神廟等。當時我以為找到了方向，卻發現自己可能會鑽研得太深，到頭來白忙一場。那一類的學問沒有止境，可能永遠一無所獲。」

多蘿席亞的目光也憂心地投向丈夫的臉，她在想，相隔一段時間再見到卡索邦的人，可能比她更容易察覺她沒注意到的變化。

「親愛的，沒什麼好擔心的。」布魯克發現多蘿席亞的神情。「多吃點英國的牛羊，很快就沒事了。臉色蒼白點，正適合當阿奎那畫像的模特兒。我們收到妳的信了。不過阿奎那，嗯，他有點難懂，對不對？現在還有人讀阿奎那嗎？」

「他本來就不是迎合膚淺心靈的作者。」卡索邦以鄭重的耐心回應布魯克的問題。

「伯父，要不要送杯咖啡到你房間？」多蘿席亞及時化解尷尬。

「好。妳去找西莉亞，她有重大消息要告訴妳。我讓她自己說。」

西莉亞披著跟姐姐一樣的毛皮大衣坐在藍綠色起居間裡，房間的氛圍明顯歡快起來。她正在觀看那些浮雕寶石，顯得平和又滿足。兩人聊著，話題轉到其他方面。

「妳覺得去羅馬度蜜月好玩嗎？」西莉亞臉上泛起淡淡紅暈。她動不動就臉紅，多蘿席亞早已司空見慣。

「不是所有人都適合去羅馬。親愛的，妳就不適合。」多蘿席亞平靜地說。永遠不會有人知道她對於在羅馬度蜜月的真實想法。

「卡瓦拉德太太說，新婚的人大老遠跑去旅行簡直胡鬧。她說兩個人一定會對彼此厭煩死了，也不能像在家裡一樣痛痛快快吵架。查特姆夫人說她蜜月的地點是巴斯。」西莉亞的臉蛋紅了又紅，像是：

隨著內心的潮汐起落，
像個往返奔波的信使。[15]

想必不像平時的羞赧那麼簡單。

「西莉亞！有什麼事嗎？」多蘿席亞的語調充滿姐姐的關懷。「妳有什麼重大消息要告訴我？」

「多多，都是妳因為不在家，詹姆斯只好跟我說話。」西莉亞眼神裡藏著淘氣。

「我明白。這是我以前希望、也相信的結果。」多蘿席亞雙手捧起西莉亞的臉，有點擔憂地望著妹

15 摘自英國文藝復興時期桂冠詩人埃蒙德・斯賓塞（Edmund Spenser，一五五二～九九）的作品《仙后》（*The Fairy Queen*）。

妹。如今西莉亞的婚姻大事似乎比過去更需要嚴肅以待。

「三天前才決定的。」西莉亞說。「查特姆夫人很和善。」

「那麼妳快樂嗎？」

「嗯。我們暫時還不會結婚，有太多東西要準備。再者，我也不想太早結婚，因為訂婚的感覺很不錯，結婚以後就要一輩子在一起了。」

「咪咪，詹姆斯是個正派的好人，妳再也找不到更好的對象了。」多蘿席亞親切地說。

「多多，他還在建村屋，等他來了就會告訴妳。妳見到他會開心嗎？」

「當然開心，妳怎麼會問這種問題？」

「我只是擔心妳變得太有學問。」西莉亞認為卡索邦的學問像某種濕氣，時間一久就會滲入身旁的人的體內。

第二十九章

我發現別人的才華無法令我滿意，我自己可悲的矛盾心理，使得我與這種慰藉無緣。

——高德史密斯[16]

多蘿席亞回到洛威克幾星期後的某天早上……

但為什麼總是談多蘿席亞？在這樁婚姻裡，只存在她單方面的觀點嗎？我們所有的關注和理解的意願，不該全數投注在面對煩惱依然容光煥發的青春臉龐。畢竟青春的容顏也會褪色，遲早也會體驗到我們集體忽視的那些更久遠、更錐心的哀傷。

卡索邦雖然有令西莉亞反感的眨巴眼和白痣，令詹姆斯難以接受的肌肉線條，他內心卻有強烈的覺知，也跟我們所有人一樣，有著精神上的渴求。關於結婚這件事，他並沒有做任何違常的事，整個過程完全符合社會的認可，該有的鮮花與浪漫應有盡有。當時他突然意識到不能再拖延自己的終身大事，他覺得有地位的男人擇偶的時候，應該找個花樣年華的女子，並且要精挑細選，越年輕越好，因為越年輕越容易教導，服從性也比較高。這個對象的身分必須能跟他匹配，宗教理念相同，還得溫柔賢淑，聰慧

16 Oliver Goldsmith，這裡的句子摘自他一七六六年的作品《威克菲爾德的牧師》（*The Vicar of Wakefield*）。

善解。他會設定豐厚的財產給她，會盡他所能讓她過得幸福快樂。相對的，他會得到溫馨的家庭，也能繁衍自己的血脈。在十六世紀的十四行詩之中，子嗣好像是男人迫切需要的東西。時代已經改變，如今的十四行詩作者不再堅持要卡索邦留下另一個版本的自己。更何況，他連自己那本《神話學要義》都還沒製造出來。不過，他一直希望藉由婚姻釋放自己，想到歲月匆匆流逝，視茫茫髮蒼蒼，心中的寂寞難以排解，他因此急著抓住家庭帶來的喜悅，以免它們也隨著無情的歲月離他而去。

他見到多蘿席亞時，覺得這個對象超出他的要求：她也許真的能成為他的得力助手，讓他不必另外雇用祕書。到目前為止，他還沒雇過祕書，因為他對這樣的助手不無疑慮。（卡索邦不安地意識到，在祕書面前他必須展現強大的心靈。）仁慈的上帝給了他符合他需求的妻子。一個妻子，一個謙遜的年輕女子，擁有女性最純粹的欣賞能力，沒有任何野心，一定會認為自己的丈夫擁有強大的心靈。那麼上帝把他配給多蘿席亞時，是不是也為她考慮這麼多，這點卡索邦都沒想過。社會從來不曾荒唐地要求男人在考慮妻子能不能為自己帶來快樂的同時，也思考一下自己有沒有條件讓美麗的女孩幸福。難不成男人選擇妻子的時候，還能幫妻子選擇丈夫！或者難不成他不能為子女找個漂亮的母親！多蘿席亞欣喜萬分地接受他的求婚時，一切都是那麼理所當然，卡索邦覺得自己的幸福人生即將展開。

結婚前他沒體驗過幸福的滋味。一個人如果沒有強健的體格，要想體驗極度的喜悅，就必須有熱情的靈魂。卡索邦從來沒有強健的體格；他的靈魂相當敏銳，卻欠缺熱情。他的靈魂太軟弱無力，沒辦法在激動中忘卻自我，敞開心胸盡情歡樂。它在沼澤地裡破殼而出，持續在那裡拍擊雙翼，專注在自己的翅膀，卻從來不曾飛行。他的經歷叫人憐憫，卻害怕別人的憐憫，更擔心被人看穿自己的堪憐。那種驕傲、狹隘的敏銳，沒有多餘的實質內容可以轉化為同情心。正如風中的細線，在自我的執著（或者頂多是自我顧慮）之中顫慄。

卡索邦有許多顧慮，他能夠嚴格地克制自己，決定遵循社會規範當個正派人士；在世俗觀點中，他要做到無懈可擊。在行為上這些目標都達到了，可是他的《神話學要義》要做到無懈可擊，難度太高，變成壓在他心頭的鉛塊。他那些用來測試讀者反應、標記重要里程的散頁小品——他稱之為「附錄」，至今還沒有遇見賞識它們的伯樂。他認為副主教還沒讀過，至於當代重要神學研究中心布雷齊諾斯學院那些大老，對他的散頁小品會抱持什麼看法，他也沒有信心。最叫他難堪的是，他確信那篇輕蔑的評論是出自他的老朋友「鯉魚」的手筆。他把那篇文章鎖進書桌某個小抽屜，也鎖在他口語記憶的某個黑暗櫥櫃裡。這些都是他需要對抗的沉重印記，為他帶來過度索求必然導致的苦悶與憂鬱。他對自己創作能力的信心動搖了，連他的宗教信仰也一起動搖。基督信仰中永生的慰藉，似乎也仰賴那本還沒動筆的《神話學要義》的不朽。

我個人深深為他感到遺憾。那樣的生命並不輕鬆：受過我們所謂的高等教育，卻始終無法享受學問的樂趣。參與生命這個偉大的奇觀，卻始終擺脫不了一個渺小、飢渴、顫抖的自我。沒辦法全然投入我們目睹的榮耀，沒辦法讓意識在狂喜中轉化為生動的思緒、奔放的熱情與行動的活力。終日埋首書堆，欠缺神來一筆；野心勃勃卻畏首畏尾，一絲不苟卻視見短淺。我覺得卡索邦即使有朝一日升任總鐸或主教，恐怕也擺脫不了內心的煩憂。某些古代希臘人想必發現，在大型面具與擴音喇叭[17]後面，我們的小眼睛必定一如往常向外窺探，我們顫抖的雙唇多多少少壓抑著焦慮不安。

這種心靈狀態在四分之一世紀前就已經規劃妥當，也圈圍起各種善感。卡索邦希望藉著跟美麗的年輕新娘結合，在自己的心靈增建出幸福。但我們也看到了，即使在婚前，他已經發現自己陷入全新的憂

17 古希臘戲劇表演中演員多配戴大型面具，由於演員與觀眾距離較遠，這種面具通常有利於聲音的擴散。

鬱。因為他發現這全新的至喜，對他來說無喜可言，他想要恢復過去那些更為安逸的習慣。他在家庭這條路上走得越遠，那種需要自我表現、要遵守禮教的感覺凌駕其他方面的追求。婚姻就像宗教與學識，不只，也像著書立說本身，注定要變成外在的要求。卡索邦決心完美無缺地達成所有要求，就連讓多蘿席亞參與他的研究這件事，雖然他婚前也有這種意願，現在卻能拖則拖。如果不是她堅定地懇求，恐怕永遠不會開始。她從此每天一早走進圖書室，理所當然地照卡索邦的指示誦讀或抄寫。她的工作內容相當明確，因為卡索邦臨時想到一件可做之事：要寫一篇新的附錄，是一篇小論述，闡釋某些有關埃及祕教祭儀的最新發現，藉此修正渥伯頓[18]的某些論點。即使只是篇小論文，引用的參考資料也十分龐雜，幸好不至於無邊無際。那些資料的文句不算艱難，布雷齊諾斯學院或學問沒那麼高深的後代都能看懂。這些次要的階段性創作，總是令卡索邦精神躁動，因為引證相互抵觸，彼此衝突的辨證在他腦海裡交戰，導致他難以理解消化。再者，論文開頭都得寫一段拉丁文獻辭。關於這段獻辭的內容，他還找不到任何靈感，唯一確定的是，題獻的對象絕不是鯉魚。卡索邦曾經將題辭獻給鯉魚，文中他稱鯉魚這個動物世界的一員為「永生不死之人」。這個錯誤令卡索邦痛心疾首痛，勢必被拿來當成笑柄，傳誦到下一個世代，恐怕也會變成當代的狗魚和丁鱥茶餘飯後的趣談。

因此目前是卡索邦最忙碌的時期，他通常獨自在圖書室吃早餐。正如我不久前提到的，多蘿席亞一早就會進去幫忙。這時西莉亞已經第二次來訪，或許也是她婚前最後一次來，正在客廳等待詹姆斯。

多蘿席亞已經學會觀察丈夫情緒變化的蛛絲馬跡，她發現圖書室裡的霧氣比一小時前濃密。她默默走到書桌旁，聽見他用那種在暗示任務執行不愉快的冷淡口氣。

「多蘿席亞，這裡有妳的一封信，放在給我的信件裡。」

那封信共有兩頁，她連忙看信件的署名。

「是雷迪斯羅先生！他為什麼寫信給我？」她的語調帶點驚喜地望向卡索邦，接著又說，「不過我可以猜到他給你的信裡說了什麼。」

「妳願意的話可以拿去讀。」卡索邦沒有看她，只是用手裡的筆嚴峻地指向那封信。「不過我最好把話說在前頭，他信裡提到要過來拜訪，我必須拒絕。我相信我這麼做可以得到諒解，因為我想要一段可以自由支配的時間，排除過去無法避免的干擾，尤其是那些散漫又好動，讓人感到疲倦的客人。」

自從那次在羅馬一番爭執過後，多蘿席亞與丈夫之間沒再發生過衝突。那次事件在她心中留下的痕跡太深刻，之後她更懂得壓抑情緒，免得再承受情緒宣洩的後果。可是他竟然惱怒地猜想，她會期待丈夫不喜歡的客人來訪，並且為了杜絕她基於私心提出反對，竟採取這種無的放矢的防衛。這就像一根太尖銳的刺，她來不及細想，滿腔怒火已經引燃。以前多蘿席亞覺得自己能夠耐心對待，可是她從沒想過他會表現出這種行為。一時之間她覺得卡索邦似乎愚蠢又遲鈍，不公平到可恨的地步。憐憫是個「新生兒」，不久後即將控制她內心的無數風暴，可惜這次卻「不敵狂風」。她說話了，那口氣令卡索邦震驚，猛地抬起頭看她，見到她眼中的怒火。

「你為什麼認定我會想做任何你不喜歡的事？你對我說話的態度，像是把我當成某個你需要對付的人，再怎麼說，也得等到我真的做出只顧自己開心，不在乎你感受的事。」

「多蘿席亞，妳太急躁。」卡索邦緊張地說。

無庸置疑，這個女人年紀太輕，還達不到成年女性那種處變不驚的境界，除非她原本就是平凡無趣，凡事視為理所當然。

18 應指英國國教主教威廉‧渥伯頓（William Warburton，一六九八～一七七九），撰寫過不少爭議性的宗教文章。

「我認為急躁的是你，一開始就對我的意向做出錯誤猜測。」多蘿席亞用同樣的口氣說。她的怒火還沒平息，也覺得卡索邦不向她道歉實在可鄙。

「多蘿席亞，如果妳不介意，這個話題到此為止。我沒有時間也沒有精力做這種口舌之爭。」

這時卡索邦拿筆沾了墨水，像是要繼續寫字，只是他的手抖得太厲害，寫出來的文字像陌生的語言。某些回答原本是用來平息怒氣[19]，不料卻只是將怒氣送到房間另一頭。當你覺得自己才是有理的那一方，想要冷淡地結束討論，在婚姻裡這種行為比哲學辯論時更氣人。

威爾那兩封信依然擺在卡索邦的寫字桌上，多蘿席亞一封都沒讀，直接走向自己的桌子。她內心的鄙夷與憤怒讓她拒絕讀信，正如我們被懷疑卑鄙地貪圖些什麼的時候，會將那東西像垃圾一樣拋棄。那兩封信之所以惹她丈夫惱火，背後隱藏著微妙原因，她卻是一點都猜不到。她只知道他因為那兩封信對她無禮。她馬上開始工作，她的手沒有發抖，恰恰相反，她寫著前一天指派給她的引文時，覺得自己寫出來的字母相當端正。她似乎覺得慢慢看懂自己正在抄寫的那些拉丁文的結構，也比平時理解更多。她的怒氣之中帶有一種優越感，但此刻那優越感化為穩定的筆劃，沒有向內壓縮成內心的獨白，聲稱昔日那「親切的天使長」是個差勁的傢伙。

這種鮮明的靜默持續了半小時，期間多蘿席亞的視線沒有離開過自己的桌子。這時她聽見書本掉落地板發出「砰」地一響，連忙轉頭，看見卡索邦站在圖書室梯子上，他緊抓著梯子，身體往前傾，像是哪裡不舒服。她嚇得跳起來衝過去。他的呼吸明顯非常急促，她站上一張矮凳好讓自己貼近他手肘。

她整個人都化為柔情，用擔心的口吻問：「親愛的，你能靠在我身上嗎？」

接下來兩三分鐘，他一動不動，說不出話也動不了，只是喘氣。她覺得這段時間彷彿永無止境。最後，他終於走下那三級階梯，向後仰躺在多蘿席亞拉到梯子底下的那把大椅子上。他已經不喘了，卻顯得虛弱乏力，幾乎昏厥。多蘿席亞沒命地搖鈴，很快地，卡索邦被攙扶到沙發上。他沒有暈過去。

詹姆斯在走廊聽說「卡索邦先生在圖書室昏倒了」，趕過來的時候，卡索邦已經慢慢好轉。

詹姆斯當下第一個念頭是：「我的天！早就猜到會發生這種事。」如果有人要他把未卜先知的內容說得更詳細些，那麼他覺得「昏倒」會是最貼切的用詞。他問傳遞消息的管家是不是請醫生了。管家的印象中主人從來不需要請醫生，不過這種時候請醫生來應該錯不了。

等詹姆斯走進圖書室，卡索邦已經可以表現一點平時的禮儀。多蘿席亞飽受驚嚇，一直跪在丈夫身邊啜泣。她這時站起來，主動表示該派人去請醫生。

「我建議妳請李德蓋特，」詹姆斯說。「家母請過他，發現他醫術一流。自從家父過世以後，家母對鎮上的醫生都不太滿意。」

多蘿席亞徵詢丈夫的意見，卡索邦默默點頭表示同意。於是僕人去請李德蓋特。

李德蓋特來得出奇地快，因為派出去的是詹姆斯的僕人。他曾經見過李德蓋特，出門不久就遇見他拉著馬、挽著蘿絲夢走在洛威克路上。

一直待在客廳的西莉亞聽了詹姆斯的轉述後，才知道這件事。詹姆斯聽過多蘿席亞的描述，已經不再認定卡索邦「昏倒」，卻仍然覺得「相去不遠」。

「可憐的多多……這太嚇人了！」西莉亞雖然幸福洋溢，卻也替姐姐傷心。她的小手緊緊交握，被詹姆斯的雙手包覆，像花蕾被寬大的花萼包裹。她又說，「卡索邦生病，實在太叫人震驚，不過我從來就不喜歡他，也覺得他並不是那麼喜歡多蘿席亞。他應該要喜歡的，因為我敢確定再也不會有其他女人

19見《聖經・箴言》第十一章第一節，「溫和的回答平息怒氣」。

願意嫁他，你說是嗎？」

「我覺得妳姐姐犧牲太大了。」詹姆斯說。

「嗯。可憐的多蘿席亞做的事確實都跟別人不一樣，我想她永遠不會改變。」

「她心性高貴。」忠心耿耿的詹姆斯說。他不久前才又見識到多蘿席亞高貴的一面，因為她柔弱的臂膀扶住丈夫的脖子，用難以言喻的哀傷神情望著他。只是，他不知道那哀傷之中包含多少懊悔。

「嗯。」西莉亞應了一聲。她覺得詹姆斯這麼說是很好，只是換了他自己，跟多蘿席亞相處也不會開心。「我該不該去看她？你覺得我能不能帶給她安慰？」

「李德蓋特沒來以前，妳去看看她也好。」詹姆斯寬容地說。「不過別待太久。」

西莉亞離開以後，詹姆斯在房裡踱步，回想當初聽說多蘿席亞訂婚消息時的心情，對布魯克的漠不關心再次感到厭惡。如果卡瓦拉德……如果當時有任何人用跟他相同的角度看待這件事，這樁婚事說不定就成不了。任由年輕女孩盲目地決定自己的終身大事，不盡點心力拉她一把，實在太可惡。他求婚失敗的懊惱早就蕩然無存，他真心感到歡喜能跟西莉亞訂婚。可是他有天生的騎士精神（無私地為女性服務，難道不是古代騎士風度的理想表現？）求婚被拒，卻沒有由愛生恨。他的愛情死亡後，反倒散發出甜美的香氣，變成飄蕩的記憶，淨化他對多蘿席亞的情感。他可以繼續當她的妹婿，以充分的信任看待她的作為。

第三十章

漫無目標地分散注意力，到最後連自己也厭膩。

——帕斯卡[20]

卡索邦沒再出現跟第一次發作一樣嚴重的症狀，幾天後身體慢慢恢復。李德蓋特卻好像認為這次發作不能輕忽，他不但用了聽診器（在當時，聽診器的使用並不普及），並且靜靜坐在病人身旁觀察他。卡索邦問了些關於自己身體狀況的問題，李德蓋特說根本原因是知識分子的通病：過度專注在單一的活動上。補救的方法包括工作適度減量，並且從事各種消遣娛樂。某次布魯克坐在一旁聽見了，建議卡索邦學卡瓦拉德去釣魚，再弄個車床間，做做玩具、桌腳之類的東西。

「簡言之，你建議我展開第二次童年。」可憐的卡索邦無奈地說。他又轉頭看著李德蓋特，「這些事帶給我的放鬆效果，大概跟囚犯撕亞麻皮[21]不相上下。」

「我承認消遣這個處方不盡如人意。」李德蓋特笑著說，「差不多就像勸別人打起精神一樣。也許我

20 Blaise Pascal（一六二三～一六六二），十七世紀法國哲學家，此句摘自他的《思想錄》（*Pensees*）。

21 棉布大量生產以前，亞麻是布料纖維主要來源，亞麻纖維的前期製作耗時費力，因此撕亞麻皮成為囚犯的工作之一。

應該換個說法：即使會有點無聊，你也得暫時停下工作。」

「對，對。」布魯克說。「每天晚上找多蘿席亞陪你玩雙陸棋，或打羽毛球。嗯，白天打羽毛球再好不過了。我記得很多人都喜歡這種運動。卡索邦，你的視力可能應付不了，不過你必須放鬆。對了，你可以做點輕鬆的研究，比如研究貝類。嗯，我向來覺得這門學問不算繁重。或者讓多蘿席亞讀些休閒書給你聽，比如斯莫里特[22]的《藍登傳》和《漢弗萊・克林克》。這兩本書內容比較粗鄙，不過現在她結婚了，什麼書都能讀。我記得當年我讀的時候，笑得前仰後合，其中有一段實在太滑稽，描寫馬車嚮導的馬褲。如今少有這種幽默了。這些東西我都讀過，不過對你來說可能算新奇。」

此時能表達卡索邦心情的回應應當是：「新奇得像吃蒺藜。」但他只是基於對妻子的伯父的尊重，順從地欠身行禮。他說，剛才提到的書必然「適合某種層次的心靈」。

「卡索邦這人不太懂變通，」英明的治安法官布魯克陪李德蓋特走出房間後，說，「你禁止他做學問，他就不知道該做些什麼。當然，他的學問是有點深度，我指的是他的研究路線。我永遠不會全心投入去做那種事，我向來興趣廣泛。不過神職人員束縛比較多。說不定哪天他們會提拔他當主教！他幫皮爾寫過一份精彩的散頁小品。升主教後他會有更多事做，更多場合要出席，也許會長胖點。不過我建議你跟多蘿席亞聊一聊，她很聰明，什麼都懂，我姪女就是這樣。你告訴她，她丈夫需要多點活力，需要分散注意力，要她幫他找點樂子。」

即使布魯克沒有提議，李德蓋特也打算跟多蘿席亞談一談。布魯克提出各種讓洛威克莊園的生活變得更輕鬆活潑的建言時，多蘿席亞剛好不在場。平時她多半陪在丈夫身邊，只要聽見有關卡索邦的心靈或健康的話題，表情和聲音總是流露高度的焦慮，這種生動的表情正是李德蓋特喜歡觀察的現象。他告訴自己，他坦白透露她丈夫健康未來可能的變化，是正確做法。同時他也覺得，能夠私底下找她談談，應該會很有意思。當醫生的人喜歡觀察人們的心理變化，有時候為了這方面的研究，往往容易做出重大推測，到頭來自己的推測卻被生與死推翻。對於別人做出的這種無端預測，李德蓋特經常出言嘲弄，所以他要設法避免自己犯這種錯。

李德蓋特要求見卡索邦太太，得到的答覆是她出門散步。他正打算離去，多蘿席亞和西莉亞回來了，經過三月的料峭寒風吹颳，兩人臉蛋都紅撲撲的。李德蓋特表示希望與多蘿席亞單獨談談，多蘿席亞於是就近打開圖書室的門。當時她腦子裡沒別的念頭，只想著關於卡索邦的病情，醫生會說什麼。自從卡索邦生病後，這是她第一次踏進圖書室，僕人沒有拉開百葉簾，不過光線從窗子上方的窄小窗格灑進來，亮度足以閱讀。

「光線不夠亮，你不介意吧？」多蘿席亞站在房間中央問。「自從你禁止卡索邦先生讀書，這間圖書室就閒置了，我希望他很快可以回到這裡，他是不是好多了？」

「嗯，他進步的速度比我當初預料快得多。事實上，他幾乎已經恢復到原本的健康狀態了。」

「你擔心他會再發病？」多蘿席亞心思敏銳，從李德蓋特的語調中聽出弦外之音。

「這種病症特別難預料。」李德蓋特答。「我唯一可以確定的是，最好多加留意卡索邦先生的情況，避免他精神過度緊繃。」

「請你說清楚一點。」多蘿席亞用懇求的語氣說。「如果我因為不知道某些情況，沒有辦法配合調整，我會無法忍受。」她的話像在吶喊，顯然與近期某種經歷呼應。

「請坐，」她邊說邊在離自己最近的椅子坐下，脫掉帽子和手套隨手一扔，像是面對重大問題時，

22 Tobias Smollett（一七二一～一七七一），蘇格蘭作家，以創作流浪漢小說聞名，《藍登傳》（*Roderick Random*）是他的代表作。

本能地忽略禮儀形式。

「你剛才說的印證我的看法，」李德蓋特說。「我覺得身為醫者，應該盡可能避免發生那種遺憾。不過請妳務必了解，卡索邦先生的情況正是最難預估的那種。他也許可以再活十五年或更久，健康狀況也不會比目前差太多。」

多蘿席亞面無血色，等李德蓋特說完，她壓低聲音問，「你的意思是只要我們非常小心。」

「是，小心避免情緒激動，也不能過度勞累。」

「如果他必須放棄工作，一定很難過。」多蘿席亞迅速預見那種悲慘景象。

「這我知道，唯一的辦法就是採用各種手段，不管直接或間接，讓他減少工作量，或多做點不同的活動。只要一切順利，就像我剛才說的，他的心臟問題暫時還不會有立即危險。我相信他這次發病的主因就是心臟。另一方面，病情也可能急轉直下，這種病有時會造成猝死，這方面的因素都不能忽視。」

兩人沉默片刻，多蘿席亞靜靜端坐，彷彿化為大理石雕像。只是，她體內的生命從來不曾如此激動，腦海不曾在這麼短的時間內掠過這麼多場景與動機。

「請你幫助我，」她終於開口，跟先前一樣壓低音量。「我可以做些什麼？」

「到國外旅行，妳覺得如何？你們好像剛從羅馬回來。」

記憶中的羅馬行顯示出國這個點子完全行不通，那些回憶像一陣全新電流，將面色蒼白無法動彈的多蘿席亞震得清醒過來。

「不行，出國比什麼都糟。」她的口吻像個頹喪的孩子，淚水也撲簌簌落下。「他不喜歡做的事都不會有用。」

「真希望我能幫妳解決這個難題。」李德蓋特深深被觸動，卻也對她的婚姻感到好奇。多蘿席亞這樣的女性不存在他的傳統思維裡。

「你沒隱瞞我是對的，感謝你告訴我真相。」

「我希望妳明白，我不會對卡索邦先生說這些。他只需要知道自己不能太操勞，必須遵行某些指示，也就夠了，任何形式的擔憂對他的病情都是最不利的。」

李德蓋特站起來，多蘿席亞同一時間僵硬地起身，解開披風扔在一旁，彷彿被勒得喘不過氣。他向她行禮告辭，她突然一陣激動說出話來。如果這時她一個人獨處，這番話就會變成禱告。

她啜泣著說：「你是個有智慧的人，對不對？你明白生死的問題。請教教我，我能做什麼？他一輩子都在辛苦做研究，把希望放在未來，其他什麼都不在意。我也什麼都不在意，除了……」

她這種不由自主的懇求，在李德蓋特內心留下深刻印象，直到多年以後仍然無法忘懷。那是靈魂對靈魂的呼喚，沒有多餘的想法，只是隨著性情相近的靈魂一起在忽明忽暗的生命裡飄流，經歷同樣的紛擾與動盪。可是他現在除了承諾明天會再來看卡索邦，還能說些什麼？

李德蓋特走了以後，多蘿席亞淚如泉湧，盡情發抒心中那叫人窒息的壓迫感。之後她擦乾眼淚，因為她想到自己的煩惱不能被丈夫發現。她環顧圖書室一圈，心想一定要讓僕人收拾一下，保持平時的模樣，因為如今卡索邦可能隨時會想進來。

他的寫字桌上還擺著那兩封信，自從那天早上他病發後就沒人碰過。多蘿席亞記得很清楚，那是威爾寫來的，給她的那封還沒打開。她覺得是她的怒氣導致丈夫發病，而這兩封信讓她聯想到當時的情景，此時看見它們，她心裡更加難受。因為當時她氣憤地想著，等卡索邦再把信丟給她，她多的是時間打開來讀，否則她絕不會主動進圖書室來拿。不過現在她忽然想到，不能再讓丈夫看到這兩封信。不管信裡有什麼內容惹惱他，現在都不能再讓他受到刺激。她先讀寫給丈夫的那封信，決定是否需要回信阻止威爾這個不受歡迎的訪客。

威爾的信是在羅馬寫的，開宗明義就說卡索邦對他恩重如山，再多的謝謝都不足以表達他的感激之情。如果他不知感恩，那麼他顯然就是一個擁有慷慨朋友卻不知珍惜、最沒良心的無賴，但用盡千言萬語表達感謝，等於在宣稱：「我是個正直的人」，威爾說他已經看見自己的缺點，也就是卡索邦過去經常為他指出的那些。要想修正那些缺點，就必須接受艱苦的歷練。過去由於親戚的資助，他一直沒有機會洗心革面。他相信如果自己有機會回報恩人，最好的方式就是，好好發揮恩人好意栽培的才能，並且日後不再接受任何資金，好讓那些錢可以用在更適合的人身上。他打算回到英國碰碰運氣，跟許多身無分文的人一樣，靠自己的頭腦闖出一片天地。他朋友納烏曼希望把他為卡索邦畫的那幅《辯論》託給他，如果卡索邦先生與夫人同意，他會親自把畫送到洛威克。為了避免他在不適合的時間到訪，可以在兩週內回信到巴黎郵件待領處。他在信裡附上一封致卡索邦太太的信，繼續探討他們在羅馬提及的藝術觀點。

多蘿席亞打開寫給她的那封信，信中威爾繼續用那種生動活潑的語調向她進言。他說她滿腔狂熱的同情心，不能以堅定的中立眼光欣賞事物本質。他年輕的熱情與朝氣化為滔滔不絕的言辭，此時此刻的她實在無心閱讀。她現在必須立刻考慮該怎麼回覆另一封信，也許還來得及阻止威爾前來洛威克。最後她把信交給當時還在她家的伯父，請他告訴威爾，卡索邦身體不適，目前的狀況不允許他接待任何賓客。

沒有誰比布魯克更樂意寫信，他唯一的困擾在於，他不會寫短信。比如這封信，他想說的話延伸為滿滿三大張信紙，連折頁夾縫也沒放過。

布魯克對多蘿席亞說：「親愛的，沒問題，我來寫。這個威爾是個非常聰明的小伙子，我敢說將來一定有出息。這封信寫得很好，顯示他明理又懂事。總之，我會跟他說卡索邦的事。」

可是布魯克的筆尖擁有思考能力，會生成字句，尤其是厚道仁慈的那一種。速度之快，他大腦的其他部位都趕不上。他的筆表達了遺憾，也提出補救方案。他寫完信後讀了一遍，覺得遣詞用字十分恰當，出乎意料地準確。於是靈機一動再添一段先前沒想到的續篇。寫最後這段時，他的筆覺得威爾那段時間不能來實在太可惜，因為這麼一來，布魯克就沒有機會進一步認識他，也不能一起欣賞那些他已經很久沒拿出來觀看的義大利畫作。那枝筆也對這樣一個帶著滿腦子想法開啟人生新頁的年輕人深感興趣，於是到了第二頁末尾，它已經說服布魯克邀請威爾來蒂普頓農莊（因為洛威克不能接待他）。有何不可？他們可以一起做很多事，時代正在大幅躍進，政治視野也在拓展，而且……簡言之，布魯克的筆開始發表一小段演說，正是它前不久在編排有欠完善的刊物《米德鎮先驅報》闡述過的內容。布魯克封信的時候興高采烈，腦海浮現各種模糊的計畫：一位擅長將思想化為文字的年輕人；買下《先驅報》為新出線的候選人清理路障；他的文件終於派上用場。誰曉得最後會獲致什麼成果？西莉亞馬上就要嫁人，有個年輕人陪他吃飯是相當愉快的事，即使只有一段時間也無妨。

他離開前沒有告訴多蘿席亞，他在信裡寫了什麼，因為她忙著照顧卡索邦，而且這些事對她一點也不重要。

第三十一章

你敲不響那口巨大的鐘，
又如何知道它的音調高低？就讓長笛
在那精鍊過的金屬底下吹奏，仔細聆聽，
直到正確的音符響起，像清脆的叮鈴聲：
那時巨鐘才會顫動；那厚實的金屬
才會發出綿綿不絕的無數震波，
低沉而和諧地輕柔回應。

當天晚上李德蓋特跟蘿絲夢談到多蘿席亞，特別強調她對那位年長她近三十歲、拘謹又好學的丈夫顯然懷著強烈的情感。

「她當然對她丈夫全心奉獻。」蘿絲夢話裡暗示她覺得女人最美好的特質，就是對丈夫忠誠。這個觀點與李德蓋特不謀而合。不過她同時也在想，身為洛威克莊園的女主人，丈夫不久於人世應該不需要太悲傷。「你覺得她美嗎？」

「她確實漂亮，不過我沒想那些。」李德蓋特答。

「那樣不夠專業，」蘿絲夢笑著說，露出兩頰的酒窩。「看來你的業務又擴展了！先前詹姆斯爵士家找了你，現在又是卡索邦家。」

「沒錯。」李德蓋特承認得有點勉強。「但比起為這些人服務，我更願意幫窮人看病。這些人照料起來無趣得多，總是大驚小怪，還得恭恭敬敬聽他們廢話連篇。」

「米德鎮也差不了多少。」蘿絲夢說。「至少你現在已經走上康莊大道，到處留下好名聲。」

「那倒是，蒙莫杭希小姐[23]。」說著，李德蓋特低頭湊向桌面，用無名指挑起放在她網袋開口的精緻手帕，像在享受手帕的芳香，並且面帶笑容注視著她。

只是，李德蓋特在這朵米德鎮的嬌美花兒身邊流連，享受假期般的歡欣自在，這種事肯定不長久。在米德鎮就跟在任何城鎮一樣，沒有人能脫離群體遺世獨立。因此，一對頻繁調情的男女，絕不可能躲得過「事物在各自軌道上遭遇的各種糾纏、壓力、打擊、碰撞與行動。[24]」蘿絲夢不管做什麼，都會引人矚目。近來不管仰慕她或批評她的人，對她都格外關注，因為溫奇太太找不到兩全其美的辦法，可以既滿足老費勒斯東的要求、又盯緊瑪麗，經過一番天人交戰，終於還是陪著弗列德去斯東居小住。如今弗列德痊癒了，瑪麗顯然又不夠格當她的兒媳婦。

比方說布爾斯妥德姑媽，她就比過去更常踏進溫奇家的大門，來探望媽媽不在身邊的蘿絲夢。她真

---

23 蒙莫杭希（Jeanne de Montmorency）是法國小說家卡斯托（Antoine Sabatier de Castres，一七四二～一八一七）一八〇二年的作品《庇里牛斯山的蒙莫杭希》（*Jeanne-Marguerite de Montmorency, ou La solitaire des Pyrénées*）之中頗有主見的女主角，她拒絕接受父親安排的婚姻，離家出走去為窮人服務。

24 摘自羅馬共和時期詩人兼哲學家盧克萊修（Titus Lucretius Carus，西元前九九～五五）的作品《物性論》（*De Rerum Natura*）。

心愛護弟弟，雖然覺得當初弟弟可以找個更好的對象，卻非常關心這些姪兒姪女。布爾斯妥德太太跟普林岱爾太太是多年好友，往來相當密切，她們在絲綢、內衣樣式、瓷器和牧師各方面幾乎都有相同好惡，碰上健康出了小毛病或打理家務的瑣事，也會向對方傾訴。布爾斯妥德太太在各方面優越了些，換句話說，她明顯比較嚴謹，更看重內涵，有棟房子在鎮外。這些偶爾會讓她們在談話中面紅耳赤，卻不至於鬧到絕交的地步。兩人本性都算良善，同樣欠缺一貫的處事原則。

某天上午，布爾斯妥德太太到普林岱爾家串門子，直說她不能待太久，因為還要去看可憐的蘿絲夢。

「妳為什麼說『可憐的蘿絲夢』？」普林岱爾太太的個子不高，圓圓的眼睛目光銳利，像被馴服的獵鷹。

「她長得那麼漂亮，卻沒有受到細心調教。妳也知道，她那個媽媽從來不約束她，我真替那些孩子操心。」

「哈麗葉，我說句心底話，」普林岱爾太太加重語氣。「我不得不說，所有人都會認為妳跟布爾斯妥德對事情的發展十分滿意，畢竟你們想盡辦法提拔李德蓋特。」

「瑟琳娜，妳這話什麼意思？」哈麗葉驚訝不已。

「沒什麼意思，我只是替我家奈德慶幸。」瑟琳娜說。「他當然比某些人更有能力養得起這樣的妻子，不過我寧可他找別的對象。只是，當媽媽的總有操不完的心，有些年輕男人會因為討錯老婆耽誤一生。再者，說句不中聽的話，我實在不喜歡外地人來到鎮上。」

「瑟琳娜，這很難說。」這回換哈麗葉加重語氣。「布爾斯妥德曾經也是鎮上的外地人。亞伯拉罕和摩西曾經也都是，上帝教導我們要善待外地人。尤其……」停頓片刻後，她補充說，「如果他們無可挑剔。」

「哈麗葉，我不是在談宗教觀點。我是站在母親的立場。」

「瑟琳娜，妳該知道我從來不反對我姪女嫁給妳兒子。」

「哎呀，問題在於蘿絲夢太驕傲，沒別的原因。」瑟琳娜說。關於這件事，她以前不曾跟「密友哈麗葉」掏心掏肺。「米德鎮的年輕人沒有一個配得上她，我親耳聽她媽媽說過這樣的話。我覺得那樣不符合基督精神。不過我聽說她終於找到跟她一樣驕傲的男人。」

「妳的意思是蘿絲夢和李德蓋特之間有什麼？」哈麗葉對自己的後知後覺，感到很沒面子。

「哈麗葉，妳怎麼可能不知道？」

「我比較少到處串門子，也不喜歡東家長西家短，我真的什麼都沒聽說過。我們的生活圈很不一樣，妳平常往來的人，我多半碰不到。」

「嗯，可是妳的親姪女和妳先生最賞識的年輕人……哈麗葉，我敢說妳也很賞識他！有一段時間我以為妳打算等妳女兒凱特年紀再大點就嫁給他。」

「目前應該八字還沒一撇，」哈麗葉說。「否則我弟弟早跟我說了。」

「嗯，個人觀點不同，但據我所知，每個見過蘿絲夢和李德蓋特相處的人，都以為他們已經訂婚了。不過這事跟我沒關係。妳看這手套的紙樣可以嗎？」

之後哈麗葉帶著沉重的心情去看姪女。她盛裝打扮，可是當她看見剛進門的蘿絲夢那身散步裝幾乎跟她的衣著一樣高檔，心情比平時多了一點感慨。哈麗葉幾乎是她弟弟的翻版，只是比較嬌小女性化，也不像她丈夫一樣沉悶又蒼白。她眼神友善又坦率，說話從不拐彎抹角。

「親愛的，看樣子妳一個人在家。」哈麗葉說著，跟蘿絲夢一起走進客廳，神情無比嚴肅。

蘿絲夢知道姑姑有話要說，兩個人靠近彼此坐了下來。不過，蘿絲夢帽子裡的褶邊真是好看，一定得給凱特做頂一模一樣的。哈麗葉視力相當不錯，說著話的同時，視線始終繞著那繁複的褶邊打轉。

「蘿絲夢，我剛才聽說妳的事，實在吃驚極了。」

「姑媽，什麼事？」蘿絲夢的目光也繞著她姑媽的寬版繡花領子打轉。

「我簡直不敢相信，妳竟然沒讓我知道妳訂婚了，妳爸竟然也沒告訴我。」哈麗葉的視線終於望向蘿絲夢的眼睛。

蘿絲夢羞得滿臉通紅，說：「姑媽，我沒訂婚。」

「那為什麼大家都這麼說？為什麼整個鎮上都在傳？」

「鎮上的傳聞本來就不需要在意。」蘿絲夢心裡有點得意。

「親愛的，妳可得注意點，別這麼鄙視妳的鄰里。別忘了妳已經二十二歲，以後不會有自己的財產。我相信妳爸爸沒辦法給妳多少嫁妝。李德蓋特確實一肚子學問又聰明，我知道這些條件還挺吸引人，我自己也喜歡跟這樣的男人聊天，妳姑父也覺得他能幫他很多忙，可是在鎮上當醫生賺不了多少錢。沒錯，這一世只是過眼雲煙，可是當醫生的人通常沒有真正的信仰，因為他們覺得自己書讀得多，自視太高。妳不適合嫁給沒錢的男人。」

「姑媽，李德蓋特先生不是沒錢的男人，他的親戚都是上流社會的人。」

「他親口告訴我，他沒錢。」

「那是因為他身邊的人生活水準都很高。」

「親愛的蘿絲夢，妳千萬別想過上流社會的生活。」

蘿絲夢低頭撥弄她的網袋。她沒有火爆脾氣，不會唇槍舌劍回嘴，不過她也不願意任人擺布。

「那麼傳言是真的？」哈麗葉非常認真地看著蘿絲夢。「妳對李德蓋特有意，你們之間有默契，只是妳爸爸還不知道，是嗎？親愛的蘿絲夢，坦白跟我說，李德蓋特向妳求婚了嗎？」

可憐的蘿絲夢心裡很不痛快，原本她對李德蓋特的感受和意圖有十足把握，只是，現在姑媽提出這個問題，她卻給不出肯定答覆，她不喜歡這樣的窘況。沒錯，她的自尊受傷了，但她一貫的矜持助她一臂之力。

「姑媽，請原諒我，我不想談這件事。」

「親愛的，我相信妳不會愛上一個前途未卜的男人。我聽說妳拒絕了另外兩個條件很好的男孩，而且只要妳願意，其中一個還有希望。曾經有個非常漂亮的女人就是因為沒有把握好機會，婚後過得很不幸。奈德是個好青年，也有些人覺得他相貌英俊，何況他是獨子，家裡的生意那麼大，比只是有份職業的人好得多。當然，結婚不是人生最重要的事，我希望妳把追求神的國度當成第一要務。不過女孩子家一定要管得住自己的心。」

「如果對象是奈德，我絕不會把心交給他，我已經拒絕他了。如果我會愛上哪個人，那一定是一見鍾情，而且永遠不變心。」蘿絲夢現在深深覺得自己是浪漫故事的女主角，扮演得非常傳神。

「親愛的，我知道怎麼回事了。」哈麗葉用憂傷的語調說著，起身準備離開。「妳付出了感情，卻沒有得到回報。」

「不，姑媽，沒那回事。」蘿絲夢強調。

「那麼妳確定李德蓋特真心愛上妳？」

到這時，蘿絲夢只覺得臉頰熱燙燙的，內心十分屈辱，她選擇保持沉默。她姑媽離去時更證實自己的猜測。

只要是涉及世俗或無關緊要的事務，布爾斯妥德通常聽從妻子的吩咐，現在她沒有說明理由，只要求他下回見到李德蓋特時，旁敲側擊問他短期內有沒有結婚的打算。打聽的結果是，堅決的否定。在妻子反覆質問下，布爾斯妥德聲明，李德蓋特的口氣聽起來一點都不像已經找到結婚對象。這下子哈麗葉覺得自己背負了重責大任，很快安排跟李德蓋特私下聊聊。她先是打聽弗列德的病情，接著表明自己對弟弟那一大家子真心的關懷，最後隨口聊起年輕人成家時可能面臨哪些風險。她說年輕男人通常狂放不羈叫人失望，受教育花掉的大筆金錢多半付諸流水，而女孩子則可能遭逢各種干擾她前程的境遇。

「尤其如果她容貌出眾，父母又經常在家接待賓客，」哈麗葉說。「男士們為了尋一時的開心向她獻殷勤，吸引她全部的注意力，這麼一來，其他人都知難而退。李德蓋特先生，耽誤女孩子的前程，要擔負非常沉重的責任。」說到這裡，哈麗葉定定注視李德蓋特。那眼神就算不是責備，至少也是毫不掩飾的告誡。

「顯然是的。」李德蓋特答，也許甚至不甘示弱地回應她的目光。「換個角度來說，一個男人如果覺得自己不該向年輕小姐獻殷勤，免得對方愛上他，或避免外人認為她一定是愛上了他，這人肯定是無可救藥的花花公子。」

「唉，李德蓋特先生，你很清楚自己有什麼優勢，你知道鎮上的年輕人爭不贏你。如果你經常拜訪某戶人家，會對那戶人家的女兒造成負面影響，她想找到合意的姻緣恐怕難如登天，就算有人向她求婚，她多半也會拒絕。」

李德蓋特聽到自己比米德鎮的公子們更具優勢，並沒有太高興，倒是哈麗葉話中有話令他頗為惱火。哈麗葉覺得該說的話都說得夠清楚了，而她用「負面影響」這麼高尚的詞語，算是用一塊高貴的帷幔覆蓋許多細節，卻不至於模糊了重點。

李德蓋特有點火冒三丈，他伸手把頭髮往後撥，另一隻手在背心口袋裡不明所以地摸索。接著他俯身召喚那條黑色小獵犬，沒想到小狗頗有真知灼見，拒絕他無心的撫摸。這時候告辭有點失禮，因為他跟其他客人吃過了晚飯，剛開始喝茶。哈麗葉相信李德蓋特已經明白她的意思，轉換了話題。

我在想，所羅門王寫《箴言》時忘了補上這句：正如疼痛的口腔吃什麼都像吃砂礫，侷促不安的意識聽什麼都像諷刺。

隔天，菲爾布勒在街上跟李德蓋特分開時，說晚上應該會在溫奇家碰面。李德蓋特唐突地答：不，他有事要忙，晚上不出門了。

「什麼！那麼你是打定主意絕不動搖，還要摀住耳朵？」菲爾布勒說。「嗯，如果你不想被海妖迷惑[25]，及時採取防範措施也對。」

假如是在幾天前，李德蓋特會覺得菲爾布勒平時說話就是這種風格，不會放在心上。可是這些話現在彷彿帶著弦外之音，證實他做了惹人誤解的事，讓自己變成了傻子。但他相信蘿絲夢沒有誤會他，也十分肯定她跟他一樣，知道兩個人之間根本沒什麼。對於舉止儀態這些事，她心明眼亮落落大方，但她身邊的人卻都蠢笨顢頇好管閒事。無論如何，這個錯誤必須到此為止。他決定今後除非為了正事，否則再也不上溫奇家，也確實執行。

蘿絲夢變得非常鬱悶，她已經十天沒見到李德蓋特。姑媽說的那番話帶來的不安，在這段期間慢慢擴大，到最後變成了恐懼。她擔心接下來的生活會是一片空白，擔心那塊輕易抹掉凡人所有希望的致命

25 典故出自古希臘吟遊詩人荷馬（Homer）的《奧德賽》（*Odyssey*），主角奧狄修斯經過海妖的領域時，用蠟封住水手的耳朵，把自己綁在桅杆上，以免被海妖迷惑。

海綿，就要出現在她的生命裡。她的世界重新被絕望籠罩，就像美麗花園在魔法師的咒語下暫時變成荒野。她覺得自己嚐到失戀的痛楚，覺得過去六個月裡她置身無憂無慮的仙境，再也沒有哪個男人能帶給她這樣的體驗。可憐的蘿絲夢覺得自己跟阿莉亞多妮[26]一樣絕望，就像舞台上迷人的阿莉亞多妮被遺棄，所有行李箱塞滿了戲服，卻等不到公共馬車。

世間有許多古怪的混雜情愫，我們無一例外通稱為愛情。它聲稱擁有震怒的特權，畢竟在文學與戲劇之中，憤怒就是最佳辯解。幸好蘿絲夢不打算做出任何極端反應：她依照平時的習慣將一頭秀髮編得整齊漂亮，維持高傲又冷靜的神態。她最樂觀的假設是，姑媽從中阻撓，所以李德蓋特不再上門。只要不是李德蓋特主動疏遠她，其他都無所謂。有些人覺得十天的時間太短，這種人不知道年輕小姐無所事事的優雅心靈都忙些什麼。我指的不是為情消瘦、為愛憔悴或其他各種顯眼的改變，而是終日反反覆覆，憂心忡忡的臆測與失落。

然而，到了第十一天，李德蓋特走出斯東居之前，溫奇太太拜託他去通知她丈夫，因為費勒斯東的病情明顯惡化，她希望當天他能來斯東居一趟。李德蓋特原本可以去工廠找溫奇，或從筆記本撕下一頁，寫個字條交給應門的僕人。但他顯然沒想到這些簡單的對策，由此我們不妨猜想，他明知溫奇不在家，也不介意到他家拜訪，請蘿絲夢轉告她父親。男人基於五花八門的理由，也許寧可離群索居，但如果知道沒有人記得自己，或許連聖賢都不太滿意。他打算用玩笑的語氣跟蘿絲夢表明，他決定洗心革面，不再放蕩度日，就連天下最優美的聲音，也要長時間遠離。以這種說辭解釋他過去與現在行為的不一致，倒是十分得體又簡便。當然，他不得不承認，他偶爾也會猜想，哈麗葉那些暗示究竟從何而來。這些紛亂的思緒像揮之不去的細絲，編進了他腦海那些更為具體的念頭裡。

蘿絲夢一個人在家，李德蓋特進門後，她臉色漲紅，他不由得也感到一陣尷尬，玩笑話因此說不出口，轉而解釋他上門的理由，幾乎公事公辦地請她把信息轉達給溫奇先生。一開始，蘿絲夢以為她的幸福重新降臨，卻被李德蓋特的態度傷得很深。她臉上的紅暈消失了，一個字也沒多說，只是冷冷地應允。她手上正忙著編織，所以不需要抬頭看李德蓋特的臉。

在各種挫敗之中，一半以上的錯誤都集中在開頭。他默默坐了一段時間，過程中只是動動馬鞭，什麼話都說不出來，之後起身告辭。蘿絲夢滿腹委屈，又得強忍著不能表現出來，神經始終緊繃。這時她像是受到驚嚇，手中的織品忽然掉落，在此同時呆板地站起來。李德蓋特不假思索地彎腰拾起織品。等他重新直起上身，發現那張可愛的小臉蛋近在咫尺，臉蛋底下是白皙修長的頸子。他經常看見她以最優雅、最自滿的姿態轉動這頸子。可是現在他抬起視線，看見某種無助的顫抖，在他心湖激起全新的漣漪，於是迅速向蘿絲夢投出一道探詢的目光。這時的蘿絲夢顯得一派自然，單純得像五歲時的她。她感覺淚水往上湧，現在她已經抑制不了，只能任由它們像水滴般停留在藍色花朵上，或讓它們滑落她臉龐。

那真情流露的一刻帶來具體而微的觸動，在震撼之中，調情轉化為愛情。別忘了，此時正望著水中那兩朵勿忘我的男子儘管有著遠大抱負，卻也善良又衝動。他拾起的織品已經不知所終，有個念頭閃過他內心深處，神奇地誘發埋藏在那裡的激情。那份激情原本就不是封閉在墳墓裡，只是上頭覆蓋一層薄土，輕易就能穿透。他的話說得突兀又笨拙，那語調聽起來像情真意切的告白。

「怎麼回事？妳心情不好，告訴我，為什麼。」

---

26 Ariadne，希臘神話中克里特國王之女，她愛上前來獻祭的忒修斯，給他一把劍和一團線，助他殺死迷宮裡的牛頭人身怪。事後忒修斯帶著她離開，卻在中途將她拋棄，她只能孤伶伶望著茫茫大海垂淚。

蘿絲夢沒有聽過別人用這種口氣跟她說話。我不太確定她是不是確實聽清楚他的話，但她看著李德蓋特，淚水滴落她臉頰。她的沉默解答了一切。李德蓋特再也想不起其他的事，整個人被一股奔騰而出的柔情主宰，因為他忽然發現，這個可愛的美人兒將她的喜悅寄託在他身上。他張開雙臂抱住她，輕柔地將她擁在懷裡呵護（他習慣溫柔對待受苦的弱者），輕吻她臉龐的兩串珠淚。用這種方式傳情達意是比較奇特，卻簡捷有效。蘿絲夢沒有生氣，只是含羞帶怯又歡喜地後退一些。到這時李德蓋特總算可以坐在她身邊，話也說得完整些。蘿絲夢說出自己的小小心事，他情不自禁，用千言萬語訴說他的感激與柔情。半小時後，他走出溫奇家時，已經是個訂了婚的男人。他的靈魂不再屬於他自己，而是屬於那個與他緣定一生的女人。

當天晚上，李德蓋特又過來找溫奇談。

溫奇從斯東居回來，滿心相信再過不久就會收到費勒斯東的死訊。「亡者」這個恰當的詞語適時浮現他腦海，讓他這天晚上精神比平時來得雀躍。正確的措辭永遠有著一股力量，以它的明確左右我們的行動。老費勒斯東被認定為「亡者」之後，他的死亡只具備法律上的意義，因此溫奇可以敲著他的鼻菸盒咀嚼這個詞語，面露喜色，不需要偶爾裝出肅穆神情。溫奇討厭一臉肅穆，也不愛裝模作樣。有誰會對寫了遺囑的人滿懷敬畏？有誰繼承了可觀財產還會高歌讚美詩？那天晚上溫奇要用愉快的心情看待一切，他甚至對李德蓋特說，弗列德終究遺傳了家族的健壯體質，很快就會跟以前一樣生龍活虎。

於是當李德蓋特提出與蘿絲夢的婚事請求許可，他出乎意料地一口應允，馬上就事論事地說，年輕男女走入婚姻是可喜的事，既然喜事一樁樁來到，他不多喝點潘趣酒未免說不過去。

第三十二章

「他們聽什麼信什麼，像貓啜飲牛奶。」

——莎士比亞《暴風雨》

溫奇之所以信心滿滿、得意洋洋，是因為費勒斯東堅持要求弗列德和他母親留在斯東居。只是，相較於老費勒斯東那些親戚胸中的激憤，他的信心在氣勢上明顯弱得多。那些親戚理直氣壯地強調他們的血緣，如今老費勒斯東臥床不起，他們來的人更多、走動得也更勤了。這是當然的，因為早先「可憐的彼得」坐在他那間護牆板客廳的扶手椅上時，儘管他用廚師燒的滾燙開水待客，那些討人厭的殷勤甲蟲基於某些理由還是喜歡走進那間客廳。不過，還有比他們更不受歡迎的，就是那些體內有費勒斯東血統營養不良的人。他們的血統不良倒不是因為他們吝嗇，而是因為貧窮。弟弟索洛蒙和妹妹珍都不是窮人，儘管費勒斯東平時對待他們不假辭色，不講究虛禮，他們卻不會因此認為哥哥在立遺囑這件嚴肅的事情上，會忽略他們財富方面的優勢。至少他從來不曾不近情理地將他們逐出他家門。再者，他不准弟弟喬納、妹妹瑪莎和其他那些窮得沒資格分財產的人進他家門，也算不上什麼反常行為。他們很清楚彼得的格言：錢是能孵出小雞的蛋，應該放在溫暖的窩裡。

可是喬納、瑪莎和其他那些被驅趕的窮親戚卻抱持不同觀點。或然率這種東西千變萬化，就像浮雕或壁紙的圖案，只要有心，都能看出形形色色的臉龐。只要你善用想像力，從天神邱彼特到木偶劇丑角茱蒂，什麼都看得見。在那些比較窮、比較不得歡心的親戚看來，既然彼得這輩子都沒為他們做過什麼，那麼也許生命走到盡頭時會想起他們。喬納認為人們喜歡留下讓人始料未及的遺囑；瑪莎說如果他把大部分的錢財留給誰也料想不到的人，也是理所當然的事，沒什麼好吃驚的。再者，一個雙腿浮腫「躺在那裡」的親哥哥，肯定會醒悟到血濃於水的道理。就算他不改寫遺囑，身邊應該也留著現金。不管怎麼說，一定得留些有血緣關係的人在這宅子裡，盯緊那些連血緣都沾不上的人。

世上有所謂偽造的遺囑或爭議性遺囑，這些東西彷彿籠罩一層金黃色光暈，不知怎的竟能讓那些非繼承人拿到好處。更何況，那些沒有血緣關係的人可能會偷東西，而可憐的彼得卻「躺在那裡」，無能為力！必須有人幫他看著點。他們得出的這個結論，跟索洛蒙、珍殊途同歸。另外，某些姪子姪女或堂表親戚更是心思細密地考慮到，一個有能力用遺囑把財產「給出去」、痛快地滿足自己怪癖的男人，天曉得會做出什麼事來。於是他們順理成章地認為家族利益需要維護，而他們理所當然應該要來斯東居這個地方。如今的克蘭奇太太瑪莎住在白堊低地，她患了氣喘，沒辦法過來。她兒子是可憐彼得的親外甥，代表她前來是再妥當不過，可以監督他的喬納舅舅，不讓他利用那些未必會發生卻可能發生的事占便宜。事實上，費勒斯東的眾多血親有個共識，那就是每個人都得盯著其他每個人，最好其他每個人都記得，上帝正在盯著他。

於是，斯東居門前川流不息，不是這個血親下馬，就是那個血親離去。瑪麗多了一個不討喜的任務，就是將他們的問候帶給費勒斯東。可是費勒斯東誰也不見，於是派她下樓執行更不討喜的任務，去告訴他們，他拒絕見客。瑪麗負責打理家務，她覺得自己基於鄉間的待客之道，必須邀請他們留下來吃點東西。如今費勒斯東病重，她只好找溫奇太太商量該如何處理樓下那些額外的吃食。

「喔，親愛的，在一個病人垂危又有財產的屋子裡，處理這些事可不能太小氣。上天明鑑，他們在這屋子裡多吃點火腿，我也不在意。不過，記得留些喪禮上用。隨時準備些填餡小牛肉和切好的上等乳酪。家裡有人病危的時候，隨時得開流水席。」慷慨大方的溫奇太太說。如今她又恢復往昔的歡欣鼓舞，穿著打扮也花枝招展。

可是有些人來了，享用過最豐盛的小牛肉和火腿後卻沒有離開，像是喬納。大多數家族裡都有這樣的討厭傢伙，也許連地位最高的貴族，也有典型的大人國親族，欠下的是巨額債務，開銷更是龐大。說起喬納，自從家道中落以後，主要靠某種他不好意思吹噓的行業支撐家計。那行業雖然比在市場或賽馬場詐騙高尚得多，不過，只要有個舒適角落可以窩著，又有免費吃食，他倒是不需要時時留在布萊辛。他選定了廚房的角落，因為他最喜歡那裡，也因為他不想跟索洛蒙同處一室，他對索洛蒙這個哥哥很有意見。他坐在一張舒適的扶手椅上，穿著最好的套裝，眼前時時看得到美味佳肴。他覺得在哥哥家心情相當自在，像是悠閒的週日待在綠龍酒店的酒吧。他告訴瑪麗，只要他可憐的哥哥彼得還有一口氣在，他就不會離開他身邊。家族裡的麻煩人物通常不是頂聰明，就是頂愚蠢。喬納是費勒斯東家族的聰明人，他常跟來到爐邊的女僕打趣說笑，卻好像覺得瑪麗十分可疑，冷眼盯著她忙進忙出。

瑪麗原本可以輕鬆應付這冷冰冰的眼神，可惜還有個克蘭奇，他大老遠從白堊低地趕來，代表他母親盯緊喬納舅舅。他也覺得有責任留下來，而且大多數時間都坐在廚房陪伴喬納舅舅。克蘭奇的腦子並非正好介於聰明與愚笨的中間點，反倒有點偏向愚笨那一邊。他看什麼都瞇起眼，像是不想讓人看出他的心思，結果只是透露出他軟弱的個性。瑪麗走進廚房，喬納開始用他冷漠的探查眼光追蹤她。克蘭奇也把腦袋轉過去，彷彿非得要她注意到他是怎樣瞇著眼睛，想讓她覺得他是故意的，就像聽巴羅[27]讀《新約聖經》的吉普賽人一樣。這對瑪麗來說實在難以忍受：有時她氣得一肚子火，有時又覺得哭笑不得。有一天她找到機會，忍不住向弗列德描述廚房裡的情景。弗列德不顧她的阻攔，假裝偶然路過，到廚房看個究竟。他一看見那兩雙眼睛，忍不住衝進最近的一扇門。那扇門裡面正好是乳品間，他就在那挑高的天花板和滿屋子的鍋具之間哈哈大笑。他的笑聲引起的空洞回音在廚房裡清晰可聞。他從另一道門溜走，可是喬納沒見過像弗列德這種白皙的皮膚、修長的雙腿和恰到好處的俊秀五官，想出了許多諷刺的話，巧妙地將弗列德這些外表上的特點跟最低劣的品行牽連在一起。

「我說，湯姆，**你**可別穿那種太有紳士風度的長褲，你並沒有一雙好看的長腿。」說著，喬納對外甥眨了眨眼，暗示他這話不但無可否認，甚至另有深意。湯姆看看自己的雙腿，不太確定自己是不是寧可擁有優越的品行，也不要一雙墮落的長腿和雖然不可恭維卻有紳士風度的長褲。

在那間護牆板客廳也是如此，始終有幾雙眼睛窺伺著，也有病人的至親樂意留下來守夜。很多人來了，吃過午餐就走了。可是索洛蒙弟弟和曾經當過二十五年珍・費勒斯東的渥爾太太，每天都喜歡在那裡坐個幾小時，不為別的，只為盯緊狡猾的瑪麗（她心機太深沉，誰也挑不出她的毛病）。偶爾想到他們不被允許進入費勒斯東的房間，就會皺起眉頭乾嚎兩聲像在哭泣，彷彿時值雨季隨時能降下滂沱大雨。老頭子越來越沒體力施展毒舌刺傷他的親戚，好像也越來越討厭他們。想來他越是沒有力氣螫人，回流到他血液的毒素大概就越多。

他們不相信瑪麗傳達的訊息，一度相約走進病人的臥房。兩人都穿著一身黑衣，渥爾太太手裡的白手帕露出一截。他們臉色青紫，像家裡死了人。而氣色紅潤、粉紅色帽帶飛揚的溫奇太太卻在餵他們的親哥哥喝藥水。還有那個小白臉弗列德，一頭捲曲的短髮活像個賭徒，正懶洋洋地坐在一張大椅子上。

費勒斯東一看見打扮得像來奔喪的弟弟妹妹違反他的禁令闖進他房間，盛怒之下力氣增長，效果比藥水強了百倍。他墊著靠枕半躺在床上，身邊放著那把金柄手杖。這時他抄起手杖，使盡全力大範圍前後揮舞，顯然想要制止那兩個醜陋的妖怪。

他用沙啞的嗓音尖叫嘶吼：「出去，出去，渥爾太太！出去，索洛蒙！」

「哎呀，哥哥！彼得！」渥爾太太正要說話，索洛蒙伸手擋在她面前制止。索洛蒙年近七十，長著一張大臉，小眼睛賊溜溜地。他脾氣溫和得多，也自認比哥哥彼得更有城府，沒有哪個人類同胞騙得了他，因為他們再貪婪狡猾，也翻不出他的手掌心。他認為即使是無形的力量，只要坐擁資產的人偶爾淡淡地插句話，也能安撫下來，即使那個坐擁資產的人不是虔誠信徒。

「彼得哥哥，」他用帶點哄勸卻又嚴肅正經的語調說。「我應該跟你談談那三座小農場和錳礦股票的事。上帝知道我想到什麼好主意……」

「那祂知道了我不想知道的事。」彼得邊說邊放下手杖，像是宣布停戰。但他的動作同時帶點威脅意味，因為他將手杖反轉過來，萬一需要近距離打人，金色握把便可以充做武器。他冷酷地瞪著索洛蒙的禿頭。

「哥哥，有些事如果你不跟我談，以後可能會後悔。」索洛蒙說，但他並沒有走上前去。「今晚我可以留下來陪你。珍也一樣，我們都心甘情願。到時候你想說什麼都可以，不必著急，也可以聽我跟你說。」

「嗯，我自己不著急，你顧好自己就可以。」彼得說。

「可是，哥哥，什麼時候死不是你能做主的。」渥爾太太一如往常地咕噥著。「等你躺在床上說不出話來，也許不喜歡身邊都是外人，會想念我和我的孩子們。」想到哥哥躺在床上說不出話的情景，她一

27 指喬治・巴羅（George Borrow，一八〇三～一八八一），英國旅遊作家，曾任英國及海外聖經公會代表。

時感傷，聲音竟有點哽咽。我們提到自己的時候，自然而然容易感動。

「不，我不會。」老費勒斯東一點面子都不給她。「我不會想到你們任何人。我的遺囑寫好了，聽見了吧！我遺囑寫好了。」說到這裡，他轉頭望向溫奇太太，又喝了些藥水。

「某些人占了屬於別人的位置，應該感到羞恥。」渥爾太太那雙小眼睛也轉向溫奇太太。

「哎呀，妹妹，」索洛蒙軟軟的語調帶點挖苦。「妳跟我都不夠優秀、不夠好看、不夠聰明，最好低調點，讓那些頭腦靈光的人搶在我們前頭。」

弗列德的個性哪受得了這種氣，他站起來看著費勒斯東，問，「姨父，我和媽媽是不是先出去一下，方便你跟自家親戚聊聊？」

「坐下，聽我的。」老費勒斯東惱怒地說，又補了一句，「留在原地。索洛蒙，再見。」他想再揮舞手杖，卻辦不到，因為手杖握把向外倒轉。「再見渥爾太太，別再來了。」

「哥哥，不管怎樣我都會在樓下。」索洛蒙說。「我會盡自己的責任，誰也不知道上帝會怎麼安排。」

「對，財產落到外人手裡，上帝也會插手。」渥爾太太接著說。「何況家族裡有的是穩重的年輕男人可以繼承。我同情那些不穩重的年輕人，同情他們的母親。彼得哥哥，再見。」

「哥哥，別忘了，兄弟姐妹除了你，就屬我最年長。我也跟你一樣，打一開始就賺到錢，也用費勒斯東這個姓氏買了土地。」索洛蒙對自己剛才那番話充滿信心，彷彿那是留下來守夜的資格證明。「不過我現在先跟你說再見。」

他們看見老費勒斯東把假髮兩側往下拉，閉上雙眼張大了嘴扮鬼臉，彷彿他決心不看也不聽，只好加快腳步走出房間。

他們還是勤快地每天來斯東居，坐在樓下堅守崗位，偶爾慢悠悠地低聲交談。說話和回應之間相隔實在太遠，若是有人在一旁聽見，肯定會以為自己聽著兩具自動木偶在說話，並且懷疑那精巧的機械是不是運作失常，或者自行把發條上得太緊，以便定住不動保持沉默。索洛蒙和珍如果說得太快恐怕會後悔，而從中撿到便宜的人，就是坐在隔壁的喬納本人。

他們在那間護牆板客廳執行監督任務，情況偶爾因為遠近賓客的到來有所變化。幸好彼得躺在樓上下不來，大家可以趁便討論一下他的遺產問題，交換一下消息。某些郊區和鎮上的鄰居非常認同他們家族的立場，覺得溫奇那家人不該來爭奪他們的利益。有些女性訪客跟渥爾太太聊著還激動落淚，因為想起自己當年也曾經在遺囑的附加條款或婚姻上吃了虧，罪魁禍首正是可憎老男人的惡意。可想而知，那些老男人自己過去就沒碰上這種倒楣事，還撈到好處。如果瑪麗走進來，這些對話會立刻停止，像風琴的風箱被放開來。所有視線會轉向瑪麗，像看著一個可能分到遺產或打得開錢箱的人。

可是家族裡那些年輕的三親六戚雖然對瑪麗有所懷疑，卻也打定主意欣賞她的優點，覺得她中規中矩。如果到頭來他們真的什麼都拿不到，娶到瑪麗也算不無小補。因此，瑪麗也得到了些讚美與彬彬有禮的殷勤。

特別是布斯洛普．川姆博爾，他是當地相當知名的單身漢拍賣商，在土地和牛隻的買賣上占有一席之地。他確實是個公眾人物，大名經常出現在廣為流傳的宣傳單裡，可以合情合理地認為不認識他的人很值得同情。他是老費勒斯東的遠房表親，因為他在生意上有點作用，比其他親戚更受彼得的禮遇。老費勒斯東在為自己安排的葬禮儀式中，親自指定他擔任抬棺人。川姆博爾不是令人嫌惡的貪婪傢伙，也不是奸惡之徒，頂多就是對自己的優點太有自信，覺得任何人如果膽敢與他為敵，肯定討不到便宜。正因如此，他認為老費勒斯東在他面前向來表現得像個大好人，將來就算給他留點可觀的遺贈，他唯一能說的就是，他不拐騙不拍馬屁，只是根據自己的經驗給老先生提供意見。打從十五歲當學徒開始，他也累積了超過二十年的經驗，提供的意見肯定端得上檯面。他賞識的對象絕不只他自己，於公於私，他都喜歡對事物做出高度評價。他偏好高尚的語詞，雖然只是個半吊子，稍一不慎用辭有欠文雅，也會立刻糾正自己。幸好是這樣，因為他嗓門大，喜歡居主導地位，不是站著，就是頻頻走動，把背心往下拉直，再伸出食指整整自己的衣襟，儼然像個非常堅持己見的人。這一連串動作每重複一輪，就會將他那些大印章把玩一遍。他的舉止偶爾會有點狂暴，但那主要是針對別人的錯誤觀點。世上有太多需要糾正的觀念，有點學識又有經驗的男人不可避免會耗盡耐心。他覺得費勒斯東家族普遍不太聰明，但他既然見多識廣，又是個公眾人物，任何事都不會大驚小怪。他甚至去了廚房跟喬納和克蘭奇聊聊天，深信克蘭奇聽過他針對白堊低地提出的那些重要問題之後，對他佩服得五體投地。如果有人說他身為拍賣商當然無所不知，他會面露微笑，默默整平衣襟，覺得這話雖不中亦不遠矣。整體來說，在拍賣生意上，他還算光明磊落，不以自己的行業為恥，覺得如果自己有緣見到「鼎鼎大名的皮爾，也就是如今的羅伯特爵士」，對方也看得出自己不是個小角色。

「瑪麗小姐，如果妳允許的話，我可以來點火腿和麥芽酒。」川姆博爾得到見費勒斯東一面的殊榮，七點半才走進客廳，背對爐火，站在渥爾太太和索洛蒙之間。「妳不需要親自跑一趟，我搖鈴就好了。」

「謝謝你。」瑪麗說。「我剛好有事要做。」

「唷，川姆博爾先生，你很有面子。」渥爾太太說。

「什麼！就因為見那老頭子一面？」川姆博爾無所謂地把玩他的印章。「啊，他對我很依賴。」說到這裡他抿起雙唇，眉頭深鎖像在思考。

「這裡的弟弟妹妹方便請問他們的哥哥說了什麼嗎？」索洛蒙用謙卑柔軟的語調問。他覺得自己這話說得巧妙至極，畢竟自己是個富翁，不缺錢。

「噢，沒問題，誰都可以問。」川姆博爾大聲回答。他口氣相當隨和，卻藏著尖銳的挖苦。接著又說，「誰都可以用質詢的口氣發表看法。」他說話的風格越明顯，聲音也越宏亮。「高明的演說家即使不期待答覆，也常採用這種技巧。這就是我們所謂的修辭法，可以說是一種高級語言。」他為自己的一流口才莞爾一笑。

「川姆博爾，知道他記得你，我替你感到高興。」索洛蒙說。「值得他重視的人，我都敬重。我反對的只是那些不配的人。」

「啊，就是這樣。」川姆博爾意味深長的說。「不可否認，有些不配的人正是遺產受贈人，甚至剩餘遺產受贈人。就遺囑而言，事實就是如此。」他再一次噘起嘴唇，微微蹙眉。

「川姆博爾先生，你的意思是說，我哥哥確定要把土地留給家族以外的人？」渥爾太太問。她覺得自己沒了希望，川姆博爾那些高深法律術語讓她十分沮喪。

「誰都可以照自己的意思把土地捐給慈善機構，或留給某些人。」因為他妹妹的問題沒有得到答覆，於是索洛蒙這麼說。

「捐出去蓋慈善學校？」渥爾太太又說。「天哪，川姆博爾，你說的不是那個意思，那等於公然違抗賜給他富足的全能上帝。」

渥爾太太說話時，川姆博爾離開爐邊走向窗子旁，在此同時他用食指在硬領內側巡迴了一圈，再撫過他的落腮鬍和捲曲的頭髮。接著他走向瑪麗的工作桌，打開擺在上面的一本書，煞有介事地大聲讀出書名，一副在拍賣那本書似的：「《吉爾斯汀的安》又名《霧中少女》，《威弗萊》的作者著[28]。」他把

「蓋爾斯坦」讀成「吉爾斯汀」。接著他翻開書頁，大聲念了起來：「本書接下來敘述的連串事件發生在歐洲大陸，距離現今已經四百多年。」他讀到「歐洲大陸」這個真正值得讚賞的詞語時，把重音移到最後一個音節。倒不是不知道這樣會流於粗俗，而是覺得這樣標新立異的讀法，可以強化他讀這整個句子時的抑揚頓挫之美。

這時僕人端著托盤進來，回答渥爾太太那個問題的尷尬時刻總算安全度過。渥爾太太和索洛蒙的視線追蹤著川姆博爾的一舉一動，不禁感慨書讀太多會干擾重要事務。川姆博爾其實不知道老費勒斯東的遺囑寫了什麼，可是除非他以知情不報或叛國罪名遭到逮捕，否則誰也不能逼他承認自己什麼都不知道。

「我簡單吃點火腿、喝點麥芽酒就夠了。」他安撫他們。「我業務繁忙，有機會就得填填肚子。」他用快得令人擔憂的速度吞了幾口食物之後又說，「我要讚美這個火腿，絕對是不列顛群島最好的，甚至比詹姆斯爵士家的更美味。我自認還算有點鑑賞能力。」

「有些人不喜歡這麼甜的火腿。」渥爾太太說。「不過我可憐的哥哥愛吃糖。」

「誰都有權利追求更好的享受。可是，我的天，這味道可真香！這麼好的火腿，我也願意花錢買。紳士桌上如果有這樣的火腿，也心滿意足了。」川姆博爾的嗓音帶點感性的評斷。他把盤子推到一旁，給自己倒了杯麥芽酒，順道把椅子往前挪了挪，趁機瞄一眼自己雙腿內側，讚賞地拍了拍腿。川姆博爾具有北方主要種族的特點，舉手投足和神態莊重不輕浮。

「葛爾斯小姐，妳這裡有本挺不錯的作品。」他對再次走進來的瑪麗說。「那本書是《威弗萊》的作者寫的，那就是華特．史考特。我自己也買了一本他的書《艾凡赫》[29]，很優質的出版品。很難找到寫得比他更好的作家，在我看來，一時之間還沒有人能超越他。剛才我讀了《吉爾斯汀的安》的發端，破題做得很好。」川姆博爾從來不說「開始」，不管在私人生活或廣告傳單上，凡事都說「發端」。「妳愛看書，是我們米德鎮圖書館的會員嗎？」

「不是。」瑪麗答。「這本書是弗列德帶來的。」

「我自己也很愛書。」川姆博爾應道。「我有超過兩百本皮革精裝書，不是我誇口，那些都是精挑細選的好書。我也有莫里歐、魯本斯、特尼爾茲、提香、范戴克[30]和其他畫家的畫。葛爾斯小姐，妳想看什麼書說一聲，我都樂意借妳。」

「真是太感謝了。」說著，瑪麗匆匆轉身往外走。「不過我沒什麼時間看書。」

「我猜我哥哥在遺囑裡給她留了東西。」索洛蒙說話時把聲音壓得極低，邊說邊用腦袋指向已經關門離開的瑪麗。

「不過哥哥的第一個妻子實在配不上他。」渥爾太太說。「一點嫁妝都沒有。這個小姐只是她的姪女，而且心高氣傲。我哥哥一直都付她工資。」

「我倒覺得她明白事理。」川姆博爾說。他喝掉杯裡的麥芽酒，站起來鄭重地整理一下背心。「我

---

28 華特・史考特（Water Scotti，一七七一～一八三二）原本是詩人，後來轉戰小說創作，第一本小說《威弗萊》（*Waverley; or, 'Tis Sixty Years Since*）以匿名方式發表，之後發表的小說筆名則是「《威弗萊》的作者」。《蓋爾斯坦的安》（*Anne of Geierstein*）是他在一八二九年發表的作品，這裡川姆博爾將 Geierstein 念成 Jeersteen。

29 *Ivanhoe*，華特・史考特創作的長篇歷史小說，曾在大螢幕上映，名為《劫後英雄傳》。

30 此處提及的都是巴洛克畫派重要畫家，莫里歐（Bartolomé Murillo，一六一七～一六八二）、魯本斯（Peter Paul Rubens，一五七七～一六四〇）、特尼爾茲（David Teniers，一五八二～一六四九）、提香（Titian，一四七七～一五七六）、范戴克（Sir Anthony Van Dyck，一五九九～一六四一）。

觀察過她調藥水，非常謹慎小心。這在女人是很大的優點，對我們樓上那位親戚很有幫助。可憐的老先生，男人如果覺得自己還有點身價，就該期待妻子有照顧人的本事。如果我結婚，就會找那樣的對象。我單身的時間夠久，在這方面絕不會弄錯。有些男人必須結婚，才能讓自己提升一點。如果我也變成那種人，希望有人來提醒我，也希望有人能通知我一聲。渥爾太太，再見。索洛蒙先生，再見。相信下次再見，場面不會這麼悲傷。」川姆博爾優雅地欠身致意後離去。

索洛蒙傾身向前對妹妹說，「珍，錯不了，哥哥一定給那女孩留了一大筆錢。」

「聽川姆博爾那麼一說，所有人都會這麼想。」渥爾太太說。「他說得一副我女兒連藥水都調不好似的。」

「拍賣商向來誇大。」索洛蒙說，「不過川姆博爾倒是賺了不少錢。」

第三十三章

把他的眼睛闔上，放下帳幔。
我們大家都好好沉思。

——莎士比亞《亨利六世》中篇

那天午夜十二點過後，瑪麗坐在費勒斯東的房間裡看護，打算度過下半夜。她經常選擇守下半夜，雖然老頭子使喚她的時候專橫跋扈，她倒是從中找到一點樂趣。有些時段她可以靜靜坐著，享受周遭的靜謐和幽暗的光線。那紅紅的爐火不時發出細微可聞的聲響，像某種與世無爭的存在，遠離那日日令她鄙視的狹小心量、痴心妄想和挖空心思爭逐蠅頭小利。瑪麗喜歡一個人沉思，她雙手放在膝上，端坐在微光中，非常享受這樣的獨處時光。她從小就有充足理由相信，生命不太可能事事稱她心意，所以沒有浪費任何時間自怨自艾。如今她已經把生命看成一齣喜劇，戲裡的她做了個非常自豪、甚至寬厚的決定，絕不扮演卑劣奸詐的角色。瑪麗有值得她敬愛的父母，也滿懷真摯的感恩心，所以她沒有變得憤世嫉俗。又因為她知道不可以做不合理的要求，那份感恩心變得更加純粹。

這天晚上她照舊坐在那裡回溯當天的種種情景，那些古怪行徑經過她的想像力描繪，增添了不少趣味，逗得她不時嘴角上揚。人們的妄念實在太可笑，當了丑角還不自知，總以為自己的謊言神不知鬼不覺，以為別人的虛偽昭然若揭。誤以為凡事只有自己例外，彷彿整個世界都在燈光下變得昏黃，只有他們自己保持明亮紅潤。只是，某些妄念在瑪麗眼中卻沒那麼好笑。雖然她沒有其他證據，只憑對老費勒斯東個性的密切觀察，卻暗自相信老先生儘管喜歡把溫奇家人留在身邊，他們卻很可能跟其他那些被他排斥的親戚一樣，到頭來免不了一場失望。溫奇太太顯然處處提防，不讓她跟弗列德單獨相處，這點她格外不屑。只是，她還是擔心弗列德如果什麼都得不到，會遭受嚴重打擊。她會當面取笑弗列德，背地裡卻會心疼他的傻氣。

然而，她喜歡一個人東想西想：一個活躍的年輕心靈，沒有被感情左右，覺得生命的酸甜苦辣也有好處，興味十足地觀察心靈的力量。瑪麗很能自得其樂。

床上那個老人並沒有在她的思緒裡激起任何關注或哀傷。對於一個生命中除了劣習惡癖，別無其他的老年人，哀傷與關注這些情緒都可以裝出來，卻比較難真心體驗。她總是看到費勒斯東最可憎的一面，他向來瞧扁她，覺得她除了幫他管家，什麼都不會。為一個總是對你惡聲惡氣的人操心，那是只有聖人才做得到的事，而瑪麗不是聖人。她不曾回嘴難聽的話，照樣盡責地照顧他，這已經是她的極限。費勒斯東一點也不擔心自己的靈魂，所以拒絕為這種事找塔克牧師。

這天晚上他沒有罵人，最初那一兩個小時他一直靜靜躺著，最後瑪麗聽見他用手上那串鑰匙碰觸放在身邊那個錫盒，發出啪嗒的聲響。大約三點的時候他出聲了，口齒十分清晰：「瑪麗，過來！」

瑪麗起身走過去。平時他總是要別人幫他拿出被子裡的錫盒，這回瑪麗看見他已經自己拿出來，也挑出鑰匙。他打開錫盒，從裡面拿出另一把鑰匙，兩眼直勾勾盯著瑪麗，眼神也恢復平時的凌厲。他說，「還有幾個人留下來？」

「先生，你指的是你那些親戚？」瑪麗早已習慣老人的說話方式。他輕輕點頭，於是她又說：「喬納先生和克蘭奇在這裡過夜。」

「這兩個賴著不走，是嗎？還有其他人，索洛蒙、珍和那些小輩，天天上門吧？他們來探頭探腦，計算又清點？」

「不是所有人都每天來。索洛蒙先生和渥爾太太每天來，其他人經常來。」

老人臭著一張臉聽她說，然後表情放鬆，說，「那他們就更蠢了。瑪麗，妳聽好，現在是凌晨三點，我的身心機能都跟平時一樣好，我知道我有多少財產，知道錢都放在哪裡。我已經決定要改變主意，要照我最後的心意去做。瑪麗，妳聽見沒？我現在很清醒。」

「先生，什麼事？」瑪麗低聲說。

這時他用更奸詐的神情壓低聲音，「我寫了兩份遺囑，我要燒掉其中一份，現在妳照我的話做。這是我那只鐵櫃的鑰匙，就在那個衣櫃裡。妳在上面的黃銅板邊緣用力推，直到它像門閂一樣打開。接著妳把鑰匙插進前面的鎖孔，轉動一下，再把最上面的文件拿出來，上面有大寫字母『最後遺囑和聲明』。」

「不，先生。」瑪麗堅定地說。「我不能那麼做。」

「不做？妳必須做。」老人要求遭拒震驚不已，聲音開始顫抖。

「我不能碰你的鐵櫃和遺囑。我必須拒絕做任何可能害我被懷疑的事。」

「我說我精神很正常，我死掉以前難道不能照自己的意思做？我故意寫兩份遺囑。鑰匙拿去。」

「不，先生，我不要。」瑪麗更堅決了！她的抗拒越來越強烈。

「現在沒時間了。」

「先生，那我也沒辦法。我不能讓你生命的盡頭污染我生命的起步，我不會碰你的鐵櫃和遺囑。」

她走到離床鋪遠一點的地方。

老人呆了一會兒，空洞的眼神望著她，手裡的鑰匙向上豎直。接著他激動地抽搐一下，用他枯瘦的左手從錫盒裡拿東西。

「瑪麗，看這裡！」他匆匆說，「把錢拿去……看……拿去。這些全給妳，照我的話做。」

他費力地把鑰匙朝她遞過來，瑪麗又退後了。

「先生，我不會碰你的鑰匙和錢。請別再要求我那麼做。如果你再說，我只好去找你弟弟。」

他的左手垂落下來。瑪麗這輩子第一次看到老費勒斯東哭得像個孩子。她用最溫和的語氣對他說：「先生，請把你的錢收好。」而後她轉身走到爐火旁的座位，希望這個動作可以讓他明白，再說什麼都沒用。

但他很快又打起精神熱切地說：「那這樣吧，叫那個小伙子上來，叫弗列德上來。」

瑪麗心跳加速，她腦海裡閃過各種念頭，尋思燒掉第二份遺囑代表什麼意思。她必須在短時間內做出艱難的抉擇。

「我可以叫他，但你必須同意我把喬納先生和其他人一起叫上來。」

「其他人都別叫。叫那小伙子就好，我要照我的意思來。」

「那就等到天亮，先生，等所有人都醒來。或者我現在叫西蒙去請律師？律師兩小時內就會到。」

「律師？我要律師做什麼？不能讓任何人知道，不能讓任何人知道。我要照我的意思安排。」

「先生，那我找別人。」瑪麗委婉勸說。她不喜歡目前的處境，單獨跟老人在一起，而老人的神經好像突然能量大爆發，可以反反覆覆說話，不像平時那樣說幾句就咳不停。不過，她也不希望自己的拒絕害他過度激動。「拜託，允許我找別人。」

「妳別再說了。瑪麗，看這裡，這錢給妳，妳再也不會有這樣的機會。這裡有將近兩百鎊，盒子裡還有更多，沒有人知道裡面有多少。拿去，照我的話做。」

瑪麗站在壁爐旁，看著紅紅的火光落在老人身上。老人後背墊著枕頭和床頭板，枯瘦的手遞出鑰匙，錢放在他面前的被子上。那一幕她永遠忘不了：一個男人走到生命終點想照自己的意思做。只是，他給她錢、催促她的姿態，致使她用前所未有的堅決語氣答覆他。

「先生，沒用的，我不會做，把你的錢收起來。只要能讓你安心，我可以做其他任何事，但我不會碰你的鑰匙和錢。」

「其他任何事……其他任何事！」老費勒斯東沙啞的嗓音充滿憤怒，像惡夢中的囈語。他想大聲吼叫，發出的聲音卻只是勉強聽得見。「其他事我都不要。妳過來……過來這裡。」

瑪麗戒慎恐懼地走過去，畢竟她太了解他。她看見他放開手裡的鑰匙，想抓他的手杖，兩隻眼睛像老邁的土狼般瞪著她，手掌用力導致臉部肌肉變得扭曲。她在安全距離停下腳步。

「我倒點甜酒給你。」她平靜地說。「你冷靜下來，也許你會睡著，等天亮你就可以照你的意思做。」

他舉起手杖，儘管打不到她，仍舊使勁扔出來。可惜他已經沒力氣了，手杖落地後滾向床腳。瑪麗沒去撿手杖，而是退到壁爐旁的座椅，等著過會兒倒點甜酒給他，疲倦會讓他乖乖聽話。這時候正是凌晨最冷的時刻，爐火漸漸微弱，她從雲紋毛呢窗簾的縫隙看見照在百葉窗上的光線顏色變淡。她往爐裡添了些木柴，再拿條披肩裹住自己，重新坐下來，暗自期望費勒斯東已經睡著了。如果她走過去，可能會再激怒他。他扔出手杖以後沒再說話，不過她看見他重新拿起鑰匙，用左手壓住那些錢。他終究沒有把錢收起來，她覺得他睡著了。

瑪麗回想起剛才那一幕，心情比事發時更激動。在那個關鍵時刻，她不由分說地做出抉擇，什麼都沒多想，現在她不禁懷疑自己是不是做對了。

不一會兒，乾燥的木柴引燃熊熊火焰，照亮每一處裂隙。瑪麗看見老人平靜地躺著，頭微微轉向一邊。她輕手輕腳走向他，覺得他那張臉沒有一絲動靜，顯得古怪。但下一刻搖曳的爐火映在所有物品上，她又不敢肯定了。她心臟跳得太急太快，感知能力也變鈍，所以就算她伸手碰觸他，聽他的呼吸，也沒辦法確定自己的判斷。她走向窗戶，輕輕拉開窗簾和百葉窗，讓天空的微光落在床鋪上。

下一刻，她跑過去使勁搖鈴。

事情很快有了定論：老費勒斯東死了，右手抓住鑰匙，左手壓在那堆鈔票和金幣上。

第四卷　三個愛情問題

第三十四章

紳士甲：像這樣的男人是羽毛、細屑和乾草，
沒有重量，沒有力道。
紳士乙：可是輕盈也有它的作用，是重量的一部分。
在欠缺力量的地方，力量才有用處。
有前進就有退讓，舵手如果沒有居中調節的力量，
船就可能會駛上岸。

五月某個早晨，費勒斯東入土為安。在米德鎮這個平凡的小地方，五月未必總是溫暖的晴天。在這個特別的早晨，刺骨寒風將周遭花園裡的花瓣吹向洛威克墓園那一坏坏草綠色的隆起。快速移動的雲朵只允許陽光偶爾灑下，照亮碰巧出現在它金黃色光幕中、或美或醜的萬物。教堂墓園裡的物體形形色色，因為有一群村民聚在那裡，等著旁觀葬禮。傳聞都說這會是一場「風光大葬」，老先生留下書面資料指示葬禮各項事宜，決心要辦一場規格「超越地位比他高的人」的葬禮。

這是真的，因為老費勒斯東不是阿爾巴貢[1]，沒有被累積錢財永不饜足的欲望徹底吞沒，也沒有事先找葬儀社狠狠討價還價。他愛錢，卻也喜歡用錢來滿足自己的特殊愛好。他最喜歡的花錢手段，或許

是讓別人多多少少有點不痛快地感受到他的權力。如果這時有人提出反駁，說老費勒斯東必定也有一點善心，我不會冒昧否認。但我必須說明，善心本質上偏向謙遜，很容易氣餒。如果這點善心鮮為人知，一旦年輕時遭到無恥的劣根性排擠，往往會藏得不見天日。因此，比起根據與他的實際接觸做出狹隘評斷的人，那些光憑理論揣測自私老人品行的人，更容易相信他還有善心。

總而言之，他打定主意辦一場盛大葬禮，也「要求」某些當天寧可待在家裡的人出席。他甚至要求女性親屬陪他去到墓園，可憐的瑪莎妹妹為此百般艱辛地從白堊低地來到這裡。她跟珍原本會歡天喜地（當然沒忘了哭哭啼啼），因為哥哥還在人世時儘管討厭見到她們，卻預做安排，希望在他變成被繼承人後，她們能夠在場。可惜她們的竊喜蒙上了陰影，因為哥哥的安排也包括溫奇太太在內。而溫奇太太那漂亮的昂貴喪服，似乎暗示著某種最厚顏的期待。更氣人的是她那風韻猶存的容貌，明白顯示她跟這個家族沒有血緣關係，而是屬於某種名為「妻子娘家」的可憎族類。

我們每個人都在某些方面具備想像力，因為想像是欲望的產物。然而可憐的老費勒斯東總愛取笑別人的自我欺騙，卻也跳脫不開幻想。他規劃葬禮時，顯然沒有明白告訴自己，這齣小小的送葬戲碼帶給他的樂趣，其實只是他個人的預期。他咯咯發笑，因為死後仍能用他僵硬的指爪製造別人的苦惱，但在此同時他不可避免地想到，自己屆時已經是一具蒼白無血色、無法動彈的屍體。他一心一意謀劃死後的趣味，可惜那趣味只存在他的棺材裡。因此，老費勒斯東也算具有屬於他個人風格的想像力。

儘管如此，遵照亡者的書面命令，送葬的人擠滿三輛馬車。於是，扶靈人佩戴最華麗的領巾和帽帶騎在馬上，就連抬棺人身上的制服看起來也是價格不菲的高檔貨。由於墓園面積不大，這支黑色送葬隊

---

1 Harpagon，法國劇作家莫里哀（Molière，一六二二～一六七三）的作品《吝嗇鬼》（*L'Avare*）裡的主要人物。

伍下車時陣容更顯龐大。那些憂傷的臉龐和在寒風中翻揚的黑色衣物似乎形成另一個世界，與輕輕飛落的花瓣和照在雛菊上的閃爍陽光異常不協調。在墓園等候送葬隊伍的牧師是卡瓦拉德，這也是費勒斯東的要求，同樣基於某些獨特的理由。費勒斯東對助理牧師懷著一股輕蔑，總是稱他們為「下屬」，所以決心要領有聖俸的牧師主持他的葬儀。卡索邦不被列入考慮，不只是因為他婉辭這類職責，也因為費勒斯東不喜歡自己教區的這位牧師。他討厭卡索邦的原因有二，一是他必須以什一捐的形式獻出他土地的收益。二是卡索邦負責晨間講道，費勒斯東不得不坐在教堂座椅上，卻一點也不睏，只好一肚子怨氣地聆聽全程。牧師高高在上的站在他面前對他說教，他一點也不服氣。但跟他卡瓦拉德的關係就不同了，流經卡索邦的土地那條鱒魚小溪也流經費勒斯東的土地，所以卡瓦拉德這個牧師需要他施惠，而非向他傳道。再者，住家離洛威克六公里遠的卡瓦拉德也是地位高尚的紳士，跟郡長和其他據說在社會上舉足輕重的顯貴有平起平坐的資格。讓卡瓦拉德主持葬禮，還有一點頗為令人滿意，那就是他的名字不好發音，你願意的話可以公然念錯。

由於蒂普頓與弗列許的教區長具備這些特點，卡瓦拉德太太因此成為站在洛威克莊園樓上的窗口觀看老費勒斯東葬禮的一員。她不喜歡造訪這棟房子，但她想要看看出現在這場葬禮上那些千奇百怪的野蠻人，於是她說服詹姆斯爵士和西莉亞用馬車送她和教區長來洛威克，這麼一來，這次拜訪也許會輕鬆愉快些。

「卡瓦拉德太太，妳去哪裡我都願意跟。」西莉亞說。「可是我不喜歡葬禮。」

「呀，親愛的，如果家裡有個牧師，就得配合調整一下喜好。我很久以前就做到了。我嫁給漢弗里的時候就下定決心要喜歡聽講道，所以我一開始學著愛上講道的結尾。不久後我也喜歡中段和開頭，因為沒有中段和開頭，就到不了結尾。」

「嗯，肯定到不了。」查特姆老夫人鄭重地強調。

他們所在的這個樓上窗口，就在卡索邦被禁止做研究那段期間最常待的房間。不過卡索邦最近不顧醫生的忠告與指示，幾乎完全恢復過去的作息。他客氣地向卡瓦拉德太太表示歡迎之意後，就溜回圖書室去反覆咀嚼關於古實和麥西的深奧學問。

如果不是為了招待訪客，多蘿席亞或許也會留在圖書室，不會去看老費勒斯東的葬禮。這場葬禮儘管跟她的生活沾不上一點邊，日後卻總是伴隨某些敏感回憶浮現她腦海，正如羅馬的聖彼得教堂也跟她消沉的情緒交織在一起。

那些在我們親友的生命中引起重大變化的場景，只是我們自己生命的背景。然而，就像田野與樹木的某個特定面向，它們會與我們生命歷程的某些時期建立聯結，成為我們最敏銳意識的一部分。某種陌生、一知半解的事物，與自己人生經歷中最深的祕密之間有種如夢似幻的聯繫，這似乎反映了多蘿席亞內心那份源於熱情天性的孤獨感。早期的鄉居紳士鮮少送往迎來，他們各自住在山上的宅邸，遙望山下那一處處更為密集的村落，往往是霧裡看花，不明所以。對於這種高度帶來的疏離與冷清，多蘿席亞無法泰然處之。

「我不看了。」送葬隊伍進入教堂後，西莉亞走到丈夫手肘後方站定，悄悄用臉頰磨蹭他的外套。「我敢說多多愛看這個，她喜歡憂傷的事和醜陋的人。」

「我喜歡了解住在周圍的人。」多蘿席亞應道。她觀看送葬隊伍的神情，像極了假期出遊的僧侶。「除了住村屋的那些人，我們對其他鄉親一點都不了解。人總是好奇其他人過著什麼樣的生活，面對事情有些什麼反應。我很感謝卡瓦拉德太太今天能來，把我從圖書室裡叫出來。」

「感謝我就對了。」卡瓦拉德太太說。「你們這裡的農民太有錢，簡直像水牛或美洲野牛那麼稀奇，我敢說妳很少在教堂看見他們。他們跟妳伯父或詹姆斯爵士的佃農很不一樣，真是怪物，沒有地主的農民，沒有人知道該把他們放進哪一類。」

「送葬隊裡那些人大多不是住在洛威克。」詹姆斯表示。「我猜他們是從遠地或米德鎮來的遺產受贈人。洛古德告訴我，那個老頭子留下不少錢和土地。」

「你們聽聽！世上有那麼多不是長子的男孩連自己都養不活。」卡瓦拉德太太聽見開門聲轉過頭去，「啊，布魯克來了。剛才我總覺得還缺了誰，現在答案揭曉了。你當然也是來看這場古怪葬禮的吧？」

「不是。我來探望卡索邦，就是看看他復原的情況。順道帶來一個小小的消息，親愛的，只是小事一樁。」布魯克邊說邊對朝走過來的多蘿席亞點點頭。「剛才我探頭看了圖書室一眼，發現卡索邦埋頭讀書。我告訴他這樣不行，我說，『卡索邦，你這樣可不行，要想想你的妻子。』他答應我一會兒就上來。我還沒把消息告訴他，他必須上樓一趟。」

「他們從教堂出來了。」卡瓦拉德太太大聲說。「天哪！真是三教九流都有！李德蓋特應該是以醫生的身分參加。不過那個女人長得可真美，還有那個帥氣的年輕人一定是她兒子。詹姆斯爵士，你知道他們是誰嗎？」

「我看見溫奇，他是米德鎮鎮長。那兩個應該是他太太和兒子。」詹姆斯探詢的目光看著布魯克。布魯克點點頭說：「沒錯，很體面的家庭，溫奇這人很不錯，為製造業爭光。你在我家見過他。」

「啊，沒錯，你那個神祕委員會的成員。」卡瓦拉德太太的口氣很挑釁。

「不過打獵靠獵犬。」詹姆斯言語之中有獵狐高手的鄙夷。

「而且壓榨蒂普頓和弗列許地區可憐織布工人的血汗，所以他的家人才能那麼光鮮亮麗。」卡瓦拉德太太說。「那些膚色黝黑面色青紫的人是最佳陪襯，看起來正好是一整組水壺！你們看看漢弗里，他穿著白色法衣高高地站在那裡，看上去可真像個醜八怪天使長。」

「不過葬禮是莊嚴的儀式。」布魯克說。「我是說，妳應該用這種角度看待。」

「可是我不用這種角度看。我沒辦法經常擺出莊嚴的面貌，不然它很容易破舊。那老頭死的正是時候，底下那些人沒有一個會難過。」

「真可憐！」多蘿席亞感嘆。「我覺得這場葬儀是我見過最悲傷的場面，美好的早晨都變陰鬱了。一個人就這麼死了，沒有留下一點愛，我實在沒辦法想像。」

原本她還有話要說，可是她看見卡索邦走進來，坐在遠離大家的地方。他的出現未必總是令她高興，因為她覺得他通常不贊同她說的話。

「說得很對。」卡瓦拉德太太嘆道。「有個人從那個大塊頭男人後面走出來，長相比其他所有人都奇怪：圓圓的小腦袋，凸凸的眼睛，長得像青蛙。你們快看，他應該不是那個家族的人。」

「我看看！」西莉亞好奇心被激起，站在卡瓦拉德太太背後探頭往下看。「天哪，多怪的一張臉。」接著她的表情瞬間變成另一種驚訝，又嚷道，「多多，妳怎麼沒告訴我，威爾又來了！」

多蘿席亞感到一陣心驚，她立刻抬頭看著她伯父，卡索邦則是看著她，所有人都注意到她臉色刷地變白。

「他跟我一起來的，沒錯，他是我的客人，目前暫時住在我家。」布魯克用最輕鬆的口氣對多蘿席亞說，他邊說邊點頭，一副這番話正如她期待似的。「我們把那幅畫放在馬車頂上帶來了。卡索邦，我知道你會喜歡這個驚喜。你非常適合扮演阿奎那，在畫裡維妙維肖。威爾小伙子會幫你介紹，他解說得好極了，指出這個、那個等等，他對藝術之類的東西無所不知，非常好相處，各方面都不輸你，我很久沒碰見這樣的人了。」

卡索邦冰冷客氣地欠身致意，壓抑住怒氣，但也只能做到沉默不語。威爾的信，他記得跟多蘿席亞一樣清楚。他生病期間的信件都被保留下來，他注意到那封信不在其中，暗自判定多蘿席亞已經寫信叫威爾別來洛威克。基於敏感的自尊心，他沒再提起那個話題。現在他推斷是她要布魯克邀請威爾前往蒂普頓農莊，而多蘿席亞這種時候不適合做任何解釋。

卡瓦拉德太太的視線從葬禮轉回來，看見一幕精彩的默劇，卻猜不透其中涵義，心裡很不滿意，忍不住問，「威爾是誰？」

「是卡索邦先生的親戚。」詹姆斯立刻回答。基於善良的天性，他在別人的隱私方面總是反應迅速洞燭機先，剛才多蘿席亞看卡索邦的那一眼，他直覺她心裡有些擔憂。

「是個非常優秀的年輕人，卡索邦對他照顧很多。」布魯克解釋，而後他又認同地點點頭，「卡索邦，他沒有浪費你花在他身上的錢。我希望他能在我那裡多住一段時間，幫我整理那些文件。我有很多想法，也有不少論據，我看得出來，他有能力幫我整理出具體的東西，他記得正確的引文，能夠『懂得寓教』[2]，諸如此類的，可以為主題加入一點變化轉折。卡索邦，你生病那段期間，多蘿席亞說沒辦法接待客人，她拜託我寫信。所以我邀他過來。」

可憐的多蘿席亞覺得她伯父說的每個字，在卡索邦聽來差不多就像眼睛裡的沙子一樣刺人。當初她根本不希望伯父邀請威爾，可是現在再解釋未免不合時宜。她一點都不明白卡索邦為什麼不喜歡見到威爾，但圖書室那一幕讓她痛苦地意識這點，不過，她覺得這時候不適合說任何話，以免讓別人發現這件事。事實上，卡索邦也沒弄清楚那些複雜的原因。他跟我們大家一樣，感受到憤怒的情緒時，會想辦法證明自己有理，而不是設法理清頭緒。但他不想流露出任何蛛絲馬跡。在他用比平時更謙和、更單調的語氣開口說話以前，只有多蘿席亞看出她丈夫表情的變化。

「親愛的先生，你實在太好客了，這麼熱情接待我的親戚，我必須向你致謝。」

那場葬禮結束，教堂墓園已經沒有人。

「卡瓦拉德太太，妳馬上就會看到他。」西莉亞說。「多蘿席亞的起居間牆壁上有卡索邦先生的姨媽的畫像，他長得跟畫像裡的人一模一樣，挺好看的。」

「非常俊俏的小伙子，」卡瓦拉德太太淡淡地說。「卡索邦先生，你姪子打算做什麼？」

「很抱歉，他不是我姪子，是表外甥。」

「嗯，是這樣的，他還在測試自己的能耐。他正是那種會出人頭地的年輕人，我很樂意給他個機會。他會是個稱職的祕書，就像霍布斯、米爾頓和斯威夫特[3]那一類的人。」

「我懂了，」卡瓦拉德太太說。「是個會寫演講稿的人。」

「卡索邦，我叫他進來好嗎？」布魯克問。「他要我先跟你說一聲才肯進來。我們可以下樓去看那幅畫，畫得太像你了，像個深奧敏銳的思想家，食指按在紙頁。另外，有點胖、滿臉紅光的聖文德[4]或哪個人抬頭仰望聖父、聖子與聖靈。一切都有象徵意義，沒錯，是更高水準的藝術。我還算喜歡這種東西，但不是非常喜歡，要看懂不是那麼容易。不過你在那幅畫裡很自然，卡索邦，幫你畫畫的人很擅長處理肌肉，結實、通透之類的。我過去曾經花不少功夫鑽研那些東西。我去找威爾。」

---

2 布魯克在這裡只說出半句話，原本應該是Omne tulit punctum qui miscuit utile dulci，意思是「懂得寓教於樂，才能贏得人心」。

3 霍布斯（Thomas Hobbes，一五八八～一六七九）是英國哲學家；米爾頓（John Milton）是《失樂園》作者；斯威夫特（Jonathan Swift，一六六七～一七四五）是《格列佛遊記》作者。他們三個人年輕時都當過私人祕書。

4 聖文德（St. Bonaventure，一二二一～一二七四）是中世紀義大利神學家，曾任方濟會總會長，一四八二年封聖，據說喜歡品嚐美食美酒。

第三十五章

不，我覺得天底下最迷人的消遣，
就是看到一群悼亡的繼承人，
讀著沒完沒了的遺囑，目瞪口呆拉下臉來。
那遺囑令他們面無血色飽受震撼，
只用一句晚安陪伴他們的失望。
為了目睹他們徹底的哀傷，
我應該會特意從另一個世界回來。

——賀尼亞[5]

當各種動物兩兩成雙踏上方舟，同類之間或許交頭接耳竊竊私語，紛紛猜想這麼多動物就靠那些飼料養活，明顯僧多粥少，配給想必少得可憐。（我猜禿鷹在這種場合扮演的角色，恐怕難以用任何藝術手法描繪。這種鳥類很不幸地配備明目張膽的口腹之欲，顯然也不講究規矩和禮儀。）

老費勒斯東的送葬隊伍裡，那群基督徒肉食動物也面臨相同誘惑，他們大多數人一心想著那有限的遺產，每個人都想拿到最大的一份。那些早經確認的血親和姻親人數已經十分可觀，其中每個人各自懷著無數揣測，嫉妒的猜疑與可悲的期待因此無限擴大。對溫奇家的嫉妒在費勒斯東家族之間創造同仇敵愾的敵意。既然沒有跡象顯示哪個本族宗親能分到比其他人多，大家當然口徑一致擔心那個長腿弗列德會得到全部土地。儘管如此，大家還是有足夠的心情和閒暇，嫉恨更廣泛的對象，比如瑪麗。索洛蒙抽空判定喬納不配拿到任何東西，喬納指責索洛蒙貪心。長女渥爾太太說瑪莎的孩子不該奢望拿得跟渥爾家的孩子一樣多；瑪莎對長子繼承權這種事沒那麼重視，很遺憾地認為渥爾太太實在「要得太多」。

那些堂表親和遠房堂表親，竟然不可理喻地想分一杯羹，他們這些近親嘖嘖稱奇之餘，不免發揮自己的算術能力，核計這些小額贈與如果太多，加總起來會是多麼龐大的數字。有兩個表親來聽遺囑，遠房表親除了川姆博爾之外，還有另一人；這人是米德鎮的絲綢商，為人客氣有禮，說話氣音特別明顯。那兩個表親是從布萊辛來的老人，一個覺得自己時不時忍痛花錢買點牡蠣或其他吃食孝敬有錢表親彼得，當然該得到一點回報。另一個一派嚴肅刻板，雙手和下巴靠在手杖上，覺得自己不需要特別拍馬屁，光靠一般的美德，就夠格分點遺贈。他們兩個都是布萊辛的善良百姓，也都不樂意跟喬納住同一個城鎮。不管什麼樣的曠世奇才，永遠只有家族以外的人懂得欣賞。

「川姆博爾有把握可以拿到五百鎊，這點妳們不必懷疑，我甚至相信哥哥親口承諾過他。」葬禮前一天晚上，索洛蒙大聲這麼對妹妹們說。

「天哪，天哪！」可憐的瑪莎原本也幻想能分個幾百鎊，現在被迫縮減為她積欠的房租數額。

然而，大家依常理所做的推測，到了隔天早上全被打亂，因為有個陌生人出現在送葬隊伍。這人突

5 Jean-François Regnard（一六五五～一七〇九），法國作家。這段文字摘自他的劇本《遺產繼承人》（*Le Légataire Universel*）第一幕第四場。

然冒出來，簡直就像從月亮上掉下來。這人就是卡瓦拉德太太提到的那個青蛙臉陌生人，看上去約莫三十二、三歲，凸眼，薄唇，嘴角下彎，油亮的頭髮梳理整齊，露出整片前額；而那前額往下到眉骨處突然下陷，看起來確實像極了蛙類固定不變的表情。很顯然這又是一個遺產受贈人，否則他為什麼會被要求來送葬？全新的可能帶來全新的不確定性，送葬馬車裡的人再也沒有心情聊天。

如果某個事實在我們不知情的狀況下安然存在，或許還暗地裡瞧著我們編造自己的世界時將它排除在外，那麼當這個事實突然揭曉，我們都會覺得被愚弄。除了瑪麗之外，沒有人見過這個可疑的陌生人。瑪麗對他其實也一無所知，只知道這人來過斯東居兩次，那時費勒斯東還能下樓，也單獨跟他聊了幾小時。瑪麗曾經跟她父親提過這個人。除了律師之外，大概也只有葛爾斯看這個陌生人的眼光是好奇多於厭惡或懷疑。葛爾斯對遺產沒有期待，更不是貪心的人，因此，當那個據說姓瑞格的陌生送葬人走進護牆板客廳，在近門的地方找個位置坐下來等待宣讀遺囑，葛爾斯只想確認自己的猜測。他面帶微笑搓摩下巴，偶爾精明地瞄那人一眼，像在評估樹木似的，那平靜從容的神情，與其他人顯而易見的戒心與輕蔑形成鮮明對比。當時索洛蒙和喬納隨律師上樓找遺囑，渥爾太太看見自己和川姆博爾之間有兩個空位，勇敢地移到這位權威人士旁邊。川姆博爾一邊把玩錶鍊上的印章，一邊整理衣襟，決心展現有為者的氣度，不露出好奇或驚訝的神色。

「川姆博爾，我猜你知道我可憐的哥哥做了些什麼安排。」渥爾太太覆蓋黑紗的帽子轉向川姆博爾的耳朵，含糊的嗓音壓到最低。

「好心的女士，我聽到的一切都必須保密。」說著，拍賣商川姆博爾舉起手保護他的祕密。

「有些自以為有好運的人說不定會失望。」渥爾太太又說，而後為自己的話感到安慰。

「『希望』這種東西向來不可捉摸。」川姆博爾依然充滿自信。

「啊！沒想到可憐的彼得竟然什麼都不肯透露，」她看了對面的溫奇家人一眼，而後重新坐回瑪莎妹妹旁邊。接著又悄聲說，「我們沒有人知道他腦子裡想些什麼。瑪莎，我只希望、也相信他不是個壞人。」

可憐的瑪莎體型臃腫、氣喘得厲害。她考慮得比較多，說的話必須面面俱到，四平八穩。即使壓低了嗓門，音量還是不小，而且隨時可能破音，就像失控的手搖風琴。「珍，我從來不貪圖什麼，」她回應道。「可是我有六個小孩，還有三個沒養活的，而且我嫁的不是有錢人。我最大的孩子就坐在那裡，今年才十九歲，其他的就讓妳去想。牲畜總是賣不到好價錢，土地也沒什麼收成。不過，雖然我有個哥哥是單身，另一個結過兩次婚也沒有子女，我從來也只向上帝哀求祈禱，我不怕別人知道！」

這時溫奇瞄了一眼瑞格淡漠的臉龐，拿出他的鼻菸盒敲了敲，沒有打開就重新收起來，彷彿這樣的嗜好雖然可以澄清思慮，卻不適合眼下的場合。「我相信費勒斯東先生不像我們大家想像的那麼沒感情。」他湊近妻子的耳邊說。「這場葬禮顯示他考慮到每個人。一個人如果願意讓親友送自己一程，就算那些親友地位卑下，他也不會覺得沒面子，這是好事。如果他留給很多人小額遺贈，我會更開心。對於手頭不闊綽的人，這可能是一筆及時雨。」

「這場葬禮辦得挺風光，黑紗絲綢之類的都夠體面。」溫奇太太心滿意足地說。

我必須遺憾地說，這時的弗列德努力憋著笑。如果他笑出聲，只怕比他父親的鼻菸更不合時宜。弗列德無意中聽到喬納提到「私生子」的事，想到這個，又看到坐在正對面那個陌生人的臉，他覺得簡直太滑稽。瑪麗看見他嘴角抽搐，又假裝咳嗽，猜到他的窘境，機靈地過來解救他，請他跟她換位子，讓他坐到陰暗角落。弗列德對每個人都盡量抱持善意，包括瑞格在內。對於這些他覺得不如他幸運的人，他其實有點憐憫，怎麼都不會做出失禮的行為。只是，憋笑真是不太容易的事。

這時律師和那兩兄弟走了進來，吸引所有人的注意。律師是史坦迪許，他這天早上來到斯東居，滿心以為他完全知道這天誰家歡樂誰家愁。他要宣讀的遺囑是他為費勒斯東起草的三份遺囑之中的最後一份。史坦迪許不是個勢利的人，他對待所有人都是同樣的低沉語調與隨和客氣，彷彿所有人在他眼裡都沒有差別。他跟這個聊聊乾草收成，說聲「天哪，真不錯！」跟那個說說關於國王的最新公報，或談談克拉倫斯公爵[6]，說他是個名副其實的海員，正適合統治不列顛這座島嶼。

老費勒斯東生前經常坐在壁爐旁望著火焰，尋思著有一天史坦迪許會跌破眼鏡。如果他死前能如願，燒掉另一個律師代擬的遺囑，恐怕就嚇不到史坦迪許，幸好他畢竟為此得意過一陣子。當然，史坦迪許是有點訝異，卻一點也不懊惱。恰恰相反，他的好奇心增強了幾分，因為第二份遺囑的出現，勢必令費勒斯東家族成員大吃一驚。

至於索洛蒙和喬納的心情，他們還沒能有什麼想法。他們覺得舊遺囑應該也有一定的效力，而可憐彼得的舊遺囑和新遺囑之間也許會有重疊，可能得經過沒完沒了的「官司」，才有人能拿回自己的東西。是有點麻煩，但至少有個好處，那就是到最後或許人人有獎。因此，兩兄弟跟著律師進來時，嚴肅的臉龐沒有一點情緒。索洛蒙覺得遺囑裡免不了有感人的字句，重新掏出白手帕。再者，葬禮上的哭泣就算擠不出一滴淚，通常也得拿著手帕做做樣子。

這時候心情最激動的也許是瑪麗，因為她知道這第二份遺囑的出現，全是因為她當初的決定，而這個決定對在場某些人的命運將會產生重大影響。只有她自己知道那最後一夜發生了什麼事。

「我手上拿的這份遺囑，」史坦迪許在客廳正中央的桌子旁坐下，每個動作都慢條斯理，連習慣性清喉嚨的咳嗽也不疾不徐。「是我親自起草，由已故的費勒斯東先生簽字生效，時間是在一八二五年八月九日。不過我發現之後還有一份我不知道的遺囑，日期是一八二六年七月二十日，比前一份晚不到一年。不只如此，」史坦迪許戴著眼鏡仔細地查看手上的文書。「後面這份遺囑還有一份附錄，日期是一八二八年三月一日。」

「天哪，天哪！」瑪莎沒打算發出聲音，只是這些日期帶給她壓力，一時沒忍住。

「我先讀第一份遺囑，」史坦迪許說。「亡者既然沒有銷毀，想必也希望公開。」

前言顯然稍嫌冗長，除了索洛蒙之外，還有幾個人也乏味地搖搖頭，視線盯著地板；每個人都避免跟其他人對望，不是盯著桌布上的某一點，就是看著史坦迪許的禿頭。唯一例外的是瑪麗，當其他所有人都努力避開視線，她就能放心地觀察他們。當律師讀到「遺產分配如下」，她看得到所有人的表情微微改變，彷彿某種微弱的震動通過他們的身體。只有瑞格例外，他還是一派平靜地坐著。事實上，此時眾人有更重要的問題要關切，還得忙著聽那些也許會、也許不會撤銷的遺贈，已經沒有人把他放在心上。弗列德紅著臉，溫奇覺得必須把鼻菸盒拿出來，心情才能穩定，不過他沒打開。

首先是小筆遺贈，儘管大家心知還有另一份遺囑，知道可憐的彼得可能會改變心意，聽到這部分還是壓抑不住內心的嫌惡與憤怒。不管在過去、現在或未來，人都喜歡別人對自己慷慨，誰料到五年前彼得就能做出這種事，只留給自己的同胞手足每人二百鎊，親甥姪每人一百鎊。葛爾斯家不在受贈名單裡；溫奇太太和蘿絲夢各得一百鎊。川姆博爾得到那根金柄手杖外加五十鎊，另外那幾個在場的堂表親和遠房堂表親同樣各得五十鎊。正如那位面容嚴肅的堂表親所說，立下這種遺囑的人一點都不值得懷念。何況還有更多可惡的小額贈禮流向不在場的人，那些人身分可疑，恐怕地位卑下，一表三千里。總之，簡單計算一下，到目前為止，遺贈總額大約三千鎊，那麼彼得打算怎麼處理剩下的錢，還有土地

6這時書中時空背景已經來到一八三〇年前後，那年六月英國國王喬治四世駕崩，繼位的威廉四世正是克拉倫斯公爵。

呢?再者,剛才的遺贈之中哪些被撤銷了,哪些沒有?撤銷後是給得更多,或更少?所有的情感都有產生的條件,到最後都可能是會錯意。

在場的男士們都有足夠的能力保持鎮定,能夠在這種混沌不明的懸疑氣氛中沉默不語,有些人下唇往下掉,有些則是往上噘,就看個人肌肉的慣性。珍和瑪莎承受不了太多困惑,忍不住哭了起來。瑪莎心情矛盾,一方面因為不勞而獲拿到二百鎊感到安慰,一方面又覺得自己分到的錢實在少得可憐。珍的心情就不一樣了,她滿腦子只有一個念頭,那就是自己身為彼得的親妹妹卻分到那麼少,而某個人將會得到絕大部分。大家普遍猜測那「絕大部分」會落到弗列德手裡,可是當溫奇夫婦聽到弗列德得到的是以特定投資方式贈與的一萬鎊,心裡在想:土地也一起嗎?弗列德咬著下唇,憋笑實在太困難。溫奇太太覺得自己是全天下最快樂的女人,在這個燦爛美好的願景下,撤銷的可能性早已經被到腦後。剩下的是一些動產和土地,不過全都留給一個人,而那個人是……噢,誰能想得到!噢,真不該對「守口如瓶」的老人有所期待!哎,再多的詞語,也無法貼切描述凡夫俗子的愚蠢啊!得到剩下那些遺產的人是喬許·瑞格,他同時也是遺囑唯一執行人,而且他的姓氏從此改為費勒斯東。

客廳裡響起沙沙聲,像是一陣顫慄到處流竄。所有人都重新盯著瑞格,而他本人好像一點都不驚訝。

「這真是最古怪的遺囑!」川姆博爾說,現在他寧可大家認為他事先不知情。「不過還有另一份遺囑,還有一份附件,我們還不知道亡者最後的意願。」

瑪麗覺得他們即將要聽到的並不是亡者的最後心願。第二份遺囑,撤銷了之前的所有遺贈,只保留先前提到的那些次等人(這部分的修改都寫在附錄裡)。洛威克的所有土地、所有牲畜和屋子裡的家具,全都由喬許·瑞格繼承。其餘財產都捐出來設立老人濟貧院。亡者已經在米德鎮外圍購置一筆土地用來興建濟貧院，最後亡者（根據遺囑內容）希望全能的上帝能滿意他的善舉。在場的所有人一毛錢都拿不到，只有川姆博爾得到那根金柄手杖。眾人呆了好一陣子才說得出話來。瑪麗沒有勇氣看弗列德。

最先開口的是溫奇，他使勁嗅了幾口鼻菸，怒氣騰騰地大聲說，「沒聽過這麼莫名其妙的遺囑！我認為最後這份遺囑無效。史坦迪許，對吧？」他覺得自己的話點出真相。

「我倒認為我們已故的朋友始終都知道自己在做什麼。」史坦迪許答。「一切都合法。這份遺囑裡附有一封布萊辛的克列蒙斯的信。遺囑是他起草的，他是個非常正派的律師。」

「已故的費勒斯東先生沒有表現過任何精神錯亂或心理失常問題，」川姆博爾說。「不過這份遺囑有違常理。過去我向來樂意為老先生服務，他也曾經私下明白表示，會在遺囑裡表達對我的感謝。用那根手杖來向我表達謝意實在滑稽，幸好我這個人不在乎金錢。」

「在我看來一切都很正常。」葛爾斯說。「就算立遺囑的人如大家期待是個心胸開闊坦率正直的人，大家也許還是有理由懷疑。至於我個人，我只希望世上沒有遺囑這種東西。」

「天哪！基督信徒說出這種話，未免太奇怪。」律師表示。「葛爾斯先生，我倒想知道你為什麼有這種想法。」

「唔……」葛爾斯上身前傾，雙手十指指尖相對，若有所思地望著地板。他總覺得說話是最困難的「工作」。

不過喬納開口了，「嗯，我哥哥彼得向來是個偽君子，這份遺囑揭露他的本性。如果我早知道，就算用六駕馬車接我，我也不會從布萊辛來到這裡。明天我要換頂白色帽子、穿黃褐大衣。」

「天哪，天哪！」瑪莎哭著說，「我們花了那麼多旅費，我可憐的孩子在這裡坐了那麼久，什麼事都做不了！我第一次聽見我哥哥彼得希望做點令全能上帝滿意的事，可是如果因為這樣帶給我無情的打擊，實在太殘忍。我沒別的話說了。」

「他去的地方對他沒好處，這點我非常確定。」索洛蒙說話時表情極其怨毒，語調卻不由自主帶點狡詐。「彼得不是好人，竟然放肆地在死的時候露出真面目，建濟貧院也救不了他。」

「這些家人對他一直很忠實，弟弟妹妹和姪子外甥，只要他願意上教堂，都陪他坐在那裡。」珍說。「他大可名正言順地把財產留給那些從不鋪張浪費、穩重可靠的人。這些人不是很窮，卻懂得省下每一分錢，用來攢更多的錢。還有我，我費了那麼多工夫，一次次來到這裡關心哥哥，沒想到他從頭到尾心裡一直存著這種讓人毛骨悚然的念頭。如果全能的上帝允許他這麼做，到頭來一定會懲罰他。索洛蒙哥哥，如果你肯送我一程，我要走了。」

「我再也不想踏進這棟房子。」索洛蒙說。「我也有自己的土地和財產可以寫在遺囑裡留給別人。」

「運氣這種東西真是叫人猜不透。」喬納說。「一個人就算有氣魄也沒用，倒不如當個佔著茅坑不拉屎的人。不過活著的人都該學乖，一個家族裡有一份蠢遺囑就夠了。」

「當傻瓜的方式不只一種，」索洛蒙說。「我的錢不會留給別人揮霍，也不會留給非洲的野孩子。我喜歡正牌的費勒斯東家人，而不是半途把名字貼在身上的冒牌貨。」

索洛蒙起身陪珍往外走，私下對她說出剛才那些話，卻沒有刻意壓低聲音。喬納覺得自己能說出更毒的言語，想一想又覺得不需要得罪斯東居的新主人，除非他確定這個即將跟他同姓的人不把同宗的聰明人放在眼裡。

事實上，瑞格看上去一點都不在乎那些酸言冷語，只是態度明顯改變，冷靜地走向史坦迪許，從容地問了些法律問題。他的嗓音尖聲尖氣，口音流於粗鄙。弗列德現在已經笑不出來了，只覺得瑞格是他見過最可鄙的壞蛋，他現在頭暈目眩。那個米德鎮絲綢商等在一旁，想跟瑞格說說話。誰也不知道這位新屋主需要多少新長褲，生意的利潤終究比遺贈更可靠。再者，這位絲綢商是個遠房表親，還不至於氣到連好奇心都沒了。

溫奇發洩一頓後，傲氣地保持沉默。他心裡太不痛快，一點都不想動，後來看見妻子走到弗列德身邊，握著兒子的手默默哭泣，連忙站起來走過去，轉身背對其他人，低聲對妻子說，「露西，親愛的，忍住，別在這些人面前出醜。」之後用平時的大嗓門說，「弗列德，去叫人備好馬車，我忙得很。」

在此之前，瑪麗已經準備好跟父親回家。她在門廳遇見弗列德，這才終於有勇氣正眼看他。他現在的臉色有著年輕人偶爾會出現的那種憔悴蒼白，她跟他握手時，發現他的手非常冰涼。瑪麗心情也很浮躁，她很清楚自己好像讓弗列德的命運出現災難性的轉折，雖然她不是有意的。

「再見，」瑪麗的語氣溫柔又哀傷。「弗列德，勇敢一點，我相信沒有那些錢你會更好。費勒斯東先生有那麼多錢，對他又有什麼好處？」

「話是這麼說，」弗列德氣呼呼地答。「這下子我該怎麼辦？只能去當牧師了。」他知道這麼說瑪麗會不高興，這樣最好，這麼一來她就得告訴他，他還能做些什麼。「我原本以為我可以馬上還妳父親錢，彌補所有過失。結果現在妳連一百鎊的遺贈都沒拿到。瑪麗，以後妳怎麼辦？」

「當然是盡快再找份工作，就算我沒有收入，我父親的收入也夠養活其他家人。再見。」

過不了多久，斯東居裡的正牌費勒斯東和經常上門的訪客已經走得一個也不剩。又一個外地人來到米德鎮周遭定居，但以瑞格．費勒斯東而言，他的到來引起的回響主要是對現有結果的不滿，而非日後會造成什麼影響。沒有誰有能力預知未來，能知道瑞格會帶來什麼樣的新氣象。

說到這裡，我自然而然想探討一下身分卑微的人如何向上提升。在這方面，歷史的對比格外適用，但主要的問題在於，勤奮的創作者可能會發現篇幅不足，或者（其實情況是一樣的）會發現就算他自信滿滿地認為只要掌握細節，就能描寫得淋漓盡致，卻還是很難刻劃入微。既然所有的真實故事都能用寓言的方式描述，比如用猴子代表高官，或反其道而行。那麼，為了更輕鬆快速地維護尊嚴，只好在此說明我曾經或即將描寫的粗鄙之人，都可以從寓言的角度看成上等人。因此，如果牽涉到任何惡習或醜陋行徑，讀者可以鬆一口氣，將那些人的粗俗看成一種比喻，想像自己讀到的人物都是高尚人士。這麼一來，當我訴說蠢人的真實故事，我的讀者不妨想像那些都是豪門貴族。如果描寫到的金錢太過微薄，上流社會的人就算破產都不屑拿來養老，那麼不妨按比例增值，將它看成商業上的大筆交易金額。

至於所有人物都具備高尚情操的鄉鎮故事，必定是第一次改革法案以後很久的事。而你也看到了，老費勒斯東死亡下葬的時間，是在格雷伯爵[7]上任首相之前幾個月。

第三十六章

這些人的性情真叫人困惑，
他們野心勃勃，理當英明睿智：
……
因為志向遠大的人原本就喜歡
顯得出類拔萃，卓爾不群。
雖然生活在我們周遭，
卻高高在上地鄙視我們，
幻想著他們的言行，
如何令我們驚異與佩服，
也因此更努力博取我們的崇敬。
他們覺得必須讓我們明白他們如何登峰造極，
否則就得不到我們的讚譽。

---

7 Charles Grey（一七六四～一八四五），一八三〇年至一八三四年擔任首相，主導改革。

溫奇聽完遺囑宣讀回到家之後，對很多事情的觀點大幅改變。他能接受不同意見，卻不會直接表達自己的想法；像是，絲帶銷售低迷，他就咒罵他的馬夫；姐夫布爾斯妥德惹他生氣，他就尖酸刻薄批評衛理宗；現在他很明顯用更嚴厲的角度看待弗列德的遊手好閒，因為他把一頂刺繡圓帽從吸菸室扔到外面的走廊地板上。

——丹尼爾《菲洛塔斯的悲劇》8

「這位先生，」溫奇對準備上樓睡覺的弗列德說。「現在，我希望你下定決心下學期回學校通過考試。我已經做好決定，所以你最好別再拖拖拉拉。」

弗列德沒有作聲，他心情太沮喪。二十四小時前，他認為自己不但不需要知道以後要做什麼，甚至預知這個時候的自己已經知道將來什麼都不必做，可以穿著鮮紅獵裝去打獵，擁有一流的獵犬，騎著好馬到掩蔽處，而且因為這樣的排場贏得普遍的敬意。更重要的是，他可以馬上還清欠葛爾斯的錢，到時候瑪麗就沒有理由不嫁他。這一切來得不費吹灰之力，省掉讀書考試或其他麻煩事，純粹是上天借反覆無常老先生之手賜給他的好意。可是現在，二十四小時過後，那些十拿九穩的前景，轉眼成空。他美夢破滅已經夠難受，還被人責怪，一副全都是他的錯似的，運氣實在太背了。不過他默默上樓去，他母親於是幫他說話。

「溫奇，別對那可憐的孩子太嚴厲。雖然他被那個壞老頭騙了，以後還是會有出息的。弗列德會有出息，這點我非常確定，確定的就像我現在坐在這裡。不然他一隻腳都踩進棺材了，怎麼還能被拉回來？還有，我覺得那根本是搶劫，他等於把土地給了他，畢竟都答應了。答應是什麼意思，讓大家相信不就是答應了？還有，他確實也給他一萬鎊，後來又拿走。」

「又拿走！」溫奇氣沖沖地說。「露西，那小子天生沒那個命，而且妳把他寵壞了。」

「溫奇，他是我第一個孩子，他出生的時候，你不也興高采烈地樂翻天。」說著，溫奇太太露出開心的笑容。

「誰曉得孩子長大會變什麼模樣？我只能說當時我太蠢了。」雖然這麼說，溫奇的口氣已經平和了些。

「誰家的孩子比我們的更好看，更優秀？別人家的兒子都比弗列德差一大截，你光聽他說話就知道他上過大學。還有蘿絲夢，上哪找這樣的女孩？她就算跟上流社會的淑女站在一起，也是最美的那一個。你也知道，李德蓋特往來的都是上流階級，也去過很多地方，結果一眼就愛上她。不過，我還是希望蘿絲夢沒有私自跟他訂婚，說不定哪天到別人家做客，能遇見條件更好的對象。比如去她同學薇洛比小姐家的時候，她家有些親戚門第跟李德蓋特一樣高。」

「見鬼的親戚！」溫奇罵道。「我受夠了！我不要一個除了親戚、其他什麼都沒有的女婿。」

「怎麼了，親愛的，」溫奇太太問。「當初你好像對這門親事很滿意。沒錯，當時我不在家，可是蘿絲夢告訴我，你不反對他們訂婚。現在她已經開始買做襯衣的上等亞麻和麻紗。」

「我可沒叫她買。」溫奇說。「今年，我煩心事夠多了，有個好吃懶做的兒子，哪有閒工夫操心她的嫁妝？現在生意不好做，很多人都破產了。再者，李德蓋特也沒幾個錢，我不會同意他們結婚。讓他們等著吧，以前的人都是這麼過來的。」

---

8 此處詩句摘自英國詩人薩繆爾・丹尼爾（Samuel Daniel）的作品《菲洛塔斯的悲劇》（*Tragedy of Philotas*）。菲洛塔斯是古希臘馬其頓王國亞歷山大大帝（Alexander the Great）的部將之子，涉及叛亂遭到處死。

「溫奇，蘿絲夢會難過，你從來都不忍心拒絕她。」

「我狠得下心，這個婚約越早取消越好。照他的行事風格，我不相信他賺得到錢。根據我聽到的消息，他到處樹敵。」

「可是親愛的，布爾斯妥德很看重他，我覺得他會很滿意這樁婚事。」

「滿意個鬼！」溫奇說。「布爾斯妥德又不養他們。如果李德蓋特以為我會拿錢幫他養家，那他弄錯了！再過不久，我可能連馬都養不起，妳最好照我的話跟蘿絲夢說。」

溫奇沒少做過這種事：一開始沒考慮清楚就興沖沖答應，事後發現自己太衝動，又讓別人去當壞人收回成命。不過，溫奇太太從來不願意違逆丈夫，隔天一早急忙向蘿絲夢轉達丈夫的意思。那時蘿絲夢正在查看手中的棉布，靜靜聽著，最後以特定姿勢轉動她優雅的頸子。只有跟她長期相處的人才能知道，這個動作代表絕不妥協。

「親愛的，妳有什麼想法？」溫奇太太慈祥溫和地問女兒。

「爸爸不是那個意思，」蘿絲夢語氣相當平靜。「他總是說希望我嫁給我愛的男人。我要嫁李德蓋特，七個星期以前，爸爸就答應了。我希望結婚以後住進布雷頓太太那棟房子。」

「嗯，親愛的，妳自己去跟妳爸說，妳對誰都很有一套。不過如果我們真的要買花緞，就去撒德勒的店，成色比霍普金斯家的好得多。我當然希望妳住大房子，不過布雷頓太太那棟房子非常大，除了杯盤餐具，還得買很多家具，比如地毯之類的東西，還有，妳爸說他不會給你們錢，妳覺得李德蓋特希望妳爸出錢嗎？」

「媽，我怎麼能問他這種事。他當然很清楚自己的事。」

「可是親愛的，說不定他看上的是錢，當初我們都以為妳跟弗列德一樣能拿到一大筆遺贈，沒想到情況變得這麼糟，那可憐的孩子現在灰心喪氣，還有什麼事能讓人開心起來。」

「媽，那跟我結婚的事無關，弗列德想繼續遊蕩隨他去。我要上樓找摩根小姐，她最擅長做這種褶邊。瑪麗的針線很好，應該也可以幫我做點東西，這是她最大的優點。我希望我的麻紗縐褶都有雙包邊，這種做法很花時間。」

溫奇太太會認為蘿絲夢對付得了丈夫溫奇，不是沒有根據的。溫奇儘管罵起人來氣勢如虹，但除了請客或打獵，其他方面，他就像個首相似的很難貫徹自己的意志，就跟大多數喜愛尋歡作樂的男人一樣，常常覺得情勢超出自己的掌控。而這個名為「蘿絲夢」的情勢因為有著一股溫和的堅持，因此特別難纏。正如我們所知，那種堅持能夠讓某種柔軟活躍的白色物質穿透擋路的岩石。爸爸不是岩石，除了那種偶爾稱為習性、反覆無常的衝動之外，他沒有不變的原則。這點對他非常不利，讓他沒辦法在女兒的婚事上貫徹決心；深入了解李德蓋特的財務狀況、宣布自己沒辦法給錢，並且要求他們既不能倉促成婚，也不能訂了婚後無限期拖延。這些事說起來好像很容易，只是，在冷冽的早晨做出的惱人決定，往往像大清早的寒霜一樣，會面臨重重阻礙；而在白天越來越暖和的氣溫影響下，決策通常很難堅持到底。

溫奇表達意見的方式儘管間接，卻是強而有力，可惜在這種情況下一點都不管用。李德蓋特心高氣傲，對他冷嘲熱諷顯然太冒險，把帽子扔在地板上根本不可行。溫奇對李德蓋特懷著一絲敬畏；李德蓋特想娶他女兒，他其實覺得挺有面子；要他主動承認自己在金錢方面的不利處境，他有點畏縮；想到自己可能說不過一個書讀得比他多、出身比他好的人，心裡又有點擔憂；最後，他也不太敢做女兒不喜歡的事。溫奇喜歡扮演的角色是慷慨大方的東道主，最怕有人挑他毛病。每天上午他要忙生意，沒有時間正式傳達拂人心意的決定；下午之後則是晚餐、美酒和牌局，以及皆大歡喜。在這樣的作息當中，時間一點一滴流逝，變成無所作為的理由，也就是說，他想做什麼都來不及。

贏得芳心的李德蓋特大多在夜晚都來到溫奇家，談情說愛不需要依靠老丈人的預付款項，也不需要某個行業未來的收入，兩人的愛情就這麼在溫奇眼皮子底下成長茁壯。年輕人的柔情蜜意是一張輕盈薄弱的蛛網！即使它的黏著點——那縱橫交錯的細絲向外伸展之處——幾乎也難以察覺，比如指尖的短暫碰觸、藍眼珠與深色眼眸的目光交會、欲言又止的話語、臉頰與唇色的變化、最細微的震顫。那張網本身是由無意識的信念與難以言說的喜悅編結而成，是一個生命對另一個生命的渴望，是對美滿憧憬與無條件信任的企求。雖然羅娥事件應該讓李德蓋特對愛情死心，雖然他心繫醫學與生物學，但他在心裡編起這張網，速度快得出奇。

一般認為，觀察浸泡過的肌肉或盤子裡的眼珠（像聖露西的眼珠[9]），以及其他類似的科學研究，跟詩情畫意愛情之間的距離，比天生無趣或熱衷低俗言語更為遙遠。

至於蘿絲夢，她像睡蓮般對自己更圓滿的人生越來越驚奇，而且也辛勤地編織著同一張網。這一切都在客廳放鋼琴的那個角落默默進行，儘管隱約曖昧，燈光卻讓它變得像彩虹一樣顯眼，除了菲爾布勒牧師，很多人都看得見。蘿絲夢和李德蓋特訂婚這件事不容置疑，不需要正式宣布，消息已經傳遍整個米德鎮。

哈麗葉姑媽再次心急如焚，這回她親自直接去工廠找弟弟談，明顯要避開沒主見的溫奇太太。可惜溫奇沒有給她滿意的答覆。

「華特，你不會是想告訴我，你沒有先了解李德蓋特未來有沒有前途，就答應他們了？」哈麗葉非常嚴肅地瞪大眼睛看著溫奇，而他當時正為生意上的事煩躁。「蘿絲夢從小過慣奢華的生活，而且我必須遺憾地說，她嬌養得有點太俗氣，要怎麼靠微薄的收入過日子？」

「真該死！哈麗葉！別人沒有經過我同意就跑到鎮上來，我能怎麼辦？你們好意思關起大門不讓李德蓋特進屋嗎？布爾斯妥德比誰都盡心盡力推薦他，而我從來不把那小子放在眼裡。這件事，妳只能去找妳丈夫談，不該找我。」

「華特，這是什麼話！這怎麼能怪到你姐夫身上？我相信他也不贊成這樁婚事。」

「當初如果布爾斯妥德沒有提拔他，我絕不會請他到家裡來。」

「可是你找他去給弗列德看病，我相信那是上帝的仁慈。」從這個角度看來，事情好像變得有點複雜，哈麗葉忽然不知道該怎麼想。

「我不懂什麼上帝的仁慈。」溫奇不耐煩地說。「我只知道這個家太讓我操心。哈麗葉，妳出嫁以前，我一直對妳很好，現在我必須說，他對妳的娘家人沒有表現出該有的善意。」溫奇不是善於詭辯的耶穌會教士，可是就連最高深的耶穌會教士都沒辦法像他這樣巧妙地轉移話題。

這下子哈麗葉只得維護丈夫，不再有心思責備弟弟。這場對談結束的地方，與開頭相距十萬八千里，正如近期布爾斯妥德和溫奇在某次教區委員會議上的爭吵一樣。

當天晚上，哈麗葉沒有向丈夫提起弟弟的不滿，但說了李德蓋特和蘿絲夢的事。然而，布爾斯妥德不像她那麼在乎，只用委婉的口氣談論剛開始行醫有些什麼風險，行事最好謹慎。

「看來我們只能幫那個沒腦子的女孩禱告了，終究是家教不好。」哈麗葉希望引發丈夫的同情心。

「親愛的，妳說得對。」布爾斯妥德表示認同。「對於在世俗中執迷不悟的人所犯的過失，超脫塵世

---

9 Saint Lucy（二八三～三〇四），天主教聖徒，西元三世紀羅馬帝國迫害基督徒期間殉教。據說她被捕後挖出自己的眼珠交給未婚夫。

的人也愛莫能助。關於妳弟弟那一家人，我們必須保持這種認知。原本我會希望李德蓋特不要結這種親家，不過我跟他的關係只是借用他的才能為神服務，這也是主宰一切的神聖旨意給我們的教導。」

哈麗葉沒再說話，她心裡有點不滿，不過她認為那是因為自己不夠虔誠。她相信自己的丈夫是那種死後應當有人幫他寫回憶錄的人。

至於李德蓋特本人，他求婚成功後，已經做好準備要承受一切後果，而且他都已經清楚預見那些後果。當然，他必須在一年內結婚，也許甚至在半年內。他原本的打算不是這樣，不過其他的計畫不會受到阻礙，只需要重新調整；當然，婚事還是得照正常方式籌辦，婚後不能再住在他目前這幾間屋子，得另租一棟。

他聽蘿絲夢提起過布雷頓太太的房子（在洛威克門），所以老太太過世後房子一空出來，他馬上租下來。他做這件事沒有想太多，很像他做體面衣裳時，對裁縫師交代各種必要的細節，絲毫不去考慮奢侈不奢侈的問題。恰恰相反，他唾棄一擲千金的炫富行為。身為醫生，他見識過各種程度的貧窮，對生活困苦的人總是心生憐憫。請他吃飯的人家就算用的是缺了握把的醬汁罐，他也能保持完美風度；參加奢華的晚宴，如果席間沒有言之有物的人，事後他什麼都記不住。不過，他一向認為自己以後會過著他稱之為「尋常」的生活：有品嚐名酒的專用杯，有僕人在桌邊提供無微不至的服務。他探討法國社會理論之餘，並沒有沾染到那方面的氣息。即使我們的家具、晚宴與對自己高貴出身的偏好，將我們和現存制度緊緊結合在一起，我們還是能夠接納激進言論，不至於產生後遺症。李德蓋特不特別喜歡激進言論，他格外喜歡他的靴子，所以不喜歡赤腳派的理論。除了醫療改革和醫學研究，他在其他方面都跟「激進」這兩個字扯不上關係。在生活的實際面，他遵循傳統習慣。

之所以如此，一半是因為我所謂的「平凡」，也就是個人的傲氣與未經思考的自負；另一半是因為太過執著自己喜歡的觀點導致的天真。

莫名其妙地訂了婚，李德蓋特確實思考過這件事的後果，但他想的是時間不夠用，而不是錢不夠多。當然，享受愛情的甜蜜，又有個出現時永遠比他記憶中的影像更美的人兒時時刻刻盼著他，確實干擾到他利用閒暇時間勤奮努力。光是善用那些時間，孜孜不倦的德國人就能立刻做出偉大發現。誠如他對菲爾布勒所說，這的確是早日成婚的充分理由。

某天菲爾布勒帶著在池塘裡搜集的微生物來找他，想用比較好的顯微鏡觀察。他發現李德蓋特的桌子亂糟糟堆滿各種儀器和標本，取笑說：「愛神退步了，一開始帶來秩序與和諧，現在卻把混亂找回來。」

「沒錯，某些階段是這樣。」李德蓋特揚起眉毛笑著，開始調整他的顯微鏡。「不過之後會有更美好的秩序。」

「很快嗎？」菲爾布勒問。

「真希望快點，現在這種不穩定狀態很耗時間。對一個有心從事科學研究的人而言，每分每秒都是機會。我覺得男人想要專心工作，最好的辦法還是結婚。到時候家裡什麼都有——別想入非非——得到平靜和自由。」

「你真是個令人羨慕的傢伙。」菲爾布勒說，「有這麼美好的未來：蘿絲夢、平靜和自由，全都屬於你。而我除了菸斗和池塘微生物，什麼都沒有。不過，你準備好了嗎？」

李德蓋特沒有對菲爾布勒說出他想早點結婚的另一個原因：即使愛情的美酒流淌在他的血液裡，經常在溫奇家的派對跟大家應酬，聽米德鎮的八卦，笑臉迎人，玩紙牌，浪費生命，對他來說是很煩人的事。他必須恭恭敬敬地聽溫奇煞有介事地發表無知言論，尤其是聲稱某些烈酒是最好的體內洗劑，可以消除髒空氣對人體影響之類的。溫奇太太有話直說，頭腦簡單，從來不怕冒犯未來女婿。總的來說，李德蓋特不得不承認，跟這樣的一家人結親，好像貶低了自己的身分。但那位可人兒也面臨同樣的煩惱，迫切需要脫離這種環境，跟她結婚至少也算英雄救美。

「親愛的！」某天晚上，他溫柔地喊她一聲。當時他在她身旁坐下，近距離望著她的臉。

不過我得先說明，當時她一個人坐在客廳，那扇幾乎跟整面牆一樣大的老式窗戶開著，迎來屋後花園的夏季清香。她父母出門參加派對，其他人也各自找樂子去了。

「親愛的！妳的眼眶紅了。」

「有嗎？」蘿絲夢答。「不知道怎麼回事。」她不隨便說出心願或煩惱，只有經過探詢，才會優雅地透露一二。

「妳瞞不了我。」李德蓋特輕柔地按住她雙手。「妳睫毛上還留著一小滴淚水。妳有心事，卻不肯告訴我，這不是愛的表現。」

「你改變不了的事，我又何必告訴你？都是些日常生活的小事，可能今天情況嚴重一點。」

「一定是家裡的煩惱。說吧，別擔心，我應該也知道。」

「爸爸最近脾氣比較暴躁，弗列德惹他生氣。今天早上他們又吵了一架，因為弗列德說要把過去讀的書都拋到一旁，去做配不上他身分的工作。還有……」蘿絲夢遲疑不決，臉頰泛起紅暈。

自從訂婚那天起，李德蓋特從沒見過她心情不好，也從來不曾像現在這樣對她滿腔柔情。他輕柔地親吻那遲疑的嘴唇，彷彿在鼓勵它們。

「我覺得我們訂婚的事，爸爸不太高興。」蘿絲夢聲音輕得像在低語。「昨天晚上他說一定要跟你談一談，必須放棄婚事。」

「妳想放棄？」李德蓋特口氣有點急，幾乎生氣了。

「我決定的事絕不放棄。」蘿絲夢想到自己的決心，她重新恢復平靜。

「謝謝妳！」說著，李德蓋特又吻她。堅定的意志用在對的地方實在可愛極了。他接著說：「妳父親現在才說必須放棄我們的婚事，已經太遲了。妳已經成年，而我也決定娶妳。如果妳因為這些事不開心，我們更應該盡快結婚。」

那雙跟他對望的藍色眼眸散發出明確的欣喜，那光采像溫和的陽光，照亮他的未來。好像只要再等幾星期，就能得到完美無瑕的幸福（像《一千零一夜》裡那一種，你嚐盡人間的艱難與喧嚷，突然被邀請進入天堂，在那裡要什麼有什麼，不需要任何代價）。

「我們為什麼要拖延？」他的語氣不容商榷。「房子我已經租好了，其他東西很快就能準備好，不是嗎？新衣服的事妳不需要在意，結婚後再買也行。」

「你們這些聰明男人的想法真是與眾不同！」兩人的看法出現這有趣的分歧，蘿絲夢笑了，酒窩比平時都明顯。「我還是第一次聽說嫁衣可以婚後再買。」

「可是妳當真要我為了衣服多等幾個月？」李德蓋特一方面覺得蘿絲夢故意逗他，一方面擔心她真的不願意盡快結婚。「別忘了，我們是為了追求比現在更幸福的時光，時時刻刻在一起，排除別人的干涉，照我們的意願安排生活。親愛的，告訴我，妳什麼時候才能完全屬於我。」

李德蓋特的語調裡有著認真的懇求，彷彿他覺得她會用什麼荒誕理由延遲婚禮來折磨他。蘿絲夢也變嚴肅了，似乎在沉思。其實她在考慮諸如蕾絲花邊、針織品和襯裙皺褶等繁瑣事項，看看大約需要多少時間。

「蘿絲夢，請告訴我，六星期就夠了。」李德蓋特催促道。他鬆開她的手，輕柔地摟住她。

她立刻伸出小手輕拍頭髮，若有所思地略微轉動頸子，而後認真地說：「還得買家飾布和家具。不過這些可以等我們出門以後請媽媽處理。」

「嗯，那是當然。我們必須出門一星期左右。」

「一星期怎麼夠！」蘿絲夢急切地說，當時她心裡想著到高德溫・李德蓋特爵士家做客時要穿的晚禮服。雖然她到現在還沒見過這位伯父，但她悄悄期待一段時間了，覺得蜜月旅行至少應該撥出四分之一的時間去做這件開心事。這位伯父是個神學博士，雖然身分不算太顯赫，但如果有親戚關係，還是令人歡喜。她說話的神情帶點驚訝的反對，他馬上意識到她可能想延續這種互相思念的甜密時光。

「親愛的，只要把日子定下來，妳想做什麼都行。不過我們還是下定決心，結束妳目前承受的任何痛苦。六星期，我相信六星期一定夠！」

「我當然可以加快速度，」蘿絲夢答。「你能不能去跟爸爸說？我覺得寫信的方式比較好。」她羞紅著臉望著他。就像空靈的暮光中，花園裡的花朵仰望愉快經過的我們。那些奼紫嫣紅的嬌美花瓣之中，難道沒有藏著半精靈半孩童、言語無法形容的靈魂？

他用嘴唇親吻她的耳朵和耳朵下方的頸子，而後兩人靜靜坐著許多分鐘。那段時間像小溪般汩汩流逝，水面輕點著陽光的吻痕。蘿絲夢心想，她的愛情比任何人的都更甜蜜；李德蓋特則是覺得，經過所有荒唐的錯誤與可笑的輕信，他終於找到完美的女性，覺得自己已經感受到完美妻子帶給他的柔情蜜意。這個妻子尊敬他的崇高思想和重要研究，永遠不會干擾他；她會用平靜而神奇的力量，把整個家和家裡的財務管理得井然有序；還能用十指彈奏美妙樂音，隨時為生活增添浪漫氣息；她受過良好教養，懂得分際，絕不會有一絲逾越，因此性情溫馴，百依百順。如今一切再明顯不過，他過去短期內不結婚的決定是個錯誤。婚姻不是阻力，而是助力。

隔天，他陪一名病人前往布萊辛，看到一套正是他想要的餐具，立刻買了下來。像這樣想到就買最節省時間，何況李德蓋特討厭醜陋的瓷器。那套餐具價格不菲，不過餐具這種東西本來就不便宜。布置新居不可避免要花大錢，話說回來，反正一輩子只需要做一次。

「一定很漂亮。」溫奇太太聽李德蓋特生動描述那套餐具後說，「正是小蘿該有的東西。我敢肯定以後一定不會打破！」

「我們必須雇用不會打破東西的僕人。」李德蓋特說。當然，這種推論顯然把事情想得太美好，只是，在那個時代，幾乎所有推論或多或少都得到科學界人士的認可。

這些事當然不需要瞞著媽媽，畢竟她從來不會說出惱人的話，何況她自己就是個幸福的妻子，對於女兒的婚事，她只會覺得與有榮焉。蘿絲夢建議李德蓋特寫信告訴父親，是有道理的。她算好那封信送達的時間，隔天早上陪父親走路去工廠，她在路上告訴父親，李德蓋特希望早點辦婚禮。

「胡扯！親愛的，」溫奇說。「他拿什麼結婚？我早就明白告訴過妳了，妳最好取消這個婚約。如果妳要嫁個窮人，當初何必受教育？讓當父親的面對這種事，實在有點殘酷。」

「爸，李德蓋特不窮。他買了皮考克的業務，聽說一年有八、九百鎊的收入。」

「都是胡說八道！買了執業權又怎樣？那跟買明年的燕子有什麼不同？到頭來都是一場空。」

「才不是。爸，他的業務範圍越來越大了，查特姆和卡索邦兩家都請過他。」

「我希望他知道我什麼都不會給。弗列德的事太叫人失望，最近國會都快解散了，到處都有農工暴動，選舉也快到了……」

「親愛的爸爸！那些跟我結婚的事有什麼關係？」

「有很大的關係！說不定我們大家都會完蛋，國家目前的狀況就是這麼危急！有人說世界末日來了，我他媽的就是這麼想的！總之，這時候我不能把工廠的資金抽出來，希望李德蓋特明白這一點。」

「爸，我相信他不期待你給錢，何況他有地位很高的親戚，反正以後他一定會出人頭地，他目前在做科學研究。」

溫奇默不吭聲。

「爸，這是我得到幸福的唯一機會，我不能放棄。李德蓋特是個紳士，不是體面的紳士我不愛。你總不會希望我像阿芮貝拉．霍利一樣得癆病吧。還有，你也知道我做了決定就不會改變。」

爸爸仍然不吭聲。

「爸，答應我，你會同意我們的婚事。我們絕不會放棄對方，而你向來反對訂婚後拖太久才結婚，也不贊成晚婚。」她又說了些諸如此類催促的話。

最後溫奇說：「好啦，乖女兒。他總得先寫信來問我，我才能答覆他。」

蘿絲夢知道自己的目的已經達到。溫奇的答覆主要是要求李德蓋特投保壽險，李德蓋特立刻答應。萬一李德蓋特死亡，這也算是一層保障，只是，這卻不保證他們能養活自己。然而，大家好像對蘿絲夢放心了不少，繼續喜氣洋洋地進行婚前採買。當然少不了謹慎的考量，即將前往男爵家做客的新娘一定得有幾塊最高檔的手帕；不過，除了其中絕對少不了的半打之外，其他那些，她就不堅持用最華麗的刺繡和法國高級花邊。

李德蓋特發現自從來到米德鎮後，他的八百鎊存款已經減少許多，以致於他在布萊辛的基博商鋪買刀叉湯匙時，雖然很喜歡店家介紹的古董花紋鍍金餐盤，也忍住沒買。他太心高氣傲，絕不願意表現得一副自己預期溫奇會拿錢給他買家具似的。再者，雖然有些帳單可以暫緩，不是買所有東西都得付現，他也沒有浪費時間去猜測未來丈人會為女兒準備多少嫁妝，來減輕他的付款壓力。他不至於揮霍金錢，可是東西必須要精緻，何況買品質低劣的東西其實一點也不划算。但這些事都不重要，李德蓋特預見科學研究和行醫才是他應該熱衷投入的事，只是他無法想像自己住在跟朗屈家一樣的地方追求這些目標。朗屈家從來不關門，廉價的桌布破破爛爛，孩子們穿著骯髒的連身衣，難以下嚥的午餐，骨多肉少，用的是黑柄刀具，盤子是垂柳圖案。朗屈太太蒼白憔悴，在屋裡披著大披巾把自己裹得像木乃伊，朗屈當年結婚時想必做了錯誤的選擇。

蘿絲夢也忙著猜東想西，但她反應快又善於偽裝，沒有太直接表露自己的心事。

「我想多了解你的家人，」某天討論蜜月旅行時她說。「也許我們可以選個回程順道拜訪他們的方向，你最喜歡哪個叔伯？」

「嗯，應該是高德溫伯父，他是個厚道的老人家。」

「你小時候住在奎林罕時經常在他家，是不是？我很想看看那個地方和你以前熟悉的一切。他知不知道你要結婚了？」

「不知道。」李德蓋特答得心不在焉，在椅子上轉身，把頭髮往上撥。

「你這個不懂事的淘氣姪子，趕緊通知他一聲。也許他會要你帶我去奎林罕，到時候帶我四處逛逛，我就可以想像你小時候在那裡生活的情形。別忘了，你看過我家，這個家，從我小時候到現在都沒變過。但我沒看過你小時候的家，這樣不公平。不過我可能會讓你沒面子，這點我倒是忘記了。」

李德蓋特對她溫柔一笑，真心覺得帶這麼迷人的新娘回故鄉是非常值得驕傲的事，麻煩一點又何妨。現在想來，他確實想帶蘿絲夢看看那些老地方。

「那麼我寫信通知他，不過我那些堂兄弟很討人厭。」

能夠用這麼不以為然的口氣談論男爵的家屬，蘿絲夢覺得他簡直了不起，想到自己不久後也能輕蔑地看待那些人，她感到非常得意。

可是一兩天後，媽媽差點把事情搞砸，因為她說：「李德蓋特，希望你伯父高德溫爵士不會瞧不起小蘿。我覺得他應該會對晚輩大方點，對男爵來說，一兩千鎊應該只是小錢。」

「媽！」蘿絲夢的臉蛋紅得發紫。李德蓋特非常同情她，沒有答話，直接走到客廳另一頭，專注地觀看一幅版畫，彷彿他剛才什麼都沒聽見。事後媽媽被女兒念了一頓，之後又恢復平日的柔順。可是蘿絲夢想到，萬一以後某個出身高貴的堂兄弟心血來潮跑來米德鎮，恐怕會在她娘家看到不少令他們震驚的場面。這麼一來，將來李德蓋特最好離開米德鎮，到別地方找個上等職務。這點應該不難辦，畢竟他伯父擁有爵位，他自己又能在科學上有所發現。

你想必知道，李德蓋特已經熱情地向蘿絲夢訴說，自己的人生將要如何發光發熱。他喜出望外，因為那個專注聆聽的可人兒帶給他何等甜美的助力，比如溫婉深情與恬靜柔美，就像夏季的天空和遍地鮮花的草地，為我們洗滌心境。

李德蓋特希望所寄是某種心理上的區別，為了比喻的多樣性，我會稱之為母鵝與公鵝的差別，特別是母鵝與生俱來的順從與公鵝的力量之間的完美對應。

第三十七章

她相信自己享有至福，內心因此無比堅定；
既不想再追求更美好的事物，也不害怕惡運來擋路；
反倒像篤定的船舶，乘風破浪朝目標前進；
面對狂風暴雨從不逃避，也不痴心妄想晴朗的天氣；
像這樣的自信不需要畏懼
仇敵的怨恨，也不需要朋友的認同；
她以自身的穩定力量屹立不搖，不對仇敵也不對朋友折腰。
她深深相信自己置身幸福天地，但被這樣的女子愛上的人才最幸福。

——史賓塞[10]

喬治四世崩殂，國會瓦解，威靈頓和皮爾失勢，新王改弦易轍。溫奇曾經憂心這究竟只是一場大

10 Edmund Spenser（一五五二～一五九九），英國桂冠詩人，最知名的作品是仿亞瑟王傳奇創作的史詩《仙后》（*The Faerie Queene*）。

選，或世界末日到來。但他的惴惴不安，只是當時鄉鎮地區百姓不確定感之中無足輕重的一環。托利黨內閣採用自由黨的主張；托利黨貴族和選民急著想把票投給自由黨候選人，不願支持變節的內閣派系；要求改革的聲浪牽涉到的利益糾葛，剪不斷理還亂，又因為得到不對盤之人的擁護顯得可疑。鄉下地方只有螢火蟲的亮光，時局如此混亂，地方百姓怎麼看得清是非曲直？

米德鎮主要報紙的讀者發現自己陷入不尋常的窘境：當初天主教問題鬧得沸沸揚揚時，很多人拒買《先驅報》。因為《先驅報》刊頭印有已故輝格黨黨魁查爾斯．詹姆斯．福克斯[11]的座右銘，是改革的前鋒，在有關天主教徒的問題上跟皮爾同一陣線，對耶穌會和異教徒態度寬容，污損它的自由派立場。可是他們對《號角報》也不滿意，覺得它的號角聲變弱了，因為它對著羅馬狂批猛轟，不能發揮主導輿論的功能（沒有人知道誰支持誰）。

根據《先驅報》一篇引人注目的文章，這個時代國家面臨迫切需求，也許能促使過去不願意參與公共事務的人改變想法。這些人在經年累月的歷練中養成寬大的胸懷與專注的心靈；善於決斷又能包容；冷靜又有衝勁。總而言之，就是擁有人類在磨難中最難同時具備的各種特質。

當時米德鎮的皮革商海克巴特懸河般的口才流淌得比平時更遙遠，聽得人摸不著頭腦，不知道最終匯流何處。聽說他在律師兼鎮書記的霍利辦公室提到，《先驅報》那篇文章「源於」蒂普頓的布魯克，還說幾個月前布魯克已經買下《先驅報》。

「那就有熱鬧看了，對吧？」霍利說。「先前這傢伙像迷路的烏龜到處瞎闖，現在突發奇想決定當名人，他在搬石頭砸自己的腳。我觀察他好一陣子了，他一定會被罵得狗血淋頭。他是個差勁的地主，這麼一個鄉鎮老紳士為什麼要討好那些深藍選民[12]？至於他的報紙，我只希望文章是他自己寫的，那麼花錢買來才不虧。」

「據我所知，他找了個很有頭腦的年輕人當主編，那人能寫出一流水準的社論，一點也不輸倫敦的報紙。聽說他打算利用這次改革搶占一席之地。」

「讓他先改革自己的租地吧。這個該死的守財奴，他田產上那些屋子都快塌了。我猜這個年輕人是倫敦來的浪蕩子。」

「他姓雷迪斯羅，聽說有外國血統。」

「我知道這種人，」霍利說。「類似間諜的人物。一開始天花亂墜大談人權，最後又會害死蕩婦，這是他們的風格。」

「霍利，你必須承認有些話只是無的放矢。」海克巴特已經看出他和自己的家庭律師政治立場出現歧異。「我個人從來不喜歡偏激言語。事實上，我贊同赫斯基森[13]的看法，卻不能不考慮大型城鎮沒有席位的……」

「去他的大型城鎮！」霍利已經懶得多說。「我夠了解米德鎮的選舉，就算他們明天把口袋選區[14]通通撤銷，把全國所有新興城鎮都劃為選區，我也不在乎，反正到最後只是耗費更多競選經費。我只說事實。」

《先驅報》由外國間諜主編，布魯克積極投身政界，彷彿生性散漫的烏龜竟然野心勃勃地伸出小腦

11 Charles James Fox（一七四九～一八〇六），英國輝格黨政治領袖，主張改革。
12 深藍色是當時自由黨的代表顏色，該黨支持一八三二年的改革法案。
13 William Huskisson（一七七〇～一八三〇），托利黨政治人物，亦屬改革派。
14 pocket borough，指由地主或貴族操控的小選區，候選人多半內定。

袋到處撒野，霍利對這一切十分厭惡。只是，布魯克某些親戚的心情比他更鬱悶。這個效果慢慢往外滲透，就像你的鄰居著手生產某種惹人嫌的商品，那東西永遠在你眼皮底下，卻沒有合法管道可以解決。早在威爾來到以前，布魯克就已經偷偷買下《先驅報》。當時機緣湊巧，原先的業主覺得這份報紙頗有價值卻賺不到錢，於是有意售出。布魯克年輕時就想對外面的世界宣揚自己的理念，那些念頭像埋在他心裡受到阻礙無法萌芽的種子，在他寫信邀請威爾之後那段時間，總算順利破土而出。

他的計畫向前邁進一大步，因為威爾這個客人比預期中更討他歡心。威爾不但對布魯克曾經鑽研的藝術和文學領域相當熟稔，對政治局勢的敏感度也令人驚豔，而且以恢宏氣魄審時度勢，配合超強的記憶引經據典，寫出的文章鏗鏘有力。

「在我看來他有點像雪萊[15]，」布魯克感謝卡索邦，找了個機會對他這麼說。「我指的不是那些有爭議的特質，比如行為放縱或無神論。我相信威爾的情操在各方面都無可挑剔。事實上，昨天晚上我們聊了很多，他跟雪萊一樣，對思想自主、行動自由和解放這類的事有一股熱情，只要妥善引導，就是好事。妥善引導，沒錯。我認為我應該可以為他指引正確的航向。卡索邦，因為他是你的親戚，所以我更高興。」

如果「正確的航向」暗指任何比布魯克的談話更明確的事物，卡索邦只希望那件事跟洛威克之間有一段遙遠的距離。他當初資助威爾的時候就不喜歡這個年輕人，如今威爾婉拒他的金援，他更討厭他。我們的性格如果藏著某種扭曲的嫉妒，就會變成這個樣子：如果我們的才華主要屬於默默埋頭苦幹那種，我們那些花蝴蝶般的堂親（我們有嚴肅理由不認可他們）很可能會偷偷鄙視我們，而所有欣賞他的人都等於間接批評我們。基於良心上的顧忌，我們不至於卑鄙地傷害他。相反地，我們積極地提供津貼，滿足他對我們的索求。我們寫給他的支票讓他不得不承認我們的優勢，我們心中的怨恨也隨之消滅。沒想到威爾突然任性地剝奪那份優勢（只能在記憶中回味）。卡索邦對威爾的厭惡不是來自年邁丈夫常有的醋意，而是來自某種更深刻的東西，是他畢生的追求與不滿造成的。可是如今有了多蘿席亞的存在，做為一個已經展現批判能力的年輕妻子，那份原本模糊隱約的不安，自然而然變得具體可見。

威爾意識到自己對卡索邦的憎惡水漲船高，漸漸取代他的感恩，在心裡費了不少唇舌為自己這份嫌惡辯護。卡索邦討厭他，這點他心知肚明。打從他第一次出現，他就察覺到卡索邦的嘴角帶著一股不滿，卡索邦看他的眼神也藏著怨毒。就憑那眼神，威爾就算不顧昔日恩情向他宣戰，也不為過。過去，他受到卡索邦很多照顧，他對卡索邦的反感，是從卡索邦娶多蘿席亞開始。當然，一個人因為受到照顧產生的感恩心情，該不該因為另一個人受到不公平對待而被憤怒取代，這是個問題。卡索邦娶多蘿席亞對她一點也不公平。男人該有自知之明，不該做出這種事。如果選擇佝僂在洞穴裡虛度青春，就不該引誘年輕女孩為他陪葬。「這是最令人髮指的處女獻祭。」威爾心想。他在心裡想像多蘿席亞內心的哀傷，像在編寫一支悲痛的合唱曲。他要留在看得見她的地方：他要守護她。就算放棄生命中其他的一切，也要守護她，而且要讓她知道這世上有個奴僕願意為她赴湯蹈火。不管對自己或對別人，威爾的話語都符合湯瑪士．布朗爵士[16]所謂的「激昂卻多餘」。真相其實很簡單：當時沒有任何事物比多蘿席亞對他更有吸引力。

然而，威爾一直等不到正式邀請，沒人邀他前往洛威克。另一方面，布魯克覺得卡索邦那可憐的傢

---

15 Percy Bysshe Shelley（一七九二～一八二二），英國浪漫主義詩人，被喻為史上最出色的英語詩人，也常在作品裡表達他強烈的政治傾向。

16 Sir Thomas Browne（一六〇五～一六八二），英國作家，這裡引用的文句摘自他的作品《甕葬》（*Hydriotaphia, or Urn Burial*）。

伙埋頭做研究，所以他信心十足地安排些卡索邦忽略的樂事，主動帶威爾去洛威克幾次（在此同時，也沒忘記到處跟人介紹威爾是「卡索邦的年輕親戚」）。雖然威爾沒有機會跟多蘿席亞單獨談話，但隨著見面次數增加，已經足以讓多蘿席亞回想起跟比自己聰明、卻隨時願意虛心受教的年輕人相處的感覺。

可憐的多蘿席亞，結婚前，她碰到的人很少願意去理解她最在乎的事。另外，如我們所知，結婚後她也沒有如原先的預期得到丈夫高人一等的指導。如果她興致盎然地跟卡索邦說話，他會用忍耐的表情聽她說，一副她在引述他小時候就讀得滾瓜爛熟的拉丁或希臘文讀本似的。有時候會唐突地指出哪些古老學派或人物已經提過類似觀點，彷彿那種東西是彈過無數次的老調。其他時候，他會說她弄錯了，否決她質疑的論點。威爾卻好像總能從她說的話裡，聽出連她自己都沒意識到的深意。多蘿席亞不是虛榮的人，但她也有女人的熱切需求，希望能藉著帶給別人喜悅，發揮有益的影響力。因此，偶爾見到威爾，就像她的監牢開了一扇弦月窗，讓她瞥見外面的晴朗天空。原本她擔心丈夫知道威爾在伯父家做客會怎麼想，但那份擔憂在這種愉快的心情下慢慢消退。卡索邦至今還沒主動提起過這個話題。

威爾想跟多蘿席亞單獨聊聊，對於目前的緩慢進展很不耐煩。不管但丁與碧雅翠絲或佩脫拉克與蘿拉[17]，在真實生活中的對話機會多麼稀少，時間已經改變事物的比例，後世的人寧可少讀些十四行詩，多些交談機會。需求可以為策略辯解，威爾的策略卻施展不開，因為他害怕惹多蘿席亞生氣。最後他決定在洛威克畫一幅特別的寫生。某天早晨，布魯克要去郡城，會經過洛威克，威爾帶著速寫簿和折疊椅搭便車，請布魯克讓他在洛威克下車。他沒有上洛威克莊園，而是找個多蘿席亞散步的必經地點坐下來寫生，他知道她每天早上都會出門散步一小時。

可惜天氣破壞他的策略。雲層不懷好意地快速聚攏，大雨尾隨而至，威爾不得不進入莊園避雨。他打算利用親戚的身分在客廳躲雨，不通報主人。他在門廳見到熟悉的管家普拉特，對他說，「普拉特，別說我在這裡。我可以等到中午，我知道卡索邦先生在圖書室的時候不喜歡被打擾。」

「先生，主人出去了。圖書室只有夫人在。先生，我最好告訴她，你來了。」普拉特答。滿臉紅光的他喜歡跟坦翠普談天說地，兩人都覺得夫人的日子一定很無趣。

「那好吧，該死的大雨害我沒辦法寫生。」威爾心花怒放，輕鬆愉快地假裝滿不在乎。

一分鐘後他進了圖書室，多蘿席亞用甜美又真誠的笑容歡迎他。

「卡索邦先生去拜訪副主教，」她說。「我不知道他下午什麼時間會回來，因為他不確定會在那裡待多久。你專程來找他談事情嗎？」

「不，我來寫生，可是下雨了，只好進來躲雨，否則我不會打擾你們。我原本以為卡索邦先生在家，也知道這個時間他不喜歡被打擾。」

「那我該感謝這場雨，見到你真的很高興。」這尋常的應答，多蘿席亞說得誠摯坦率，像在學校見到親人來訪的鬱悶小孩。

「我來這裡其實是為了跟妳單獨聊聊。」威爾不知為何覺得自己必須跟她一樣坦誠。他沒辦法停下來問自己：有何不可？「我想跟妳說說話，像當初在羅馬那樣，有別人在場感覺總是不一樣。」

「是的。」多蘿席亞用清晰飽滿的嗓音回應。「坐吧。」她坐在一張深色椅凳上，背後是褐色書籍。她身上穿著某種白色薄毛料洋裝，除了結婚戒指外，沒有佩戴任何首飾，彷彿她曾經宣誓要跟其他女人

---

17 據說但丁（Dante Alighieri，一二六五～一三二一）一生只見過碧雅翠絲（Beatrice Portinari，一二六六～一二九〇）兩次，碧雅翠絲卻是他心目中理想女性典型，也是他創作的繆思。同樣地，蘿拉（Laura）僅憑一面之緣，就成為文藝復興時期詩人佩脫拉克（Francesco Petrarca，一三〇四～一三七四）創作情詩的靈感泉源。

有所區別。

威爾坐在她對面距離兩公尺的地方，光線照耀他明亮的捲髮和精緻中帶點任性的側臉，嘴唇與下巴的弧度似乎傲視一切。他們彼此對望，像兩朵當時在那裡綻放的鮮花。多蘿席亞暫時忘記她丈夫對威爾不明所以的反感，能夠對一個她覺得善於接納的人毫無顧忌地說話，感覺就像又乾又渴的嘴唇碰到鮮甜的清水。畢竟，此時她懷著哀傷的心情回想，免不了誇大過去得到的慰藉。

「我經常希望能再跟你聊一聊。」她馬上說，「之前竟然跟你說了那麼多話，我自己都覺得奇怪。」

「那些話我都還記得，」威爾內心有種難以言喻的滿足感，覺得眼前這個人值得全心全意的愛。我覺得當時他的感受是完美無瑕，因為我們凡人都有自己的神聖時刻，在那些時刻裡，愛情因為對象的完整而得到滿足。

「從羅馬回來以後，我學了很多東西。」多蘿席亞說。「現在我能讀一點拉丁文，也懂了一些希臘文，我能幫卡索邦先生多做點事了。我可以幫他找參考資料，用各種方式幫他節省眼力。可是當個有學問的人實在不容易，通往偉大思想的路途好像會讓人疲憊不堪，到頭來因為太累，反而沒辦法體驗學問的樂趣。」

「一個人如果有能力接觸偉大思想，應該會在衰老以前趕上它們。」威爾忍不住快人快語。多蘿席亞天性靈敏，反應跟他一樣快，臉色一變。威爾見狀連忙說，「不過最偉大的心靈在創造理念時確實可能會過度疲勞。」

「你說得對。」多蘿席亞說。「我剛才表達得不好。我應該說，擁有偉大思想的人，在思索的過程中耗費太多心力。我以前一直有這種感覺，很小就有，所以我經常覺得長大以後要用自己的生命幫助某個從事偉大工作的人，減輕他的負擔。」多蘿席亞順著話題聊起自己的私事，一點都不覺得自己吐露了什麼祕密，但這是她第一次在威爾面前這麼明確地說出當初結婚的動機。

他沒有聳肩，也因為沒辦法用這個動作發洩心情，更氣憤地想像嬌美的紅唇親吻空洞的頭骨和其他空心神龕。他還得謹慎提防，避免一時不察洩露內心的想法。

「但是妳可能一不小心就幫得太多，」他說。「把自己累著了。妳是不是很少出門？臉色比以前蒼白。卡索邦先生最好請個祕書，找個幫他承擔半數工作的人，應該不難。這樣對他更有幫助，而妳只要幫他做點輕鬆的小事。」

「你怎麼可以有這種想法？」多蘿席亞的語調有種真心的責備。「如果我不幫他做事，就不會快樂。我還能做什麼？我在洛威克沒什麼事可做，唯一的願望就是多幫他一點。再者，他也不贊成請祕書，請不要再提起這種事。」

「既然知道妳的想法，我當然不會再提。不過我聽布魯克先生和詹姆斯爵士都表達過相同的意願。」

「沒錯。」多蘿席亞說。「可是他們不了解。他們希望我多出去騎馬，或重新規劃庭院花園或建造新的溫室，做這類事情打發時間。我以為你明白人的心會有不同需求。」她有點不耐煩地補充。「再者，卡索邦先生不喜歡聽見聘請祕書的提議。」

「我的錯誤情有可原。」威爾說，「以前我常聽卡索邦先生在言談之中表現得好像很希望請個祕書。事實上他曾經表示未來我可以擔任那個職務，可惜後來發現我不夠優秀。」

多蘿席亞想找個理由解釋丈夫對威爾顯而易見的嫌惡，帶著逗趣的笑容說，「你可能不久就想辭職。」

「的確。」威爾把腦袋向後一仰，像精神亢奮的馬兒。接著，過去那易怒的惡魔再度驅使他出手，狠狠一掐可憐的卡索邦那薄弱的榮耀。他說，「那次之後我發現，卡索邦先生不喜歡任何人探詢他的研究，也不希望別人深入了解他在做些什麼。他太多疑，沒辦法肯定自己。我也許沒多少本事，但他不喜歡我，是因為我不贊同他。」

威爾不是不願意寬容大度，可是我們的舌頭就像小小扳機，常常還沒想到我們做人的大原則之前，就已經扣下了。威爾一想到多蘿席亞不明白卡索邦為什麼討厭他，就覺得無法忍受。只是，話一出口，他又為多蘿席亞受到的傷害感到不安。

多蘿席亞異常沉默，沒有像在羅馬時那樣立刻發怒，原因相當複雜。如今她不再糾結於對事實的感知，而是自我調整，用最清晰的視角去觀察。她已經看清丈夫的失敗，更清楚察覺到丈夫也意識到他自己的失敗。她似乎決定改變做法，原本的職責改以溫柔取代。她知道丈夫不喜歡威爾，在弄清楚原因之前，她覺得這對威爾不公平，因此對於威爾的言語冒犯，她不忍苛責。

她沒有馬上回答，低眉垂眼沉思片刻後，用懇切的口吻說，「卡索邦先生的做法並沒有受到他對你的反感影響，這點很值得敬佩。」

「沒錯，在家族事務上，他確實做到公平公正。我祖母嫁了門不當戶不對的人，被剝奪繼承權，實在是很糟糕的事。畢竟她丈夫沒有什麼不好，他們不接受他，只因為他是波蘭難民，靠教書維生。」

「真希望我能知道她的人生故事！」多蘿席亞說。「我好奇她從有錢變窮是什麼心情，也想知道她跟她丈夫在一起幸不幸福，你知道他們的故事嗎？」

「不，我只知道我祖父很愛他的國家。他很聰明，能說很多種語言，懂音樂，教各種科目賺錢謀生。他們兩個都過世得早，我對我父親的了解，也只限於母親告訴我的那些，我父親遺傳了祖父的音樂天分。我記得他走路很慢，手指又細又長。後來他生了重病，有一天我肚子很餓，而家裡只有一丁點麵包。」

「天哪，跟我的生活多麼不同！」多蘿席亞聽得入神，雙手交疊在腿上。「我一直擁有太多東西。再跟我說說後來的事，當時卡索邦先生應該還不知道你們的事。」

「的確。是我父親主動去找卡索邦先生，之後我再也沒有挨餓過。不久後我父親過世，我和我母親得到很好的照顧。卡索邦先生經常說他有責任照顧我們，因為他姨母受到不公平待遇。不過這些妳都已經知道了。」

威爾內心深處很想對多蘿席亞訴說他的某些新觀點，也就是說，他認為卡索邦所做的一切無非只是償還欠他的債務。威爾是個好人，如果覺得自己忘恩負義，他沒辦法安心。當感恩需要講道理，我們不難找到方法掙脫它的束縛。

「不，」多蘿席亞說。「卡索邦先生向來不喜歡談論他的善行。」她沒有察覺威爾並不感謝她丈夫所做的事，卻深刻感受到卡索邦基於公平原則、應該如何處理與威爾之間的關係。她停頓片刻後又說，「他從來沒告訴過我，他也照顧你母親的生活。她還在人世嗎？」

「不在了，四年前，她因跌倒的意外而過世了。巧合的是，我母親也逃離她的家，但不是為了我父親。她從來不肯說她娘家的事，只說她離開他們獨立生活：她去當演員。她有一雙深色眼眸，波浪長髮，好像永遠不會老。妳看到了，我遺傳了父母雙方的叛逆。」說到這裡，威爾笑嘻嘻望著多蘿席亞。

多蘿席亞仍然專注認真地望著正前方，像個第一次看戲的孩子。不過她開口說話時也露出明朗笑容，「看來那是你為自己的叛逆所做的辯解，我指的是你違逆卡索邦先生的意願。你應該記得，沒走上他認為對你最有益的路。你剛才說他不喜歡你，即使是這樣……我應該說即使他對你流露出不愉快的心情，你也該考慮到他做研究太勞累，情緒難免敏感。也許，」接著她用懇求的語氣說，「我伯父沒有告訴你，那天卡索邦先生病情多嚴重。我們身體健康承受力強，如果太介意那些扛著重擔的人犯的小過錯，就太不寬厚了。」

「妳指正的對，」威爾說。「我再也不會埋怨這件事。」他的語調裡藏著溫柔，那是來自一股說不出口的滿足感，因為他發現多蘿席亞的心跟丈夫漸行漸遠。對於卡索邦，她只剩下純粹的憐憫和忠誠，只是她自己絲毫沒有察覺。威爾覺得只要她對卡索邦表現出憐憫與忠誠時能聯想到他，他就能欣賞她這些表現。「有時候我真是個乖戾的傢伙，」他繼續說。「但只要我能力所及，我再也不會說或做妳不贊同的事。」

「你真是太好了。」多蘿席亞又露出爽朗的笑容。「那麼我就有個小小王國，我可以制定法律。不過我猜你不久後就會脫離我的轄區，你待在蒂普頓很快就會膩了。」

「我正想跟妳談這件事，也是我希望跟妳單獨聊聊的原因之一。布魯克先生建議我，在這個地方定居。他買了一份米德鎮的在地報紙，希望交給我負責，也幫他做點別的事。」

「這樣你不是犧牲了更好的未來？」多蘿席亞問。

「也許吧，可是也有人指責我總是想著未來，結果一事無成。現在機會來到面前，如果妳不希望我接受，我會放棄。否則，我寧願待在這裡，也不想離開。我在其他地方沒有親人。」

「我很希望你能留下來。」多蘿席亞立刻接腔，口氣跟在羅馬的時候一樣單純直率。在那個時刻，她想不出任何理由不這麼回答。

「那我就留下來。」說著，威爾把腦袋往後一甩，起身走向窗子，彷彿想查看雨是不是停了。

到了下一刻，多蘿席亞基於某種越來越牢固的習慣，開始意識到卡索邦的想法跟她不一樣。她心裡一陣尷尬，雙頰變得緋紅。她尷尬的原因有二：一是她表達的意願可能跟丈夫背道而馳，二是她必須讓威爾知道丈夫的想法或許跟她不一樣。當時威爾的臉並沒有對著她，所以她比較容易開口：「不過，關於這種事，我的想法不重要，你該徵詢卡索邦先生的意見。我剛才說的話只考慮我自己的心情，跟問題本身沒有任何關係。現在我突然想到，卡索邦先生可能會認為那個提議不算明智。你能不能等他回來跟他談談？」

「今天我沒辦法等。」威爾暗自焦急，擔心卡索邦隨時會走進來。「雨差不多停了，我告訴布魯克先生不必進來找我，我想走八公里路回去。我打算穿過哈塞爾公有地，看看草地上的晶亮雨滴。我喜歡那樣的景象。」

他匆匆走過去跟她握手。他很想、卻不敢對她說：「別跟卡索邦先生提這件事。」他不敢，也說不出口。要求她別太單純太直接，等於想看清透的水晶，卻對著水晶表面哈氣。何況還有另一件更令他害怕的事，那就是他自己在她眼中會變得暗淡，光芒永遠被遮蔽。

「真希望你能多留一會兒。」多蘿席亞站起來伸出手，口氣有點遺憾。她也有不願說出口的話。她希望威爾盡快詢問卡索邦的意見，但她如果開口催促，聽起來可能變成不恰當的指令。

於是他們只說聲「再見」，威爾走了出去，直接橫越田野，以免遇見卡索邦的馬車。不過，卡索邦的馬車在下午四點鐘才回到莊園大門。那個時間回家有點彆扭：時間太早，還不能用換衣服準備吃晚餐這種無聊事換得一點清靜；但如果想要清空當天的瑣碎事務帶來的煩亂以便埋首書堆，又嫌太遲。每次碰到這種情況，他總是坐進圖書室那張安樂椅，閉起雙眼聽多蘿席亞為他讀倫敦的報紙。今天他沒讓多蘿席亞讀報，因為他白天已經被迫聽了太多公共議題。多蘿席亞問他累不累的時候，他顯得比平時愉快，只是說起話來仍然正經八百。他這種習慣就算換下背心脫掉領結也不曾改變。

他說：「今天很高興遇見老朋友史班寧博士，也得到值得欽佩的人的讚賞。他對我最近發表的那篇關於埃及祕教的短文讚譽有加，我不便重複他那些讚美的話，否則就太自誇了。」說到最後，他靠在椅子的扶手上，腦袋上下搖晃，顯然是因為不便複誦那些話，只好靠肢體動作抒發。

「你心情好，我也很高興。」多蘿席亞說。丈夫不像平時這個時間那麼疲倦，她真的很開心。「你回來以前我還為你今天碰巧出門覺得遺憾。」

「親愛的，這是為什麼？」說著，卡索邦再次往後躺。

「因為威爾來了，他提到我伯父給他的建議，我想知道你有什麼想法。」她意識到卡索邦確實非常在意這件事。即使她涉世未深，也隱約覺得伯父提供威爾的這個職位辱沒了他的家族，因此卡索邦有權表達意見。卡索邦沒有說話，只是欠身行禮。

「你也知道親愛的伯父想做的事不少。他好像買了一家米德鎮的報紙，請威爾留下來幫他編寫這份刊物，順便處理其他事務。」多蘿席亞說話時注視著丈夫，但卡索邦一開始眨了眨眼睛，最後索性閉上，彷彿想讓眼睛休息，只是嘴唇繃得越來越緊。她停頓一下，又怯生生地問，「你有什麼想法？」

「威爾專程來問我的意見嗎？」卡索邦的眼睛睜開一道細縫，刀鋒般銳利的目光射向多蘿席亞。他這個問題讓她很不自在，但她只是變得嚴肅些，沒有別開視線。

「不是。」她連忙回答。「他沒有說他來問你的意見。不過他既然提起這件事，當然是希望我轉告你。」

卡索邦默不作聲。

「我擔心你可能不太贊成，不過，一個這麼有才華的年輕人對我伯父可能很有幫助，可以幫他用更好的方式做公益。威爾也想找份穩定的工作，他說曾經有人指責他不肯安頓下來。他還說他想留在這一帶，因為其他地方沒人關心他。」多蘿席亞覺得這麼說可以讓丈夫心軟，但他沒有回應，她於是重新問起他跟史班寧博士和副主教吃早餐的情景，可惜這個話題已經失去光采。

隔天早上在沒告知多蘿席亞的情況下，卡索邦派人送以下這封信給威爾，開頭的稱謂是「親愛的雷迪斯羅先生」（過去在信裡他都稱他「威爾」）：

內人告訴我，你近日接獲一項提議，而（根據合理推斷）你似乎有意接受。這份提議內容是你要在附近地區定居，擔任某項職務。我合情合理地認為這份職務必然涉及我的地位，基於此事對我的心情造成的影響，我有自然且正當的理由立刻聲明，你接受上述提議將令我極度不快。另一方面，考量到我的責任，我表達反對立場也是義不容辭。我有權否決此事，我相信，任何明事理的人只要對你我的關係有所了解，都不會否認這點。儘管你我之間的關係已經因為你日前的行為成為過去，但它本質上的先決條件並沒有消失。在此我無意評論任何人的判斷力，我只需要向你指明，基於社會上的適當性與禮儀，跟我血緣不算太遠的人不宜在附近地區拋頭露面，從事某種不但遠低於我的地位，而且至多只是涉及淺薄文章與政治投機的職務。總而言之，若你不聽勸阻，今後再也沒有機會踏進我家門。

謹此，

愛德華・卡索邦

在此同時，多蘿席亞的心思無意中朝進一步惹惱她丈夫的方向發展。她反覆思索威爾所說關於他父母和祖父母的事，原本的同情心慢慢發酵，變成煩亂不安。白天，她空閒的時候都待在那間藍綠色房間，越來越喜歡那裡的灰暗古樸，窗外的景物沒有絲毫改變，只是在林蔭大道盡頭處的西側田野，夏季漸漸遠離。這空蕩的房間也收集了內在生命的諸多回憶，那些回憶像一群善天使與惡天使，充塞空中，那是我們心靈上的歡欣或沉淪，那隱匿卻活躍的形態。她太習慣沿著林蔭大道極目遠望西邊的弧形天際，從中找到決心，到最後那幕景象本身彷彿也擁有溝通能力。就連那頭蒼白雄鹿的目光好像也在提醒她，在默默傳達：「嗯，我們知道。」那些細膩微妙的肖像似乎成為一群觀眾，儘管不再為他們自己的塵世命運煩憂，卻仍然對人間興致勃勃。尤其是那位神祕的「茱莉亞姨母」，多蘿席亞始終無法開口向丈夫探詢她的事。

跟威爾聊過以後，她心中浮現許多全新意象，全都圍繞著威爾的祖母茱莉亞打轉。眼前的精緻肖像幫助她凝聚內心感受，那肖像跟她認識的那張生動臉龐是如此相似。只因為那女孩選擇一個身無分文的男人，就切斷家族對她的庇護，剝奪她的繼承權，實在錯得離譜！多蘿席亞從小就對周遭事物充滿好奇，纏著長輩問東問西，對於長子為什麼有優先繼承權、土地為什麼要限定繼承，這些事的歷史與政治因素有自己的一套清晰見解。那些因素或許比她想像中更沉重，帶給她幾分畏怯。可是如今出現這個涉及家族關係的問題，仍然跳脫不出那些因素。這裡有個女兒，她的孩子本該擁有優先權，就算要「完整保留」的土地頂多就是一塊草坪或一片小牧場，那些身分不比退休的雜貨店老闆更像貴族、卻愛模仿貴族行事方法的普通人，也遵循這樣的規則。繼承權究竟是基於喜好或責任？多蘿席亞全心全意認為這是責任，是為了履行我們基於婚姻與生兒育女等行為賦予他人的權利。

她告訴自己，沒錯，卡索邦虧欠威爾一家人，他必須償還他們被剝奪的一切。接著她想到結婚時卡索邦預立的遺囑，如果她日後生下一男半女，就會繼承卡索邦的全部財產。這份遺囑必須修改，而且刻不容緩。威爾的工作問題正是個好機會，可以讓所有事情回到正確的立足點。根據卡索邦過去的作為，她相信只要她提出來，他會馬上採納這個觀點，畢竟她是財產不公平分配的受益者。他曾經展現過正義感，這次一定也能克服那種或許可以稱為厭惡的心情。她覺得卡索邦不同意她伯父的計畫，所以這更是個改變認知的好時機。這麼一來，威爾不再一文不名，不需要來者不拒地接受送上門的工作機會。卡索邦在有生之年可以提供威爾應得的收入，只要立刻修改遺囑，將來即使卡索邦過世，威爾的生活仍然可以得到保障。過去她自我耽溺，對丈夫與他人的關係愚昧無知漠不關心。如今這些她認為應該做的事像一道乍現的陽光，徹底將她喚醒。她不再認為威爾拒絕繼續接受卡索邦幫助的理由是正確的，也覺得卡索邦始終沒認清自己虧欠了別人什麼。

「他會認清的！」多蘿席亞說。「這是他性格裡的強大力量。我們那些錢用來做什麼了？我們的收入有半數都沒有發揮作用。我的錢唯一幫我買來的，就是良心的不安。」

在多蘿席亞心目中，這份分配給她的財產對她有種特別的震攝力，而且她一直覺得太多了。她看不見很多在旁人眼中顯而易見的事，因此容易走錯路，正如當初西莉亞對她的提醒。然而，也因為她看不見自己單純意圖之外的任何事物，才能安全地走在懸崖邊緣。那種景象如果看得太清楚，只怕會嚇得膽顫心驚。

卡索邦派人送信給威爾那天，她在自己的起居間獨處，腦海中的想法越來越鮮明，一整天揮之不去。在她找到機會向丈夫傾吐內心想法以前，一切都顯得窒礙難行。丈夫的煩心事太多，不管跟他商量什麼，都得循序漸進。自從他發病以來，她一直害怕刺激他。可是年輕人的熱忱，假使念茲在茲急於採取某項行動，那項行動便會自行展開，彷彿有了自己的生命，能克服想像中的障礙。那一天在肅穆的氛圍中度過，這種情況還算常見，只是卡索邦好像比平時更沉默一點。不過，夜裡有些時段也許會有談話機會，因為多蘿席亞只要發現丈夫失眠時就會起床點根蠟燭，為他讀點東西助眠。這天晚上，她心思紛擾情緒高亢，一開始就了無睡意。卡索邦跟平常一樣睡了幾小時，她悄悄起身，在黑暗中坐了將近一小時，才聽見他說：「多蘿席亞，既然妳醒著，能不能點根蠟燭？」

「親愛的，你身體不舒服嗎？」她一面點蠟燭一面詢問。

「不，我很好。既然妳還沒睡，能不能麻煩妳讀幾頁勞思[18]。」

「我能不能不讀，跟你聊聊？」

「當然。」

「今天一整天，我都在想錢的事，我一直覺得自己擁有太多，尤其以後還會有更多。」

「親愛的多蘿席亞，這些都是上帝的安排。」

「可是如果一個人擁有太多是因為別人受到虧待，那麼我認為神會要我們設法彌補，而我們必須遵從。」

「吾愛，妳這話是什麼意思？」

「意思是，你為我做的安排太大方，我指的是財產方面，這讓我快樂不起來。」

「怎麼會？我並沒有血緣親近的親戚。」

「我經常想到你的茱莉亞姨母，想到她窮困半生，只是因為嫁了個沒錢的男人。她的行為沒讓任何人蒙羞，畢竟那個男人不是卑劣之徒。你也是基於這個原因才會栽培威爾，也照顧他母親。」

多蘿席亞等著卡索邦回應，繼續這個話題，可是幾分鐘過去，卡索邦都沒吭聲，她覺得自己接下來說的話好像更強而有力，在漆黑的靜寂裡格外清晰。「不過他應得的當然不只那些，甚至應該擁有你打算給我的那些財產的一半。基於這個認知，我覺得他應該立即得到一筆收入。我們這麼有錢，他卻窮困無依，這樣不對，如果我們覺得他不該接受伯父給他的提議，那麼只要給他應得的地位和金錢，他就沒有理由接受那個職務。」

「威爾跟妳談過這件事？」卡索邦以罕見的尖銳與迅速反問。

「沒那回事！」多蘿席亞懇切地回答，「他前不久才婉拒你的幫助，你怎麼會有這種想法？親愛的，我覺得你對他太苛刻。他只跟我說了些他父母和祖父母的事，而且幾乎都是為了回答我的問題。你心地好，為人公正，做了所有你覺得對的事。可是我知道那些還不夠，我覺得必須說出來，畢竟我是那個因為『給的不夠』受益的人。」

卡索邦說話以前明顯沉默片刻，他的回答不像先前那麼迅速，卻更尖銳。「多蘿席亞，吾愛，這不是妳第一次擅自評斷與妳無關的事，我希望這是最後一次。現在我不想討論什麼樣的行為會導致喪失家族權利，尤其在婚姻方面。我只需要告訴妳，妳沒有資格評論這件事。我希望妳明白，那些我認定正當又明確屬於我個人的事務，我不接受別人的指正，更不會聽從他人命令行事。妳不該插手干涉我跟威爾的事，更不該鼓勵他在妳面前批評我的所做所為。」

可憐的多蘿席亞被黑暗籠罩，各種相互衝突的情緒在她心中激盪，她知道丈夫最後那句含蓄的指責也許不無道理。即使她不再疑惑，不再內疚，卻因為擔心丈夫盛怒之下舊病復發，就算有什麼怨言也不敢表達。他說完話以後呼吸急促，她坐在那裡聽著，害怕著，悲慘淒涼，內心默默吶喊，希望得到力量來面對這種提心吊膽、惡夢般的生活。不過接下來沒再發生別的事，只是他們兩個都輾轉難眠，也沒再交談。

隔天早上，卡索邦收到威爾的來信：

親愛的卡索邦先生，你昨天的來信，我已經認真考慮過，對於你我之間的關係，我無法完全認同你

---

18 可能指神學家兼劇作家威廉．勞思（William Lowth，一六六〇～一七三二）或他的兒子神學家羅伯特．勞思（Robert Lowth，一七一〇～一七八七）。

的看法。你過去對我的好意，我衷心感謝，但我必須強調，這份感激並不能如你期待對我造成任何約束力。沒錯，施恩的人確實有權提出要求，但這種要求的性質始終必須有所保留，否則可能會與更緊要的考量發生衝突。另外，施恩者的否決權可能對受惠者的人生造成負面影響，導致的殘酷後果恐怕超越原本的慷慨贈予。這些只是誇大的比喻。那份工作收入雖然不高，卻也是正當職業。你認為我接受這個職務會辱及你的地位，恕我不能認同。畢竟在我看來，你的地位太穩固，不可能因為這種不足掛齒的小事動搖。不管未來我們的關係發生何種變化（過去肯定不曾發生過），我都感謝你過去對我的恩情。請見諒，我不認為那份感謝可以限制我選擇居住處的自由，或干涉我以任何合法職業謀生。感謝你過去單方面對我提供助益，很遺憾你我對彼此之間的關係存在歧見。

永遠感謝你的

威爾·雷迪斯羅

可憐的卡索邦覺得（我們這些公正的旁觀者對他沒有一絲同情嗎？）沒有人比他更有理由憎惡與懷疑，他深信威爾故意反抗他、激怒他，也故意博取多蘿席亞的信任，想在她心中埋下對丈夫不尊重、甚至反感的種子。威爾一反常態不再接受他的幫助，放棄旅行返回英國，必定還有更深層的動機。現在他不顧反對，決定在附近定居，接受布魯克的建議，從事與他原先的選擇截然不同的行業，充分顯示那個隱藏的動機跟多蘿席亞有關。卡索邦從來不認為多蘿席亞表裡不一。他一點都不懷疑她，只是，他堅定地相信（這沒有帶給他更多安慰），她看待丈夫的角度已經被她對威爾的好感和他所說的話影響。他誤以為當初是多蘿席亞要求她伯父邀請威爾去他家做客，又因為心高氣傲拒絕溝通，失去了解真相的機會。

現在接到威爾的信，卡索邦必須考慮自己的責任。他做的任何事，如果不是基於責任，他就不能安心，可是對於這件事，相互抗衡的動機迫使他重新站在否定立場。他該直接去找老是惹麻煩的布魯克，要他撤回給威爾的提議？或找詹姆斯商量，建立共識，一起勸阻那件影響整個家族的事？不管找誰，卡索邦都很清楚，失敗跟成功的可能性一樣高。他處理這件事絕不能提到多蘿席亞，而布魯克只要不覺得事關重大，很可能聽完所有陳述後表面認同，最後卻說，「卡索邦，別擔心！你看著吧，威爾的表現一定不會丟你的臉。你看著，這件事我保證萬無一失。」卡索邦不太願意找詹姆斯談這件事，他們的關係稱不上友好。再者，就算不提多蘿席亞，詹姆斯也一定會認為這事與她有關。

可憐的卡索邦覺得身邊沒有一個夠親近的人，尤其是自己的妻子。他一直覺得（揣測）大家都認為他的條件配不上多蘿席亞，萬一他們認為他在吃醋，等於確認他們的想法。如果大家知道他並沒有得到婚姻的至福，等於暗示他承認他們過去（可能存在）的反對有理。這就跟讓「鯉魚」和布雷齊諾斯學院那些人知道他編纂《神話學要義》的進度遲滯不前一樣糟糕。

卡索邦一生中都在欺騙自己，不願意承認自己的內心因為自我懷疑和嫉妒飽受折磨。而在個人最敏感的問題上面，高傲多疑的沉默透露最多。

於是卡索邦保持高傲、苦澀的沉默，但他禁止威爾踏進洛威克莊園，並且在心裡構思其他阻撓他的辦法。

第三十八章

正如人們對人類行為的評斷，或早或晚都會應驗。

——基佐[19]

對於布魯克的最新行動，詹姆斯怎麼看都不滿意，可惜反對容易，阻止卻難。

某天他去卡瓦拉德家吃午餐，如此這般說明自己為什麼單獨前來：「有西莉亞在，我不能暢所欲言，可能會傷害到她，事實上，有些話不能在她面前談。」

「我知道你在說什麼，蒂普頓農莊辦《先驅報》！」卡瓦拉德太太沒等詹姆斯話聲落下急著接腔。「實在太嚇人，像這樣買哨子在所有人耳邊吹，像可憐的普列斯利爵爺那樣整天躺在床上玩骨牌，不會干擾別人，讓人比較能接受。」

「《號角報》已經開始攻擊我們的朋友布魯克，」卡瓦拉德牧師說。他悠閒地靠著椅背，輕鬆地笑著，就算被攻擊的是他自己，他的反應大概也是如此。「《號角號》對米德鎮方圓一百五十公里內某個地主極盡嘲諷，說那人只收地租，從不回饋。」

「我真心希望布魯克別淌這個渾水。」詹姆斯皺著眉頭一臉不悅。

「不過他真的會被提名嗎？」牧師問。「昨天我遇見菲爾布勒，他支持輝格黨，吹捧布洛罕[20]，宣揚

『實用知識』，在我看來這是他最大的缺點。他說布魯克拉攏了不少人，其中最重要的是銀行家布爾斯妥德，不過他覺得布魯克沒辦法順利被提名。」

「說得對。」詹姆斯認真地說。「這件事我打聽了一下，先前我對米德鎮的政治一點都不了解，我關心的是整個郡。布魯克認為他們會推出奧利弗，因為奧利弗是皮爾那一派的人。不過霍利說，如果他們真要推舉輝格黨人，那一定是巴格斯特，沒人知道這人從哪裡冒出來，只知道他堅決反對內閣，也是資深國會議員。霍利說得很難聽，他忘了自己在跟我說話。他說如果布魯克想要挨罵，不需要花大錢去參選。」

「這些我早就警告過你們，」卡瓦拉德太太兩隻手往外一揮。「很久以前我就告訴過漢弗里，布魯克會摔進泥坑，果然被我說中了。」

「嗯，總好過突發奇想去結婚，」牧師說。「結婚可比玩政治嚴重多了。」

「等他得了瘧疾從泥坑另一頭出來。」卡瓦拉德太太說。「還可以去結婚。」

「我最關心的是他自己的顏面。」詹姆斯說。「終究是親戚，我當然比較擔心他。他現在混得風生水起，我不想看他出醜，對手會挖出他所有的短處。」

「看來勸他也沒用。」牧師說。「布魯克的性子古怪，固執又多變。這件事你跟他談過了嗎？」

「沒有。」詹姆斯答。「這樣好像在教別人怎麼做事，我覺得不自在，不過我跟布魯克找來打點一切的威爾談過。他好像很有腦子，什麼事都能做。我也想聽聽他的看法，他不贊成布魯克競選。我覺得他

---

19 rançois Pierre Guizot（一七八七～一八七四），這裡的句子摘自他的作品《法國文明史》（*Histoire de la civilization en France*）。

20 Henry Brougham（一七七八～一八六八），英國激進派政治人物兼慈善家。

可能會勸他回頭，也許提名不會過。」

「我明白。」卡瓦拉德太太點點頭。「獨立派的布魯克還沒背熟他的演講稿。」

「可是這威爾……也是個麻煩。」詹姆斯說。「我們請他來家裡吃過兩三次飯（對了，你們也見過他），他在布魯克家做客，又是卡索邦的親戚。我們以為他只會停留一段時間，沒想到現在整個米德鎮都知道他是《先驅報》的主編，有人說他是個搖筆桿的外國人，或外國間諜，諸如此類的。」

「卡索邦一定不高興。」牧師說。

「威爾確實有外國血統。」詹姆斯說。「但願他的思想不會太偏激，連布魯克也給煽動了。」

「哎呀，他的確是個危險的小伙子。」卡瓦拉德太太說。「會唱些歌劇曲調，對答如流。我倒覺得他像拜倫筆下的人物……浪漫多情的陰謀家。『阿奎那』不喜歡他，那幅畫像送來的那天，我就看出來了。」

「我不想主動找卡索邦談這個話題，」詹姆斯表示。「他比我更有權利出面干涉，總之這是件不愉快的事。家族有頭有臉的人，怎麼會扮起那種角色！竟然進報社工作！你們看看經營《號角報》的凱克就明白了，前些天我看見他跟霍利在一起。我相信他寫起文章頭頭是道，可是為人實在太卑鄙，真希望他下地獄去。」

「米德鎮這些不成氣候的報紙，有什麼值得期待？」牧師說。「天底下哪裡有地位高尚的人，肯幫人寫文章評論自己不太在乎的事，薪水還不夠生活用度。」

「對極了。布魯克竟然找一個跟自己家族沾親帶故的人做這種事，實在叫人生氣。在我看來，威爾接受這個職位實在不聰明。」

「這事該怪阿奎那。」卡瓦拉德太太說。「他為什麼不動用自己的關係，安排威爾到外國大使館當隨員，或送他去印度？大家族都是這樣送走麻煩精的。」

「這場鬧劇不知道什麼時候才結束。」詹姆斯焦慮地說。「可是如果卡索邦不說話，我又能怎樣？」

「親愛的詹姆斯，」牧師說。「我們對這事別太悲觀，可能很快就會解決，一兩個月後布魯克和這位威爾少爺對彼此厭煩，威爾開溜，布魯克會賣掉《先驅報》，一切又都恢復正常。」

「還有一點，那就是他不會喜歡錢嘩啦啦流走。」卡瓦拉德太太說。「如果我知道參選的各種花費，就可以去嚇嚇他，不需要跟他講太多什麼『經費』這種字眼。我不會光說不練談什麼放血術，而是直接把一盆水蛭倒在他身上，我們這些小氣鬼不喜歡別人掏走我們口袋裡的硬幣。」

「他也不會喜歡別人揭他的底。」詹姆斯說。「比如他管理佃農的方式，對方已經開始拿這個批評他，我看著實在很難過，這種事就發生在自己眼前，真的很傷腦筋。我認為地主應該盡量照顧好自己的土地和佃農，尤其在這種艱難時期。」

「也許《號角報》能刺激他做點改變，到最後能有個好結果。」牧師說。「如果是這樣，我會很高興，至少我收什一捐的時候可以少聽一點抱怨。蒂普頓如果沒人繳什一捐，我真不知道該怎麼辦。」

「我希望他找個合適的人幫他管理，最好再找葛爾斯。」詹姆斯說。「他十二年前辭掉葛爾斯，之後情況開始走下坡。我考慮找葛爾斯幫我，他把我那些屋子規劃得很完善，洛古德比他差遠了。可是除非布魯克把蒂普頓全權委託給他，否則葛爾斯不會再幫布魯克做事。」

「全權委託才有道理。葛爾斯是個有主見的人，不落俗套、心思單純。有一天他來幫我估價，直截了當告訴我，當牧師的什麼都不懂，一旦插手干涉就會惹麻煩。他說話的語調安詳又恭敬，像在跟我聊水手的事一樣。如果布魯克請他管理，他一定能讓蒂普頓教區改頭換面。但願這次藉由《號角報》幫助，你能說動他。」

「如果多蘿席亞還留在她伯父身邊，也許有點機會。」詹姆斯說。「也許她能發揮影響力，何況她向來很擔心那片農莊的事，她對這些事有些很不錯的想法。不過現在卡索邦占用她所有時間，西莉亞經常埋怨，那次他發病以後，我們連跟她吃頓飯的機會都沒有。」說到這裡，詹姆斯露出憐憫中帶點嫌惡的表情。

卡瓦拉德太太聳了聳肩膀，表明她不認為事情會有什麼新的進展。

「可憐的卡索邦！」牧師說。「他生的那場病真的很嚴重。前些天在副主教那裡，我覺得他看起來有點虛弱。」

「說實在話，」詹姆斯不想再談卡索邦生病的事。「不管對佃農或其他人，布魯克都沒有惡意，他只是在金錢方面摳門慣了。」

「那是好事。」卡瓦拉德太太說。「可以讓他早上起床時弄懂自己的處境，他或許搞不懂自己在想什麼，至少他能掌握自己的口袋。」

「我不相信有人可以靠苛待佃農發財。」詹姆斯說。

「哎呀，吝嗇跟其他美德一樣，都不能過頭，把豬養得瘦巴巴可不行。」卡瓦拉德太太這時已經站起來探頭看向窗外。「剛說到獨立派政治家，說人人到。」

「什麼！布魯克來了？」她丈夫問。

「沒錯。漢弗里，你跟他聊聊《號角報》的事，我負責把水蛭放在他身上。你想做什麼，詹姆斯爵士？」

「基於我們雙方的關係，其實我不想跟布魯克談這件事，讓人很不愉快。我只希望大家都表現出紳士風範。」善良的詹姆斯說。他覺得這是創造社會福祉簡單又全面的原則。

「唷，你們都在這裡？」布魯克緩緩走過去，跟在場的人一一握手。「詹姆斯，我正打算找個時間去你家，剛好大家都在，太好了。你們對目前的情勢有什看法？進展有點快！拉菲[21]說得一點也沒錯，『昨天結束後，一個世紀過去了。』嗯，海峽另一邊的法國已經到了下個世紀，發展比我們快。」

「哎，是啊！」牧師順手拿起報紙。「這份《號角報》指控你落後，你讀過了嗎？」

「啊？沒有。」布魯克把手套扔進帽子裡，匆匆調好眼鏡。

不過牧師還把報紙拿在手上，笑盈盈地說，「就是這裡！這篇都是關於米德鎮方圓一百五十公里內某個收租為業的地主，上面說他是全郡最『落伍』的人。我猜他們一定是看你的《先驅報》學會這個詞。」

「那一定是凱克寫的，學識淺陋的傢伙。『落伍』，呵！這可真有趣。他以為這個詞的意思是破壞，他們想把我塑造成破壞份子。」布魯克樂呵呵，自認看穿對手的無知，滿懷欣喜。

「我認為他知道那個詞是什麼意思。這一兩段挺尖銳的：如果我們必須描述某個具備最邪惡破壞本質的人，那麼我們應該說他口口聲聲以改革體制為己任，卻任由自己切身相關的事務崩壞。這位慈善家不忍心看著惡徒被處死，卻不在意踏實的佃農忍飢挨餓；尖聲斥責貪污腐敗，卻向佃農收取高額租金；臉紅脖子粗地抨擊墮落選區，卻不在乎他農場上的柵門是不是搖搖欲墜。這人想必全心認同里茲和曼徹斯特，覺得那些城市想派多少代表都可以，只要每個代表都自己拿錢出來競選。他拒絕付出的，是在收租時拿出一點回饋讓佃農買家畜，或拿錢幫佃農修補擋不住風雨的穀倉，或整建村屋，免得看起來太像愛爾蘭的破落佃農小屋。不過我們都知道戲謔之輩如何定義『慈善家』這個詞：善行的增加與距離的平

21 Jacques Laffitte（一七六七～一八四四），法國銀行家兼政治家。

方相等的人。諸如此類的。剩下的都在說慈善家會變成什麼樣的國會議員。」牧師說完後扔下報紙，雙手交疊放在腦後，饒富興味地望著布魯克，沒有偏向任何立場。

「呵，那是好事，是好事。」布魯克拿起報紙，努力想表現得跟牧師一樣淡然，卻是臉色緋紅，笑容有點緊繃。「上面說『臉紅脖子粗地抨擊墮落選區』，我這輩子從來沒有談論過墮落選區的事。至於臉紅脖子粗地抨擊之類的，這些人根本不懂什麼叫高明的諷刺。嗯，諷刺至少要有一定程度的事實，我記得在《愛丁堡雜誌》讀過這話，必須有一定程度的事實。」

「柵門的事倒是說中了。」詹姆斯小心翼翼地說。「前些天戴格利才跟我發牢騷，他農場上沒有一扇完好的柵門。葛爾斯發明一種新式柵門，希望你可以試試，應該把一部分木材拿來做這件事。」

「詹姆斯，你對農場經營的想法不切實際。」布魯克看起來像在掃瞄《號角報》的專欄。「那是你的愛好，而且你不在乎花錢。」

「我覺得全世界最花錢的愛好是競選國會議員。」卡瓦拉德太太說。「聽說米德鎮上一個敗選的人——是不是姓蓋爾斯？——花了一萬鎊還選輸，因為他買的票不夠多。多麼慘痛的回憶啊！」

「有人說，」牧師笑呵呵地接腔。「論起買票，東雷特福德鎮完全比不上米德鎮。」

「沒那種事，」布魯克反駁。「托利黨才買票。霍利那群人用請吃飯、送烤蘋果之類的手段買票，而且把選民灌醉帶到投票所。以後他們不能再為所欲為了，沒錯，以後不行了。我承認米德鎮是有點落伍，這裡的選民跟不上時代，不過我們會教育他們，沒錯，帶他們一起進步，最優秀的人都在我們這一邊。」

「霍利說你拉攏的那些人裡面，有人會扯你後腿。」詹姆斯表示。「他說銀行家布爾斯妥德對你有害。」

「還說如果你被攻擊，」卡瓦拉德太太插嘴道。「一半的老鼠屎就會幫你們這些委員招來怨恨。我的天！因為誤解挨罵，那會是什麼心情。我好像記得有這樣的故事，一群人假裝推舉某個人，最後故意讓他掉進垃圾堆！」

「比起揭人短處，攻擊謾罵不算什麼。」牧師說。「我承認，如果我們牧師必須發表政見才能升職，才是我該害怕的事，我會擔心他們把我釣魚的日子都統計出來，我敢保證，真相才是威力最強大的攻擊。」

「事實上，」詹姆斯說。「一個人既然決定變成公眾人物，就得做好面對後果的準備，必須讓自己遠離惡意誹謗。」

「親愛的詹姆斯，話是這麼說，沒錯，」布魯克說。「可是人怎麼可能遠離誹謗。你該讀點歷史，看看流放、迫害、殉難之類的事，這些事總是發生在最良善的人身上。不過賀拉斯是怎麼說的，『正義伸張，崩塌[22]』……總之有這麼一句話。」

「說得對。」詹姆斯語調比平時略顯激動。「我所謂遠離誹謗指的是能拿出事實來反駁。」

「償還自己該付的帳單，算不上殉難。」卡瓦拉德太太說。

然而，布魯克最在意的是詹姆斯明顯的煩亂。「詹姆斯，」他拿起帽子倚著手杖說，「你跟我理念不同，你主張把錢用在你的農場上，我可沒說我的理念在所有情況下都合用，沒錯，在所有情況下。」

「每隔一段時間就該重新估價，」詹姆斯說。「有時候收益是很不錯，但我想要公正的估價。卡瓦拉

22 這裡布魯克想說的應該是「即使世界毀滅，仍要伸張正義」（*Fiat iustitia, et pereat mundus*）。這句話是拉丁諺語，不是羅馬詩人賀拉斯（Horace，西元前六五～二七）的話。

德，你覺得呢？」

「我同意你的話。如果我是布魯克，就會找葛爾斯去我的農場重新估個價，把柵門或其他修繕的事全權交給他，用這種方式堵住《號角報》的嘴。這就是我對目前政治局勢的看法。」牧師雙手拇指插在袖孔裡，壯大自己的聲勢，笑嘻嘻看著布魯克。

「那都是做秀。」布魯克說。「我倒是想問你，哪裡還找得到像我這樣從來不向佃農催繳地租的地主，我不會把老佃農趕走，我可告訴你們，我這人是少見的寬容，嗯，少見的寬容。我有自己的想法，而且立場堅定，像我這樣的人總是被人說成古怪、反覆無常之類，就算我要改變做事方法，也要遵循我自己的理念。」布魯克說完這些話後，又說他想起有幾封信放在農莊忘了寄出去，匆匆跟大家告別就走了。

「剛才我不是有意對他不禮貌，」詹姆斯說。「看樣子他生氣了。至於他說的老佃農的事，以農莊目前的條件，根本沒有新佃農願意向他承租。」

「我覺得他總有一天會回心轉意。」牧師說，「不過伊琳諾，妳拉他往東，我們卻拉他往西。妳想用花錢的事嚇他，我們卻要嚇得他掏出錢來，最好讓他出名，讓他看清自己當地主的做法變成他的絆腳石。不管是《先驅報》、威爾或布魯克對米德鎮民滔滔不絕的演說，其實一點都不重要，蒂普頓的教民能不能過好日子卻很重要。」

「很抱歉，搞錯方向的是你們兩個。」卡瓦拉德太太說。「你們應該讓他明白，他因為管理不當虧了錢，那個時候我們的方向就一致了。如果你們讓他去玩政治，後果會很嚴重。在家裡騎騎竹馬，說那是他的理念，當然不會有問題。」

第三十九章

如果，你也像我一樣，
看見美德裝扮成女子，
敢於去愛，也敢於承認，
不管對方究竟是男是女；

如果你藏起這份愛，
不讓世俗之人知曉，
因為他們不會相信，
即使相信，也只會嘲笑；

那麼你展現出的勇氣，
超越所有傑出人士。
接下來是更需要勇氣的事，
那就是，隱藏這份愛。

——約翰・多恩[23]

詹姆斯的腦袋沒有太多謀略，可是他越來越急於「說動布魯克」，於是回想到，他一直覺得多蘿席亞擅長說服別人。這個念頭慢慢成形，最後發展成小小計畫，也就是說，讓西莉亞裝病，派馬車接多蘿席亞單獨來弗列許府一趟。他事先把蒂普頓農莊的管理現況告知多蘿席亞，在接她過來的路上，讓她先去農莊探望伯父。

於是，某天下午將近四點鐘，布魯克和威爾坐在圖書室，僕人進來通報卡索邦太太到訪。在那之前，威爾正覺得無聊透頂，他受託幫布魯克整理偷羊賊被處絞刑的「書類」。當時他正在發揮我們一心多用的本事，一面看文件，一面想著要在米德鎮找個住處，盡快搬出蒂普頓農莊。找房子的計畫在他腦海勾勒出一幅幅較為紮實的畫面，而以荷馬特有文體撰寫、引人發噱的偷羊賊史詩的字句斷斷續續穿梭其間。聽見僕人通報卡索邦太太到來，他猛地一驚，彷彿遭到電擊，只覺指尖發麻。當時如果有人看著他，就會發現他臉色變了、臉部肌肉也在調整，眼神透出光采，會覺得有某種魔法觸動他全身上下每個細胞。事實也是如此，畢竟有效的魔法本質上超乎現實，誰又能衡量那些傳達靈魂與身體質感的碰觸何等微妙？這樣的碰觸區別男人對某個女人與另一個女人的情愛，正如對山谷、河流與雪白峰頂上的晨曦的喜愛，有別於對中國燈籠和玻璃畫屏的喜愛。威爾也是一樣。他有著極其易感的體質，悠揚的小提琴樂音轉瞬間就能改變他對周遭世界的觀感，而他的觀感就跟他的情緒一樣說變就變。多蘿席亞的出現就像清新的早晨。

「親愛的，太好了。」布魯克迎上去親吻她。「看來妳終於拋開卡索邦和他那些書本，這才對，妳最好不要變得太有學問。」

「伯父，這點完全不必擔心。」多蘿席亞轉身跟威爾握手，態度坦然又愉快，卻沒有跟他多說什麼，只是繼續回應她伯父。「我腦子不靈光，想專心讀書的時候，就開始胡思亂想，我發現做學問不像設計村屋那麼簡單。」

她在伯父身旁坐下，威爾就在她對面。她好像在想什麼想得出神，幾乎沒有察覺他的存在。他的失望有點可笑，一副他以為她專程來看他似的。

「是啊，親愛的，以前妳很喜歡設計村屋。不過暫時停止也好，興趣會讓人迷失，人還是不要迷失比較好，我們必須管住自己。我從來就不會讓自己迷失，總是能夠即時打住。我就是這麼跟威爾說的。他跟我很像，沒錯，什麼都想鑽研，我們正在研究死刑，我跟威爾合作一定能做很多事。」

「是，」多蘿席亞以一貫的直率說。「詹姆斯不久前告訴我，他希望不久的將來能看見你大幅調整莊園的管理方式，他說你正考慮要請人重新估價，多做點修繕，整建村屋，讓蒂普頓面目一新。我太高興了！」她雙手交握，婚後受到壓抑的那種孩子般的衝動重新出現。「如果我現在還在家，就會恢復騎馬的習慣，跟著你到處去巡視，目睹農莊的改變。詹姆斯還說，你打算雇用葛爾斯先生，他對我設計的村屋相當肯定。」

「親愛的，詹姆斯太急躁了，」布魯克臉色有點紅。「有點操之過急。我沒說過要做那些事，也沒說過我不做。」

「他只是很有信心，覺得你一定會做。」多蘿席亞的嗓音清亮、沒有半點遲疑，像年少的唱詩班成員在唱誦信條。「因為你打算進入國會，當一個為百姓謀福利的國會議員，而目前最需要改善的就是農

---

23 John Donne（一五七二～一六三一），英國玄學派詩人，這裡的段落選自他的作品〈功績〉（The Undertaking）。

莊的狀態和佃農的生活。伯父，你想想基特．唐恩斯，他們夫妻帶著七個孩子，住的房子只有一間客廳和一間比這張桌子大不了多少的臥室！還有可憐戴格利一家人住在倒塌的農舍裡，所有人都窩在後廚房，其他房間全留給老鼠！親愛的伯父，這就是我為什麼不喜歡家裡這些畫，而你因為這樣覺得我笨。以前我從村子回來，看見家裡客廳掛的那些粉飾太平的畫作，一想到那裡塵土遍布，粗糙醜陋，就覺得痛心，就覺得那是一種惡行；只想在錯誤的行為裡給自己尋開心，無視家門外的鄉親過著多麼苦的日子。我認為除非我們先修正自己做的錯事，否則沒有權力挺身而出，謀求更廣大的福祉。」

多蘿席亞越說越激動，只想把內心的感受一股腦兒盡情宣洩，其他的事都拋到了腦後。這是她過去的習慣，只是結婚後很少這麼做，因為在婚姻裡，她所有的精力都用來對抗恐懼。在這個時刻，威爾對她的愛慕產生一股疏離的寒顫。男人一旦發現女人擁有偉大的心靈，就沒辦法傾心愛慕她，而且一點也不會為這種反應感到羞愧。畢竟在大自然的設定裡，偉大的應當是男人。可嘆的是，大自然執行自己的意願時偶爾會失察，比如和善的布魯克，此時他領教到姪女義正辭嚴的口才，男性意識頓時有點退怯畏縮。一時之間他不知道如何回應，只能站起來撥撥眼鏡，翻翻面前的報紙。

最後他終於說：「親愛的，妳說的話是有點道理，有點道理，可是未必全對。威爾，你說是嗎？你跟我都不樂意我們喜歡的畫作和雕像受到批評，年輕小姐情緒太激昂，有點偏頗。親愛的，美術、詩詞之類的東西可以提升整個國家的風氣，像拉丁語說的『移風易俗』，妳現在懂一點拉丁文了，可是……什麼事？」他的問題是對剛走進來的男僕說的。

男僕說，獵場看守人看見戴格利家一個小男孩手裡拿著剛死掉的小野兔。

「我馬上來，馬上來，我不會為難他，」他一面轉頭對多蘿席亞說，一面開心地緩步走出去。

「希望你也覺得我……詹姆斯希望看見的改變多麼正確。」多蘿席亞見伯父離開，轉頭對威爾說。

「聽了妳剛才那番話，我確實這麼覺得，我不會忘記妳說的那些話，不過妳現在能不能想想別的事？我可能再也不會有機會告訴妳，發生了什麼事。」威爾焦急地站起來，雙手扶住椅背。

「請告訴我發生了什麼事。」多蘿席亞焦慮地說。她也站起來，走向打開的窗子，蒙克在那裡盯著她，氣喘吁吁地搖著尾巴。她背靠著窗框，伸手摸摸牠的頭。我們知道她雖然不喜歡那些抱在手裡或容易被踩到的寵物，卻從來不願意傷狗兒的心，會委婉地謝絕牠們的示好。

威爾只用目光追隨她，接著說，「妳想必知道卡索邦先生禁止我去他家。」

「不，我不知道。」多蘿席亞沉吟片刻後回答。她的情緒顯然深深被觸動，又哀傷地說，「我非常、非常抱歉。」她在想著威爾不知道的事，也就是她跟丈夫那場暗夜對談。她發現自己影響不了卡索邦的行為，再一次受到絕望的打擊。可是她臉上明顯的哀傷神情告訴威爾，她難過不只是因為他，而且她還沒想到卡索邦因為對他的憎惡與嫉妒遷怒於她。

他感受到歡喜又苦惱的複雜心情，歡喜的是，他可以停留在她心裡，被珍藏著，像待在最純淨的家裡一樣，沒有猜疑，也不受限制；苦惱的是，他在她心中沒什麼重要性，不夠顯著，而她對他只是基於毫不遲疑的善意，這點他很不滿意。可是比起這份不滿，他更害怕多蘿席亞改變心意，於是他用純粹解釋的口氣說：「卡索邦先生的理由是，我身為他的表外甥，在這裡接受一份他覺得不適合他階級的職務，令他很不高興。我告訴他，我不能接受這樣的觀點，想用某些荒唐的偏見束縛我的人生道路，這對我有點太嚴苛。當我們太年輕，不了解恩情的涵義，那份恩情可能會被過度延伸，變成烙在我們身上的奴隸印記。如果我覺得自己不能在那個職務上發揮效益，做正當的事，就不會接受它。對我來說，只有這樣做才符合家族尊嚴。」

多蘿席亞心中苦楚。她覺得自己的丈夫錯得離譜，而且犯的錯不只威爾提到的那些。「既然你跟卡索邦先生看法不同，」她的聲音裡有一絲罕見的顫抖。「那麼我們最好別談這個話題。你打算留下來？」

她望著外面的草地，憂傷地沉思著。

「嗯，只是我應該不會有機會見到妳。」威爾幾乎像小孩子在發牢騷。

「確實。」多蘿席亞轉身正視他。「幾乎沒有機會，但我會聽到你的消息，會知道你幫我伯父做了些什麼事。」

「我卻沒辦法知道妳的事。」威爾說。「不會有人告訴我。」

「喔，我的生活很簡單。」她嘴角上揚，露出優雅的微笑，驅散她的憂傷。「我都在洛威克。」

「那是可怕的監禁。」威爾衝口而出。

「不，我不這麼認為。」多蘿席亞說。「我沒有任何渴望。」

他沒有說話，只是表情有點變化，所以她說，「我是說我本身沒有什麼渴望。唯一的例外是，我不喜歡擁有超過自己應得的東西，又沒能為別人做點什麼。可是我有自己的信念，那帶給我安慰。」

「什麼信念？」威爾有點嫉妒那個信念。

「即使我們不知道什麼是絕對的善，即使我們沒辦法做自己想做的事，但只要懷著渴望，我們就是對抗邪惡的神聖力量，可以慢慢將光明擴大，縮小與黑暗的對抗。」

「多美好的神祕思想，那是……」

「請別為它命名，」多蘿席亞伸出雙手表示請求。「你會說那是波斯人的觀念，或其他地方。那是我的人生，我找到了它，沒辦法跟它分離。我從小開始尋找自己的信仰，花很多時間禱告。現在我幾乎不禱告了，我不想只為自己去渴望，因為那些渴望對別人可能沒有好處，而我已經擁有太多。我跟你說這些，只是讓你知道，我在洛威克的生活大概是什麼模樣。」

「感謝妳告訴我！」威爾熱切地說，他也有點不懂自己。他們像兩個情誼深厚的孩子，在親密地談論各種鳥類。

「那麼你的信仰是什麼？」多蘿席亞問。「我指的不是你認知的宗教，而是對你幫助最大的信念。」

「我看見的所有善良美好的事物。」威爾答。「不過我個性叛逆，我不像妳，我不覺得自己必須屈服於我不喜歡的一切。」

「但如果你喜歡善良的事物，意思是一樣的。」多蘿席亞笑著說。

「妳這話有點深奧。」威爾說。

「是啊，卡索邦先生經常說我太難懂。我卻不這麼認為。」多蘿席亞淘氣地說。「我伯父怎麼還沒回來，我得去找他，我真的該出發去弗列許府了，西莉亞在等我。」

威爾說可以幫她轉告布魯克，這時布魯克剛好走進來，他要搭多蘿席亞的馬車順路去戴格利家，跟他們談談那個拿著小野兔的少年犯。馬車上，多蘿席亞重提農莊的話題，布魯克早預料到了，因此應付自如。

「親愛的，詹姆斯在挑我的毛病，」他答。「但如果不是為了他，我也不需要保護我的獵場。他可不能說那些錢是花在佃農身上。妳仔細想想，我其實不太喜歡管盜獵這種事，經常想好好探討這個問題。不久以前，衛理公會的牧師弗勒維爾打死一隻野兔被逮捕，當時他跟他太太正在散步，那隻野兔突然衝到他們面前，他反應很快，一杖敲中牠脖子。」

「那實在很殘忍。」多蘿席亞說。

「嗯，身為衛理公會的牧師，那麼做實在不名譽。詹森說，『你可以看出他是什麼樣的偽君子。』有個人說基督徒是『最崇高的人』，我看弗勒維爾一點都不像，那好像是詩人愛德華・揚[24]說的，妳知道愛德華．揚嗎？弗勒維爾穿著破舊的黑色綁腿，辯稱他當時認為那是神為他和妻子送來的美味晚餐，儘管在神的眼中，他不是寧錄[25]那樣的狩獵高手，仍然有權打死牠。那一幕可真有趣，費爾丁如果知道，一定可以寫出精彩故事，或者史考特也行，史考特也許可以寫得有聲有色。說實在話，後來我想了想，忍不住希望那傢伙餐桌上有點兔肉可以感謝神，什麼手杖、綁腿之類的東西，都是因為偏見，得到法律支持的偏見。可是講道理沒用，法律就是法律。後來我讓詹森閉嘴，就這麼把案子了結，就連詹姆斯也不會像我這麼心軟，結果他反過來指責我，一副我是全郡最狠心的人。戴格利家到了。」

布魯克在一處農場大門外下車，多蘿席亞的馬車繼續往前走。說也奇怪，當別人為某個醜陋事實怪罪我們，在我們眼中，那個事實就顯得更醜陋。即使是我們自己的外表，一旦聽見別人毫不留情地指出某些不夠好的缺陷，我們再看鏡子裡的自己，感覺也不一樣了。相反的，如果被我們侵害的人從不抱怨，或沒人幫他們出頭，我們良心就會安然自在，這未免太驚人。在布魯克眼中，戴格利的農場從來不曾像今天這麼破落，因為《號角報》那篇吹毛求疵的文章和詹姆斯的呼應，到現在還鬧得他腦門發疼。

沒錯，一個人如果看慣了經過畫家美化的窮苦景象，可能會覺得這座農場是「自由人的願景」：那棟老房子的暗紅色屋頂有老虎窗，兩根被藤蔓堵塞的煙囪；寬闊的門廊堆滿一捆捆樹枝；半數窗子都關著，灰色百葉窗蟲蛀斑斑，窗外的茉莉枝椏茂盛濃密；蜀葵越過頹圮的花園圍牆探頭探腦，圍牆那紛雜的暗淡色彩頗堪玩味；一頭老山羊（顯然拜某種神奇迷信之賜活到如今）躺在後廚房門口。牛棚的茅草屋頂遍布青苔；灰撲撲的穀倉門早已破損，清苦的雇工穿著破爛長褲把一整車小麥搬進穀倉，方便及早開始打穀；為數不多的幾頭乳牛被拴在定位，準備擠奶，棕色牛棚裡的大半空間變得空蕩蕩；幾隻豬和白鴨在疏於打理的不平整院子裡遊蕩，彷彿因為餵食的餿水太稀薄而顯得無精打采。這些物件如果搭配靜謐的天光與斑駁的雲彩，就會構成一幅吸引我們駐足觀賞的「優美畫作」，令我們感動不已。只要不去想到當時經常見於報端、農民因為欠缺資金陷入愁雲慘霧的困境。

可是這些麻煩事，此時正好盤據在布魯克心頭，破壞他賞析眼前景物的雅興。戴格利本人出現在畫面裡，手拿乾草叉，頭上那頂擠牛乳時戴的海狸皮帽非常老舊，正面已經扁塌。他身上穿著他最好的外套和長褲，在這樣的工作天，他通常不會穿這身衣裳，今天是因為他去了市集，難得在藍公牛酒館犒賞自己一頓，回來得比平時晚。他為什麼捨得胡亂花錢，可能隔天早上連他自己都納悶，不過是他吃飯前聽到別人議論國家大事，法爾迪普草場過一陣子才收割，現在剛好空閒喘口氣；還有關於新國王的消息，貼了滿牆的傳單，種種氛圍讓人覺得偶爾放肆一下也無妨。米德鎮有句不證自明的老話，那就是好肉得要配好酒。關於好酒，戴格利的解讀是吃飯時麥芽酒無限暢飲，飯後再來點稀釋的蘭姆酒。那些酒包含的真相如此深刻，不至於虛假到帶給可憐的戴格利短暫快樂，只是讓他不像平時那麼忍氣吞聲，更勇於表達內心的不滿。他還聽了太多似是而非的政治言論，在這種刺激下，他經營農場的保守觀念受到衝擊，岌岌可危。他的保守觀念是：現況必然不好，改變卻只會更糟。他握著乾草叉定定站在原地，滿臉通紅，凶巴巴的眼神裡是滿滿的不服氣，只見布魯克一隻手插在長褲口袋裡，另一隻手揮著一根細手杖，慢悠悠晃盪過來。

「戴格利，我的好夥計，」布魯克沒忘記要用非常友善的態度跟他談那孩子的事。

「噯，我是好夥計，是嗎？先生，多謝你，多謝。」他的大嗓門帶著濃濃的譏諷，原本坐在地上的

---

24 Edward Young（一六八三～一七六五），英國作家，著有《怨言，或關於生、死與不朽的夜思》（*The Complaint, or Night Thoughts on Life, Death and Immortality*）。

25《聖經》人物，諾亞曾孫，嗜狩獵，見《聖經．創世記》第十章八到十節。

牧羊犬費格站起來豎直耳朵，看見在外面逗留半晌的蒙克走進院子，重新坐下來觀望。「原來我是好夥計，好極了。」

布魯克想到今天是市集日，猜到自己這位可靠的佃農八成喝了酒，卻覺得沒理由打退堂鼓，畢竟他事後還可以再跟戴格利太太說一遍，以防萬一。

「你的小雅各殺了一隻小野兔被逮了，我告訴詹森把他鎖進那間空馬廄一兩小時，只是嚇嚇他。天黑以前就會送他回來，到時候就交給你了，好嗎？你好好教訓他一頓，懂嗎？」

「不，我偏不，要我揍兒子討好你或隨便哪個，我死也不幹。就算你是二十個地主，而不是一個壞地主，我也不幹。」戴格利說得很大聲，他妻子聞聲走到廚房門口。這是屋子唯一的出入口，除非壞天氣，從來不關。

布魯克安撫地說，「呃，那我跟你太太說，我不是要你打孩子。」他轉身走向前面的房子。可是戴格利見對方轉身就走，更想「把話說個明白」，連忙跟上去。費格垂頭喪氣地跟在他腳後跟，悶悶不樂地躲避蒙克看似友好的小動作。

「你好，戴格利太太。」布魯克匆匆說，「我來跟妳說說孩子的事，我不是要你們打他。」這回他提前把話說清楚。

操勞過度的戴格利太太整個人乾瘦憔悴，她的生命沒有一點樂趣，連一套像樣的衣服都沒有，星期天上教堂也沒辦法打扮得體面點。這天她丈夫回家時兩人已經吵過一架，現在她情緒低落，做了最壞的打算，可是她丈夫已經搶先回答。

「哼，不管你要不要，我都不會揍他。」他又抬高嗓門，像是要狠狠打擊對方。「你沒有資格來這裡說什麼打不打孩子的事，因為你從來不肯修房子。去米德鎮問問，大家都怎麼說你。」

「戴格利，你最好少說兩句。」他妻子說。「別把飼料槽給踢翻了。當爸爸的人去市集花錢喝得醉醺醺，一天鬧這一回合也就夠了。不過先生，我兒子做了什麼？」

「妳別管他做了什麼，」戴格利口氣更凶狠了。「這裡輪不到妳說話。老子來說，老子就要說個明白，不管有沒有晚飯吃，我要說的是，我爺爺、我爸爸和我，三代人都住在你的土地上，我們把錢都投在這裡。如果國王不想辦法阻止，以後我和我孩子就會爛在這地上變肥料，因為我們沒有錢埋。」

「我的好夥計，你醉了。」布魯克的口氣親切卻不夠明智。「改天再說，改天再說。」他轉身想走。

戴格利馬上擋在他面前，跟在他後頭的費格聽見主人越罵越大聲，開始低聲嗥叫，蒙克也靠過來，威風凜凜地旁觀。馬車上的工人都停下來，豎起耳朵聽，這時候留在原地，好像比跑給大吼大叫的男人追來得理智。

「我跟你一樣清醒，我沒醉。」戴格利說。「我酒量好得很，也知道我在說什麼。我說國王會想辦法阻止，就是會，大家都說得有頭有腳，說以後會改革，對佃農不好的地主會吃苦頭，到最後只好滾蛋。米德鎮那些人知道改革是什麼東西，也知道誰需要滾蛋。他們說，『我知道你的地主是誰。』我說，『希望認識他對你有好處，對我可沒有。』他們說，『他是個一毛不拔的傢伙。』我說，『是啊。』他們說，『他就是要被改革的那種人。』他們是這麼說的，所以我才弄懂改革是什麼，就是讓你們這種人滾蛋，還要把所有臭東西也一起弄走。現在你想怎麼做都隨你，老子不怕你。你最好別欺負我兒子，自己小心點，改革馬上就找上你。這就是我要說的話。」戴格利說完，使勁地把乾草叉戳進地裡。他戳得太用力，想再拔出來的時候費了好一番工夫。

他刺乾草叉的動作惹得蒙克大聲吠叫，布魯克逮到機會趕緊開溜。他加快腳步走出院子，對自己的全新處境頗感驚訝，他過去從沒在自己的土地上挨罵，向來也覺得自己是個頗受喜愛的地主（如果我們只想著自己多麼和善，忘了考慮別人對我們有什麼需求，通常就會如此）。十二年前他跟葛爾斯吵架以後，覺得佃農一定會喜歡地主親自來管理。

如果有人聽說了布魯克這段經歷，可能會對戴格利的愚昧感到納悶。可是在那種時代，像他那樣世代耕種的農民，無知是稀鬆平常的事，儘管附近教區有位教區長是彬彬有禮的紳士，還有個助理牧師講道內容比教區長更豐富，更有個什麼都鑽研過、尤其精通藝術和社會改革的地主，而人文薈萃的米德鎮就在短短五公里外。至於知識之外的生活技能，假設有個倫敦知識圈普遍認識的先生，他夠格受邀出席各種晚宴，卻只跟蒂普頓教區執事學過基礎算術，讀起《聖經》結結巴巴，「以賽亞」和「阿波羅」這些名字即使學過兩遍還是記不住，結果又是如何？可憐的戴格利偶爾會在星期天晚上讀幾段《聖經》，世界對他來說，至少不再像以前那麼黑暗。有些方面他無所不知，比如自由人的願景裡懶散的耕作方式，天氣、牲畜和穀物的不盡如人意。「自由人的願景」這個名稱帶著反諷意味，暗示隨時可以自由離開，只是地球上沒有他企及的「願景」。

第四十章

他每天理性處理事務：
發揮全部的理智，
收穫勤奮耕耘的果實，
不在信仰與政治上費心。
這些人扮演自己的小角色，
只求奉獻不問收穫。
沒有他們，哪來法律與藝術，
哪來高樓櫛比鱗次的城市？

我們無論觀察任何現象，通常必須換個位置，與我們感興趣的特定混合物或群體拉開一段距離，就算觀察的只是電池也一樣。此刻，我慢慢靠近的群體圍坐在葛爾斯家的早餐桌旁，就在那間有地圖、有書桌的大客廳裡。成員有父親、母親和五個孩子。瑪麗目前在家，等待新的工作機會，她最大的弟弟克里斯迪在學費與生活費相對低廉的蘇格蘭就學。相較於「工作」這種神聖職業，他更喜歡讀書，這點令他父親相當失望。

郵差送信來了，九封郵資昂貴的信件，總共付了三先令兩便士。葛爾斯專心讀信，把他的茶和烤麵包都抛到腦後。他將讀過的信一張張攤開疊在一起，有時慢慢搖晃腦袋，有時內心交戰噘起嘴唇。不過他還是記得剪下一塊完整的紅色封蠟，蕾蒂像急躁的獵犬似地一把搶走。

其他人繼續無拘無束地談天，因為葛爾斯做事格外專注，只要不在他寫字時搖晃桌子，什麼都干擾不了他。

九封信裡有兩封是瑪麗的。她讀完後把信遞給母親，心不在焉地撥弄湯匙。不一會她忽然想起什麼，連忙拿起早餐過程中一直放在腿上的針線做了起來。

「瑪麗，別縫了！」小班把她的手往下拉。「用這團麵包屑幫我捏孔雀。」他為了做孔雀把手裡的麵包屑搓揉了老半天。

「不行，別搗蛋！」瑪麗好聲好氣回答，手裡的針輕刺小班的手。「你自己捏，你看我做過很多次了。我得趕快縫好，這是幫蘿絲夢做的，她下星期要結婚，沒有這塊手帕她結不成婚。」瑪麗說得眉開眼笑，覺得自己最後那句話很幽默。

「瑪麗，她為什麼結不成婚？」蕾蒂顯然對這個疑問非常感興趣，整張小臉湊到瑪麗面前。瑪麗手上那根嚇小孩的針轉向蕾蒂的鼻子。「因為這是一打裡面的一塊，少了這個就剩十一塊。」瑪麗正經八百地回答。蕾蒂覺得自己長知識了，重新靠回椅背。

「親愛的，妳決定了嗎？」葛爾斯一面問，一面放下手裡的信。

「我打算去約克郡那所學校。」瑪麗說。「比起當家庭教師，我更適合在學校裡教書。我喜歡學校裡的班級教學，還有，我一定得教書，因為沒別的工作可做。」

「我覺得教書是世上最愉快的工作。」她母親的語氣帶點責備。「瑪麗，如果妳學識不夠，或者不喜歡小孩，那麼我還能理解妳不愛教書。」

「媽，我們可能永遠不懂別人為什麼不喜歡我們喜歡的一切。」瑪麗答得相當唐突。「我不喜歡教室，比較喜歡外面的世界，這是個挺麻煩的缺點。」

「一直待在女生的學校裡很乏味。」阿弗瑞德說。「她們都是笨蛋，像巴拉德太太的學生一樣，兩個兩個排隊走路。」

「她們也沒有好玩的遊戲。」吉姆說。「不會扔東西也不會蹦跳，難怪瑪麗不喜歡。」

「瑪麗不喜歡什麼？」葛爾斯問。他的視線從眼鏡上方望過來，拆信的動作停了下來。

「跟一大群笨女孩在一起。」阿弗瑞德答。

「瑪麗，是妳說的那個工作嗎？」葛爾斯慈祥地看著女兒。

「是，爸爸，我決定接受約克郡那個學校的工作，那個工作條件最好，一年三十五鎊，教最低年級基礎鋼琴，還有額外津貼。」

「可憐的孩子！蘇珊，我真希望她可以留在家裡陪我們。」葛爾斯哀怨地看著妻子。

「瑪麗如果不盡自己的責任，心裡不會高興。」蘇珊威嚴地說，她自認已經盡了自己的責任。

「盡那麼噁爛的責任，我一點也不會開心。」阿弗瑞德說。

瑪麗和她父親偷偷竊笑，蘇珊卻板著臉說：「親愛的阿弗瑞德，換個比『噁爛』更合適的詞來形容你不喜歡的東西，假如瑪麗能用她賺的錢，讓你去跟漢默爾先生學手藝呢？」

「那我會覺得非常遺憾，不過她是個老好人。」阿弗瑞德站起來，把瑪麗的腦袋往後拉，親了她一下。

瑪麗紅著臉笑了笑，卻隱藏不了湧出的淚水。葛爾斯的視線依然從眼鏡上方投過來，眉毛的角度往下垂，帶著既開心又難過的心情繼續拆信。蘇珊的嘴角平靜又滿意地往上揚，沒有糾正兒子的不恰當用詞。小班逮住機會，立即開口唱：「她是老好人，老好人，老好人！」越唱越快，邊唱邊用拳頭捶瑪麗的手臂打拍子。

蘇珊的目光已經轉向專注讀信的丈夫。他臉上的表情寫滿驚訝，她不禁有點擔憂。不過他讀信的時候不喜歡旁人打岔，所以她焦急地看著，最後她看見丈夫突然開心地笑出聲，帶動身體微微一震，視線回到信的開頭，而後轉頭從眼鏡上方看過來，壓低聲音說，「蘇珊，妳看看這個。」

她走過去站在他背後，一隻手搭上他肩膀，兩人一起讀信。那是詹姆斯爵士寄來的，想聘請葛爾斯幫他管理弗列許和其他地方的土地。信裡還說，蒂普頓的布魯克也要求詹姆斯爵士幫他問葛爾斯，有沒有意願再次幫他管理蒂普頓農莊。詹姆斯爵士禮貌週到地表示，他本人格外希望看到弗列許和蒂普頓農莊由同一個人管理。他也希望這次的雙重委託條件對葛爾斯有利，並且邀葛爾斯隔天中午十二點在弗列許府洽談。

「他信寫得很不錯，蘇珊，妳說是嗎？」葛爾斯視線往上瞧著妻子。蘇珊擱在丈夫肩膀上的手往上挪到他耳邊，低頭用下巴抵在他頭上。葛爾斯默默笑著，又說，「看得出來布魯克不想親自問我。」

「孩子們，這是爸爸的榮耀。」蘇珊看著眼前那五雙盯著父母的眼睛。「很多年前辭退他的人現在要請他回去，那表示爸爸做得很好，所以他們需要他。」

「跟辛辛納圖斯一樣，萬歲！」小班騎在椅子上，覺得暫時不必守規矩。

「媽，他們會來接爸爸嗎？」蕾蒂問，她心裡想著穿長袍的市長和市政廳官員。

蘇珊笑著拍拍蕾蒂的頭，她看見丈夫正在整理看過的信，應該很快就會心無旁騖地栽進他的「工作」聖殿。她按住他肩膀，加重語氣強調：「凱勒伯，一定得開個合理價碼。」

「會的。」葛爾斯用低沉的聲音應允，彷彿在說他怎麼可能不這麼做。「兩座莊園一起，應該可以拿到四五百鎊。」接著他忽然想起什麼，說，「瑪麗，寫信跟學校說妳不去，留在家裡幫媽媽的忙。想到這件事，我真是得意忘形。」

葛爾斯從來不是一個得意忘形的人。只是，他雖然非常注重寫信，總是請妻子幫他修正，自己卻不擅長遣詞用字。孩子們開心得幾乎鬧翻天。瑪麗懇求地把手裡的麻紗繡品遞向媽媽，免得被拉著她跳舞的弟弟們扯壞。蘇珊沉著又開心地收拾桌上的杯盤，葛爾斯把椅子推離餐桌，好像打算移向書桌，卻還是拿著信望著地板沉思，左手比劃著專屬他自己的手語。

最後他說：「蘇珊，可惜克里斯迪不喜歡學這些。過些時候我應該會需要幫手，而阿弗瑞德必須去學機械，這件事我已經決定了。」他重新陷入沉思和手語，接著又說，「我要讓布魯克跟佃農更新契約，還要建立作物輪作制。還有，我敢打賭波特角那邊的土質可以做出好磚頭，這件事一定得辦，可以省下很多修繕費。蘇珊，這份工作真好！不需要養家活口的男人就算不拿錢也會樂意去做。」

「你可別不拿錢。」蘇珊對丈夫豎起一根手指頭。

「不會，不會。不過這是好事，有一身本事的男人可以像他們說的，好好整頓某些鄉村地帶，教大家更有效的農耕方法，推行一些好的計畫，建些堅固的房子，讓現在活著的人和後代子孫過更好的生活。比起發財，我更想做這樣的事。我認為這是最光榮的工作。」這時葛爾斯放下手裡的信，把手指插進背心的鈕釦孔，挺直上身坐著。不一會兒他把腦袋慢慢轉向一旁，用敬畏的語調說，「蘇珊，這是神的賞賜。」

「凱勒伯，確實是。」蘇珊以同樣的熱情回應。「有你這樣能幹的父親，是孩子們的福氣，就算以後大家忘了你的名字，你做過的貢獻還會繼續流傳。」在這種情況下，她覺得不適合再跟他提酬勞的事。

那天傍晚，工作勞累一天的葛爾斯靜靜坐著，打開的筆記本放在腿上。蘇珊和瑪麗正在做針線，蕾蒂窩在角落跟她的玩偶娃娃竊竊私語。

這時菲爾布勒從果園小徑走過來。小路上一叢叢青草和蘋果樹枝椏，將八月的明朗光線和陰影區隔開來。我們知道他喜歡他的教民葛爾斯一家人，曾在李德蓋特面前稱讚瑪麗。他向來善用神職人員無視米德鎮階級劃分的特權，總是對他母親說，葛爾斯太太比鎮上任何已婚婦人更像個高尚的夫人。不過，他仍然在溫奇家消磨夜晚時光，那個家的女主人雖然不像高尚的夫人，卻掌管著燈光明亮的客廳和惠斯特牌局。在那種年代，人與人之間的往來不單單取決於敬重，但菲爾布勒衷心敬重葛爾斯一家人，也是這個家的常客。

只是，這天他剛進門還在握手，就說明自己的來意：「葛爾斯太太，我是來當特使的。我代表弗列德來跟妳和凱勒伯說幾句話。事情是這樣的，可憐的傢伙，」他坐下來，清澈的目光看了看正在聽他說話的那三個人。「他跟我說了很多祕密。」

瑪麗心臟狂跳，她好奇弗列德說出多少祕密。

「我們幾個月沒見過那孩子了，」葛爾斯說。「不知道他現在怎麼樣。」

「前陣子他出門拜訪親友，」菲爾布勒答。「因為他在家裡待不住。李德蓋特告訴溫奇太太，這可憐的孩子暫時還不能上學。不過昨天他來找我，把心裡的話都告訴我。我很高興他這麼做，因為他十四歲我就認識他了，看著他長大。他們家對我而言就像自己家，那些孩子都像我自己的姪輩，可是這件事很難給建議，總之，他要我來告訴你們，他準備離開了。他說他欠你們錢，又沒有能力還，心情糟透了，連過來跟你們告別的勇氣都沒有。」

「跟他說那無所謂。」葛爾斯揮揮手說。

「有一陣子我們是很拮据，總算熬過來了，我馬上會變得跟猶太人一樣有錢。」

「他的意思是說，」蘇珊笑著對牧師說。「我們馬上就有足夠的收入，可以好好教育孩子們，瑪麗也可以留在家裡。」

「發生了什麼好事？」菲爾布勒問。

「我受委託管理弗列許和蒂普頓兩片莊園，可能還包括洛威克一小塊土地，這些人都有親戚關係，雇人這種事就像倒出去的水，會迅速往外擴散。菲爾布勒先生，這件事讓我非常開心，」葛爾斯的腦袋稍微往後仰，雙手手臂擱在椅子的扶手上。「我終於又有機會管理出租的田地，實現一些改進耕作的構想，就像我常跟蘇珊說的，騎在馬背上看見圍籬另一邊的農事錯誤百出，又沒有辦法插手干涉，實在讓人非常揪心。別人做些什麼、誰去玩政治，我都不在乎，可是眼睜睜看著幾百畝田地管理不善，簡直要把我逼瘋了。」葛爾斯很少主動說這麼多話，但他的快樂像山林的空氣，令他雙眼發光，連說話都順暢了。

「凱勒伯，我發自內心恭喜你。」菲爾布勒說。「這是我能帶給弗列德最好的消息。他心裡很過意不去，因為他害你們損失金錢——他說是他搶走的——而那些錢你們本來有別的用途。真希望弗列德不是個遊手好閒的孩子，他有些不錯的優點，他父親對他太嚴厲了些。」

「他要去哪裡？」蘇珊問，口氣相當冷淡。

「他打算拿學位，所以要先回學校去念書，這是我給他的建議。我不會鼓吹他當牧師，恰恰相反。不過只要他願意回學校去讀書，通過考試，代表他還有精神和意志力。只是，他對前途很茫然，不知道還能做些什麼。目前他會先照他父親的話做，同時，我答應會勸勸他父親，讓他從事別的行業。弗列德很明白自己不適合當牧師，而我會盡最大的努力阻止他踏上入錯行這個致命的一步。葛爾斯小姐，他跟我說了妳對他說過的話，妳還記得嗎？」（菲爾布勒通常喊她「瑪麗」，現在喊她「葛爾斯小姐」是他的體貼，因為溫奇太太說瑪麗自己賺錢養活自己，他決定對瑪麗表達更多敬意。）

瑪麗覺得不太自在，但她決定輕鬆以對，馬上回答，「我跟弗列德說過很多無禮的話，因為我們是一起長大的玩伴。」

「他說，妳認為他當牧師會荒腔走板，害得所有牧師都變得滑稽。說真的，這話挺傷人，連我都有點受傷。」

葛爾斯哈哈大笑，樂呵呵地說，「蘇珊，她這毒舌跟妳學的。」

「爸，我口無遮攔可不是跟媽媽學的。」瑪麗趕緊解釋，擔心媽媽不高興。「弗列德實在不該把我隨口說的話告訴菲爾布勒牧師。」

「親愛的，那種話確實冒失了點。」蘇珊說。在她眼中，對任何莊嚴事物的批評，都是嚴重失當的行為。「我們不能因為隔壁教區有個荒唐的助理牧師，就看輕我們自己的牧師。」

「不過她說的話也有點道理。」葛爾斯覺得瑪麗敏捷的思路還是值得欣賞。「不管哪個行業的害群之馬都會拖累同業，所有的事都互相牽連。」他低頭盯著地板，雙腳不自在地移來挪去，覺得說起話來總是辭不達意。

「顯然是這樣，」牧師被逗樂了。「我們自己有值得輕視的地方，別人才會輕視我們。不管我是不是受到責難，這方面我認同葛爾斯小姐的看法。至於弗列德，我覺得他情有可原。他變得這麼不上進，老費勒斯東的欺騙難辭其咎，到最後他一毛錢都沒留給他，實在有點殘忍。幸好弗列德自己也想得開。葛爾斯太太，他現在最難過的就是讓妳失望，他覺得妳對他再也不會有好印象。」

「我曾經對他失望，」蘇珊果斷地說。「不過只要他真的變好，我隨時可以改變對他的印象。」

這時瑪麗帶著蕾蒂走出去。

「年輕人真心懊悔的時候，我們就得原諒他們。」葛爾斯看著瑪麗關上房門。「菲爾布勒先生，就像你說的，那個老人心裡有個惡魔。瑪麗出去了，有件事我必須告訴你，這件事只有我和蘇珊知道，希望你也別說出去。那個老惡棍死的那天晚上要瑪麗燒掉一份遺囑，當時只有瑪麗一個人照顧他。他說只要瑪麗答應，就會從他身邊的盒子裡拿一筆錢給她。可是你也知道瑪麗做不出這種事，不願意碰他的鐵櫃之類的東西。結果呢，他想燒掉的遺囑就是最後那份。也就是說，如果瑪麗照他的話做，弗列德就能得到一萬鎊。那老人最後確實想善待他。可憐的瑪麗為這事很難過，她別無選擇，她當時做得很對，可是她覺得用正當方法保護自己的時候，不小心碰落別人的財物，把那東西砸毀了，我很心疼她。如果能對弗列德那可憐的孩子做點補償，我會樂意去做，不會因為他過去對我們的傷害記恨他。先生，這事你怎麼看？蘇珊不同意我的看法，她說……蘇珊，說說妳怎麼想的。」

「就算瑪麗知道會對弗列德造成什麼影響，也只能那麼做。」蘇珊說。她停下手上的針線，抬頭看著菲爾布勒。「何況當時她根本不知情。我覺得我們做了對的事，就算別人因此受到損失，我們也不需要良心不安。」

菲爾布勒沒有馬上回應。

葛爾斯說，「我懂瑪麗那種感受，我跟她一樣，就像我們騎著馬後退讓路的時候不小心踩了小狗，即使不是故意的，但小狗因此而死了，我們還是會難受。」

「關於這點，我相信葛爾斯太太會贊同你的話。」菲爾布勒說。不知為何，他好像在想什麼，不太願意說話。「你對弗列德的那種感覺不能說不對，或者應該說不能算錯誤，不過誰也沒有權利要求別人怎麼想。」

「好啦，」葛爾斯說。「這是祕密，你別告訴弗列德。」

「當然不會。但我可以告訴他另一個好消息，讓他知道他害你們損失的錢，你們付得起。」

不久後菲爾布勒走出葛爾斯家，看見瑪麗和蕾蒂在果園裡，過去跟她道別。蘋果樹的葉子已經稀疏，掛在老枝上的蘋果在夕陽餘暉下閃耀，園子裡的一大一小形成美麗的圖畫。瑪麗穿著淡紫色條紋洋裝，繫著黑色緞帶，手裡提著籃子。穿著淡黃色舊花布衫的蕾蒂正在撿落地的蘋果。如果你想更具體知道瑪麗的長相，那麼你只要隔天走到熱鬧的街道上，十之八九可以看見跟她一樣的臉孔。她不會像錫安的女子[26]那麼高傲自大，趾高氣揚眼神放浪，裝模作樣地往前走。別理會那些人，把你的目光鎖定在某些嬌小豐滿、皮膚有點黑、看上去堅決又文靜的人。她打量周遭的一切，卻不認為有誰在看她。如果看見寬闊的臉龐、方正的額頭、顯眼的眉毛和深色捲髮，饒富興味的眼神和緘默的雙唇，其他的五官毫不起眼，就把這張平凡卻不算討厭的臉，當成瑪麗的肖像。如果你逗她發笑，她會露出兩排齊整的小牙齒；如果你惹她生氣，她不會拉高嗓門，卻可能說出你從沒聽過的尖銳言辭；如果你給她一點善意，她永遠不會忘記。在瑪麗認識的所有男人之中，沒有誰比這位穿著乾淨的舊衣裳、神情懇切的英俊牧師更令她欽佩。雖然她知道他做了些不明智的蠢事，卻從沒聽他說過任何蠢話。在她看來，蠢話或許比起菲爾布勒的不明智行為更難接受。至少，顯然菲爾布勒身為牧師表現出的實質缺點，從來不像她想像中弗列德成為牧師後可能表現的缺點，那麼令她鄙視與嫌惡。我猜想，即使比瑪麗更成熟的人，也可能抱持這種前後矛盾的評斷：我們的公平往往保留給抽象的優點與過失，而這些東西我們誰也不曾見過。在這兩個截然不同的男子之間，誰能猜得到瑪麗芳心誰屬？她總是嚴詞苛責的那個，或相反的另一個？

「葛爾斯小姐，妳有什麼話要帶給妳的兒時玩伴嗎？」菲爾布勒問。他從瑪麗遞過來的籃子裡拿出一顆香氣四溢的蘋果，放進口袋裡。「要不要說幾句安慰的話，緩和一下嚴厲的批判？我等會直接去找他。」

「不了。」瑪麗搖搖頭笑著說。「如果我說他不會是個荒唐牧師，那麼我就得說，他會比荒唐更糟糕，不過我很高興聽到他要離家去讀書。」

「而我很高興妳不會離家去工作。如果妳能去牧師公館看看我母親，我相信她會更高興。妳也知道她喜歡跟年輕人聊天，關於過去的時代，她有太多話要說，妳去看她等於做好事。」

「我會很高興去看她。」瑪麗答。「我的人生突然變得太美好，原本以為我這輩子注定是想家的命，現在沒得抱怨，忽然覺得有點空虛。我猜以前塞滿我腦子的是埋怨，不是理性。」

「瑪麗，我可以跟妳一起去嗎？」蕾蒂悄聲問，這個麻煩的小鬼，喜歡聽大人說話。不過她開心極了，因為菲爾布勒掐了掐她下巴，又親親她臉蛋，事後她興奮地告訴爸媽。

菲爾布勒走向洛威克時，如果有人仔細觀察他，就會看見他聳了兩次肩膀。我覺得有這種習慣的那極少數英國人絕不——為免出現相反例證造成不便，我最好改成「幾乎不」——屬於嚴肅類型。這種人通常性情溫和，善於寬容人們（包括他們自己）的小過失。菲爾布勒正在心裡跟自己對話，他告訴自己，弗列德和瑪麗之間的關係，可能不只是兒時玩伴那麼簡單。他用另一個問題回答：那個粗野的少爺是不是配不上這麼好的女孩子？這個問題的答案是第一次聳肩。接著他嘲笑自己可能在吃醋，一副他有能力結婚似的。他又對自己說，我沒能力結婚，這事就像任何資產負債表一樣清楚明白。於是他第二次聳肩。

26 Daughter of Zion，典故出自《聖經・以賽亞書》第三章十六節：耶和華說，「錫安的女子心高氣傲，走路引頸翹首，媚眼撩人。」

這兩個南轅北轍的男人，究竟看上這個「棕色補丁」（套用瑪麗自己的話）哪一點？吸引他們的肯定不是她平凡的容貌（姿色平凡的年輕小姐請小心，別相信人們的有毒鼓勵，誤以為美貌真的不重要）。在我們這種古老國度裡，每個人都是非常奇妙的完整個體，是長時間相互影響緩慢創造出來的。當兩個這樣的個體一個愛上、一個被愛，魅力就產生了。

客廳裡只剩葛爾斯夫婦坐著閒聊。

葛爾斯說：「蘇珊，妳猜我在想什麼？」

「作物輪作，」正在做針線的蘇珊抬起頭對丈夫一笑。「或者蒂普頓村屋的後門。」

「都不對。」葛爾斯嚴肅地說。「我在想我可以幫弗列德一個大忙。克里斯迪出去念書，阿弗瑞德不久後也會去學手藝，吉姆還要五年才能做事。我需要幫手，弗列德如果不當牧師，可以過來跟我學各種技術，當我的助理，也許可以變成有用的人。妳覺得呢？」

「我覺得這恐怕是他家人最反對他做的正當職業。」蘇珊答得果斷。

「我何必在乎他們反對？」葛爾斯態度強硬，他有自己的看法時就會這樣。「那孩子已經成年，必須想辦法謀生。他夠理智，反應快，也喜歡農作，只要他用心，我相信他可以學得好。」

「可是他肯嗎？他父母希望他當個上流紳士，我覺得他自己也有同樣的想法。他們都認為我們地位比他們低，如果由你提出這個建議，我相信溫奇太太會說我們想把瑪麗嫁給弗列德。」

「人生如果要聽憑那些胡說八道的話擺布，就太悲慘了。」葛爾斯嫌惡地說。

「確實。可是恰當的尊嚴是必要的，凱勒伯。」

「讓傻瓜的想法阻止你採取良善的行動，那叫不恰當的尊嚴。」葛爾斯有點激動，伸出手上下揮動，助長他的聲勢。「如果在乎傻子說的話，什麼事都辦不好。你心裡必須堅定相信你的計畫是對的，而且你會確實執行。」

「凱勒伯，只要是你打定主意要做的事，我都不會反對。」蘇珊也是個堅定的女性，但她知道，在某些方面她個性溫和的丈夫比她更堅持。「只是，弗列德好像已經確定要回學校念書，不如先等一陣子，看他大學畢業後有什麼打算，這樣是不是比較好？讓別人做違反心意的事不會長久，何況你接下來的職務或想做的事還不確定。」

「嗯，過些時候再說比較好。不過我接下來的事夠兩個人忙的，這點我很確定。我手邊一直排滿零星工作，而且經常有新工作找上門，比方說昨天……對了，我好像還沒告訴妳，真是怪了，立場相對的雙方同時找上我，要我對同一片產業估價。妳猜他們是誰？」葛爾斯伸手捏出一撮鼻菸舉高，彷彿那也是他正在談論的話題。只要想起來，他就喜歡捏點鼻菸，問題是他經常忘記鼻菸就在手邊。

他妻子放下針線，專注看著他。

「其中一個是那個瑞格，也就是瑞格．費勒斯東。不過布爾斯妥德早他一步，所以我接受布爾斯妥德的委託。我還不知道他們估價是為了貸款或買賣。」

「那個人才剛繼承土地，還為那些土地改了姓氏，這麼快就要賣？」蘇珊問。

「魔鬼才知道。」葛爾斯認為，只有魔鬼才明白各種可恥行為。「不過布爾斯妥德老早就想買塊條件好的土地，這我倒是知道，只是在這一帶不容易買得到。」葛爾斯仔細地撒掉鼻菸，沒有送進鼻子。接著又說，「世間事曲折離奇，長久以來，大家都以為弗列德會拿到那塊地，結果那老頭子好像一呎都不打算分給他，最後留給這個他藏了一輩子的私生子。他以為那人會留在那裡，效法他以前的手段惹惱所有人，就像他還活著一樣。如果那塊地最後落在布爾斯妥德手上，可就有意思了，老頭討厭布爾斯妥德，從來不跟他的銀行打交道。」

「那可憐的老人為什麼討厭一個跟他沒有往來的人？」蘇珊問。

「呸！這種人做事哪需要什麼理由？人的靈魂，」葛爾斯音調低沉、肅穆搖搖頭。每次提到這個詞，他總是如此。「人的靈魂一旦腐敗到某個程度，就會產生各式各樣的毒菌，再也看不出種子從哪裡來。」這是葛爾斯有趣的特色之一：他經常找不到言語來表達他的想法，於是隨手抓些措辭來描述各種觀點和心情。每當他感到敬畏，就覺得應該用《聖經》裡的話來表達，可惜他通常沒辦法精準引用。

第四十一章

耍威風也沒能讓我稱心如意，
因為那雨，它一天天不止息。
——莎士比亞《十二夜》

葛爾斯提到的那筆交易，起因於布爾斯妥德和瑞格之間的一兩封書信往返，交易的標的是斯東居連帶所屬土地。

誰能知道文字可能招致什麼效應？如果剛巧鐫刻在石板上，即使經年累月正面朝下躺在荒涼海灘，或「在金鼓齊鳴馬蹄奔騰的歷代戰場上默默沉睡」，也許能向我們透露古代帝國謀朝篡位的真相或其他醜聞祕辛，畢竟這個世界顯然就是個巨無霸回音廊。在我們渺小的一生中，類似的情況儘管規模縮小，倒是屢見不鮮。正如那塊被世世代代莊稼漢踢過的石頭，或許基於某些奇妙的連鎖反應映入學者眼簾，經過一番研究考證，最後確認了敵國入侵的日期或揭開宗教面紗。書寫了文字的紙張也是一樣，長久以來不為人知地發揮著包裹或填塞功能，最終可能被人打開來，被一雙知悉內情、足以利用它引發災難的眼睛看見。對於在太陽上觀察星辰運行的烏列爾[27]，某個結果跟另一個沒有差別，都只是巧合。

做過這個頗為高深的對比之後，我總算可以放心大膽地把焦點轉向市井小民。不管我們多麼不願意承認，這些小人物的干擾，幾乎決定了世道的運轉。當然，如果我們能做點什麼讓他們人數減少，或者增加他們生存的難度，那是再好不過。從社會的角度來看，大家傾向認為瑞格是多餘的人物。可是像老費勒斯東這種從來沒人要求他留下子嗣的人，不管在散文或詩歌裡，往往最沒耐心等待別人提出這種要求。老費勒斯東這個子嗣的外表比較像媽媽。一個女人如果生得這樣一張青蛙臉，配上發紅的雙頰和渾圓的體態，看在某些仰慕者眼裡也算魅力十足。這樣的結合有機會製造出那種肯定被聰明人嫌棄的青蛙臉男子，特別是哪天他突然被推出來擋人財路。身為社會的冗員，這樣的出場方式無疑是最不利的。

可是瑞格儘管出身卑賤，卻不貪杯好飲。一天之中，從清晨到日暮，他始終那麼衣冠楚楚，像長相跟他類似的青蛙一樣冷靜。老費勒斯東在世時經常偷笑，覺得自己有個幾乎跟他一樣會算計，又遠遠比他冷靜的兒子。我還要補充一點，瑞格的指甲修剪得無可挑剔，他打算娶個受過教育的大家閨秀（還沒有具體對象），要有美貌，有好家世，必須是公認的殷實中產階級。雖然他只在海港的小商鋪當過店員和會計，沒什麼遠大抱負，他的指甲和沉穩度比起大多數紳士並不遜色。他覺得費勒斯東家族那些鄉下親戚都是頭腦簡單的蠢貨。相對的，那些人則是認為他們的哥哥彼得——特別是彼得的財產——竟有這種在海港小鎮「教養出來」的家眷，簡直駭人聽聞。

從斯東居護牆板客廳那兩扇窗子看出去，花園和礫石路從來不曾像現在這麼乾淨整齊。瑞格兩手背在身後，站在客廳，以主人的身分看著外面的庭園。不過他往外看究竟是方便沉思，或為了背對那個站在客廳中央的男人，可就難說了。那人兩條腿岔得很開，雙手插在長褲口袋裡，各方面看上去都跟體面高冷的瑞格形成對比。那人顯然年近六十，紅光滿面毛髮茂盛，一臉的大鬍子和濃密的捲髮已經花白，矮胖的身材讓人為他那身衣裳的破損接縫捏一把冷汗。他天生喜歡招搖，就算在煙火秀也想吸引別人的目光，他覺得自己對別人成就的評論，比那些成就本身更值得關注。

他的名字叫約翰・拉夫歐斯，有時候開玩笑地在簽名後面加上「WAG」[28]，還跟旁人解釋，他以前曾經跟芬斯伯里的李奧納・蘭姆學習，那位先生總是在簽名後附加「BA」，所以他靈光一閃，稱呼那位遠近馳名的校長巴蘭姆。這就是拉夫歐斯的外表和性格傾向，這兩方面似乎都跟那個時代客商旅店的房間一樣，散發一股霉味。

「好啦，瑞格，」他的聲音低沉宏亮。「你這樣想吧，你可憐的老媽再活也沒幾年了，你現在總算有條件可以讓她過點好日子。」

「你活著就不行，只要你在，她就不會有好日子過。」瑞格聲音高亢冷靜。「我給她的東西都會被你拿走。」

「瑞格，我知道你記恨我。別這樣，咱們都是大男人，不耍花腔。只要有一小筆資金，我就可以開家一流店鋪。菸草生意越來越紅火，如果我不拿出看家本領去做，就不是男人。為了我自己，我會像羊身上的跳蚤一樣堅持到底，我會守在店裡寸步不離。你可憐的媽媽一定開心極了。我過了五十五歲啦，放蕩的日子也過膩了，我要有個家安頓下來。只要我專心做起菸草生意，一時半刻也找不到比我有點子有經驗的人。我也不想一次次來煩你，不如這回就把事情全部搞定，瑞格，咱倆都是大男人，你好好想想，也讓你可憐的媽媽過些好日子。說真格的，我向來都喜歡那老太婆！」

「你說完了沒？」瑞格平靜地問，視線仍然盯著窗外。

---

27 Uriel，猶太教與基督教的大天使之一，「烏列爾」意為「神之光」。英國詩人米爾頓（John Milton）在《失樂園》中描述祂是太陽的君主，擁有天界最銳利的視力。

28 wag 意為愛打趣的人，後文的 BA 則代表 Bachelor of Arts，意為文學士。

「嗯，說完了。」拉夫歐斯拿起放在面前桌上的帽子，像演說家般往前一送。「那換我說，你說得越多，我越不相信。你越想讓我做某件事，我就更有理由永遠不去做。我小時候，你老踢我，把我和媽媽的好東西都搶走，你以為我打算忘掉那些事？你一回家就是拿東西出去變賣，把錢全帶走，讓我們挨餓受罪，你以為我都忘了嗎？哪天你被綁在板車後面挨鞭子，我會拍手叫好。我媽太笨才跟著你，她沒有權利幫我找個繼父，所以受到懲罰。我會每星期給她生活費，其餘免談。如果你敢再踏進這個門，或來這附近找我，我連那筆生活費都會取消。下回你再出現在那扇大門裡，我就放狗，拿趕車的鞭子趕你出去。」

瑞格說到最後一句，轉身過來，用他那雙冰冷的凸眼盯著拉夫歐斯。兩人之間的對比就跟十八年前一樣鮮明，當時瑞格還是個最不討喜、任人拳打腳踢的孩子，拉夫歐斯則是流連酒吧與旅店後廳的粗壯版阿多尼斯[29]。可是如今占優勢的是瑞格，聽見他這番話的人多半以為拉夫歐斯會像隻敗犬一樣落荒而逃。事實不然，他扮了個輸錢後被趕出牌局常有的鬼臉，打圓場地笑了笑，從口袋裡掏出隨身酒瓶。

「好啦，瑞格。」他半哄半勸地說。「那就來點白蘭地，再給一枚金幣當路費，我就離開。人格保證！真的，我會走得跟子彈一樣快！」

「你聽好，」瑞格邊說邊掏出鑰匙。「下次再讓我看見你，我不會跟你說話。你在我眼裡跟烏鴉沒兩樣，跟我沒半點關係。如果你想跟我攀親帶故，什麼好處都撈不到，只會讓人看穿你惡毒、無恥、欺善怕惡的本性。」

「瑞格，那就太遺憾了。」拉夫歐斯搔搔腦袋，眉毛往上擠，裝出受窘的模樣。「天可憐見，我非常喜歡你，真的！我最喜歡惹你生氣，你太像你媽，我實在不該那麼做，不過白蘭地和金幣就說定了。」

他把酒瓶往前一推，瑞格拿著鑰匙走向一座精緻的老橡木五斗櫃。拉夫歐斯拿出酒瓶後，忽然想到瓶子的皮套鬆掉了，剛好瞥見一張折好的紙掉在爐柵裡，於是撿起來塞進皮套底下，讓酒瓶更牢固些。

那時瑞格拿著一瓶白蘭地走過來，倒進拉夫歐斯的隨身瓶，再遞給他一枚金幣，沒看他一眼，也沒跟他說半句話。他把五斗櫃重新鎖好，走到窗子旁看著窗外，就像一開始那樣面無表情。拉夫歐斯用惱人的慢動作拿起隨身瓶喝了一小口，旋緊瓶蓋放進口袋，對繼子的後背扮個鬼臉。

「瑞格，再見，也許永遠不見！」拉夫歐斯開門時又回頭看了一眼。

瑞格看著他走出大門轉進小路。原本陰暗的天空已經下起毛毛雨，把灌木叢和小路的青草邊坡洗得煥然一新，也催得正在搬運最後一堆小麥的工人加快速度。拉夫歐斯邁著艱難的步伐往前走，像他這種在城裡流連慣了的人，不得不在這靜謐勤勉的鄉下地方雨中獨行，看上去就跟逃出獸欄的狒狒一樣突兀。可是除了那些斷奶的小牛，沒有人盯著他瞧；除了聽到他的腳步聲匆忙逃竄的河鼠，也沒有誰嫌棄他的出現。

他運氣不錯，走到大馬路時正巧趕上公共馬車，搭到布萊辛，在那裡轉搭剛通車的火車。他對火車上的旅伴說，經過赫斯基森[30]的意外以後，現在搭火車安全多了。拉夫歐斯在大多數場合都表現出自己的高等教育背景，想讓人覺得只要他願意，走到哪兒都能混得好。事實上，他覺得自己有資格揶揄嘲弄身邊每一個人，也深信在場其他人都被他的妙語如珠逗得樂開懷。

29 Adonis，希臘神話中長相格外俊美的神祇，掌管植物，每年死而復生。據說連最美麗的女神維納斯都愛慕他，對他百依百順。

30 William Huskisson（一七七〇～一八三〇），英國國會議員。一八三〇年九月十五日利物浦與曼徹斯特鐵路正式通車，赫斯基森因為過度興奮，跨過鐵軌去跟威靈頓公爵（Duke Wellington，一七六九～一八五二）說話，不幸被迎面而來的火車撞上，當場死亡。

此刻他正扮演這樣的角色，說得口沫橫飛興高采烈，不時喝口白蘭地，彷彿他這趟旅行的目的順利達成。他塞在瓶底那張紙是一封署名尼可拉斯·布爾斯妥德的信，不過拉夫歐斯暫時不會讓它離開目前的崗位。

第四十二章

我在想，若不是心懷仁善，
我該有多麼鄙夷這個男人。
——莎士比亞《亨利八世》

李德蓋特度完蜜月回來不久就出診，地點是洛威克莊園，對方來信請他安排時間過去一趟。

卡索邦從來不曾向李德蓋特詢問自己的病情。另外，他的寫書計畫，乃至他的生命，會不會因為這場病提前終止，他也從來不曾向多蘿席亞表現出這方面的憂慮。就像其他很多事，他不想因為這件事被人同情。他光是懷疑別人猜測或知道他生命中某些事而心生憐憫，就會飽受煎熬。要他坦白承認內心的擔憂或悲痛，引來別人的同情勸慰，更是無法忍受的事。驕傲的心靈都有過這樣的體驗，唯有足夠深厚的情誼，才能讓人醒悟到，孤芳自賞不但不能帶來喜悅，反倒顯得狹隘小氣。

可是此時的卡索邦還有別的心事，每回獨自沉思時就會惴惴不安。比起他遲遲不能開花結果的作家夢，這件事更令他為自己的健康與生死憂心。沒錯，寫書可說是他最大的抱負，但有些時候著書立說最主要的成果，只是積累在作者意識中那叫人不安的敏感性。正如在經年累月沉澱而成的污泥之中，區區幾道水紋就能看出溪流。卡索邦艱苦的學術研究正是如此，它們獨特的成果不是《神話學要義》，而是病態地認為別人沒有賦予他想要的地位——儘管他至今還沒證明自己應得；始終懷疑別人不認同他；鬱鬱寡歡，欠缺追逐成就的熱情；又無論如何不肯承認自己一事無成。

就這樣，他那份似乎令他殫精竭慮、枯槁憔悴的學術野心，其實無法為他抵擋傷害，尤其是來自多蘿席亞的那些評判。如今他開始揣想未來的各種可能性，那些可能比他過去思考過的任何事都叫他痛心疾首。

有幾件事帶給他滿滿的無力感；一是威爾的存在：他堅持留在洛威克附近的挑釁行為，輕率無禮地對待備受讚譽的飽學之士。其次是多蘿席亞的天性：她總是一頭熱地做這做那；即使表面屈服沉默，私底下卻隱藏著讓人火冒三丈的熱切意圖；更有盤據她心靈的某些他根本不能跟她討論的觀點與喜好。不可否認，多蘿席亞這種兼具美德與溫柔的年輕女子是他夢寐以求的妻子，沒想到年輕女子卻遠比他想像中更麻煩。她照料他的起居，為他誦讀，知道他需要什麼，也關心他的感受。可是卡索邦心中已經認定妻子在評判他，而她扮演忠誠的妻子像是一種悔罪的補償，因為她內心已經不再全然信服丈夫。那份奉獻伴隨著一種對比能力，清楚明白地揭露，他本人和他的作為都只是平凡事物的一部分。他的不滿像一股熱氣，穿過她所有的柔情表現，盤旋在那個她慢慢帶到他身邊、不懂欣賞的世界。

這種痛苦更令可憐的卡索邦難以承受，因為那彷彿是一種背叛。那個全心全意信任他、崇拜他的年輕女孩，一轉眼變成挑剔的妻子。早期的批判和憤慨在他心裡留下深刻印象，事後再多柔情和順從都沒辦法扭轉。他多疑地判定，多蘿席亞目前的緘默是一種壓抑的反叛；她說出的評論，如果是他始料未及，肯定代表她自認高他一等；她溫和的回應在他聽來有種惱人的謹慎；她的默許則是對她自己的寬容表達讚賞。他堅持不懈地隱藏這些內心戲，結果只是讓它們在他心中更為活躍。正如我們越不希望別人聽見什麼，自己就會聽得越清晰。

卡索邦落得這種悲慘後果，我並不驚訝，反倒覺得合情合理。我們視線之中距離最近的小斑點，不就能夠阻擋世界的光彩，只留下一丁點邊緣讓我們看見那個斑點？我覺得天底下最麻煩的斑點，就是自我。如果卡索邦願意說出心中的不滿，說出他懷疑妻子對他的崇拜不再完美無瑕，有誰會覺得他的懷疑和不滿毫無根據？恰恰相反。還有另一個充分理由，這點連他自己都還沒具體考量過，那就是，他不全然是個值得崇拜的人。他是有所猜測，但正如他猜測的其他事，他沒有說出口。也正如我們所有人覺得身邊的伴侶如果永遠都不會發現，該是多大的安慰。

早在威爾回到洛威克以前，這種跟多蘿席亞有關、惱人的敏感多慮就已經充分累積：在那之後發生的事，又將卡索邦的疑心病推向另一個高峰。除了他已知的一切，他又加油添醋生出許多現在或未來的假想；他覺得這些比他已知的那些更真實，因為它們喚醒了更強烈的憎惡，更難以招架的怨毒。對威爾意圖的猜疑與嫉妒，對多蘿席亞想法的猜疑與嫉妒，時時刻刻在他腦海裡反覆編造。如果認為他對多蘿席亞有什麼卑劣的誤解，那就對他太不公平；他自己的心性與行為，以及她天生的坦蕩莊嚴，讓他不至於犯下這個錯誤。他猜忌的是她的見解，她熾熱的心靈在評判時可能產生的動搖，未來又會往哪個方向發展。至於威爾，除了上次那封違逆的信，倒是還沒做出可以讓他正式出言指責的事。

不過他覺得自己有理由相信，以威爾那種叛逆和不守紀律的衝動性格，什麼陰謀詭計都使得出來。他非常確定威爾之所以從羅馬回來，又決定在附近定居，都是為了多蘿席亞。他甚至覺得自己夠敏銳，能猜到是多蘿席亞無意中給了威爾鼓勵。事實擺在眼前，多蘿席亞隨時可能會愛上威爾，會對他的話言聽計從。他們每次單獨談話之後，多蘿席亞心裡就會多出一些討人厭的新念頭。上次她跟威爾聊過（多蘿席亞從西莉亞家回來以後，第一次沒有讓卡索邦知道她見過威爾），他們夫妻就發生了一場爭執，兩人憤怒的程度都是前所未見。在那個漆黑的夜晚，多蘿席亞一股腦說出她對錢財的看法，結果只是在丈夫心裡埋下更多可憎的預感。

再者，先前他的健康出問題，那股震撼很不幸地始終縈繞他心頭。現在他身體當然好得多，做研究的精神恢復到過去的水準。那場病可能只是疲勞所致，也許他還有二十年的大好光陰，那麼他過去三十年的辛勞不至於付諸流水，想到能夠報復「鯉魚」那票人的輕率嘲弄，心裡更是喜滋滋。想當初卡索邦拿著蠟燭穿梭在過去的墓穴裡，那些當代人士逆著微弱的燭光而來，打斷他勤奮的探索。身為一名著作者，除了在人間流傳千古、在天國永垂不朽，能讓宿敵鯉魚承認錯誤，把自己當初的話吞回肚子裡，造成嚴重消化不良，也是附帶的樂事。於是，既然他自己未來無止境的至喜，消除不了憤怒的猜忌與妒恨的怨毒，那麼有朝一日他榮登天國以後，其他人在人間的短暫享樂更不能帶給他強烈的喜悅。如果真有某個病症在侵蝕他的身體，那麼他過世以後，某些人就可能過得更快樂。假使威爾也是其中之一，卡索邦無論如何也不能接受，彷彿他的在天之靈可能會怨氣難平。

這些只是簡單描述一二，所以並不完整。人類的心理活動複雜多變，我們知道卡索邦為人公正，以高尚的人格自詡，所以他不願意承認自己所做所為是出於猜忌怨恨，只得給自己找理由。

他的想法是這樣的：「我娶了多蘿席亞，就必須預做安排，哪天我走了，她的生活才有保障。但不是擁有充裕、獨立的財產生活就有保障。相反地，她擁有財產反而會給她招來更多危險。男人只要善於利用她溫柔的性情或她浪漫的熱忱，就可以將她玩弄於股掌之間。有個人正是懷著這種意圖伺機而動。那人反覆無常、沒有任何原則，又對我個人抱持敵意，這點我很確定。那份敵意是被他的忘恩負義餵養而成，我確定他經常基於這份敵意取笑我，確定得就像我親耳聽見一樣。即使我活著，也要擔心他那些拐彎抹角的手段。這人已經取得多蘿席亞的信任，也迷惑了她，而且顯然刻意讓她以為，他應得的比我供給他的更多。現在他在這裡盼著我死掉，到那時，他會說服她嫁給他。那會是她的災難，也是他的成功。但她不會認為那是災難，他會讓她相信他說的每一句話。她感情太濃烈，經常在心裡責備我沒有適度回應，現在她已經在替他操心錢財的事了。他以為輕而易舉就能擄獲她，占有我的一切，我不會讓他如願！這樣的婚姻會毀了多蘿席亞。除了跟人唱反調，他這輩子做什麼事能堅持不懈？他做學問不想費太多心思，只想自我吹噓。在信仰方面，只要符合他的利益，他可以機靈地回應多蘿席亞的天真念頭。散漫的結果不就是淺薄？我打從心底質疑他的品行，我有責任竭盡所能破壞他的圖謀。」

當初卡索邦所做的財產規劃留給他不少調整空間，在考慮接下來的行動時，他不可避免地時時想到自己的生死問題。他太需要做出最準確的估算，這份渴望終於克服他高傲的沉默，判定他必須找李德蓋特詢問自己的病情。他告訴多蘿席亞，他約了李德蓋特三點半過來。她焦急地問他是不是身體不舒服，他答：「沒有。只是一些老毛病，想聽聽他的意見。親愛的，妳不必跟他見面。我照舊會在那個時間去紫杉步道散步，讓人帶他去那裡見我。」

李德蓋特走進紫杉步道時，看見卡索邦背著雙手低著頭慢慢往前走，這是他平時的習慣。那是個和煦的午後，樹葉靜靜從高大的歐椴樹往下飄落，穿過肅穆的長青樹。光線與陰影相互依偎沉睡。除了白嘴鴉的呱呱啼叫，周遭一片靜謐。對於聽慣了的人，那呱呱聲是催眠曲，或生命最後那一首莊嚴的安魂曲，也就是輓歌。李德蓋特知道壯年時期活力充沛的體格是什麼模樣，當他看著那個自己就快趕上的背影轉身朝他走來，不免生起一股同情。那人迎面走來的姿態比平時更顯未老先衰，那學者的佝僂肩膀、消瘦的四肢、唇邊的憂思紋路。他心想，「可憐的傢伙，有些跟他同年齡的人壯得跟獅子一樣，誰也看不出他們多大年紀，只知道他們是成年人。」

「李德蓋特先生，」卡索邦以一貫的彬彬有禮打招呼。「非常感謝你準時來到。如果你不介意，我們邊走邊談。」

「希望你找我來，不是因為又出現不舒適的症狀。」李德蓋特及時接腔。

「不是立即性的問題，不是。為了說明找你來的原因，我只得略述原本不需要提及的事，也就是說，儘管我的生命各方面都微不足道，卻也算有點重要性，因為某項我投注所有黃金歲月從事的工作還沒完成，簡言之，長期以來我一直在編寫一本書，希望在我離開人世以前，這本書至少已經大致成形，可以由……別人付梓出版。如果能確認這是我所期待的最大限度，就能有效界定我的努力，無論我在過程中面對正面或負面抉擇，都能有所依據。」卡索邦說到這裡停頓下來，一隻手從背後收回來，塞進單排釦外套的鈕釦之間。

他剛才那番話說得有板有眼，以他平時抑揚頓挫的聲調搭配腦袋的動作，透露出內心的掙扎。對於一個慣見生老病死的醫生，沒有什麼比這更值得玩味。不只如此，一個人被迫放棄代表他生命全部意義的工作，而這份意義就像沒有人需要的河水，如斯流逝，終究無用地消失，還有什麼悲劇比這種掙扎更崇高？可是卡索邦這人沒有崇高可言，而李德蓋特向來鄙夷無用的學術研究，內心的憐憫因此摻雜著幾許興味。此時的他，對人生的不幸接觸不多，沒辦法理解他人的悲慘命運。在他看來，那個生命除了自身強烈的本位主義之外，一點都談不上悲劇。

「你指的是健康欠佳可能造成的阻礙？」卡索邦語焉不詳，似乎有所遲疑，他只好單刀直入問清楚。

「沒錯。你細心照料我的病症，這點我不能否認，但你並沒有向我暗示那些症狀有致命危險。不過，李德蓋特先生，如果我的病真有致命危險，希望你能毫不保留地告訴我，也請你給我一個明確的診斷。我是站在朋友的立場提出這個請求，如果你能告訴我，除了正常的老化，我的生命沒有受到其他任何威脅，基於我剛才提及的理由，我會很高興。如果不是這樣，那獲知真相對我就更重要了。」

「那麼我就不需要猶豫了。」李德蓋特答。「不過我必須先向你說明，我的診斷是雙重不確定。一來我可能錯判，二來心臟疾病的變化原本就是最難預測的。不管怎麼說，生命原本就充滿不確定性，這點沒有人能左右。」

卡索邦明顯皺起眉頭，但仍然欠身致意。

「我認為你罹患的是心臟脂肪變性，這種病幾年前才由雷奈克[31]首先發現並加以探索。雷奈克就是發明聽診器的人。關於這個疾病，我們還需要更多經驗和更長期的觀察，但聽過你剛才那番話，我有責任告訴你，這種病導致的死亡通常是突發的，而且無法預測。以你的情況，只要生活舒適，再活個十五年沒問題，也許更久。我能說的只有這些了，剩下的無非就是解剖學或醫學上的細節，最後的結論相去不遠。」李德蓋特直覺夠敏銳，清楚知道不過度修飾的樸實話語，聽在卡索邦耳裡反倒是一種尊重。

「李德蓋特先生，感謝你。」卡索邦沉思片刻後說。「我還有件事要問你，剛才那些話你跟我太太說過嗎？」

「針對可能發生的狀況說過一些。」李德蓋特正想解釋他為什麼告訴多蘿席亞，可是卡索邦明顯有意結束談話，輕輕揮一下手，又說，「謝謝你。」而後開始談論難得晴朗的好天氣。

李德蓋特知道卡索邦想要一個人靜一靜，很快告辭離開。那個背著手、低著頭的陰暗身影繼續在步道上行走，在濃濃愁思中，黑幽幽的紫杉默默與他相伴。飛鳥或落葉輕盈掠過一道道陽光，它們的小小黑影悄無聲息地移動，彷彿置身哀傷氛圍裡。這個男人第一次意識到，自己注視著死神的雙眼，他正在體驗稀有的經歷，也就是我們感受到平凡事實的真相的時刻。這種醒悟跟我們自以為的了解截然不同，正如迷妄中看見的水，有別於在地面上看見的流水，不能令焦渴的舌頭感到清涼。當「我們都會死」這

31 Rene Laennec（一七八一～一八二六），法國醫生，一八一六年發明聽診器，被譽為「胸腔醫學之父」。

個平凡事實突然間轉變成敏銳的意識：「我會死，而且再過不久」，那麼死亡就會抓攫我們，而且它的指爪冷酷無情。之後它可能會像我們的母親一樣，將我們擁入懷裡，那時我們在塵世最後模糊的一眼，就會跟出生時的第一眼類似。

此刻的卡索邦覺得自己像是突然站在那漆黑的河畔，聽見慢慢接近的划槳聲，看不清它的形狀，卻等著被召喚。在這樣的時刻，人的心靈並不會改變執著一生的偏見，而是在想像中將它帶到死亡的彼岸。回首前塵，也許因為心懷仁善而寧靜安詳，也許因為獨斷獨行而焦慮莫名。卡索邦的偏見是什麼，我們從他的行為可以窺知一二；他懷著些許學術上的保留，認為無論是當前的評價或未來的希望，自己都是個虔誠的基督徒。可是我們極力追求的，儘管吾輩可能會稱之為遙遠的期待，其實卻是眼前的想望；人們辛辛苦苦在大城小鎮裡打造的未來資產，早已存在他們的想像與情愛裡。卡索邦眼前的想望，並不是滌除塵慮的神聖國度與光明。這個可憐人，他的強烈渴望藏在極其陰暗的角落，低伏徘徊，模糊不清。

多蘿席亞知道李德蓋特騎馬離開了，於是走進庭園，想立刻去找卡索邦。但是她略有遲疑，擔心自己的冒進惹惱他。之前她的熱情再三遭到排斥，深刻的記憶強化她的恐懼，挫敗的活力消退為顫慄。於是她在附近的樹林裡漫步，直到看見他走過來，連忙迎上前去。她原本會像個上帝派來的天使，承諾要讓這一日所剩不多的時間充滿忠誠的愛，而因為她了解他的憂傷，更能貼近他的心。但他回應過來的眼神是那麼冷淡，她內心的膽怯加深了，不過她還是轉過去，將手塞進他臂彎裡。

卡索邦依然背著雙手，允許她柔軟的手百般困難地挽住他僵硬的手臂。

這種毫無反應的僵硬帶給多蘿席亞的感覺摻雜著些許恐怖。或許「恐怖」這個措辭稍嫌嚴苛，卻不算太強烈。正是因為這些我們稱之為瑣事的行動，喜悅的種子永遠虛耗了，直到男人和女人枯槁的臉孔回頭看見自己虛耗留下的荒蕪，聲稱人間沒有甜美的果實，稱呼他們的否認為知識。你可能會問，卡索邦一個堂堂男子漢，為什麼會有那樣的表現？請別忘了，他害怕別人的同情。你曾不曾注意到，這樣的人可能懷著猜疑，覺得他內心承受的哀傷，恰恰為那些以同情冒犯他的無禮之輩，帶來眼前或未來的滿足？再者，他並不了解多蘿席亞的感受，也沒有想到在目前這樣的情況下，她那些感受的強度，與「鯉魚」的批評帶給他自己的感受，不相上下。

多蘿席亞沒有抽回手臂，卻也沒辦法主動開口說話。卡索邦沒有對她說，「我想一個人待一會兒。」只是默默朝屋子往回走。他們從東側這邊的玻璃門進屋，多蘿席亞在地墊上停步，顯示她不想干涉丈夫接下來的行動。他走進圖書室關上門，只留哀傷相伴。

她上樓回到自己的起居間。林蔭大道上靜謐的午後暖陽，從敞開的凸窗斜斜灑進來，歐椴樹向東邊投下長長的陰影。可惜多蘿席亞看不到那樣的景象。她找了把椅子坐下來，沒發現自己就在耀眼的陽光下，就算強光照得她難受，她也沒辦法確認那是不是她內心的悲痛所致。她現在滿腔叛逆的怒火，結婚以來從沒這麼熾烈過。

她沒有落淚，反倒說出這些話：「他為什麼這麼對我？我做了什麼，他把我當什麼了？他從來不知道我心裡在想什麼，從來不在乎，我做那麼多有什麼用？他後悔跟我結婚。」

她突然聽見自己的聲音，連忙噤口不語。她像個迷了路、又累又倦的人，坐在那裡望著，彷彿一眼就看見年輕時的所有夢想，只是那些夢想再也尋不到了。在同樣悲悽的感傷中，她也清楚看見自己和丈夫的孤單，看見他們如何漸行漸遠，以致於她不得不審視他。如果他將她拉到身邊，她永遠不會審視他，永遠不會問，「他值得我為他而活嗎？」她只會覺得他是自己生命的一部分。現在她苦澀地埋怨，「錯的是他，不是我。」在她整個生命的震盪與不快中，憐憫被推翻。當初相信他，相信他值得敬重，是她的錯嗎？那麼，他到底是什麼樣的人？她有足夠的能力評價他，畢竟她曾經顫抖地等待他的目光，囚禁自己最美好的心靈，只是偶爾偷偷看它一眼，好讓自己卑微得足以取悅他。正是在這樣的危機中，有些女人開始憎恨。

夕陽已經西下，多蘿席亞決定不再下樓，打算派人告訴卡索邦，她身體不舒服要留在樓上。她從來不曾像這樣故意任由怨恨操控，可是現在她覺得，如果再見到卡索邦，就會忍不住說出內心真正的感受，所以最好等到有機會暢所欲言時再見他。他收到僕人傳達的口信也許會吃驚，會受傷，這樣最好，就讓他吃驚，讓他受傷。她的怒氣一如預期地對自己說，上帝站在她這邊，整個天國正在看著他們的無數聖靈都會認同她，怒氣通常都會這麼說。她正要搖鈴，卻聽見敲門聲。

卡索邦派人來說他要在圖書室吃晚餐，因為這天晚上他有些事需要獨自處理。

「坦翠普，那我就不吃了。」

「小姐，至少吃一點，好嗎？」

「不了，我不太舒服。幫我把更衣室的東西準備好，別再來打擾我。」

多蘿席亞幾乎一動不動坐著，心中思緒紛亂。夜幕漸漸低垂，她混亂的想法持續改變，就像一個人一開始蓄勢出手攻擊，最後克制住攻擊的欲望。只要高尚的心靈重新取得主控權，當初不管多麼想要犯下惡行，都會堅定地臣服。早先多蘿席亞去庭園找丈夫的時候，認定他找李德蓋特是為了徵詢寫書的工作會不會中斷，而且答案必定令他心痛。現在這個推測伴隨卡索邦的身影浮現她腦海，像個模糊的監督者，帶著哀傷的譴責凝視她的憤怒，在她心中激起連串鮮明的悲傷和無聲的吶喊。她幾乎被那些悲傷壓垮，所幸堅定的臣服總算出現。等到屋子沉寂下來，她知道丈夫回房休息的時間快到了，她輕輕打開房門，站在黑暗中等候他拿著燭火上樓。如果他遲遲不上來，她甚至甘冒引起另一場不快的風險，下樓去找他。她永遠不會再有別的期待。不過，她聽見圖書室的門打開了，燭光沿著樓梯往上，走在地毯的步伐沒有發出任何聲響。當卡索邦站在她面前，她發現他的臉色更憔悴了。他見到她時露出些許驚訝，她不發一語，只是抬起頭懇求地望著他。

「多蘿席亞！」他用有點驚奇的語氣問，「妳在等我嗎？」

「嗯，我不想下樓打擾你。」

「別這樣，親愛的。妳還年輕，不需要熬夜延長生命。」

多蘿席亞聽見丈夫帶著淡淡憂愁的善意話語，心中溢滿感恩之情，就像我們險些傷害跛足的小動物時一樣。她拉起丈夫的手，兩人一起走在寬敞的走廊上。

國家圖書館出版品預行編目資料

米德鎮的春天 / 喬治 . 艾略特 (George Eliot) 著 ; 陳錦慧譯 . -- 初版 . -- 臺北市 : 商周出版 : 英屬蓋曼群島商家庭傳媒股份有限公司城邦分公司發行 , 2021.05
冊 ; 公分 . -- (商周經典名著 ; 69-70)
譯自 : Middlemarch.
ISBN 978-986-0734-43-0(上冊 : 平裝). --
ISBN 978-986-0734-44-7(下冊 : 平裝). --
ISBN 978-986-0734-45-4(全套 : 平裝)

873.57 110007318

商周經典名著069

米德鎮的春天（繁體中文首譯本｜上冊）

作　　者 / 喬治・艾略特George Eliot
譯　　者 / 陳錦慧
企劃選書 / 黃靖卉
責任編輯 / 彭子宸

版　　權 / 黃淑敏、吳亭儀、邱珮芸
行銷業務 / 周佑潔、黃崇華、張媖茜
總 編 輯 / 黃靖卉
總 經 理 / 彭之琬
事業群總經理 / 黃淑貞
發 行 人 / 何飛鵬
法律顧問 / 元禾法律事務所 王子文律師
出　　版 / 商周出版
臺北市104民生東路二段141號9樓
電話:(02) 25007008 傳眞:(02)25007759
E-mail:bwp.service@cite.com.tw
Blog:http: / / bwp25007008.pixnet.net / blog
發　　行 / 英屬蓋曼群島商家庭傳媒股份有限公司城邦分公司
臺北市中山區民生東路二段141號2樓
書虫客服服務專線:(02)25007718;(02)25007719
服務時間：週一至週五上午09:30-12:00；下午13:30-17:00
24小時傳眞專線：(02)25001990；(02)25001991
劃撥帳號：19863813；戶名：書虫股份有限公司
讀者服務信箱：service@readingclub.com.tw
城邦讀書花園：www.cite.com.tw
香港發行所 / 城邦(香港)出版集團有限公司
香港灣仔駱克道193號東超商業中心1樓
E-mail:hkcite@biznetvigator.com
電話:(852) 25086231 傳眞:(852) 25789337
馬新發行所 / 城邦(馬新)出版集團【Cite (M) Sdn. Bhd. 】
41, Jalan Radin Anum, Bandar Baru Sri Petaling,
57000 Kuala Lumpur, Malaysia.
Tel: (603) 90578822 Fax: (603) 90576622
Email: cite@cite.com.my

封面設計 / 廖韡
排　　版 / 極翔企業有限公司
印　　刷 / 韋懋印刷事業有限公司
經 銷 商 / 聯合發行股份有限公司
地址:新北市231新店區寶橋路235巷6弄6號2樓
電話:(02) 2917-8022 Fax: (02) 2911-0053

■2021年5月27日一版一刷
定價450元

Printed in Taiwan

城邦讀書花園
www.cite.com.tw

 ISBN 978-986-0734-43-0